OS MAIAS

OS MAIAS

EÇA DE QUEIRÓS

MARTIN CLARET

Prefácio

A ruptura do espelho de Narciso

Daniela Mercedes Kahn*

> Paris era o único lugar da terra congênere com o tipo definitivo em que ele se fixara: "o homem rico que vive bem". Passeio a cavalo no Bois; almoço no Bignon; uma volta pelo *boulevard*; uma hora no clube com os jornais; um bocado de florete na sala de armas; à noite a *Comédie Française* ou uma *soirée*; Trouville no verão, alguns tiros às lebres no inverno; e através do ano as mulheres, as corridas, certo interesse pela ciência, o *bric-à-brac* e uma pouca de blague. Nada mais inofensivo, mais nulo e mais agradável.
>
> (Eça de Queirós, *Os Maias*)

Ao relatar o destino ulterior de Carlos Eduardo, o protagonista de *Os Maias* (1888), depois do furacão que se abateu sobre sua vida, o trecho acima resume admiravelmente a existência vazia, ainda que confortável, da classe endinheirada portuguesa, que circulava pelos grandes centros urbanos da Europa do final do século XIX.

Com efeito, o romance de Eça de Queirós (1845-1900) que retrata a decadência das camadas mais privilegiadas da classe alta do seu país encerra com chave de ouro o ciclo principal das obras do escritor: o dos

---

* Doutora em Teoria Literária e Literatura Comparada pela FFLCH-USP. Autora de *A via crucis do outro*:identidade e alteridade em Clarice Lispector. Atualmente prepara um projeto de pós-doutorado sobre a representação das mudanças sociais no teatro alemão da época de Goethe.

grandes romances realistas que se ocupam da crítica social e cultural da vida portuguesa. Conforme constata Antonio Saraiva,[1] cada qual trata de um aspecto determinado da sociedade do seu tempo. Assim, o tema de *O crime do padre Amaro* (1875) é a influência do clero na burguesia provinciana; *O primo Basílio* (1878) é um estudo do adultério feminino numa família da classe média lisboeta; *A capital* (1925), enfim, obra de publicação póstuma, enfoca a corrupção nos meios literários de Lisboa.

Com uma ironia não destituída de afeto, *Os Maias* refaz a trajetória de uma antiga família da Beira. Em 1875, período em que a história principia, ela se acha reduzida a dois varões: o velho Afonso da Maia e o seu neto, Carlos Eduardo da Maia.

Antes de se voltar para o presente, a obra recupera os acontecimentos que marcaram as gerações mais recentes da família, principalmente os responsáveis pela chegada do pequeno Carlos à quinta de seu avô: a fuga da mãe e o suicídio do pai. Descreve, em seguida, a infância do menino em Santa Olávia, transcorrida em meio à educação inglesa ministrada pelo preceptor Brown e a convivência com os representantes da alta sociedade local, amigos do seu avô: o abade Custódio, a família Silveira, o delegado, o juiz de direito. Posteriormente Carlos, já moço, estuda medicina em Coimbra e viaja para o exterior.

Com a sua volta a Portugal, a narrativa retorna ao ano de 1875, quando avô e neto passam a residir no

---

[1] As informações gerais sobre a obra de Eça de Queirós foram retiradas de: SARAIVA, Antonio; LOPES, Óscar. *História da literatura portuguesa*. Rio de Janeiro: CBP, 1969.

Ramalhete, a residência da família na capital. Na atmosfera masculina dessa mansão, sobressai a presença do melhor amigo de Carlos, o mordaz João da Ega, um provável alter-ego do próprio Eça de Queirós. Além dele e dos velhos amigos de Afonso, frequentam também a casa o bajulador Dâmaso, o inglês Craft, o músico Cruges e o poeta Alencar.

Em oposição à tranquila comunidade campestre dos serões da infância do protagonista, a cena é tomada agora pela movimentada alta sociedade lisboeta, palco de polêmicas, mexericos e escândalos.

Constituída pela alta burguesia, entrelaçada com remanescentes da aristocracia fundiária e representantes de determinados círculos intelectuais, ela se destaca, sobretudo, pelo seu dilatado ócio. Esse é largamente empregado no cultivo da sua aparência pessoal, na decoração esmerada das suas vivendas, no trânsito constante entre a capital e os refúgios campestres, nas viagens ao exterior. E, principalmente, numa intensa vida social que se desenvolve nos jogos de salão, nos esplêndidos almoços no Hotel Central, na ocupação de uma frisa do S. Carlos, nos encontros no Grêmio, nas corridas de cavalo, nos saraus artísticos.

O crítico literário Antonio Saraiva se ressente da falta de personagens propriamente populares na comédia humana de Eça de Queirós. Na sua ficção, esses se limitam aos criados e demais trabalhadores a serviço da alta sociedade que ocupa o primeiro plano do relato. Segundo Saraiva, faltaria a essa última "a mola material, que tão profundamente se faz sentir nos destinos das personagens de Balzac".[2]

---

[2] Op. cit. p. 902.

Entretanto, um dos temas básicos que atravessa o romance é justamente o parasitismo, ainda que repleto de *glamour*, das famílias remanescentes da aristocracia rural abastada, como os Maias e os Egas. No âmbito do trabalho, a combinação de mundanismo e improdutividade conduz ao diletantismo profissional ou artístico.

Essa situação se acha amplamente ilustrada pelas tentativas fracassadas de Carlos Eduardo Maia de se integrar ao universo do trabalho como médico ou pesquisador. O primeiro Maia da crônica familiar a ser remunerado pelo seu trabalho tenciona exercer a medicina. Conforme destaca a narrativa: "Salvara de um garrotilho a filha de um brasileiro, no Aterro, e ganhara ali a sua primeira libra, a primeira que pelo seu trabalho ganhava um homem da sua família".[3]

No entanto, o seu consultório, mais adequado para receber visitas do que pacientes, brevemente ficará vazio. A sociedade lisboeta não confia suas mulheres e filhas ao jovem remediado, frequentador dos ambientes da alta sociedade. Carlos é obrigado a constatar que: "[...] as suas carruagens, os cavalos, o Ramalhete, os hábitos de luxo o condenavam irremediavelmente ao diletantismo". Até mesmo o seu laboratório, equipado com recursos de última geração, acaba prejudicando a sua atividade clínica, já que seus próprios colegas o acusam de submeter os pacientes a experiências fatais. Carlos chega a propor na *Gazeta Médica* a prevenção de epidemias pela inoculação de vírus. A ideia, ousada para a época e o lugar, é ridicularizada pela sociedade local. Desta forma, a falta de necessidade material aliada ao

---

[3] Queirós, 2004, p.111, grifo meu.

provincianismo do meio lisboeta leva Carlos a desistir de sua atividade profissional.

O mesmo vale para os cômicos projetos literários, jamais levados a termo, de João da Ega, como o monumental romance, *As memórias de um átomo*, e a sugestiva peça, *O lodaçal*.

Todavia, o parasitismo econômico desse estrato social se configura como o sintoma de uma esterilidade maior, que envolve a falta de renovação da própria estirpe; pois, apesar da sua assimilação progressiva pela burguesia local, estas famílias remanescentes da antiga fidalguia portuguesa ainda cultivavam critérios aristocráticos quando pretendiam contrair matrimônio. Isso excluía automaticamente as bodas com pessoas de classes de posição e valores diferentes dos seus. Além disso, a disposição para o casamento e para a vida familiar se adiava num meio social tão predisposto aos prazeres mundanos e às aventuras amorosas.

Quanto a essas questões de descendência, a crônica sucessória dos Maias mostra que os homens da família representam a continuidade do clã, ao passo que as mulheres influenciam os costumes. Assim, apesar das ideias modernas de Afonso e sua paixão pela Inglaterra, o catolicismo arraigado e o amor à pátria da sua esposa, a primeira Maria Eduarda, determinam a volta da família a Portugal e a forma de educação do filho único.

Em contrapartida, o casamento de seu filho, Pedro da Maia, com a "negreira" Maria Monforte rompe radicalmente com a tradição familiar. Na verdade, a filha do traficante de escravos brasileiro comete uma dupla transgressão: tendo entrado oficialmente para o clã dos Maias, ela não hesita em abandoná-lo quando a oportunidade se lhe apresenta. A ferida profunda que esta dupla infração abre no seio dessa família convencional afetará ainda o destino da geração seguinte. Pois é a determinação de apagar, de ambos os lados, os traços da passagem de Maria Monforte pela família Maia que possibilitará o amor proibido entre Carlos Eduardo e a segunda Maria Eduarda.

A paixão dos dois jovens não se fundamenta na busca do outro, mas no supremo reconhecimento de si mesmo no outro. Sob o disfarce enganoso da diferença, celebra-se durante um curto instante a apoteose inconsciente da própria linhagem até que o espelho de Narciso, que reflete sua imagem lisonjeira, se parta e ela se extinga para sempre.

A crônica do declínio de uma antiga família da aristocracia portuguesa configura-se em termos mais amplos num réquiem à própria nobreza lusitana. Elevada até os píncaros do romantismo para desaguar bruscamente na cínica e sórdida realidade, a história de Carlos e Maria inclui *Os Maias* no grupo das grandes sagas familiares, que têm lugar no seio da implacável civilização burguesa.

OS MAIAS

I

A casa que os Maias vieram habitar em Lisboa, no outono de 1875, era conhecida na vizinhança da rua de S. Francisco de Paula, e em todo o bairro das Janelas Verdes, pela *casa de Ramalhete* ou simplesmente o *Ramalhete*. Apesar deste fresco nome de vivenda campestre, o Ramalhete, sombrio casarão de paredes severas, com um renque de estreitas varandas de ferro no primeiro andar, e por cima uma tímida fila de janelinhas abrigadas à beira do telhado, tinha o aspecto tristonho de residência eclesiástica, que competia a uma edificação do reinado da senhora D. Maria I: com uma sineta e com uma cruz no topo, assemelhar-se-ia a um Colégio de Jesuítas. O nome de Ramalhete provinha decerto de um revestimento quadrado de azulejos fazendo painel no lugar heráldico do escudo de armas, que nunca chegara a ser colocado, e representando um grande ramo de girassóis atado por uma fita onde se distinguiam letras e números de uma data.

Longos anos o Ramalhete permanecera desabitado, com teias de aranha pelas grades dos postigos térreos, e cobrindo-se de tons de ruína. Em 1858 Monsenhor Buccarini, Núncio de S. Santidade, visitara-o com ideia de instalar lá a Nunciatura, seduzido pela gravidade clerical do edifício e pela paz dormente do bairro: e o interior do casarão agradara-lhe também, com a sua disposição apalaçada, os tetos apainelados, as paredes cobertas de frescos onde já desmaiavam as rosas das grinaldas e as faces dos cupidinhos. Mas monsenhor, com os seus hábitos de rico prelado romano, necessitava na sua vivenda os arvoredos e as águas de um jardim de luxo: e o Ramalhete possuía apenas, ao fundo de um terraço de tijolo, um pobre quintal inculto, abandonado às ervas bravas, com um cipreste, um cedro, uma cascatazinha seca, um tanque entulhado e uma estátua de mármore (onde monsenhor reconheceu logo Vênus Citereia) enegrecendo a um canto na lenta umidade das ramagens silvestres. Além disso, a renda que pediu o velho Vilaça, procurador dos Maias, pareceu tão exagerada a monsenhor, que lhe perguntou, sorrindo, se ainda julgava a Igreja nos tempos de Leão X. Vilaça respondeu que também a nobreza não estava nos tempos do senhor D. João V. E o Ramalhete continuou desabitado. Este inútil pardieiro (como lhe chamava Vilaça Júnior, agora, por morte de seu pai, administrador dos Maias) só veio a servir, nos fins de 1870, para lá arrecadarem as mobílias e as louças provenientes do palacete de família em Benfica, morada quase histórica que, depois de andar anos em praça, fora então comprada por um comendador brasileiro. Nessa ocasião vendera-se outra propriedade dos Maias, a Tojeira; e algumas raras pessoas que em Lisboa ainda se lembravam dos Maias, e sabiam que desde a Regeneração eles viviam retirados na sua Quinta de Santa Olávia, nas margens do Douro, tinham perguntado a Vilaça se essa gente estava atrapalhada.

— Ainda têm um pedaço de pão — disse Vilaça sorrindo — e a manteiga para lhe barrar por cima.

Os Maias eram uma antiga família da Beira, sempre pouco numerosa, sem linhas colaterais, sem parentelas — e agora reduzida a dois varões; o senhor da casa, Afonso da Maia, um velho já, quase um antepassado, mais idoso que o século, e seu neto Carlos, que estudava medicina em Coimbra. Quando Afonso se retirava definitivamente para Santa Olávia, o rendimento da casa excedia já cinquenta mil cruzados: mas desde então tinham-se acumulado as economias de vinte anos de aldeia; viera também a herança de um último parente, Sebastião da Maia, que desde 1830 vivia em Nápoles, só, ocupando-se de numismática; e o procurador podia certamente sorrir com segurança quando falava dos Maias e de sua fatia de pão. A venda da Tojeira fora realmente aconselhada por Vilaça: mas nunca ele aprovara que Afonso se desfizesse da Benfica — só pela razão de aqueles muros terem visto tantos desgostos domésticos. Isso, como dizia Vilaça, acontecia a todos os muros. O resultado era que os Maias, com o Ramalhete inabitável, não possuíam agora uma casa em Lisboa; e se Afonso naquela idade amava o sossego de Santa Olávia, seu neto, rapaz de gosto e de luxo que passava as férias em Paris e Londres, não quereria, depois de formado, ir sepultar-se nos penhascos do Douro. E com efeito, meses antes de ele deixar Coimbra, Afonso assombrou Vilaça anunciando-lhe que decidira vir habitar o Ramalhete! O procurador compôs logo um relatório a enumerar os inconvenientes do casarão: o maior era necessitar tantas obras e tantas despesas; depois, a falta de um jardim devia ser muito sensível a quem saía dos arvoredos de Santa Olávia; e por fim aludia mesmo a uma lenda, segundo a qual eram sempre fatais aos Maias as paredes do Ramalhete, "ainda que (acrescentava ele numa frase meditada) até me envergonho de mencionar tais frioleiras neste século de Voltaire, Guizot e outros filósofos liberais..." Afonso riu muito da frase, e respondeu que aquelas razões eram excelentes — mas ele desejava habitar sob tetos tradicionalmente seus; se eram necessárias obras, que se fizessem e largamente; e quanto a lendas e agouros, bastaria abrir de par em par as janelas e deixar entrar o sol.

S. Exa. mandava; e, como esse inverno ia seco, as obras começaram logo, sob a direção de um Esteves, arquiteto, político e compadre de Vilaça. Este artista entusiasmara o procurador com um projeto de escada aparatosa, flanqueada por duas figuras simbolizando as conquistas da Guiné e da Índia. E estava ideando também uma cascata de louça na sala de jantar quando, inesperadamente, Carlos apareceu em Lisboa com um arquiteto-decorador de Londres, e, depois de estudar com ele à pressa algumas ornamentações e alguns tons de estofos, entregou-lhe as quatro paredes do Ramalhete, para ele ali criar, exercendo o seu gosto, um interior confortável, de luxo inteligente e sóbrio.

Vilaça ressentiu amargamente esta desconsideração pelo artista nacional; Esteves foi berrar ao seu Centro político que isto era um país perdido. E Afonso lamentou também que se tivesse despedido o Esteves; exigiu mesmo que o encarregassem da construção das cocheiras. O artista ia aceitar, quando foi nomeado governador civil.

Ao fim de um ano, durante o qual Carlos viera frequentemente a Lisboa colaborar nos trabalhos, "dar os seus retoques estéticos", do antigo Ramalhete só restava a fachada tristonha, que Afonso não quisera alterada por constituir a fisionomia da casa. E Vilaça não duvidou declarar que Jones Bule (como ele chamava ao inglês), sem despender despropositadamente, aproveitando até as antigualhas de Benfica, fizera do Ramalhete "um museu".

O que surpreendia logo era o pátio, outrora tão lôbrego nu, lajeado de pedregulho, agora resplandecente, com um pavimento quadrilhado de mármores brancos e vermelhos, plantas decorativas, vasos de Quimper, e dois longos bancos feudais que Carlos trouxera de Espanha, trabalhados em talha, solenes como coros de catedral. Em cima, na antecâmara, revestida como uma tenda de estofos do Oriente, todo o rumor de passos morria: e ornavam-na divãs cobertos de tapetes persas, largos pratos mouriscos com reflexos metálicos de cobre, uma harmonia de tons severos, onde destacava, na brancura imaculada do mármore, uma figura de rapariga friorenta, arrepiando-se, rindo, ao meter o pezinho na água. Daí partia um amplo corredor, ornado com as peças ricas de Benfica, arcas góticas, jarrões da Índia e antigos quadros devotos. As melhores salas do Ramalhete abriam para essa galeria. No salão nobre, raramente usado, todo em brocados de veludo cor de musgo de outono, havia uma bela tela de Constable, o retrato da sogra de Afonso, a Condessa de Runa, de tricorne de plumas e vestido escarlate de caçadora inglesa, sobre um fundo de paisagem enevoada. Uma sala mais pequena,[1] ao lado, onde se fazia música, tinha um ar de século XVIII com seus móveis enramalhetados de ouro, as suas sedas de ramagens brilhantes: duas tapeçarias de Gobelins, desmaiadas, em tons cinzentos, cobriam as paredes de pastores e de arvoredos.

Defronte era o bilhar, forrado de um couro moderno trazido por Jones Bule, onde, por entre a desordem de ramagens verde-garrafa, esvoaçavam cegonhas prateadas. E, ao lado, achava-se *o fumoir*, a sala mais cômoda do Ramalhete; as otomanas tinham a fofa vastidão de leitos; e o conchego quente e um pouco sombrio dos estofos escarlates e pretos era alegrado pelas cores cantantes de velhas faianças holandesas.

---

[1] Forma corretíssima no português de Portugal. (N. E.)

Ao fundo do corredor ficava o escritório de Afonso, revestido de damascos vermelhos como uma velha câmara de prelado. A maciça mesa de pau preto, as estantes baixas de carvalho lavrado, o solene luxo das encadernações, tudo tinha ali uma feição austera de paz estudiosa — realçada ainda por um quadro atribuído a Rubens, antiga relíquia da casa, um Cristo na cruz, destacando a sua nudez de atleta sobre um céu de poente revolto e rubro. Ao lado do fogão, Carlos arranjara um canto para o avô com um biombo japonês bordado a ouro, uma pele de urso branco e uma venerável cadeira de braços, cuja tapeçaria mostrava ainda as armas dos Maias no desmaio da trama de seda.

No corredor do segundo andar, guarnecido com retratos da família, estavam os quartos de Afonso. Carlos dispusera os seus num ângulo da casa, com uma entrada particular e janelas sobre o jardim: eram três gabinetes a seguir, sem portas, unidos pelo mesmo tapete; e os recostos acolchoados, a seda que forrava as paredes faziam dizer ao Vilaça que aquilo não eram aposentos de médico, mas de dançarina!

A casa, depois de arranjada, ficou vazia enquanto Carlos, já formado, fazia uma longa viagem pela Europa: e foi só nas vésperas da sua chegada, nesse lindo outono de 1875, que Afonso se resolveu, enfim, a deixar Santa Olávia e vir instalar-se no Ramalhete. Havia vinte e cinco anos que ele não via Lisboa; e, ao fim de alguns curtos dias, confessou ao Vilaça que estava suspirando outra vez pelas suas sombras de Santa Olávia. Mas, que remédio! Não queria viver muito separado do neto; e Carlos agora, com ideias sérias de carreira ativa, devia necessariamente habitar Lisboa... De resto, não desgostava do Ramalhete, apesar de Carlos, com o seu fervor pelo luxo dos climas frios, ter prodigalizado demais as tapeçarias, os pesados reposteiros e os veludos. Agradava-lhe também muito a vizinhança, aquela doce quietação de subúrbio adormecido ao sol. E gostava até do seu quintalejo. Não era decerto o jardim de Santa Olávia; mas tinha o ar simpático, com os seus girassóis perfilados ao pé dos degraus do terraço, o cipreste e o cedro envelhecendo juntos como dois amigos tristes, e a Vênus Citereia parecendo agora, no seu tom claro de estátua de parque, ter chegado de Versalhes, do fundo do grande século... E desde que a água abundava, a cascatazinha era deliciosa, dentro do nicho de conchas, com os seus três pedregulhos arranjados em despenhadeiro bucólico, melancolizando aquele fundo de quintal soalheiro com um pranto de náiade doméstica, esfiado gota a gota na bacia de mármore.

O que desconsolara Afonso, ao princípio, fora a vista do terraço, de onde outrora, decerto, se abrangia até ao mar. Mas as casas edificadas em redor, nos últimos anos, tinham tapado esse horizonte esplêndido. Agora, uma estreita tira de água e monte que se avistava entre dois prédios de cinco andares, separados por um corte de rua, formava toda a paisagem defronte do Ramalhete. E, todavia, Afonso terminou por lhe descobrir um encanto íntimo. Era como uma tela marinha, encaixilhada em cantarias brancas, suspensa do céu azul em face do terraço, mostrando, nas variedades infinitas de cor e luz, os episódios fugitivos de uma pacata vida de rio; às vezes uma vela de barco da Trafaria fugindo airosamente à bolina; outras vezes uma galera toda em pano, entrando num favor da aragem, vagarosa, no vermelho da tarde; ou então a melancolia de um grande paquete, descendo, fechado e preparado para a vaga, entrevisto um momento, desaparecendo logo, como já devorado pelo mar incerto; ou ainda durante dias, no pó de ouro das sestas silenciosas, o vulto negro de um couraçado inglês... E sempre ao fundo o pedaço de monte verde-negro, com um moinho parado no alto e duas casas brancas ao rés da água, cheias de expressão, ora faiscantes e despedindo raios das vidraças acesas em brasa, ora tomando aos fins de tarde um ar pensativo, cobertas dos rosados tenros do poente, quase semelhantes a um rubor humano; e de uma tristeza arrepiada nos dias de chuva, tão sós, tão brancas, como nuas, sob o tempo agreste.

O terraço comunicava por três portas envidraçadas com o escritório, e foi nessa bela câmara de prelado que Afonso se acostumou logo a passar os seus dias, no recanto aconchegado que o neto lhe preparara ternamente, ao lado do fogão. A sua longa residência em Inglaterra dera-lhe o amor dos suaves vagares junto do lume. Em Santa Olávia as chaminés ficavam acesas até abril; depois ornavam-se de braçadas de flores, como um altar doméstico; e era ainda aí, nesse aroma e nessa frescura, que ele gozava melhor o seu cachimbo, o seu Tácito ou o seu querido Rabelais.

Todavia, Afonso ainda ia longe, como ele dizia, de ser um velho borralheiro. Naquela idade, de verão ou de inverno, ao romper do sol, estava a pé, saindo logo para a quinta, depois da sua boa oração da manhã que era um grande mergulho na água fria. Sempre tivera o amor supersticioso da água; e costumava dizer que nada havia melhor para o homem que sabor da água, som de água e vista de água. O que o prendera mais a Santa Olávia fora a sua grande riqueza de águas-vivas, nascentes, repuxos, tranquilo espelhar de águas paradas, fresco murmúrio de águas regantes... E a esta viva tonificação da água atribuía ele o ter vindo assim, desde o começo do século, sem uma dor e sem uma doença, mantendo a rica tradição de saúde da sua família, duro, resistente aos desgostos e anos que passavam por ele, tão em vão, como passavam em vão, pelos seus robles de Santa Olávia, anos e vendavais.

Afonso era um pouco baixo, maciço, de ombros quadrados e fortes; e com a sua face larga de nariz aquilino, a pele corada, quase vermelha, o cabelo branco todo cortado à escovinha e a barba de neve aguda e longa — lembrava, como dizia Carlos, um varão esforçado das idades heroicas, um D. Duarte de Meneses ou um Afonso de Albuquerque. E isto fazia sorrir o velho, recordar ao neto, gracejando, quanto as aparências iludem!

Não, não era Meneses, nem Albuquerque; apenas um antepassado bonacheirão que amava os seus livros, o conchego da sua poltrona, o seu *whist* ao canto do fogão. Ele mesmo costumava dizer que era simplesmente um egoísta: mas nunca, como agora na velhice, as generosidades do seu coração tinham sido tão profundas e largas. Parte do seu rendimento ia-se-lhe por entre os dedos, esparsamente, numa caridade enternecida. Cada vez amava mais o que é pobre e o que é fraco. Em Santa Olávia, as crianças corriam para ele, dos portais, sentindo-o acariciador e paciente. Tudo o que vive lhe merecia amor: e era dos que não pisam um formigueiro e se compadecem da sede de uma planta.

Vilaça costumava dizer que lhe lembrava sempre o que se conta dos patriarcas, quando o vinha encontrar ao canto da chaminé, na sua coçada quinzena de veludinho, sereno, risonho, com um livro na mão, o seu velho gato aos pés. Este pesado e enorme angorá, branco com malhas louras, era agora (desde a morte de *Tobias*, o soberbo cão de S. Bernardo) o fiel companheiro de Afonso. Tinha nascido em Santa Olávia, e recebera então o nome de Bonifácio; depois, ao chegar à idade do amor e da caça, fora-lhe dado o apelido mais cavalheiresco de D. Bonifácio de Calatrava; agora, dorminhoco e obeso, entrara definitivamente no remanso das dignidades eclesiásticas e era o Reverendo Bonifácio...

Esta existência nem sempre assim correra com a tranquilidade larga e clara de um belo rio de verão. O antepassado, cujos olhos se enchiam agora de uma luz de ternura diante das suas rosas, e que ao canto do lume relia com gosto o seu Guizot, fora, na opinião de seu pai, algum tempo, o mais feroz jacobino de Portugal! E, todavia, o furor revolucionário do pobre moço consistira em ler Rousseau, Volney, Helvécio e a *Enciclopédia*; em atirar foguetes de lágrimas à Constituição; e ir de chapéu à liberal e alta gravata azul, recitando pelas lojas maçônicas odes abomináveis ao Supremo Arquiteto do Universo. Isto, porém, bastara para indignar o pai. Caetano da Maia era um português antigo e fiel que se benzia ao nome de Robespierre e que, na sua apatia de fidalgo beato e doente, tinha só um sentimento vivo: o horror, o ódio ao jacobino, a quem atribuía todos os males, os da pátria e os seus, desde a perda das colônias até as crises da sua gota. Para extirpar da nação o jacobino, dera ele o seu amor ao senhor Infante D. Miguel, Messias forte e Restaurador providencial... e ter justamente por filho um jacobino parecia-lhe uma provação comparável só às de Jó!

Ao princípio, na esperança que o menino se emendasse, contentou-se em lhe mostrar um carão severo e chamar-lhe com sarcasmo *Cidadão!* Mas quando soube que seu filho, o seu herdeiro, se misturara à turba que, numa noite de festa cívica e de luminárias, tinha apedrejado as vidraças apagadas do senhor Legado da Áustria, enviado da Santa Aliança, considerou o rapaz um Marat e toda a sua cólera rompeu. A gota cruel, cravando-o na poltrona, não lhe deixou espancar o mação, com a sua bengala da Índia, à lei de bom pai português; mas decidiu expulsá-lo de sua casa, sem mesada e sem bênção, renegado como um bastardo! Que aquele pedreiro-livre não podia ser do seu sangue!

As lágrimas da mamã amoleceram-no; sobretudo as razões de uma cunhada de sua mulher, que vivia com eles em Benfica, senhora irlandesa de alta instrução, Minerva respeitada e tutelar, que ensinara inglês ao menino e o adorava como um bebê. Caetano da Maia limitou-se a desterrar o filho para a Quinta de Santa Olávia; mas não cessou de chorar no seio dos padres, que vinham a Benfica, a desgraça da sua casa. E esses santos lá o consolavam, afirmando-lhe que Deus, o velho Deus de Ourique, não permitiria jamais que um Maia pactuasse com Belzebu e com a Revolução! E, à falta de Deus Padre, lá estava Nossa Senhora da Soledade, padroeira da casa e madrinha do menino, para fazer o bom milagre.

E o milagre fez-se. Meses depois, o jacobino, o Marat, voltava de Santa Olávia um pouco contrito, enfastiado sobretudo daquela solidão, onde os chás do brigadeiro Sena eram ainda mais tristes que o terço das primas Cunhas. Vinha pedir ao pai a bênção, e alguns mil cruzados, para ir à Inglaterra, esse país de vivos prados e de cabelos de ouro, de que lhe falara tanto a tia Fani. O pai beijou-o, todo em lágrimas, acedeu a tudo fervorosamente, vendo ali a evidente, a gloriosa intercessão de Nossa Senhora da Soledade! E o mesmo Frei Jerônimo da Conceição, seu confessor, declarou este milagre não inferior ao de Carnaxide.

Afonso partiu. Era na primavera, e a Inglaterra toda verde, os seus parques de luxo, os copiosos confortos, a harmonia penetrante dos seus nobres costumes, aquela raça tão séria e tão forte encantaram-no. Bem depressa esqueceu o seu ódio aos sorumbáticos padres da Congregação, as horas ardentes passadas no café dos Remolares a recitar Mirabeau, e a República que quisera fundar, clássica e voltairiana, com um triunvirato de Cipiões e festas ao Ente Supremo. Durante os dias da *Abrilada* estava ele nas corridas de Epsom, no alto de uma sege de posta, com um grande nariz postiço, dando hurras medonhos — bem indiferente aos seus irmãos de maçonaria, que a essas horas o senhor Infante espicaçava o chuço, pelas vielas do Bairro Alto, no seu rijo cavalo de Alter.

Seu pai morreu de súbito; ele teve de regressar a Lisboa. Foi então que conheceu D. Maria Eduarda Runa, filha do Conde de Runa, uma linda morena, mimosa e um pouco adoentada. Ao fim do luto casou com ela. Teve um filho, desejou outros; e começou logo, em belas ideias de patriarca moço, a fazer obras no palacete de Benfica, a plantar em redor arvoredos, preparando tetos e sombras à descendência amada que lhe encantaria a velhice.

Mas não esquecia a Inglaterra: e tornava-lha mais apetecida essa Lisboa miguelista que ele via, desordenada como uma Túnis barbaresca; essa rude conjuração apostólica de frades e boleeiros, atroando tavernas e capelas; essa plebe beata, suja e feroz, rolando do lausperene para o curro, e ansiando tumultuosamente pelo príncipe que lhe encarnava tão bem os vícios e as paixões...

Este espetáculo indignava Afonso da Maia; e muitas vezes, na paz do serão, entre amigos, com o pequeno nos joelhos, exprimiu a indignação da sua alma honesta. Já não exigia decerto, como em rapaz, uma Lisboa de Catões e de Múcios Cévolas. Já admitia mesmo o esforço de uma nobreza para manter o seu privilégio histórico; mas então queria uma nobreza inteligente e digna, como a aristocracia *tory* (que o seu amor pela Inglaterra lhe fazia idealizar), dando em tudo a direção moral, formando os costumes e inspirando a literatura, vivendo com fausto e falando com gosto, exemplo de ideias altas e espelho de maneiras patrícias... O que não tolerava era o mundo de Queluz, bestial e sórdido.

Tais palavras, apenas soltas, voavam a Queluz. E quando se reuniram as cortes gerais, a polícia invadiu Benfica, "a procurar papéis e armas escondidas".

Afonso da Maia, com o seu filho nos braços e a mulher tremendo ao lado, viu, impassivelmente e sem uma palavra, a busca, as gavetas arrombadas pela coronha das escopetas, as mãos sujas do malsim rebuscando os colchões do seu leito. O senhor juiz de fora não descobriu nada; aceitou mesmo na copa um cálice de vinho, e confessou ao mordomo "que os tempos iam bem duros..." Desde essa manhã as janelas do palacete conservaram-se cerradas; não se abriu mais o portão nobre para sair o coche da senhora; e daí a semanas, com a mulher e com o filho, Afonso da Maia partia para Inglaterra e para o exílio.

Aí instalou-se, com luxo, para uma longa demora, nos arredores de Londres, junto a Richmond, ao fundo de um parque, entre as suaves e calmas paisagens de Surrey.

Os seus bens, graças ao crédito do Conde de Runa, antigo mimoso de D. Carlota Joaquina, hoje conselheiro ríspido do senhor D. Miguel, não tinham sido confiscados; e Afonso da Maia podia viver largamente.

Ao princípio, os emigrados liberais, Palmella e a gente do *Belfast* ainda o vieram desassossegar e consumir. A sua alma reta não tardou a protestar vendo a separação de castas, de hierarquias, mantidas ali na terra estranha entre os vencidos da mesma ideia, os fidalgos e os desembargadores vivendo no luxo de Londres à forra, e a plebe, o exército, depois dos padecimentos da Galiza, sucumbindo agora à fome, à vérmina, à febre nos barracões de Plymouth. Teve logo conflitos com os chefes liberais; foi acusado de vintista e demagogo; descreu por fim do liberalismo. Isolou-se então — sem fechar todavia a sua bolsa, de onde saíam às cinquenta, às cem moedas... Mas quando a primeira expedição partiu, e pouco a pouco se foram vazando os depósitos de emigrados, respirou enfim — e, como ele disse, pela primeira vez lhe soube bem o ar da Inglaterra!

Meses depois sua mãe, que ficara em Benfica, morria de uma apoplexia; e a tia Fani veio para Richmond completar a felicidade de Afonso, com o seu claro juízo, os seus caracóis brancos, os seus modos de discreta Minerva. Ali estava ele pois no seu sonho, em uma digna residência inglesa, entre árvores seculares, vendo em redor nas vastas relvas dormirem ou pastarem os gados de luxo, e sentindo em torno de si tudo são, forte, livre e sólido, como amava o seu coração.

Teve relações; estudou a nobre e rica literatura inglesa; interessou-se, como convinha a um fidalgo em Inglaterra, pela cultura, pela cria dos cavalos, pela prática da caridade, e pensava com prazer em ficar ali para sempre naquela paz e naquela ordem. Somente Afonso sentia que sua mulher não era feliz. Pensativa e triste, tossia sempre pelas salas. À noite, sentava-se ao fogão, suspirava e ficava calada...

Pobre senhora! A nostalgia do país, da parentela, das igrejas, ia-a minando. Verdadeira lisboeta, pequenina e trigueira, sem se queixar e sorrindo palidamente, tinha vivido desde que chegara num ódio surdo àquela terra de hereges e ao seu idioma bárbaro; sempre arrepiada, abafada em peles, olhando com pavor os céus fuscos ou a neve nas árvores, o seu coração não estivera nunca ali, mas longe, em Lisboa, nos adros, nos bairros batidos de sol. A sua devoção (a devoção dos Runas!), sempre grande, exaltara-se, exacerbara-se àquela hostilidade ambiente que ela sentia em redor contra os "papistas". E só se satisfazia à noite, indo refugiar-se no sótão com as criadas portuguesas, para rezar o terço agachada numa esteira, gozando ali, nesse murmúrio de ave-marias em país protestante, o encanto de uma conjuração católica!

Odiando tudo o que era inglês, não consentira que seu filho, o Pedrinho, fosse estudar ao colégio de Richmond. Debalde Afonso lhe provou que era um colégio católico. Não queria; aquele catolicismo sem romarias, sem fogueiras pelo S. João, sem imagens do Senhor dos Passos, sem frades nas ruas — não lhe parecia a religião. A alma do seu Pedrinho não abandonaria ela à heresia; e para o educar mandou vir de Lisboa o Padre Vasques, capelão do Conde de Runa.

O Vasques ensinava-lhe as declinações latinas, sobretudo a cartilha; e a face de Afonso da Maia cobria-se de tristeza, quando ao voltar de alguma caçada ou das ruas de Londres, de entre o forte rumor da vida livre, ouvia no quarto dos estudos a voz dormente do reverendo, perguntando como do fundo de uma treva:

— Quantos são os inimigos da alma?

E o pequeno, mais dormente, lá ia murmurando:

— Três. Mundo, Diabo e Carne...

Pobre Pedrinho! Inimigo da sua alma só havia ali o Reverendo Vasques, obeso e sórdido, arrotando do fundo da sua poltrona, com o lenço do rapé sobre o joelho...

Às vezes Afonso, indignado, vinha ao quarto, interrompia a doutrina, agarrava a mão de Pedrinho para o levar, correr com ele sob as árvores do Tâmisa, dissipar-lhe na grande luz do rio o pesadume crasso da cartilha. Mas a mamã acudia de dentro, em terror, a abafá-lo numa grande manta: depois lá fora o menino, acostumado ao colo das criadas e aos recantos estofados, tinha medo do vento e das árvores; e pouco a pouco, num passo desconsolado, os dois iam pisando em silêncio as folhas secas — o filho todo acovardado das sombras do bosque vivo, o pai vergando os ombros, pensativo, triste daquele fraqueza do filho...

Mas o menor esforço dele para arrancar o rapaz àqueles braços de mãe que o amoleciam, àquela cartilha mortal do Padre Vasques, trazia logo à delicada senhora acessos de febre. E Afonso não se atrevia já a contrariar a pobre doente, tão virtuosa, e que o amava tanto! Ia então lamentar-se para o pé da tia Fani; a sábia irlandesa metia os óculos entre as folhas do seu livro, tratado de Addison ou poema de Pope, e encolhia melancolicamente os ombros. Que podia ela fazer!... Por fim, a tosse de Maria Eduarda foi aumentando — como a tristeza das suas palavras. Já falava da "sua ambição derradeira", que era ver o sol uma vez mais! Por que não voltariam a Benfica, ao seu lar, agora que o senhor Infante estava também desterrado e que havia uma grande paz? Mas a isso Afonso não cedeu; não queria ver outra vez as suas gavetas arrombadas a coronhadas — e os soldados do senhor D. Pedro não lhe davam mais garantias que os malsins do senhor D. Miguel.

Por esse tempo veio um grande desgosto a casa: a tia Fani morreu de uma pneumonia, nos frios de março; e isto enegreceu mais a melancolia de Maria Eduarda, que a amava muito também — por ser irlandesa e católica.

Para a distrair, Afonso levou-a para a Itália, para uma deliciosa vila ao pé de Roma. Aí não lhe faltava o sol; tinha-o pontual e generoso todas as manhãs, banhando largamente os terraços, dourando loureirais e mirtos. E depois, lá embaixo, entre mármores, estava a coisa preciosa e santa, o Papa!

Mas a triste senhora continuava a choramingar. O que realmente apetecia era Lisboa, as suas novenas, os santos devotos do seu bairro, as procissões passando num rumor de pachorrenta penitência por tardes de sol e de poeira...

Foi necessário calmá-la, voltar a Benfica.

Aí começou uma vida desconsolada. Maria Eduarda definhava lentamente, todos os dias mais pálida, levando semanas imóvel sobre um canapé, com as mãos transparentes cruzadas sobre as suas grossas peles de Inglaterra. O Padre Vasques, apoderando-se daquela alma aterrada para quem Deus era um amo feroz, tornara-se o grande homem da casa. De resto Afonso encontrava a cada momento pelos corredores outras figuras canônicas, de capacete e solidéu, em que reconhecia antigos franciscanos, ou algum magro capuchinho parasitando no bairro; a casa tinha um bafio de sacristia; e dos quartos da senhora vinha constantemente, dolente e vago, um rumor de ladainha.

Todos aqueles santos varões comiam, bebiam o seu vinho do Porto na copa. As contas do administrador apareciam sobrecarregadas com as mesadas piedosas que dava a senhora; um frei Patrício surripiara-lhe duzentas missas de cruzado por alma do senhor D. José I... Esta carolice que o cercava ia lançando Afonso num ateísmo rancoroso; quereria as igrejas fechadas como os mosteiros, as imagens escavacadas a machado, uma matança de reverendos...

Quando sentia na casa a voz de rezas, fugia, ia para o fundo da quinta, sob as trepadeiras do mirante, ler o seu Voltaire; ou então partia a desabafar com o seu velho amigo, o coronel Sequeira, que vivia numa quinta a Queluz.

O Pedrinho, no entanto, estava quase um homem. Ficara pequenino e nervoso como Maria Eduarda, tendo pouco da raça, da força dos Maias; a sua linda face oval de um trigueiro cálido, dois olhos maravilhosos e irresistíveis, prontos sempre a umedecer-se, faziam-no assemelhar a um belo árabe. Desenvolvera-se lentamente, sem curiosidades, indiferente a brinquedos, a animais, a flores, a livros. Nenhum desejo forte parecera jamais vibrar naquela alma meio adormecida e passiva; só às vezes dizia que gostaria muito de voltar para a Itália. Tomara birra ao Padre Vasques, mas não ousava desobedecer-lhe. Era em tudo um fraco; e esse abatimento contínuo de todo o seu ser resolvia-se a espaços em crises de melancolia negra, que o traziam dias e dias mudo, murcho, amarelo, com as olheiras fundas e já velho. O seu único sentimento vivo, intenso, até aí, fora a paixão pela mãe.

Afonso quisera-o mandar para Coimbra. Mas, à ideia de se separar do seu Pedro, a pobre senhora caíra de joelhos diante de Afonso, balbuciando e tremendo; e ele, naturalmente, lá cedeu perante essas mãos suplicantes, essas lágrimas que caíam quatro a quatro pela pobre face de cera. O menino continuou em Benfica dando os seus lentos passeios a cavalo, de criado de farda atrás, começando já a ir beber a sua genebra aos botequins de Lisboa... Depois foi despontando naquela organização uma grande tendência amorosa; aos dezenove anos teve o seu bastardozinho.

Afonso da Maia consolava-se pensando que, apesar de tão desgraçados mimos, não faltavam ao rapaz qualidades: era muito esperto, são, e, como todos os Maias, valente; não havia muito que ele só, com um chicote, dispersara na estrada três saloios de varapau que lhe tinham chamado "palmito".

Quando a mãe morreu, numa agonia terrível de devota, debatendo-se dias nos pavores do inferno, Pedro teve na sua dor os arrebatamentos de uma loucura. Fizera a promessa histérica, se ela escapasse, de dormir durante um ano sobre as lajes do pátio; e levado o caixão, saídos os padres, caiu numa angústia soturna, obtusa, sem lágrimas, de que não queria emergir, estirado de bruços sobre a cama numa obstinação de penitente. Muitos meses ainda não o deixou uma tristeza vaga; e Afonso da Maia já se desesperava de ver aquele rapaz, seu filho e seu herdeiro, sair todos os dias a passos de monge, lúgubre no seu luto pesado, para ir visitar a sepultura da mamã...

Esta dor exagerada e mórbida cessou por fim; e sucedeu-lhe, quase sem transição, um período de vida dissipada e turbulenta, estroinice banal, em que Pedro, levado por um romantismo torpe, procurava afogar em lupanares e botequins as saudades da mamã. Mas essa exuberância ansiosa que se desencadeara tão subitamente, tão tumultuosamente, na sua natureza desequilibrada, gastou-se depressa também.

Ao fim de um ano de distúrbios no Marrare, de façanhas nas esperas de touros, de cavalos esfalfados, de pateadas em S. Carlos, começaram a reaparecer as antigas crises de melancolia nervosa; voltavam esses dias taciturnos, longos como desertos, passados em casa a bocejar pelas salas, ou sob alguma árvore da quinta todo estirado de bruços, como despenhado num fundo de amargura. Nesses períodos tornava-se também devoto; lia vidas de santos, visitava o Lausperene; eram desses bruscos abatimentos de alma que outrora levavam os fracos aos mosteiros.

Isto penalizava Afonso da Maia; preferia saber que ele recolhera de Lisboa, de madrugada, exausto e bêbado, do que vê-lo, de ripanço debaixo do braço, com um ar velho, marchando para a igreja de Benfica.

E havia agora uma ideia que, a seu pesar, às vezes o torturava: descobrira a grande parecença de Pedro com um avô de sua mulher, um Runa, de quem existia um retrato em Benfica; este homem extraordinário, com que na casa se metia medo às crianças, enlouquecera, e julgando-se Judas enforcara-se numa figueira... Mas um dia, excessos e crises findaram. Pedro da Maia amava! Era um amor à Romeu, vindo de repente numa troca de olhares fatal e deslumbradora, uma dessas paixões que assaltam uma existência, a assolam como um furacão, arrancando a vontade, a razão, os respeitos humanos e empurrando-os de roldão aos abismos. Numa tarde, estando no Marrare, vira para defronte, à porta de Mme. Levaillant, uma caleche azul onde vinha um velho de chapéu branco, e uma senhora loura, embrulhada num xale de caxemira. O velho, baixote e reforçado, de barba muito grisalha talhada por baixo do queixo, uma face tisnada de antigo embarcadiço e o ar *gauche*, desceu todo encostado no trintanário como se um reumatismo o tolhesse, entrou arrastando a perna o portal da modista; e ela voltando devagar a cabeça olhou um momento o Marrare. Sob as rosinhas que ornavam o seu chapéu preto os cabelos louros, de um ouro fulvo, ondeavam de leve sobre a testa curta e clássica; os olhos maravilhosos iluminavam-na toda; a friagem fazia-lhe mais pálida a carnação de mármore, e com o seu perfil grave de estátua, o modelado nobre dos ombros e dos braços que o xale cingia, pareceu a Pedro nesse instante alguma coisa de imortal e superior à Terra.

Não a conhecia. Mas um rapaz alto, macilento, de bigodes negros, vestido de negro, que fumava encostado à outra ombreira, numa pose de tédio, vendo o violento interesse de Pedro, o olhar aceso e perturbado com que seguia a caleche trotando Chiado acima, veio tomar-lhe o braço, murmurou-lhe junto à face na sua voz grossa e lenta:

— Queres que te diga o nome, meu Pedro? O nome, as origens, as datas e os feitos principais? E pagas ao teu amigo Alencar, ao teu sequioso Alencar, uma garrafa de *champagne*?

Veio o *champagne*. E o Alencar, depois de passar os dedos magros pelos anéis da cabeleira e pelas pontas do bigode, começou, todo recostado e dando um puxão aos punhos:

— Por uma dourada tarde de outono...

— André — gritou Pedro ao criado, martelando o mármore da mesa —, retira o *champagne*!

O Alencar bradou, imitando o ator Epifânio:

— O quê! Sem saciar a avidez de meu lábio?...

Pois bem, o *champagne* ficaria; mas o amigo Alencar, esquecendo que era o poeta das *Vozes d'Aurora*, explicaria aquela gente da caleche azul numa linguagem cristã e prática...

— Aí vai, meu Pedro, aí vai!

Havia dois anos, justamente quando Pedro perdera a mamã, aquele velho, o papá Monforte, uma manhã rompera subitamente pelas ruas e pela sociedade de Lisboa naquela mesma caleche com essa bela filha ao seu lado. Ninguém os conhecia. Tinham alugado a Arroios um primeiro andar no palacete dos Vargas; e a rapariga principiou a aparecer em S. Carlos, fazendo uma impressão — uma impressão de causar aneurismas, dizia o Alencar! Quando ela atravessava o salão, os ombros vergavam-se no deslumbramento de auréola que vinha daquela magnífica criatura, arrastando com um passo de deusa a sua cauda de corte, sempre decotada como em noites de gala, e apesar de solteira resplandecente de joias. O papá nunca lhe dava o braço: seguia atrás, entalado numa grande gravata branca de mordomo, parecendo mais tisnado e mais embarcadiço na claridade loura que saía da filha, encolhido e quase apavorado, trazendo nas mãos o óculo, o libreto, um saco de bombons, o leque e o seu próprio guarda-chuva. Mas era no camarote, quando a luz caía sobre o seu colo ebúrneo e as suas tranças de ouro, que ela oferecia verdadeiramente a encarnação de um ideal da Renascença, um modelo de Ticiano... Ele, Alencar, na primeira noite em que a vira, exclamara, mostrando-a a ela e às outras, às trigueirotas da assinatura:

— Rapazes! É como um ducado de ouro novo entre velhos patacos do tempo do senhor D. João VI!

O Magalhães, esse torpe pirata, pusera o dito num folhetim do *Português*. Mas o dito era dele, Alencar!

Os rapazes, naturalmente, começaram logo a rondar o palacete de Arroios. Mas nunca naquela casa se abria uma janela. Os criados interrogados disseram apenas que a menina se chamava Maria e que o senhor se chamava Manuel. Enfim uma criada, amaciada com seis pintos,[2] soltou mais: o homem era taciturno, tremia diante da filha e dormia numa rede; a senhora, essa, vivia num ninho de sedas todo azul-ferrete, e passava o seu dia a ler novelas. Isto não podia satisfazer a sofreguidão de Lisboa. Fez-se uma devassa metódica, hábil, paciente... Ele, Alencar, pertencera à devassa.

E souberam-se horrores. O papá Monforte era dos Açores; muito moço, uma facada numa rixa, um cadáver a uma esquina tinham-no forçado a fugir a bordo de um brigue americano. Tempos depois um certo Silva, procurador da casa de Taveira, que o conhecera nos Açores, estando em Havana a estudar a cultura do tabaco que os Taveiras queriam implantar nas ilhas, encontrara lá o Monforte (que verdadeiramente se chamava Forte) rondando pelo cais; de chinelas de esparto, à procura de embarque para New Orleans. Aqui havia uma treva na história do Monforte. Parece que servira algum tempo de feitor numa plantação da Virgínia... Enfim, quando reapareceu à face dos céus, comandava o brigue *Nova Linda*, e levava cargas de pretos para o Brasil, para Havana e para New Orleans.

Escapara aos cruzeiros ingleses, arrancara uma fortuna da pele do africano, e agora rico, homem de bem, proprietário, ia ouvir a Corelli a S. Carlos.

Todavia esta terrível crônica, como dizia o Alencar, obscura e mal provada, claudicava aqui e além...

---

[2] Pinto: antiga moeda portuguesa de pequeno valor. (N.E.)

— E a filha? — perguntou Pedro, que o escutara, sério e pálido.

Mas isso não o sabia o amigo Alencar. Onde a arranjara assim tão loura e bela? Quem fora a mamã? Onde estava? Quem a ensinara a embrulhar-se com aquele gesto real no seu xale de caxemira?...

Isso, meu Pedro, são

> mistérios que jamais pôde Lisboa
> astuta devassar e só Deus sabe!

Em todo caso, quando Lisboa descobriu aquela legenda de sangue e negros, o entusiasmo pela Monforte calmou. Que diabo! Juno tinha sangue de assassino; a *beltà* de Ticiano era filha de negreiro! As senhoras, deliciando-se em vilipendiar uma mulher tão loura, tão linda e com tantas joias, chamaram-lhe logo "a negreira"! Quando ela aparecia agora no teatro, D. Maria da Gama afetava esconder a face detrás do leque, porque lhe parecia ver na rapariga (sobretudo quando ela usava os seus belos rubis) o sangue das facadas que dera o papazinho! E tinham-na caluniado abominavelmente. Assim, depois de passarem em Lisboa o primeiro inverno, os Monfortes sumiram-se; pois disse-se logo, com furor, que estavam arruinados, que a polícia perseguia o velho; mil perversidades... O excelente Monforte, que sofre de reumatismos articulares, achava-se tranquilamente, ricamente, tomando as águas dos Pireneus... Fora lá que o Melo os conhecera...

— Ah, o Melo conhece-os? — exclamou Pedro.

— Sim, meu Pedro, o Melo os conhece.

Pedro daí a um momento deixou o Marrare; e nessa noite, antes de recolher, apesar da chuva fria e miúda, andou rondando uma hora, com a imaginação toda acesa, o palacete dos Vargas, apagado e mudo. Depois, daí a duas semanas o Alencar, entrando em S. Carlos ao fim do primeiro ato do *Barbeiro*, ficou assombrado ao ver Pedro da Maia instalado na frisa do Monforte, à frente, ao lado de Maria, com uma camélia escarlate na casaca, igual às de um ramo pousado no rebordo de veludo.

Nunca Maria Monforte aparecera mais bela: tinha uma dessas *toilettes* excessivas e teatrais que ofendiam Lisboa e faziam dizer às senhoras que ela se vestia "como uma cômica". Estava de seda cor de trigo, com duas rosas amarelas e uma espiga nas tranças, opalas sobre o colo e nos braços; e estes tons de seara madura batida de sol, fundindo-se com o ouro dos cabelos, iluminando-lhe a carnação ebúrnea, banhando as suas formas de estátua, davam-lhe o esplendor de uma Ceres. Ao fundo entreviam-se os grandes bigodes louros do Melo, que conversava de pé com o papá Monforte, escondido como sempre no canto negro da frisa.

O Alencar foi observar "o caso" do camarote dos Gamas. Pedro voltara à sua cadeira, e de braços cruzados contemplava Maria. Ela conservou algum tempo a sua atitude de deusa insensível; mas, depois, no dueto de Rosina e Lindor, duas vezes os seus olhos azuis e profundos se fixaram nele, gravemente e muito tempo. O Alencar correu ao Marrare, de braços ao ar, a berrar a novidade.

Não tardou de resto a falar-se em toda a Lisboa da paixão de Pedro da Maia pela negreira. Ele também namorou-a publicamente, à antiga, plantado a uma esquina, defronte do palacete dos Vargas, com os olhos cravados na janela dela, imóvel e pálido de êxtase. Escrevia-lhe todos os dias duas cartas em seis folhas de papel, poemas desordenados que ia compor para o Marrare; e ninguém lá ignorava o destino daquelas páginas de linhas encruzadas que se acumulavam diante dele sobre o tabuleiro da genebra. Se algum amigo vinha à porta do café perguntar por Pedro da Maia, os criados já respondiam muito naturalmente:

— O Senhor D. Pedro? Está a escrever à menina.

E ele mesmo, se o amigo se acercava, estendia-lhe a mão, exclamava radiante, com o seu belo e franco sorriso:

— Espera aí um bocado, rapaz, estou a escrever à Maria!

Os velhos amigos de Afonso da Maia, que vinham fazer o seu *whist* a Benfica, sobretudo o Vilaça, o administrador dos Maias, muito zeloso da dignidade da casa, não tardaram em lhe trazer a nova daqueles amores do Pedrinho. Afonso já os suspeitava: via todos os dias um criado da quinta partir com um grande ramo das melhores camélias do jardim; todas as manhãs cedo encontrava no corredor o escudeiro, dirigindo-se ao quarto do menino, a cheirar regaladamente o perfume de um envelope com sinete de lacre dourado; e não lhe desagradava que um sentimento qualquer, humano e forte, lhe fosse arrancando o filho à estroinice bulhenta, ao jogo, às melancolias sem razão em que reaparecia o negro ripanço...Mas ignorava o nome, a existência sequer dos Monfortes; e as particularidades que os amigos lhe revelaram, aquela facada nos Açores, o chicote de feitor na Virgínia, o brigue *Nova Olinda*, toda a sinistra legenda do velho contrariou muito Afonso da Maia. Uma noite que o coronel Sequeira, à mesa do *whist,* contava que vira Maria Monforte e Pedro passeando a cavalo, "ambos muito bem e muito *distingués*", Afonso, depois de um silêncio, disse com um ar enfastiado:

— Enfim, todos os rapazes têm as suas amantes... Os costumes são assim, a vida é assim, e seria absurdo querer reprimir tais coisas. Mas essa mulher com um pai desses, mesmo para amante acho má.

O Vilaça suspendeu o baralhar das cartas e ajeitando os óculos de ouro exclamou com espanto:

— Amante! Mas a rapariga é solteira, meu senhor, é uma menina honesta...

Afonso da Maia enchia o seu cachimbo; as mãos começaram a tremer-lhe; e voltando-se para o administrador, numa voz que tremia um pouco também:

— O Vilaça decerto não supõe que meu filho queira casar com essa criatura...

O outro emudeceu. E foi o Sequeira que murmurou:

— Isso não, está claro que não...

E o jogo continuou algum tempo em silêncio.

Mas Afonso da Maia principiou a andar descontente. Passavam-se semanas que Pedro não jantava em Benfica. De manhã, se o via, era um momento, quando ele descia ao almoço, já com uma luva calçada, apressado e radiante, gritando para dentro se estava selado o cavalo; depois, mesmo de pé, bebia um gole de chá, perguntava a correr "se o papá queria alguma coisa", dava um jeito ao bigode diante do grande espelho de Veneza sobre o fogão, e lá partia, enlevado. Outras vezes todo o dia não saía do quarto; a tarde descia, acendiam-se as luzes; até que o pai, inquieto, subia, ia encontrá-lo estirado sobre o leito, com a cabeça enterrada nos braços.

— Que tens tu? — perguntava-lhe.

— Enxaqueca — respondia num tom surdo e rouco.

E Afonso descia indignado, vendo em toda aquela angústia covarde alguma carta que não viera, ou talvez uma rosa oferecida que não fora posta nos cabelos...

Depois, por vezes, entre dois *robbers* ou conversando em volta da bandeja do chá, os seus amigos tinham observações que o inquietavam, partindo daqueles homens que habitavam Lisboa, lhe conheciam os rumores, enquanto ele passava ali, inverno e verão, entre os seus livros e as suas rosas. Era o excelente Sequeira que perguntava por que não faria Pedro uma viagem longa, para se instruir à Alemanha, ao Oriente? Ou o velho Luís Runa, o primo de Afonso, que, a propósito de coisas indiferentes, rompia lamentando os tempos em que o intendente da polícia podia livremente expulsar de Lisboa as pessoas importunas... evidentemente aludiam à Monforte; evidentemente julgavam-na perigosa. No verão, Pedro partiu para Sintra. Afonso soube que os Monfortes tinham lá alugado uma casa. Dias depois o Vilaça apareceu em Benfica, muito preocupado: na véspera Pedro visitara-o no cartório, pedira-lhe informações sobre suas propriedades, sobre o meio de levantar dinheiro. Ele já lhe dissera que em setembro, chegando à sua maioridade, tinha a legítima da mamã...

— Mas não gostei disto, meu senhor, não gostei disto...

— E por que, Vilaça? O rapaz quererá dinheiro, quererá dar presentes à criatura... O amor é um luxo caro, Vilaça.

— Deus queira que seja isso, meu senhor, Deus o ouça!

E aquela confiança tão nobre de Afonso da Maia no orgulho patrício, nos brios de raça de seu filho, chegava a tranquilizar Vilaça.

Daí a dias, Afonso da Maia viu enfim Maria Monforte. Tinha jantado na quinta do Sequeira ao pé de Queluz, e tomavam ambos o seu café no mirante, quando entrou pelo caminho estreito que seguia o muro a caleche azul com os cavalos cobertos de redes. Maria, abrigada sob uma sombrinha escarlate, trazia um vestido cor-de-rosa cuja roda, toda em folhos, quase cobria os joelhos de Pedro sentado ao seu lado; as fitas de seu chapéu, apertadas num grande laço que lhe enchia o peito, eram também cor-de-rosa; e a sua face, grave e pura como um mármore grego, aparecia realmente adorável, iluminada pelos olhos de um azul sombrio, entre aqueles tons rosados. No assento defronte, quase todo tomado por cartões[3] de modista, encolhia-se o Monforte, de grande chapéu panamá, calça de ganga, o mantelete da filha no braço, o guarda-sol entre os joelhos. Iam colados; não viram o mirante; e, no caminho verde e fresco, a caleche passou com balanços lentos, sob os ramos que roçavam a sombrinha de Maria. O Sequeira ficara com a chávena de café junto aos lábios, de olho esgazeado, murmurando:

— Caramba! É bonita!

Afonso não respondeu; olhava cabisbaixo aquela sombrinha escarlate que, agora, se inclinava sobre Pedro, quase o escondia, parecia envolvê-lo todo, como uma larga mancha de sangue alastrando a caleche sob o verde triste das ramas.

O outono passou, chegou o inverno, frigidíssimo. Uma manhã, Pedro entrou na livraria[4] onde o pai estava lendo junto ao fogão; recebeu-lhe a bênção, passou um momento os olhos por um jornal aberto, e voltando-se bruscamente para ele:

---

[3] Cartões: sacos de compra (N.E.)

[4] Biblioteca doméstica. (N.E.)

— Meu pai — disse, esforçando-se por ser claro e decidido —, venho pedir-lhe licença para casar com uma senhora que se chama Maria Monforte.

Afonso pousou o livro aberto sobre os joelhos, e numa voz grave e lenta:

— Não me tinhas falado disso... Creio que é a filha de um assassino, de um negreiro, a quem chamam também a negreira...

— Meu pai!...

Afonso ergueu-se diante dele, rígido e inexorável como a encarnação mesma da honra doméstica.

— Que tens a dizer-me mais? Fazes-me corar de vergonha.

Pedro, mais branco que o lenço que tinha na mão, exclamou todo a tremer, quase em soluços:

— Pois pode estar certo, meu pai, que hei de casar!

Saiu, atirando furiosamente com a porta. No corredor gritou pelo escudeiro, muito alto para que o pai ouvisse, e deu-lhe ordem para levar as suas malas ao Hotel da Europa.

Dois dias depois Vilaça entrou em Benfica, com as lágrimas nos olhos, contando que o menino casara nessa madrugada, e segundo lhe dissera o Sérgio, procurador do Monforte, ia partir com a noiva para a Itália.

Afonso da Maia sentara-se nesse instante à mesa do almoço, posta ao pé do fogão; ao centro, um ramo esfolhava-se num vaso do Japão, à chama forte da lenha; e junto ao talher de Pedro estava o número da *Grinalda*, jornal de versos que ele costumava receber... Afonso ouviu o procurador, grave e mudo, continuando a desdobrar lentamente o seu guardanapo.

— Já almoçou, Vilaça?

O procurador, assombrado daquela serenidade, balbuciou:

— Já almocei, meu senhor...

Então Afonso, apontando para o talher de Pedro, disse ao escudeiro:

— Pode tirar dali esse talher, Teixeira. Daqui por diante há só um talher à mesa... sente-se, Vilaça, sente-se.

O Teixeira, ainda novo na casa, levantou com indiferença o talher do menino. Vilaça sentara-se. Tudo em redor era correto e calmo como nas outras manhãs em que almoçara em Benfica. Os passos do escudeiro não faziam ruído no tapete fofo; o lume estalava alegremente, pondo retoques de ouro nas pratas polidas; o sol discreto que brilhava fora no azul de inverno fazia cintilar cristais de geada nas ramas secas; e à janela o papagaio, muito patuleia e educado por Pedro, rosnava injúrias aos Cabrais.

Por fim Afonso ergueu-se; esteve olhando abstraidamente a quinta, os pavões no terraço; depois ao sair da sala tomou o braço de Vilaça, apoiou-se nele com força, como se lhe tivesse chegado a primeira tremura da velhice, e no seu abandono sentisse ali uma amizade segura. Seguiram o corredor, calados. Na livraria, Afonso foi ocupar a sua poltrona ao pé da janela; começou a encher devagar o seu cachimbo. Vilaça, de cabeça baixa, passeava ao comprido das altas estantes, nas pontas dos pés, como no quarto de um doente. Um bando de pardais veio gralhar um momento nos ramos de uma alta árvore que roçava a varanda. Depois houve um silêncio, e Afonso da Maia disse:

— Então, Vilaça, o Saldanha lá foi demitido do Paço?...

O outro respondeu, vaga e maquinalmente:

— É verdade, meu senhor, é verdade...

E não se falou mais de Pedro da Maia.

II

Pedro e Maria, no entanto, numa felicidade de novela iam descendo a Itália, a pequenas jornadas, de cidade em cidade, nessa via sagrada que vai desde as flores e das messes da planície lombarda até ao mole país de romance, Nápoles, branca sob o azul. Era lá que tencionavam passar o inverno, nesse ar sempre tépido junto a um mar sempre manso, onde as preguiças de noivado têm uma suavidade mais longa... Mas um dia, em Roma, Maria sentiu o apetite de Paris. Parecia-lhe fatigante o viajar assim, aos balouços das caleches, só para ir ver *lazzaroni* engolir fios de macarrão. Quanto melhor seria habitar um ninho acolchoado nos Campos Elísios, e gozarem ali um lindo inverno de amor! Paris estava segura, agora, com o príncipe Luís Napoleão... Além disso, aquela velha Itália clássica enfastiava-a já: tantos mármores eternos, tantas *madonas* começavam (como ela dizia pendurada languidamente no pescoço de Pedro) a dar tonturas à sua pobre cabeça! Suspirava por uma boa loja de modas, sob as chamas do gás, ao rumor do *boulevard*... Depois tinha medo da Itália onde todo mundo conspirava. Foram para França.

Mas por fim aquela Paris ainda agitada, onde parecia restar um vago cheiro de pólvora pelas ruas, onde cada face conservava um calor de batalha, desagradou a Maria. De noite acordava com a *Marselhesa*; achava um ar feroz à polícia; tudo permanecia triste; e as duquesas, pobres anjos, ainda não ousavam vir ao *Bois*, com medo dos operários, corja insaciável! Enfim demoraram-se lá até a primavera, no ninho que ele sonhara, todo de veludo azul, abrindo sobre os Campos Elísios.

Depois principiou a falar-se de novo em revolução, em golpe de Estado. A admiração absurda de Maria pelos novos uniformes da *garde-mobile* fazia Pedro nervoso. E quando ela apareceu grávida, ansiou por a tirar daquela Paris batalhadora e fascinante, vir abrigá-la na pacata Lisboa adormecida ao sol.

Antes de partir porém escreveu ao pai.

Fora um conselho, quase uma exigência de Maria. A recusa de Afonso da Maia a princípio desesperara-a. Não a afligia a desunião doméstica; mas aquele "não" afrontoso de fidalgo puritano marcara muito publicamente, muito brutalmente, a sua origem suspeita! Odiou o velho; e tinha apressado o casamento, aquela partida triunfante para a Itália, para lhe mostrar bem que nada valiam genealogias, avós godos, brios de família, diante dos seus braços nus... Agora, porém, que ia voltar a Lisboa, dar *soirées*, criar corte, a reconciliação tornava-se indispensável; aquele pai retirado em Benfica, com o rígido orgulho de outras idades, faria lembrar constantemente, mesmo entre os seus espelhos e os seus estofos, o brigue *Nova Linda* carregado de negros... E queria mostrar-se a Lisboa pelo braço desse sogro tão nobre e tão ornamental, com as suas barbas de Viso-Rei.

— Dize-lhe que já o adoro — murmurava ela curvada sobre a escrivaninha, acariciando os cabelos de Pedro. — Dize-lhe que se tiver um pequeno lhe hei de pôr o nome dele... Escreve-lhe uma carta bonita, hein!

E foi bonita, foi eterna a carta de Pedro ao papá. O pobre rapaz amava-o. Falou-lhe comovido da esperança de ter um filho varão; as desinteligências deviam findar em torno do berço daquele pequeno Maia que ali vinha, morgado e herdeiro do nome... Contava-lhe a sua felicidade com uma efusão de namorado indiscreto: a história da bondade de Maria, das suas graças, da sua instrução, enchia duas páginas; e jurava-lhe que apenas chegasse não tardaria uma hora em ir atirar-se aos seus pés...

Com efeito, apenas desembarcou, correu num trem a Benfica. Dois dias antes o pai partira para Santa Olávia; isto pareceu-lhe uma desfeita, e feriu-o acerbamente.

Fez-se então entre o pai e o filho uma grande separação.

Quando lhe nasceu uma filha Pedro não lho participou, dizendo dramaticamente ao Vilaça "que já não tinha pai"! Era um lindo bebê, muito gordo, louro e cor-de-rosa, com os belos olhos negros dos Maias. Apesar do desejo de Pedro, Maria não a quis criar; mas adorava-a com frenesi; passava dias de joelhos ao pé do berço, em êxtase correndo as suas mãos cheias de pedrarias pelas carninhas tenras, pondo-lhe beijos de devota nos pezinhos, na rosquinha das coxas, balbuciando-lhe num enlevo nomes de grande amor, e perfumando-a já, enchendo-a já de laçarotes.

E nestes delírios pela filha brotava, mais amarga, a sua cólera contra Afonso da Maia. Considerava-se então insultada em si mesma e naquele querubim que lhe nascera. Injuriava o velho grosseiramente; chamava-lhe o D. Fuas, o Barbatanas...

Pedro um dia ouviu isto, e escandalizou-se; ela replicou desabridamente; e diante daquela face abrasada, onde entre lágrimas os olhos azuis pareciam negros de cólera, ele só pôde balbuciar timidamente:

— É meu pai, Maria...

Seu pai! E à face de toda Lisboa tratava-a então como uma concubina! Podia ser um fidalgo, as maneiras eram de vilão. Um D. Fuas, um Barbatanas, nada mais!...

Arrebatou a filha e, abraçada nela, romperam as queixas por entre os prantos:

— Ninguém nos ama, meu anjo! Ninguém te quer! Tens só a tua mãe! Tratam-te como se fosses bastarda!

O bebê, sacudido nos braços da mãe, desatou a gritar. Pedro correu, envolveu-as ambas no mesmo abraço, já enternecido, já humilde; e tudo terminou num longo beijo.

E ele, por fim, no seu coração, justificava aquela cólera de mãe que vê desprezado o seu anjo. De resto, mesmo alguns amigos de Pedro, o Alencar, o D. João da Cunha, que começavam agora a frequentar Arroios, riam daquela obstinação de pai gótico, amuado na província, porque sua nora não tivera avós mortos em Aljubarrota! E onde havia outra em Lisboa, com aquelas *toilettes*, aquela graça, recebendo tão bem? Que diabo, o mundo marchara, saíra-se já das atitudes empertigadas do século XVI!

E o próprio Vilaça, um dia que Pedro lhe fora mostrar a pequerrucha adormecida entre as rendas do seu berço, sensibilizou-se; veio-lhe uma das suas fáceis lágrimas; declarou, com a mão no coração, que aquilo era uma caturrice do Senhor Afonso da Maia!

— Pois pior para ele! Não querer ver um anjo destes! — disse Maria, dando diante do espelho um lindo jeito às flores do cabelo.

— Também não faz cá falta...

E não fazia falta. Nesse outubro, quando a pequena completou o seu primeiro ano, houve um grande baile na casa de Arroios, que eles agora ocupavam toda, e que fora ricamente remobiliada. E as senhoras que outrora tinham horror à negreira, a D. Maria da Gama que escondia a face por trás do leque, lá vieram todas, amáveis e decotadas, com o beijinho pronto, chamando-lhe "querida", admirando as grinaldas de camélias que emolduravam os espelhos de quatrocentos mil-réis, e gozando muito os gelados.

Começara então uma existência festiva e luxuosa, que, segundo dizia Alencar, o íntimo da casa, o cortesão de Madame, "tinham um saborzinho de orgia *distinguée* como os poemas do Byron". Eram realmente as *soirées* mais alegres de Lisboa; ceava-se à uma hora com *champagne*; talhava-se até tarde monte forte; inventavam-se quadros vivos, em que Maria se mostrara soberanamente bela sob as roupagens clássicas de Helena ou no luxo sombrio do luto oriental de Judite. Nas noites mais íntimas, ela costumava vir fumar com os homens uma cigarrilha perfumada. Muitas vezes, na sala de bilhar, as palmas estalaram, vendo-a bater à carambola francesa D. João da Cunha, o grande taco da época. E no meio desta festança, atravessada pelo sopro romântico da Regeneração, lá se via sempre, taciturno e encolhido, o papá Monforte, de alta gravata branca, com as mãos atrás das costas, rodando pelos cantos, refugiado pelos vãos das janelas, mostrando-se só para salvar alguma bobeche que ia estalar — e não desprendendo nunca da filha o olho embevecido e senil.

Nunca Maria fora tão formosa. A maternidade dera-lhe um esplendor mais copioso; e enchia verdadeiramente, dava luz àquelas altas salas de Arroios, com a sua radiante figura de Juno loura, os diamantes das tranças, o ebúrneo e o lácteo do colo nu e o rumor das grandes sedas. Com razão, querendo ter, à maneira das damas da Renascença, uma flor que a simbolizasse, escolhera a tulipa real, opulenta e ardente.

Citavam-se os requintes do seu luxo, roupas brancas, rendas do valor de propriedades!... Podia fazê-lo! O marido era rico, e ela sem escrúpulo arruiná-lo-ia, a ele e ao papá Monforte...

Todos os amigos de Pedro, naturalmente, a amavam. O Alencar, esse proclamava-se com alarido "seu cavaleiro e seu poeta". Estava sempre em Arroios, tinha lá o seu talher; por aquelas salas soltava as suas frases ressoantes, por esses sofás arrastava as suas poses de melancolia. Ia dedicar a Maria (e nada havia mais extraordinário que o tom langoroso e plangente, o olho turvo, fatal, com que ele pronunciava este nome — Maria!), ia dedicar-lhe o seu poema, tão anunciado, tão esperado — *Flor de martírio*! E citavam-se as estrofes que lhe fizera ao gosto cantante do tempo:

> Vi-te essa noite no esplendor das salas
> Com as louras tranças volteando louca...

A paixão do Alencar era inocente: mas, dos outros íntimos da casa, mais de um, decerto, balbuciara já a sua declaração no *boudoir* azul em que ela recebia às três horas, entre os seus vasos de tulipas; as suas amigas, porém, mesmo as piores, afirmavam que os seus favores nunca teriam passado de alguma rosa dada num vão de janelas ou de algum longo e suave olhar por trás do leque. Pedro todavia começava a ter horas sombrias. Sem sentir ciúmes, vinha-lhe às vezes, de repente, um tédio daquela existência de luxo e de festa, um desejo violento de sacudir da sala esses homens, os seus íntimos, que se atropelavam assim tão ardentemente em volta dos ombros decotados de Maria.

Refugiava-se então nalgum canto, trincando com furor o charuto; e aí era, em toda a sua alma, um tropel de coisas dolorosas e sem nome...

Maria sabia perceber bem na face do marido "estas nuvens", como ela dizia. Corria para ele, tomava-lhe ambas as mãos, com força, com domínio.

— Que tens tu, amor? Estás amuado!

— Não, não estou amuado...

— Olha então para mim!...

Colava o seu belo seio contra o peito dele; as suas mãos corriam-lhe os braços numa carícia lenta e quente, dos pulsos aos ombros; depois, com um lindo olhar, estendia-lhe os lábios. Pedro colhia neles um longo beijo, e ficava consolado de tudo.

Durante esse tempo Afonso da Maia não saía das sombras de Santa Olávia, tão esquecido para lá como se estivesse no seu jazigo. Já se não falava dele em Arroios; D. Fuas estava roendo a teima. Só Pedro às vezes perguntava a Vilaça "como ia o papá". E as notícias do administrador enfureciam sempre Maria: o papá estava ótimo; tinha agora um cozinheiro francês esplêndido; Santa Olávia enchera-se de hóspedes, o Sequeira, André da Ega, D. Diego Coutinho...

— O Barbatanas trata-se! — ia ela dizer ao pai com rancor.

E o velho negreiro esfregava as mãos, satisfeito de o saber assim feliz em Santa Olávia; porque nunca cessara de tremer à ideia de ver em Arroios, diante de si, aquele fidalgo tão severo e de vida tão pura.

Quando porém Maria teve outro filho, um pequeno, o sossego que então se fez em Arroios trouxe de novo, muito vivamente, ao coração de Pedro, a imagem do pai abandonado naquela tristeza do Douro. Falou a Maria de reconciliação, a medo, aproveitando a fraqueza da convalescença. E a sua alegria foi grande, quando Maria, depois de ficar um momento pensativa, respondeu:

— Creio que me havia de fazer feliz tê-lo aqui...

Pedro, entusiasmado com um assentimento tão inesperado, pensou em abalar para Santa Olávia. Mas ela tinha um plano melhor: Afonso, segundo dizia o Vilaça, devia recolher em breve a Benfica; pois bem, ela iria com o pequeno, toda vestida de preto, e de repente, atirando-se-lhe aos pés, pedir-lhe-ia a bênção para seu neto! Não podia falhar! Não podia, realmente; e Pedro viu ali uma alta inspiração de maternidade...

Para abrandar desde já o papá, Pedro quis dar ao pequeno o nome de Afonso. Mas nisso Maria não consentiu. Andava lendo uma novela de que era herói o último Stuart, o romanesco príncipe Carlos Eduardo; e, namorada dele, das suas aventuras e desgraças, queria dar esse nome a seu filho... Carlos Eduardo da Maia! Um tal nome parecia-lhe conter todo um destino de amores e façanhas. O batizado teve de ser retardado; Maria adoecera com uma angina. Foi muito benigna porém; e, daí a duas semanas, Pedro podia já sair para uma caçada na sua quinta da Tojeira, adiante de Almada. Devia demorar-se dois dias. A partida arranjara-se unicamente para obsequiar um italiano chegado por então a Lisboa, distinto rapaz que lhe fora apresentado pelo secretário da Legação Inglesa, e com quem Pedro simpatizara vivamente; dizia-se sobrinho dos Príncipes de Soria; e vinha fugido de Nápoles, onde conspirara contra os Bourbons e fora condenado à morte. O Alencar e D. João Coutinho iam à caçada, e a partida foi de madrugada. Nessa tarde Maria jantava só no seu quarto, quando sentiu carruagens parando à porta, um grande rumor encher a escada; quase imediatamente Pedro aparecia-lhe trêmulo e enfiado:

— Uma grande desgraça, Maria!

— Jesus!

— Feri o rapaz, feri o napolitano!...

— Como?

Um desastre estúpido!... Ao saltar um barranco, a espingarda dispara-se-lhe, e a carga, zás, vai cravar-se no napolitano! Não era possível fazer curativos na Tojeira, e voltaram logo a Lisboa. Ele naturalmente não consentira que o homem que tinha ferido recolhesse ao hotel; trouxera-o para Arroios, para o quarto verde por cima; mandara chamar o médico, duas enfermeiras para o velar, e ele mesmo lá ia passar a noite...

— E ele?

— Um herói!... Sorri, diz que não é nada, mas eu vejo-o pálido como um morto. Um rapaz adorável! Isto só a mim, senhor! E então o Alencar que ia mesmo ao pé dele... Podia antes ter ferido o Alencar, um rapaz íntimo, de confiança! Até a gente se ria. Mas não, zás, logo o outro, o de cerimônia.

Uma sege, nesse instante, entrava o pátio.

— É o médico!

E Pedro abalou.

Voltou daí a pouco, mais tranquilo. O Dr. Guedes quase rira daquela bagatela, uma chumbada no braço, e alguns grãos perdidos nas costas. Prometera-lhe que daí a duas semanas podia caçar outra vez na Tojeira; e o príncipe estava já fumando o seu charuto. Belo rapaz! Parecia simpatizar com o papá Monforte...

Toda essa noite Maria dormiu mal, na excitação vaga que lhe dava aquela ideia de um príncipe entusiasta, conspirador, condenado à morte, ferido agora, por cima do seu quarto.

Logo de manhã cedo — apenas Pedro saíra a fazer transportar, ele mesmo, do hotel, as bagagens do napolitano — Maria mandou a sua criada francesa de quarto, uma bela moça de Arles, acima, saber da parte dela como Sua Alteza passara, e "ver que figura tinha".

A arlesiana apareceu, com os olhos brilhantes, a dizer à senhora, nos seus grandes gestos de provençal, que nunca vira um homem tão formoso! Era uma pintura de Nosso Senhor Jesus Cristo! Que pescoço, que brancura de mármore! Estava muito pálido ainda; agradecia enternecido os cuidados de Madame Maia; e ficara a ler o jornal encostado aos travesseiros...

Maria, desde então, não pareceu interessar-se mais pelo ferido. Era Pedro que vinha, a cada instante, falar-lhe dele, entusiasmado por aquela existência patética de príncipe conspirador, partilhando já o seu ódio aos Bourbons, encantado com a similitude de gostos que encontrava nele, o mesmo amor da caça, dos cavalos, das armas. Agora, logo de manhã, subia para o quarto do príncipe, de *robe de chambre* e cachimbo na boca, e passava lá horas numa camaradagem, fazendo grogues quentes — permitidos pelo Dr. Guedes. Levava mesmo para lá os seus amigos, Alencar, o D. João da Cunha. Maria sentia-lhes por cima as risadas. Às vezes tocava-se viola. E o velho Monforte, pasmado para o herói, não cessava de lhe rondar o leito.

A arlesiana, essa, também a cada momento aparecia lá a levar toalhas de rendas, um açucareiro que ninguém reclamara ou algum vaso com flores para alegrar a alcova... Maria, por fim, perguntou a Pedro, muito séria, se, além de todos os amigos da casa, duas enfermeiras, dois escudeiros, o papá e ele Pedro, era necessária também constantemente a sua própria criada no quarto de Sua Alteza! Não era. Mas Pedro riu muito à ideia de que a arlesiana se tivesse namorado do príncipe. Nesse caso Vênus era-lhe propícia! O napolitano também a achava picante: *un très joli brin de femme*, tinha ele dito.

A bela face de Maria empalideceu de cólera. Julgava tudo isso de mau gosto, grosseiro, imprudente! Pedro fora realmente um doido em trazer assim para a intimidade de Arroios um estrangeiro, um fugido, um aventureiro! Demais, aquela troça em cima, entre grogues quentes, com guitarra, sem respeito por ela ainda toda nervosa, toda fraca da convalescença, indignava-a! Apenas Sua Alteza pudesse acomodar-se com almofadas numa sege, queria-o fora, na estalagem...

— O que aí vai! Jesus! O que aí vai!... — disse Pedro.

— É assim.

E decerto foi muito severa também com a arlesiana, porque nessa tarde Pedro encontrou a moça aos ais no corredor, limpando ao avental os olhos afogueados.

Daí a dias, porém, o napolitano, já convalescente, quis recolher ao seu hotel. Não vira Maria; mas, em agradecimento da sua hospitalidade, mandou-lhe um admirável ramo, e, com uma galanteria de príncipe artista da Renascença, um soneto em italiano enrolado entre as flores e tão perfumado como elas; comparava-a a uma nobre dama da Síria, dando a gota de água da sua bilha ao cavaleiro árabe, ferido na estrada ardente; comparava-a à Beatriz do Dante. Isto afigurou-se a todos de uma rara distinção, e, como disse o Alencar, um rasgo à Byron.

Depois, na *soirée* do batizado de Carlos Eduardo, dada daí a uma semana, o napolitano mostrou-se, e impressionou tudo. Era um homem esplêndido, feito como um Apolo, de uma palidez de mármore rico: a sua barba curta e frisada, os seus longos cabelos castanhos, cabelos de mulher, ondeados e com reflexos de ouro, apartados à nazarena, davam-lhe realmente, como dizia a arlesiana, uma fisionomia de belo Cristo.

Dançou apenas uma contradança com Maria, e pareceu, na verdade, um pouco taciturno e orgulhoso; mas tudo nele fascinava, a sua figura, o seu mistério, até o seu nome de Tancredo. Muitos corações de mulher palpitavam quando ele, encostado a uma ombreira, de claque na mão, uma melancolia na face, exalando o encanto patético de um condenado à morte, derramava lentamente pela sala o langor sombrio do seu olhar de veludo. A Marquesa de Alvarenga, para o examinar de perto, pediu o braço a Pedro e foi aplicar-lhe, como a um mármore de museu, a sua luneta de ouro.

— É de apetite! — exclamou ela. — É uma imagem!... E são amigos, são amigos, Pedro?

— Somos como dois irmãos de armas, minha senhora.

Nessa mesma *soirée* o Vilaça informara a Pedro que o pai era esperado no dia seguinte em Benfica. E Pedro, logo que se recolheram, falou a Maria em "irem fazer a grande cena ao papá". Ela, porém, recusou, e com as razões mais imprevistas, as mais sensatas. Tinha cogitado muito! Reconhecia agora que um dos motivos daquela teima do papá — ultimamente chamava-lhe sempre o papá — era essa extraordinária existência de Arroios...

— Mas filha — disse Pedro —, escuta, nós não vivemos também em plena orgia... Alguns amigos que vêm...

Pois sim, pois sim... Mas, realmente, estava decidida a ter um interior mais calmo e mais doméstico. Era mesmo melhor para os bebês. Pois bem, queria que o papá estivesse convencido dessa transformação, para que as pazes fossem mais fáceis e eternas.

— Deixa passar dois ou três meses... Quando ele souber como nós vivemos quietinhos, eu o trarei, sossega... É bom também que seja quando meu pai partir para as águas, para os Pireneus. Que o pobre papá, coitado, tem medo do teu... filho, não achas assim melhor?

— És um anjo — foi a resposta de Pedro, beijando-lhe ambas as mãos.

Toda a antiga maneira de Maria pareceu com efeito ir mudando. Suspendera as *soirées*. Começou a passar as noites muito recolhidas, com alguns íntimos, no seu *boudoir* azul. Já não fumava; abandonara o bilhar; e vestida de preto, com uma flor nos cabelos, fazia *crochet* ao pé do candeeiro. Estudava-se música clássica quando vinha o velho Cazoti. O Alencar, que, imitando a sua dama, entrara também na gravidade, recitava traduções de Klopstock. Falava-se com sisudez de política; Maria era muito regeneradora.

E todas essas noites, Tancredo lá estava, indolente e belo, desenhando alguma flor para ela bordar, ou tangendo à guitarra canções populares de Nápoles. Todos ali o adoravam; mas ninguém mais que o velho Monforte, que passava horas, enterrado na sua alta gravata, contemplando o príncipe com enternecimento. Depois, de repente, erguia-se, atravessava a sala, ia-se debruçar sobre ele, palpá-lo, senti-lo, respirá-lo, murmurando no seu francês de embarcadiço:

— *Ça aller bien... Hein? Beaucoup bien...* Ora estimo...

E estas correntes bruscas de afeto comunicavam-se decerto, porque nesse momento Maria tinha sempre um dos seus lindos sorrisos para o papá ou vinha beijá-lo na testa.

De dia ocupava-se de coisas sérias. Organizara uma útil associação de caridade, a *Obra pia dos cobertores*, com o fim de fazer no inverno às famílias necessitadas distribuições de agasalhos; e presidia no salão de Arroios, com uma campainha, às reuniões em que se elaboravam os estatutos. Visitava os pobres. Ia também amiudadas vezes a uma devoção às igrejas, toda vestida de preto, a pé, com um véu muito espesso no rosto.

O esplendor da sua beleza aparecia agora velado por uma sombra tocante de ternura grave: a deusa idealizava-se em Madona; e não era raro ouvi-la de repente suspirar sem razão.

Ao mesmo tempo a sua paixão pela filha crescia. Tinha então dois anos e estava adorável; vinha todas as noites um momento à sala vestida com um luxo de princesa; e as exclamações, os êxtases de Tancredo não findavam! Fizera-lhe o retrato a carvão, a esfuminho, a aquarela; ajoelhava-se para lhe beijar a mãozinha cor-de-rosa, como ao *bambino* sagrado. E Maria, agora, apesar dos protestos de Pedro, dormia sempre com ela entre os braços. Ao começo desse setembro o velho Monforte partiu para os Pireneus. Maria chorou, dependurada ao pescoço do velho, como se ele largasse de novo para as travessias de África.

Ao jantar, porém, chegou já consolada e radiante; e Pedro voltou a falar da reconciliação, parecendo-lhe bom o momento de ir a Benfica recuperar para sempre aquele papá tão teimoso...

— Ainda não — disse ela refletindo, olhando o seu cálice de Bordéus. — Teu pai é uma espécie de santo, ainda o não merecemos... Mais para o inverno.

Uma sombria tarde de dezembro, de grande chuva, Afonso da Maia estava no seu escritório lendo, quando a porta se abriu violentamente, e, alçando os olhos do livro, viu Pedro diante de si. Vinha todo enlameado, desalinhado, e na sua face lívida, sob os cabelos revoltos, luzia um olhar de loucura. O velho ergueu-se aterrado.

E Pedro sem uma palavra atirou-se aos braços do pai, rompeu a chorar perdidamente.

— Pedro! Que sucedeu, filho?

Maria morrera, talvez! Uma alegria cruel invadiu-o, à ideia do filho livre para sempre dos Monfortes, voltando-lhe, trazendo à sua solidão os dois netos, toda uma descendência para amar! E repetia, trêmulo também, desprendendo-o de si com grande amor:

— Sossega, filho, que foi?

Pedro então caiu para o canapé, como cai um corpo morto; e levantando para o pai um rosto devastado, envelhecido, disse, palavra a palavra, numa voz surda:

— Estive fora de Lisboa dois dias... Voltei esta manhã... A Maria tinha fugido de casa com a pequena... Partiu com um homem, um italiano... E aqui estou!

Afonso da Maia ficou diante do filho, quedo, mudo, como uma figura de pedra; e a sua bela face, onde todo o sangue subira, enchia-se, pouco a pouco, de uma grande cólera. Viu, num relance, o escândalo, a cidade galhofando, as compaixões, o seu nome pela lama. E era aquele filho que, desprezando a sua autoridade, ligando-se a essa criatura, estragara o sangue da raça, cobria agora a sua casa de vexame. E ali estava! Ali jazia sem um grito, sem um furor, um arranque brutal de homem traído! Vinha atirar-se para um sofá chorando miseravelmente! Isto indignou-o, e rompeu a passear pela sala, rígido e áspero, cerrando os lábios para que não lhe escapassem as palavras de ira e de injúria que lhe enchiam o peito em tumulto... Mas era pai: ouvia, ali ao seu lado, aquele soluçar de funda dor; via tremer aquele pobre corpo desgraçado que ele outrora embalara nos braços; parou junto de Pedro, tomou-lhe gravemente a cabeça entre as mãos, e beijou-o na testa, uma vez, outra vez, como se ele fosse ainda criança, restituindo-lhe ali e para sempre a sua ternura inteira.

— Tinha razão, meu pai, tinha razão — murmurava Pedro entre lágrimas.

Depois, ficaram calados. Fora, as pancadas sucessivas da chuva batiam a casa, a quinta, num clamor prolongado; e as árvores, sob as janelas, ramalhavam num vasto vento de inverno.

Foi Afonso que quebrou o silêncio:

— Mas para onde fugiram, Pedro? Que sabes tu, filho? Não é só chorar...

— Não sei nada — respondeu Pedro, num longo esforço. — Sei que fugiu. Eu saí de Lisboa na segunda-feira. Nessa mesma noite, ela partiu de casa numa carruagem, com uma maleta, o cofre de joias, uma criada italiana que tinha agora e a pequena. Disse à governante e à ama do pequeno que ia ter comigo. Elas estranharam, mas que haviam de dizer?... Quando voltei achei esta carta. Era um papel já sujo, e desde essa manhã decerto muitas vezes relido, amarrotado com fúria. Continha estas palavras:

> É uma fatalidade, parto para sempre com Tancredo, esquece-me que não sou digna de ti, e levo a Maria que me não posso separar dela.

— E o pequeno, onde está o pequeno? — exclamou Afonso.

Pedro pareceu recordar-se:

— Está lá dentro com a ama, trouxe-o na sege.

O velho correu logo; e daí a pouco aparecia, erguendo nos braços o pequeno, na sua longa capa branca de franjas e a sua touca de rendas. Era gordo, de olhos muito negros, com uma adorável bochecha fresca e cor-de-rosa. Todo ele ria, grulhando, agitando o seu guizo de prata. A ama não passou da porta, tristonha, com os olhos no tapete e uma trouxinha na mão.

Afonso sentou-se lentamente na sua poltrona, e acomodou o neto no colo. Os olhos enchiam-se-lhe de uma bela luz de ternura; parecia esquecer a agonia do filho, a vergonha doméstica; agora só havia ali aquela facezinha tenra, que se lhe babava nos braços...

— Como se chama ele?

— Carlos Eduardo — murmurou a ama.

— Carlos Eduardo, hein?

Ficou a olhá-lo muito tempo, como procurando nele os sinais da sua raça; depois, tomou-lhe na sua as duas mãozinhas vermelhas que não largavam o guizo, e muito grave, como se a criança o percebesse, disse-lhe:

— Olha bem para mim. Eu sou o avô. É necessário amar o avô!

E àquela forte voz, o pequeno, com efeito, abriu os seus lindos olhos para ele, sérios de repente, muito fixos, sem medo das barbas grisalhas; depois rompeu a pular-lhe nos braços, desprendeu a mãozinha, e martelou-lhe furiosamente a cabeça com o guizo.

Toda a face do velho sorria àquela viçosa alegria; apertou-o ao seu largo peito muito tempo, pôs-lhe na face um beijo longo, consolado, enternecido, o seu primeiro beijo de avô; depois, com todo o cuidado, foi colocá-lo nos braços da ama.

— Vá, ama, vá... A Gertrudes já lá anda a arranjar-lhe o quarto; vá ver o que é necessário.

Fechou a porta e veio sentar-se junto do filho, que se não movera do canto do sofá, nem despregara os olhos do chão.

— Agora desabafa, Pedro, conta-me tudo... Olha que nos não vemos há três anos, filho.

— Há mais de três anos — murmurou Pedro.

Ergueu-se, alongou a vista à quinta, tão triste sob a chuva; depois, derramando-a morosamente pela livraria, considerou um momento o seu próprio retrato, feito em Roma aos doze anos, todo de veludo azul, com uma rosa na mão. E repetia, ainda, amargamente:

— Tinha razão, meu pai, tinha razão...

E pouco a pouco, passeando e suspirando, começou a falar daqueles últimos anos, o inverno passado em Paris, a vida em Arroios, a intimidade do italiano na casa, os planos de reconciliação; por fim aquela carta infame, sem pudor, invocando a fatalidade, arremessando-lhe o nome do outro!... No primeiro momento tivera só ideias de sangue e quisera persegui-los. Mas conservava um clarão de razão. Seria ridículo, não é verdade? Decerto a fuga fora de antemão preparada, e não havia de ir correndo às estalagens da Europa à busca de sua mulher... Ir lamentar-se à polícia, fazê-los prender? Uma imbecilidade; nem impedia que ela fosse já por esses caminhos fora dormindo com outro... Restava-lhe somente o desprezo. Era uma bonita amante que tivera alguns anos, e fugira com um homem. Adeus! Ficava-lhe um filho, sem mãe, com um mau nome. Paciência! Necessitava esquecer, partir para uma longa viagem, para a América talvez; e o pai veria, havia de voltar consolado e forte.

Dizia estas coisas sensatas, passeando devagar, com o charuto apagado nos dedos, numa voz que se calmava. Mas, de repente, parou diante do pai com um riso seco, um brilho feroz nos olhos.

— Sempre desejei ver a América, é boa ocasião agora... É uma ocasião famosa, hein? Posso até naturalizar-me, chegar a presidente, ou rebentar... Ah! Ah!

— Sim, mais tarde, depois pensarás nisso, filho — acudiu o velho, assustado.

Nesse momento a sineta do jantar começou a tocar lentamente, ao fundo do corredor.

— Ainda janta cedo, hein? — disse Pedro.

Teve um suspiro cansado e, lento, murmurou:

— Nós jantávamos às sete...

Quis então que o pai fosse para a mesa. Não havia motivo para que se não jantasse. Ele ia um bocado acima, ao seu antigo quarto de solteiro... Ainda lá tinha a cama, não é verdade? Não, não queria tomar nada...

— O Teixeira que me leve um cálice de genebra... Ainda cá está o Teixeira, coitado!

E vendo Afonso sentado, repetiu, já impaciente:

— Vá jantar, meu pai, vá jantar, pelo amor de Deus...

Saiu. O pai ouviu-lhe os passos por cima, e o ruído de janelas desabridamente abertas. Foi então andando para a sala de jantar, onde os criados que, pela ama, sabiam de certo desgosto, se moviam em pontas de pés, com a lentidão contristada de uma casa onde há morte. Afonso sentou-se à mesa só; mas já lá estava outra vez o talher de Pedro; rosas de inverno esfolhavam-se num vaso do Japão; e o velho papagaio agitado com a chuva mexia-se furiosamente no poleiro.

Afonso tomou uma colher de sopa, depois rolou a sua poltrona para junto do fogão; e ali ficou envolvido pouco a pouco naquele melancólico crepúsculo de dezembro, com os olhos no lume, escutando o sudoeste contra as vidraças, pensando em todas as coisas terríveis que assim invadiam num tropel patético a sua paz de velho. Mas no meio da sua dor, funda como era, ele percebia um ponto, um recanto do seu coração onde alguma coisa de muito doce, de muito novo, palpitava com uma frescura de renascimento, como se algures, no seu ser, estivesse rompendo, borbulhando uma nascente rica de alegrias futuras; e toda a sua face sorria à chama alegre, revendo a bochechinha rosada, sob as rendas brancas da touca...

Pela casa no entanto tinham-se acendido as luzes. Já inquieto subiu ao quarto do filho; estava tudo escuro, tão úmido e frio, como se a chuva caísse dentro. Um arrepio confrangeu o velho, e quando chamou, a voz de Pedro veio do negro da janela; estava lá, com a vidraça aberta, sentado fora na varanda, voltado para a noite brava, para o sombrio rumor das ramagens, recebendo na face o vento, a água, toda a invernia agreste.

— Pois estás aqui, filho! — exclamou Afonso. — Os criados hão de querer arranjar o quarto, desce um momento... Estás todo molhado, Pedro!

Apalpava-lhe os joelhos, as mãos regeladas. Pedro ergueu-se com um estremeção, desprendeu-se, impaciente daquela ternura do velho.

— Querem arranjar o quarto, hein? Faz-me bem o ar, faz-me tão bem!

O Teixeira trouxe luzes, e atrás dele apareceu o criado de Pedro, que chegara nesse momento de Arroios, com um largo estojo de viagem recoberto de oleado. As malas tinha-as deixado embaixo: e o cocheiro viera também, como nenhum dos senhores estava em casa...

— Bem, bem — interrompeu Afonso. — O Senhor Vilaça lá irá amanhã, e ele dará as ordens.

O criado então, em bicos de pés, foi depor o estojo sobre o mármore da cômoda: ainda lá restavam antigos frascos de *toilette* de Pedro; e os castiçais sobre a mesa alumiavam o grande leito triste de solteiro com os colchões dobrados ao meio.

A Gertrudes, toda atarefada, entrara com os braços carregados de roupa de cama; o Teixeira bateu vivamente os travesseiros; o criado de Arroios, pousando o chapéu a um canto, e sempre em pontas de pés, veio ajudá-los também. Pedro, no entanto, como sonâmbulo, voltara para a varanda, com a cabeça à chuva, atraído por aquela treva da quinta que se cavava embaixo com um rumor de mar bravo.

Afonso, então, puxou-lhe o braço quase com aspereza.

— Pedro! Deixa arranjar o quarto! Desce um momento.

Ele seguiu maquinalmente o pai à livraria, mordendo o charuto apagado que desde tarde conservava na mão. Sentou-se longe da luz, ao canto do sofá, ali ficou mudo e entorpecido. Muito tempo só os passos lentos do velho, ao comprido das altas estantes, quebraram o silêncio em que toda a sala ia adormecendo. Uma brasa morria no fogão. A noite parecia mais áspera. Eram de repente vergastadas de água contra as vidraças, trazidas numa rajada, que longamente, num clamor teimoso, faziam escoar um dilúvio dos telhados; depois havia uma calma tenebrosa, com uma sussurração distante de vento fugindo entre ramagens; nesse silêncio, as goteiras punham um pranto lento; e logo, uma corda de vendaval corria mais furiosa, envolvia a casa num bater de janelas, redemoinhava, partia com silvos desolados.

— Está uma noite de Inglaterra — disse Afonso, debruçando-se a espertar o lume.

Mas a esta palavra Pedro erguera-se, impetuosamente. Decerto o ferira a ideia de Maria, longe, num quarto alheio, agasalhando-se-lhe no leito do adultério entre os braços do outro. Apertou um instante a cabeça nas mãos, depois veio junto do pai, com o passo mal firme, mas a voz muita calma.

— Estou realmente cansado, meu pai, vou-me deitar. Boa noite... Amanhã conversaremos mais.

Beijou-lhe a mão e saiu devagar.

Afonso demorou-se ainda ali, com um livro na mão, sem ler, atento só a algum rumor que viesse de cima; mas tudo jazia em silêncio.

Deram dez horas. Antes de se recolher foi ao quarto onde se fizera a cama da ama. A Gertrudes, o criado de Arroios, o Teixeira estavam lá cochichando ao pé da cômoda, na penumbra que dava um fólio posto diante do candeeiro; todos se esquivaram em pontas de pés quando lhe sentiram os passos, e a ama continuou a arrumar em silêncio os gavetões. No vasto leito o pequeno dormia como um Menino Jesus cansado, com o seu guizo apertado na mão. Afonso não ousou beijá-lo, para o não acordar com as barbas ásperas; mas tocou-lhe na rendinha da camisa, entalou a roupa contra a parede, deu um jeito ao cortinado, enternecido, sentindo toda a sua dor calmar-se naquela sombra de alcova onde o seu neto dormia.

— É necessário alguma coisa, ama? — perguntou, abafando a voz.

— Não, meu senhor...

Então, sem ruído, subiu ao quarto de Pedro. Havia uma fenda clara, entreabriu a porta. O filho escrevia, à luz de duas velas, com o estojo aberto ao lado. Pareceu espantado de ver o pai; e na face que ergueu, envelhecida e lívida, dois sulcos negros faziam-lhe os olhos mais refulgentes e duros.

— Estou a escrever — disse ele.

Esfregou as mãos, como arrepiado da friagem do quarto, e acrescentou:

— Amanhã cedo é necessário que o Vilaça vá a Arroios... Estão lá os criados; tenho lá dois cavalos meus, enfim uma porção de arranjos. Eu estou-lhe a escrever.

É número 32 a casa dele, não é? O Teixeira há de saber... Boas noites, papá, boas noites.

No seu quarto, ao lado da livraria, Afonso não pôde sossegar, numa opressão, uma inquietação que a cada momento o faziam erguer sobre o travesseiro, escutar; agora, no silêncio da casa e do vento que calmara, ressoavam por cima, lentos e contínuos, os passos de Pedro.

A madrugada clareava, Afonso ia adormecendo, quando de repente um tiro atroou a casa. Precipitou-se do leito, despido e gritando; um criado acudia também com uma lanterna. Do quarto de Pedro, ainda entreaberto, vinha um cheiro de pólvora; e aos pés da cama, caído de bruços, numa poça de sangue que se ensopava no tapete, Afonso encontrou seu filho morto, apertando uma pistola na mão.

Entre as duas velas que se extinguiam, com fogachos lívidos, deixara-lhe uma carta lacrada com estas palavras sobre o envelope, numa letra firme: *Para o papá.*

Daí a dias fechou-se a casa de Benfica. Afonso da Maia partia com o neto e com todos os criados para a Quinta de Santa Olávia. Quando Vilaça, em fevereiro, foi lá acompanhar o corpo de Pedro, que ia ser depositado no jazigo da família, não pode conter as lágrimas ao avistar aquela vivenda onde passara tão alegres natais. Um baetão preto recobria o brasão de armas, e esse pano de esquife parecia ter destingido todo o seu negrume sobre a fachada muda, sobre os castanheiros que ornavam o pátio; dentro os criados abafavam a voz, carregados de luto; não havia uma flor nas jarras; o próprio encanto de Santa Olávia, o fresco cantar das águas-vivas por tanques e repuxos vinha agora com a cadência saudosa de um choro. E Vilaça foi encontrar Afonso na livraria, com as janelas cerradas ao lindo sol de inverno, caído para uma poltrona, a face cavada sob os cabelos crescidos e brancos, as mãos magras e ociosas sobre os joelhos...

O procurador veio dizer para Lisboa que o velho não durava um ano.

III

Mas esse ano passou, outros anos passaram.

Por uma manhã de abril, nas vésperas de Páscoa, Vilaça chegava de novo a Santa Olávia.

Não o esperavam tão cedo; e como era o primeiro dia bonito dessa primavera chuvosa, os senhores andavam para a quinta. O mordomo, o Teixeira, que ia já embranquecendo, mostrou-se todo satisfeito de ver o senhor administrador com quem às vezes se correspondia, e conduziu-o à sala de jantar onde a velha governanta, a Gertrudes, tomada de surpresa, deixou cair uma pilha de guardanapos, para lhe saltar ao pescoço.

As três portas envidraçadas estavam abertas para o terraço, que se estendia ao sol, com a sua balaustrada de mármore coberta de trepadeiras; e Vilaça, adiantando-se para os degraus que desciam ao jardim, mal pôde reconhecer Afonso da Maia naquele velho de barba de neve, mas tão robusto e corado, que vinha subindo a rua de romãzeiras com o seu neto pela mão.

Carlos, ao avistar no terraço um desconhecido, de chapéu alto, abafado num *cache-nez* de pelúcia, correu a mirá-lo, curioso, e achou-se arrebatado nos braços do bom Vilaça, que largara o guarda-sol, o beijava pelo cabelo, pela face, balbuciando:

— Oh! meu menino, meu querido menino! Que lindo que está! Que crescido que está...

— Então, sem avisar, Vilaça? — exclamava Afonso da Maia, chegando de braços abertos. — Nós só o esperávamos para a semana, criatura!

Os dois velhos abraçaram-se; depois um momento os seus olhos encontravam-se vivos e úmidos, e tornaram a apertar-se comovidos.

Carlos, ao lado, muito sério, todo esbelto, com as mãos enterradas nos bolsos das suas largas bragas de flanela branca, o casquete da mesma flanela posto de lado sobre os belos anéis do cabelo negro, continuava a mirar o Vilaça, que, com o beiço trêmulo, tendo tirado a luva, limpava os olhos por baixo dos óculos.

— E ninguém a esperá-lo, nem um criado lá embaixo no rio! — dizia Afonso. — Enfim, cá o temos, é o essencial... E como você está rijo, Vilaça!

— E V. Exa., meu senhor! — balbuciou o administrador, engolindo um soluço. — Nem uma ruga! Branco, sim, mas uma cara de moço... Eu nem o conhecia... Quando me lembro, a última vez que o vi... E cá isto! Cá esta linda flor!...

Ia abraçar Carlos outra vez entusiasmado, mas o rapaz fugiu-lhe com uma bela risada, saltou do terraço, foi pendurar-se de um trapézio armado entre as árvores, e ficou lá, balançando-se em cadência, forte e airoso, gritando: "tu és o Vilaça!". O Vilaça, de guarda-sol debaixo do braço, contemplava-o embevecido.

— Está uma linda criança! Faz gosto! E parece-se com o pai. Os mesmos olhos, olhos dos Maias, o cabelo encaracolado... Mas há de ser muito mais homem!

— É são, é rijo! — dizia o velho risonho, anediando as barbas. — E como ficou o seu rapaz, o Manuel? Quando é esse casamento? Venha você cá dentro, Vilaça, que há muito que conversar. Tinham entrado na sala de jantar, onde um lume de lenha na chaminé de azulejo esmorecia na fina e larga luz de abril; porcelanas e pratas resplandeciam nos aparadores de pau-santo; os canários pareciam doidos de alegria.

A Gertrudes, que ficara a observar, acercou-se, com as mãos cruzadas sob o avental branco, familiar, terna.

— Então, meu senhor, aqui está um regalo, ver outra vez este ingrato em Santa Olávia!

E, com um clarão de simpatia na face, alva e redonda como uma velha lua, ornada já de um buço branco:

— Ah, Senhor Vilaça, isto agora é outra coisa! Até os canários cantam! E também eu cantava, se ainda pudesse...

E foi saindo, subitamente comovida, já com vontade de chorar. O Teixeira esperava, com um riso superior e mudo que lhe ia de uma a outra ponta dos seus altos colarinhos de mordomo.

— Eu creio que prepararam o quarto azul ao Senhor Vilaça, hein? — disse Afonso. — No quarto em que você costumava ficar dorme agora a viscondessa...

Então o Vilaça apressou-se a perguntar pela senhora viscondessa. Era uma Runa, uma prima da mulher de Afonso, que, no tempo em que os poetas de Caminha a cantavam, casara com um fidalgote galego, o senhor Visconde de Urigo-de-la-Sierra, um borracho, um brutal que lhe batia; depois, viúva e pobre, Afonso recolhera-a por dever de parentela, e para haver uma senhora em Santa Olávia.

Ultimamente passara mal... Mas, olhando o relógio, Afonso interrompeu a relação desses achaques.

— Vilaça, vá-se arranjar, depressa, que daqui a pouco é o jantar.

O administrador, surpreendido, olhou também o relógio, depois a mesa, já posta, os seis talheres, o cesto de flores, as garrafas de Porto.

— Então V. Exa. agora janta de manhã? Eu pensei que era o almoço...

— Eu lhe digo, o Carlos necessita ter um regime. De madrugada está já na quinta; almoça às sete; e janta à uma hora. E eu, enfim, para vigiar as maneiras do rapaz...

— E o Senhor Afonso da Maia — exclamou Vilaça — a mudar de hábitos, nessa idade! O que é ser avô, meu senhor!

— Tolice! Não é isso... É que me faz bem. Olhe que me faz bem!... Mas avie-se, Vilaça, avie-se que Carlos não gosta de esperar... Talvez tenhamos o abade.

— O Custódio? Rica coisa! Então, se V. Exa. me dá licença...

Apenas no corredor, o mordomo, ansioso por conversar com o senhor administrador, perguntou-lhe, desembaraçando-o do guarda-sol e do xale-manta:

— Com franqueza, como nos acha por cá, pela quinta, Senhor Vilaça?

— Estou contente, Teixeira, estou contente. Pode-se vir por gosto a Santa Olávia.

E, pousando familiarmente a mão no ombro do escudeiro, piscando olho ainda úmido:

— Tudo isto é o menino. Fez reviver o patrão!

O Teixeira riu respeitosamente. O menino realmente era a alegria da casa...

— Olá! Quem toca por cá? — exclamou Vilaça, parando nos degraus da escada, ao ouvir em cima um afinar gemente de rabeca.

— É o Senhor Brown, o inglês, o preceptor do menino... Muito habilidoso, é um regalo ouvi-lo; toca às vezes à noite na sala, o senhor juiz de direito acompanha-o na concertina... Aqui, Senhor Vilaça, o quarto de V. Sa. ...

— Muito bonito, sim senhor!

O verniz dos móveis novos brilhava na luz das duas janelas, sobre o tapete alvadio semeado de florzinhas azuis; e as bambinelas, os reposteiros de cretone repetiam as mesmas folhagens azuladas sobre fundo claro. Este conforto fresco e campestre deleitou o bom Vilaça.

Foi logo apalpar os cretones, esfregou o mármore da cômoda, provou a solidez das cadeiras. Eram as mobílias compradas no Porto, hein? Pois, elegantes. E, realmente, não tinham sido caras. Nem ele fazia ideia! Ficou ainda em bicos de pés a examinar duas aquarelas inglesas representando vacas de luxo, deitadas na relva, à sombra de ruínas românticas. O Teixeira observou-lhe, com o relógio na mão.

— Olhe que V. Sa. tem só dez minutos... O menino não gosta de esperar.

Então Vilaça decidiu-se a desenrolar o *cache-nez;* depois tirou o seu pesado colete de malha de lã; e pela camisa entreaberta via-se ainda uma flanela escarlate por causa dos reumatismos e os bentinhos de seda bordada. O Teixeira desapertava as correias da maleta; ao fundo do corredor, a rabeca atacara o *Carnaval de Veneza*; e através das janelas fechadas sentia-se o grande ar, a frescura, a paz dos campos, todo o verde de abril.

Vilaça, sem óculos, um pouco arrepiado, passava a ponta da toalha molhada pelo pescoço, por trás da orelha, e ia dizendo:

— Então o nosso Carlinhos não gosta de esperar, hein? Já se sabe, é ele quem governa... Mimos e mais mimos, naturalmente...

Mas o Teixeira muito grave, muito sério, desiludiu o senhor administrador. Mimos e mais mimos, dizia S. Sa.? Coitadinho dele, que tinha sido educado com uma vara de ferro! Se ele fosse contar ao Senhor Vilaça! Não tinha a criança cinco anos já dormia num quarto só, sem lamparina; e todas as manhãs, zás, para dentro de uma tina de água fria, às vezes a gear lá fora... E outras barbaridades. Se não se soubesse a grande paixão do avô pela criança, havia de se dizer que a queria morta. Deus lhe perdoe, ele, Teixeira, chegara a pensá-lo... Mas não, parece que era sistema inglês! Deixava-o correr, cair, trepar às árvores, molhar-se, apanhar soalheiras, como um filho de caseiro. E depois o rigor com as comidas! Só a certas horas e de certas coisas... E às vezes a criancinha, com os olhos abertos, a aguar! Muita, muita dureza.

E o Teixeira acrescentou:

— Enfim era a vontade de Deus, saiu forte. Mas que nós aprovássemos a educação que tem levado, isso nunca aprovamos, nem eu nem a Gertrudes.

Olhou outra vez o relógio, preso por uma fita negra sobre o colete branco, deu alguns passos lentos pelo quarto; depois, tomando de sobre a cama a sobrecasaca do procurador, foi-lhe passando a escova pela gola, de leve e por amabilidade, enquanto dizia, junto ao toucador onde o Vilaça acamava as duas longas repas sobre a calva:

— Sabe V. Sa., apenas veio o mestre inglês, o que lhe ensinou? A remar! A remar, Senhor Vilaça, como um barqueiro! Sem contar o trapézio e as habilidades de palhaço; eu nisso nem gosto de falar... Que eu sou o primeiro a dizê-lo: o Brown é boa pessoa, calado, asseado, excelente músico. Mas é o que eu tenho repetido à Gertrudes: pode ser muito bom para inglês, não é para ensinar um fidalgo português... Não é. Vá V. Sa. falar a esse respeito com a Senhora D. Ana Silveira.

Bateram de manso à porta; o Teixeira emudeceu. Um escudeiro entrou, fez um sinal ao mordomo, tirou-lhe do braço respeitosamente a sobrecasaca, e ficou com ela junto do toucador, onde o Vilaça, vermelho e apressado, lutava ainda com as repas rebeldes. O Teixeira, da porta, disse com o relógio na mão:

— É o jantar. Tem V. Sa. dois minutos, Senhor Vilaça.

E o administrador daí a um momento abalava também, abotoando ainda o casaco pelas escadas.

Os senhores já estavam todos na sala. Junto do fogão, onde as achas consumidas morriam na cinza branca, o Brown percorria o *Times*. Carlos, a cavalo nos joelhos do avô, contava-lhe uma grande história de rapazes e de bulhas; e ao pé o bom Abade Custódio, com o lenço de rapé esquecido nas mãos, escutava, de boca aberta, num riso paternal e terno.

— Olhe quem ali vem, abade — disse-lhe Afonso.

O abade voltou-se e deu uma grande palmada na coxa:

— Esta é nova! Então é o nosso Vilaça? E não me tinha dito nada! Venham de lá esses ossos, homem!...

Carlos pulava nos joelhos do avô, muito divertido com aqueles longos abraços que juntavam as duas cabeças dos velhos, uma com as repas achatadas sobre a calva, outra com uma grande coroa aberta na mata de cabelo branco. E como eles, de mãos dadas, continuavam a admirar-se, a estudarem um no outro as rugas dos anos, Afonso disse:

— Vilaça! A senhora viscondessa...

O administrador porém procurou-a debalde, com os olhos abertos pela sala. Carlos ria, batendo as mãos; e Vilaça descobriu-a enfim a um canto, entre o aparador e a janela, sentada numa cadeirinha baixa, vestida de preto, tímida e queda, com os braços rechonchudos pousados sobre a obesidade da cinta. O rosto anafado e mole, branco como papel, as roscas do pescoço cobriram-se-lhe subitamente de rubor; não achou uma palavra para dizer ao Vilaça, e estendeu-lhe a mão papuda e pálida, com um dedo embrulhado num pedaço de seda negra. Depois ficou a abanar-se com um grande leque de lantejoulas, o seio a arfar, os olhos no regaço, como exausta daquele esforço.

Dois escudeiros tinham começado a servir a sopa; o Teixeira esperava, perfilado por trás do alto espaldar da cadeira de Afonso. Mas Carlos cavalgava ainda o avô, querendo acabar outra história. Era o Manuel, trazia uma pedra na mão... Ele primeiro pensara ir às boas; mas os dois rapazes começaram a rir... De maneira que os correu a todos...

— E maiores que tu?

— Três rapagões, vovô, pode perguntar à tia Pedra... Ela viu que estava na eira. Um deles trazia uma foice...

— Está bom, senhor, está bom, ficamos inteirados... Vá, desmonte, que está a sopa a esfriar. Upa! Upa!

E o velho, com o seu aspecto resplandecente de patriarca feliz, veio sentar-se ao alto da mesa, sorrindo e dizendo:

— Já se vai fazendo pesado, já não está para colo... Mas reparou no Brown, e, tornando a erguer-se, fez a apresentação do procurador.

— O Senhor Brown, o amigo Vilaça... Peço perdão, descuidei-me, foi culpa daquele cavalheiro lá no fundo da mesa, o Senhor D. Carlos de Mata-Sete!

O preceptor, solidamente abotoado na sua longa sobrecasaca militar, deu toda a volta à mesa, rígido e teso, para vir sacudir o Vilaça num tremendo *shake hands*; depois, sem uma palavra, reocupou o seu lugar, desdobrou o guardanapo, cofiou os formidáveis bigodes, e foi então que disse ao Vilaça, com o seu forte acento inglês:

— Muito belo dia... glorioso!

— Tempo de rosas — respondeu o Vilaça, cumprimentando, intimidado diante daquele atleta.

Naturalmente, nesse dia, falou-se da jornada de Lisboa, do bom serviço da mala-posta, do caminho de ferro que se ia abrir... O Vilaça já viera no comboio até o Carregado.

— De causar horror, hein? — perguntou o abade, suspendendo a colher que ia levar à boca.

O excelente homem nunca saíra de Resende; e todo o largo mundo, que ficava para além da penumbra da sua escrita e das árvores do seu passal, lhe dava o terror de uma Babel. Sobretudo essa estrada de ferro, de que tanto se falava...

— Faz arrepiar um bocado — afirmou, com experiência, Vilaça. — Digam o que disserem, faz arrepiar!

Mas o abade assustava-se sobretudo com inevitáveis desgraças dessas máquinas!

O Vilaça então lembrou os desastres da mala-posta. No de Alcobaça, quando tudo se virou, ficaram esmagadas duas irmãs de caridade! Enfim de todos os modos havia perigos. Podia-se quebrar uma perna a passear no quarto...

O abade gostava de progresso... Achava até necessário o progresso. Mas parecia-lhe que se queria fazer tudo à lufa-lufa... O país não estava para essas invenções; o que precisava eram boas estradinhas...

— E economia! — disse o Vilaça, puxando para si os pimentões.

— Bucellas? — murmurou-lhe sobre o ombro o escudeiro.

O administrador ergueu o copo, depois de cheio, admirou-lhe à luz a cor rica, provou-o com a ponta do lábio, e piscando o olho para Afonso:

— É do nosso!

— Do velho — disse Afonso. — Pergunte ao Brown... Hein, Brown, um bom néctar?

— *Magnificente*! — exclamou o preceptor com uma energia fogosa.

Então Carlos, estendendo o braço por cima da mesa, reclamou também Bucellas. E a sua razão era haver festa por ter chegado o Vilaça. O avô não consentiu; o menino teria o seu cálice de Colares, como de costume, e um só. Carlos cruzou os braços sobre o guardanapo que lhe pendia do pescoço, espantado de tanta injustiça! Então nem para festejar o Vilaça poderia apanhar uma gotinha de Bucellas? Aí estava uma linda maneira de receber os hóspedes na quinta... A Gertrudes dissera-lhe que, como viera o senhor administrador, havia de pôr à noite para o chá o fato novo de veludo. Agora observavam-lhe que não era festa, nem caso para Bucellas... Então não entendia. O avô, que lhe bebia as palavras, enlevado, fez subitamente um carão severo.

— Parece-me que o senhor está palrando demais. As pessoas grandes é que palram à mesa.

Carlos recolheu-se logo ao seu prato, murmurando muito mansamente:

— Está bom, vovô, não te zangues. Esperarei para quando for grande...

Houve um sorriso em volta da mesa. A própria viscondessa, deleitada, agitou preguiçosamente o leque; o abade, com a sua boa face banhada em êxtase para o menino, apertava as mãos cabeludas contra o peito, tanto aquilo lhe parecia engraçado; e Afonso tossia por trás do guardanapo, como limpando as barbas, a esconder o riso, a admiração que lhe brilhava nos olhos.

Tanta vivacidade surpreendeu também Vilaça. Quis ouvir mais o menino, e pousando o seu talher:

— E diga-me, Carlinhos, já vai adiantado nos seus estudos?

O rapaz, sem o olhar, repoltreou-se, mergulhou as mãos pelo cós das flanelas e respondeu com um tom superior:

— Já faço ladear a *Brígida.*

Então o avô, sem se conter, largou a rir, caído para o espaldar da cadeira:

— Essa é boa! Eh! Eh! Já faz ladear a Brígida! E é verdade, Vilaça, já a faz ladear... Pergunte ao Brown; não é verdade, Brown? E a eguazita é uma piorrita, mas fina...

— Ó vovô — gritou Carlos já excitado —, dize ao Vilaça, anda. Não é verdade que eu era capaz de governar o *dog-cart*?

Afonso reassumiu um ar severo.

— Não o nego... Talvez o governasse, se lho consentissem. Mas faça-me o favor de se não gabar das suas façanhas, porque um bom cavaleiro deve ser modesto... E sobretudo não enterrar assim as mãos pela barriga abaixo...

O bom Vilaça, no entanto, dando estalinhos aos dedos, preparava uma observação. Não se podia decerto ter melhor prenda que montar a cavalo com as regras... Mas ele queria dizer se o Carlinhos já entrava com o seu Fredo, o seu Tito Liviozinho...

— Vilaça, Vilaça — advertiu o abade, de garfo no ar e um sorriso de santa malícia —, não se deve falar em latim aqui ao nosso nobre amigo... Não admite, acha que é antigo... Ele antigo é...

— Ora sirva-se desse *fricassé*, ande, abade — disse Afonso —, que eu sei que é o seu fraco, e deixe lá o latim...

O abade obedeceu com deleite; e escolhendo no molho rico os bons pedaços de ave, ia murmurando:

— Deve-se começar pelo latinzinho, deve-se começar por lá... É a base; é a basezinha!

— Não! Latim mais tarde! — exclamou o Brown, com um gesto possante. — *Prrimeiro forrça! Forrça!* Músculo...

E repetiu, duas vezes, agitando os formidáveis punhos:

— *Prrimeiro* músculo, músculo!...

Afonso apoiava-o, gravemente. O Brown estava na verdade. O latim era um luxo de erudito... Nada mais absurdo que começar a ensinar a uma criança numa língua morta, quem foi Fábio, rei dos Sabinos, o caso dos Gracos e outros negócios de uma nação extinta, deixando-o ao mesmo tempo sem saber o que é a chuva que o molha, como se faz o pão que come e todas as outras coisas do universo em que vive...

— Mas enfim os clássicos — arriscou timidamente o abade.

— Qual clássicos! O primeiro dever do homem é viver. E para isso é necessário ser são e ser forte. Toda a educação sensata consiste nisto: criar a saúde, a força e os seus hábitos; desenvolver exclusivamente o animal, armá-lo de uma grande superioridade física. Tal qual como se não tivesse alma. A alma vem depois... A alma é outro luxo. É um luxo de gente grande...

O abade coçava a cabeça, com ar arrepiado.

— A instruçãozinha é necessária — disse ele. — Você não acha, Vilaça? Que V. Exa., Senhor Afonso da Maia, tem visto mais mundo do que eu... Mas enfim a instruçãozinha...

— A instrução para uma criança não é recitar *Tityre, tu patulae recubans*... É saber fatos, noções, coisas úteis, coisas práticas...

Mas suspendeu-se; e, com olho brilhante, num sinal ao Vilaça, mostrou-lhe o neto que palrava inglês com o Brown. Eram decerto feitos de força, uma história de briga com rapazes que ele lhe estava a contar, animado e jogando com os punhos. O preceptor aprovava, retorcendo os bigodes. E à mesa os senhores com os garfos suspensos, por trás os escudeiros de pé e guardanapo no braço, todos, num silêncio reverente, admiravam o menino a falar inglês.

— Grande prenda, grande prenda — murmurou Vilaça, inclinando-se para a viscondessa.

A excelente senhora corou, através de um sorriso. Parecia assim mais gorda, toda acaçapada na cadeira, silenciosa, comendo sempre; e, a cada gole de Bucellas, refrescava-se languidamente com o seu grande leque negro e lantejoulado.

Quando o Teixeira serviu o vinho do Porto, Afonso fez uma "saúde" ao Vilaça. Todos os copos se ergueram num rumor de amizade. Carlos quis gritar "hurra!" O avô, com um gesto repreensivo, imobilizou-o; e na pausa satisfeita que se fez, o pequeno disse com uma grande convicção:

— Oh, avô, eu gosto do Vilaça. O Vilaça é nosso amigo.

— Muito, e há muitos anos, meu senhor! — exclamou o velho procurador, tão comovido que mal podia erguer o cálice na mão.

O jantar findava. Fora, o sol deixara o terraço e a quinta verdejava na grande doçura do ar tranquilo, sob o azul-ferrete. Na chaminé só restava uma cinza branca; os lilases das jarras exalavam um aroma vivo a que se misturava o do creme queimado, tocado de um fio de limão; os criados, de coletes brancos, moviam o serviço de onde se escapava algum som argentino; e toda a alva toalha adamascada desaparecia sob a confusão da sobremesa onde os tons dourados do vinho do Porto brilhavam entre as compoteiras de cristal. A viscondessa, afogueada, abanava-se. Padre Custódio enrolava devagar o guardanapo, a sua batina coçada luzia nas pregas das mangas.

Então Afonso, sorrindo ternamente, fez a última "saúde":

— Viva V. Sa., Senhor Carlos de Mata-Sete!

— Senhor vovô! — dizia o pequeno, escorropichando o copo. A cabecinha de cabelos negros e a velha face de barbas de neve saudavam-se das extremidades da mesa, enquanto todos sorriam, no enternecimento daquela cerimônia. Depois o abade, de palito na boca, murmurou as graças. A viscondessa, cerrando os olhos, juntou também as mãos. E Vilaça, que tinha crenças religiosas, não gostou de ver Carlos, sem se importar com as graças, saltar da cadeira, vir atirar-se ao pescoço do avô, falar-lhe ao ouvido.

— Não senhor! Não senhor! — dizia o velho.

Mas o rapaz, abraçando-o mais forte, dava-lhe grandes razões, num murmúrio de mimo doce como um beijo, que ia pondo na face do velho uma fraqueza indulgente.

— É por ser festa — disse ele enfim vencido. — Mas veja lá, veja lá...

O rapaz pulou, bateu as palmas, agarrou Vilaça pelos braços, fê-lo redemoinhar, e foi cantando num ritmo seu:

— Fizeste bem em vir; bem, bem, bem!... Vou buscar a Teresinha, inha, inha, inha!

— É a noiva — disse o avô, erguendo-se da mesa. — Já tem amores, é a pequena das Silveiras... O café para o terraço, Teixeira.

O dia fora convidava, adorável, de um azul suave, muito puro e muito alto, sem uma nuvem. Defronte do terraço os gerânios vermelhos estavam já abertos; as verduras dos arbustos, muito tenras ainda, de uma delicadeza de renda, pareciam tremer ao menor sopro; vinha por vezes um vago cheiro de violetas, misturado ao perfume adocicado das flores do campo; o alto repuxo cantava; e nas ruas do jardim, bordadas de buxos baixos, a areia fina faiscava de leve àquele sol tímido da primavera tardia, que ao longe envolvia os verdes da quinta, adormecida a essa hora de sesta numa luz fresca e loura. Os três homens sentaram-se à mesa do café. Defronte do terraço, o Brown, de boné escocês posto ao lado e grande cachimbo na boca, puxava ao alto a barra do trapézio para Carlos se balouçar. Então o bom Vilaça pediu para voltar as costas. Não gostava de ver ginásticas; bem sabia que não havia perigo; mas mesmo nos cavalinhos, as cabriolas, os arcos atordoavam-no, saía sempre com o estômago embrulhado...

— E parece-me imprudente, sobre o jantar...

— Qual! É só balouçar-se... Olhe para aquilo!

Mas Vilaça não se moveu, com a face sobre a chávena.

O abade, esse, admirava, de lábios entreabertos, e o pires cheio de café esquecido na mão.

— Olhe para aquilo, Vilaça — repetiu Afonso. — Não lhe fez mal, homem!

O bom Vilaça voltou-se, com esforço. O pequeno, muito alto no ar, com as pernas retesadas contra a barra do trapézio, as mãos às cordas, descia sobre o terraço, cavando o espaço largamente, com os cabelos ao vento; depois elevava-se, serenamente, crescendo em pleno sol; todo ele sorria; a sua blusa, os calções enfunavam-se à aragem; e via-se passar, fugir o brilho dos seus olhos muito negros e muito abertos.

— Não está mais na minha mão, não gosto — disse o Vilaça. — Acho imprudente!

Então Afonso bateu as palmas, o abade gritou "bravo, bravo". Vilaça voltou-se para aplaudir, mas Carlos tinha já desaparecido; o trapézio parava, em oscilações lentas; e o Brown, retomando o *Times* que pusera ao lado sobre o pedestal de um busto, foi descendo para a quinta envolvido numa nuvem de fumo do cachimbo.

— Bela coisa, a ginástica! — exclamou Afonso da Maia, acendendo com satisfação outro charuto.

Vilaça já ouvira que enfraquecia muito o peito. E o abade, depois de dar um sorvo ao café, de lamber os beiços, soltou a sua bela frase, arranjada em máxima:

— Esta educação faz atletas mas não faz cristãos. Já o tenho dito...

— Já o tenho dito, abade, já! — exclamou Afonso alegremente. — Diz-mo todas as semanas... Quer você saber, Vilaça? O nosso Custódio mata-me o bicho do ouvido para que eu ensine a cartilha ao rapaz. A cartilha!...

Custódio ficou um momento a olhar Afonso, com uma face desconsolada e a caixa de rapé aberta na mão; a irreligião daquele velho fidalgo, senhor de quase toda a freguesia, era uma das suas dores:

— A cartilha, sim, meu senhor, ainda que V. Exa. o diga assim com esse modo escarnica... A cartilha. Mas já não quero falar na cartilha... Há outras coisas. E se o digo tantas vezes, Senhor Afonso da Maia, é pelo amor que tenho ao menino.

E recomeçou a discussão, que voltava sempre ao café, quando Custódio jantava na quinta.

O bom homem achava horroroso que naquela idade tão lindo moço, herdeiro de uma casa tão grande, com futuras responsabilidades na sociedade, não soubesse a sua doutrina. E narrou logo ao Vilaça a história da D. Cecília Macedo: esta virtuosa senhora, mulher do escrivão, tendo passado diante do portão da quinta, avistara o Carlinhos, chamara-o carinhosa e amiga de crianças como era, e pedira-lhe que lhe dissesse o ato de contrição. E que respondeu o menino? Que nunca em tal ouvira falar! Estas coisas entristeciam. E o Senhor Afonso da Maia achava-lhe graça, ria-se! Ora ali estava o amigo Vilaça que podia dizer se era o caso para jubilar. Não, o Senhor Afonso da Maia tinha muito saber, e correra muito mundo; mas de uma coisa não o podia convencer, a ele pobre padre que nem mesmo o Porto vira ainda, é que houvesse felicidade e bom comportamento na vida sem a moral do catecismo.

E Afonso da Maia respondia com bom humor:

— Então que lhe ensinava você, abade, se eu lhe entregasse o rapaz? Que se não deve roubar dinheiro das algibeiras, nem mentir, nem maltratar os inferiores, porque isso é contra os mandamentos da lei de Deus, e leva o menino ao inferno, hein? É isso?...

— Há mais alguma coisa...

— Bem sei. Mas tudo isso que você lhe ensinaria que se não deve fazer, por ser um pecado que ofende a Deus, já ele sabe que se não deve praticar, porque é indigno de um cavalheiro e de um homem de bem...

— Mas, meu senhor...

— Ouça, abade. Toda a diferença é essa. Eu quero que o rapaz seja virtuoso por amor da virtude e honrado por amor da honra; mas não por medo às caldeiras de Pero Botelho, nem com o engodo de ir para o reino do céu...

E acrescentou, erguendo-se e sorrindo:

— Mas o verdadeiro dever de homens de bem, abade, é quando vem, depois de semanas de chuva, um dia destes, ir respirar pelos campos e não estar aqui a discutir moral. Portanto, arriba! E se o Vilaça não está muito cansado, vamos dar aí um giro pelas fazendas...

O abade suspirou como um santo que vê a negra impiedade dos tempos e Belzebu arrebatando as melhores reses do rebanho; depois olhou a chávena e sorveu com delícias o resto do seu café. Quando Afonso da Maia, Vilaça e o abade recolheram do seu passeio pela freguesia, escurecera, havia luzes pelas salas e tinham chegado já as Silveiras, senhoras ricas da Quinta da Lagoaça.

D. Ana Silveira, a solteira e mais velha, passava pela talentosa da família, e era em pontos de doutrina e de etiqueta uma grande autoridade em Resende. A viúva, D. Eugênia, limitava-se a ser uma excelente e pachorrenta senhora, de agradável nutrição, trigueirota e pestanuda; tinha dois filhos, a Teresinha, a "noiva" de Carlos, uma rapariguinha magra e viva com cabelos negros como tinta, e o morgadinho, o Eusebiozinho, uma maravilha muito falada naqueles sítios. Quase desde o berço este notável menino revelara um edificante amor por alfarrábios e por todas as coisas do saber. Ainda gatinhava e já a sua alegria era estar a um canto, sobre uma esteira, embrulhado num cobertor, folheando in-fólios, com o craniozinho calvo de sábio curvado sobre as letras garrafais de boa doutrina; depois de crescidinho, tinha tal propósito que permanecia horas imóvel numa cadeira, de perninhas bambas, esfuracando o nariz; nunca apetecera um tambor ou uma arma; mas cosiam-lhe cadernos de papel, onde o precoce letrado, entre o pasmo da mamã e da titi, passava a traçar algarismos, com a linguazinha de fora.

Assim na família tinha a sua carreira destinada; era rico, havia de ser primeiro bacharel, e depois desembargador. Quando vinha a Santa Olávia, a tia Anica instalava-o logo à mesa, ao pé do candeeiro, a admirar as pinturas de um enorme e rico volume, os *Costumes de todos os povos do Universo*. Já lá estava essa noite, vestido como sempre de escocês, com o *plaid* de flamejante xadrez vermelho e negro posto a tiracolo e preso ao ombro por uma dragona; para que conservasse o ar nobre de um Stuart, de um valoroso cavaleiro de Walter Scott, nunca lhe tiravam o boné onde se arqueava com heroísmo uma rutilante pena de galo; e nada havia mais melancólico que a sua facezinha trombuda, a que o excesso de lombrigas dava uma moleza e uma amarelidão de manteiga, os seus olhinhos vagos e azulados, sem pestanas como se a ciência lhas tivesse já consumido, pasmando com sisudez para as camponesas da Sicília, e para os guerreiros ferozes do Montenegro apoiados a escopetas, em píncaros de serranias.

Diante do canapé das senhoras lá se achava também o fiel amigo, o doutor delegado, grave e digno homem, que havia cinco anos andava ponderando e meditando o casamento com a Silveira viúva, sem se decidir, contentando-se em comprar todos os anos mais meia dúzia de lençóis, ou uma peça mais de bretanha, para arredondar o bragal. Estas compras eram discutidas em casa das Silveiras, à braseira; e as alusões recatadas, mas inevitáveis, às duas fronhazinhas, ao tamanho dos lençóis, aos cobertores de papá para os conchegos de janeiro, em lugar de inflamar o magistrado, inquietavam-no. Nos dias seguintes aparecia preocupado, como se a perspectiva de santa consumação do matrimônio lhe desse o arrepio de uma façanha a empreender, o ter de agarrar um touro, ou nadar nos cachões[1] do Douro. Então, por qualquer

[1] Cachões: cachoeiras. (N.E.)

razão especiosa, adiava-se o casamento até ao S. Miguel seguinte. E aliviado, tranquilo, o respeitável doutor continuava a acompanhar as Silveiras a chás, festas de igreja ou pêsames, vestido de preto, afável, serviçal, sorrindo a D. Eugênia, não desejando mais prazeres que os dessa convivência paternal.

Apenas Afonso entrou na sala deram-lhe logo notícia do contratempo: o doutor juiz de direito e a senhora não podiam vir, porque o magistrado tivera a dor; e as Brancos tinham mandado recado a desculpar-se, coitadas, que era dia de tristeza em casa, por fazer dezessete anos que morrera o mano Manuel...

— Bem — disse Afonso —, bem. A dor, a tristeza, o mano Manuel... Fazemos nós um voltaretezinho de quatro. Que diz o nosso doutor delegado?

O excelente homem dobrou a sua fronte calva, murmurando que "estava às ordens".

— Então ao dever, ao dever! — exclamou logo o abade, esfregando as mãos, no ardor já da partida.

Os parceiros dirigiram-se à saleta do jogo, que um reposteiro de damasco separava da sala, franzido agora, deixando ver a mesa verde e, nos círculos de luz que caíam dos *abat-jours*, os baralhos abertos em leque. Daí a um momento o doutor delegado voltou, risonho, dizendo que "os deixara para um roquezinho de três"; e retomou o seu lugar ao lado de D. Eugênia, cruzando os pés debaixo da cadeira e as mãos em cima do ventre. As senhoras estavam falando da dor do doutor juiz de direito. Costumava dar-lhe todos os três meses; e era condenável a sua teima em não querer consultar médicos. Quanto mais que ele andava acabado, ressequindo, amarelando — e a D. Augusta, a mulher, a nutrir à larga, a ganhar cores!... A viscondessa, enterrada em toda a sua gordura, ao canto do canapé, com o leque aberto sobre o peito, contou que a Espanha vira um caso igual: o homem chegara a parecer um esqueleto, e a mulher, uma pipa; e a princípio fora o contrário; até sobre isso se tinham feito uns versos...

— Humores — disse, com melancolia, o doutor delegado.

Depois falou-se nos Brancos; recordou-se a morte de Manuel Branco, coitadinho, na flor da idade! E que perfeição de rapaz! E que rapaz de juízo! D. Ana Silveira não se esquecera, como todos os anos, de lhe acender uma lamparina por alma, e de lhe rezar três padre-nossos. A viscondessa pareceu toda aflita por se não ter lembrado... E ela que tinha o propósito feito!

— Pois estive para to mandar dizer! — exclamou D. Ana. — E as Brancos que tanto o agradecem, filha!

— Ainda está a tempo — observou o magistrado.

D. Eugênia deu uma malha indolente no *crochet* de que nunca se separava e murmurou com um suspiro:

— Cada um tem os seus mortos.

E no silêncio que se fez, saiu do canto do canapé outro suspiro, o da viscondessa, que decerto se recordara do fidalgo de Urigo-de-la-Sierra, e murmurava:

— Cada um tem os seus mortos...

E o digno doutor delegado terminou por dizer igualmente, depois de passar refletidamente a mão pela calva:

— Cada um tem os seus mortos!

Uma sonolência ia pesando. Nas serpentinas douradas, sobre as consoles, as chamas das velas erguiam-se altas e tristes. Eusebiozinho voltava com cautela e arte as estampas dos *Costumes de todos os povos*. E na saleta de jogo, através do reposteiro aberto, sentia-se a voz já arrenegada do abade, rosnando com um rancor tranquilo, "passo, que é o que tenho feito toda santa noite!" Nesse momento Carlos arremetia pela sala adentro arrastando a sua noiva, a Teresinha, toda no ar e vermelha de brincar; e logo a grulhada das suas vozes reanimou o canapé dormente.

Os noivos tinham chegado de uma pitoresca e perigosa viagem, e Carlos parecia descontente de sua mulher; comportara-se de uma maneira atroz; quando ele ia governando a mala-posta, ela quisera empoleirar-se ao pé dele na almofada... Ora, senhoras não viajam na almofada.

— E ele atirou-me ao chão, titi!

— Não é verdade! De mais a mais é mentirosa! Foi como quando chegamos à estalagem... Ela quis-se deitar, e eu não quis... A gente, quando se apeia de viagem, a primeira coisa que faz é tratar do gado... E os cavalos vinham a escorrer...

A voz de D. Ana interrompeu, muito severa:

— Está bom, está bom, basta de tolices! Já cavalaram bastante. Senta-te aí ao pé da senhora viscondessa, Teresa... Olha essa travessa do cabelo... Que despropósito!

Sempre detestara ver a sobrinha, uma menina delicada de dez anos, a brincar assim com o Carlinhos. Aquele belo e impetuoso rapaz, sem doutrina e sem propósito, aterrava-a; e pela sua imaginação de solteirona passavam sem cessar ideias, suspeitas de ultrajes, que ele poderia fazer à menina. Em casa, ao agasalhá-la antes de vir para Santa Olávia, recomendava-lhe com força que não fosse com o Carlos para os recantos escuros! Que o não deixasse mexer-lhe nos vestidos!... A menina, que tinha os olhos muito langorosos, dizia: "Sim, titi." Mas, apenas na quinta, gostava de abraçar o seu maridinho. Se eram casados, por que não haviam de fazer nenê, ou ter uma loja e ganharem a sua vida aos beijinhos? Mas o violento rapaz só queria guerras, quatro cadeiras lançadas a galope, viagens a terras de nomes bárbaros que o Brown lhe ensinava. Ela, despeitada, vendo o seu coração mal compreendido, chamava-lhe arrieiro; ele ameaçava boxá-la, à inglesa; e separavam-se sempre arrenegados.

Mas quando ela se acomodou ao lado da viscondessa, gravezinha e com as mãos no regaço, Carlos veio logo estirar-se ao pé dela, meio deitado para as costas do canapé, bamboleando as pernas.

— Vamos, filho, tem maneiras — rosnou-lhe muito seca D. Ana.

— Estou cansado, governei quatro cavalos — replicou ele, insolente e sem a olhar.

De repente porém, de um salto, precipitou-se sobre o Eusebiozinho. Queria-o levar à África, a combater os selvagens; e puxava-o já pelo seu belo *plaid* de cavaleiro de Escócia, quando a mamã acudiu aterrada.

— Não, com o Eusebiozinho não, filho! Não tem saúde para essas cavaladas... Carlinhos, olhe que eu chamo o avô!

Mas o Eusebiozinho, a um repelão mais forte, rolara no chão, soltando gritos medonhos. Foi um alvoroço, um levantamento. A mãe trêmula, agachada junto dele, punha-o de pé sobre as perninhas moles, limpando-lhe as grossas lágrimas, já com o lenço, já com beijos, quase a chorar também. O delegado, consternado, apanhara o boné escocês, e cofiava melancolicamente a bela pena de galo. E a viscondessa apertava às mãos ambas o enorme seio, como se as palpitações a sufocassem.

O Eusebiozinho foi então preciosamente colocado ao lado da titi; e a severa senhora, com um fulgor de cólera na face magra, apertando o leque fechado como uma arma, preparava-se a repelir o Carlinhos que, de mãos atrás das costas e aos pulos em roda do canapé, ria, arreganhando para o Eusebiozinho um lábio feroz. Mas nesse momento davam nove horas, e a desempenada figura do Brown apareceu à porta.

Apenas o avistou, Carlos correu a refugiar-se por detrás da viscondessa, gritando:

— Ainda é muito cedo, Brown, hoje é festa, não me vou deitar!

Então Afonso da Maia, que se não movera aos uivos lancinantes do Silveirinha, disse de dentro, da mesa do voltarete, com severidade:

— Carlos, tenha a bondade de marchar já para a cama.

— Ó, vovô, é festa, que está cá o Vilaça!

Afonso da Maia pousou as cartas, atravessou a sala sem uma palavra, agarrou o rapaz pelo braço e arrastou-o pelo corredor, enquanto ele, de calcanhares fincados no soalho, resistia, protestando com desespero:

— É festa, vovô... É uma maldade!... O Vilaça pode-se escandalizar... Oh, vovô, eu não tenho sono!

Uma porta fechando-se abafou-lhe o clamor. As senhoras censuraram logo aquela rigidez; aí estava uma coisa incompreensível; o avô deixava-lhe fazer todos os horrores, e recusava-lhe então o bocadinho da *soirée*...

— Ó, Senhor Afonso da Maia, por que não deixou estar a criança?

— É necessário método, é necessário método — balbuciou ele, entrando, todo pálido do seu rigor.

E à mesa do voltarete, apanhando as cartas com as mãos trêmulas, repetia ainda:

— É necessário método. Crianças à noite dormem.

D. Ana Silveira, voltando-se para o Vilaça — que cedera o seu lugar ao doutor delegado e vinha palestrar com as senhoras —, teve aquele sorriso mudo que lhe franzia os lábios, sempre que Afonso da Maia falava em "métodos".

Depois, reclinando-se para as costas da cadeira e abrindo o leque, declarou, a transbordar de ironia, que, talvez por ter a inteligência curta, nunca compreendera a vantagem dos "métodos"... Era à inglesa, segundo diziam; talvez provassem bem em Inglaterra; mas ou ela estava enganada, ou Santa Olávia era no Reino de Portugal. E como Vilaça inclinava timidamente a cabeça, com a sua pitada nos dedos, a esperta senhora, baixo para que Afonso dentro não ouvisse, desabafou. O Senhor Vilaça naturalmente não sabia, mas aquela educação do Carlinhos nunca fora aprovada pelos amigos da casa. Já a presença do Brown, um herético, um protestante, como preceptor na família dos Maias, causara desgosto em Resende. Sobretudo quando o Senhor Afonso tinha aquele santo do abade Custódio, tão estimado, homem de tanto saber... Não ensinaria à criança habilidades de acrobata; mas havia de lhe dar uma educação de fidalgo, prepará-lo para fazer boa figura em Coimbra.

Nesse momento, o abade, suspeitando uma corrente de ar, erguera-se da mesa do jogo a fechar o reposteiro; então, como Afonso já não podia ouvir, D. Ana ergueu a voz:

— E olhe que o Custódio teve desgosto, Senhor Vilaça. Que o Carlinhos, coitadinho, nem uma palavra sabe de doutrina... Sempre lhe quero contar o que sucedeu com a Macedo.

Vilaça já sabia.

— Ah, já sabe? Lembras-te, viscondessa? Com a Macedo, do ato de contrição...

A viscondessa suspirou, erguendo um olhar mudo ao céu através do teto.

— Horroroso! — continuou D. Ana. — A pobre mulher chegou lá a nossa casa embuchada... E fez-me impressão. Até sonhei com aquilo três noites a fio...

Calou-se um momento. Vilaça, embaraçado, acanhado, fazia girar a caixa de rapé nos dedos, com os olhos postos no tapete. Outro langor de sonolência passou na sala; D. Eugênia, com as pálpebras pesadas, fazia de vez em quando uma malha mole no *crochet*; e a noiva de Carlos, estirada para o canto do sofá, já dormia, com a boquinha aberta, os seus lindos cabelos negros caindo-lhe pelo pescoço.

D. Ana, depois de bocejar de leve, retomou a sua ideia:

— Sem contar que o pequeno está muito atrasado. A não ser um bocado de inglês, não sabe nada... Nem tem prenda nenhuma!

— Mas é muito esperto, minha rica senhora! — acudiu Vilaça.

— É possível — respondeu secamente a inteligente Silveira.

E, voltando-se para Eusebiozinho, que se conservava ao lado dela, quieto como se fosse de gesso:

— Ó filho! Dize tu aqui ao Senhor Vilaça aqueles lindos versos que sabes... Não sejas atado, anda... Vá, Eusébio, filho, sê bonito...

Mas o menino, molengão e tristonho, não se descolava das saias da titi; teve ela de o pôr de pé, ampará-lo, para que o tenro prodígio não aluísse sobre as perninhas flácidas; e a mamã prometeu-lhe que, se dissesse os versinhos, dormia essa noite com ela... Isto decidiu-o; abriu a boca, e como de uma torneira lassa veio de lá escorrendo, num fio de voz, um recitativo lento e babujado:

> É noite, o astro saudoso
> Rompe a custo um plúmbeo céu,
> Tolda-lhe o rosto formoso
> Alvacento, úmido véu...

Disse-a toda, sem se mexer, com as mãozinhas pendentes, os olhos mortiços pregados na titi. A mamã fazia o compasso com a agulha do *crochet*, e a viscondessa, pouco a pouco, com um sorriso de quebranto, banhada no langor da melopeia, ia cerrando as pálpebras.

— Muito bem, muito bem! — exclamou o Vilaça, impressionado, quando o Eusebiozinho findou coberto de suor. — Que memória! Que memória! É um prodígio!...

Os criados entravam com o chá. Os parceiros tinham findado a partida; e o bom Custódio, de pé, com a sua chávena na mão, queixava-se amargamente da maneira por que aqueles senhores o tinham esfolado.

Como o outro dia era domingo, e havia missa cedo, as senhoras retiraram-se às nove e meia. O serviçal doutor delegado dava o braço a D. Eugênia; um criado da quinta alumiava adiante com o lampião; e o moço das Silveiras levava ao colo o Eusebiozinho que parecia um fardo escuro, abafado em mantas, com um xale amarrado na cabeça.

Depois da ceia Vilaça acompanhou ainda um momento Afonso da Maia à livraria, onde, antes de recolher, ele tomava sempre à inglesa o seu conhaque e soda.

O aposento, a que as velhas estantes de pau preto davam um ar severo, estava adormecido tepidamente, na penumbra suave, com as cortinas bem fechadas, um resto de lume na chaminé, e o globo do candeeiro pondo a sua claridade serena na mesa coberta de livros. Embaixo, os repuxos cantavam alto no silêncio da noite.

Enquanto o escudeiro rolava para o pé da poltrona de Afonso, numa mesa baixa, os cristais e as garrafas de soda, Vilaça, com as mãos nos bolsos, de pé e pensativo, olhava a brasa da acha que morria na cinza branca. Depois ergueu a cabeça, para murmurar, como ao acaso:

— Aquele rapazito é esperto...

— Quem? O Eusebiozinho? — disse Afonso, que se acomodava junto ao fogão, enchendo alegremente o cachimbo. — Eu tremo de o ver cá, Vilaça! O Carlos não gosta dele, e tivemos aí um desgosto horroroso... Foi já há meses. Havia uma procissão e o Eusebiozinho ia de anjo... As Silveiras, excelentes mulheres, coitadas, mandaram-no cá para o mostrar à viscondessa, já vestido de anjo. Pois senhores, distraímo-nos, e o Carlos, que o andava a rondar, apodera-se dele, leva-o para o sótão, e, meu caro Vilaça... Em primeiro lugar ia-o matando porque embirra com anjos... Mas o pior não foi isso. Imagine você o nosso terror, quando nos aparece o Eusebiozinho aos berros pela titi, todo desfrisado, sem uma asa, com a outra a bater-lhe os calcanhares dependurada de um barbante, a coroa de rosas enterrada até o pescoço, e os galões de ouro, os tules, as lantejoulas, toda a vestimenta celeste em frangalhos!... Enfim, um anjo depenado e sovado... Eu ia dando cabo do Carlos.

Bebeu metade da sua soda, e passando a mão pelas barbas acrescentou, com uma satisfação profunda:

— É levado do diabo, Vilaça!

O administrador, sentado agora à borda de uma cadeira, esboçou uma risadinha muda; depois ficou calado, olhando Afonso, com as mãos nos joelhos, como esquecido e vago. Ia abrir os lábios, hesitou ainda, tossiu de leve; e continuou a seguir pensativamente as faíscas que erravam sobre as achas.

Afonso da Maia, no entanto, com as pernas estiradas para o lume, recomeçara a falar do Silveirinha. Tinha três ou quatro meses mais que Carlos, mas estava enfezado, estiolado por uma educação à portuguesa; daquela idade ainda dormia no choco com as criadas; nunca o lavavam para o não constiparem; andava couraçado de rolos de flanelas! Passava os dias nas saias da titi a decorar versos, páginas inteiras do *Catecismo de perseverança.* Ele por curiosidade um dia abrira este livreco e vira lá, "que o Sol é que anda em volta da Terra (como antes de Galileu), e que Nosso Senhor todas as manhãs dá as ordens ao Sol, para onde há de ir e onde há de parar etc. etc." E assim lhe estavam arranjando uma almazinha de bacharel...

Vilaça teve outra risadinha silenciosa. Depois como subitamente decidido, ergueu-se, fez estalar os dedos, disse estas palavras:

— V. Exa. sabe que apareceu a Monforte?

Afonso, sem mover a cabeça, reclinado para as costas da poltrona, perguntou tranquilamente, envolvido no fumo do cachimbo:

— Em Lisboa?

— Não senhor, em Paris. Viu-a lá o Alencar, esse rapaz que escreve, e que era muito de Arroios. Esteve até em casa dela.

E ficaram calados. Havia anos que entre eles se não pronunciara o nome de Maria Monforte. Ao princípio, quando se retirara para Santa Olávia, a preocupação ardente de Afonso da Maia fora tirar-lhe a filha, que ela levara. Mas a esse tempo ninguém sabia onde Maria se refugiara com o seu príncipe; nem pela influência das legações, nem pagando regiamente a polícia secreta de Paris, de Londres, de Madri se pôde descobrir a "toca da fera", como dizia então o Vilaça. Ambos decerto tinham mudado de nome; e, dadas essas naturezas boêmias, quem sabe se não errariam agora pela América, pela Índia, em regiões mais exóticas? Depois, pouco a pouco, Afonso da Maia, descoroçoado com aqueles esforços vãos, todo ocupado do neto que crescia belo e forte ao seu lado, no enternecimento contínuo que ele lhe dava, foi esquecendo a Monforte e a sua outra neta, tão distante, tão vaga, a quem ignorava as feições, de quem mal sabia o nome. E agora, de repente, a Monforte aparecia outra vez em Paris! E o seu pobre Pedro estava morto! E aquela criança que dormia ao fundo do corredor, nunca vira sua mãe... Erguera-se; passeava na livraria, pesado e lento, com a cabeça baixa. Junto à mesa, ao pé do candeeiro, o Vilaça ia percorrendo um a um os papéis da sua carteira.

— E está em Paris com o italiano? — perguntou Afonso, do fundo sombrio do aposento.

O Vilaça ergueu a cabeça de sobre a carteira, e disse:

— Não senhor, está com quem lhe paga.

E como Afonso se aproximava da mesa, sem uma palavra, Vilaça, dando-lhe um papel dobrado, acrescentou:

— Todas essas coisas são muito graves, Senhor Afonso da Maia, e eu não quis fiar-me só na minha memória. Por isso pedi ao Alencar, que é um excelente rapaz, que me escrevesse numa carta tudo o que me contou. Assim, temos um documento. Eu não sei mais do que aí está escrito. Pode V. Exa. ler...

Afonso desdobrou as duas folhas de papel. Era uma história simples, que Alencar, o poeta das *Vozes d'Aurora*, o estilista de *Elvira*, ornara de flores e de galões dourados como uma capela em dia de festa. Uma noite, ao sair da *Maison d'Or*, ele vira a Monforte saltar dum *coupé* com dois homens de gravata branca; tinham-se logo reconhecido; e um momento ficaram hesitando, um defronte do outro, debaixo do candeeiro de gás, no *trottoir.* Foi ela que, muito decidida, rindo, estendeu a mão ao Alencar, pediu-lhe que a visitasse, deu-lhe a *adresse*, o nome por que devia perguntar: Madame de l'Estorade. E no seu *boudoir*, na manhã seguinte, a Monforte falou largamente de si; vivera três anos em Viena d'Áustria com Tancredo, e com o papá que se lhes fora reunir e que lá continuava decerto, como em Arroios, refugiando-se pelos cantos das salas, pagando as *toilettes* da filha, e dando palmadinhas ternas no ombro do amante como outrora no ombro do marido. Depois, tinham estado em Mônaco; e aí, dizia o Alencar, "num drama sombrio de paixão que ela me fez entrever", o napolitano fora morto em duelo. O papá morrera também nesse ano, deixando apenas da sua fortuna uns magros contos de réis e a mobília da casa em Viena; o velho arruinara-se com o luxo da filha, com as viagens, com as perdas de Tancredo ao *baccara.* Passara então um tempo em Londres; e daí viera habitar Paris, com Monsieur de l'Estorade, um jogador, um espadachim, que acabou de a arrasar, e que a abandonou legando-lhe esse nome de l'Estorade, que lhe era a ele doravante inútil porque passava a adotar outro mais sonoro de *Vicomte de Manderville.* Enfim, pobre, formosa doida, excessiva, lançara-se na existência daquelas mulheres de quem, dizia o Alencar, "a pálida Margarida Gautier, a gentil *Dama das camélias*, é o tipo sublime, o símbolo poético, a quem muito será perdoado porque muito amaram". E o poeta terminava: "ela está ainda no esplendor da beleza, mas as rugas virão, e então que avistará em redor de si? As rosas secas e ensanguentadas de sua coroa de esposa. Saí daquele *boudoir* perfumado, com a alma dilacerada, meu Vilaça! Pensava no meu pobre Pedro, que lá jaz sob o raio de luar, entre as raízes dos ciprestes. E, desiludido desta cruel vida, vim pedir ao absinto, no *boulevard*, uma hora de esquecimento".

Afonso da Maia deu um repelão à carta, menos enojado das torpezas da história, que daqueles lirismos relambidos.

E começou a passear, enquanto o Vilaça recolhia religiosamente o documento que tinha relido muitas vezes, na admiração do sentimento, do estilo, do ideal daquela página.

— E a pequena? — perguntou Afonso.

— Isso não sei. O Alencar não lhe falara na filha, nem ele mesmo sabe que ela a levou. Ninguém o sabe em Lisboa. Foi um detalhe que passou despercebido no grande escândalo. Mas quanto a mim, a pequena morreu. Senão, siga V. Exa. o meu raciocínio... Se a menina fosse viva, a mãe podia reclamar a legítima que cabe à criança... Ela sabe a casa que V. Exa. tem; há de haver dias, e são frequentes na vida dessas mulheres, em que lhe falte uma libra... Com o pretexto da educação da menina, ou de alimentos, já nos tinha importunado... Escrúpulos não tem ela. Se o não faz é que a filha morreu. Não lhe parece a V. Exa.?

— Talvez — disse Afonso.

E acrescentou, parando diante de Vilaça, que olhava outra vez a brasa morta tirando estalinhos dos dedos:

— Talvez... Suponhamos que morreram ambas, e não se fale mais nisso.

Estava dando meia-noite; os dois homens recolheram-se. E durante os dias que Vilaça passou em Santa Olávia, não se proferiu mais o nome de Maria Monforte.

Mas, na véspera da partida do administrador para Lisboa, Afonso subiu ao quarto dele, a entregar-lhe as amêndoas da Páscoa que Carlos mandava a Vilaça Júnior, um alfinete de peito com uma magnífica safira, e disse-lhe enquanto o outro, sensibilizado, balbuciava os agradecimentos:

— Agora outra coisa, Vilaça. Tenho estado a pensar. Vou escrever a meu primo Noronha, ao André que vive em Paris como você sabe, pedir-lhe que procure essa criatura, e que lhe ofereça dez ou quinze contos de réis, se ela me quiser entregar a filha... No caso, está claro, que esteja viva... E quero que você saiba desse Alencar a morada da mulher em Paris.

O Vilaça não respondeu, ocupado a meter entre as camisas, bem no fundo da maleta, a caixinha com o alfinete. Depois, erguendo-se, ficou diante de Afonso, a coçar refletidamente o queixo.

— Então que lhe parece, Vilaça?

— Parece-me arriscado.

E deu as suas razões. A menina deve ir nos seus treze anos. Estava uma mulher, com o seu temperamento formado, o caráter feito, talvez os seus hábitos... Nem falaria o português. As saudades da mãe haviam de ser terríveis... Enfim, o Senhor Afonso da Maia trazia uma estranha para casa...

— Você tem razão, Vilaça. Mas a mulher é uma prostituta, e a pequena é do meu sangue.

Nesse momento Carlos, cuja voz gritava no corredor pelo vovô, precipitou-se no quarto, esguedelhado, escarlate como uma romã. — O Brown tinha achado uma corujinha pequena! Queria que o vovô viesse ver, andara a buscá-lo por toda a casa... Era de morrer de rir... Muito pequena, muito feia, toda pelada, e com dois olhos de gente grande! E sabiam onde havia o ninho...

— Vem depressa, ó vovô! Depressa, que é necessário ir pô-la no ninho, por causa da coruja velha, que se pode afligir... O Brown está-lhe a dar azeite. Ó Vilaça, vem ver! Ó vovô, pelo amor de Deus! Tem uma cara tão engraçada! Mas depressa, depressa, que a coruja velha pode dar pela falta!...

E impaciente com a lentidão risonha do vovô, tanta indiferença pela inquietação da coruja velha, abalou atirando com a porta.

— Que bom coração! — exclamou o Vilaça, comovido. — A pensar nas saudades da coruja... A mãe dele é que não tem saudades! Sempre o disse, é uma fera!

Afonso encolheu tristemente os ombros. Iam já no corredor quando ele, parando um momento, baixando a voz:

— Tem-me esquecido de lhe contar, Vilaça, o Carlos sabe que o pai se matou...

Vilaça arredondou os olhos de espanto. Era verdade. Uma manhã entrara-lhe pela livraria, e dissera-lhe: "Ó vovô, o papá matou-se com uma pistola!" Naturalmente algum criado lho contara...

— E Vossa Excelência?

— Eu... Que havia de fazer? Disse-lhe que sim. Em tudo tenho obedecido ao que Pedro me pediu, nessas quatro ou cinco linhas da carta que me deixou. Quis ser enterrado em Santa Olávia, aí está. Não queria que o filho jamais soubesse da fuga da mãe; e por mim, decerto nunca o saberá. Quis que dois retratos que havia dela em Arroios fossem destruídos; como você sabe, obtiveram-se e destruíram-se. Mas não me pediu que ocultasse ao rapaz o seu fim. E por isso disse ao pequeno a verdade: disse-lhe que, num momento de loucura, o papá tinha dado um tiro em si...

— E ele?

— E ele — replicou Afonso sorrindo — perguntou-me quem lhe tinha dado a pistola, e torturou-me toda a manhã para lhe dar também uma pistola... E aí está o resultado dessa revelação: é que tive de mandar vir do Porto uma pistola de vento...

Mas, sentindo Carlos embaixo, aos berros ainda pelo avô, os dois apressaram-se a ir admirar a corujazinha.

Vilaça no outro dia partiu para Lisboa.

Passadas duas semanas, Afonso recebia uma carta do administrador, trazendo-lhe, com a *adresse* da Monforte, uma revelação imprevista. Tinha voltado à casa do Alencar; e o poeta, recordando outros incidentes da sua visita a Madame de l'Estorade, contara-lhe que no *boudoir* dela havia um adorável retrato de criança, de olhos negros, cabelo de azeviche e uma palidez de nácar. Esta pintura ferira-o, não só por ser de um grande pintor inglês, mas por ter, pendente sob o caixilho como um voto funerário, uma linda coroa de flores de cera brancas e roxas. Não havia outro quadro no *boudoir*, e ele perguntara à Monforte se era um retrato ou uma fantasia. Ela respondera que era o retrato da filha que lhe morrera em Londres.

"Estão assim dissipadas todas as dúvidas", acrescentava o Vilaça. "O pobre anjinho está numa pátria melhor. E para ela, *bem melhor*!" Afonso, todavia, escreveu a André de Noronha. A resposta tardou. Quando o primo André procurara Madame de l'Estorade, havia semanas que ela partira para a Alemanha, depois de vender mobília e cavalos. E no Clube Imperial, a que ele pertencia, um amigo que conhecia bem Madame de l'Estorade e a vida galante de Paris, contara-lhe que a doida fugira com um certo Catanni, acrobata do Circo de Inverno nos Campos Elísios, homem de formas magníficas, um Apolo de feira, que todas as *cocottes* se disputavam e que a Monforte empolgara. Naturalmente corria agora a Alemanha com a companhia de cavalinhos. Afonso da Maia, enojado, remeteu esta carta ao Vilaça sem um comentário. E o honrado homem respondeu: "Tem V. Exa. razão, é atroz; e mais vale supor que todos morreram, e não gastar mais cera com tão ruins defuntos..." E depois num *post-scriptum* acrescentava: "Parece certo abrir-se em breve o caminho de ferro até ao Porto; em tal caso, com permissão de V. Exa., aí irei e o meu rapaz a pedir-lhe alguns dias de hospitalidade". Esta carta foi recebida em Santa Olávia num domingo, ao jantar. Afonso lera alto o *P. S.* Todos se alegraram, na esperança de ver o bom Vilaça em breve na quinta; e falou-se mesmo em arranjar um grande piquenique, rio acima.

Mas, terça-feira à noite, chegava um telegrama de Manuel Vilaça anunciando que o pai morrera, nessa manhã, de uma apoplexia; dois dias depois vinham mais longos e tristes pormenores. Fora depois do almoço que, de repente, Vilaça se sentia muito sufocado, e com tonturas; ainda tivera forças de ir ao quarto respirar um pouco de éter; mas ao voltar à sala cambaleava, queixava-se de ver tudo amarelo, e caiu de bruços como um fardo, sobre o canapé. O seu pensamento, que se extinguia para sempre, ainda nesse momento se ocupou da casa que há trinta anos administrava; balbuciou, a respeito de uma venda de cortiça, recomendações que o filho já não pôde perceber; depois deu um grande "ai"; e só tornou a abrir os olhos para murmurar no derradeiro sopro estas derradeiras palavras: "saudades ao patrão!"

Afonso da Maia ficou profundamente afetado, e em Santa Olávia, mesmo entre os criados, a morte de Vilaça foi como um luto doméstico. Uma dessas tardes, o velho, muito melancólico, estava na livraria com um jornal esquecido nas mãos, os olhos cerrados, quando Carlos, que ao lado rabiscava carantonhas num papel, veio passar-lhe um braço pelo pescoço, e, como compreendendo os seus pensamentos, perguntou-lhe se o Vilaça não voltaria a vê-los à quinta.

— Não, filho, nunca mais. Nunca mais o tornamos a ver.

O pequeno, entre os joelhos e os braços do velho, olhava o tapete, e, como recordando-se, murmurou tristemente:

— O Vilaça, coitado... Dava estalinhos com os dedos... Ó vovô, para onde o levaram?

— Para o cemitério, filho, para debaixo da terra.

Então Carlos desprendeu-se devagar do avô, e muito sério, com os olhos nele:

— Ó vovô! Por que não lhe mandas fazer uma capelinha bonita toda de pedra, com uma figura, como tem o papá?

O velho achegou-o ao peito, beijou-o, comovido:

— Tens razão, filho. Tens mais coração que eu!

Assim o bom Vilaça teve no cemitério dos Prazeres o seu jazigo, que fora a alta ambição da sua existência modesta. Outros anos tranquilos passaram sobre Santa Olávia.

Depois da manhã de julho, em Coimbra, Manuel Vilaça (agora administrador da casa) trepava as escadas do Hotel Mondego, onde Afonso se hospedara com o neto, e entrava-lhe pela sala, vermelho, suando, berrando:

— *Nemine*! *Nemine*!

Fizera Carlos o seu primeiro exame! E que exame! Teixeira, que tinha acompanhado os senhores de Santa Olávia, correu à porta, abraçou-se quase chorando ao menino, agora mais alto que ele, e muito formoso na sua batina nova.

Em cima no quarto, Manuel Vilaça, soprando ainda, limpando as bagas de suor, exclamava:

— Ficou tudo espantado, Senhor Afonso da Maia! Os lentes até estavam comovidos. Ih, Jesus! Que talento! Vem a ser um grande homem, é o que todo mundo disse... E que faculdade vai ele seguir, meu senhor?

Afonso, que passeava, todo trêmulo, respondeu com um sorriso:

— Não sei, Vilaça... Talvez nos formemos ambos em Direito. Carlos assomou à porta, radiante, seguido do Teixeira e do outro escudeiro, que trazia *champagne* numa salva.

— Então venha cá, seu maroto — disse Afonso muito branco, com os braços abertos. — Bom exame, hein?... Eu...

Mas não pôde prosseguir: as lágrimas, duas a duas, corriam-lhe pela barba branca.

IV

Carlos ia formar-se em medicina. E como dizia o Doutor Trigueiros, houvera sempre naquele menino, realmente, uma "vocação para Esculápio".

A "vocação" revelara-se bruscamente um dia que ele descobriu no sótão, entre rumas de velhos alfarrábios, um rolo manchado e antiquado de estampas anatômicas; tinha passado dias a recortá-las, pregando pelas paredes do quarto fígados, liaças de intestinos, cabeças de perfil "com o recheio à mostra". Uma noite mesmo rompera pela sala em triunfo, a mostrar às Silveiras, ao Eusébio, a pavorosa litografia de um feto de seis meses no útero materno. D. Ana recuou com um grito, colando o leque à face, e o doutor delegado, escarlate também, arrebatou prudentemente Eusebiozinho para entre os joelhos, tapou-lhe a face com a mão. Mas o que escandalizou mais as senhoras foi a indulgência de Afonso.

— Então que tem, então que tem? — dizia ele sorrindo.

— Que tem, Senhor Afonso da Maia? — exclamou D. Ana. — São indecências!

— Não há nada indecente na natureza, minha rica senhora. Indecente é a ignorância... Deixa lá o rapaz. Tem curiosidade de saber como é esta pobre máquina por dentro; não há nada mais louvável...

D. Ana abanava-se, sufocada. Consentir tais horrores nas mãos das crianças... Carlos começou a aparecer-lhe como um libertino "que já sabia coisas"; e não consentiu mais que a Teresinha brincasse só com ele pelos corredores de Santa Olávia.

As pessoas sérias, porém, o doutor juiz de direito, o próprio abade, lamentando, sim, que não houvesse mais recato, concordavam que aquilo mostrava no pequeno uma grande queda para a medicina.

— Se pega — dizia então com um gesto profético o Doutor Trigueiros — temos dali coisa grande!

E parecia pegar.

Em Coimbra, estudante do Liceu, Carlos deixava os seus compêndios de lógica e retórica para se ocupar de anatomia; numas férias, ao abrir das malas, a Gertrudes fugiu espavorida vendo alvejar entre as dobras de um casaco o riso de uma caveira; e se algum criado da quinta adoecia, lá estava Carlos logo revolvendo o caso em velhos livros de medicina da livraria, sem lhe largar a beira do catre, fazendo diagnósticos que o bom Doutor Trigueiros escutava respeitoso e pensativo. Diante do avô já chamava mesmo o menino "o seu talentoso colega".

Esta inesperada carreira de Carlos (pensava-se sempre que ele tomaria capelo em direito), era pouco aprovada entre os fiéis amigos de Santa Olávia. As senhoras sobretudo lamentavam que um rapaz que ia crescendo tão formoso, tão bom cavalheiro, viesse a estragar a vida receitando emplastros e sujando as mãos no jorro das sangrias. O doutor juiz de direito confessou mesmo um dia a sua descrença de que o Senhor Carlos da Maia quisesse "ser médico a sério".

— Ora essa! — exclamou Afonso. — E por que não há de ser médico a sério? Se escolhe uma profissão é para a exercer com sinceridade e com ambição, como os outros. Eu não o educo para vadio, muito menos para amador; educo-o para ser útil ao seu país...

— Todavia — arriscou o doutor juiz de direito com um sorriso fino — não lhe parece a V. Exa. que há outras coisas, importantes também, e mais próprias talvez, em que seu neto se poderia tornar útil?...

— Não vejo — replicou Afonso da Maia. — Num país em que a ocupação geral é estar doente, o maior serviço patriótico é incontestavelmente saber curar.

— V. Exa. tem resposta para tudo — murmurou respeitosamente o magistrado.

E o que justamente seduzia Carlos na medicina era essa vida "a sério", prática e útil, as escadas de doentes galgadas à pressa no fogo de uma vasta clínica, as existências que se salvam com um golpe de bisturi, as noites veladas à beira de um leito, entre o terror de uma família, dando grandes batalhas à morte. Como em pequeno o tinham encantado as formas pitorescas das vísceras, atraíam-no agora estes lados militantes e heroicos da ciência. Matriculou-se realmente com entusiasmo. Para esses longos anos de quieto estudo o avô preparara-lhe uma linda casa em Celas, isolada, com graças de *cottage* inglês, ornada de persianas verdes, toda fresca entre árvores. Um amigo de Carlos (um certo João da Ega) pôs-lhe o nome de "Paços de Celas", por causa de luxos então raros na Academia, um tapete na sala, poltronas de marroquim, panóplias de armas e um escudeiro de libré. Ao princípio este esplendor tornou Carlos venerado dos fidalgotes, mas suspeito aos democratas; quando se soube porém que o dono destes confortos lia Proudhon, Augusto Comte, Herbert Spencer, e considerava também o país uma "choldra ignóbil", os mais rígidos revolucionários começaram a vir aos Paços de Celas tão familiarmente como ao quarto do Trovão, o poeta boêmio, o duro socialista, que tinha apenas por mobília uma enxerga e uma Bíblia. Ao fim de alguns meses, Carlos, simpático a todos, conciliara dândis e filósofos, e trazia muitas vezes no seu *break*, lado a lado, o Serra Torres, um monstro que já era adido honorário em Berlim e todas as noites punha casaca, e o famoso Craveiro que meditava a *Morte de Satanás*, encolhido no seu gabão de Aveiro, com o seu grande barrete de lontra.

Os Paços de Celas, sob a sua aparência preguiçosa e campestre, tornaram-se uma fornalha de atividades. No quintal fazia-se uma ginástica científica. Uma velha cozinha fora convertida em sala de armas — porque naquele grupo a esgrima passava como uma necessidade social. À noite, na sala de jantar, moços sérios faziam um *whist* sério; e no salão, sob o lustre de cristal, com o *Figaro*, o *Times* e as *Revistas* de Paris e de Londres espalhadas pelas mesas, o Gamacho ao piano tocando Chopin ou Mozart, os literários estirados pelas poltronas, havia ruidosos e ardentes cavacos, em que a Democracia, a Arte, o Positivismo, o Realismo, o Papado, Bismarck, o Amor, Hugo e a Evolução, tudo por seu turno flamejava no fumo do tabaco, tudo tão ligeiro e vago como o fumo. E as discussões metafísicas, as próprias certezas revolucionárias adquiriam um sabor mais requintado com a presença do criado de farda desarrolhando a cerveja, ou servindo croquetes.

Carlos, naturalmente, não tardou a deixar pelas mesas, com as folhas intactas, os seus expositores de medicina. A literatura e a arte, sob todas as formas, absorveram-no deliciosamente. Publicou sonetos no *Instituto* e um artigo sobre o Partenão; tentou, num *atelier* improvisado, a pintura a óleo e compôs contos arqueológicos, sob a influência da *Salambô*. Além disso, todas as tardes passeava os seus dois cavalos. No segundo ano levaria um R se não fosse tão conhecido e rico. Tremeu, pensando no desgosto do avô; moderou a dissipação intelectual, acantoou-se mais na ciência que escolhera; imediatamente lhe deram um *accessit*. Mas tinha nas veias o veneno do diletantismo; e estava destinado, como dizia João da Ega, a ser um desses médicos literários que inventavam doenças de que a humanidade papalva se presta logo a morrer!

O avô, às vezes, vinha passar uma, duas semanas a Celas. Nos primeiros tempos a sua presença, agradável aos cavalheiros da partida de *whist*, desorganizou o cavaco literário. Os rapazes mal ousavam estender o braço para o copo de cerveja; e os "Vossa Excelência isto", "Vossa Excelência aquilo", regelavam a sala. Pouco a pouco, porém, vendo-o aparecer em chinelas e de cachimbo na boca, estirar-se na poltrona com ares simpáticos de patriarca boêmio, discutir arte e literatura, contar anedotas do seu tempo de Inglaterra e de Itália, começaram a considerá-lo como um camarada de barbas brancas. Diante dele já se falava de mulheres e de estroinices. Aquele velho fidalgo, tão rico, que lera Michelet e o admirava, chegou mesmo a entusiasmar os democratas. E Afonso gozava ali também horas felizes, vendo o seu Carlos centro daqueles moços de estudo, de ideal e de veia.

Carlos passava as férias grandes em Lisboa, às vezes em Paris ou Londres; mas por Natais e Páscoas vinha sempre a Santa Olávia, que o avô, mais só, se entretinha a embelezar com amor. As salas tinham agora soberbos panos de Arrás, paisagens de Rousseau e Daubigny, alguns móveis de luxo e de arte. Das janelas, a quinta oferecia aspectos nobres de parque inglês; através dos macios tabuleiros de relva, davam curvas airosas as ruas areadas; havia mármores entre as verduras; e gordos carneiros de luxo dormiam sob os castanheiros. Mas a existência neste meio rico não era agora tão alegre; a viscondessa, cada dia mais nutrida, caía em sonos congestivos logo depois do jantar; o Teixeira primeiro, a Gertrudes depois, tinham morrido, ambos de pleuris, ambos no entrudo: e já se não via também à mesa a bondosa face do abade, que lá jazia sob uma cruz de pedra, entre os goivos e as rosas de todo o ano. O doutor juiz de direito com a sua concertina passava para a Relação do Porto; D. Ana Silveira, muito doente, nunca saía; a Teresinha fizera-se uma rapariguinha feia, amarela como uma cidra; o Eusebiozinho, molengão e tristonho, já sem vestígios sequer do seu primeiro amor aos alfarrábios e às letras, ia casar na Regoa. Só o doutor delegado, esquecido naquela comarca, estava o mesmo, mais calvo talvez, sempre afável, amando sempre a pachorrenta Eugênia. E quase todas as tardes, o velho Trigueiros se apeava da sua égua branca ao portão, para vir cavaquear com o colega.

As férias, realmente, só eram divertidas para Carlos quando trazia para a quinta o seu íntimo, o grande João da Ega, a quem Afonso da Maia se afeiçoara muito, por ele e pela sua originalidade, e por ser sobrinho de André da Ega, velho amigo da sua mocidade e, muitas vezes outrora, hóspede também em Santa Olávia.

Ega andava-se formando em direito, mas devagar, muito pausadamente — ora reprovado, ora perdendo o ano. Sua mãe rica, viúva e beata, retirada numa quinta ao pé de Celorico de Basto com uma filha beata, viúva e rica também, tinha apenas uma noção vaga do que o Joãozinho fizera, todo esse tempo, em Coimbra. O capelão afirmava-lhe que tudo havia de acabar a contento, e que o menino seria um dia doutor como o papá e como o titi; e esta promessa bastava à boa senhora, que se ocupava sobretudo da sua doença de entranhas e dos confortos desse Padre Serafim. Estimava mesmo que o filho estivesse em Coimbra, ou algures, longe da quinta, que ele escandalizava com a sua irreligião e suas facécias heréticas.

João da Ega, com efeito, era considerado não só em Celorico, mas também na Academia que ele espantava pela audácia e pelos ditos, como o maior ateu, o maior demagogo, que jamais aparecera nas sociedades humanas. Isto lisonjeava-o; por sistema exagerou o seu ódio à Divindade e toda a Ordem Social; queria o massacre das classes médias, o amor livre das ficções do matrimônio, a repartição das terras, o culto de Satanás. O esforço da inteligência neste sentido terminou por lhe influenciar as maneiras e a fisionomia; e, com a sua figura esgrouviada e seca, os pelos do bigode arrebitados sob o nariz adunco, um quadrado de vidro enlatado no olho direito — tinha realmente alguma coisa de rebelde e de satânico. Desde a sua entrada na universidade, renovava as tradições da antiga Boêmia: trazia os rasgões da batina cosidos a linha branca; embebedava-se com carrascão; à noite, na Ponte, com o braço erguido, atirava injúrias a Deus. E no fundo muito sentimental, enleado sempre em amores por meninas de quinze anos, filhas de empregados, com quem às vezes ia passar a *soirée*, levando-lhes cartuchinhos de doce. A sua fama de fidalgote rico tornava-o apetecido nas famílias.

Carlos escarnecia estes idílios futricas; mas também ele terminou por se enredar num episódio romântico com a mulher de um empregado do Governo civil, uma lisboetazinha, que o seduziu pela graça de um corpo de boneca e por uns lindos olhos verdes. A ela o que a fanatizara fora o luxo, o *groom*, a égua inglesa de

Carlos. Trocaram-se cartas; e ele viveu semanas banhado na poesia áspera e tumultuosa do primeiro amor adúltero. Infelizmente a rapariga tinha o nome bárbaro de Hermengarda; e os amigos de Carlos, descoberto o segredo, chamavam-lhe já Eurico, o presbítero; dirigiam pelas Celas missivas pelo correio com este nome odioso.

Um dia, Carlos andava tomando sol na Feira, quando o empregado do Governo civil passou junto dele com o filhinho pela mão. Pela primeira vez via de perto o marido de Hermengarda. Achou-o enxovalhado e macilento. Mas o pequerrucho era adorável, muito gordo, parecendo mais roliço por aquele dia de janeiro sob os agasalhos de lã azul, tremelicando nas pobres perninhas roxas de frio, e rindo na clara luz, rindo todo ele, pelos olhos, pelas covinhas do queixo, pelas duas rosas das faces. O pai amparava-o; e o encanto, o cuidado com que o rapaz ia assim guiando os passos do seu filho impressionou Carlos. Era no momento em que ele lia Michelet, e enchia-lhe a alma a veneração literária da santidade doméstica. Sentiu-se canalha em andar ali de cima do seu *dog-cart*, a preparar friamente a vergonha e as lágrimas daquele pobre pai, tão inofensivo no seu paletó coçado! Nunca mais respondeu às cartas em que Hermengarda lhe chamava "seu ideal". Decerto a rapariga se vingou, intrigando-o; porque o empregado do Governo civil, daí por diante, dardejava sobre ele olhares sangrentos.

Mas a grande "topada sentimental de Carlos", como disse o Ega, foi quando ele, ao fim de umas férias, trouxe de Lisboa uma soberba rapariga espanhola e a instalou numa casa ao pé de Celas. Chamava-se Encarnación. Carlos alugou-lhe ao mês uma vitória com um cavalo branco e Encarnación fanatizou Coimbra como a aparição de uma Dama das camélias, uma flor de luxo das civilizações superiores. Pela calçada, pela estrada da Beira, os rapazes paravam pálidos de emoção, quando ela passava, reclinada na vitória, mostrando o sapato de cetim, um pouco da meia de seda, lânguida e desdenhosa, com um cãozinho branco no regaço.

Os poetas da Academia fizeram-lhe versos em que Encarnación foi chamada Lírio de Israel, Pomba da Arca e Nuvem da Manhã. Um estudante de teologia, rude e sebento transmontano, quis casar com ela. Apesar das instâncias de Carlos, Encarnación recusou; e o teólogo começou a rondar Celas, com um navalhão, para "beber o sangue" ao Maia. Carlos teve de lhe dar bengaladas.

Mas a criatura, desvanecida, tornou-se intolerável, falando sem cessar de outras paixões que inspirara em Madri e em Lisboa, do muito que lhe dera o conde tal, o marquês sicrano, da grande posição da sua família ainda aparentada com os Medina-Coeli; os seus sapatos de cetim verde eram tão antipáticos como a sua voz estrídula; e quando tentava elevar-se às conversações que ouvia, rompia a chamar ladrões aos republicanos, a celebrar os tempos de D. Isabel, a sua *gracia*, o seu *salero*, sendo muito conservadora como todas as prostitutas. João da Ega odiava-a. E Craveiro declarou que não voltava aos Paços de Celas enquanto por lá aparecesse aquele montão de carne, pago ao arrátel, como a de vaca.

Enfim, uma tarde, Batista, o famoso criado de quarto de Carlos, surpreendeu-a com um *Juca* que fazia de dama no Teatro Acadêmico. Aí estava, enfim, um pretexto! E, convenientemente paga, a parenta dos Medina-Coeli, o Lírio de Israel, a admiradora dos Bourbons, foi recambiada a Lisboa e à Rua de S. Roque, seu elemento natural.

Em agosto, no ato da formatura de Carlos, houve uma alegre festa em Celas. Afonso viera de Santa Olávia; toda a tarde no quintal, de entre as acácias e as belas sombras, subiram ao ar molhos de foguetes; e João da Ega, que levara o seu último R no seu último ano, não descansou, em mangas de camisa, pendurando lanternas venezianas pelos ramos, no trapézio e em roda do poço, para a iluminação da noite. Ao jantar, a que assistiam lentes, Vilaça, enfiado e trêmulo, fez um *speech*; ia citar o nosso "imortal Castilho" quando, sob as janelas, rompeu, a grande ruído de tambor e pratos, o *Hino Acadêmico*. Era uma serenata. Ega, vermelho, de batina desabotoada, a luneta para trás das costas, correu à sacada, a perorar:

— Aí temos o nosso Maia, *Carolus Eduardus ab Maia*, começando a sua gloriosa carreira, preparado para salvar a humanidade enferma, ou acabar de a matar, segundo as circunstâncias! A que parte remota destes reinos não chegou já a fama do seu gênio, do seu *dog-cart*, do sebáceo *accessit* que lhe enodoa o passado, e deste vinho do Porto, contemporâneo dos heróis de 20, que eu, homem de revolução e homem de carraspana, eu, João da Ega, *Johanes ab Ega*...

O grupo escuro embaixo desatou aos vivas. A filarmônica, outros estudantes, invadiram os Paços. Até tarde, sob as árvores do quintal, na sala atulhada de pilhas de pratos, os criados correram com salvas de doce, não cessou de estalar o *champagne*. E Vilaça, limpando a testa, o pescoço, abafado de calor, ia dizendo a um, a outro, a si mesmo também:

— Grande coisa, ter um curso!

E então Carlos Eduardo partira para a sua longa viagem pela Europa. Um ano passou. Chegara esse outono de 1875; e o avô, instalado enfim no Ramalhete, esperava por ele ansiosamente. A última carta de Carlos viera da Inglaterra, onde andava, dizia ele, a estudar a admirável organização dos hospitais de crianças. Assim era; mas passeava também por Brighton, apostava nas corridas de Goodwood, fazia um idílio errante pelos lagos da Escócia, com uma senhora holandesa, separada de seu marido, venerável magistrado da Haia, uma Madame Rughel, soberba criatura de cabelos de ouro fulvo, grande e branca como uma ninfa de Rubens.

Depois começaram a chegar, dirigidas ao Ramalhete, caixas sucessivas de livros, outras de instrumentos e aparelhos, toda uma biblioteca e todo um laboratório que trazia o Vilaça, manhãs inteiras, aturdido pelos armazéns da alfândega.

— O meu rapaz vem com grandes ideias de trabalho — dizia Afonso aos amigos.

Havia quatorze meses que ele o não via, o "seu rapaz", a não ser numa fotografia mandada de Milão, em que todos o acharam magro e triste. E o coração batia-lhe forte, na linda manhã de outono, quando do terraço do Ramalhete, de binóculo na mão, viu assomar vagarosamente, por trás do alto prédio fronteiro, um grande paquete do Royal Mail que lhe trazia o seu neto.

À noite os amigos da casa, o velho Sequeira, D. Diogo Coutinho, o Vilaça não se fartavam de admirar "o bem que a viagem fizera a Carlos". Que diferença da fotografia! Que forte, que saudável! Era decerto um formoso e magnífico moço, alto, bem-feito, de ombros largos, com uma testa de mármore sob os anéis dos cabelos pretos e os olhos dos Maias, aqueles irresistíveis olhos do pai, de um negro líquido, ternos como os dele e mais graves. Trazia a barba toda, muito fina, castanho-escura, rente na face, aguçada no queixo — o que lhe dava, com o bonito bigode arqueado aos cantos da boca, uma fisionomia de belo cavalheiro da Renascença. E o avô, cujo olhar risonho e úmido transbordava de emoção, todo se orgulhava de o ver, de o ouvir numa larga veia, falando da viagem, dos belos dias de Roma, do seu mau humor na Prússia, da originalidade de Moscou, das paisagens da Holanda...

— E agora? — perguntou-lhe o Sequeira, depois de um momento de silêncio em que Carlos estivera bebendo o seu conhaque e soda. — Agora que tencionas tu fazer?

— Agora, general? — respondeu Carlos, sorrindo e pousando o copo. — Descansar primeiro e depois passar a ser uma glória nacional! Ao outro dia, com efeito, Afonso veio encontrá-lo na sala de bilhar — onde tinham sido colocados os caixotes — a despregar, a desempacotar, em mangas de camisa e assobiando com entusiasmo. Pelo chão, pelos sofás, alastrava-se toda uma literatura em rumas de volumes graves; aqui e além, por entre a palha, através das lonas descosidas, a luz faiscava num cristal ou reluziam os vernizes, os metais polidos de aparelhos. Afonso pasmava em silêncio para aquele pomposo aparato do saber.

— E onde vais tu acomodar este museu?

Carlos pensara em arranjar um vasto laboratório ali perto no bairro, com fornos para trabalhos químicos, uma sala disposta para estudos anatômicos e fisiológicos, a sua biblioteca, os seus aparelhos, uma concentração metódica de todos os instrumentos de estudo... Os olhos do avô iluminavam-se ouvindo este plano grandioso.

— E que não te prendam questões de dinheiro, Carlos! Nós fizemos nestes últimos anos de Santa Olávia algumas economias...

— Boas e grandes palavras, avô! Repita-as ao Vilaça.

As semanas foram passando nestes planos de instalação. Carlos trazia resoluções sinceras de trabalho: a ciência como mera ornamentação interior do espírito, mais inútil para os outros que as próprias tapeçarias do seu quarto, parecia-lhe apenas um luxo de solitário; desejava ser útil. Mas as suas ambições flutuavam, intensas e vagas; ora pensava numa larga clínica; ora na composição maciça de um livro iniciador; algumas vezes em experiências fisiológicas, pacientes e reveladoras... Sentia em si, ou supunha sentir, o tumulto de uma força, sem lhe discernir a linha de aplicação. "Alguma coisa de brilhante", como ele dizia; e isto para ele, homem de luxo e homem de estudo, significava um conjunto de representação social e de atividade científica; o remexer profundo de ideias entre as influências delicadas da riqueza; os elevados vagares da filosofia, entremeados com requintes de esporte e de gosto; um Claude Bernard, que fosse também um Morny... No fundo era um diletante.

Vilaça fora consultado sobre a localidade própria para o laboratório; e o procurador, muito lisonjeado, jurou uma diligência incansável. Primeira coisa a saber: o nosso doutor tencionava fazer clínica?...

Carlos não decidira fazer *exclusivamente* clínica; mas desejava decerto dar consultas, mesmo gratuitas, como caridade e como prática. Então Vilaça sugeriu que o consultório estivesse separado do laboratório.

— E a minha razão é esta: a vista de aparelhos, máquinas, coisas, faz esmorecer os doentes...

— Tem você razão, Vilaça! — exclamou Afonso. — Já meu pai dizia: poupe-se ao boi a vista do malho.

— Separados, separados, meu senhor — afirmou o procurador num tom profundo.

Carlos concordou. E Vilaça bem depressa descobriu, para o laboratório, um antigo armazém, vasto e retirado, ao fundo de um pátio, junto ao Largo das Necessidades.

— E o consultório, meu senhor, não é aqui nem acolá; é no Rossio, ali em pleno Rossio!

Esta ideia do Vilaça não era desinteressada. Grande entusiasta da *Fusão*, membro do Centro Progressista, Vilaça Júnior aspirava a ser vereador da Câmara, e mesmo em dias de satisfação superior (como quando o seu aniversário natalício vinha anunciado no *Ilustrado*, ou quando no Centro citava com aplauso a Bélgica), parecia-lhe que tantas aptidões mereciam do seu partido uma cadeira em S. Bento. Um consultório gratuito, no Rossio, o consultório do Dr. Maia, "do seu Maia", reluziu-lhe logo vagamente como um elemento de influência. E tanto se agitou que daí a dois dias tinha lá alugado um primeiro andar de esquina.

Carlos mobilou-o com luxo. Numa antecâmara, guarnecida de banquetas de marroquim, devia estacionar, à francesa, um criado de libré. A sala de espera dos doentes alegrava com o seu papel verde de ramagens prateadas, as plantas em vasos de Ruão, quadros de muita cor e ricas poltronas cercando a jardineira coberta de coleções do *Charivari*, de vistas estereoscópicas, de álbuns de atrizes seminuas; para tirar inteiramente o ar triste de consultório, até um piano mostrava o seu teclado branco.

O gabinete de Carlos ao lado era mais simples, quase austero, todo em veludo verde-negro, com estantes de pau preto. Alguns amigos começavam a cercar Carlos, Taveira, seu contemporâneo e agora vizinho do Ramalhete, o Cruges, o Marquês de Souselas, com quem percorrera a Itália, vieram ver estas maravilhas. O Cruges correu uma escala no piano e achou-o abominável; Taveira absorveu-se nas fotografias de atrizes; e a única aprovação franca veio do marquês, que depois de contemplar o divã do gabinete, verdadeiro móvel de serralho, vasto, voluptuoso, fofo, experimentou-lhe a doçura das molas e disse, piscando o olho a Carlos:

— A calhar.

Não pareciam acreditar nestes preparativos. E todavia eram sinceros. Carlos até fizera anunciar o consultório nos jornais; quando viu porém o seu nome em letras grossas, entre o de uma engomadeira à Boa Hora e um reclame de casa de hóspedes, encarregou Vilaça de retirar o anúncio.

Ocupava-se então mais do laboratório, que decidira instalar no armazém, nas Necessidades. Todas as manhãs, antes do almoço, ia visitar as obras. Entrava-se por um grande pátio, onde uma bela sombra cobria um poço e uma trepadeira se mirrava nos ganchos de ferro que a prendiam ao muro. Carlos já decidira transformar aquele espaço em fresco jardinete inglês; e a porta do casarão encantava-o, ogival e nobre, resto de fachada de ermida, fazendo um acesso venerável para o seu santuário de ciência. Mas dentro os trabalhos arrastavam-se sem fim; sempre um vago martelar preguiçoso numa poeira alvadia; sempre as mesmas coifas de ferramentas jazendo nas mesmas camadas de aparas! Um carpinteiro esgrouviado e triste parecia estar ali, desde séculos, aplainando uma tábua eterna com uma fadiga langorosa; e no telhado os trabalhadores, que andavam alargando a claraboia, não cessavam de assobiar, no sol de inverno, alguma lamúria de fado.

Carlos queixava-se ao Senhor Vicente, o mestre de obras, que lhe asseverava invariavelmente "como daí a dois dias havia de S. Exa. ver a diferença". Era um homem de meia-idade, risonho, de falar doce, muito barbeado, muito lavado, que morava ao pé do Ramalhete e tinha no bairro fama de republicano. Carlos, por simpatia, como vizinho, apertava-lhe sempre a mão; e o Senhor Vicente, considerando-o por isso um "avançado", um democrata, confiava-lhe as suas esperanças. O que ele desejava primeiro que tudo era um 93, como em França...

— O que, sangue? — dizia Carlos, olhando a fresca, honrada e roliça face do demagogo.

— Não, senhor, um navio, um simples navio...

— Um navio?

— Sim, senhor, um navio fretado à custa da nação, em que se mandasse pela barra fora o rei, a Família Real, a cambada dos ministros, dos políticos, dos deputados, dos intrigantes etc. etc.

Carlos sorria; às vezes argumentava com ele.

— Mas está o Senhor Vicente certo de que apenas a "cambada", como tão exatamente diz, desaparecesse pela barra fora, ficavam resolvidas todas as coisas e tudo atolado em felicidade?

Não, o Senhor Vicente não era tão "burro" que assim pensasse. Mas, suprimida a cambada, não via S. Exa.? Ficava o país desatravancado; e podiam então começar a governar os homens de saber e de progresso...

— Sabe V. Exa. qual é o nosso mal? Não é má vontade dessa gente; é muita soma de ignorância. Não sabem nada. Eles não são maus, mas são umas cavalgaduras!

— Bem, então essas obras, amigo Vicente — dizia-lhe Carlos, tirando o relógio e despedindo-se dele, com um valente *shake hands* —, veja se me andam. Não lho peço como proprietário, é como correligionário.

— Daqui a dois dias há de V. Exa. ver a diferença — respondia o mestre de obras, desbarretando-se.

No Ramalhete, pontualmente ao meio-dia, tocava a sineta do almoço. Carlos encontrava quase sempre o avô já na sala de jantar, acabando de percorrer algum jornal, junto ao fogão, onde a tépida suavidade daquele fim de outono não permitia acender lume, mas verdejando todo de plantas de estufa.

Em redor, nos aparadores de carvalho lavrado, rebrilhavam suavemente, no seu luxo maciço e sóbrio, as baixelas antigas; pelas tapeçarias novas dos muros apainelados corriam cenas de balada; caçadores medievais soltando o falcão; uma dama entre pajens alimentando os cisnes de um lago; um cavaleiro de viseira calada seguindo ao longo de um rio; e, contrastando com o teto escuro de castanho entalhado, a mesa resplandecia com as flores entre os cristais. O Reverendo Bonifácio, que desde que se tornara dignitário da igreja comia com os senhores, lá estava já, majestosamente sentado sobre a alvura nevada da toalha, à sombra de algum grande ramo. Era ali, no aroma das rosas, que o venerável gato gostava de lamber, com o seu vagar estúpido, as sopas de leite, servidas num covilhete de Estrasburgo; depois agachava-se, traçava por diante do peito a fofa pluma da sua cauda e, de olhos cerrados, os bigodes tesos, todo ele uma bola entufada de pelo branco malhado de ouro, gozava de leve uma sesta macia.

Afonso — como confessava, sorrindo e humilhado — ia-se tornando com a velhice um *gourmet* exigente; e acolhia, com uma concentração de crítico, as obras de arte do *chef* francês que tinham agora, um cavalheiro de mau gênio, todo bonapartista, muito parecido com o imperador, e que se chamava por Theodore. Os almoços no Ramalhete eram sempre delicados e longos; depois, ao café, ficavam ainda conversando; e passava da uma hora, da hora e meia, quando Carlos, com uma exclamação, precipitando-se sobre o relógio, se lembrava do seu consultório. Bebia um cálice de *chartreuse*, acendia à pressa um charuto:

— Ao trabalho, ao trabalho! — exclamava.

E o avô, enchendo devagar o seu cachimbo, invejava-lhe aquela ocupação, enquanto ele ficava ali a vadiar toda a manhã...

— Quando esse eterno laboratório estiver acabado, talvez vá para lá passar um bocado, ocupar-me de química.

— E ser talvez um grande químico. O avô tem já o feitio.

O velho sorria.

— Esta carcaça já não dá nada, filho. Está pedindo eternidade!

— Quer alguma coisa da Baixa, de Babilônia? — perguntava Carlos, abotoando à pressa as suas luvas de governar.

— Bom dia de trabalho.

— Pouco provável...

E no *dog-cart*, com aquela linda égua, a *Tunante*, ou no fáeton com que maravilhava Lisboa, Carlos lá partia em grande estilo para a Baixa, para "o trabalho".

O seu gabinete, no consultório, dormia numa paz tépida entre os espessos veludos escuros, na penumbra que faziam os estores de seda verde corridos. Na sala, porém, as três janelas abertas bebiam à farta a luz; tudo ali parecia festivo; as poltronas em torno da jardineira estendiam os seus braços, amáveis e convidativas; o teclado branco do piano ria e esperava, tendo abertas por cima as *Canções de Gounod*; mas não aparecia jamais um doente. E Carlos, exatamente como o criado que, na ociosidade da antecâmara, dormitava sobre o *Diário de Notícias*, acaçapado na banqueta, acendia um cigarro Laferme, tomava uma revista e estendia-se no divã. A prosa, porém, dos antigos estava como embebida do tédio moroso do gabinete; bem depressa bocejava, deixava cair o volume. Do Rossio, o ruído das carroças, os gritos errantes de pregões, o rolar dos americanos[1] subiam, numa vibração mais clara, por aquele ar fino de novembro; uma luz macia, escorregando docemente do azul-ferrete, vinha dourar as fachadas enxovalhadas, as copas mesquinhas das árvores do município, a gente vadiando pelos bancos; e essa sussurração lenta de cidade preguiçosa, esse ar aveludado de clima rico pareciam ir penetrando pouco a pouco naquele abafado gabinete e, resvalando pelos veludos pesados, pelo verniz dos móveis, envolver Carlos numa indolência e numa dormência... Com a cabeça na almofada, fumando, ali ficava, nessa quietação de sesta, num cismar que se ia desprendendo, vago e tênue, como o tênue e leve fumo que se eleva de uma braseira meio apagada; até que, com um esforço, sacudia este torpor, passeava na sala, abria aqui e além pelas estantes um livro, tocava no piano dois compassos de valsa, espreguiçava-se e, com os olhos nas flores do tapete, terminava por decidir que aquelas duas horas de consultório eram estúpidas!

— Está aí o carro? — ia perguntar ao criado.

Acendia bem depressa outro charuto, calçava as luvas, descia, bebia um largo sorvo de luz e ar, tomava as guias e largava, murmurando consigo:

— Dia perdido!

---

[1] Em Portugal, usa-se a palavra "americano" para denominar bonde. (N.E.)

Foi uma dessas manhãs que, preguiçando assim no sofá com a *Revista dos Dois Mundos* na mão, ele ouviu um rumor na antecâmara, e logo uma voz bem conhecida, bem querida, que dizia por trás do reposteiro:

— Sua Alteza Real está visível?

— Oh, Ega! — gritou Carlos, dando um salto do sofá.

E caíram nos braços um do outro, beijando-se na face, enternecidos.

— Quando chegaste tu?

— Esta manhã. Caramba! — exclamava Ega, procurando pelo peito, pelos ombros o seu quadrado de vidro, e entalando-o enfim no olho. — Caramba! Tu vens esplêndido desses Londres, dessas civilizações superiores. Estás com um ar Renascença, um ar Valois... Não há nada como a barba toda!

Carlos ria, abraçando-o outra vez.

— E donde vens tu, de Celorico?

— Qual Celorico! Da Foz. Mas doente, menino, doente... O fígado, o baço, uma infinidade de vísceras comprometidas. Enfim, doze anos de vinhos e aguardentes...

Depois falaram das viagens de Carlos, do Ramalhete, da demora do Ega em Lisboa... Ega vinha para sempre. Tinha dito do alto da diligência às várzeas de Celorico, o adeus de eternidade.

— Imagina tu, Carlos amigo, a história deliciosa que me sucede com minha mãe... Depois de Coimbra, naturalmente, sondei-a a respeito de vir para Lisboa, confortavelmente, com uns dinheiros largos. Qual, não caiu! Fiquei na quinta, fazendo epigramas ao Padre Serafim e a toda a corte do céu. Chega julho, e aparece nos arredores uma epidemia de anginas. Um horror;

creio que vocês lhe chamam diftéricas... A mamã salta imediatamente à conclusão de que é a minha presença, a presença do ateu, do demagogo, sem jejuns e sem missa, que ofendeu Nosso Senhor e atraiu o flagelo. Minha irmã concorda. Consultam o Padre Serafim. O homem, que não gosta de me ver na quinta, diz que é possível que haja indignação do Senhor e minha mãe vem pedir-me quase de joelhos, com a bolsa aberta, que venha para Lisboa, que a arruíne, mas que não esteja ali chamando a ira divina. No dia seguinte bati para a Foz...

— E a epidemia...

— Desapareceu logo — disse o Ega, começando a puxar devagar dos dedos magros uma longa luva cor de canário.

Carlos mirava aquelas luvas do Ega; e as polainas de casimira; e o cabelo que ele trazia crescido com uma mecha frisada na testa; e na gravata de cetim uma ferradura de opalas! Era outro Ega, um Ega dândi vistoso, paramentado, artificial e com pó de arroz, e Carlos deixou enfim escapar a exclamação impaciente que lhe bailava nos lábios:

— Ega, que extraordinário casaco!

Por aquele sol macio e morno de um fim de outono português o Ega, o antigo boêmio de batina esfarrapada, trazia uma peliça, uma suntuosa peliça de príncipe russo, agasalho de trenó e de neve, ampla, longa, com alamares trespassados à Brandeburgo, e pondo-lhe em torno do pescoço esganiçado e dos pulsos de tísico uma rica e fofa espessura de peles de marta.

— É uma boa peliça, hein? — disse ele logo, erguendo-se, abrindo-a, exibindo a opulência do forro. — Mandei-a vir pelos Straus... Benefícios da epidemia.

— Como podes tu suportar isso?

— É um bocado pesada, mas tenho andado constipado.

Tornou a recostar-se no sofá, adiantando o sapato de verniz muito bicudo, e, monóculo no olho, examinou o gabinete.

— E tu que fazes? Conta-me lá... Tens isto esplêndido!

Carlos falou dos seus planos, de altas ideias de trabalho, das obras do laboratório...

— Um momento, quanto te custou tudo isto? — exclamou o Ega interrompendo-o, erguendo-se para ir apalpar o veludo dos reposteiros, mirar os torneados da secretária de pau preto.

— Não sei. O Vilaça é que deve saber...

E Ega, com as mãos enterradas nos vastos bolsos da peliça, inventariando o gabinete, fazia considerações:

— O veludo dá seriedade... E o verde-escuro é a cor suprema, é a cor estética... Tem a sua expressão própria, enternece e faz pensar... gosto deste divã. Móvel de amor...

Foi entrando para a sala dos doentes, devagar, de luneta no olho, estudando os ornatos.

— Tu és o grandioso Salomão, Carlos! O papel é bonito... E o cretonezinho agrada-me.

Apalpou-o também. Uma begônia, manchada da sua ferrugem de prata, num vaso de Ruão, interessou-o. Queria saber o preço de tudo; e diante do piano, olhando o livro de música aberto, as *Canções de Gounod*, teve uma surpresa enternecida:

— Homem, é curioso... Cá me aparece! A *Barcarola*! É deliciosa, hein?...

Dites, la jeune belle,
Où voulez-vous aller?
La voile...

— Estou um bocado rouco... Era a nossa canção na Foz!

Carlos teve outra exclamação, e cruzando os braços diante dele:

— Tu estás extraordinário, Ega! Tu és outro Ega!... A propósito da Foz... Quem é essa Madame Cohen, que estava também na Foz, de quem tu, em cartas sucessivas, verdadeiros poemas que recebi em Berlim, na Haia, em Londres, me falavas com os arroubos do *Cântico dos cânticos*?

Um leve rubor subiu às faces do Ega. E limpando negligentemente o monóculo no lenço de seda branca:

— Uma judia. Por isso usei o lirismo bíblico. É a mulher do Cohen, hás de conhecer; um que é diretor do Banco Nacional... Demos-nos bastante. É simpática... Mas o marido é uma besta... Foi uma *flirtation* de praia. *Voilà tout.*

Isto era dito aos bocados, passeando, puxando o lume ao charuto, e ainda corado.

— Mas conta-me tu, que diabo, que fazem vocês no Ramalhete? O avô Afonso? Quem vai por lá?...

No Ramalhete, o avô fazia o seu *whist* com os velhos parceiros. Ia o Diogo, o decrépito leão, sempre de rosa ao peito, e frisando ainda os bigodes... Ia o Sequeira, cada vez mais atarracado, a estourar de sangue, à espera da sua apoplexia... Ia o Conde de Steinbroken...

— Não conheço. Refugiado?... Polaco?...

— Não, ministro da Finlândia... Queria-nos alugar umas cocheiras e complicou esta simples transação com tantas finuras diplomáticas, tantos documentos, tantas coisas com o selo real da Finlândia, que o pobre Vilaça, aturdido, para se desembaraçar, remeteu-o ao avô. O avô, desnorteado também, ofereceu-lhe as cocheiras de graça. Steinbroken considera isto um serviço feito ao rei da Finlândia, à Finlândia; vai visitar o avô, em grande estado, com o secretário da legação, o cônsul, o vice-cônsul...

— Isso é sublime!

— O avô convida-o a jantar... E como o homem é muito fino, um *gentleman*, entusiasta da Inglaterra, grande entendedor de vinhos, uma autoridade no *whist*, o avô adota-o. Não sai do Ramalhete.

— E de rapazes?

De rapazes aparecia Taveira, sempre muito correto, empregado agora no Tribunal de Contas; um Cruges, que o Ega não conhecia, um diabo adoidado, maestro, pianista, com uma pontinha de gênio; o Marquês de Souselas...

— Não há mulheres?

— Não há quem as receba. É um covil de solteirões. A viscondessa, coitada...

— Bem sei. Uma apoplex...

— Sim, uma hemorragia cerebral! Ah, temos também o Silveirinha; chegou-nos ultimamente o Silveirinha...

— O de Resende, o cretino?

— O cretino. Enviuvou; vem da Madeira, ainda um bocado tísico, todo carregado de luto... Um fúnebre.

O Ega, repoltreado, com aquele ar de tranquila e sólida felicidade que Carlos já notara, disse, puxando lentamente os punhos:

— É necessário reorganizar essa vida. Precisamos arranjar um cenáculo, uma boemiazinha dourada, umas *soirées* de inverno, com arte, com literatura... Tu conheces o Craft?

— Sim, creio que tenho ouvido falar...

Ega teve um grande gesto. Era indispensável conhecer o Craft! O Craft era simplesmente a melhor coisa que havia em Portugal...

— É um inglês, uma espécie de doido?...

Ega encolheu os ombros. Um doido!... Sim, era essa a opinião da Rua dos Fanqueiros; o indígena, vendo uma originalidade tão forte como a de Craft, não podia explicá-la senão pela doidice. O Craft era um rapaz extraordinário!... Agora tinha ele chegado da Suécia, de passar três meses com os estudantes de Upsala. Estava também na Foz... Uma individualidade de primeira ordem!

— É um negociante do Porto, não é?

— Qual negociante do Porto! — exclamou o Ega erguendo-se, franzindo a face, enojado de tanta ignorância. — O Craft é filho de um *clergiman* da igreja inglesa do Porto. Foi um tio, um negociante de Calcutá ou da Austrália, um nababo, que lhe deixou a fortuna. Uma grande fortuna. Mas não negocia, nem sabe o que isso é. Dá largas ao seu temperamento byroniano, é o que faz. Tem viajado por todo o Universo; coleciona obras de arte; bateu-se como voluntário na Abissínia e em Marrocos; enfim vive, vive na grande, na forte, na heroica acepção da palavra. É necessário conhecer o Craft. Vais-te babar por ele... Tens razão, caramba, está calor. Desembaraçou-se da opulenta peliça e apareceu em peitilho de camisa.

— O quê! Tu não trazias nada por baixo? — exclamou Carlos. — Nem colete?

— Não; então não a podia aguentar... Isto é para o efeito moral, para impressionar o indígena... Mas, não há negá-lo, é pesada!

E imediatamente voltou à sua ideia: apenas Craft chegasse do Porto relacionavam-se, organizava-se um Cenáculo, um Decameron de arte e diletantismo, rapazes e mulheres, três ou quatro mulheres para cortarem, com a graça dos decotes, a severidade das filosofias...

Carlos ria-se desta ideia do Ega. Três mulheres de gosto e de luxo, em Lisboa, para adornar um cenáculo! Lamentável ilusão de um homem de Celorico! O Marquês de Souselas tinha tentado, e para uma vez só, uma coisa bem mais simples: um jantar no campo com atrizes. Pois fora um escândalo mais engraçado e mais característico: uma não tinha criada e queria levar consigo para a festa uma tia e cinco filhos; outra temia que, aceitando, o brasileiro lhe tirasse a mesada; uma consentiu, mas o amante, quando soube, deu-lhe uma coça. Esta não tinha vestido para ir; aquela pretendia que lhe garantissem uma libra; houve uma que se escandalizou com o convite como um insulto. Depois, os chulos, os queridos, os polhos complicaram medonhamente a questão; uns exigiam ser convidados, outros tentavam desmanchar a festa; houve partidos, fizeram-se intrigas, enfim esta coisa banal, um jantar com atrizes, resultou em o Tarquínio do Ginásio levar uma facada.

— E aqui tens tu Lisboa.

— Enfim — exclamou o Ega —, se não aparecerem mulheres, importam-se, que é em Portugal para tudo o recurso natural. Aqui importa-se tudo. Leis, ideias, filosofias, teorias, assuntos, estéticas, ciências, estilo, indústrias, modas, maneiras, pilhérias, tudo nos vem em caixotes pelo paquete. A civilização custa-nos caríssimo, com os direitos da alfândega; e é em segunda mão, não foi feita para nós, fica-nos curta nas mangas... Nós julgamo-nos civilizados como os negros de S. Tomé se supõem cavalheiros, se supõem mesmo brancos, por usarem com a tanga uma casaca velha do patrão... Isto é uma choldra torpe. Onde pus eu a charuteira?

Desembaraçado da majestade que lhe dava a peliça, o antigo Ega reaparecia, perorando com os seus gestos aduncos de Mefistófeles em verve, lançando-se pela sala como se fosse voar ao vibrar as suas grandes frases, numa luta constante com o monóculo, que lhe caía do olho, que ele procurava pelo peito, pelos ombros, pelos rins, retorcendo-se, deslocando-se, como mordido por bichos. Carlos animava-se também, a fria sala aquecia; discutiam o naturalismo, Gambetta, o niilismo; depois, com ferocidade e à uma, malharam sobre o país...

Mas o relógio ao lado bateu quatro horas; imediatamente Ega saltou sobre a peliça, sepultou-se nela, aguçou o bigode ao espelho, verificou a pose, e, encouraçado nos seus alamares, saiu com um arzinho de luxo e de aventura.

— John — disse Carlos que o achava esplêndido e o ia seguindo ao patamar —, onde estás tu?

— No Universal, esse santuário!

Carlos abominava o Universal. Queria que ele viesse para o Ramalhete.

— Não me convém...

— Em todo caso vais hoje lá jantar, ver o avô.

— Não posso. Estou comprometido com a besta do Cohen... Mas vou lá amanhã almoçar.

Já nos degraus da escada, voltou-se, entalou o monóculo, gritou para cima:

— Tinha-me esquecido dizer-te, vou publicar o meu livro!

— O quê! Está pronto? — exclamou Carlos, espantado.

— Está esboçado, à brocha larga...

O livro do Ega! Fora em Coimbra, nos dois últimos anos, que ele começara a falar do seu livro, contando o plano, soltando títulos de capítulos, citando pelos cafés frases de grande sonoridade. E entre os amigos do Ega discutia-se já o livro do Ega como devendo iniciar, pela forma e pela ideia, uma evolução literária. Em Lisboa (onde ele vinha passar as férias e dava ceias no Silva) o livro fora anunciado como um acontecimento. Bacharéis, contemporâneos ou seus condiscípulos tinham levado de Coimbra, espalhado pelas províncias e pelas ilhas a fama do livro do Ega. Já de qualquer modo essa notícia chegara ao Brasil... E sentindo esta ansiosa expectativa em torno do seu livro, o Ega decidira-se enfim a escrevê-lo.

Devia ser uma epopeia em prosa, como ele diria, dando, sob episódios simbólicos, a história das grandes fases do Universo e da Humanidade. Intitulava-se *Memórias dum átomo*, e tinha a forma de uma autobiografia. Este átomo (o átomo do Ega, como se lhe chamava a sério, em Coimbra) aparecia no primeiro capítulo, rolando ainda no vago das nebulosas primitivas; depois vinha embrulhado, faísca candente, na massa de fogo que devia ser mais tarde a Terra; enfim, fazia parte da primeira folha de planta que surgiu da crosta ainda mole do globo. Desde então, viajando nas incessantes transformações da substância, o átomo do Ega entrava na rude estrutura do Orango, pai da humanidade, e mais tarde vivia nos lábios de Platão. Negrejava no burel dos santos, refulgia na espada dos heróis, palpitava no coração dos poetas. Gota de água nos lagos de Galileia, ouvira o falar de Jesus, aos fins de tarde, quando os apóstolos recolhiam as redes; nó de madeira na tribuna da Convenção, sentira o frio da mão de Robespierre. Errara nos vastos anéis de Saturno;

e as madrugadas da Terra tinham-no orvalhado, pétala resplandecente de um dormente e lânguido lírio. Fora onipresente, era onisciente. Achando-se, finalmente, no bico da pena do Ega, e cansado desta jornada através do ser, repousava, escrevendo as suas *Memórias*... Tal era este formidável trabalho, de que os admiradores do Ega, em Coimbra, diziam, pensativos, e como esmagados de respeito:

— É uma Bíblia!

V

No escritório de Afonso da Maia ainda durava, apesar de ser tarde, a partida de *whist*. A mesa estava ao lado da chaminé, onde a chama morria nos carvões escarlates, no seu recanto costumado, abrigada pelo biombo japonês, por causa da bronquite de D. Diogo e do seu horror ao ar.

Esse velho dândi — a quem as damas de outras eras chamavam o "lindo Diogo", gentil toureiro que dormira num leito real —, acabava justamente de ter um dos seus acessos de tosse, cavernosa, áspera, dolorosa, que o sacudiam como uma ruína, que ele abafava no lenço, com as veias inchadas, roxo até a raiz dos cabelos. Mas passara. Com a mão ainda trêmula, o decrépito leão limpou as lágrimas que lhe embaciavam os olhos avermelhados, compôs a rosa de musgo na botoeira da sobrecasaca, tomou um gole da sua água chazada e perguntou a Afonso, seu parceiro, numa voz rouca e surda:

— Paus, hein?

E de novo, sobre o pano verde, as cartas foram caindo num daqueles silêncios que se seguiam às tosses de D. Diogo. Sentia-se só a respiração assobiada, quase silvante, do general Sequeira, muito infeliz essa noite, desesperado com o Vilaça, seu parceiro, rezingão, e com todo o sangue na face.

Um tom fino retiniu; o relógio Luís XV foi ferindo alegremente, vivamente, a meia-noite; depois a toada argentina do seu minuete vibrou um momento e morreu. Houve de novo um silêncio. Uma renda vermelha recobria os globos de dois grandes candeeiros Carcel; e a luz assim coada, caindo sobre os damascos vermelhos das paredes, dos assentos, fazia como uma doce refração cor-de-rosa, um vaporoso de nuvem em que a sala se banhava e dormia; só, aqui e além, sobre os carvalhos sombrios das estantes, rebrilhava em silêncio o ouro de um Sèvres, uma palidez de marfim ou algum tom esmaltado de velha majólica.

— O quê! Ainda encarniçados! — exclamou Carlos que abrira o reposteiro, entrava, e com ele o rumor distante de bolas de bilhar.

Afonso, que recolhia a sua vasa, voltou logo a cabeça, a perguntar com interesse:

— Como vai ela? Está sossegada?

— Está muito melhor!

Era a primeira doente grave de Carlos, uma rapariga de origem alsaciana, casada com o Marcelino padeiro, muito conhecida no bairro pelos seus belos cabelos, louros e penteados sempre em tranças soltas. Tinha estado à morte com uma pneumonia; e apesar de melhor, como a padaria ficava defronte, Carlos ainda às vezes à noite atravessava a rua para a ir ver, tranquilizar o Marcelino, que, defronte do leito e de gabão pelos ombros, sufocava soluços de amante, escrevinhando no livro de contas.

Afonso interessara-se ansiosamente por aquela pneumonia, e agora estava realmente agradecido à Marcelina por ter sido salva por Carlos. Falava dela comovido; gabava-lhe a linda figura, o asseio alsaciano, a prosperidade que trouxera à padaria... Para a convalescença, que se aproximava, já lhe mandara até seis garrafas de Chateau-Margaux.

— Então fora de perigo, inteiramente fora de perigo? — perguntou Vilaça, com os dedos na caixa do rapé, sublinhando muito a sua solicitude.

— Sim, quase rija — disse Carlos, que se aproximara da chaminé, esfregando as mãos, arrepiado.

É que a noite, fora, estava regelada! Desde o anoitecer geava, de um céu fino e duro, transbordando de estrelas que rebrilhavam como pontas afiadas de aço; e nenhum daqueles cavalheiros, desde que se entendia, conhecera jamais o termômetro tão baixo. Sim, Vilaça lembrava-se de um janeiro pior no inverno de 64...

— É necessário carregar no ponche, hein, general! — exclamou Carlos, batendo galhofeiramente nos ombros maciços do Sequeira.

— Não me oponho — rosnou o outro, que fixava com concentração e rancor um valete de copas sobre a mesa.

Carlos, ainda com frio, remexeu, esfuracou os carvões: uma chuva de ouro caiu por baixo, uma chama mais forte ressaltou, rugiu, alegrando tudo, avermelhando em redor as peles de urso onde o Reverendo Bonifácio, espapado, torrava ao calor, ronronava de gozo.

— O Ega deve estar radiante — dizia Carlos com os pés à chama. — Tem, enfim, justificada a peliça. A propósito, algum dos senhores tem visto o Ega estes últimos dias?

Ninguém respondeu, no interesse súbito que causava a cartada. A longa mão de D. Diogo recolhia devagar a vasa, e languidamente, no mesmo silêncio, soltou uma carta de paus.

— Oh, Diogo! Oh, Diogo! — gritou Afonso, estorvendo-se, como se o trespassasse um ferro.

Mas conteve-se. O general, cujos olhos despendiam faíscas, colocou o seu valete; Afonso, profundamente infeliz, separou-se do rei de paus; Vilaça bateu de estalo com o ás. E imediatamente foi em redor uma discussão tremenda sobre a puxada de D. Diogo, enquanto Carlos, a quem as cartas sempre enfastiavam, se debruçava a coçar o ventre fofo do venerável Reverendo.

— Que perguntavas tu, filho? — disse enfim Afonso erguendo-se, ainda irritado, a buscar tabaco para o cachimbo, sua consolação nas derrotas. — O Ega? Não, ninguém o viu, não tornou a aparecer! Está também um bom ingrato, esse John...

Ao nome do Ega, Vilaça, parando de baralhar as cartas, erguera a face curiosa:

— Então sempre é certo que ele vai montar casa?

Foi Afonso que respondeu, sorrindo e acendendo o cachimbo:

— Montar casa, comprar *coupé*, deitar libré, dar *soirées* literárias, publicar um poema, o diabo!

— Ele esteve lá no escritório — dizia Vilaça recomeçando a baralhar. — Esteve lá a indagar o que tinha custado o consultório, a mobília de veludo etc. O veludo verde deu-lhe no goto... Eu, como é um amigo da casa, lá lhe prestei informações, até lhe mostrei as contas. — E respondendo a uma pergunta do Sequeira: — Sim, a mãe tem dinheiro, e creio que lhe dá o bastante. Que quanto a mim, ele vem-se meter na política. Tem talento, fala bem, o pai já era muito regenerador... Ali há ambição.

— Ali há mulher — disse D. Diogo, colocando com peso esta decisão e acentuando-a com uma carícia lânguida à ponta frisada dos bigodes brancos. — Lê-se-lhe na cara, basta ver-lhe a cara... Ali há mulher.

Carlos sorria, gabando a penetração de D. Diogo, o seu fino olho à Balzac; e Sequeira, logo, franco como velho soldado, quis saber quem era a Dulcinéia. Mas o velho dândi declarou, da profundidade da sua experiência, que essas coisas nunca se sabiam, e era preferível não se saberem. Depois, passando os dedos magros e lentos pela face, deixou cair do alto e com condescendência este juízo:

— Eu gosto do Ega, tem apresentação; sobretudo tem *dégagé*...

Tinham recebido as cartas; fez-se um silêncio na mesa. O general, vendo o seu jogo, soltou um grunhido surdo, arrebatou o cigarro do cinzeiro e puxou-lhe uma fumaça furiosa.

— Os senhores são muito viciosos, vou ver a gente do bilhar — disse Carlos. — Deixei o Steinbroken engalfinhado com o marquês, a perder já quatro mil-réis. Querem o ponche aqui?

Nenhum dos parceiros respondeu.

E em torno do bilhar Carlos encontrou o mesmo silêncio de solenidade. O marquês, estirado sobre a tabela, com a perna meio no ar, o começo de calva alvejando à luz crua que caía dos *abat-jours* de porcelana, preparava a carambola decisiva. Cruges, que apostara por ele, deixara o divã, o cachimbo turco, e, coçando com um gesto nervoso a grenha crespa que lhe ondeava até a gola do jaquetão, vigiava a bola, inquieto, com os olhinhos piscos, o nariz espetado. Do fundo da sala, destacando em preto, o Silveirinha, o Eusebiozinho de Santa Olávia, estendia também o pescoço, afogado numa gravata de viúvo, de merino negro e sem colarinho, sempre macambúzio, mais molengo que outrora, com as mãos enterradas nos bolsos, tão fúnebre que tudo nele parecia complemento do luto pesado, até o preto do cabelo chato, até o preto das lunetas de fumo. Junto ao bilhar, o parceiro do marquês, o Conde Steinbroken, esperava; e apesar do susto, da emoção de homem do norte aferrado ao dinheiro, conservava-se correto, encostado ao taco, sorrindo, sem desmanchar a sua linha britânica, vestido como um inglês, inglês tradicional de estampa, com uma sobrecasaca justa de manga um pouco curta e largas calças de xadrez sobre sapatões de tacão raso.

— Hurra! — gritou de repente Cruges. — Os dez tostõezinhos para cá, Silveirinha!

O marquês carambolara, ganhando a partida, e triunfava também:

— Você trouxe-me a sorte, Carlos!

Steinbroken depusera logo o taco, e alinhava já sobre a tabela, lentamente, uma a uma, as quatro placas perdidas.

Mas o marquês, de giz na mão, reclamava-o para outras refregas, esfaimado de ouro finlandês.

— Nada *mach*!... Você hoje está terrível! — dizia o diplomata, no seu português fluente, mas o acento bárbaro.

O marquês insistia, plantado diante dele, de taco ao ombro como uma vara de campino, dominando-o com a sua maciça, desempenada estatura. E ameaçava-o de destinos medonhos numa voz possante habituada a ressoar nas lezírias; queria-o arruinar ao bilhar, forçá-lo a empenhar aqueles belos anéis, levá-lo a ele, ministro da Finlândia e representante de uma raça de reis fortes, a vender senhas à porta da Rua dos Condes!

Todos riam; e Steinbroken também, mas com um riso franzido e difícil, fixando no marquês o olhar azul--claro, claro e frio, que tinha no fundo da sua miopia a dureza de um metal. Apesar da sua simpatia pela ilustre Casa de Sousela, achava estas familiaridades, estas tremendas chalaças, incompatíveis com a sua dignidade e com a dignidade da Finlândia. O marquês, porém, coração de ouro, abraçava-o já pela cinta, com expansão:

— Então se não quereis mais bilhar, um bocadinho de canto, Steinbroken amigo!

A isto o ministro acedeu, afável, preparando-se logo, dando carícias ligeiras às suíças e aos anéis do cabelo de um louro de espiga desbotada.

Todos os Steinbrokens, de pais a filhos (como ele dissera a Afonso) eram bons barítonos; e isso trouxera à família não poucos proventos sociais. Pela voz cativara seu pai o velho Rei Rodolfo III, que o fizera chefe das caudelarias, e o tinha noites inteiras nos seus quartos, ao piano, cantando salmos luteranos, corais escolares, sagas da Dalecárlia, enquanto o taciturno monarca cachimbava e bebia, até que, saturado de emoção religiosa, saturado de cerveja preta, tombava do sofá, soluçando e babando-se. Ele mesmo, Steinbroken, levara parte da sua carreira ao piano, já como adido, já como segundo secretário. Feito chefe de missão, absteve-se; foi só quando viu o *Figaro* celebrar repetidamente as valsas do Príncipe Artoff, embaixador da Rússia em Paris, e a voz de *basso* do Conde de Bapst, embaixador da Áustria, em Londres, que ele, seguindo tão altos exemplos, arriscou, aqui e além, em *soirées* mais íntimas, algumas melodias finlandesas. Enfim cantou no Paço. E desde então exerceu com zelo, com formalidades, com praxes, o seu cargo de "barítono plenipotenciário", como dizia o Ega. Entre homens, e com os reposteiros corridos, Steinbroken não duvidava todavia cantarolar o que ele chamava "cançonetas brejeiras"— o *Amant d'Amanda*, ou uma certa balada inglesa:

On the Serpentine,
Oh, my Caroline...
Oh!

Este *oh!* como ele o expelia, gemido, bem puxado, num movimento de batuque, expressivo e todavia digno... Isto entre rapazes e com os reposteiros fechados.

Nessa noite, porém, o marquês, que o conduzia pelo braço à sala do piano, exigia uma daquelas canções da Finlândia, de tanto sentimento e que lhe faziam tão bem à alma...

— Uma que tem umas palavrinhas de que eu gosto, *frisk, gluzk*... La ra lá, lá, lá!

— *A Primavera* — disse o diplomata sorrindo.

Mas antes de entrar na sala, o marquês soltou o braço de Steinbroken, fez um sinal ao Silveirinha para o fundo do corredor, e aí, sob um sombrio painel de *Santa Madalena no deserto* penitenciando-se e mostrando nudezas ricas de ninfa lúbrica, interpelou-o quase com aspereza:

— Vamos nós a saber. Então, decide-se ou não?

Era uma negociação que havia semanas se arrastava entre eles, a respeito de uma parelha de éguas. Silveirinha nutria o desejo de montar carruagem; e o marquês procurava vender-lhe umas éguas brancas, e a que ele dizia "ter tomado enguiço, apesar de serem dois nobres animais". Pedia por elas um conto e quinhentos mil-réis. Silveirinha fora avisado pelo Sequeira, por Travassos, por outros entendedores, que era uma espiga; o marquês tinha a sua moral própria para negócios de gado, e exultaria em *intrujar um pexote.* Apesar de advertido, Eusébio, cedendo à influência da grossa voz do marquês, da robustez do seu físico, da antiguidade do seu título, não ousava recusar. Mas hesitava; e nessa noite deu a resposta usual de forreta, coçando o queixo, cosido ao muro:

— Eu verei, marquês... Um conto e quinhentos é dinheiro...

O marquês ergueu dois braços ameaçadores como duas trancas:

— Homem, sim ou não! Que diabo... Dois animais que são duas estampas... Irra! Sim ou não!

Eusébio ajeitou as lunetas, rosnou:

— Eu verei... Ele é dinheiro. Sempre é dinheiro...

— Queria você, talvez, pagá-las com feijões? Você leva-me a cometer um excesso!

O piano ressoou, em dois acordes cheios, sob os dedos do Cruges; e o marquês, baboso por música, imediatamente largou a questão das éguas, recolheu em pontas de pés. Eusebiozinho ainda ficou a remoer, a coçar o queixo; enfim, às primeiras notas de Steinbroken, veio pousar como uma sombra silenciosa entre a ombreira e o reposteiro.

Afastado do piano segundo o seu costume, curvado, com a cabeleira como pousada às costas, Cruges feria o acompanhamento, de olhos cravados no livro de *Melodias finlandesas*. Ao lado, empertigado, quase oficial, com o lenço de seda na mão, a mão fincada contra o peito, Steinbroken soltava um canto festivo, num movimento de tarantela triunfante, em que passavam, como um entrechocar de seixos, esses bocados de palavras de que o marquês gostava, *frisk*, *slécht*, *clikst*, *glukst*. Era a *primavera* fresca e silvestre, primavera do norte em país de montanhas, quando toda uma aldeia dança em coros sob os fuscos abertos, a neve se derrete em cascatas, um sol pálido aveluda os musgos e a brisa traz o aroma das resinas... Nos graves e cheios, as cantoneiras de Steinbroken ruborizavam-se, inchavam. Nos tons agudos todo ele se ia alçando sobre a ponta dos pés, como levado no compasso vivo; despegava então a mão do peito, alargava um gesto, as belas joias dos seus anéis faiscavam.

O marquês, com as mãos esquecidas nos joelhos, parecia beber o canto. Na face de Carlos passava um sorriso enternecido, e pensando em Madame Rughel, que viajara na Finlândia, cantava às vezes aquela *Primavera* nas suas horas de sentimentalismo flamengo...

Steinbroken soltou um *staccato* agudo, isolado como uma voz num alto, e imediatamente, afastando-se do piano, passou o lenço sobre as fontes, sobre o pescoço; retificou com um puxão a linha da sobrecasaca, e agradeceu o acompanhamento ao Cruges num silencioso *shake hands*.

— Bravo! bravo! — berrava o marquês, batendo as mãos como malhos.

E outros aplausos ressoaram à porta, dos parceiros do *whist*, que tinham findado a partida. Quase imediatamente os escudeiros entravam com um serviço frio de croquetes e sanduíches, oferecendo St. Emilion ou Porto; e sobre uma mesa, entre os renques de cálices, a poncheira fumegou num aroma doce e quente de conhaque e limão.

— Então, meu pobre Steinbroken — exclamou Afonso, vindo-lhe bater amavelmente no ombro —, ainda dá desses belos cantos a estes bandidos, que o maltratam assim ao bilhar?

— Fui *essfoladito*, *si*, *essfoladito*. Agradecido, *nô*, prefiro um *copita* Porto...

— Hoje fomos nós as vítimas — disse-lhe o general, respirando com delícia o seu ponche.

— Você também, meu general?

— Sim, senhor, também me cascaram...

— E que dizia o amigo Steinbroken às notícias da manhã? — perguntava Afonso. — A queda de Mac-Mahon, a eleição de Grevy... O que o alegrava nisto era o desaparecimento definitivo do antipático Senhor de Broglie e da sua clique. A impertinência daquele acadêmico estreito, querendo impor a opinião de dois ou três salões doutrinários à França inteira, a toda uma Democracia! Ah, o *Times* cantava-lhas!

— E o ponche? Não viu o ponche? Oh, delicioso!...

O ministro pousara o cálice, e esfregando cautelosamente as mãos, disse numa meia voz grave a sua frase, a frase definitiva com que julgava todos os acontecimentos que aparecem em telegramas:

— É grave... É *eqsessivemente* grave...

Depois falou-se de Gambetta; e como Afonso lhe atribuía uma ditadura próxima, o diplomata tomou misteriosamente o braço de Sequeira, murmurou a palavra suprema com que definia todas as personalidades superiores, homens de Estado, poetas, viajantes ou tenores:

— É um *homê muto* forte. É um *homê eqsessivemente* forte!

— O que ele é, é um ronha! — exclamou o general, escorropichando o seu cálice.

E todos os três deixaram a sala, discutindo ainda a república, enquanto Cruges continuava ao piano, vagueando por Mendelssohn e por Chopin, depois de ter devorado um prato de croquetes. O marquês e D. Diogo, sentados no mesmo sofá, um com a sua chazada de inválido, outro com um copo de St. Emilion, a que aspirava o *bouquet*, falavam também de Gambetta. O marquês gostava de Gambetta; fora o único que durante a guerra mostrara ventas de homem; lá que tivesse "comido" ou que "quisesse comer", como diziam, não sabia nem lhe importava. Mas era teso! E o Senhor Grevy também lhe parecia um cidadão sério, ótimo para chefe do Estado...

— Homem de sala? — perguntou languidamente o velho leão.

O marquês só o vira na Assembleia, presidindo e muito digno... D. Diogo murmurou, com um melancólico desdém na voz, no gesto, no olhar:

— O que eu queria a toda essa canalha era a saúde, marquês!

O marquês consolou-o, galhofeiro e amável. Toda essa gente, parecendo forte por se ocupar de coisas fortes, no fundo tinha asma, tinha pedra, tinha gota... E o Dioguinho era um Hércules...

— Um Hércules! O que é, é que você apaparica-se muito... A doença é um mau hábito em que a gente se põe. É necessário reagir... Você devia fazer ginástica, e muita água fria por essa espinha. Você, na realidade, é de ferro!

— Enferrujadote, enferrujadote... — replicou o outro, sorrindo e desvanecido.

— Qual enferrujadote! Se eu fosse cavalo ou mulher, antes o queria a você que a esses badamecos que por aí andam meio podres... Já não há homens da sua têmpera, Dioguinho!

— Já não há nada — disse o outro grave e convencido, e como o derradeiro homem nas ruínas de um mundo.

Mas era tarde, ia-se agasalhar, recolher, depois de acabar a sua chazada. O marquês ainda se demorou, preguiçando no sofá, enchendo lentamente o cachimbo, dando um olhar àquela sala que o encantava com o seu luxo Luís XV, os seus floridos e os seus dourados, as cerimoniosas poltronas de Beauvais feitas para a amplidão das anquinhas, as tapeçarias de Gobelins de tons desmaiados, cheias de galantes pastoras, longes de parques, laços e lãs de cordeiros, sombras de idílios mortos, transparecendo numa trama de seda... Aquela hora, no adormecimento que ia pesando, sob a luz suave e quente das velas que findavam, havia ali a harmonia e o ar de um outro século; e o marquês reclamou do Cruges um minuete, uma gavota, alguma coisa que evocasse Versalhes, Maria Antonieta, o ritmo das belas maneiras e o aroma dos empoados. Cruges deixou morrer sob os dedos a melodia vaga que estava diluindo em suspiros, preparou-se, alargou os braços e atacou, com um pedal solene, o *Hino da Carta*. O marquês fugiu.

Vilaça e Eusebiozinho conversavam no corredor, sentados numa das arcas baixas de carvalho lavrado.

— A fazer política? — perguntou-lhes o marquês ao passar.

Ambos sorriram; Vilaça respondeu jocosamente:

— É necessário salvar a pátria!

Eusébio pertencia também ao centro progressista, aspirava à influência eleitoral no círculo de Resende, e ali às noites no Ramalhete faziam conciliábulos. Nesse momento porém falavam dos Maias; Vilaça não duvidava confiar ao Silveirinha, homem de propriedade, vizinho de Santa Olávia, quase criado com Carlos, certas coisas que lhe desagradavam na casa, onde a autoridade da sua palavra parecia diminuir; assim, por exemplo, não podia aprovar o ter Carlos tomado uma frisa de assinatura.

— Para que — exclamava o digno procurador —, para que, meu caro senhor? Para lá não pôr os pés, para passar aqui as noites... Hoje diz que há entusiasmo, e ele ali esteve. Tem ido lá, eu sei, duas ou três vezes...? E para isto dá cá uns poucos de centos de mil-réis. Podia fazer o mesmo com meia dúzia de libras! Não, não é governo. No fim a frisa é para o Ega, para o Taveira, para o Cruges... Olhe, eu não me utilizo dela; nem o amigo. É verdade que o amigo está de luto.

Eusébio pensou, com despeito, que se podia meter para o fundo da frisa, se tivesse sido convidado. E murmurou, sem conter um sorriso mole:

— Indo assim, até se podem encalacrar...

Uma tal palavra, tão humilhante, aplicada aos Maias, à casa que ele administrava, escandalizou Vilaça. Encalacrar! Ora essa!

— O amigo não me compreendeu... Há despesas inúteis, sim, mas, louvado Deus, a casa pode bem com elas! É verdade que o rendimento gasta-se todo, até o último ceitil; os cheques voam, voam, como folhas secas; e até aqui o costume da casa foi pôr de lado, fazer bolo, fazer reserva. Agora o dinheiro derrete-se... Eusébio rosnou algumas palavras sobre os trens de Carlos, os nove cavalos, o cocheiro inglês, os *grooms*... O procurador acudiu:

— Isso, amigo, é de razão. Uma gente destas deve ter a sua representação, as suas coisas bem montadas. Há deveres na sociedade... É como o Senhor Afonso... Gasta muito, sim, come dinheiro. Não é com ele, que lhe conheço aquele casaco há vinte anos... Mas são esmolas, são pensões, são empréstimos que nunca mais vê...

— Desperdícios...

— Não lho censuro... É o costume da casa; nunca da porta dos Maias, já meu pai dizia, saiu ninguém descontente... Mas uma frisa, de que ninguém usa! Só para o Cruges, só para o Taveira...

Teve de se calar. Justamente ao fundo do corredor assomava o Taveira, abafado até aos olhos na gola de uma *ulster*, de onde saíam as pontas de um *cache-nez* de seda clara. O escudeiro desembaraçou-o dos agasalhos; e ele, de casaca e colete branco, limpando o bonito bigode úmido da geada, veio apertar a mão ao caro Vilaça, ao amigo Eusébio, arrepiado, mas achando o frio elegante, desejando a neve e o seu *chic*...

— Nada, nada — dizia Vilaça todo amável —, cá o nosso solzinho português sempre é melhor...

E foram entrando no *fumoir*, onde se ouviam as vozes do marquês, de Carlos, numa das suas sábias e prolixas cavaqueiras sobre cavalos e esporte.

— Então? Que tal? A mulher? — foi a interrogação que acolheu o Taveira.

Mas, antes de dar notícia da estreia de Morelli, a dama nova, Taveira reclamou alguma coisa quente. E enterrado numa poltrona junto do fogão, com os sapatos de verniz estendidos para as brasas, respirando o aroma do ponche, saboreando uma *cigarette*, declarou enfim que não tinha sido um fiasco.

— Que ela, a meu ver, é uma insignificância, não tem nada, nem voz, nem escola. Mas, coitada, estava tão atrapalhada que nos fez pena. Houve indulgência, deram-se-lhe umas palmas... Quando fui ao palco, ela estava contente...

— Vamos a saber, Taveira, que tal é ela? — inquiria o marquês.

— Cheia — dizia o Taveira colocando as palavras como pinceladas —; alta, muito branca; bons olhos; bons dentes...

— E o pezinho? — e o marquês já com os olhos acesos, passava devagar a mão pela calva.

Taveira não reparara no pé. Não era amador de pés...

— Quem estava? — perguntou Carlos, indolente e bocejando.

— A gente do costume... É verdade, sabes quem tomou a frisa ao lado da tua? Os Gouvarinhos. Lá apareceram hoje...

Carlos não conhecia os Gouvarinhos. Em redor explicaram-lhe: o Conde Gouvarinho, o par do reino, um homem alto, de lunetas, *poseur*... E a condessa, uma senhora inglesada, de cabelo cor de cenoura, muito bem feita... Enfim, Carlos não conhecia.

Vilaça encontrava o conde no centro progressista, onde ele era uma coluna do partido. Rapaz de talento, segundo o Vilaça. O que o espantava é que ele pudesse ter assim frisa de assinatura, atrapalhado como estava; ainda não havia três meses lhe tinham protestado uma letra de oitocentos mil-réis, no tribunal do comércio...

— Um asno, um caloteiro! — disse o marquês com nojo.

— Passa-se lá bem, às terças-feiras!... — disse Taveira, mirando a sua meia de seda.

Depois falou-se do duelo do Azevedo da *Opinião* com o Sá Nunes, autor de *Del-Rei Bolacha*, a grande mágica da Rua dos Condes, e ultimamente Ministro da Marinha; tinham-se tratado furiosamente nos jornais: de pulhas e de ladrões; e havia dez intermináveis dias que estavam desafiados e que Lisboa, em pasmaceira, esperava o sangue. Cruges ouvira que Sá Nunes não se queria bater, por estar de luto por uma tia; dizia-se também que o Azevedo partira precipitadamente para o Algarve. Mas a verdade, segundo Vilaça, era que o ministro do reino, primo do Azevedo, para evitar o recontro, conservava a casa dos dois cavalheiros bloqueada pela polícia...

— Uma canalha! — exclamou o marquês com um dos seus resumos brutais que varriam tudo.

— O ministro não deixa de ter razão — observou Vilaça. — Isto às vezes, em duelos, pode bem suceder uma desgraça...

Houve um curto silêncio. Carlos, que caía de sono, perguntou ao Taveira, através de outro bocejo, se vira o Ega no teatro.

— Pudera! Lá estava de serviço, no seu posto, na frisa dos Cohens, todo puxado...

— Então essa coisa do Ega com a mulher do Cohen — disse o marquês — parece clara...

— Transparente, diáfana! Um cristal!...

Carlos, que se erguera a acender uma *cigarette* para despertar, lembrou logo a grande máxima de D. Diogo: essas coisas nunca se sabiam, e era preferível não se saberem! Mas o marquês, a isto, lançou-se em considerações pesadas. Estimava que o Ega se atirasse; e via aí um fato de represália social, por o Cohen ser judeu e banqueiro. Em geral não gostava de judeus; mas nada lhe ofendia tanto o gosto e a razão como a espécie banqueiro. Compreendia o salteador de clavina, num pinheiral; admitia o comunista, arriscando a pele sobre uma barricada. Mas os argentários, os *Fulanos e Cias.* faziam-no encavacar... E achava que destruir-lhes a paz doméstica era ato meritório!

— Duas horas e um quarto! — exclamou Taveira, que olhara o relógio. — E eu aqui, empregado público, tendo deveres para com o Estado, logo às dez horas da manhã.

— Que diabo se faz no tribunal de contas? — perguntou Carlos. — Joga-se? Cavaqueia-se?

— Faz-se um bocado de tudo, para matar tempo... Até contas!

Afonso da Maia já estava recolhido. Sequeira e Steinbroken tinham partido; e D. Diogo, no fundo da sua velha traquitana, lá fora também a tomar ainda gemada, a pôr ainda o emplastro, sob o olho solícito da Margarida, sua cozinheira e seu derradeiro amor. E os outros não tardaram a deixar o Ramalhete. Taveira, de novo sepultado na *ulster*, trotou até casa, uma vivendazinha perto com um bonito jardim. O marquês conseguiu levar Cruges no *coupé*, para lhe ir fazer música a casa, no órgão, até às três ou quatro horas, música religiosa e triste, que o fazia chorar, pensando nos seus amores e comendo frango frio com fatias de salame. E o viúvo, o Eusebiozinho, esse, batendo o queixo, tão morosa e soturnamente como se caminhasse para a sua própria sepultura, lá se dirigiu ao lupanar onde tinha uma *paixão*.

O laboratório de Carlos estava pronto e muito convidativo, com o seu soalho novo, fornos de tijolo fresco, uma vasta mesa de mármore, um amplo divã de clina para o repouso depois das grandes descobertas, e em redor, por sobre peanhas e prateleiras, um rico brilho de metais e cristais; mas as semanas passavam, e todo esse belo material de experimentação, sob a luz branca da claraboia, jazia virgem e ocioso. Só pela manhã um servente ia ganhar o seu tostão diário, dando lá uma volta preguiçosa com um espanador na mão. Carlos realmente não tinha tempo de se ocupar do laboratório; e deixaria a Deus mais algumas semanas o privilégio exclusivo de saber o segredo das coisas, como ele dizia rindo ao avô. Logo pela manhã cedo ia fazer as suas duas horas de armas com o velho Randon; depois via alguns doentes no bairro onde se espalhara, com um brilho de legenda, a cura da Marcelina, e as garrafas de Bordéus que lhe mandara Afonso. Começava a ser conhecido como médico. Tinha visitas no consultório, ordinariamente bacharéis, seus contemporâneos, que sabendo-o rico o consideravam gratuito, e lá entravam, murchos e com má cara, a contar a velha e mal disfarçada história de ternuras funestas. Salvara de um garrotilho a filha de um brasileiro, no Aterro, e ganhara ali a sua primeira libra, a primeira que pelo seu trabalho ganhava um homem da sua família. O Dr. Barbedo convidara-o a assistir a uma operação ovariotômica. E enfim (mas esta consagração não a esperava realmente Carlos tão cedo), alguns dos seus bons colegas, que até aí, vendo-o só a governar os seus cavalos ingleses, falavam do "talento do Maia", agora, percebendo-lhe estas migalhas de clientela, começavam a dizer "que o Maia era um asno". Carlos já falava a sério da sua carreira. Escrevera, com laboriosos requintes de estilista, dois artigos para a *Gazeta Médica*; e pensava em fazer um livro de ideias gerais, que se devia chamar *Medicina antiga e moderna*. De resto ocupava-se sempre dos seus cavalos, do seu luxo, do seu *bric-à-brac*. E através de tudo isto, em virtude dessa fatal dispersão de curiosidade que, no meio do caso mais interessante de patologia, lhe fazia voltar a cabeça, se ouvia falar de uma estátua ou de um poeta, atraía-o singularmente a antiga ideia do Ega, a criação de uma revista, que dirigisse o gosto, pesasse na política, regulasse a sociedade, fosse a força pensante de Lisboa... Era porém inútil lembrar ao Ega esse belo plano. Abria um olho vago, respondia:

— Ah, a revista,... Sim, está claro, pensar nisso! Havemos de falar, eu aparecerei...

Mas não aparecia no Ramalhete nem no consultório; apenas se avistavam, às vezes, em São Carlos, onde o Ega, todo o tempo que não passava no camarote dos Cohens, vinha invariavelmente refugiar-se no fundo da frisa de Carlos, por trás de Taveira ou do Cruges, de onde pudesse olhar de vez em quando Raquel Cohen, e ali ficava, silencioso, com a cabeça apoiada ao tabique, repousando e como saturado de felicidade...

O dia (dizia ele) tinha-o todo tomado; andava procurando casa, andava estudando mobílias... Mas era fácil encontrá-lo pelo Chiado e pelo Loreto, a rondar e a farejar, ou então no fundo de tipoias de praça, batendo a meio galope, num espalhafato de aventura. O seu dandismo requintava; arvorava, com o desplante soberbo de um Brummel, casaca de botões amarelos sobre colete de cetim branco; e Carlos, entrando uma manhã cedo no *Universal*, deu com ele pálido de cólera, a despropositar com um criado, por causa de uns sapatos mal envernizados. Os seus companheiros constantes, agora, eram um Dâmaso Salcede, amigo do Cohen, e um primo da Raquel Cohen, mocinho imberbe, de olho esperto e duro, já com ares de emprestar a trinta por cento.

Entre os amigos, no Ramalhete, sobretudo na frisa, discutia-se às vezes Raquel, e as opiniões discordavam. Taveira achava-a "deliciosa!" e dizia-o rilhando o dente; ao marquês não deixava de parecer apetitosa, para uma vez, aquela carnezinha *faisandée* de mulher de 30 anos; Cruges chamava-lhe uma "lambisgóia relambória". Nos jornais, na seção do *High-life*, ela era "uma das nossas primeiras elegantes"; e toda a Lisboa a conhecia, e a sua luneta de ouro presa por um fio de ouro, e a sua caleche azul com cavalos pretos. Era alta, muito pálida, sobretudo às luzes, delicada de saúde, com um quebranto nos olhos pisados, uma infinita languidez em toda a sua pessoa, um ar de romance e de lírio meio murcho; a sua maior beleza estava nos cabelos, magnificamente negros, ondeados, muito pesados, rebeldes aos ganchos, e que ela deixava habilmente cair em massa meio solta sobre as costas, como um desalinho de nudez. Dizia-se que tinha literatura, e fazia frases. O seu sorriso lasso, pálido, constante, dava-lhe um ar de insignificância. O pobre Ega adorava-a.

Conhecera-a na Foz, na Assembleia; nessa noite, cervejando com os rapazes, ainda lhe chamou camélia melada; dias depois já adulava o marido; e agora esse demagogo, que queria o massacre em massa das classes médias, soluçava muitas vezes por causa dela, horas inteiras, caído para cima da cama.

Em Lisboa, entre o Grêmio e a Casa Havanesa, já se começava a falar "do arranjinho do Ega". Ele todavia procurava pôr a sua felicidade ao abrigo de todas as suspeitas humanas. Havia nas suas complicadas precauções tanto sinceridade como prazer romântico do mistério; e era nos sítios mais desajeitados, fora de portas, para os lados do Matadouro, que ia furtivamente encontrar a criada que lhe trazia as cartas dela... Mas em todos os seus modos (mesmo no disfarce afetado com que espreitava as horas), transbordava a imensa vaidade daquele adultério elegante. De resto sentia bem que os seus amigos conheciam a gloriosa aventura, o sabiam em pleno drama; era mesmo talvez por isso que, diante de Carlos e dos outros, nunca até aí mencionara o nome dela, nem deixara jamais escapar um lampejo de exaltação.

Uma noite, porém, acompanhando Carlos até ao Ramalhete, noite de lua calma e branca, em que caminhavam ambos calados, Ega, invadido decerto por uma onda interior de paixão, soltou desabafadamente um suspiro, alargou os braços, declamou com os olhos no astro, um tremor na voz:

Oh! laisse-toi donc aimer, oh! l'amour c'est la vie!

Isto fugira-lhe dos lábios como um começo de confissão; Carlos ao lado não disse nada, soprou ao ar o fumo do charuto.

Mas Ega sentiu-se decerto ridículo, porque se calmou, refugiou-se imediatamente no puro interesse literário.

— No fim de contas, menino, digam lá o que disserem, não há senão o velho Hugo.

Carlos, consigo, lembrava furores naturalistas do Ega, rugindo contra Hugo, chamando-lhe "saco roto de espiritualismo", "boca-aberta de sombra", "avozinho lírico", injúrias piores.

Mas nessa noite o grande fraseador continuou:

— Ah, o velho Hugo! O velho Hugo é o campeão heroico de verdades eternas... É necessário um bocado de ideal, que diabo!... De resto o ideal pode ser real...

E foi, com esta palinódia, acordando os silêncios do Aterro...

Dias depois, Carlos, no consultório, acabava de despedir um doente, um Viegas, que todas as semanas vinha ali fazer a fastidiosa crônica da sua dispepsia, quando do reposteiro da sala de espera lhe surgiu o Ega, de sobrecasaca azul, luva *gris-perle* e um rolo de papel na mão.

— Tens que fazer, doutor?

— Não, ia a sair, janota!

— Bem. Venho-te impingir prosa... Um bocado do *Átomo*... Senta-te aí. Ouve lá.

Imediatamente abancou, afastou papéis e livros, desenrolou o manuscrito, espalmou-o, deu um puxão ao colarinho e Carlos, que se pousara à borda do divã, com a face espantada e as mãos nos joelhos, achou-se quase sem transição transportado dos rugidos do ventre do Viegas para um rumor de populaça, num bairro de judeus, na velha cidade de Heidelberg.

— Mas espera lá! — exclamou ele. — Deixa-me respirar. Isso não é o começo do livro! Isso não é o caos...

Ega então recostou-se, desabotoou a sobrecasaca, respirou também.

— Não, não é o primeiro episódio... Não é o caos. É já no século XV. Mas num livro destes pode-se começar pelo fim... Conveio-me fazer este episódio: chama-se a *Hebreia*.

— A Cohen! — pensou Carlos.

Ega tornou a alargar o colarinho e foi lendo, animando-se, ferindo as palavras para as fazer viver, soltando grandes cheios de voz nas sonoridades finais dos períodos. Depois da sombria pintura de um bairro medieval de Heidelberg, o famoso Átomo, o *Átomo do Ega*, aparecia alojado no coração do esplêndido Príncipe Franck, poeta, cavaleiro e bastardo do Imperador Maximiliano. E todo esse coração de herói palpitava pela judia Ester, pérola maravilhosa do Oriente, filha do velho Rabino Salomão, um grande doutor da lei, perseguido pelo ódio teológico do Geral dos Dominicanos.

Isto contava-o o *Átomo* num monólogo, tão recamado de imagens como um manto da Virgem está recamado de estrelas, e que era uma declaração dele, Ega, à mulher do Cohen. Depois abria-se um intermédio panteísta: rompiam coros de flores, coros de astros, cantando na linguagem da luz, ou na eloquência dos perfumes, a beleza, a graça, a pureza, a alma celeste de Ester — e de Raquel... Enfim, chegava o negro drama da perseguição: a fuga da família hebraica, através de bosques de bruxas e brutas aldeias feudais; a aparição, numa encruzilhada, do Príncipe Franck que vem proteger Ester, de lança alta, no seu grande corcel; o tropel da turba fanática, correndo a queimar o rabino e os seus livros hereges; a batalha e o príncipe atravessado pelo chuço de um *reître*,[1] indo morrer no peito de Ester, que morre com ele num beijo. Tudo isto se precipitava como um sonoro e tumultuoso soluço; e era tratado com as maneiras modernas de estilo, o esforço atormentado inchando a

[1] *Reître*: soldado de cavalaria alemã. (N. E.)

expressão, as camadas de cor atiradas à larga para fazer ressaltar o tom de vida...

Ao findar o *Átomo* exclamava, com a vasta solenidade de um cheio de órgão: — "assim arrefeceu, parou, aquele coração de herói que eu habitava; e evaporado o princípio de vida, eu, agora livre, remontei aos astros, levando comigo a essência pura desse amor imortal."

— Então?... — disse Ega, esfalfado, quase trêmulo.

Carlos só pôde responder:

— Está ardente.

Depois elogiou a sério alguns lances, o coro das florestas, a leitura do *Eclesiastes*, de noite, entre as ruínas da torre de Othon, certas imagens de um grande voo lírico.

Ega, que tinha pressa, como sempre, enrolou o manuscrito, reabotoou a sobrecasaca, e já de chapéu na mão:

— Então, parece-te apresentável?...

— Vais publicar?

— Não, mas enfim... — e ficou nesta reticência, fazendo-se corado.

Carlos compreendeu tudo, dias depois, encontrando na *Gazeta do Chiado* uma descrição "da leitura feita em casa do Exmo. Senhor Jacó Cohen, pelo nosso amigo João da Ega, de um dos mais brilhantes episódios do seu livro — *As memórias dum átomo*." E o jornalista acrescentava, dando a sua impressão pessoal: "é uma pintura dos sofrimentos por que passaram, nos tempos da intolerância religiosa, aqueles que seguem a Lei de Israel. Que poder de imaginação! Que fluência de estilo! O efeito foi extraordinário, e quando o nosso amigo fechou o manuscrito ao sucumbir da protagonista, vimos lágrimas em todos os olhos da numerosa e estimável colônia hebraica!" Oh, furor do Ega! Rompeu nessa tarde pelo consultório, pálido, desorientado...

— Estas bestas! Estas bestas destes jornalistas! Leste? *Lágrimas em todos os olhos da numerosa e estimável colônia hebraica*! Faz cair a coisa em ridículo... E depois a *fluência de estilo*. Que burros! Que idiotas!

Carlos, que cortava as folhas de um livro, consolou-o. Aquela era a maneira nacional de falar de obras de arte... Não valia a pena bramar...

— Não, palavra, tinha vontade de quebrar a cara àquele foliculário!

— E por que lha não quebras?

— É um amigo dos Cohens.

E foi grunhindo impropérios contra a imprensa, a passos de tigre, pelo gabinete. Por fim, irritado com a indiferença de Carlos:

— Que diabo estás tu aí a ler? *Nature parasitaire des accidents de l'impaludisme*... Que blague, a medicina! Dize-me uma coisa. Que diabo serão umas picadas que me vêm aos braços, sempre que vou a adormecer?...

— Pulgas, bichos, vérmina... — murmurou Carlos com os olhos no livro.

— Animal! — rosnou Ega, arrebatando o chapéu.

— Vais-te, John?

— Vou, tenho que fazer! — E junto do reposteiro, ameaçando o céu com o guarda-chuva, chorando quase de raiva: — Estes burros destes jornalistas! São a escória da sociedade!

Daí a dez minutos reapareceu, bruscamente: e já com outra voz, num tom de caso sério:

— Ouve cá. Tinha-me esquecido. Tu queres ser apresentado aos Gouvarinhos?

— Não tenho um interesse especial — respondeu Carlos, erguendo os olhos do livro, depois de um silêncio. — Mas não tenho também uma repugnância especial.

— Bem — disse Ega. — Eles desejam conhecer-te; sobretudo a condessa faz empenho... Gente inteligente, passa-se lá bem... Então, decidido! Terça-feira vou-te buscar ao Ramalhete, e vamo-nos *gouvarinhar*.

Carlos ficou pensando naquela proposta do Ega, na maneira como ele sublinhara o empenho da condessa. Lembrava-se agora que ela era muito íntima da Cohen; e ultimamente, em S. Carlos, naquela fácil vizinhança de frisa, surpreendera certos olhares dela... Mesmo, segundo o Taveira, ela realmente *fazia-lhe um olhão*. E Carlos achava-a picante, com os seus cabelos crespos e ruivos, o narizinho petulante e os olhos escuros, de um grande brilho, dizendo mil coisas. Era deliciosamente bem feita e tinha uma pele muito clara, fina e doce à vista, a que se sentia mesmo de longe o cetim.

Depois daquele dia tristonho de aguaceiros, ele resolvera passar um bom serão de trabalho, ao canto do fogão, no conforto do seu *robe de chambre*. Mas, ao café, os olhos da Gouvarinho começaram a faiscar-lhe por entre o fumo do charuto, a *fazer-lhe um olhão*, colocando-se tentadoramente entre ele e a sua noite de estudo, pondo-lhe nas veias um vivo calor de mocidade... Tudo culpa do Ega, esse Mefistófeles de Celorico!

Vestiu-se, foi a S. Carlos. Ao sentar-se porém à boca da frisa, preparado, de colete branco e pérola negra na camisa, em lugar dos cabelos crespos e ruivos, avistou a carapinha retinta de um preto, um preto de 12 anos, trombudo e luzidio, de grande colarinho à mamã sobre uma jaqueta de botões amarelos; ao lado outro preto, mais pequeno, com o mesmo uniforme de colégio, enterrava pela venta aberta o dedo calçado de pelica branca. Ambos lhe relancearam os olhos bogalhudos, cor de prata embaciada. A pessoa que os acompanhava, escondida para o fundo, parecia ter um catarro ascoroso. Dava-se a *Lucia* em benefício, com a segunda dama. Os Cohens não tinham vindo, nem o Ega. Muitos camarotes estavam desertos, em toda a tristeza do seu velho papel vermelho. A noite chuviscosa, com um bafo de sudoeste, parecia penetrar ali, derramando o seu pesadume, a morna sensação da sua umidade. Nas cadeiras, vazias, havia uma mulher solitária, vestida de cetim claro; Edgardo e Lucia desafinavam; o gás dormia, e os arcos das rabecas, sobre as cordas, pareciam ir adormecendo também.

— Isto está lúgubre — disse Carlos ao amigo Cruges, que ocupava o escuro da frisa.

Cruges, amodorrado num acesso de *spleen*, com o cotovelo sobre as costas da cadeira, os dedos por entre a cabeleira, todo ele embrulhado em crepes, sobrepostos de melancolia, respondeu, como do fundo de um sepulcro:

— Pesadote.

Por indolência, Carlos ficou. E pouco a pouco, aquele preto de que os seus olhos se não podiam despegar, ali entronizado na poltrona de repes verde da Gouvarinho, com a manga da jaqueta plantada no rebordo onde costumava alvejar um lindo braço, foi-lhe arrastando, a seu pesar, a imaginação para a pessoa dela; relembrou *toilettes* com que ela ali estivera; e nunca lhe pareceram tão picantes, como agora que os não via, os seus cabelos ruivos, cor de brasa às luzes, de um encrespado forte, como crestados da chama interna. A carapinha do preto, essa, em lugar de risca tinha um sulco cavado à tesoura na massa de lã espessa. Quem seriam? Por que estavam ali, aqueles africanos de perfil trombudo?

— Tu já reparaste nesta extraordinária carapinha, Cruges?

O outro, que se não mexera da sua atitude de estátua tumular, grunhiu da sombra um monossílabo surdo.

Carlos respeitou-lhe os nervos.

De repente, ao desafinar mais áspero de um coro, Cruges deu um salto.

— Isto só a pontapé... Que empresa esta! — rugiu ele, envergando furiosamente o paletó.

Carlos foi levá-lo no *coupé* à Rua das Flores, onde ele morava com a mãe e uma irmã; e até ao Ramalhete não cessou de lamentar consigo o seu serão de estudo perdido.

O criado de Carlos, o Batista, (familiarmente, o *Tista*) esperava-o, lendo o jornal, na confortável antecâmara dos "quartos do menino", forrada de veludo cor de cereja, ornada de retratos de cavalos e panóplias de velhas armas, com divãs do mesmo veludo, e muito alumiada a essa hora por dois candeeiros de globo pousados sobre colunas de carvalho, onde se enrolavam lavores de ramos de vide.

Carlos tinha desde os 11 anos este criado de quarto, que viera com o Brown para Santa Olávia, depois de ter servido em Lisboa, na Legação inglesa, e ter acompanhado o ministro, Sir Hércules Morrison, várias vezes a Londres. Foi em Coimbra, nos Paços de Celas, que Batista começou a ser um personagem; Afonso correspondia-se com ele de Santa Olávia. Depois viajou com Carlos; enjoaram nos mesmos paquetes, partilharam dos mesmos sanduíches no bufete das gares; Tista tornou-se um confidente. Era hoje um homem de 50 anos, desempenado, robusto, com um colar de barba grisalha por baixo do queixo e o ar excessivamente *gentleman*. Na rua, muito direito na sua sobrecasaca, com o par de luvas amarelas espetado na mão, a sua bengala de cana-da-índia, os sapatos bem envernizados, tinha a considerável aparência de um alto funcionário. Mas conservava-se tão fino e tão desembaraçado como quando em Londres aprendera a valsar e a boxar na rude balbúrdia dos salões dançantes, ou como quando mais tarde, durante as férias de Coimbra, acompanhava Carlos a Lamego e o ajudava a saltar o muro do quintal do senhor escrivão de fazenda, aquele que tinha uma mulher tão garota.

Carlos foi buscar um livro ao gabinete de estudo, entrou no quarto, estendeu-se, cansado, numa poltrona. À luz opalina dos globos, o leito entreaberto mostrava, sob a seda dos cortinados, um luxo efeminado de bretanhas, bordados e rendas.

— Que há hoje no *Jornal da Noite*? — perguntou ele bocejando, enquanto Batista o descalçava.

— Eu li-o todo, meu senhor, e não me pareceu que houvesse coisa alguma. Em França continua sossego... Mas a gente nunca pode saber, porque estes jornais portugueses imprimem sempre os nomes estrangeiros errados.

— São umas bestas. O Senhor Ega hoje estava furioso com eles...

Depois, enquanto Batista preparava com esmero um grogue quente, Carlos já deitado, aconchegado, abriu preguiçosamente o livro, voltou duas folhas, fechou-o, tomou uma *cigarette* e ficou fumando com as pálpebras cerradas, numa imensa beatitude. Através das cortinas pesadas sentia-se o sudoeste que batia o arvoredo, e os aguaceiros alagando os vidros.

— Tu conheces os senhores condes de Gouvarinho, Tista?

— Conheço o Pimenta, meu senhor, que é criado de quarto do senhor conde... Criado de quarto e serve à mesa.

— E que diz então esse Tormenta? — perguntou Carlos, numa voz indolente, depois de um silêncio.

— Pimenta, meu senhor! O Manuel é Pimenta. O Senhor Gouvarinho chama-lhe Romão, porque estava acostumado ao outro criado que era Romão. E já isto não é bonito, porque cada um tem o seu nome. O Manuel é Pimenta. O Pimenta não está contente...

E Batista, depois de colocar junto da cabeceira a salva com o grogue, o açucareiro, as *cigarettes*, transmitiu as revelações do Pimenta. O Conde de Gouvarinho, além de muito maçador e muito pequinhento, não tinha nada de cavalheiro; dera um fato de cheviote claro ao Romão (ao Pimenta), mas tão coçado e tão cheio de riscas de tinta, de limpar a pena à perna e ao ombro, que o Pimenta deitou o presente fora. O conde e a senhora não se davam bem; já no tempo do Pimenta, uma ocasião, à mesa, tinham-se pegado de tal modo que ela agarrou do copo e do prato e esmigalhou-os no chão. E outra qualquer teria feito o mesmo; porque o senhor conde, quando começava a repisar, a remoer, não se podia aturar. As questões eram sempre por causa de dinheiro. O Thompson velho estava farto de abrir os cordões à bolsa...

— Que é esse Thompson velho, que nos aparece agora, a esta hora da noite? — perguntou Carlos, a seu pesar interessado.

— O Thompson velho é o pai da senhora condessa. A senhora condessa era uma miss Thompson, dos Thompson do Porto. O Senhor Thompson não tem querido ultimamente emprestar nem mais um real ao genro; de sorte que, uma vez, já no tempo do Pimenta também, o senhor conde, furioso, disse à senhora que ela e o pai se deviam lembrar que eram gente de comércio e que fora ele que fizera dela uma condessa; e com perdão de V. Exa., a senhora condessa ali mesmo à mesa mandou o condado à tábua... Estas coisas não estão no gênero do Pimenta.

Carlos bebeu um gole de grogue. Bailava-lhe nos lábios uma pergunta, mas hesitava. Depois refletiu na puerilidade de tão rígidos escrúpulos, a respeito de uma gente, que ao jantar, diante do escudeiro, quebrava a porcelana, mandava à tábua o título dos antepassados. E perguntou:

— Que diz o Senhor Pimenta da senhora condessa, Batista? Ela diverte-se?

— Creio que não, meu senhor. Mas a criada de confiança dela, uma escocesa, essa é desobstinada. E não fica bem à senhora condessa ser assim tão íntima com ela...

Houve um silêncio no quarto; a chuva cantou mais forte nos vidros.

— Passando a outro assunto, Batista. Vamos a saber; há quanto tempo não escrevo eu a Madame Rughel?

Batista tirou do bolso interior da sua casaca um livro de apontamentos, aproximou-se da luz, encavalou a luneta no nariz e verificou, com método, estas datas: "Dia 14 de janeiro, telegrama expedido, com felicitações do começo de ano a Madame Rughel, *Hotel d'Albe, Champs Elysées*, Paris. Dia 3, telegrama recebido de Madame Rughel, reciprocando cumprimentos, exprimindo amizade, anunciando partida para Hamburgo. Dia 15, carta lançada ao correio, para Madame Rughel, *Rua Guilherme, Hamburgo, Alemanha.*" Depois mais nada. De modo que havia já cinco semanas que o menino não escrevia a Madame Rughel...

— É necessário escrever amanhã — disse Carlos.

Batista tomou uma nota.

Depois, entre uma fumaça lânguida, a voz de Carlos ergueu-se de novo na paz dormente do quarto:

— Madame Rughel era muito bonita, não é verdade, Batista? É a mulher mais bonita que tu tens visto na tua vida!

O velho criado meteu o livro no bolso da casaca, e respondeu, sem hesitar, muito certo de si:

— Madame Rughel era uma senhora de muita vista. Mas a mulher mais linda em que tenho posto os olhos, se o menino dá licença, era aquela senhora do coronel de hussardos que vinha ao quarto do hotel em Viena.

Carlos atirou a *cigarette* para a salva, e escorregando pela roupa abaixo, todo invadido por uma onda de recordações alegres, exclamou da profundidade do seu conforto, no antigo tom de ênfase boêmia dos Paços de Celas:

— O Senhor Batista não tem gosto nenhum! Madame Rughel era uma ninfa de Rubens, senhor! Madame Rughel tinha o esplendor de uma deusa da Renascença, senhor! Madame Rughel devia ter dormido no leito imperial de Carlos Quinto... Retire-se, senhor!

Batista entalou mais o *couvre-pieds*, relanceou pelo quarto um olhar solícito e, contente da ordem em que as coisas adormeciam, saiu, levando o candeeiro. Carlos não dormia; e não pensava na coronela de hussardos, nem em Madame Rughel. A figura que no escuro dos cortinados lhe aparecia, num vago dourado que provinha do reflexo de seus cabelos soltos, era a Gouvarinho, a Gouvarinho que não tinha o esplendor de uma deusa da Renascença como Madame Rughel, nem era a mulher mais linda em que Batista pusera os seus olhos como a coronela de hussardos; mas, com o seu nariz petulante e a sua boca grande, brilhava mais e melhor que todas na imaginação de Carlos, porque ele esperava-a essa noite e ela não tinha aparecido.

Na terça-feira prometida, Ega não veio buscar Carlos para se irem gouvarinhar. E foi Carlos que daí a dias, entrando como por acaso no *Universal*, perguntou rindo ao Ega:

— Então quando nos gouvarinhamos?

Nessa noite, em S. Carlos, num entreato dos *Huguenotes*, Ega apresentou-o ao senhor Conde de Gouvarinho, no corredor das frisas. O conde, muito amável, lembrou logo que já tivera, mais de uma vez, o prazer de passar pela porta de Santa Olávia, quando ia ver os seus velhos amigos, os Tedins, a Entre Rios, uma formosa vivenda também. Falaram então do Douro, da Beira, compararam outras paisagens. Para o conde, nada havia, no nosso Portugal, como os campos do Mondego; mas a sua parcialidade era perdoável, pois nesses férteis vales nascera e se criara; e falou um momento de Formoselha, onde tinha casa, onde vivia idosa e doente sua mãe, a senhora condessa viúva...

Ega, que afetara beber as palavras do conde, começou então uma controvérsia, sustentando, como se se tratasse dos dogmas de uma fé, a beleza superior do Minho, "esse paraíso idílico". O conde sorria; via ali, como ele observou a Carlos, batendo amavelmente no ombro do Ega, a rivalidade das duas províncias. Emulação fecunda, de resto, no seu pensar...

— Aí está, por exemplo — dizia ele —, o ciúme entre Lisboa e Porto. É uma verdadeira dualidade como a que existe entre a Hungria e a Áustria... Ouço por ali lamentá-la. Pois bem, eu, se fosse poder, instigá-la-ia, acirrá-la-ia, se Vossas Excelências me permitem a expressão. Nesta luta das duas grandes cidades do reino, podem outros ver despeitos mesquinhos, eu vejo elementos de progresso. Vejo civilização!

Proferia estas coisas como do alto dum pedestal, muito acima dos homens, deixando-as providamente cair dos tesouros do seu intelecto à maneira de dons inestimáveis. A voz era lenta e rotunda; os cristais da sua luneta de ouro faiscavam vistosamente; e no bigode encerado, na pera curta, havia ao mesmo tempo alguma coisa de doutoral e de casquilho.

Carlos dizia: "Tem V. Exa. razão, senhor conde." O Ega dizia: "Você vê essas coisas de alto, Gouvarinho." Ele cruzara as mãos por baixo das abas da casaca e estavam todos três muito sérios.

Depois o conde abriu a porta da frisa, Ega desapareceu. E daí a um momento, Carlos, apresentado como "vizinho de camarote", recebia da senhora condessa um grande *shake hands*, em que tilintaram uma infinidade de aros de prata e de *blangles* índios sobre a sua luva preta de doze botões.

A senhora condessa, um pouco corada, ligeiramente nervosa, lembrou logo a Carlos que o vira no verão passado em Paris, no salão baixo do Café Inglês; até por sinal estava nessa noite um velho abominável com duas garrafas vazias diante de si, e contando alto, para uma mesa defronte, histórias horrorosas do Senhor Gambetta; um sujeito ao lado protestou; o outro não fez caso, era o velho Duque de Grammont. O conde passou os dedos lentos pela testa, com um ar quase angustioso; não se lembrava de nada disso! Queixou-se logo amargamente da sua falta de memória. Uma coisa tão indispensável em quem segue a vida pública, a memória! E ele, desgraçadamente, não possuía nem um átomo. Por exemplo, lera (como todo homem devia ler) os vinte volumes da *História universal*, de César Cantu; lera-os com atenção, fechado no seu gabinete, absorvendo-se na obra. Pois, senhores, escapara-lhe tudo, e ali estava sem saber história!

— V. Exa. tem boa memória, Senhor Maia?

— Tenho uma razoável memória.

— Inapreciável bem de que goza!

A condessa voltara-se para a plateia, coberta com o leque, com o ar constrangido, como se aquelas palavras pueris do marido a diminuíssem, a desfeassem... Carlos então falou da ópera. Que belo escudeiro huguenote fazia o Pandolli! A condessa não aturava o Corcelli, o tenor, com as suas notas ásperas e aquela obesidade que o tornara bufo. Mas também (lembrava Carlos), onde havia hoje tenores? Passara essa grande raça dos Mários, homens de beleza, de inspiração, realizando os grandes tipos líricos. Nicolini era já uma degeneração... Isto fez lembrar a Patti. A condessa adorava-a, e a sua graça de fada, e a sua voz semelhante a uma chuva de ouro!...

Os olhos brilhavam-lhe, dizia mil coisas; em certos movimentos, o cabelo crespamente ondeado tomava tons de ouro vermelho; e em torno dela errava, no calor do gás e da enchente, um aroma exagerado de verbena. Estava de preto, com uma gargantilha de rendas negras, à Valois, afogando-lhe o pescoço onde pousavam duas rosas escarlates. E toda a sua pessoa tinha um arzinho de provocação e de ataque. De pé, calado, grave, o conde batia a coxa com a claque fechada.

O quarto ato começara; Carlos ergueu-se, e os seus olhos encontraram defronte, na frisa de Cohen, o Ega, de binóculo, observando-o, mirando a condessa e falando a Raquel, que sorria, movia o leque com um ar dolente e vago.

— Nós recebemos às terças-feiras — disse a condessa a Carlos, e o resto da frase perdeu-se num murmúrio e num sorriso.

O conde acompanhou-o fora, ao corredor.

— É sempre uma honra para mim — dizia ele, caminhando ao lado de Carlos — fazer o conhecimento das pessoas que valem alguma coisa neste país... V. Exa. é desse número, bem raro, infelizmente.

Carlos protestou, risonho. E o outro, na sua voz lenta e rotunda:

— Não lisonjeio. Eu nunca lisonjeio... Mas a V. Exa. podem-se dizer estas coisas, porque pertence à elite; a desgraça de Portugal é a falta de gente. Isto é um país sem pessoal. Quer-se um bispo? Não há um bispo. Quer-se um economista? Não há um economista. Tudo assim! Veja V. Exa. mesmo nas profissões subalternas. Quer-se um bom estofador? Não há um bom estofador...

Um cheio de instrumentos e vozes, de um tom sublime, passando pela porta da frisa entreaberta, cortou-lhe umas últimas palavras sobre a deficiência dos fotógrafos... Escutou, com a mão no ar:

— É o *Coro dos punhais*, não? Ah, vamos a ouvir... Ouve-se sempre isto com proveito. Há filosofia nesta música... É pena que lembre tão vivamente os tempos da intolerância religiosa, mas há ali incontestavelmente filosofia.

VI

Carlos, nesta manhã, ia visitar de surpresa a casa do Ega, a famosa "Vila Balzac", que esse fantasista andara meditando e dispondo, desde a sua chegada a Lisboa, e onde se tinha enfim instalado.

Ega dera-lhe esta denominação literária pelos mesmos motivos por que a alugara num subúrbio longínquo, na solidão da Penha de França, para que o nome de Balzac, seu padroeiro, o silêncio campestre, os ares limpos, tudo ali fosse favorável ao estudo, às horas de arte e de ideal. Porque ia fechar-se lá como num claustro de letras, a findar as *Memórias dum átomo*! Somente, por causa das distâncias, tinha tomado, ao mês, um *coupé* da companhia. Carlos teve dificuldades em encontrar a Vila Balzac; não era, como tinha dito Ega, no Ramalhete, logo adiante do Largo da Graça um chalezinho retirado, fresco, assombreado, sorrindo entre árvores. Passava-se primeiro a Cruz dos Quatro Caminhos; depois penetrava-se numa vereda larga, entre quintais, descendo pelo pendor da colina, mas acessível a carruagens; e aí, num recanto, ladeada de muros, aparecia enfim uma casota de paredes enxovalhadas, com dois degraus de pedra à porta, e transparentes novos de um escarlate estridente.

Nessa manhã, porém, debalde Carlos deu puxões desesperados à corda da campainha; martelou a aldrava da porta, gritou a toda voz por cima do muro do quintal e das copas das árvores o nome do Ega: a Vila Balzac permaneceu muda, como desabitada, no seu retiro rústico. E todavia pareceu a Carlos que, justamente antes de bater, ouvira o estalar de rolhas de *champagne*.

Quando Ega soube desta tentativa, mostrou-se indignado com os criados, que assim abandonavam a casa, lhe davam um ar suspeito de Torre de Nesle...

— Vai lá amanhã; se ninguém responder, escala as janelas, pega fogo ao prédio, como se fossem apenas as Tulherias.

Mas no dia seguinte, quando Carlos chegou, já a Vila Balzac o esperava, toda em festa; à porta "o pajem", um garoto de feições horrivelmente viciosas, perfilava-se na sua jaqueta azul de botões de metal, com uma gravata muito branca e muito tesa; as duas janelas de cima, abertas, mostrando o repes verde das bambinelas, bebiam à larga todo o ar do campo e o sol de inverno; e no topo da estreita escada, tapetada de vermelho, Ega, num prodigioso *robe de chambre*, de um estofo adamascado do século XVIII, vestido de corte de alguma das suas avós, exclamou dobrando a fronte ao chão:

— Bem-vindo, meu príncipe, ao tugúrio do filósofo!

Ergueu, com um gesto rasgado, um reposteiro de repes verde, de um verde feio e triste, e introduziu o "príncipe" na sala onde tudo era verde também: o repes que recobria uma mobília de nogueira, o teto de tabuado, as listas verticais do papel da parede, o pano franjado da mesa e o reflexo de um espelho redondo, inclinado sobre o sofá.

Não havia um quadro, uma flor, um ornato, um livro, apenas sobre a jardineira uma estatueta de Napoleão I, de pé, equilibrado sobre o orbe terrestre, nessa conhecida atitude em que o herói, com um ar pançudo e fatal, esconde uma das mãos por trás das costas e enterra a outra nas profundidades do seu colete. Ao lado uma garrafa de *champagne*, encarapuçada de papel dourado, esperava entre dois copos esguios.

— Para que tens tu aqui Napoleão, John?

— Como alvo de injúrias — disse Ega. — Exercito-me sobre ele a falar dos tiranos...

Esfregou as mãos, radiante. Estava nessa manhã em alegria e em verve. E quis imediatamente mostrar a Carlos o seu quarto de cama: aí reinava um cretone de ramagens alvadias, sobre fundo vermelho; e o leito enchia, esmagava tudo. Parecia ser o motivo, o centro da Vila Balzac; e nele se esgotara a imaginação artística do Ega. Era de madeira, baixo como um divã, com a barra alta, um rodapé de renda, e de ambos os lados um luxo de tapetes de felpo escarlate; um largo cortinado de seda da Índia avermelhada envolvia-o num aparato de tabernáculo; e dentro, à cabeceira, como num lupanar, reluzia um espelho.

Carlos, muito seriamente, aconselhou-lhe que tirasse o espelho. Ega deu a todo o leito um olhar silencioso e doce, e disse depois de passar uma pontinha de língua pelo beiço:

— Tem seu *chic*...

Sobre a mesinha de cabeceira erguia-se um montão de livros: a *Educação* de Spencer ao lado de Baudelaire; a *Lógica* de Stuart Mill por cima do *Cavaleiro da Casa Vermelha*. No mármore da cômoda havia outra garrafa de *champagne* entre dois copos; o toucador, um pouco em desordem, mostrava uma enorme caixa de pó de arroz no meio de *plastrons* e gravatas brancas do Ega, e um maço de ganchos de cabelo ao lado de ferros de frisar.

— E onde trabalhas tu, Ega, onde fazes tu a grande arte?

— Ali! — disse o Ega, alegremente, apontando para o leito.

Mas foi mostrar logo o seu recantozinho estudioso, formado por um biombo, ao lado da janela, e tomado todo por uma mesa de pé de galo, onde Carlos, assombrado, descobriu, entre o belo papel de cartas do Ega, um *Dicionário de rimas*...

E a visita à casa continuou.

Na sala de jantar, quase nua, caiada de amarelo, um armário de pinho envidraçado abrigava melancolicamente um serviço barato de louça nova; e do fecho da janela pendia um vestuário vermelho que parecia roupão de mulher.

— É sóbrio e simples — exclamou o Ega — como compete àquele que se alimenta de uma côdea de ideal e duas garfadas de filosofia. Agora, à cozinha!...

Abriu uma porta. Uma frescura de campos entrava pelas janelas abertas; e entreviam-se árvores de quintal, um verde de terrenos vagos, depois, lá embaixo, o branco de casarias rebrilhando ao sol; uma rapariga muito sardenta e muito forte sacudiu o gato do colo, ergueu-se, com o *Jornal de Notícias* na mão, Ega apresentou-a, num tom de farsa:

— A Senhora Josefa, solteira, de temperamento sanguíneo, artista culinária de Vila Balzac, e como se pode observar pelo papel que lhe pende das garras, cultora das boas letras!

A moça sorria, sem embaraço, habituada decerto a estas familiaridades boêmias.

— Eu hoje não janto cá, Senhora Josefa — continuava o Ega no mesmo tom. — Este formoso mancebo que me acompanha, Duque do Ramalhete e Príncipe de Santa Olávia, dá hoje de papar ao seu amigo e filósofo... E como, quando eu recolher, talvez a Senhora Josefa esteja entregue ao sono da inocência, ou à vigília da devassidão, aqui lhe ordeno que me tenha amanhã para meu lanche duas formosas perdizes.

E subitamente, numa outra voz, com um olhar que ela devia perceber:

— Duas perdizezinhas bem assadas e bem coradinhas. Frias, está claro... O costume.

Travou do braço de Carlos; voltaram à sala.

— Com franqueza, Carlos, que te parece a Vila Balzac?

Carlos respondeu como a respeito do episódio da *Hebreia*:

— Está ardente.

Mas elogiou o asseio, a vista da casa e a frescura dos cretones. De resto, para um rapaz, para uma cela de trabalho...

— Eu — dizia o Ega, passeando pela sala, com as mãos enterradas nos bolsos do seu prodigioso *robe de chambre* —, eu não tolero o *bibelô*, o *bric-à-brac*, a cadeira arqueológica, essas mobílias de arte... Que diabo, o móvel deve estar em harmonia com a ideia e o sentir do homem que o usa! Eu não penso, nem sinto, como um cavaleiro do século XVI. Para que me hei de cercar de coisas do século XVI? Não há nada que me faça tanta melancolia como ver numa sala um venerável contador do tempo de Francisco I, recebendo pela face conversas sobre eleições e altas de fundos. Faz-me o efeito de um belo herói de armadura de aço, viseira caída e crenças profundas no peito, sentado a uma mesa de voltarete a jogar copas. Cada século tem o seu gênio próprio e a sua atitude própria. O século XIX concebeu a democracia e a sua atitude é esta... — E enterrando-se de estalo numa poltrona, espetou as pernas magras para o ar. — Ora, esta atitude é impossível num escabelo do tempo do Prior do Crato. Menino, toca a beber o *champagne*.

E como Carlos olhava a garrafa desconfiado, Ega acudiu:

— É excelente, que pensas tu? Vem diretamente da melhor casa d'Epernay; arranjou-mo o Jacó.

— Que Jacó?

— O Jacó Cohen, o Jacó.

Ia cortar as guitas da rolha, quando o atravessou uma súbita recordação, e pousando a garrafa outra vez, entalando o monóculo no olho:

— É verdade! Então, noutro dia, que tal, em casa dos Gouvarinhos? Eu infelizmente não pude ir.

Carlos contou a *soirée*. Havia dez pessoas, espalhadas pelas duas salas, num zunzum dormente, à meia-luz dos candeeiros. O conde maçara-o indiscretamente com a política, admirações idiotas por um grande orador, um deputado de Mesão-Frio, e explicações sem fim sobre a reforma da instrução. A condessa, que estava muito constipada, horrorizou-o, dando sobre a Inglaterra, apesar de inglesa, as opiniões da Rua de Cedofeita. Imaginava que a Inglaterra é um país sem poetas, sem artistas, sem ideais, ocupando-se só de amontoar libras... Enfim, secara-se.

— Que diabo! — murmurou o Ega num tom de viva desconsolação.

A rolha estalou, ele encheu os copos em silêncio; e numa *saúde* muda os dois amigos beberam o *champagne*, que Jacó arranjara ao Ega, para o Ega se regalar com Raquel.

Depois, de pé, com os olhos no tapete, agitando devagar o copo novamente cheio onde a espuma morria, Ega tornou a murmurar, naquela entoação triste de inesperado desapontamento:

— Que ferro!...

E após um momento:

— Pois menino, pensei que a Gouvarinho te apetecia...

Carlos confessou que nos primeiros dias, quando Ega lhe falara dela, tivera um caprichozinho, interessara-se por aqueles cabelos cor de brasa...

— Mas agora, mal a conheci, o capricho foi-se...

Ega sentara-se, com o copo na mão; e depois de contemplar algum tempo as suas meias de seda, escarlates como as de um prelado, deixou cair, muito sério, estas palavras:

— É uma mulher deliciosa, Carlinhos.

E, como Carlos encolhia os ombros, Ega insistiu; a Gouvarinho era uma senhora de inteligência e de gosto; tinha originalidade, tinha audácia, uma pontinha de romantismo muito picante...

— E, como corpinho de mulher, não há melhor que aquilo de Badajoz para cá!

— Vai-te daí, Mefistófeles de Celorico!

E Ega, divertido, cantarolou:

Je suis Mephisto...
Je suis Mephisto...

Carlos, no entanto, fumando preguiçosamente, continuava a falar na Gouvarinho, e nessa brusca saciedade que o invadira, mal trocara com ela três palavras numa sala. E não era a primeira vez que tinha destes falsos arranques de desejo, vindo quase com as formas do amor, ameaçando absorver, pelo menos por algum tempo, todo o seu ser, e resolvendo-se em tédio, em "seca". Eram como os fogachos de pólvora sobre uma pedra; uma fagulha ateia-os; num momento tornam-se chama veemente que parece que vai consumir o Universo, e por fim fazem apenas um rastro negro que suja a pedra. Seria o seu um desses corações de fraco, moles e flácidos, que não podem conservar um sentimento, o deixam fugir, escoar-se pelas malhas lassas do tecido reles?

— Sou um ressequido! — disse ele sorrindo. — Sou um impotente de sentimento, como Satanás... Segundo os padres da Igreja, a grande tortura de Satanás é que não pode amar.

— Que frases essas, menino! — murmurou Ega.

Como frases? Era uma atroz realidade! Passava a vida a ver as paixões falharem-se nas mãos como fósforos. Por exemplo, com a coronela de hussardos em Viena! Quando ela faltou ao primeiro *rendez-vous*, chorara lágrimas como punhos, com a cabeça enterrada no travesseiro e aos coices à roupa. E daí a duas semanas, mandava postar o Batista à janela do hotel, para ele se safar, mal a pobre coronela dobrasse a esquina! E com a holandesa, com Madame Rughel, pior ainda. Nos primeiros dias foi uma insensatez: queria-se estabelecer para sempre na Holanda, casar com ela (apenas ela se divorciasse), outras loucuras; depois os braços que ela lhe deitava ao pescoço, e que lindos braços, pareciam-lhe pesados como chumbo...

— Passa fora, pedante! E ainda lhe escreves! — gritou Ega.

— Isso é outra coisa. Ficamos amigos, puras relações de inteligência. Madame Rughel é uma mulher de muito espírito. Escreveu um romance, um desses estudos íntimos e delicados, como os de Miss Broughton; chama-se as *Rosas murchas*. Eu nunca li, é em holandês...

— As *Rosas murchas*! Em holandês! — exclamou Ega, apertando as mãos na cabeça.

Depois vindo plantar-se diante de Carlos, de monóculo no olho:

— Tu és extraordinário, menino!... Mas o teu caso é simples, é o caso de D. Juan. Ele também tinha essas alternações de chama e cinza. Andava à busca do seu ideal, da sua mulher, procurando-a principalmente, como de justiça, entre as mulheres dos outros. E *après avoir couché* declarava que se tinha enganado, que não era aquela. Pedia desculpa e retirava-se. Em Espanha experimentou assim mil e três. Tu és simplesmente, como ele, um devasso; e hás de vir a acabar desgraçadamente como ele, numa tragédia infernal!

Esvaziou outro copo de *champagne e* a grandes passadas pela sala:

— Carlinhos da minha alma, é inútil que ninguém ande à busca da *sua mulher.* Ela virá. Cada um tem a sua mulher, e necessariamente tem de a encontrar. Tu estás aqui, na Cruz dos Quatro Caminhos, ela está talvez em Pequim; mas tu, aí a raspar o meu repes com o verniz dos sapatos, e ela a orar no templo de Confúcio, estais ambos insensivelmente, irresistivelmente, fatalmente, marchando um para o outro!... Estou eloquentíssimo hoje, e temos dito coisas idiotas. Toca a vestir. E, enquanto eu adorno a carcaça, prepara mais frases sobre Satanás!

Carlos ficou na sala verde, acabando o charuto, enquanto dentro o Ega batia com as gavetas, lançando, a todo desafinado da sua voz roufenha, a *Barcarola* de Gounod. Quando apareceu, vinha de casaca, gravata branca, enfiando o paletó, com o olho brilhante do *champagne.*

Desceram. O pajem lá estava à porta perfilado, ao pé do *coupé* de Carlos, que esperara. E a sua fardeta azul de botões amarelos, a magnífica parelha baia reluzindo como um cetim vivo, as pratas dos arreios, a majestade de cocheiro louro com o seu ramo na libré, tudo ali fazia, junto da Vila Balzac, um quadro rico que deleitou o Ega.

— A vida é agradável — disse ele.

O *coupé* partiu, ia entrar no Largo da Graça, quando uma caleche de praça, aberta, o cruzou a largo trote. Dentro um sujeito de chapéu baixo ia lendo um grande jornal.

— É o Craft! — gritou Ega, debruçando-se pela portinhola.

O *coupé* parou. Ega de um pulo estava na calçada, correndo, bradando:

— Ó Craft! Ó Craft!

Quando, daí a um momento, sentiu duas vozes aproximarem-se, Carlos desceu também do *coupé*, achou-se em face de um homem baixo, louro, de pele rosada e fresca e aparência fria. Sob o fraque correto percebia-se-lhe uma musculatura de atleta.

— O Carlos, o Craft — gritou o Ega, lançando esta apresentação com uma simplicidade clássica.

Os dois homens, sorrindo, tinham-se apertado a mão. E Ega insistia para que voltassem todos à Vila Balzac, fossem beber a outra garrafa de *champagne*, a celebrar o advento do justo! Craft recusou, com o seu modo calmo e plácido; chegara na véspera do Porto, abraçara já o nobre Ega, e aproveitava agora a viagem àquele bairro longínquo para ir ver o velho Schlegen, um alemão que vivia na Penha de França.

— Então outra coisa! — exclamou Ega. — Para conversarmos, para que vocês se conheçam mais, venham vocês jantar comigo amanhã ao Hotel Central. Dito, hein? Perfeitamente. Às seis.

Apenas o *coupé* partiu de novo, Ega rompeu nas costumadas admirações pelo Craft, encantado com aquele encontro que dava mais um retoque luminoso à sua alegria. O que o entusiasmava no Craft era aquele ar imperturbável de *gentleman* correto, com que ele igualmente jogaria uma partida de bilhar, entraria numa batalha, arremeteria com uma mulher ou partiria para a Patagônia.

— É das melhores coisas que tem Lisboa. Vais-te morrer por ele... e que casa ele tem nos Olivais; que sublime *bric-à-brac*!

Subitamente estacou, e com um olhar inquieto, uma ruga na testa:

— Como diabo soube ele da Vila Balzac?

— Tu não fazes segredo dela, hein?

— Não... Mas também não a pus nos anúncios! E o Craft chegou ontem, ainda não esteve com ninguém que eu conheça... É curioso!

— Em Lisboa sabe-se tudo...

— Canalha de terra! — murmurou Ega.

O jantar no Central foi adiado, porque o Ega, alargando pouco a pouco a ideia, convertera-o agora numa festa de cerimônia em honra de Cohen.

— Janto lá muitas vezes — disse ele a Carlos —, estou lá todas as noites... É necessário repagar a hospitalidade... Um jantar no Central é o que basta. E para efeito moral, pespego-lhe à mesa o marquês e a besta do Steinbroken. O Cohen gosta de gente assim...

Mas o plano teve ainda de ser alterado: o marquês partira para o Golegã, e o pobre Steinbroken estava sofrendo de um incômodo de entranhas. Ega pensou no Cruges e no Taveira, mas receou a cabeleira desleixada do Cruges, e alguns dos seus ataques de amargo *spleen* que estragariam o jantar. Terminou por convidar dois íntimos do Cohen; mas teve então de suprimir o Taveira, que estava de mal com um desses cavalheiros por palavras que tinham trocado em casa da "Lola gorda".

Decididos os convidados, fixado o jantar para uma segunda-feira, Ega teve uma conferência com o *maître d'hôtel* do Central, em que lhe recomendou muita flor, dois ananases para enfeitar a mesa, e exigiu que um dos pratos do *menu*, qualquer deles, fosse *à la Cohen*; e ele mesmo sugeriu uma ideia: *tomates farcies à la Cohen*...

Nessa tarde, às seis horas, Carlos, ao descer a Rua do Alecrim para o Hotel Central, avistou Craft dentro da loja de *bric-à-brac* do tio Abraão.

Entrou. O velho judeu, que estava mostrando a Craft uma falsa faiança do Rato, arrancou logo da cabeça o sujo barrete de borla, e ficou curvado em dois, diante de Carlos, com as duas mãos sobre o coração. Depois, numa linguagem exótica, misturada de inglês, pediu ao seu bom senhor D. Carlos da Maia, ao seu digno senhor, ao seu *beautiful gentleman*, que se dignasse examinar uma maravilhazinha que lhe tinha reservada; e o seu muito *generous gentleman* tinha só a voltar os olhos; a maravilhazinha estava ali ao lado, numa cadeira. Era um retrato de espanhola, apanhado a fortes brochadelas de primeira impressão, e pondo, sobre um fundo audaz de cor-de-rosa-murcha, uma face gasta de velha garça, picada das bexigas, caiada, ressudando vício, com um sorriso bestial que prometia tudo.

Carlos, tranquilamente, ofereceu dez tostões. Craft pasmou de uma tal prodigalidade; e o bom Abraão, num riso mudo que lhe abria entre a barba grisalha uma grande boca de um só dente, saboreou muito a "chalaça dos seus ricos senhores." Dez tostõezinhos! Se o quadrinho tivesse por baixo o nomezinho de Fortuny, valia dez continhos de réis. Mas não tinha esse nomezinho bendito... ainda assim valia dez notazinhas de vinte mil-réis...

— Dez cordas para te enforcar, hebreu sem alma! — exclamou Carlos.

E saíram, deixando o velho intrujão à porta, curvado em dois, com as mãos sobre o coração, desejando mil felicidades aos seus generosos fidalgos...

— Não tem uma única coisa boa, este velho Abraão — disse Carlos.

— Tem a filha — disse o Craft.

Carlos achava-a bonita, mas horrivelmente suja. Então, a propósito do Abraão, falou a Craft dessas belas coleções dos Olivais, que o Ega, apesar do desdém que afetava pelo bibelô e pelo móvel de arte, lhe descrevera como sublimes.

Craft encolheu os ombros.

— O Ega não entende nada. Mesmo em Lisboa, não se pode chamar ao que eu tenho uma coleção. É um *bric-à-brac* de acaso... De que, de resto, me vou desfazer!

Isto surpreendeu Carlos. Compreendera das palavras do Ega ser essa uma coleção formada com amor, no laborioso decurso de anos, orgulho e cuidado de uma existência de homem...

Craft sorriu daquela legenda. A verdade era que só em 1872, ele começara a interessar-se pelo *bric-à-brac*; chegava então da América do Sul; e o que fora comprando, descobrindo aqui e além, acumulara-o nessa casa dos Olivais, alugada então por fantasia, uma manhã que aquele pardieiro, com o seu bocado de quintal em redor, lhe parecera pitoresco, sob o sol de abril. Mas agora, se pudesse desfazer-se do que tinha, ia dedicar-se então a formar uma coleção homogênea e compacta de arte do século XVIII.

— Aqui nos Olivais?

— Não. Numa quinta que tenho ao pé do Porto, junto mesmo ao rio.

Entravam então no peristilo do Hotel Central, e nesse momento um *coupé* da Companhia, chegando a largo trote do lado da Rua do Arsenal, veio estacar à porta.

Um esplêndido preto, já grisalho, de casaca e calção, correu logo à portinhola; de dentro um rapaz muito magro, de barba muito negra, passou-lhe para os braços uma deliciosa cadelinha escocesa, de pelos esguedelhados, finos como seda e cor de prata; depois, apeando-se, indolente *e poseur*, ofereceu a mão a uma senhora alta, loura, com um meio véu muito apertado e muito escuro que realçava o esplendor da sua carnação ebúrnea. Craft e Carlos afastaram-se, ela passou diante deles, com um passo soberano de deusa, maravilhosamente bem feita, deixando atrás de si, como uma claridade, um reflexo de cabelos de ouro e um aroma no ar. Trazia um casaco colante de veludo branco de Gênova, e num momento sobre as lajes do peristilo brilhou o verniz das suas botinas. O rapaz ao lado, esticado num fato de xadrezinho inglês, abria negligentemente um telegrama; o preto seguia com a cadelinha nos braços. E no silêncio a voz de Craft murmurou:

— *Très chic.*

Em cima, no gabinete que o criado lhes indicou, Ega esperava, sentado no divã de marroquim e conversando com um rapaz baixote, gordo, frisado como um noivo de província, de camélia ao peito e *plastron* azul-celeste. O Craft conhecia-o; Ega apresentou a Carlos o Senhor Dâmaso Salcede, e mandou servir vermute, por ser tarde, segundo lhe parecia, para esse requinte literário e satânico do absinto... Fora um dia de inverno suave e luminoso; as duas janelas estavam ainda abertas. Sobre o rio, no céu largo, a tarde morria, sem uma aragem, numa paz elísia, com nuvenzinhas muito altas, paradas, tocadas de cor-de-rosa; as terras, os longes da outra banda já se iam afogando num vapor aveludado, do tom de violeta; a água jazia lisa e luzidia como uma bela chapa de aço novo; e aqui e além, pelo vasto ancoradouro, grossos navios de carga, longos paquetes estrangeiros, dois couraçados ingleses dormiam, com as mastreações imóveis, como tomados de preguiça, cedendo ao afago do clima doce...

— Vimos agora lá embaixo — disse Craft, indo sentar-se no divã — uma esplêndida mulher, com uma esplêndida cadelinha *griffon*, e servida por um esplêndido preto!

O Senhor Dâmaso Salcede, que não despegava os olhos de Carlos, acudiu logo:

— Bem sei! Os Castro Gomes... Conheço-os muito... Vim com eles de Bordéus... Uma gente muito *chic* que vive em Paris.

Carlos voltou-se, reparou mais nele, perguntou-lhe, afável e interessando-se:

— O Senhor Salcede chegou agora de Bordéus?

Estas palavras pareceram deleitar Dâmaso com um favor celeste; ergueu-se imediatamente, aproximou-se do Maia, banhado num sorriso:

— Vim aqui há quinze dias, nò *Orenoque*. Vim de Paris... Que eu em podendo é lá que me pilham! Esta gente conheci-a em Bordéus. Isto é, verdadeiramente, conheci-a a bordo. Mas estávamos todos no *Hotel de Nantes*... Gente muito *chic*, criado de quarto, governanta inglesa para a filhita, *femme de chambre*, mais de vinte malas... *Chic* a valer! Parece incrível, uns brasileiros... Que ela na voz não tem *sutaque* nenhum, fala como nós. Ele sim, ele muito *sutaque*... Mas elegante também, a V. Exa. não lhe pareceu?

— Vermute? — perguntou-lhe o criado, oferecendo a salva.

— Sim, uma gotinha para o apetite. V. Exa. não toma, Senhor Maia? Pois eu, assim que posso, é direitinho para Paris! Aquilo é que é terra! Isto é um chiqueiro... Eu, em não indo lá todos os anos, acredite V. Exa., até começo a andar doente. Aquele bulevarzinho, hein!... Ai, eu gozo aquilo! E sei gozar, sei gozar que eu conheço aquilo a palmo... Tenho até um tio em Paris.

— E que tio! — exclamou Ega, aproximando-se. — Íntimo de Gambetta, governa a França... O tio do Dâmaso governa a França, menino!

Dâmaso, escarlate, estourava de gozo.

— Ah, lá isso influência tem. Íntimo do Gambetta, tratam-se por tu, até vivem quase juntos... E não é só com o Gambetta; é com o Mac-Mahon, com o Rochefort, com outro de que me esquece agora o nome, com todos os republicanos, enfim!... É tudo quanto ele queira. V. Exa. não o conhece? É um homem de barbas brancas... Era irmão de minha mãe, chama-se Guimarães. Mas em Paris chamam-lhe M. De Guimaran...

Nesse momento a porta envidraçada abriu-se de golpe; Ega exclamou: "Saúde ao poeta!" E apareceu um indivíduo muito alto, todo abotoado numa sobrecasaca preta, com uma face escaveirada, olhos encovados, e sob o nariz aquilino, longos, espessos, românticos bigodes grisalhos; já todo calvo na frente, os anéis fofos de uma grenha muito seca caíam-lhe inspiradamente sobre a gola; e em toda a sua pessoa havia alguma coisa de antiquado, de artificial e de lúgubre. Estendeu silenciosamente dois dedos ao Dâmaso, e abrindo os braços lentos para Craft, disse numa voz arrastada, cavernosa, ateatrada:

— Então és tu, meu Craft! Quando chegaste tu, rapaz? Dá-me cá esses ossos honrados, honrado inglês!

Nem um olhar dera a Carlos. Ega adiantou-se, apresentou-os:

— Não sei se são relações. Carlos da Maia... Tomás de Alencar, o nosso poeta...

Era ele! O ilustre cantor das *Vozes d'Aurora*, o estilista de *Elvira*, o dramaturgo do *Segredo do Comendador*. Deu dois passos graves para Carlos, esteve-lhe apertando muito tempo a mão em silêncio e sensibilizado, mais cavernoso:

— V. Exa., já que as etiquetas sociais querem que eu lhe dê excelência, mal sabe a quem apertou agora a mão...

Carlos, surpreendido, murmurou:

— Eu conheço muito de nome...

E o outro com o olho cavo, o lábio trêmulo:

— Ao camarada, ao inseparável, ao íntimo de Pedro da Maia, do meu pobre, do meu valente Pedro!

— Então, que diabo, abracem-se! — gritou Ega. — Abracem-se, com um berro, segundo as regras...

Alencar já tinha Carlos estreitado ao peito, e quando o soltou, retomando-lhe as mãos, sacudindo-lhas, com uma ternura ruidosa:

— E deixemo-nos já de excelências, que eu vi-te nascer, meu rapaz! Trouxe-te muito ao colo! Sujaste-me muita calça! C'os diabos, dá cá outro abraço!

Craft olhava estas coisas veementes impassível; Dâmaso parecia impressionado; Ega apresentou um copo de vermute ao poeta.

— Que grande cena, Alencar! Jesus, Senhor? Bebe, para te recuperares da emoção...

Alencar esgotou-o de um trago; e declarou aos amigos que não era a primeira vez que via Carlos. Já o admirava no seu fáeton, muitas vezes, e aos seus belos cavalos ingleses. Mas não se quisera dar a conhecer. Ele nunca se atirava aos braços de ninguém, a não ser das mulheres... Foi encher outro cálice de vermute, e com ele na mão, plantado diante de Carlos, começou, num tom patético:

— A primeira vez que te vi, filho, foi no Pote das Almas! Estava eu no Rodrigues, esquadrinhando alguma dessa velha literatura, hoje tão desprezada... Lembro-me até que era um volume das *Éclogas* do nosso delicioso Rodrigues Lobo, esse verdadeiro poeta da natureza, esse rouxinol tão português, hoje, está claro, metido a um canto, desde que para aí apareceu o satanismo, o naturalismo e o bandalhismo, e outros esterquilínios em *ismo*... Nesse momento passaste, disseram-me quem eras, e caiu-me o livro da mão... Fiquei ali uma hora, acredita, a pensar, a rever o passado... E atirou o vermute às goelas. Ega, impaciente, olhava o relógio. Um criado, entrando, acendeu o gás; a mesa surgiu da penumbra, com um brilho de cristais e louças, um luxo de camélias em ramos. No entanto Alencar (que à luz viva parecia mais gasto e mais velho) começara uma grande história, e como fora ele o primeiro que vira Carlos depois de nascer, e como fora ele que lhe dera o nome...

— Teu pai — dizia ele —, o meu Pedro, queria-te pôr o nome de Afonso, desse santo, desse varão de outras idades, Afonso da Maia! Mas tua mãe que tinha lá as suas ideias, teimou em que havias de ser Carlos. E justamente por causa de um romance que eu lhe emprestara; nesses tempos podiam-se emprestar romances a senhoras; ainda não havia a pústula e o pus... Era um romance sobre o último Stuart, aquele belo tipo do príncipe Carlos Eduardo, que vocês, filhos, conhecem todos bem, e que na Escócia, no tempo de Luís XIV... Enfim, adiante! Tua mãe, devo dizê-lo, tinha literatura e da melhor. Consultou-me, consultava-me sempre, nesse tempo eu era alguém, e lembro-me de lhe ter respondido... (Lembro-me, apesar de já lá irem vinte e cinco anos... Que digo eu? Vinte e sete! Vejam vocês isto, filhos, vinte e sete anos!) Enfim, voltei-me para tua mãe e disse-lhe, palavras textuais: "Ponha-lhe o nome de Carlos Eduardo, minha rica senhora, Carlos Eduardo, que é o verdadeiro nome para o frontispício de um poema, para a fama de um heroísmo ou para o lábio de uma mulher!". Dâmaso, que continuava a admirar Carlos, deu *bravos* estrondosos; Craft bateu ligeiramente os dedos; e o Ega, que rondava a porta, nervoso, de relógio na mão, soltou de lá "muito bem" desenxabido.

Alencar, radiante com o seu efeito, derramava em roda um sorriso que lhe mostrava os dentes estragados. Abraçou outra vez Carlos, atirou uma palmada ao coração, exclamou:

— Caramba, filhos, sinto uma luz cá dentro!

A porta abriu-se, o Cohen entrou, todo apressado, desculpando-se logo da sua demora, enquanto Ega, que se precipitara para ele, lhe ajudava a despir o paletó. Depois apresentou-o a Carlos, a única pessoa ali de quem o Cohen não era íntimo. E dizia, tocando o botão da campainha elétrica:

— O marquês não pôde vir, menino, e o pobre Steinbroken, coitado, está com a sua gota, a gota de diplomata, de lorde e de banqueiro... A gota que tu hás de ter, velhaco!

Cohen, um homem baixo, apurado, de olhos bonitos e suíças tão pretas e luzidas que pareciam ensopadas em verniz, sorria, descalçando as luvas, dizendo, que, segundo os ingleses, havia também a gota da gente pobre; e era essa naturalmente a que competia a ele...

Ega, no entanto, travara-lhe do braço, colocara-o preciosamente à mesa, à sua direita; depois, ofereceu-lhe um botão de camélia de um ramo; o Alencar floriu-se também, e os criados serviram as ostras.

Falou-se logo do *Crime da Mouraria*, drama fadista que impressionava Lisboa, uma rapariga com o ventre rasgado a navalha por uma companheira, vindo morrer na rua em camisa, dois faias esfaqueando-se, toda uma viela em sangue, uma "sarrabulhada" como disse o Cohen, sorrindo e provando o Bucellas.

Dâmaso teve a satisfação de poder dar detalhes; conhecera a rapariga, a que dera as facadas, quando ela era amante do Visconde da Ermidinha... Se era bonita? Muito bonita. Umas mãos de duquesa... E como aquilo cantava o fado! O pior era que mesmo no tempo do visconde, quando ela era *chic*, já se empiteirava... E o visconde, honra lhe seja, nunca lhe perdera a amizade; respeitava-a; mesmo depois de casado ia vê-la; e tinha-lhe prometido que se ela quisesse deixar o fado, lhe punha uma confeitaria para os lados da Sé. Mas ela não queria. Gostava daquilo, do Bairro Alto, dos cafés de *lepes*, dos chulos...

Esse mundo de fadistas, de faias parecia a Carlos merecer um estudo, um romance... Isto levou logo a falar-se do *Assomoir*, de Zola e do realismo: e o Alencar imediatamente, limpando os bigodes dos pingos de sopa, suplicou que se não discutisse, à hora asseada do jantar, essa literatura "latrinária". Ali todos eram homens de asseio, de sala, hein? Então, que se não mencionasse "o excremento"!

Pobre Alencar! O naturalismo; esses livros poderosos e vivazes, tirados a milhares de edições; essas rudes análises, apoderando-se da Igreja, da Realeza, da Burocracia, da Finança, de todas as coisas santas, dissecando-as brutalmente e mostrando-lhes a lesão, como a cadáveres num anfiteatro; esses estilos novos, tão precisos e tão dúcteis, apanhando em flagrante a linha, a cor, a palpitação mesma da vida; tudo isso (que ele, na sua confusão mental, chamava a "ideia nova"), caindo assim de chofre e escangalhando a catedral romântica, sob a qual tantos anos ele tivera altar e celebrara missa, tinha desnorteado o pobre Alencar e tornara-se o desgosto literário da sua velhice. Ao princípio reagiu. "Para pôr um dique definitivo à torpe maré", como ele disse em plena Academia, escreveu dois folhetins cruéis; ninguém os leu; a "maré torpe" alastrou-se, mais profunda, mais larga. Então Alencar refugiou-se na "moralidade" como numa rocha sólida. O naturalismo, com as suas aluviões de obscenidade, ameaçava corromper o pudor social? Pois bem. Ele, Alencar, seria o paladino da Moral, o gendarme dos bons costumes. Então o poeta das *Vozes d'Aurora*, que durante vinte anos, em cançoneta e ode, propusera comércios lúbricos a todas as damas da capital; então o romancista de *Elvira* que, em novela e drama, fizera a propaganda do amor ilegítimo, representando os deveres conjugais como montanhas de tédio, dando a todos os maridos formas gordurosas e bestiais, e a todos os amantes a beleza, o esplendor e o gênio dos antigos Apolos; então Tomás Alencar que (a acreditarem-se as confissões autobiográficas da *Flor de martírio*) passava ele próprio uma existência medonha de adultérios, lubricidades, orgias, entre veludos e vinhos de Chipre, doravante austero, incorruptível, todo ele uma torre de pudicícia, passou a vigiar atentamente o jornal, o livro, o teatro. E mal lobrigava sintomas nascentes de realismo num beijo que estalava mais alto, numa brancura de saia que se arregaçava demais, eis o nosso Alencar que soltava por sobre o país um grande grito de alarme, corria à pena, e as suas imprecações lembravam (a acadêmicos fáceis de contentar) o rugir de Isaías. Um dia, porém, Alencar teve uma destas revelações que prostram os mais fortes; quanto mais ele denunciava um livro como imoral, mais o livro se vendia como agradável! O Universo pareceu-lhe coisa torpe, e o autor de *Elvira* encavacou... Desde então reduziu a expressão do seu rancor ao mínimo, a essa frase curta, lançada com nojo:

— Rapazes, não se mencione o "excremento"!

Mas nesta noite teve o regozijo de encontrar aliados. Craft não admitia também o naturalismo, a realidade feia das coisas e da sociedade estatelada nua num livro. A arte era uma idealização! Bem: então que mostrasse os tipos superiores de uma Humanidade aperfeiçoada, as formas mais belas do viver e do sentir... Ega, horrorizado, apertava as mãos na cabeça, quando do outro lado Carlos declarou que o mais intolerável do realismo eram os seus grandes ares científicos, a sua pretensiosa estética deduzida de uma filosofia alheia, e a invocação de Claude Bernard, do experimentalismo, do positivismo, de Stuart Mill e de Darwin, a propósito de uma lavadeira que dorme com um carpinteiro!

Assim atacado, entre dois fogos, Ega trovejou: justamente o fraco do realismo estava em ser ainda pouco científico, inventar enredos, criar dramas, abandonar-se à fantasia literária! A forma pura da arte naturalista devia ser a monografia, o estudo seco de um tipo, de um vício, de uma paixão, tal qual como se se tratasse de um caso patológico, sem pitoresco e sem estilo!...

— Isso é absurdo — diria Carlos —, os caracteres só se podem manifestar pela ação...

— E a obra de arte — acrescentou Craft — vive apenas pela forma...

Alencar interrompeu-os, exclamando que não eram necessárias tantas filosofias.

— Vocês estão gastando cera com ruins defuntos, filhos. O realismo critica-se deste modo: mão no nariz! Eu, quando vejo um desses livros, enfrasco-me logo em água-de-colônia. Não discutamos o "excremento".

— *Sole normande*? — perguntou-lhe o criado, adiantando a travessa.

Ega ia fulminá-lo. Mas, vendo que o Cohen dava um sorriso enfastiado e superior a estas controvérsias de literaturas, calou-se; ocupou-se só dele; quis saber que tal ele achava daquele St. Emilion; e, quando o viu confortavelmente servido de *sole normande*, lançou com grande alarde de interesse esta pergunta:

— Então, Cohen, diga-nos você, conte-nos cá... O empréstimo faz-se ou não se faz?

E acirrou a curiosidade, dizendo para os lados que aquela questão do empréstimo era grave. Uma operação tremenda, um verdadeiro episódio histórico!...

O Cohen colocou uma pitada de sal à beira do prato, e respondeu, com autoridade, que o empréstimo tinha de se realizar absolutamente. Os empréstimos em Portugal constituíam hoje uma das fontes de receita, tão regular, tão indispensável, tão sabida como o imposto. A única ocupação mesmo dos ministérios era esta: cobrar o imposto e fazer o empréstimo. E assim se havia de continuar...

Carlos não entendia de finanças; mas parecia-lhe que, desse modo, o país ia alegremente e lindamente para a bancarrota.

— Num galopezinho muito seguro e muito a direito — disse o Cohen, sorrindo. — Ah, sobre isso, ninguém tem ilusões, meu caro senhor. Nem os próprios ministros da fazenda... A bancarrota é inevitável; é como quem faz uma soma...

Ega mostrou-se impressionado. Olha que brincadeira, hein! E todos escutavam o Cohen. Ega, depois de lhe encher o cálice de novo, fincara os cotovelos na mesa para lhe beber melhor as palavras.

— A bancarrota é tão certa, as coisas estão tão dispostas para ela — continuava o Cohen —, que seria mesmo fácil a qualquer, em dois os três anos, fazer falir o país...

Ega gritou sofregamente pela receita. Simplesmente isto: manter uma agitação revolucionária constante; nas vésperas de se lançarem os empréstimos haver duzentos maganões decididos, que caíssem à pancada na municipal e quebrassem os candeeiros com vivas à República; telegrafar isto em letras bem gordas para os jornais de Paris, de Londres e do Rio de Janeiro; assustar os mercados, assustar o brasileiro, e a bancarrota estalava. Somente, como ele disse, isto não convinha a ninguém.

Então Ega protestou com veemência. Como não convinha a ninguém? Ora essa! Era justamente o que convinha a todos!... À bancarrota seguia-se uma revolução, evidentemente. Um país que vive da "inscrição", em não lha pagando, agarra no cacete; e procedendo por princípio, ou procedendo apenas por vingança, o primeiro cuidado que tem é varrer a monarquia que lhe representa o calote, e com ela o crasso pessoal do constitucionalismo. E passada a crise, Portugal livre da velha dívida, da velha gente, dessa coleção grotesca de bestas...

A voz de Ega sibilava... Mas vendo assim tratados de grotescos, de bestas os homens da ordem que fazem prosperar os Bancos, Cohen pousou a mão no braço do seu amigo e chamou-o ao bom senso. Evidentemente, ele era o primeiro a dizê-lo; em toda essa gente que figurava desde 46 havia medíocres e patetas, mas também homens de grande valor!

— Há talento, há saber — dizia ele com um tom de experiência. — Você deve reconhecê-lo, Ega... Você é muito exagerado! Não senhor, há talento, há saber.

E, lembrando-se que algumas dessas bestas eram amigos do Cohen, Ega reconheceu-lhes talento e saber. O Alencar, porém, cofiava sombriamente o bigode. Ultimamente pendia para ideias radicais, para a democracia humanitária de 1848; por instinto, vendo o romantismo desacreditado nas letras, refugiava-se no romantismo político, como num asilo paralelo; queria uma república governada por gênios, a fraternização dos povos, os Estados Unidos da Europa... Além disso, tinha longas queixas desses politiquetes, agora gente do Poder, outrora seus camaradas de redação, de café e de batota...

— Isso — disse ele — lá a respeito de talento e de saber, histórias... Eu conheço-os bem, meu Cohen...

O Cohen acudiu:

— Não senhor, Alencar, não senhor! Você também é dos tais... Até lhe fica mal dizer isso... É exageração. Não senhor, há talento, há saber.

E o Alencar, perante esta intimação do Cohen, o respeitado diretor do Banco Nacional, o marido da divina Raquel, o dono dessa hospitaleira casa da Rua do Ferregial onde se jantava tão bem, recalcou o despeito: admitiu que não deixava de haver talento e saber.

Então, tendo assim, pela influência do seu Banco, dos belos olhos da sua mulher e da excelência do seu cozinheiro, chamado estes espíritos rebeldes ao respeito dos parlamentares e à veneração da Ordem, Cohen condescendeu em dizer, no tom mais suave de sua voz, que o país necessitava reformas...

Ega, porém, incorrigível nesse dia, soltou outra enormidade:

— Portugal não necessita reformas, Cohen; Portugal o que precisa é a invasão espanhola.

Alencar, patriota à antiga, indignou-se. O Cohen, com aquele sorriso indulgente de homem superior que lhe mostrava os bonitos dentes, viu ali apenas "um dos paradoxos do nosso Ega". Mas o Ega falava com seriedade, cheio de razões. Evidentemente, dizia ele, invasão não significa perda absoluta de independência. Um receio tão estúpido é digno só de uma sociedade tão estúpida como a do *Primeiro de Dezembro.* Não havia exemplo de seis milhões de habitantes serem engolidos, de um só trago, por um país que tem apenas quinze milhões de homens. Depois ninguém consentiria em deixar cair nas mãos de Espanha, nação militar e marítima, esta bela linha de costa de Portugal. Sem contar as alianças que teríamos, a troco das colônias — das colônias que só nos servem, como a prata de família aos morgados arruinados, para ir empenhando em casos de crise... Não havia perigo; o que nos aconteceria, dada uma invasão, num momento da guerra europeia, seria levarmos uma sova tremenda, pagarmos uma grossa indenização, perdermos uma ou duas províncias, ver talvez a Galiza estendida até o Douro...

— *Poulet aux champignons* — murmurou o criado, apresentando-lhe a travessa.

E enquanto ele se servia, perguntavam-lhe, dos lados, onde via ele a salvação do país nessa catástrofe que tornaria povoação espanhola Celorico de Basto, a nobre Celorico, berço de heróis, berço dos Egas...

— Nisto: no ressuscitar do espírito público e do gênio português! Sovados, humilhados, arrasados, escalavrados, tínhamos de fazer um esforço desesperado para

viver. E em que bela situação nos achávamos! Sem monarquia, sem essa caterva de políticos, sem esse tortulho da "inscrição", porque tudo desaparecia, estávamos novos em folha, limpos, escarolados, como se nunca tivéssemos servido. E recomeçava-se uma história nova, um outro Portugal, um Portugal sério e inteligente, forte e decente, estudando, pensando, fazendo civilização como outrora... Meninos, nada regenera uma nação como uma medonha tareia... Ó Deus d'Ourique, manda-nos o castelhano! E você, Cohen, passe-me o St. Emilion.
Agora, num rumor animado, discutia-se a invasão. Ah, podia-se fazer uma bela resistência! Cohen afiançava o dinheiro. Armas, artilharia iam comprar-se na América, e Craft ofereceu logo a sua coleção de espadas do século XVI. Mas generais? Alugavam-se. Mac-Mahon, por exemplo, devia estar barato...

— O Craft e eu organizamos uma guerrilha — gritou o Ega.

— Às ordens, meu coronel.

— O Alencar — continuava Ega — é encarregado de ir despertar pela província o patriotismo, com cantos e com odes!

Então o poeta, pousando o cálice, teve um movimento de leão que sacode a juba:

—Isto é uma velha carcaça, meu rapaz, mas não está só para odes! Ainda se agarra uma espingarda, e como a pontaria é boa, ainda vão a terra um par de galegos... Caramba, rapazes, só a ideia dessas coisas me põe o coração negro! E como negro! E como vocês podem falar nisso, a rir, quando se trata do país, desta terra onde nascemos, que diabo! Talvez seja má, de acordo, mas, caramba, é a única que temos, não temos outra! É aqui que vivemos, é aqui que rebentamos... Irra, falemos de outra coisa, falemos de mulheres! Dera um repelão ao prato, os olhos umedeciam-se-lhe de paixão patriótica...

E no silêncio que se fez, Dâmaso, que desde as informações sobre a rapariga do Ermidinha emudecera, ocupado a observar Carlos com religião, ergueu a voz pausadamente, disse, com ar de bom senso e de finura:

— Se as coisas chegassem a esse ponto, se se pusessem assim feias, eu cá, à cautela, ia-me raspando para Paris...

Ega triunfou, pulou de gosto na cadeira. Eis ali, no lábio sintético de Dâmaso, o grito espontâneo e genuíno do brio português! Raspar-se, pirar-se!... Era assim que de alto a baixo pensava a sociedade de Lisboa, a malta constitucional, desde El-Rei, nosso Senhor, até os cretinos de secretaria!...

— Meninos, ao primeiro soldado espanhol que apareça à fronteira, o país em massa foge como uma lebre! Vai ser uma debandada única na história!

Houve uma indignação; Alencar gritou:

— Abaixo o traidor!

Cohen interveio; declarou que o soldado português era valente, à maneira dos turcos: sem disciplina, mas teso. O próprio Carlos disse, muito sério:

— Não senhor... Ninguém há de fugir, e há de se morrer bem.

Ega rugiu. Para quem estavam eles fazendo essa pose heroica? Então ignoravam que esta raça, depois de cinquenta

anos de constitucionalismo, criada por esses saguões da Baixa, educada na piolhice dos liceus, roída de sífilis apodrecida no bolor das secretarias, arejada apenas ao domingo pela poeira do Passeio, perdera o músculo como perdera o caráter, e era a mais fraca, a mais covarde raça da Europa?...

— Isso são os lisboetas — disse Craft.

— Lisboa é Portugal — gritou o outro. — Fora de Lisboa não há nada. O país está todo entre a Arcada e S. Bento!...

— A mais miserável raça da Europa! — continuava ele a berrar. — E que exército! Um regimento, depois de dois dias de marcha, dava entrada em massa no hospital! Com seus olhos tinha ele visto, no dia da abertura das Cortes, um marujo sueco, um rapagão do Norte, fazer debandar, a socos, uma companhia de soldados; os praças tinham literalmente largado a fugir, com a patrona a bater-lhes os rins; e o oficial, enfiado de terror, meteu-se para uma escada, a vomitar!...

Todos protestaram. Não, não era possível... Mas se ele tinha visto, que diabo!... Pois sim, talvez, mas com os olhos falazes da fantasia...

— Juro pela saúde da mamã! — gritou Ega furioso.

Mas emudeceu. O Cohen tocara-lhe no braço. O Cohen ia falar. O Cohen queria dizer que o futuro pertence a Deus. Que os espanhóis, porém, pensassem na invasão, isso parecia-lhe certo, sobretudo se viessem, como era natural, a perder Cuba. Em Madri, todo o mundo lho dissera. Já havia mesmo negócios de fornecimentos entabulados.

— Espanholadas, galegadas! — rosnou Alencar, por entre dentes, sombrio e torcendo os bigodes.

— No *Hotel de Paris* — continuou Cohen —, em Madri, conheci eu um magistrado, que me disse com um certo ar que não perdia a esperança de se vir estabelecer de todo em Lisboa; tinha-lhe agradado muito Lisboa, quando cá estivera a banhos. E quanto a mim, estou que há muitos espanhóis que estão à espera deste aumento de território para se empregarem!

Então Ega caiu em êxtase, apertou as mãos contra o peito. Oh, que delicioso traço! Oh, que admiravelmente observado!

— Este Cohen! — exclamava ele para os lados. — Que finamente observado! Que traço adorável! Hein, Craft? Hein, Carlos? Delicioso!

Todos cortesmente admiraram a finura do Cohen. Ele agradecia, com o olho enternecido, passando pelas suíças a mão onde reluzia um diamante. E nesse momento os criados serviram um prato de ervilhas num molho branco, murmurando:

— *Petits-pois à la Cohen.*

À la Cohen? Cada um verificou o seu *menu* mais atentamente. E lá estava, era o legume: *petits-pois à la Cohen*! Dâmaso, entusiasmado, declarou isto "*chic* a valer!" E fez-se, com o *champagne* que se abria, a primeira "saúde" ao Cohen!

Esquecera-se a bancarrota, a invasão, a pátria: o jantar terminava alegremente. Outras "saúdes" cruzaram-se, ardentes e loquazes; o próprio Cohen, com o sorriso de quem cede a um capricho de criança, bebeu à Revolução e à Anarquia, brinde complicado, que o Ega erguera, já com o olho muito brilhante. Sobre a toalha, a sobremesa alastrava-se, destroçada; no prato do Alencar as pontas de cigarros misturavam-se a bocados de ananás mastigado.

Dâmaso, todo debruçado sobre Carlos, fazia-lhe o elogio da parelha inglesa e daquele fáeton que era a coisa mais linda que passeava Lisboa. E logo depois do seu brinde de demagogo, sem razão, Ega arremetera contra Craft, injuriando a Inglaterra, querendo excluí-la dentre as nações pensantes, ameaçando-a de uma revolução social que a ensoparia em sangue; o outro respondia com acenos de cabeça, imperturbável, partindo nozes.

Os criados serviram o café. E como havia já três longas horas que estavam à mesa, todos se ergueram, acabando os charutos, conversando, na animação viva que dera o *champagne*. A sala, de teto baixo, com os cinco bicos de gás ardendo largamente, enchera-se de um calor pesado, onde se ia espalhando agora o aroma forte das *chartreuses e* dos licores, por entre a névoa alvadia do fumo.

Carlos e Craft, que abafavam, foram respirar para a varanda; e aí recomeçou logo, naquela comunidade de gostos que os começava a ligar, a conversa da Rua do Alecrim sobre a bela coleção dos Olivais. Craft dava detalhes; a coisa rica e rara que tinha era um armário holandês do século XVI; de resto, alguns bronzes, faianças e boas armas...

Mas ambos se voltaram ouvindo, no grupo dos outros, junto à mesa, estridências de voz, e como um conflito que rompia: Alencar, sacudindo a grelha, gritava contra a palhaçada filosófica; e do outro lado, com o cálice de conhaque na mão, Ega, pálido e afetando uma tranquilidade superior, declarava toda essa babugem lírica que por aí se publica digna da polícia correcional...

— Pegaram-se outra vez — veio dizer Dâmaso a Carlos, aproximando-se da varanda. — É por causa do Craveiro. Estão ambos divinos!

Era com efeito a propósito de poesia moderna, de Simão Craveiro, do seu poema a *Morte de Satanás*. Ega estivera citando, com entusiasmo, estrofes do episódio da *Morte*, quando o grande esqueleto simbólico passa em pleno sol no *Boulevard*, vestido como uma *cocotte*, arrastando sedas rumorosas.

> "E entre duas costelas, no decote,
> Tinha um *bouquet* de rosas!"

E o Alencar, que detestava o Craveiro, o homem da *Ideia Nova*, o paladino do Realismo, triunfara, cascalhara, denunciando logo nessa simples estrofe dois erros de gramática, um verso errado e uma imagem roubada a Baudelaire!

Então Ega, que bebera um sobre outro dois cálices de conhaque, tornou-se muito provocante, muito pessoal.

— Eu bem sei por que tu falas, Alencar — dizia ele agora. — E o motivo não é nobre. É por causa do epigrama que ele te fez:

> O Alencar d'Alenquer,
> Aceso com a primavera...

— Ah, vocês nunca ouviram isto? — continuou ele, voltando-se, chamando os outros. — É delicioso, é das melhores coisas do Craveiro. Nunca ouviste, Carlos? É sublime, sobretudo esta estrofe:

> O Alencar d'Alenquer
> Que quer? Na verde campina
> Não colhe a tenra bonina
> Nem consulta o malmequer...
> Que quer? Na verde campina
> O Alencar d'Alenquer
> Quer menina!

Eu não me lembro do resto, mas termina com um grito de bom senso, que é a verdade crítica de todo esse lirismo pandilha:

> O Alencar d'Alenquer
> Que cacete!

Alencar passou a mão pela testa lívida, e com o olho cavo fito no outro, a voz rouca e lenta:

— Olha, João da Ega, deixa-me dizer-te uma coisa, meu rapaz... Todos esses epigramas, esses dichotes lorpas do raquítico e dos que o admiram, passam-me pelos pés como um enxurro de cloaca... O que faço é arregaçar as calças! Arregaço as calças... Mais nada, meu Ega. Arregaço as calças!

E arregaçou-as realmente, mostrando a ceroula, num gesto brusco e de delírio.

— Pois quando encontrares enxurros desses — gritou-lhe o Ega —, agacha-te e bebe-os! Dão-te sangue e força ao lirismo!

Mas Alencar, sem o ouvir, berrava para os outros, esmurrando o ar:

— Eu, se esse Craveirote não fosse um raquítico, talvez me entretivesse a rolá-lo aos pontapés por esse Chiado abaixo, a ele e à versalhada, a essa lambisgonhice excrementícia com que seringou Satanás! E depois de o besuntar bem de lama, esborrachava-lhe o crânio!

— Não se esborracham assim crânios — disse de lá o Ega num tom frio de troça.

Alencar voltou para ele uma face medonha. A cólera e o conhaque incendiavam-lhe o olhar; todo ele tremia:

— Esborrachava-o, sim, esborrachava, João da Ega! Esborrachava-o assim, olha, assim mesmo! — rompeu a atirar patadas ao soalho, abalando a sala, fazendo tilintar cristais e louças. — Mas não quero, rapazes! Dentro daquele crânio só há excremento, vômito, pus, matéria verde, e se lho esborrachasse, porque lho esborrachava, rapazes, todo o miolo podre saía, empesteava a cidade, tínhamos a cólera! Irra! Tínhamos a peste!

Carlos, vendo-o tão excitado, tomou-lhe o braço, quis calmá-lo:

— Então, Alencar! Que tolice... Isso vale lá a pena...

O outro desprendeu-se, arquejante, desabotoou a sobrecasaca, soltou o último desabafo:

— Com efeito, não vale a pena ninguém zangar-se por causa desse Craveirote da *Ideia Nova*, esse caloteiro, que se não lembra que a porca da irmã é uma meretriz de doze vinténs em Marco de Canaveses!

— Não, isso agora é demais, pulha! — gritou Ega, arremessando-se, de punhos fechados.

Cohen e Dâmaso, assustados, agarraram-no. Carlos puxara logo para o vão da janela o Alencar que se debatia, com os olhos chamejantes, a gravata solta. Tinha caído uma cadeira; a correta sala, com os seus divãs de marroquim, os seus ramos de camélias, tomava um ar de taverna, numa bulha de faias, entre a fumaraça de cigarros. Dâmaso, muito pálido, quase sem voz, ia de um a outro:

— Ó meninos, ó meninos, aqui, no Hotel Central! Jesus!... Aqui no Hotel Central!...

E, de entre os braços do Cohen, Ega berrava, já rouco:

— Esse pulha, esse covarde... Deixe-me, Cohen! Não, isso hei de esbofeteá-lo!... A D. Ana Craveiro, uma santa... Esse caluniador... Não, isso hei de esganá-lo!...

Craft, no entanto, impassível, bebia aos goles a sua *chartreuse*. Já presenciara, mais vezes, duas literaturas rivais engalfinhando-se, rolando no chão, num latir de injúrias; a torpeza do Alencar sobre a irmã do outro fazia parte dos costumes de crítica em Portugal; tudo isso o deixava indiferente, com um sorriso de desdém. Além disso sabia que a reconciliação não tardaria, ardente e com abraços. E não tardou. Alencar saiu do vão da janela, atrás de Carlos, abotoando a sobrecasaca, grave e arrependido. A um canto da sala, Cohen falava ao Ega com autoridade, severo, à maneira de um pai; depois voltou-se, ergueu a mão, ergueu a voz, disse que ali todos eram cavalheiros; e como homens de talento e de coração fidalgo os dois deviam abraçar-se...

— Vá, um *shake hands*, Ega, faça isso por mim!... Alencar, vamos, peço-lho eu!

O autor de *Elvira* deu um passo, o autor das *Memórias dum átomo* estendeu a mão; mas o primeiro aperto foi *gauche* e mole. Então, Alencar, generoso e rasgado, exclamou que entre ele e o Ega não devia ficar uma nuvem! Tinha-se excedido... Fora o seu desgraçado gênio, esse calor de sangue, que durante toda a existência só lhe trouxera lágrimas! E ali declarava bem alto que Ana Craveiro era uma santa! Tinha-a conhecido em Marco de Canaveses, em casa dos Peixotos... Como esposa, como mãe, Ana Craveiro era impecável. E reconhecia, do fundo da alma, que o Craveiro tinha carradas de talentos!... Encheu um copo de *champagne*, ergueu-o alto, diante do Ega, como um cálice de altar:

— À tua, João!

Ega, generoso também, respondeu:

— À tua, Tomás!

Abraçaram-se. Alencar jurou que ainda na véspera, em casa de D. Joana Coutinho, ele dissera que não conhecia ninguém mais cintilante que o Ega! Ega afirmou logo que em poemas nenhuns corria, como nos do Alencar, uma tão bela veia lírica. Apertaram-se outra vez, com palmadas pelos ombros. Trataram-se de irmãos na arte, trataram-se de gênios!...

— São extraordinários — disse Craft baixo a Carlos, procurando o chapéu.

— Desorganizam-me, preciso ar!...

A noite alongava-se. Eram onze horas. Ainda se bebeu mais conhaque. Depois Cohen saiu levando o Ega. Dâmaso e Alencar desceram com Carlos, que ia recolher a pé pelo Aterro.

À porta, o poeta parou com solenidade.

— Filhos — exclamou ele tirando o chapéu e refrescando largamente a fronte —, então? Parece-me que me portei como um *gentleman*!

Carlos concordou, gabou-lhe a generosidade...

— Estimo bem que me digas isso, filho, porque tu sabes o que é ser *gentleman*! E agora vamos lá por esse Aterro fora... Mas deixa-me ir ali primeiro comprar um pacote de tabaco...

— Que tipo — exclamou Dâmaso, vendo-o afastar-se. — E a coisa ia-se pondo feia...

E imediatamente, sem transição, começou a fazer elogios a Carlos. O Senhor Maia não imaginava há quanto tempo ele desejava conhecê-lo!

Oh, senhor...

— Creia V. Exa. ... eu não sou de sabujices... Mas pode V. Exa. perguntar ao Ega, quantas vezes o tenho dito: V. Exa. é a coisa melhor que há em Lisboa!

Carlos baixava a cabeça, mordendo o riso. Dâmaso repetia, do fundo do peito:

— Olhe que isto é sincero, Senhor Maia! Acredite V. Exa. que isto é do coração!

Era realmente sincero. Desde que Carlos habitava Lisboa, tivera ali, naquele moço gordo e bochechudo, sem o saber, uma adoração muda e profunda; o próprio verniz dos seus sapatos, a cor das suas luvas eram para o Dâmaso motivo de veneração, e tão importantes como princípios. Considerava Carlos um tipo supremo de *chic*, do seu querido *chic*, um Brummel, um d'Orsay, um

Morny, uma "destas coisas que só se veem lá fora", como ele dizia, arregalando os olhos. Nessa tarde, sabendo que vinha jantar com o Maia, conhecer o Maia, estivera duas horas ao espelho experimentando gravatas; perfumara-se como para os braços de uma mulher; e por causa de Carlos mandara estacionar ali o *coupé*, às dez horas, com o cocheiro de ramo ao peito.

— Então essa senhora brasileira vive aqui? — perguntou Carlos, que dera dois passos, olhava uma janela alumiada no segundo andar.

Dâmaso seguiu-lhe o olhar.

— Vive lá do outro lado. Estão aqui há quinze dias... Gente *chic*... E ela é de apetecer. V. Exa. reparou? Eu a bordo atirei-me... E ela dava cavaco! Mas tenho andado muito preso desde que cheguei: jantar aqui, *soirée* acolá, umas aventurazitas... Não tenho podido cá vir; deixei-lhes só bilhetes; mas trago-a de olho, que ela demora-se... Talvez venha cá amanhã; estou cá, agora, a sentir umas cócegas... E se me pilho só com ela, zás, ferro-lhe logo um beijo! Que eu cá não sei se V. Exa. é a mesma coisa, mas eu cá, com mulheres, a minha teoria é esta: atracão! Eu cá, é logo: atracão!

Nesse momento Alencar voltava do estanco, de charuto na boca. Dâmaso despediu-se, atirando muito alto ao cocheiro, para que Carlos ouvisse, a *adresse* da Morelli, a segunda dama de S. Carlos.

— Bom rapaz, este Dâmaso — dizia Alencar, travando do braço de Carlos, ao seguirem ambos pelo Aterro. — É lá muito dos Cohens, muito querido na sociedade. Rapaz de fortuna, filho do velho Silva, o agiota, que esfolou muito teu pai; e a mim também. Mas ele assina Salcede; talvez nome da mãe; ou talvez inventado. Bom rapaz... O pai era um velhaco! Parece que estou a ouvir o Pedro dizer-lhe com o seu ar de fidalgo, que o tinha e do grande: "Silva judeu, dinheiro, e a rodo!..." Outros tempos, meu Carlos, grandes tempos. Tempos de gente!

E então, por esse longo Aterro, triste no ar escuro, com as luzes do gás dormente luzindo em fila de enterro, Alencar foi falando desses "grandes tempos" da sua mocidade e da mocidade de Pedro; e, através das suas frases de lírico, Carlos sentia vir como um aroma antiquado desse mundo defunto... Era quando os rapazes ainda tinham um resto de calor das guerras civis, e o calmavam indo em bando varrer botequins ou rebentando pilecas de seges em galopadas para Sintra. Sintra era então um ninho de amores, e sob as suas românticas ramagens as fidalgas abandonavam-se aos braços dos poetas. Elas eram Elviras, eles eram *Antonys*. O dinheiro abundava; a corte era alegre; a regeneração literata e galante ia engrandecer o país, belo jardim da Europa; os bacharéis chegavam de Coimbra, frementes de eloquência; os ministros da coroa recitavam ao piano; o mesmo sopro lírico inchava as odes e os projetos de lei...

— Lisboa era bem mais divertida — disse Carlos.

— Era outra coisa, meu Carlos! Vivia-se! Não existiriam esses ares científicos, toda essa palhada filosófica, esses badamecos positivistas... Mas havia coração, rapaz! Tinha-se faísca! Mesmo nessas coisas da política... Vê esse chiqueiro agora aí, essa malta de bandalhos... Nesse tempo ia-se ali à câmara e sentia-se a inspiração, sentia-se o rasgo!... via-se luz nas cabeças!... E depois, menino, havia muitíssimo boas mulheres.

Os ombros descaíam-lhe na saudade desse mundo perdido. E parecia mais lúgubre, com a sua grenha de inspirado saindo-lhe de sob as abas largas do chapéu velho, a sobrecasaca coçada e mal feita colando-se-lhe lamentavelmente às ilhargas.

Um momento caminharam em silêncio. Depois, na Rua das Janelas Verdes, o Alencar quis refrescar. Entraram numa pequena venda, onde a mancha amarela de um candeeiro de petróleo destacava numa penumbra de subterrâneo, alumiando o zinco úmido do balcão, garrafas nas prateleiras e o vulto triste da patroa com um lenço amarrado nos queixos. Alencar parecia íntimo no estabelecimento; apenas soube que a Senhora Cândida estava com dor de dentes, aconselhou logo remédios, familiar, descido das nuvens românticas, com os cotovelos sobre o balcão. E quando Carlos quis pagar a cana branca zangou-se, bateu a sua placa de dois tostões sobre o zinco polido, exclamou com nobreza:

— Eu é que faço a honra da bodega, meu Carlos! Nos palácios os outros pagarão... Cá na taberna pago eu!

À porta tomou o braço de Carlos. Depois de alguns passos lentos no silêncio da rua, parou de novo e murmurou numa voz vaga, contemplativa, como repassada da vasta solenidade da noite:

— Aquela Raquel Cohen é divinamente bela, menino! Tu conhece-a?

— De vista.

— Não te faz lembrar uma mulher da Bíblia? Não digo lá uma dessas viragos, uma Judite, uma Dalila... Mas um desses lírios poéticos da Bíblia... É seráfica!

Era agora a paixão platônica do Alencar, a sua dama, a sua Beatriz...

— Tu viste há tempos, no *Diário Nacional*, os versos que eu lhe fiz?

> Abril chegou! Sê minha!
> Dizia o vento à rosa.

— Não me saiu mau! Aqui há uma maliciazinha: "abril chegou, sê minha"... Mas logo: "dizia o vento à rosa". Compreendes? Calhou bem este efeito. Mas não imagines lá outras coisas, ou que lhe faço a corte... Basta ser a mulher do Cohen, um amigo, um irmão... E a Raquel, para mim, coitadinha, é como uma irmã... Mas é divina. Aqueles olhos, filho, um veludo líquido!...

Tirou o chapéu, refrescou a fronte vasta. Depois noutro tom, e como a custo:

— Aquele Ega tem muito talento... Vai lá muito aos Cohens... A Raquel acha-lhe graça...

Carlos parara; estavam defronte do Ramalhete. Alencar deu um olhar à severa frontaria de convento, adormecida, sem um ponto de luz.

— Tem bom ar esta vossa casa... Pois entra tu, meu rapaz, que eu vou andando por aqui para a minha toca. E quando quiseres, filho, lá me tens na Rua do Carvalho, 52, 3º andar. O prédio é meu, mas eu ocupo o 3º andar. Comecei por habitar no 1º, mas tenho ido trepando... A única coisa mesmo que tenho trepado, meu Carlos, é de andares...

Teve um gesto, como desdenhando essas misérias.

— E hás de ir lá jantar um dia. Não te posso dar um banquete, mas hás de ter uma sopa e um assado... O meu Mateus, um preto (um amigo!), que me serve há muitos anos quando há que cozinhar, sabe cozinhar! Fez muito jantar a teu pai, ao meu pobre Pedro... Que aquilo foi casa de alegria, meu rapaz. Dei lá cama e mesa, e dinheiro para a algibeira, a muita dessa canalha que hoje por aí trota em *coupé* da companhia e de correio atrás... E agora, quando me avistam, voltam para o lado o focinho...

— Isso são imaginações — disse Carlos, com amizade.

— Não são, Carlos — respondeu o poeta, muito grave, muito amargo. — Não são. Tu não sabes a minha vida. Tenho sofrido muito repelão, rapaz. E não o merecia! Palavra que o não merecia...

Agarrou o braço de Carlos, e com a voz abalada:

— Olha que esses homens que por aí figuram embebedavam-se comigo; emprestei-lhes muito pinto, dei-lhes muita ceia... E agora são ministros, são embaixadores, são personagens, são o diabo. Pois ofereceram-te eles um bocado do "bobo", agora que o têm na mão? Não. Nem a mim. Isto é duro, Carlos, isto é muito duro, meu Carlos. E que diabo, eu não queria que me fizessem conde, nem que me dessem uma embaixada... Mas aí alguma coisa numa secretaria... Nem um chavelho! Enfim, ainda há para o bocado do pão, e para a meia onça de tabaco... Mas esta ingratidão tem-me feito cabelos brancos... Pois não te quero maçar mais, e que Deus te faça feliz como tu mereces, meu Carlos!

— Tu não queres subir um bocado, Alencar?

Tanta franqueza enterneceu o poeta. — Obrigado, rapaz — disse ele, abraçando Carlos. — E agradeço-te isso, porque sei que vem do coração... Todos vocês têm coração... Já teu pai o tinha, e largo, e grande como o de um leão! E agora crê uma coisa: é que tens aqui um amigo. Isto não é palavreado, isto vem de dentro... Pois adeus, meu rapaz. Queres tu um charuto? Carlos aceitou logo, como um presente do céu.

— Então aí tens um charuto, filho! — exclamou Alencar com entusiasmo.

E aquele charuto dado a um homem tão rico, ao dono do Ramalhete, fazia-o por um momento voltar aos tempos em que nesse Marrare ele estendia em redor a charutaria cheia, com o seu grande ar de Manfredo triste.

Interessou-se então pelo charuto. Acendeu ele mesmo um fósforo. Verificou se ficava bem aceso. E que tal, charuto razoável? Carlos achava um excelente charuto!

— Pois ainda bem que te dei um bom charuto!

Abraçou-o outra vez; e estava batendo uma hora, quando ele enfim se afastou, mais ligeiro, mais contente de si, trauteando um trecho de fado.

Carlos no seu quarto, antes de se deitar, acabando o péssimo charuto do Alencar estirado numa *chaise-longue*, enquanto Batista lhe fazia uma chávena de chá, ficou pensando nesse estranho passado que lhe evocara o velho lírico...

E era simpático o pobre Alencar! Com que cuidado exagerado, ao falar de Pedro, de Arroios, dos amigos e dos amores de então, ele evitara pronunciar sequer o nome de Maria Monforte! Mais de uma vez, pelo Aterro fora, estivera para lhe dizer: — Podes falar da mamã, amigo Alencar, que eu sei perfeitamente que ela fugiu com um italiano!

E isto fê-lo insensivelmente recordar da maneira como essa lamentável história lhe fora revelada, em Coimbra, numa noite de troça, quase grotescamente. Porque o avô, obedecendo à carta testamentária de Pedro, contara-lhe um romance decente: um casamento de paixão, incompatibilidade de naturezas, uma separação cortês, depois a retirada da mamã com a filha para a França, onde tinham morrido ambas. Mais nada. A morte de seu pai fora-lhe apresentada sempre como brusco remate de uma longa nevrose...

Mas Ega sabia tudo, pelos tios... Ora, uma noite tinham ceado ambos; Ega muito bêbado, e num acesso de idealismo, lançara-se num paradoxo tremendo, condenando a honestidade das mulheres como origem da decadência das raças; e dava por prova os bastardos sempre inteligentes, bravos, gloriosos! Ele, Ega, teria orgulho se sua mãe, sua própria mãe em lugar de ser a santa burguesa que rezava o terço à lareira, fosse como a mãe de Carlos, uma inspirada, que por amor de um exilado abandonara fortuna, respeito, honra, vida! Carlos, ao ouvir isto, ficara petrificado, no meio da ponte, sob o calmo luar. Mas não pôde interrogar o Ega, que já taramelava, agoniado, e que não tardou a vomitar-lhe ignobilmente nos braços. Teve de o arrastar à casa das Seixas, despi-lo, aturar-lhe os beijos e a ternura borracha, até que o deixou abraçado ao travesseiro, babando-se, balbuciando "que queria ser bastardo, que queria que a mamã fosse uma marafona!..."

E ele mal pudera dormir essa noite, com a ideia daquela mãe, tão outra do que lhe haviam contado, fugindo nos braços de um desterrado, um polaco talvez! Ao outro dia, cedo, entrava pelo quarto do Ega, a pedir-lhe, pela sua grande amizade, a verdade toda...

Pobre Ega! Estava doente; fez-se branco como o lenço que tinha amarrado na cabeça com panos de água sedativa; e não achava uma palavra, coitado! Carlos, sentado na cama, como nas noites de cavaco, tranquilizou-o. Não vinha ali ofendido, vinha ali curioso! Tinham-lhe ocultado um episódio extraordinário da sua gente; que diabo, queria sabê-lo! Havia romance! Para ali o romance!

Ega, então, lá ganhou ânimo, lá balbuciou a sua história — a que ouvira ao tio Ega — a paixão de Maria por um príncipe, a fuga, o longo silêncio de anos que se fizera sobre ela...

Justamente as férias chegavam. Apenas em Santa Olávia, Carlos contou ao avô a bebedeira do Ega, os seus discursos doidos, aquela revelação vinda entre arrotos. Pobre avô! Um momento nem pôde falar, e a voz por fim veio-lhe tão débil e dolente como se dentro do peito lhe estivesse morrendo o coração. Mas narrou-lhe, detalhe a detalhe, o feio romance todo até àquela tarde em que Pedro lhe aparecera, lívido, coberto de lama, a cair-lhe nos braços, chorando a sua dor com a fraqueza de uma criança. E o desfecho desse amor culpado, acrescentara o avô, fora a morte da mãe, em Viena d'Áustria, e a morte da pequenita, da neta que ele nunca vira, e que a Monforte levara... E eis aí tudo. E assim, aquela vergonha doméstica estava agora enterrada, ali, no jazigo de Santa Olávia, e em duas sepulturas distantes, em país estrangeiro...

Carlos recordava-se bem que nessa tarde, depois da melancólica conversa com o avô, devia ele experimentar uma égua inglesa; e ao jantar não se falou senão da égua que se chamava *Sultana*. E a verdade era que daí a dias tinha esquecido a mamã. Nem lhe era possível sentir por esta tragédia senão um interesse vago e como literário. Isso passara-se havia vinte e tantos anos, numa sociedade quase desaparecida. Era como o episódio histórico de uma velha crônica de família, um antepassado morto em Alcácer-Quebir, ou uma das suas avós dormindo num leito real. Aquilo não lhe dera uma lágrima, não lhe pusera um rubor na face. Decerto preferiria poder orgulhar-se de sua mãe como de uma rara e nobre flor de honra; mas não podia ficar toda a vida a amargurar-se com os seus erros. E por quê? A honra dele não dependia dos impulsos falsos ou torpes que tivera o coração dela. Pecara, morrera, acabou-se. Restava, sim, aquela ideia do pai, findando numa poça de sangue, no desespero dessa traição. Mas não conhecera seu pai; tudo o que possuía dele e da sua memória, para amar, era uma fria tela mal pintada, pendurada no quarto de vestir, representando um moço moreno, de grandes olhos, com luvas de camurça amarelas e um chicote na mão... De sua mãe não ficara nem um daguerreótipo, nem sequer um contorno a lápis. O avô tinha-lhe dito que era loura. Não sabia mais nada. Não os conhecera; não lhes dormira nos braços; nunca recebera o calor da sua ternura. Pai, mãe eram para ele como símbolos de um culto convencional. O papá, a mamã, os seres amados, estavam ali todos no avô.

Batista trouxera o chá; o charuto do Alencar acabara; e ele continuara na *chaise-longue*, como amolecido nestas recordações, e cedendo já, num meio adormecimento, à fadiga do longo jantar... E então, pouco a pouco, diante das suas pálpebras cerradas, uma visão surgiu, tomou cor, encheu todo o aposento. Sobre o rio, a tarde morria numa paz elísia. O peristilo do Hotel Central alargava-se, claro ainda. Um preto grisalho vinha, com uma cadelinha no colo. Uma mulher passava, alta, com uma carnação ebúrnea, bela como uma deusa, num casaco de veludo branco de Gênova. O Craft dizia ao seu lado: *très chic*. E ele sorria, no encanto que lhe davam estas imagens, tomando o relevo, a linha ondeante e a coloração de coisas vivas.

Eram três horas quando se deitou. E apenas adormecera, na escuridão dos cortinados de seda, outra vez um belo dia de inverno morria sem uma aragem, banhado de cor-de-rosa; o banal peristilo do hotel alargava-se, claro ainda na tarde; o escudeiro preto voltava, com a cadelinha nos braços; uma mulher passava, com um casaco de veludo branco de Gênova, mais alta que uma criatura humana, caminhando sobre as nuvens, com um grande ar de Juno que remonta ao Olimpo; a ponta dos seus sapatos de verniz enterrava-se na luz do azul; por trás, as saias batiam-lhe como bandeiras ao vento. E passava sempre... O Craft dizia: *très chic*. Depois tudo se confundia, e era só o Alencar, um Alencar colossal, enchendo todo o céu, tapando o brilho das estrelas com a sua sobrecasaca negra e malfeita, os bigodes esvoaçando ao vendaval das paixões, alçando os braços, clamando no espaço:

Abril chegou, sê minha!

VII

No Ramalhete, depois do almoço, com as três janelas do escritório abertas bebendo a tépida luz do belo dia de março, Afonso da Maia e Craft jogavam uma partida de xadrez ao pé da chaminé já sem lume, agora cheia de plantas, fresca e festiva como um altar doméstico. Numa faixa oblíqua de sol, sobre o tapete, o Reverendo Bonifácio, enorme e fofo, dormia de leve a sua sesta.

Craft tornara-se, em poucas semanas, íntimo no Ramalhete. Carlos e ele, tendo muitas similitudes de gosto e de ideias, o mesmo fervor pelo *bric-à-brac* e pelo bibelô, o uso apaixonado da esgrima, igual diletantismo de espírito, uniram-se imediatamente em relações de superfície, fáceis e amáveis. Afonso, por seu lado, começara logo a sentir uma estima elevada por aquele *gentleman* de boa raça inglesa, como ele o admirava, cultivado e forte, de maneiras graves, de hábitos rijos, sentindo finamente e pensando com retidão. Tinham-se encontrado ambos entusiastas de Tácito, de Macaulay, de Burke, e até dos poetas lakistas; Craft era grande no xadrez; o seu caráter ganhara nas longas e trabalhadas viagens a rica solidez de um bronze; para Afonso da Maia, "aquilo era deveras um homem". Craft, madrugador, saía cedo dos Olivais a cavalo, e vinha assim às vezes almoçar de surpresa com os Maias; por vontade de Afonso jantaria lá sempre; mas ao menos as noites passava-as invariavelmente no Ramalhete, tendo enfim, como ele dizia, encontrado em Lisboa um recanto onde se podia conversar bem sentado, no meio de ideias, e com boa educação.

Carlos saía pouco de casa. Trabalhava no seu livro. Aquela revoada de clientela que lhe dera esperanças de uma carreira cheia, ativa, tinha passado miseravelmente, sem se fixar; restavam-lhe três doentes no bairro; e sentia agora que as suas carruagens, os cavalos, o Ramalhete, os hábitos de luxo o condenavam irremediavelmente ao diletantismo. Já o fino Dr. Teodósio lhe dissera um dia, francamente: "Você é muito elegante pra médico! As suas doentes, fatalmente, fazem-lhe olho! Quem é o burguês que lhe vai confiar a esposa dentro de uma alcova? Você aterra o *pater familias*!" O laboratório mesmo prejudicara-o. Os colegas diziam que o Maia, rico, inteligente, ávido de inovações, de modernismos, fazia sobre os doentes experiências fatais. Tinha-se troçado muito a sua ideia, apresentada na *Gazeta Médica*, a prevenção das epidemias pela inoculação dos vírus. Consideravam-no um fantasista. E ele, então, refugiava-se todo nesse livro sobre a medicina antiga e moderna, o "seu livro", trabalhado com vagares de artista rico, tornando-se o interesse intelectual de um ou dois anos. Nessa manhã, enquanto dentro prosseguia grave e silenciosa a partida de xadrez, Carlos, no terraço, estendido numa vasta cadeira índia de bambu, à sombra do toldo, acabava o seu charuto, lendo uma revista inglesa, banhado pela carícia tépida daquele bafo de primavera que aveludava o ar, fazia já desejar árvores e relvas...

Ao lado dele, numa outra cadeira de bambu, também de charuto na boca, o Senhor Dâmaso Salcede percorria o *Figaro* de perna estirada, numa indolência familiar, tendo o amigo Carlos ao seu lado, vendo junto ao terraço as rosas das roseiras de Afonso, sentindo por trás, através das janelas abertas, o rico e nobre interior do Ramalhete — o filho do agiota saboreava ali uma dessas horas deliciosas que ultimamente encontrava na intimidade dos Maias.

Logo na manhã seguinte ao jantar do Central, o Senhor Salcede fora ao Ramalhete deixar os seus bilhetes, objetos complicados e vistosos, tendo ao ângulo, numa dobra simulada, o seu retratozinho em fotografia, um capacete com plumas por cima do nome — DÂMASO CÂNDIDO DE SALCEDE, por baixo as suas honras — COMENDADOR DE CRISTO, ao fundo a sua *adresse* — "Rua de S. Domingos, à Lapa"; mas esta indicação estava riscada, e ao lado, a tinta azul, esta outra mais aparatosa — GRAND HÔTEL, BOULEVARD DES CAPUCINES, CHAMBRE Nº 103. Em seguida procurou Carlos no consultório, confiou ao criado outro cartão. Enfim, uma tarde, no Aterro, vendo passar Carlos a pé, correu para ele, pendurou-se dele, conseguiu acompanhá-lo ao Ramalhete.

Ali, logo desde o pátio, rompeu em admirações extáticas, como dentro de um museu, lançando, diante dos tapetes, das faianças e dos quadros, a sua grande frase "*chic* a valer!" Carlos levou-o para o *fumoir*, ele aceitou um charuto; e começou a explicar, de perna traçada, algumas das suas opiniões e alguns dos seus gostos. Considerava Lisboa chinfrim, e só estava bem em Paris, sobretudo por causa do gênero "fêmea" de que em Lisboa se passavam fomes; ainda que nesse ponto a Providência não o tratava mal. Gostava também do *bric-à-brac*; mas apanhava-se muita espiga, e as cadeiras antigas, por exemplo, não lhe pareciam cômodas para a gente se sentar. A leitura entretinha-o, e ninguém o pilhava sem livros à cabeceira da cama; ultimamente andava às voltas com Daudet, que lhe diziam ser muito *chic*, mas ele achava-o confusote. Em rapaz, perdia sempre as noites, até as quatro ou cinco da madrugada, no delírio! Agora não; estava mudado e pacato; enfim, não dizia que de vez em quando não se abandonasse a um excessozinho; mas só em dias alternados... E as suas perguntas foram terríveis. O Senhor Maia achava *chic* ter um *cab* inglês? Qual era mais elegante, assim para um rapaz da sociedade que quisesse ir passar o verão lá fora, Nice ou Trouville?... Depois ao sair, muito sério, quase comovido, perguntou ao Senhor Maia (se o Senhor Maia não fazia segredo) quem era o seu alfaiate.

E desde esse dia, não o deixou mais. Se Carlos aparecia no teatro, Dâmaso imediatamente arrancava-se da sua cadeira, às vezes na solenidade de uma bela ária, e pisando os botins dos cavalheiros, amarrotando a compostura das damas, abalava, abria de estalo a claque, vinha-se instalar na frisa, ao lado de Carlos, com a bochecha corada, camélia na casaca, exibindo os botões de punho que eram duas enormes bolas. Uma ou duas vezes que Carlos entrara casualmente no Grêmio, Dâmaso abandonou logo a partida, indiferente à indignação dos parceiros, para se vir colar à ilharga do Maia, oferecer-lhe marrasquino ou charutos, segui-lo de sala em sala como um rafeiro. Numa dessas ocasiões, tendo Carlos soltado um trivial gracejo, eis o Dâmaso rompendo em risadas soluçantes, rebolando-se pelos sofás, com as mãos nas ilhargas, a gritar que rebentava! Juntaram-se sócios: ele, sufocado, repetia a pilhéria; Carlos fugiu vexado. Chegou a odiá-lo; respondia-lhe só com monossílabos; dava voltas perigosas com o *dog-cart*, se lhe avistava de longe a bochecha, a coxa roliça. Debalde: Dâmaso Cândido de Salcede filara-o, e para sempre.

Depois, um dia, Taveira apareceu no Ramalhete com uma extraordinária história. Na véspera, no Grêmio (tinham-lhe contado, ele não presenciara) um sujeito, um Gomes, num grupo onde se comentavam os Maias, erguera a voz, exclamara que Carlos era um asno! Dâmaso, que estava ao lado, mergulhado na *Ilustração*, levantou-se, muito pálido, declarou que, tendo a honra de ser amigo do Senhor Carlos da Maia, quebrava a cara com a bengala ao Senhor Gomes se ele ousasse babujar outra vez esse cavalheiro; e o Senhor Gomes tragou, com os olhos no chão, a afronta, por ser raquítico de nascença e porque era inquilino de Dâmaso e andava muito atrasado na renda. Afonso da Maia achou este feito brilhante; e foi por desejo seu que Carlos trouxe o Senhor Salcede uma tarde a jantar ao Ramalhete.

Este dia pareceu belo a Dâmaso, como se fosse feito de azul e ouro. Mas melhor ainda foi a manhã em que Carlos, um pouco incomodado e ainda deitado, o recebeu no quarto, como entre rapazes... daí datava a sua intimidade; começou a tratar Carlos por *você*. Depois, nessa semana, revelou aptidões úteis. Foi despachar à alfândega (Vilaça achava-se no Alentejo) um caixote de roupa para Carlos. Tendo aparecido num momento em que Carlos copiava um artigo para a *Gazeta Médica*, ofereceu a sua boa letra, letra prodigiosa, de uma beleza litográfica; e daí por diante passava horas à banca de Carlos, aplicado e vermelho, com a ponta da língua de fora, o olho redondo, copiando apontamentos, transcrições de revistas, materiais para o livro... Tanta dedicação merecia um *tu* de familiaridade. Carlos deu-lho.

Dâmaso, no entanto, imitava o Maia com uma minuciosidade inquieta, desde a barba que começava agora a deixar crescer, até a forma dos sapatos. Lançara-se no *bric-à-brac*. Trazia sempre o *coupé* cheio de lixos arqueológicos, ferragens velhas, um bocado de tijolo, a asa rachada de um bule... E se avistava um conhecido, fazia parar, entreabria a portinhola como um ádito de sacrário, exibia a preciosidade:

— Que te parece? *Chic* a valer!... Vou mostrá-la ao Maia. Olha-me isto, hein! Pura meia-idade, do reinado de Luís XIV. O Carlos vai-se roer de inveja!

Nesta intimidade de rosas havia todavia para Dâmaso horas pesadas. Não era divertido assistir em silêncio, do fundo de uma poltrona, às infindáveis discussões de Carlos e de Craft sobre arte e sobre ciência. E, como ele confessou depois, chegara a encavacar um pouco quando o levaram ao laboratório, para fazer no seu corpo experiências de eletricidade...

— Pareciam dois demônios engalfinhados em mim — disse ele à senhora Condessa de Gouvarinho. — E eu então que embirro com o espiritismo!...

Mas tudo isto ficava regiamente compensado, quando à noite, num sofá do Grêmio, ou ao chá numa casa amiga, ele podia dizer, correndo a mão pelo cabelo:

— Passei hoje um dia divino com o Maia. Fizemos armas, *bric-à-brac*, discutimos... Um dia *chic*! Amanhã tenho uma manhã de trabalho com o Maia... Vamos às colchas.

Nesse domingo, justamente, deviam ir às colchas, ao Lumiar. Carlos concebera um *boudoir*, todo revestido de colchas antigas de cetim, bordadas a dois tons especiais, pérola e botão de ouro. O tio Abraão esquadrinhava-as por toda a Lisboa e pelos subúrbios; e nessa manhã viera anunciar a Carlos a existência de duas preciosidades, *so beautiful! Oh, so lovely!* em casa de umas Senhoras Medeiros que esperavam o Senhor Maia às duas horas...

Já três vezes Dâmaso tossira, olhara o relógio, mas, vendo Carlos confortavelmente mergulhado na revista, recaía também na sua indolência de homem *chic*, investigando o *Figaro*. Enfim, dentro, o relógio Luís XV cantou argentinamente as duas...

— Esta é boa! — exclamou Dâmaso ao mesmo tempo, com uma palmada na coxa. — Olha quem aqui me aparece! A Susana! A minha Susana!

Carlos não despegara os olhos da página.

— Ó Carlos — acrescentou ele —, fazes favor? Ouve. Ouve esta que é boa. Esta Susana é uma pequena que eu tive em Paris... Um romance! Apaixonou-se por mim, quis-se envenenar, o diabo!... Pois diz aqui o *Figaro* que debutou nas *Folies-Bergères*. Fala nela... É boa, hein? E era rapariguita *chic*... E o *Figaro* diz que ela teve aventuras; naturalmente sabia o que se passou comigo... Todo mundo sabia em Paris. Ora, a Susana! Tinha bonitas pernas. E custou-me a ver livre dela!

— Mulheres! — murmurou Carlos, refugiando-se mais no fundo da revista. Dâmaso era interminável, torrencial, inundante, a falar das "suas conquistas", naquela sólida satisfação em que vivia de que todas as mulheres, desgraçadas delas, sofriam a fascinação da sua pessoa e da sua *toilette*. E em Lisboa, realmente, era exato. Rico, estimado na sociedade, com *coupé* e parelha, todas as meninas tinham para ele um olhar doce. E no *demi-monde*, como ele dizia, "tinha prestígio a valer." Desde moço fora célebre, na capital, por pôr casas a espanholas; a uma mesmo dera carruagem ao mês; e este fausto excepcional tornara-o bem depressa o D. João V dos prostíbulos. Conhecia-se também a sua ligação com a Viscondessa da Gafanha, uma carcaça esgalgada, caiada, rebocada, gasta por todos os homens válidos do país; ia nos 50 anos quando chegou a vez do Dâmaso, e não era decerto uma delícia ter nos braços aquele esqueleto rangente e lúbrico; mas dizia-se que em nova dormira num leito real, e que augustos bigodes a tinham lambuzado; tanta honra fascinou Dâmaso, e colou-se-lhe às saias com uma fidelidade tão suja, que a decrépita criatura, farta, enojada já, teve de o enxotar à força e com desfeitas. Depois gozou uma tragédia: uma atriz do *Príncipe Real*, uma montanha de carne, apaixonada por ele, numa noite de ciúme e de genebra, engoliu uma caixa de fósforos; naturalmente, daí a horas estava boa, tendo vomitado abominavelmente sobre o colete do Dâmaso, que chorava ao lado — mas desde então este homem de amor julgou-se fatal! Como ele dizia a Carlos, depois de tanto drama na sua vida, quase tremia, tremia verdadeiramente de fitar uma mulher...

— Passaram-se cenas com esta Susana! — murmurou ele, depois de um silêncio em que estivera catando películas nos beiços.

E, com um suspiro, retomou o *Figaro*. Houve outra vez um silêncio no terraço. Dentro, a partida continuava. Para lá da sombra do toldo, agora, o sol ia aquecendo, batendo a pedra, os vasos de louça branca, numa refração de ouro claro em que palpitavam as asas das primeiras borboletas voando em redor dos craveiros sem flor; embaixo, o jardim verdejava, imóvel na luz, sem um bulir de ramo, refrescado pelo cantar do repuxo, pelo brilho líquido da água do tanque, avivado, aqui e além, pelo vermelho ou o amarelo das rosas, pela carnação das últimas camélias... O bocado de rio, que se avistava entre os prédios, era azul-ferrete como o céu; e entre rio e céu o monte punha uma grossa barra verde-escura, quase negra no resplendor do dia, com os dois moinhos parados no alto, as duas casinhas alvejando embaixo, tão luminosas e cantantes que pareciam viver. Um repouso dormente de domingo envolvia o bairro; e, muito alto, no ar, passava o claro repique de um sino.

— O Duque de Norfolk chegou a Paris — disse Dâmaso num tom entendido e trançando a perna. — O Duque de Norfolk é *chic*, não é verdade, ó Carlos?

Carlos, sem erguer os olhos, lançou para os céus um gesto, como exprimindo o infinito do *chic*!

Dâmaso largara o *Figaro* para meter um charuto na boquilha; depois desapertou os últimos botões do colete, deu um puxão à camisa para mostrar melhor a marca que era um S enorme sob uma coroa de conde, e de pálpebra cerrada, com o beiço trombudo, ficou mamando gravemente a boquilha...

— Tu estás hoje em beleza, Dâmaso — disse-lhe Carlos, que deixara também a revista e o contemplava com melancolia.

Salcede corou de gozo. Escorregou um olhar ao verniz dos sapatos, à meia cor de carne, e revirando para Carlos o bogalho azulado da órbita:

— Eu agora ando bem... Mas, muito *blasé*.

E foi realmente com um ar *blasé* que se ergueu a ir buscar a uma mesa de jardim, ao lado, onde estavam jornais e charutos, a *Gazeta Ilustrada*, "para ver o que ia pela pátria". Apenas lhe deitou os olhos, soltou uma exclamação.

— Outro debute? — perguntou Carlos.

— Não, é a besta do Castro Gomes!

A Gazeta Ilustrada anunciava que "o Senhor Castro Gomes, o cavalheiro brasileiro que no Porto fora vítima da sua dedicação, por ocasião da desgraça ocorrida na Praça Nova, e de que o nosso correspondente J. T. nos deu uma descrição tão opulenta de colorido realista, acha-se restabelecido e é hoje esperado no Hotel Central. Os nossos parabéns ao arrojado *gentleman*."

— Ora está S. Exa. restabelecida! — exclamou Dâmaso, atirando para o lado o jornal. — Pois deixa estar que agora é a ocasião de lhe dizer na cara o que penso... Aquele pulha!

— Tu exageras — murmurou Carlos, que se apoderara vivamente do jornal, e relia a notícia.

— Ora essa! — exclamou Dâmaso, erguendo-se. — Ora essa! Queria ver se fosse contigo... É uma besta! É um selvagem!

E repetiu mais uma vez a Carlos essa história que o magoava. Desde a sua chegada de Bordéus, logo que o Castro Gomes se instalara no Hotel Central, ele fora deixar-lhe bilhetes duas vezes, a última na manhã seguinte ao jantar do Ega. Pois bem, S. Exa. não se dignara agradecer a visita! Depois eles tinham partido para o Porto; fora aí que, passeando só na Praça Nova, vendo a parelha de uma caleche desbocada, duas senhoras em gritos, Castro Gomes se lançara ao freio dos cavalos e, cuspido contra as grades, tinha deslocado um braço. Teve de ficar no Porto, no Hotel, cinco semanas. E ele imediatamente (sempre com o olho na mulher) mandara-lhe dois telegramas: um de sentimento, lamentando; outro de interesse, pedindo notícias. Nem a um nem a outro o animal respondeu!

— Não isso — exclamava Salcede, passeando pelo terraço, e recordando estas injúrias —, hei de lhe fazer uma desfeita... Não pensei ainda o quê, mas há de amargar-lhe... Lá isso, desconsiderações não admito a ninguém! A ninguém!

Arredondava o olho, ameaçador. Desde o seu feito no Grêmio, quando o raquítico apavorado emudecera diante dele, Dâmaso ia-se tornando feroz. Pela menor coisa falava em "quebrar caras".

— A ninguém! — repetia ele, com puxões ao colete. — Desconsiderações a ninguém!

Nesse momento ouviu-se dentro, no escritório, a voz rápida do Ega, e quase imediatamente ele apareceu, com um ar de pressa, e atarantado.

— Olá, Damasozinho!... Carlos, dás-me aqui embaixo uma palavra?

Desceram do terraço, penetraram no jardim, até junto de duas olaias em flor.

— Tu tens dinheiro? — foi aí logo a exclamação ansiosa do Ega.

E contou a sua terrível atrapalhação. Tinha uma letra de noventa libras que se vencia no dia seguinte. Além disso, vinte e cinco libras que devia ao Eusebiozinho, e que ele lhe reclamara numa carta indecente; e era isto que desesperava o Ega...

— Quero pagar a esse canalha, e quando o vir colar-lhe a carta à cara com um escarro. Além disso a letra! E tenho para tudo isto quinze tostões...

— O Eusebiozinho é homem de ordem... Enfim, queres cento e quinze libras — disse Carlos.

Ega hesitou, com uma cor no rosto. Já devia dinheiro a Carlos. Estava-se sempre dirigindo àquela amizade, como a um cofre inesgotável...

— Não, bastam-me oitenta. Ponho o relógio no prego, e a peliça, que já não faz frio...

Carlos sorriu, subiu logo ao quarto a escrever um cheque, enquanto Ega procurava cuidadosamente um bonito botão de rosa para florir a sobrecasaca. Carlos não tardou, trazendo na mão o cheque, que alargara até cento e vinte libras, para o Ega ficar "armado"...

— Seja pelo amor de Deus, menino! — disse o outro, embolsando o papel, com um belo suspiro de alívio.

Imediatamente, trovejou contra o Eusebiozinho, esse vilão! Mas tinha já uma vingança. Ia remeter-lhe a soma toda em cobre, num saco de carvão, com um rato morto dentro, e um bilhete, começando assim: — "ascorosa lombriga e imunda osga, aí te atiro ao focinho" etc...

— Como tu podes consentir aqui, usando as tuas cadeiras, respirando o teu ar, aquele ser repulsivo!...

Mas era até sujo mencionar o Eusebiozinho!... Quis saber dos trabalhos de Carlos, do grande livro. Falou também do seu *Átomo* e, por fim, numa voz diferente, aplicando o monóculo a Carlos:

— Dize-me outra coisa. Por que não tens tu voltado aos Gouvarinhos?

Carlos tinha só esta razão: não se divertia lá.

Ega encolheu os ombros. Parecia-lhe aquilo uma puerilidade...

— Tu não percebeste nada — exclamou ele. — Aquela mulher tem uma paixão por ti... Basta que se pronuncie o teu nome, sobe-lhe todo o sangue à cara.

E como Carlos ria, incrédulo, Ega, muito grave, deu a sua palavra de honra. Ainda na véspera, estava-se falando de Carlos, e ele espreitara-a. Sem ser um Balzac, nem uma broca de observação, tinha a visão correta; pois bem, lá lhe vira na face, nos olhos, toda a expressão de um sentimento sincero...

—Não estou a fazer romance, menino... Gosta de ti, palavra! Tem-na quando quiseres.

Carlos achava deliciosa aquela naturalidade mefistofélica com que o Ega o induzia a quebrar uma infinidade de leis religiosas, morais, sociais, domésticas...

— Ah, bem! — exclamou Ega. — Se tu me vens com essa blague de cartilha e do código, então não falemos mais nisso! Se apanhaste a sarna da virtude, com comichões por qualquer coisa, então era uma vez um homem, vai para a Trapa comentar o *Eclesiastes*...

— Não — disse Carlos, sentando-se num banco sob as árvores, ainda com uns restos da preguiça do terraço —, o meu motivo não é tão nobre. Não vou lá porque acho o Gouvarinho um maçador.

Ega teve um sorriso mudo.

— Se a gente fosse a fugir das mulheres que têm maridos maçadores...

Sentou-se ao lado de Carlos, começou a riscar em silêncio o chão areado; e sem erguer os olhos, deixando cair as palavras, uma a uma, com melancolia:

— Anteontem, toda a noite, a pé firme, das dez à uma, estive a ouvir a história da demanda do Banco Nacional!

Era quase uma confidência e como o desabafo dos tédios secretos em que se debatia, naquele mundo dos Cohens, o seu temperamento de artista. Carlos enterneceu-se.

— Meu pobre Ega, então toda a demanda?

— Toda! E a leitura do relatório da assembleia geral! E interessei-me! E tive opiniões!... A vida é um inferno.

Subiram ao terraço. Dâmaso reocupara a sua cadeira de vime, e, com um canivetezinho de madrepérola, estava tratando das unhas.

— Então decidiu-se? — perguntou ele logo ao Ega.

— Decidiu-se ontem! Não há *cotillon*.

Tratava-se de uma grande *soirée* mascarada que iam dar os Cohens, ao dia dos anos de Raquel. A ideia desta festa sugerira-a o Ega, a princípio com grandes proporções de gala artística, a ressurreição histórica de um sarau no tempo de D. Manuel. Depois viu-se que uma tal festa era irrealizável em Lisboa — e desceu-se a um plano mais sóbrio, um simples baile *costumé*, a capricho...

Tu, Carlos, já decidiste como vais?

— De dominó, um severo dominó preto, como convém a um homem de ciência...

— Então — exclamou Ega —, se se trata de ciência, vai de rabona e chinelas de ourelo!... A ciência faz-se em casa e de chinelas... Nunca ninguém descobriu uma lei do Universo metido dentro de um dominó... Que sensaboria, um dominó!...

Justamente a Senhora D. Raquel desejava evitar, no seu baile, essa monotonia dos dominós. E em Carlos não havia desculpa. Não o prendiam vinte ou trinta libras; e, com aquele esplêndido físico de cavaleiro da Renascença, devia ornar a sala pelo menos com um soberbo Francisco I.

— É nisto — ajuntava ele, com fogo — que está a beleza de uma *soirée* de máscaras! Não lhe parece, a você, Dâmaso? Cada um deve aproveitar a sua figura... Por exemplo, a Gouvarinho vai muito bem. Teve uma inspiração: com aquele cabelo ruivo, o nariz curto, as maçãs do rosto salientes, e Margarida de Navarra...

— Quem é Margarida de Navarra? — perguntou Afonso da Maia, aparecendo no terraço com Craft.

— Margarida, a Duquesa d'Angoulême, a irmã de Francisco I, a Margarida das Margaridas, a pérola dos Valois, a padroeira da Renascença, a senhora Condessa de Gouvarinho!...

Riu muito, foi abraçar Afonso, explicou-lhe que se discutia o baile dos Cohens. E apelou logo para ele, para o Craft, acerca do nefando dominó de Carlos. Não estava aquele mocetão, com os seus ares de homem de armas, talhado para um soberbo Francisco I, em toda a glória de Marignan?

O velho deu um olhar enternecido à beleza do neto.

— Eu te digo, John, talvez tenhas razão; mas Francisco I, rei de França, não se pode apear de uma tipoia e entrar numa sala, só. Precisa corte, arautos, cavaleiros, damas, bobos, poetas... Tudo isso é difícil.

Ega curvou-se. Sim senhor, de acordo! Ali estava uma maneira inteligente de compreender o baile dos Cohens!...

— E tu, de que vais? — perguntou Afonso.

Era um segredo. Tinha a teoria de que, naquelas festas, um dos encantos consistia na surpresa; dois sujeitos, por exemplo, que, tendo jantado juntos, de jaquetão, no Bragança, se encontram à noite, um na púrpura imperial de Carlos V, outro com a escopeta de bandido na Calábria.

Eu cá não faço segredo — disse ruidosamente Dâmaso. — Eu cá vou de selvagem.

— Nu?

— Não. De Nelusko, na *Africana*. Ó, Senhor Afonso da Maia, que lhe parece? Acha *chic*?

— *Chic* não exprime bem — disse Afonso, sorrindo. — Mas *grandioso*, é, decerto.

Quiseram então saber como ia Craft. Craft não ia de coisa nenhuma; Craft ficava nos Olivais, de robe de chambre.

Ega encolheu os ombros com tédio, quase com cólera. Aquelas indiferenças pelo baile dos Cohens feriram-no como injúrias pessoais. Ele estava dando a essa festa o seu tempo, estudos na biblioteca, um trabalho fumegante de imaginação; e pouco a pouco ela tomava aos seus olhos a importância de uma celebração de arte, provando o gênio de uma cidade. Os "dominós", as abstenções pareciam-lhe evidências de inferioridade de espírito. Citou então o exemplo do Gouvarinho; ali estava um homem de ocupações, de posição política, nas vésperas de ser ministro, que não só ia ao baile, mas estudara o seu costume; estudara, e ia muito bem; ia de *Marquês de Pombal*!

— Reclame para ser ministro — disse Carlos.

— Não o precisa — exclamou Ega. — Tem todas as condições para ser ministro: tem voz sonora, leu Maurício Block, está encalacrado e é um asno!...

E no meio das risadas dos outros, ele, arrependido de demolir assim um cavalheiro, que se interessava pelo baile dos Cohens, acudiu logo:

— Mas é muito bom rapaz, e não se dá ares nenhuns! É um anjo!

Afonso repreendia-o, risonho e paternal:

— Ora tu, John, que não respeitas nada...

— O desacato é a condição do progresso, Senhor Afonso da Maia. Quem respeita decai. Começa-se por admirar o Gouvarinho, vai-se a gente esquecendo, chega a reverenciar o monarca, e quando mal se precata tem descido a venerar o Todo Poderoso!... É necessário cautela!

— Vai-te embora, John, vai-te embora! Tu és o próprio anticristo...

Ega ia responder, exuberante e em veia, mas dentro o tinir argentino do relógio Luís XV, com o seu gentil minuete, emudeceu-o.

— O quê? Quatro horas!

Ficou aterrado; verificou no seu próprio relógio; deu em redor rápidos, silenciosos apertos de mão; desapareceu como um sopro. Todos de resto estavam pasmados de ser tão tarde! E assim passara a hora de ir ao Lumiar ver as colchas antigas das senhoras Medeiros...

— Quer você então meia hora de florete, Craft? — perguntou Carlos.

— Seja; e é necessário dar a lição ao Dâmaso...

— É verdade, a lição... — murmurou Dâmaso, sem entusiasmo, com um sorriso murcho.

A sala de esgrima era uma casa térrea, debaixo dos quartos de Carlos, com janelas gradeadas para o jardim, por onde resvalava, através das árvores, uma luz esverdinhada. Em dias enevoados era necessário acender os quatro bicos de gás. Dâmaso seguiu, atrás dos dois, com uma lentidão de rês desconfiada.

Aquelas lições, que ele solicitara por amor do *chic*, iam-se-lhe tornando odiosas. E nessa tarde, como sempre, apenas se enchumaçou com o plastrão de anta, se cobriu com a caraça de arame, começou a transpirar, a fazer-se branco. Diante dele Craft, de florete na mão, parecia-lhe cruel e bestial, com aqueles seus ombros de Hércules sereno, o olhar claro e frio. Os dois ferros rasparam. Dâmaso estremeceu todo.

— Firme! — gritou-lhe Carlos.

O desgraçado equilibrava-se sobre a perna roliça; o florete de Craft vibrou, rebrilhou, voou sobre ele; Dâmaso recuou, sufocado, cambaleando e com o braço frouxo...

— Firme! — berrava-lhe Carlos.

Dâmaso, exausto, abaixou a arma.

— Então que querem vocês, é nervoso! É por ser a brincar... Se fosse a valer, vocês veriam.

Assim acabava sempre a lição; e ficava depois abatido sobre uma banqueta de marroquim, arejando-se com o lenço, pálido como a cal dos muros.

— Vou-me até casa — disse ele daí a pouco, fatigado de tanto cruzar de ferro. — Queres alguma coisa, Carlinhos?

— Quero que venhas cá jantar amanhã... Tens o marquês.

— *Chic* a valer... Não faltarei.

Mas faltou. E, como toda essa semana aquele moço pontual não apareceu no Ramalhete, Carlos sinceramente inquieto, julgando-o moribundo, foi uma manhã à casa dele, à Lapa. Mas aí, o criado (um galego achavascado e triste, que, desde as suas relações com os Maias, Dâmaso trazia entalado numa casaca e mortalmente aperreado em sapatos de verniz) afirmou-lhe que o Senhor Damasozinho estava de boa saúde, e até saíra a cavalo. Carlos veio então ao tio Abraão; o tio Abraão também não avistara, havia dias, aquele bom Senhor Salcede, *that beautiful gentleman*! A curiosidade de Carlos levou-o ao Grêmio; no Grêmio nenhum criado vira ultimamente o Senhor Salcede. "Está por aí de lua de mel com alguma bela andaluza", pensou Carlos.

Chegara ao fim da Rua do Alecrim quando viu o Conde de Steinbroken, que se dirigia ao Aterro, a pé, seguido da sua vitória, a passo. Era a segunda vez que o diplomata fazia exercício depois do seu desgraçado ataque de entranhas. Mas não tinha já vestígios da doença: vinha todo rosado e louro, muito sólido na sua sobrecasaca, e com uma bela rosa de chá na botoeira. Declarou mesmo a Carlos que estava "*más forrte*". E não lamentava os sofrimentos, porque eles lhe tinham dado o meio de apreciar as simpatias que gozava em Lisboa. Estava enternecido. Sobretudo o cuidado de S. M. — o augusto cuidado de S. M. — fizera-lhe melhor que "todos os *drogues de boutique*!" Realmente nunca as relações entre esses dois países, tão estreitamente aliados, Portugal e a Finlândia, tinham sido "*más firmes, pur assi dizerre, más intimes, que durrante* seu ataque de *intestinais*!"

Depois, travando do braço a Carlos, aludiu comovido ao oferecimento de Afonso da Maia, que pusera à sua disposição Santa Olávia, para ele se restabelecer nesses ares fortes e limpos do Douro. Oh, esse convite tocara-o *au plus profond de son coeur.* Mas, infelizmente, Santa Olávia era longe, tão longe!... Tinha de se contentar com Sintra, de onde podia vir todas as semanas, uma, duas vezes, vigiar a Legação. *C'était ennuyeux, mais... A* Europa estava num desses momentos de crise, em que homens de Estado, diplomatas não podiam afastar-se, gozar as menores férias. Precisavam estar ali, na brecha, observando, informando...

— *C'est très grave* — murmurou ele, parando, com um pavor vago no olhar azulado... — *C'est excessivement grave!*

Pediu a Carlos que olhasse em torno de si para a Europa. Por toda parte uma confusão, um *gâchis.* Aqui a questão do Oriente; além o Socialismo; por cima o Papa, a complicar tudo... Oh, *très grave*!

— *Tenez, la France, par exemple... D'abord Gambetta. Oh, je ne dis pas non, il est très fort, il est excessivement fort... Mais... Voilà! C'est très grave...*

Por outro lado os radicais, *les nouvelles couches...* Era excessivamente grave...

— *Tenez, je vais vous dire une chose, entre nous!*

Mas Carlos não escutava, nem sorria já. Do fim do Aterro aproximava-se, caminhando depressa, uma senhora que ele reconheceu logo, por esse andar que lhe parecia de uma deusa pisando a terra, pela cadelinha cor de prata que lhe trotava junto às saias, e por aquele corpo maravilhoso, onde vibrava, sob linhas ricas de mármore antigo, uma graça quente, ondeante e nervosa. Vinha toda vestida de escuro, numa *toilette* de *serge* muito simples, que era como o complemento natural da sua pessoa, colando-se bem sobre ela, dando-lhe, na sua correção, um ar casto e forte; trazia na mão um guarda-sol inglês, apertado e fino como uma cana; e toda ela, adiantando-se, assim, no luminoso que a tarde tinha, naquele cais triste de cidade antiquada, um destaque estrangeiro, como o requinte caro de civilizações superiores. Nenhum véu, nessa tarde, lhe assombreava o rosto. Mas Carlos não pôde detalhar-lhe as feições; apenas dentre o esplendor ebúrneo da carnação, sentiu o negro profundo de dois olhos que se fixaram nos seus. Insensivelmente deu um passo para a seguir. Ao seu lado Steinbroken, sem ver nada, estava achando Bismarck assustador. À maneira que ela se afastava, parecia-lhe maior, mais bela; e aquela imagem falsa e literária de uma deusa marchando pela terra prendia--se-lhe à imaginação. Steinbroken ficara aterrado com o discurso do chanceler no *Reichstag*... Sim, era bem uma deusa. Sob o chapéu, numa forma de trança enrolada, aparecia o tom do seu cabelo castanho, quase louro à luz; a cadelinha trotava ao lado, com as orelhas direitas.

— Evidentemente — disse Carlos — Bismarck é inquietador...

Steinbroken, porém, já deixara Bismarck. Steinbroken agora atacava Lord Beaconsfield.

— *Il est très fort... Oui, je vous l'accorde, il est excessivement fort... Mais voilà... Où va-t-il?*

Carlos olhava para o Cais do Sodré. Mas tudo lhe parecia deserto. Steinbroken, antes de adoecer, justamente, tinha dito ao Ministro dos Negócios Estrangeiros aquilo mesmo: Lord Beaconsfield é muito forte, mas para onde vai ele? O que queria ele?... E S. Exa. tinha encolhido os ombros... S. Exa. não sabia...

— *Eh, oui! Beaconsfield est très fort... Vous avez lu son speech chez le Lord-Maire? Épatant, mon cher, épatant!... Mais voilà... Où va-t-il?*

— Steinbroken, não me parece que seja prudente deixar-se aqui estar a arrefecer no Aterro...

— *Deverras?* — exclamou o diplomata, passando logo a mão, rapidamente, pelo estômago e pelo ventre.

E não se quis demorar um instante mais! Como Carlos ia recolher também, ofereceu-lhe um lugar na vitória até o Ramalhete.

— Venha, então, jantar conosco, Steinbroken.

— *Charmé, mon cher, charmé...*

A vitória partiu. E o diplomata, agasalhando as pernas e o estômago num grande *plaid* escocês:

— *Pôs,* Maia, *fezemos* um belo *passêo...* Mas este Aterro *no é diverrtido.*

Não era divertido o Aterro!... Carlos achara-o, nessa tarde, o mais delicioso lugar da terra!

Ao outro dia, voltou mais cedo; e, apenas dera alguns passos entre as árvores, viu-a logo. Mas não vinha só; ao seu lado o marido, esticado, apurado numa jaqueta de casimira quase branca, com uma ferradura de diamantes no cetim negro da gravata, fumava, indolente e lânguido, e trazia a cadelinha debaixo do braço. Ao passar, deu um olhar surpreendido a Carlos, como descobrindo enfim entre os bárbaros um ser de linha civilizada, e disse-lhe algumas palavras baixo, a ela.

Carlos encontrara outra vez os seus olhos, profundos e sérios: mas não lhe parecera tão bela; trazia uma outra *toilette* menos simples, de dois tons, cor de chumbo e cor de creme, e no chapéu, de abas grandes, à inglesa, vermelhava alguma coisa, flor ou pena. Nessa tarde não era a deusa descendo das nuvens de ouro que se enrolavam além sobre o mar; era uma bonita senhora estrangeira que recolhia ao seu hotel.

Voltou ainda três vezes ao Aterro, não a tornou a ver; e então envergonhou-se, sentiu-se humilhado com este interesse romanesco que o trazia assim, numa inquietação de rafeiro perdido, farejando o Aterro, da rampa de Santos ao Cais do Sodré, à espera de uns olhos negros e de uns cabelos louros de passagem em Lisboa, e que um paquete da Royal Mail levaria uma dessas manhãs...

E pensar que toda essa semana deixara o seu trabalho abandonado sobre a mesa! E que todas as tardes, antes de sair, se demorava ao espelho, estudando a gravata! Ah, miserável, miserável natureza...

Ao fim dessa semana, Carlos estava no consultório, já para sair, calçando as luvas, quando o criado entreabriu o reposteiro, e murmurou com alvoroço:

— Uma senhora!

Apareceu um menino muito pálido, de caracóis louros, vestido de veludo preto e atrás uma mulher, toda de negro, com um véu justo e espesso como uma máscara.

— Creio que vim tarde — disse ela, hesitando, junto da porta. — O Senhor Carlos da Maia ia sair...

Carlos reconheceu a Gouvarinho.

— Oh, senhora condessa!

Desembaraçou logo o divã dos jornais e das brochuras; ela olhou um momento, como indecisa, aquele amplo e mole assento de serralho; depois sentou-se à borda e de leve, com o pequeno junto de si.

— Venho trazer-lhe um doente — disse ela, sem erguer o véu, como falando do fundo daquela *toilette* negra que a dissimulava. — Não o mandei chamar, porque realmente pouco é, e tinha hoje de passar por aqui... Além disso, o meu pequeno é muito nervoso; se vê entrar o médico, parece-lhe que vai morrer. Assim, é como uma visita que se faz... E não tens medo, não é verdade, Charlie?

O pequeno não respondeu; de pé quedo ao lado da mamã, mimoso e débil sob os caracóis de anjo que lhe caíam até os ombros, devorava Carlos com uns grandes olhos tristes.

Carlos pôs um interesse quase terno na sua pergunta:

— Que tem ele?

Havia dias, aparecera-lhe uma impigem no pescoço. Além disso, por trás da orelha, tinha como uma dureza de caroço. Aquilo inquietava-a. Ela era forte, de uma boa raça que dera atletas e velhos de grande idade. Mas na família do marido, em todos os Gouvarinhos, havia uma anemia hereditária. O conde mesmo, com aquela sólida aparência, era um achacado. E ela, receando que a influência debilitante de Lisboa não conviesse a Charlie, estava com o vago projeto de lhe fazer ir passar algum tempo ao campo, em Formoselha, à casa da avó.

Carlos, aproximando ligeiramente a cadeira, estendeu os braços a Charlie:

— Ora venha cá o meu lindo amigo, para vermos isso. Que magnífico cabelo ele tem, senhora condessa!...

Ela sorriu. E Charlie, seriozinho, bem ensinado, sem aquele terror do médico de que falara a mamã, veio logo, desapertou delicadamente o seu grande colarinho, e, quase entre os joelhos de Carlos, dobrou o pescoço macio e alvo como um lírio.

Carlos viu apenas uma pequena mancha cor-de-rosa desvanecendo-se; do "caroço" não havia vestígio; e então uma ligeira vermelhidão subiu-lhe ao rosto, procurou vivamente os olhos da condessa, como compreendendo tudo, querendo ver neles a confissão do sentimento que a trouxera ali com um pretexto pueril, sob aquela *toilette* negra, aqueles véus que a mascaravam...

Mas ela permaneceu impenetrável, sentada à borda do divã, com as mãos cruzadas, atenta, como esperando as suas palavras, num vago susto de mãe.

Carlos abotoou o colarinho do pequeno, e disse:

— Não é absolutamente nada, minha senhora.

No entanto, fez perguntas de médico sobre o regime e a natureza de Charlie. A condessa, num tom pesaroso, queixou-se de que a educação da criança não fosse, como ela desejava, mais forte e mais viril; mas o pai opunha-se ao que ele chamava "a aberração inglesa", a água fria, os exercícios a todo o ar, a ginástica...

— A água fria e a ginástica — disse Carlos sorrindo — têm melhor reputação do que merecem... É o seu único filho, senhora condessa?

— É, tem os mimos de morgado — disse ela, passando a mão pelos cabelos louros do pequeno.

Carlos assegurou-lhe que, apesar do seu aspecto nervoso e delicado, Charlie não devia dar-lhe cuidado; nem havia necessidade de o exilar para os ares de Formoselha... Depois ficaram um momento calados.

— Não imagina como me tranquilizou — disse ela, erguendo-se, dando jeito ao véu. — De mais a mais é um gosto vir consultá-lo... Não há aqui o menor ar de doença, nem de remédios... E realmente, tem isto muito bonito... — acrescentou, dando um olhar lento em redor aos veludos do gabinete.

— Tem justamente esse defeito — exclamou Carlos, rindo. — Não inspira nenhum respeito pela minha ciência... Eu estou com ideias de alterar tudo, pôr aqui um crocodilo empalhado, corujas, retortas, um esqueleto, pilhas de in-fólios...

— A cela de Fausto.

— Justamente, a cela de Fausto.

— Falta-lhe Mefistófeles — disse ela, alegremente, com um olhar que brilhou sob o véu.

— O que me falta é Margarida!

A senhora condessa, com um lindo movimento, encolheu os ombros, como duvidando discretamente; depois tomou a mão de Charlie e deu um passo lento para a porta, puxando outra vez o véu.

— Como V. Exa. se interessa pela minha instalação — acudiu Carlos, querendo retê-la — deixe-me mostrar-lhe a outra sala.

Correu o reposteiro. Ela aproximou-se, murmurou algumas palavras, aprovando a frescura dos cretones, a harmonia dos tons claros; depois o piano fê-la sorrir.

— Os seus doentes dançam quadrilhas?

— Os meus doentes, senhora condessa — respondeu Carlos —, não são bastante numerosos para formar uma quadrilha. Raras vezes mesmo tenho dois para uma valsa... O piano está simplesmente ali para dar ideias alegres; é como uma promessa tácita de saúde, de futuras *soirées*, de bonitas árias do *Trovador*, em família...

— É engenhoso — disse ela dando familiarmente alguns passos na sala, com Charlie colado aos vestidos.

E Carlos, caminhando ao lado dela:

— V. Exa. não imagina como eu sou engenhoso!

— Já no outro dia me disse... Como foi que disse? Ah, que era muito inventivo quando odiava.

— Muito mais quando amo — disse ele rindo.

Mas ela não respondeu; parara junto do piano; remexeu um momento as músicas espalhadas, feriu duas notas no teclado.

— É um chocalho.

— Oh, senhora condessa!

Ela seguiu, foi examinar um quadro a óleo, copiado de Landseer: um focinho de cão de S. Bernardo, maciço e bonacheirão, adormecido sobre as patas. Quase roçando-lhe o vestido, Carlos sentia o fino perfume de verbena que ela usava sempre exageradamente; e, entre aqueles tons negros que a cobriam, a sua pele parecia mais clara, mais doce à vista, e atraindo como um cetim.

— Este é um horror — murmurou ela, voltando-se —; mas, disse-me o Ega que há quadros lindos no Ramalhete... Falou-me sobretudo de um Greuze e de um Rubens... É pena que se não possam ver essas maravilhas.

Carlos lamentava também que uma existência de solteirões lhes impedisse, a ele e ao avô, de receberem senhoras. O Ramalhete estava tomando uma melancolia de mosteiro. Se assim continuassem mais alguns meses, sem que se sentisse ali um calor de vestido, um aroma de mulher, vinha a nascer a erva pelos tapetes.

— É por isso — acrescentou ele, muito sério — que eu vou obrigar o avô a casar-se.

A condessa riu, os seus lindos dentes miudinhos alvejaram na sombra do véu.

— Gosto da sua alegria — disse ela.

— É uma questão de regime. V. Exa. não é alegre?

Ela encolheu os ombros, sem saber... Depois, batendo com a ponta do guarda-sol na sua botina de verniz que brilhava sobre o tapete claro, murmurou com os olhos baixos, deixando ir as palavras, num tom de intimidade e de confidência:

— Dizem que não, que sou triste, que tenho *spleen*...

O olhar de Carlos seguira o dela, pousara-se na botina de verniz que calçava delicadamente um pé fino e comprido; Charlie, entretido, mexia nas teclas do piano, e ele baixou a voz para lhe dizer:

— É que a senhora condessa tem um mau regime. É necessário tratar-se, voltar aqui, consultar-me... Tenho talvez muito que lhe dizer!

Ela interrompeu-o vivamente, erguendo para ele os olhos, de onde se escapou um clarão de ternura e de triunfo:

— Venha-mo antes dizer um destes dias, tomar chá comigo, às cinco horas... Charlie!

O pequeno veio logo dependurar-se-lhe do braço.

Carlos, acompanhando-a abaixo à rua, lamentava a fealdade da sua escada de pedra:

— Mas vou mandar tapetar tudo para quando a senhora condessa volte a dar-me a honra de me vir consultar...

Ela gracejou, toda risonha:

— Ah, não! O Senhor Carlos da Maia prometeu-nos a todos a saúde... E, naturalmente, não espera que seja eu que venha cá tomar chá consigo...

— Oh, minha senhora, eu quando começo a esperar, não ponho limites nenhuns às minhas esperanças...

Ela parou, com o pequeno pela mão, olhou para ele, como pasmada, encantada com aquela grandiosa certeza de si mesmo.

— Então vai por aí além, por aí além...?

— Vou por aí além, por aí além, minha senhora!

Estavam no último degrau, diante da claridade e do rumor da rua.

— Mande-me chegar um *coupé*.

Um cocheiro, ao aceno de Carlos, lançou logo a tipoia.

— E agora — disse ela, sorrindo — mande-o ir à igreja da Graça.

— A senhora condessa vai beijar o pé do Senhor dos Passos?

Ela corou de leve, murmurou:

— Ando fazendo as minhas devoções...

Depois saltou ligeiramente para o *coupé*, deixando Charlie, que Carlos ergueu nos braços e lhe colocou ao lado, paternalmente.

— Que Deus a leve em sua santa guarda, senhora condessa!

Ela agradeceu com um olhar, um movimento de cabeça, ambos tão doces como carícias.

Carlos subiu; e, sem tirar o chapéu, ficou ainda enrolando uma *cigarette*, passeando naquela sala sempre deserta, sempre fria, onde ela deixara agora alguma coisa do seu calor e do seu aroma... Realmente gostava daquela audácia dela: ter vindo assim ao consultório, toda escondida, quase mascarada numa grande *toilette* negra, inventando um caroço no pescocinho são de Charlie, para o ver, para dar um nó brusco e mais apertado naquele leve fio de relações que ele tão negligentemente deixara cair e quebrar... O Ega desta vez não fantasiara: aquele bonito corpo oferecia-se, tão claramente como se se despisse. Ah, se ela fosse de sentimentos errantes e fáceis — que bela flor a colher, a respirar, a deitar fora depois! Mas não; como dizia o Batista, a senhora condessa nunca se tinha divertido. E o que ele não queria era achar-se envolvido numa paixão ciosa, uma dessas ternuras tumultuosas de mulher de 30 anos, de que depois se desembaraçaria dificilmente... Nos braços dela o seu coração ficaria mudo; e apenas esgotada a primeira curiosidade, começaria o tédio dos beijos que se não desejam, a horrível maçada do prazer a frio. Depois, teria de ser íntimo da casa, receber pelo ombro as palmadas do senhor conde, ouvir-lhe a voz morosa destilando doutrina... Tudo isto o assustava...

E, todavia, gostara daquela audácia! Havia ali uma pontinha de romantismo, muito irregular, e picante... E devia ser deliciosamente bem feita... A sua imaginação despia-a, enrolava-se-lhe no cetim das formas, onde sentia ao mesmo tempo alguma coisa de maduro e de virginal... E outra vez, como nas primeiras noites que os vira em S. Carlos, aqueles cabelos tentavam-no, assim avermelhados, tão crespos e quentes...

Saiu. E dera apenas alguns passos na Rua Nova do Almada, quando avistou o Dâmaso, num *coupé* lançado a grande trote, que o chamava, mandava parar, com a face à portinhola, vermelho e radiante:

— Não tenho podido lá ir — exclamou ele, apoderando-se-lhe da mão, apenas Carlos se aproximou, e apertando-lha com entusiasmo. — Tenho andado num turbilhão! Eu te contarei! Um romance divino... Mas eu te contarei!... Tem cuidado com a roda! Bate lá, ó *Calção*!

A parelha abalou; ele ainda se debruçou da portinhola, agitou a mão, gritou no rumor da rua:

— Um romance divino, *chic* a valer!

Justamente, dias depois, no Ramalhete, na sala de bilhar, Craft, que acabava de "bater" o marquês, perguntou, pousando o taco e acendendo o cachimbo:

— E notícias do nosso Dâmaso? Já se esclareceu esse lamentável desaparecimento?...

Carlos, então, contou como o encontrara, afogueado e triunfante, atirando-lhe da portinhola do *coupé*, em plena Rua Nova do Almada, a notícia de um "romance divino"!

— Bem sei — disse o Taveira.

— Como sabes?... — exclamou Carlos.

Taveira vira-o na véspera, num grande *landau* da Companhia, com uma esplêndida mulher, muito elegante e que parecia estrangeira...

— Ora essa! — gritou Carlos. — E com uma cadelinha escocesa?

— Exatamente, uma cadelinha escocesa, um *grifon* cor de prata... Quem são?

— E um rapaz magro, de barba muito preta, com um ar inglesado?

— Justamente... muito correto, um ar *sport*... Que gente é?

— Uma gente brasileira, penso eu.

Eram os Castro Gomes, decerto! Isto parecia-lhe espantoso. Havia apenas duas semanas que no terraço o Dâmaso, de punhos fechados, bramara contra os Castro Gomes e as suas "desconsiderações"! Ia pedir outros pormenores ao Taveira, mas o marquês ergueu a voz do fundo da poltrona onde se estirara, e quis saber a opinião de Carlos sobre o grande acontecimento dessa manhã na *Gazeta Ilustrada.* — Na *Gazeta Ilustrada*?... — Carlos não sabia; essa manhã não vira jornal nenhum.

— Então não lhe digam nada — gritou o marquês. — Venha a surpresa! Cá há a *Gazeta*? Manda buscar a *Gazeta*!

Taveira puxou o cordão da campainha; e quando o escudeiro trouxe a *Gazeta*, ele apoderou-se dela, quis fazer uma leitura solene.

— Deixa-lhe ver primeiro o retrato — berrou o marquês, erguendo-se.

— Primeiro o artigo! — exclamava o Taveira, defendendo-se, com o jornal atrás das costas.

Mas cedeu, e pôs o papel diante dos olhos de Carlos, largamente, como um sudário desdobrado. Carlos reconheceu logo o retrato do Cohen... E a prosa que se alastrava em redor, encaixilhando a face escura de suíças retintas, era um trabalho de seis colunas, em estilo emplumado e cantante, celebrando até os céus as virtudes domésticas do Cohen, o gênio financeiro do Cohen, os ditos de espírito do Cohen, a mobília das salas do Cohen; havia ainda um parágrafo aludindo à festa próxima, ao grande sarau de máscaras do Cohen. E tudo isto vinha assinado — J. da E. — as iniciais de João da Ega!

— Que tolice! — exclamou Carlos, com tédio, atirando o jornal para cima do bilhar.

— É mais que tolice — observou Craft —, é uma falta de senso moral.

O marquês protestou. Gostava do artigo. Achava-o brilhante, e de velhaco!... E de resto em Lisboa quem dava por uma falta de senso moral?...

— Você, Craft, não conhece Lisboa! Todo mundo acha isto muito natural. É íntimo da casa, celebra os donos. É admirador da mulher, lisonjeia o marido. Está na lógica cá da terra. Você verá que sucesso vai ter... E lá que o artigo está lindo, isso está!

Tomou-o de cima do bilhar, leu alto o trecho sobre o *boudoir* cor-de-rosa de Madame Cohen: "respira-se ali (dizia o Ega) alguma coisa de perfumado, íntimo e casto, como se todo aquele cor-de-rosa exalasse de si o aroma que a rosa tem"!

— Isto, caramba, é lindo em toda parte! — exclamou o marquês. — Tem muito talento, aquele diabo! Tomara eu ter o talento que ele tem!...

— Nada disso impede — repetiu Craft, cachimbando tranquilamente — que seja uma extraordinária falta de senso moral.

— Pura e simplesmente insensato! — disse Cruges, desenroscando-se do canto de um sofá, para deixar cair às silabas esta pesada opinião.

O marquês investiu com ele:

— Que entende você disso, seu maestro? O artigo é sublime! E saiba mais: é de finório!

O maestro, com preguiça de argumentar, foi-se enroscar em silêncio ao outro canto do sofá.

E então o marquês, de pé e bracejando, apelou para Carlos, e quis saber o que é que Craft em princípio entendia por *senso moral.*

Carlos, que dava pela sala passos impacientes, não respondeu, tomou o braço do Taveira, levou-o para o corredor.

— Dize-me uma coisa: onde viste tu o Dâmaso, com essa gente? Para que lado iam?

— Iam pelo Chiado abaixo; anteontem, às duas horas... Estou convencido que iam para Sintra. Levavam uma maleta no *landau*, e atrás ia uma criada num *coupé* com uma mala maior... Aquilo cheirava a ida a Sintra. E a mulher é divina! Que *toilette*, que ar, que *chic*!... É uma Vênus, menino!... Como conheceria ele aquilo?...

— Em Bordéus, num paquete, não sei onde!

— Eu do que gostei foi dos ares que ele se ia dando por aquele Chiado! Cumprimento para a direita, cumprimento para a esquerda... A debruçar-se, a falar muito baixo para a mulher, com olho terno, alardeando conquista...

— Que besta! — exclamou Carlos, batendo com o pé no tapete.

— Chama-lhe besta — disse o Taveira. — Vem a Lisboa, por acaso, uma mulher civilizada e decente, e é ele que a conhece, e é ele que vai com ela para Sintra! Chama-lhe besta!... Anda daí, vamos à partidinha do dominó.

Taveira ultimamente introduzira o dominó no Ramalhete, e havia agora ali, às vezes, partidas ardentes, sobretudo quando aparecia o marquês. Porque a paixão do Taveira era bater o marquês. Mas foi necessário que o marquês acabasse de bracejar, de desenrolar o arrazoado com que estava acabrunhado o Craft, que do fundo da poltrona, de cachimbo na mão e com ar de sono, respondia por monossílabos. Era ainda a propósito do artigo do Ega, da definição de "senso moral". Já tinha falado de Deus, de Garibaldi, até do seu famoso perdigueiro *Finório*; e agora definia a Consciência... Segundo ele, era o medo da polícia. Tinha o amigo Craft visto já alguém com remorsos? Não, a não ser no teatro da Rua dos Condes, em dramalhões...

— Acredite você uma coisa, Craft — terminou ele por dizer, cedendo ao Taveira que o puxava para a mesa. — Isto de consciência é uma questão de educação. Adquire-se como as boas maneiras; sofrer em silêncio por ter traído um amigo, aprende-se exatamente como se aprende a não meter os dedos no nariz. Questão de educação... No resto da gente é apenas medo da cadeia, ou da bengala... Ah, vocês querem levar outra sova ao dominó como a de sábado passado? Perfeitamente, sou todo vosso...

Carlos, que estivera passando de novo os olhos pelo artigo do Ega, aproximou-se também da mesa. E estavam sentados, remexiam as pedras, quando à porta da sala apareceu o Conde de Steinbroken, de casaca e crachá, grã-cruz sobre o colete branco, louro como uma espiga, esticado e resplandecente. Tinha jantado no Paço, e vinha acabar no Ramalhete a sua *soirée*, em família...

Então o marquês, que o não via desde o famoso ataque de intestinos, abandonou o dominó, correu a abraçá-lo ruidosamente, e sem o deixar sequer sentar nem estender a mão aos outros, implorou-lhe logo uma das suas belas canções finlandesas, uma só, daquelas que lhe faziam tão bem à alma!...

— Só a *Balada*, Steinbroken... Eu também não me posso demorar, que tenho aqui a partida à espera. Só a *Balada*!... Vá, salta lá para dentro para o piano, Cruges...

O diplomata sorria, dizia-se cansado, tendo já feito música deliciosa no Paço, com Sua Majestade. Mas nunca sabia resistir àquele modo folgazão do marquês, e lá foram para a sala do piano, de braço dado, seguidos pelo Cruges, que levara uma eternidade a desenroscar-se do canto do sofá. E daí a um momento, através dos reposteiros meio corridos, a bela voz de barítono do diplomata espalhava pelas salas, entre os suspiros do piano, a embaladora melancolia da *Balada*, com a sua letra traduzida em francês que o marquês adorava, e em que se falava das névoas tristes do Norte, de lagos frios e de fadas louras...

Taveira e Carlos, no entanto, tinham começado uma grande partida de dominó, a tostão o ponto. Mas Carlos nessa noite não se interessava, jogando distraído, a cantarolar também baixo bocados tristes da *Balada*; depois, quando já Taveira tinha só uma pedra diante de si, e ele estava comprando interminavelmente as que restavam, voltou-se para o lado, para o Craft, a perguntar se o hotel da Lawrence, em Sintra, estava aberto todo o ano...

— A ida do Dâmaso para Sintra deu-te no goto — rosnou Taveira impaciente. — Anda, joga!

Carlos, sem responder, pousou molemente uma pedra.

— Dominó! — gritou Taveira.

E em triunfo, aos pulos, contou ele mesmo os sessenta e oito pontos que Carlos perdia.

Justamente o marquês entrava, e a vitória de Taveira indignou-o.

— Agora nós — exclamou ele, puxando vivamente uma cadeira. — Ó Carlos, deixe-me você dar aqui uma sova neste ladrão. Depois jogamos de três... Como queres tu isto, Taveirete? A dois tostões o ponto? Ah, queres só a tostão... Muito bem, eu te ensinarei. Anda, desembaraça-te já desse *doble-seis*, miserável...

Carlos ficou ainda um momento olhando o jogo, com uma *cigarette* apagada nos dedos, o mesmo ar distraído; de repente, pareceu tomar uma decisão, atravessou o corredor, entrou na sala de música. Steinbroken fora ao escritório ver Afonso da Maia e a partida de *whist;* e Cruges só, entre as duas velas do piano, com os olhos errantes pelo teto, improvisava para si, melancolicamente.

— Dize cá, Cruges — perguntou-lhe Carlos —, queres vir amanhã a Sintra?

O teclado calou-se, o maestro ergueu um olhar espantado. Carlos nem o deixou falar.

— Está claro que queres, não te faz senão bem vir a Sintra... Amanhã lá estou à porta, com o *break*. Mete sempre uma camisa numa maleta, que talvez passemos lá a noite... Às oito em ponto, hein?... E não digas nada lá dentro.

Carlos voltou para a sala, ficou a olhar a partida de dominó. Agora havia um largo silêncio. O marquês e Taveira moviam lentamente as pedras, sem uma palavra, com um ar de rancor surdo. Em cima do pano verde do bilhar as bolas brancas dormiam juntas, sob a luz que caía dos *abat-jours* de porcelana. Um som de piano, dolente e vago, passava por vezes. E Craft, com o braço descaído ao longo da poltrona, dormitava beatificamente.

VIII

Na manhã seguinte, às oito horas pontualmente, parava o *break* na Rua das Flores, diante do conhecido portão da casa do Cruges. Mas o trintanário, que ele mandara acima bater à campainha do 3º andar, desceu com a estranha nova de que o Senhor Cruges já não morava ali. Onde diabo morava então o Senhor Cruges? A criada dissera que o Senhor Cruges vivia agora na Rua de S. Francisco, quatro portas adiante do Grêmio. Durante um momento, Carlos, desesperado, pensou em partir só para Sintra. Depois lá largou para a Rua de S. Francisco, amaldiçoando o maestro, que mudara de casa sem avisar, sempre vago, sempre tenebroso!... E era em tudo assim. Carlos nada sabia do seu passado, do seu interior, das suas afeições, dos seus hábitos. O marquês, uma noite, levara-o ao Ramalhete, dizendo ao ouvido de Carlos que estava ali um gênio. Ele encantara logo todo mundo pela modéstia das suas maneiras e a sua arte maravilhosa ao piano; e todo mundo no Ramalhete começou a tratar Cruges por "maestro", a falar também do Cruges como de um gênio, a declarar que Chopin nunca fizera obra igual *à Meditação de outono* do Cruges. E ninguém sabia mais nada. Fora pelo Dâmaso que Carlos conhecera a casa do Cruges e soubera que ele vivia lá com a mãe, uma senhora viúva, ainda fresca, e dona de prédios na Baixa.

Ao portão da Rua de S. Francisco, Carlos teve de esperar um quarto de hora. Primeiro apareceu furtivamente ao fundo da escada uma criada em cabelo, que espreitou o *break*, os criados de farda, e fugiu pelos degraus acima. Depois veio um criado em mangas de camisa trazer a maleta do senhor e um xale-manta. Enfim, o maestro desceu, a correr, quase aos trambolhões, com um *cache-nez* de seda na mão, o guarda-chuva debaixo do braço, abotoando atarantadamente o paletó.

Quando vinha pulando os últimos degraus, uma voz esganiçada de mulher gritou-lhe de cima:

— Olha, não te esqueçam as queijadas!

E Cruges subiu precipitadamente para a almofada, para o lado de Carlos, rosnando que, com a preocupação de se levantar tão cedo, tivera uma insônia abominável...

— Mas que diabo de ideia é essa de mudar de casa sem avisar a gente, homem? — exclamou Carlos, atirando-lhe para cima dos joelhos um bocado do *plaid* que o agasalhava, porque o maestro parecia arrepiado.

— É que esta casa também é nossa — disse simplesmente Cruges.

— Está claro, aí está uma razão! — murmurou Carlos rindo e encolhendo os ombros.

Partiram.

Era uma manhã muito fresca, toda azul e branca, sem uma nuvem, com um lindo sol que não aquecia e punha nas ruas, nas fachadas das casas, barras alegres de claridade dourada. Lisboa acordava lentamente; as saloias ainda andavam pelas portas com os seus seirões de hortaliças; varria-se devagar a testada das lojas; no ar macio morria, a distância, um toque fino de missa.

Cruges, tendo acabado de arranjar o *cache-nez e* de abotoar as luvas, estendeu um olhar à esplêndida parelha baia reluzindo como um cetim sob o faiscar de prata dos arreios, aos criados com os seus ramos nas librés, a todo aquele luxo correto e rolando em cadência, onde fazia mancha o seu paletó; mas o que o impressionou foi o aspecto resplandecente de Carlos, o olhar aceso, as belas cores, o belo riso, o que quer que fosse de vibrante e de luminoso, que, sob o seu simples *veston* de xadrezinho castanho, naquela almofada burguesa de *break*, lhe dava um arranque de herói jovial, lançando o seu carro de guerra... Cruges farejou uma aventura, soltou logo a pergunta que desde a véspera lhe ficara nos lábios.

— Com franqueza, aqui para nós, que ideia foi esta de ir a Sintra?

Carlos gracejou. O maestro jurava o segredo pela alma melodiosa de Mozart e pelas "fugas" de Bach? Pois bem, a ideia era vir a Sintra, respirar o ar de Sintra, passar o dia em Sintra... Mas, pelo amor de Deus, que o não revelasse a ninguém!

E acrescentou, rindo:

— Deixa-te levar, que não te hás de arrepender...

Não, Cruges não se arrependia. Até achava delicioso o passeio; gostara sempre muito de Sintra... Todavia não se lembrava bem, tinha apenas uma vaga ideia de grandes rochas e de nascentes de águas-vivas... E terminou por confessar que desde os 9 anos não voltara a Sintra.

O quê! O maestro não conhecia Sintra?... Então era necessário ficarem lá, fazer as peregrinações clássicas, subir à Pena, ir beber água à fonte dos Amores, barquejar na várzea...

— A mim o que me está a apetecer muito é Seteais; e a manteiga fresca.

— Sim, muita manteiga — disse Carlos. — E burros, muitos burros... Enfim, uma écloga!

O *break* rodava na estrada de Benfica; iam passando muros enramados de quintas, casarões tristonhos de vidraças quebradas, vendas com o seu maço de cigarros à porta dependurado de uma guita; e a menor árvore, qualquer bocado de relva com papoulas, um fugitivo longe de colina verde encantavam Cruges. Há que tempos ele não via o campo!

Pouco a pouco o sol elevara-se. O maestro desembaraçou-se do seu grande *cache-nez*. Depois, encalmado, despiu o paletó e declarou-se morto de fome.

Felizmente estavam chegando à Porcalhota.

O seu vivo desejo seria comer o famoso coelho guisado, mas, como era cedo para esse acepipe, decidiu-se, depois de pensar muito, por uma bela pratada de ovos com chouriço. Era uma coisa que não provava havia anos, e que lhe daria a sensação de estar na aldeia... Quando o patrão, com um ar importante e como fazendo um favor, pousou sobre a mesa sem toalha a enorme travessa com o petisco, Cruges esfregou as mãos, achando aquilo deliciosamente campestre.

— A gente em Lisboa estraga a saúde! — disse ele, puxando para o prato uma montanha de ovo e chouriço. — Tu não tomas nada?...

Carlos, para lhe fazer companhia, aceitou uma chávena de café. Daí a pouco Cruges, que devorava, exclamou com a boca cheia:

— O Reno também deve ser magnífico!

Carlos olhou-o espantado e rindo. A que vinha agora ali o Reno?... É que o maestro, desde que saíra às portas, estava cheio de ideias de viagens e de paisagens; queria ver as grandes montanhas onde há neve, os rios de que se fala na História. O seu ideal seria ir à Alemanha, percorrer a pé, com uma mochila, aquela pátria sagrada dos seus deuses, de Beethoven, de Mozart, de Wagner...

— Não te apetecia mais ir à Itália? — perguntou Carlos, acendendo o charuto.

O maestro esboçou um gesto de desdém, teve uma das suas frases sibilinas:

— Tudo contradanças!...

Carlos então falou de um certo plano de ir à Itália, com o Ega, no inverno. Ir à Itália, para o Ega, era uma higiene intelectual; precisava calmar aquela imaginação tumultuosa de nervoso peninsular entre a plácida majestade dos mármores...

— O que ele precisava antes de tudo era chicote — rosnou o Cruges.

E voltou a falar do caso da véspera, do famoso artigo da *Gazeta*. Achava aquilo, como ele dissera, pura e simplesmente insensato, e de uma sabujice indecorosa. E o que o afligia é que o Ega, com aquele talento, aquela verve fumegante, não fizesse nada...

— Ninguém faz nada — disse Carlos espreguiçando-se. — Tu, por exemplo, que fazes?

Cruges, depois de um silêncio, rosnou encolhendo os ombros:

— Se eu fizesse uma boa ópera, quem é que ma representava? E se o Ega fizesse um belo livro, quem é que lho lia?

O maestro terminou por dizer:

— Isto é um país impossível... Parece-me que também vou tomar café.

Os cavalos tinham descansado; Cruges pagou a conta; partiram. Daí a pouco entravam na charneca, que lhes pareceu infindável. De ambos os lados, a perder de vista, era um chão escuro e triste; e por cima um azul sem fim, que naquela solidão parecia triste também. O trote compassado dos cavalos batia monotonamente a estrada. Não havia um rumor; por vezes um pássaro cortava o ar, num voo brusco, fugindo do ermo agreste. Dentro do *break* um dos criados dormia. Cruges, pesado dos ovos com chouriço, olhava, vaga e melancolicamente, as ancas lustrosas dos cavalos. Carlos, no entanto, pensava no motivo que o trazia a Sintra. E realmente não sabia bem por que vinha; mas havia duas semanas que ele não avistava certa figura que tinha um passo de deusa pisando a terra, e que não encontrava o negro profundo de dois olhos que se tinham fixado nos seus; agora supunha que ela estava em Sintra, corria a Sintra. Não esperava nada, não desejava nada. Não sabia se a veria; talvez ela tivesse já partido. Mas vinha; e era já delicioso o pensar nela assim por aquela estrada fora, penetrar, com essa doçura no coração, sob as belas árvores de Sintra... Depois, era possível que daí a pouco, na velha Lawrence, ele a cruzasse de repente no corredor, roçasse talvez o seu vestido, ouvisse talvez a sua voz. Se ela lá estivesse, decerto viria jantar à sala, aquela sala que ele conhecia tão bem, que já lhe estava apetecendo tanto, com as suas pobres cortininhas de cassa, os ramos toscos sobre a mesa e os dois grandes candeeiros de latão antigo... Ela entraria ali, com o seu belo ar claro de Diana loura; o bom Dâmaso apresentaria o seu amigo Maia; aqueles olhos negros, que ele vira passar de longe como duas estrelas, pousariam mais devagar nos seus; e, muito simplesmente, à inglesa, ela estender-lhe-ia a mão...

— Ora, até que finalmente! — exclamou Cruges, com um suspiro de alívio e respirando melhor. Chegavam às primeiras casas de Sintra; havia já verduras na estrada, e batia-lhes no rosto o primeiro sopro forte e fresco da serra. E, a passo, o *break* foi penetrando sob as árvores do Ramalhão. Com a paz das grandes sombras, envolvia-os pouco a pouco uma lenta e embaladora sussurração de ramagens, e como o difuso e vago murmúrio de águas correntes. Os muros estavam cobertos de heras e de musgos, através da folhagem faiscavam longas flechas de sol. Um ar sutil e aveludado circulava, recendendo a verduras novas; aqui e além, nos ramos mais sombrios, pássaros chilreavam de leve; e naquele simples bocado de estrada, todo salpicado de manchas de sol, sentia-se já, sem se ver, a religiosa solenidade dos espessos arvoredos, a frescura distante das nascentes vivas, a tristeza que cai das penedias e o repouso fidalgo das quintas de verão... Cruges respirava largamente, voluptuosamente.

— A Lawrence onde é? Na serra? — perguntou ele, com a ideia repentina de ficar um mês naquele paraíso.

— Nós não vamos para a Lawrence — disse Carlos, saindo bruscamente do seu silêncio e espertando os cavalos. — Vamos para o Nunes, estamos lá muito melhor!

Era uma ideia que lhe viera de repente, apenas passara as primeiras casas de S. Pedro, e o *break* começara a rolar naquelas estradas onde a cada momento ele a poderia encontrar. Tomara-o uma timidez, a que se misturava um laivo de orgulho, o receio melindrado de ser indiscreto, seguindo-a assim a Sintra, ainda que ela o não reconhecesse, indo instalar-se sob as mesmas telhas, apoderando-se de um lugar à mesma mesa... E ao mesmo tempo repugnou-lhe a ideia de lhe ser apresentado pelo Dâmaso; via-o já, bochechudo e vestido de campo, a esboçar um gesto de cerimônia, a mostrar o *seu amigo Maia*, a tratá-lo por *tu*, afetando intimidades com ela, cocando-a com um olho terno... Isto seria intolerável.

— Vamos para o Nunes, que se come melhor!

Cruges não respondeu, mudo, enlevado, recebendo como uma impressão religiosa de todo aquele esplendor sombrio de arvoredo, dos altos fragosos da serra entrevistos um instante lá em cima nas nuvens, desse aroma que ele sorvia deliciosamente e do sussurro doce de águas descendo para os vales...

Só ao avistar o Paço descerrou os lábios:

— Sim senhor, tem *cachet*!

E foi o que mais lhe agradou: este maciço e silencioso palácio, sem florões e sem torres, patriarcalmente assentado entre o casario da vila, com as suas belas janelas manuelinas que lhe fazem um nobre semblante real, o vale aos pés, frondoso e fresco, e no alto as duas chaminés colossais, disformes, resumindo tudo, como se essa residência fosse toda ela uma cozinha talhada às proporções de uma gula de rei que cada dia come todo um reino...

E apenas o *break* parou à porta do Nunes, foi-lhe ainda dar um olhar, tímido e de longe, receando alguma palavra rude da sentinela. Carlos, no entanto, saltando logo da almofada, tomou à parte o criado do hotel, que descera a recolher as maletas.

— Você conhece o Senhor Dâmaso Salcede? Sabe se ele está em Sintra?

O criado conhecia muito bem o Senhor Dâmaso Salcede. Ainda na véspera, pela manhã, o vira entrar defronte, no bilhar, com um sujeito de barbas pretas... Devia estar na Lawrence, porque só com raparigas e em pândega é que o Senhor Dâmaso vinha para o Nunes.

— Então, depressa, dois quartos! — exclamou Carlos, com uma alegria de criança, certo agora que ela estava em Sintra. — E uma sala particular, só para nós, para almoçarmos!

Cruges, que se aproximava, protestou contra esta sala solitária. Preferia a mesa redonda. Ordinariamente na mesa redonda encontram-se tipos...

— Bem — exclamou Carlos, rindo e esfregando as mãos —, põe o almoço na sala de jantar, põe-no até na praça... E muita manteiga fresca para o Senhor Cruges!

O cocheiro levou o *break*, o criado sobraçou as maletas. Cruges, entusiasmado com Sintra, rompeu pela escada acima, a assobiar, conservando aos ombros o xale-manta de que se não queria separar, porque lho emprestara a mamã. E apenas chegou à porta da sala de jantar, estacou, ergueu os braços, teve um grito.

— Oh! Eusebiozinho!

Carlos correu, olhou... era ele, o viúvo, acabando de almoçar, com duas raparigas espanholas. Estava no topo da mesa, como presidindo, diante de uns restos de pudim e de pratos de fruta, amarelado, despenteado, carregado de luto, com a larga fita das lunetas pretas passada por trás da orelha, e uma rodela de tafetá negro sobre o pescoço, tapando alguma espinha rebentada.

Uma das espanholas era um mulherão trigueiro, com sinais de bexigas na cara; a outra muito franzina, de olhos meigos, tinha uma roseta de febre, que o pó de arroz não disfarçava. Ambas vestiam de cetim preto e fumavam cigarro. E na luz e na frescura que entrava pela janela, pareciam mais gastas, mais moles, ainda pegajosas da lentura morna dos colchões, e cheirando a bafio de alcova. Pertencendo à súcia havia um outro sujeito, gordo, baixo, sem pescoço, com as costas para a porta e a cabeça sobre o prato, babujando uma metade de laranja.

Durante um momento, Eusebiozinho ficou interdito, com o garfo no ar; depois lá se ergueu, de guardanapo na mão, veio apertar os dedos aos amigos balbuciando logo uma justificação embrulhada, a ordem do médico para mudar de ares, aquele rapaz que o acompanhara, e que quisera trazer raparigas... nunca parecera tão fúnebre, tão reles, como resmungando estas coisas hipócritas, encolhido à sombra de Carlos.

— Fizeste muito bem, Eusebiozinho — disse Carlos por fim, batendo-lhe no ombro. — Lisboa está um horror, e o amor é coisa doce.

O outro continuava a justificar-se. Então a espanhola magrita, que fumava, afastada da mesa e com a perna trançada, elevou a voz, perguntou ao Cruges se ele não lhe falava. O maestro afirmou-se um momento e partiu de braços abertos para a sua amiga Lola. E foi, nesse canto da mesa, uma grulhada em espanhol, grandes apertos de mão, e *hombre, que no se le há visto!* e *mira, que me he acordado de ti!* e *caramba, que reguapa estás...* Depois Lola, tomando um arzinho espremido, apresentou o outro mulherão, *la Señorita* Concha...

Vendo isto, impressionado com tanta familiaridade, o sujeito obeso, que apenas levantara um instante a cabeça do prato, decidiu-se a examinar mais atentamente os amigos do Eusébio; cruzou o talher, limpou com o guardanapo a boca, a testa e o pescoço, encavalou laboriosamente no nariz uma grande luneta de vidros grossos, e erguendo a face larga, balofa e cor de cidra examinou detidamente Cruges, e depois Carlos, com uma imprudência tranquila.

Eusebiozinho apresentou o seu amigo Palma; e o seu amigo Palma, ouvindo o nome conhecido de Carlos da Maia, quis logo mostrar, diante de um *gentleman*, que era um *gentleman* também. Arrojou para longe o guardanapo, arredou para fora a cadeira; e de pé, estendendo a Carlos os dedos moles e de unhas roídas, exclamou, com um gesto para os restos da sobremesa:

— Se V. Exa. é servido, é sem cerimônia... Que isto, quando a gente vem a Sintra, é para abrir o apetite e fazer bem à barriga...

Carlos agradeceu, e ia retirar-se. Mas Cruges, que se animava e gracejava com a Lola, fez também do outro lado da mesa a sua apresentação:

— Carlos, quero que conheças aqui a lindíssima Lola, relações antigas, e a senhorita Concha, que eu tive agora o prazer...

Carlos saudou respeitosamente as damas.

O mulherão da Concha rosnou secamente os *buenos dias*; parecia de mau humor, pesada do almoço, amodorrada para ali, sem dizer uma palavra, com os cotovelos fincados na mesa, os olhos pestanudos meio cerrados, ora fumando, ora palitando os dentes. Mas Lola foi amável, fez de senhora, ergueu-se, ofereceu a Carlos a mãozita suada. Depois, retomando o cigarro, dando um jeito às pulseiras de ouro, declarou com um requebro de olhos que conhecia de há muito Carlos...

— *No ha estado usted con Encarnación?*

Sim, Carlos tivera essa honra... E que era feito dela, dessa bela Encarnación?

A Lola sorriu com finura, tocou no cotovelo do maestro. Não acreditava que Carlos ignorasse o que era feito da Encarnación... Enfim, terminou por dizer que a Encarnación estava agora com o Saldanha.

— Mas olhe que não é com o Duque de Saldanha! — exclamou Palma, que se conservava de pé, com a bolsa do tabaco aberta sobre a mesa, fazendo um grande cigarro.

A Lolita, com um modo seco, replicou que o Saldanha não seria duque, mas era um *chico muy decente*...

— Olha — disse o Palma lentamente, de cigarro na boca e tirando a isca da algibeira —, duas boas bofetadas na cara lhe dei eu ainda não há três semanas... Pergunta ao Gaspar, o Gaspar assistiu... Foi até no Montanha... Duas bofetadas que lhe foi logo o chapéu parar ao meio da rua... O Senhor Maia há de conhecer o Saldanha... Há de conhecer, que ele também tem um carrito e um cavalo.

Carlos fez um gesto indicando que não; e despedia-se de novo, saudando as damas, quando Cruges o chamou ainda, retendo-o mais um instante, enquanto satisfazia uma curiosidade: queria saber qual daquelas meninas era "a esposa do amigo Eusébio".

Assim interpelado o viúvo encordoou, rosnou com uma voz morosa, sem erguer as lunetas da laranja que descascava, que estava ali de passeio, não tinha esposa, e ambas aquelas meninas pertenciam ao amigo Palma...

E ainda ele mascava as últimas palavras, quando Concha, que digeria de perna estendida, se endireitou bruscamente como se fosse saltar, atirou um murro à borda da mesa, e com os olhos chamejantes desafiou o Eusébio a que repetisse aquilo! Queria que ele repetisse! Queria que dissesse se tinha vergonha dela e de dizer que a tinha trazido a Sintra... E como o Eusébio, já enfiado, tentava gracejar, fazer-lhe uma festa, ela despropositou, atirou-lhe os piores nomes, dando sempre punhadas na mesa, com uma fúria que lhe torcia a boca, lhe punha duas manchas de sangue no carão trigueiro. A Lolita, vexada, puxava-lhe pelo braço; a outra deu-lhe um repelão; e, mais excitada com a estridência da própria voz, esvaziou-se de toda a bílis, chamou-lhe "porco", acusou-o de forreta, usou-o como um trapo vil.

Palma, aflito, debruçado sobre a mesa, exclamava num tom ansioso:

— Ó Concha, escuta lá!... Ouve lá!... Concha, eu te explico...

De repente, ela ergueu-se, a cadeira tombou para o lado; e o mulherão abalou pela sala afora, a grande cauda de cetim varreu desabridamente o soalho, ouviu-se dentro estalar uma porta. No chão ficara caído um pedaço da mantilha de renda.

O criado, que entrava do outro lado com a cafeteira, estacou, afiando o olho curioso, farejando o escândalo; depois, calado e secamente, foi servindo em roda o café.

Durante um momento houve um silêncio. Apenas porém o criado saiu, a Lolita e o Palma, agitados mas abafando a voz, atacaram o Eusebiozinho. Ele portara-se muito mal! Aquilo não fora de cavalheiro! Tinha trazido a rapariga a Sintra, devia-a respeitar, não a ter renegado assim, à bruta, diante de todos...

— *Esto no se hace* — dizia Lolita, de pé, gesticulando com os olhos brilhantes, voltada para Carlos — *ha sido una cosa muy fea!...*

E como o Cruges lamentava, sorrindo, ter sido a causa involuntária da catástrofe, ela baixou a voz, contou que a Concha era uma fúria, viera a Sintra com pouca vontade, e desde manhã estava de *muy malo humor... Pero lo de Silbeira habia sido una gran* pulhice...

Ele, coitado, com a cabeça caída e as orelhas em brasa, remexia desoladamente o seu café; não se lhe viam os olhos escondidos pelas lunetas pretas, mas percebia-se-lhe o grosso soluço que lhe afogava a garganta. Então Palma pousou a chávena, lambeu os beiços, e de pé no meio da sala, com a face luzidia, o colete desabotoado, fez, num tom entendido, o resumo daquele desgosto.

— Tudo provém disto, e desculpe-me você dizê-lo, Silveira: é que você não sabe tratar com espanholas!

A esta cruel palavra o viúvo sucumbiu. A colher caiu-lhe dos dedos. Ergueu-se, acercou-se de Carlos e de Cruges, como refugiando-se neles, vindo reconfortar-se ao calor da sua amizade, desabafou; estas palavras angustiosas escaparam-se-lhe dos lábios:

— Vejam vocês! Vem a gente a um sítio destes para gozar um bocado de poesia, e no fim é uma destas!...

Carlos bateu-lhe melancolicamente no ombro:

— A vida é assim, Eusebiozinho.

Cruges fez-lhe uma festa nas costas:

— Não se pode contar com prazeres, Silveirinha.

Mas Palma, mais prático, declarou que era forçoso arranjarem-se as coisas. Virem a Sintra, para questões e amuos, isso não! Naquelas pândegas queria-se harmonia, chalaça e gozar. Coices, não. Então ficava-se em Lisboa, que era mais barato.

Chegou-se a Lola, passou-lhe os dedos pela face, com amor:

— Anda, Lolita, vai tu lá dentro à Concha, dize-lhe que se não faça tola, que venha tomar café... Anda, que tu sabe-a levar... Dize-lhe que peço eu!

Lolita esteve um momento escolhendo duas boas laranjas, foi dar um jeito ao cabelo diante do espelho, apanhou a cauda e saiu, atirando a Carlos, ao passar, um olhar e um sorrisinho. Apenas ficaram sós, Palma voltou-se para o Eusébio, e deu-lhe conselhos muito sérios sobre o sistema de tratar espanholas. Era necessário levá-las por bons modos; por isso é que elas se pelavam por portugueses, porque lá em Espanha era à bordoada... Enfim, ele não dizia que, em certos casos, duas boas bolachas, mesmo um bom par de bengaladas, não fossem úteis... Sabiam, por exemplo, os amigos, quando se devia bater? Quando elas não gostavam da gente e se faziam ariscas. Então, sim. Então zás, tapona, que elas ficavam logo pelo beiço... Mas depois bons modos, delicadeza, tal qual como com francesas...

— Acredite você isto, Silveira. Olhe que eu tenho experiência. E o Senhor Maia que lhe diga se isto não é verdade, ele que tem também experiência e sabe viver com espanholas!

E isto foi dito com tanto calor, tanto respeito, que Cruges desatou a rir, fez rir Carlos também.

O Senhor Palma, um pouco chocado, compôs mais as lunetas, e olhou para eles:

— Os senhores riem-se? Imaginam que eu estou a mangar? Olhem que eu comecei a lidar com espanholas aos 15 anos! Não, escusem de rir, que nisso ninguém me ganha! Lá o que se chama ter jeito para espanhola, cá o meco. E, vamos lá, que não é fácil! É necessário ter um certo talento!... Olhem, o Herculano é capaz de fazer belos artigos e estilo catita... Agora tragam-no cá para lidar com espanholas e veremos! Não dá meia...

Eusebiozinho no entanto fora duas vezes escutar à porta. Todo o hotel caíra num grande silêncio, a Lolita não voltava. Então, Palma aconselhou um grande passo.

— Vá você lá dentro, Silveira, entre pelo quarto, e assim sem mais nem menos chegue-se ao pé dela...

— E tapona? — perguntou Cruges, muito seriamente, gozando o Palma.

— Qual tapona! Ajoelhe e peça perdão... Neste caso é pedir perdão... E como pretexto, Silveira, leve-lhe você mesmo o café.

Eusebiozinho, com um olhar ansioso e mudo, consultou os seus amigos. Mas o seu coração já decidira: e daí a um momento, com o pedaço de mantilha numa das mãos, a chávena do café na outra, enfiado e comovido, lá partia a passos lentos pelo corredor a pedir perdão a Concha.

E, logo atrás dele Carlos e Cruges deixaram a sala, sem se despedirem do Senhor Palma, que, de resto, indiferente também, já se acomodara à mesa a preparar regaladamente o seu grogue.

Eram duas horas quando os dois amigos saíram enfim do hotel, a fazer esse passeio a Seteais, que desde Lisboa tentava tanto o maestro. Na praça, por defronte das lojas vazias e silenciosas, cães vadios dormiam ao sol; através das grades da cadeia, os presos pediam esmola. Crianças, enxovalhadas e em farrapos, garotavam pelos cantos; e as melhores casas tinham ainda as janelas fechadas, continuando o seu sono de inverno, entre as árvores já verdes. De vez em quando aparecia um bocado da serra, com a sua muralha de ameias correndo sobre as penedias ou via-se o castelo da Pena, solitário, lá no alto. E por toda parte o luminoso ar de abril punha a doçura do seu veludo.

Defronte do hotel da Lawrence, Carlos retardou o passo, mostrou-o ao Cruges.

— Tem o ar mais simpático — disse o maestro. — Mas valeu muito a pena ir para o Nunes, só para ver aquela cena... E então, com que o Senhor Carlos da Maia tem experiência de espanholas?

Carlos não respondeu; os seus olhos não se despegavam daquela fachada banal, onde só uma janela estava aberta com um par de botinas de duraque secando ao ar. À porta, dois rapazes ingleses, ambos de *knicker-bokers*, cachimbavam em silêncio; e defronte, sentados sobre um banco de pedra, dois burriqueiros ao lado dos burros não lhes tiravam o olho de cima, sorrindo-lhes, cocando-os como uma presa.

Carlos ia seguir, mas pareceu-lhe ouvir, distante e melancólico, saindo do silêncio do hotel, um vago som de flauta; e parou ainda remexendo as suas recordações, quase certo de Dâmaso lhe ter dito que, a bordo, Castro Gomes tocava flauta...

— Isto é sublime! — exclamou do lado o Cruges, comovido.

Parara diante da grade de onde se domina o vale. E dali olhava, enlevadamente, a rica vastidão de arvoredo cerrado, a que só se veem os cimos redondos, vestindo um declive da serra como o musgo veste um muro, e tendo àquela distância, no brilho da luz, a suavidade macia de um grande musgo escuro. E nesta espessura verde-negra havia uma frontaria de casa que o interessava, branquejando, afogada entre a folhagem, com um ar de nobre repouso, debaixo de sombras seculares... Um momento teve uma ideia de artista: desejou habitá-la com uma mulher, um piano e um cão da Terra Nova.

Mas o que o encantava era o ar. Abria os braços, respirava a tragos deliciosos:

— Que ar! Isto dá saúde, menino! Isto faz reviver!...

Para o gozar mais docemente, sentou-se adiante, num bocado de muro baixo, defronte de um alto terraço gradeado, onde velhas árvores assombreiam bancos de jardim e estendem sobre a estrada a frescura das suas ramagens, cheias do piar das aves. E como Carlos lhe mostrava o relógio, as horas que fugiam para ir ver o palácio, a Pena, as outras belezas de Sintra, o maestro declarou que preferia estar ali, ouvindo correr a água, a ver monumentos caturras...

— Sintra não são pedras velhas, nem coisas góticas... Sintra é isto, uma pouca de água, um bocado de musgo... Isto é um paraíso!

E, naquela satisfação que o tornava loquaz, acrescentou, repetindo a sua chalaça:

— E V. Exa. deve sabê-lo, Senhor Maia, porque tem experiência de espanholas!...

— Poupa-me, respeita a natureza — murmurou Carlos, que riscava pensativamente o chão com a bengala.

Ficaram calados. Cruges agora admirava o jardim, por baixo do muro em que estavam sentados. Era um espesso ninho de verdura, arbustos, flores e árvores, sufocando-se numa prodigalidade de bosque silvestre, deixando apenas espaço para um tanquezinho redondo, onde uma pouca de água, imóvel e gelada, com dois ou três nenúfares, se esverdinhava sob a sombra daquela ramaria profusa. Aqui e além, entre a bela desordem da folhagem, distinguiam-se arranjos de gosto burguês, uma volta de ruazita estreita como uma fita, faiscando ao sol, ou a banal palidez de um gesso. Noutros recantos aquele jardim de gente rica, exposto às vistas, tinha retoques pretensiosos de estufa rara, aloés e cactos, braços aguardassolados de araucárias erguendo-se dentre as agulhas negras dos pinheiros bravos, lâminas de palmeira, com o seu ar triste de planta exilada, roçando a rama leve e perfumada das olaias floridas de cor-de-rosa. A espaços, com uma graça discreta, branquejava um grande pé de margaridas; ou em torno de uma rosa, solitária na sua haste, palpitavam borboletas aos pares.

— Que pena que isto não pertença a um artista! — murmurou o maestro. — Só um artista saberia amar estas flores, estas árvores, estes rumores...

Carlos sorriu. Os artistas, dizia ele, só amam na natureza os efeitos de linha e cor; para se interessar pelo bem-estar de uma tulipa, para cuidar de que um craveiro não sofra sede, para sentir mágoa de que a geada tenha queimado os primeiros rebentões das acácias, para isso só o burguês, o burguês que todas as manhãs desce ao seu quintal com um chapéu velho e um regador, e vê nas árvores e nas plantas uma outra família muda, porque ele é também responsável...

Cruges, que escutara distraidamente, exclamou:

— Diabo! É necessário que não me esqueçam as queijadas!

Um som de rodas interrompeu-os; uma caleche descoberta desembocou a trote do lado de Seteais. Carlos ergueu-se logo, certo de que era ela, e que ele ia ver os seus belos olhos brilharem e fulgirem como duas estrelas. A caleche passou, levando um ancião de barbas de patriarca e uma velha inglesa com o regaço cheio de flores e o véu azul flutuando ao ar. E logo atrás, quase no pó que as rodas tinham erguido, apareceu, caminhando pensativamente, de mãos atrás das costas, um homem alto, todo de preto, com um grande chapéu panamá sobre os olhos. Foi Cruges, que reconheceu os longos bigodes românticos, que gritou:

— Olha o Alencar! Ó grande Alencar!...

Durante um momento, o poeta ficou assombrado, com os braços abertos, no meio da estrada. Depois, com a mesma efusão ruidosa, apertou Carlos contra o coração, beijou o Cruges na face, porque conhecia Cruges desde pequeno, Cruges era para ele como um filho. Caramba! Eis aí uma surpresa que ele não trocava pelo título de duque! Ora o alegrão de os ver ali! Como diabo tinham eles vindo ali parar?

E não esperou a resposta; contou ele logo a sua história. Tivera um dos seus ataques de garganta, com uma ponta de febre, e o Melo, o bom Melo, recomendara-lhe mudança de ares. Ora ele, bons ares, só compreendia os de Sintra; porque ali não eram só os pulmões que lhe respiravam bem, era também o coração, rapazes!... De sorte que viera na véspera, no ônibus.

— E onde estás tu, Alencar? — perguntou logo Carlos.

— Pois onde queres tu que eu esteja, filho? Lá estou com a minha velha Lawrence. Coitada! Está bem velha! Mas para mim é sempre uma amiga, é quase uma irmã!...

E vocês, que diabo? Para onde vão vocês com essas flores na lapela?

A Seteais... Vou mostrar Seteais ao maestro.

Então também ele voltava a Seteais! Não tinha nada que fazer senão sorver bom ar e cismar... Toda a manhã andara ali, vagamente, pendurando sonhos dos ramos das árvores. Mas agora já os não largava; era mesmo um dever ir ele próprio fazer ao maestro as honras de Seteais...

— Que aquilo é sítio muito meu, filhos! Não há ali árvore que me não conheça... Eu não vos quero começar já a impingir versos; mas enfim, vocês lembram-se de uma coisa que eu fiz em Seteais e de que por ali se gostou...

Quantos luares eu lá vi?
Que doces manhãs d'abril?
E os ais que soltei ali
Não foram sete mas mil!

Pois então já vocês veem, rapazes, que tenho razão para conhecer Seteais...

O poeta lançou ao ar um vago suspiro, e durante um instante caminharam todos os três calados.

— Dize-me uma coisa, Alencar — perguntou Carlos baixo, parando e tocando no braço do poeta. — O Dâmaso está na Lawrence?

Não que ele o tivesse visto. Verdade seja que na véspera, apenas chegara, fora-se deitar, fatigado; e nessa manhã almoçara só com dois rapazes ingleses. O único animal que avistara fora um lindo cãozinho de luxo, ladrando no corredor...

— E vocês onde estão?

— No Nunes.

Então o poeta, parando de novo, contemplando Carlos com simpatia:

— Que bem que fizeste em arrastar cá o maestro, filho!... Quantas vezes eu tenho dito àquele diabo, que se metesse no ônibus, viesse passar dois dias a Sintra. Mas ninguém o tira de martelar o piano. E olha tu que mesmo para a música, para compor, para entender um Mozart, um Chopin, é necessário ter visto isto, escutado este rumor, esta melodia da ramagem...

Baixou a voz, apontando para o maestro, que caminhava adiante, enlevado:

— Tem muito talento, tem muita ideia melódica!... Olha que andei com aquilo às cabritas... E a mãe, menino, foi muitíssimo boa mulher.

— Vejam vocês isto! — gritou Cruges, que parara, esperando-os. — Isto é sublime.

Era apenas um bocadito de estrada, apertada entre dois velhos muros cobertos de hera, assombreada por grandes árvores entrelaçadas, que lhe faziam um toldo de folhagem aberto à luz como uma renda; no chão tremiam manchas de sol; e, na frescura e no silêncio, uma água que se não via ia fugindo e cantando.

— Se tu queres sublime, Cruges — exclamou Alencar —, então tens de subir a serra. Aí tens o espaço, tens a nuvem, tens a arte...

— Não sei, talvez goste mais disto — murmurou o maestro.

A sua natureza de tímido preferiria, decerto, estes humildes recantos, feitos de uma pouca de folhagem fresca e de um pedaço de muro musgoso, lugares de quietação e de sombra, onde se aninha com um conforto maior o cismar dos indolentes...

— De resto, filho — continuou Alencar —, tudo em Sintra é divino. Não há cantinho que não seja um poema... Olha, ali tens tu, por exemplo, aquela linda florinha azul... — e, ternamente, apanhou-a.

— Vamos andando, vamos andando — murmurou Carlos impaciente, e agora, desde que o poeta falara do cãozinho de luxo, mais certo de que ela estava na Lawrence, e que a ia brevemente encontrar.

Mas, ao chegar a Seteais, Cruges teve uma desilusão diante daquele vasto terreiro coberto de erva, com o palacete ao fundo, enxovalhado, de vidraças partidas, e erguendo pomposamente sobre o arco, em pleno céu, o seu grande escudo de armas. Ficara-lhe a ideia, de pequeno, que Seteais era um montão pitoresco de rochedos, dominando a profundidade de um vale; e a isto misturava-se vagamente uma recordação de luar e de guitarras... Mas aquilo que ele ali via era um desapontamento.

— A vida é feita de desapontamentos — disse Carlos. — Anda para diante!

E apressou o passo através do terreiro, enquanto o maestro, cada vez mais animado, lhe gritava a chalaça do dia:

— E V. Exa. deve sabê-lo, Senhor Maia, porque tem experiência de espanholas!...

Alencar, que se demorara atrás a acender o cigarro, estendeu o ouvido, curioso, quis saber o que era isso de espanholas. O maestro contou-lhe o encontro no Nunes e os furores de Concha.

Iam ambos caminhando por uma das alamedas laterais, verde e fresca, de uma paz religiosa, como um claustro feito de folhagem. O terreiro estava deserto; a erva que o cobria crescia ao abandono, toda estrelada de botões de ouro brilhando ao sol, e de malmequerzinhos brancos. Nenhuma folha se movia; através da ramaria ligeira o sol atirava molhos de raios de ouro. O azul parecia recuado a uma distância infinita, repassado de silêncio luminoso; e só se ouvia, às vezes, monótona e dormente, a voz de um cuco nos castanheiros.

Toda aquela vivenda, com a sua grade enferrujada sobre a estrada, os seus florões de pedra roídos da chuva, o pesado brasão rococó, as janelas cheias de teias de aranha, as telhas todas quebradas, parecia estar-se deixando morrer voluntariamente naquela verde solidão, amuada com a vida, desde que dali tinham desaparecido as últimas graças do tricorne e do espadim, e os derradeiros vestidos de anquinhas tinham roçado essas relvas... Agora Cruges ia descrevendo ao Alencar a figura do Eusebiozinho, com a chávena de café na mão, a ir pedir perdão a Concha; e a cada momento o poeta, com o seu grande chapéu panamá, se agachava a colher florinhas silvestres.

Quando passaram o Arco, encontraram Carlos sentado num dos bancos de pedra, fumando pensativamente a sua *cigarette.* O palacete deitava sobre aquele bocado de terraço a sombra dos seus muros tristes; do vale subia uma frescura e um grande ar; e algures, embaixo, sentia-se o prantear de um repuxo. Então o poeta, sentando-se ao lado do seu amigo, falou com nojo do Eusebiozinho. — Aí está uma torpeza que ele nunca cometera: trazer meretrizes a Sintra! Nem a Sintra, nem a parte nenhuma... Mas muito menos a Sintra! Sempre tivera, todo mundo devia ter, a religião daquelas árvores e o amor daquelas sombras...

— E esse Palma — acrescentou ele — é um traste! Eu conheço-o; ele teve uma espécie de jornal, e já lhe dei muita bofetada na Rua do Alecrim. Foi uma história curiosa... Ora eu ta conto, Carlos... Aquele canalha!

Quando me lembro!... Aquela vil bolinha de matéria pútrida!... Aquele chouricinho de pus!

Levantou-se, passando a mão nervosa sobre os bigodes, já excitado pela lembrança daquela velha desordem, vergastando o Palma com nomes ferozes, todo numa dessas fervuras de sangue que eram a sua desgraça.

Cruges, no entanto, encostado ao parapeito, olhava a grande planície de lavoura que se estendia embaixo, rica e bem trabalhada, repartida em quadros verde-claros e verde-escuros, que lhe faziam lembrar um pano feito de remendos assim que ele tinha na mesa do seu quarto. Tiras brancas de estradas serpeavam pelo meio; aqui e além, numa massa de arvoredo, branquejava um casal; e a cada passo, naquele solo onde as águas abundam, uma fila de pequenos olmos revelava algum fresco ribeiro, correndo e reluzindo entre as ervas. O mar ficava ao fundo, numa linha unida, esbatida na tenuidade difusa da bruma azulada; e por cima arredondava-se um grande azul lustroso como um belo esmalte, tendo apenas, lá no alto, um farrapozinho de névoa, que ficara ali esquecido, e que dormia enovelado e suspenso na luz...

— Tive nojo! — exclamava o Alencar, rematando fogosamente a sua história. — Palavra que tive nojo! Atirei-lhe a bengala aos pés, cruzei os braços e disse-lhe: "aí tem você a bengala, seu covarde; a mim bastam-me as mãos!"

— Que diabo, não me hão de esquecer as queijadas! — murmurou Cruges, para si mesmo, afastando-se do parapeito.

Carlos erguera-se também; olhava o relógio. Mas antes de deixar Seteais, Cruges quis explorar o outro terraço ao lado; e, apenas subira os dois velhos degraus de pedra, soltou de lá um grito alegre:

— Bem dizia eu! Cá estão eles... E vocês a dizer que não!

Foram-no encontrar triunfante, diante de um montão de penedos, polidos pelo uso, já com um vago feitio de assentos, deixados ali, outrora, poeticamente, para dar ao terraço uma graça agreste de selva brava. Então, não dizia ele? Bem dizia ele que em Seteais havia penedos.

— Se eu me lembrava perfeitamente! *Penedo da Saudade*, não é que se chama, Alencar?

Mas o poeta não respondeu. Diante daquelas pedras cruzara os braços, sorria dolorosamente; e imóvel, sombrio no seu fato negro, com o panamá carregado para a testa, envolveu todo aquele recanto num olhar lento e triste.

Depois, no silêncio, a sua voz ergueu-se, saudosa e dolente:

— Vocês lembram-se, rapazes, nas *Flores e martírios*, de uma das coisas melhores que lá tenho, em rimas livres, chamada *6 de agosto*? Não se lembram talvez... Pois eu vo-la digo, rapazes!

Maquinalmente tirara do bolso um lenço branco. E com ele flutuante na mão, puxando Carlos para junto de si, chamando do outro lado o Cruges, baixou a voz como numa confidência sagrada, recitou, com um ardor surdo, mordendo as silabas, trêmulo, numa paixão efêmera de nervoso:

Vieste! Cingi-te ao peito.
Em redor, que noite escura!
Não tinha rendas o leito,
Nem tinha lavores na barra,
Que era só a rocha dura...
Muito ao longe uma guitarra

Gemia vagos harpejos...
(Vê tu que não me esqueceu)...
E a rocha dura aqueceu
Ao calor dos nossos beijos!

Esteve um momento embebendo o olhar nas pedras brancas batidas de sol, atirou para lá um gesto triste, e murmurou:

— Foi ali.

E afastou-se, alquebrado sob o seu grande chapéu panamá, com o lenço branco na mão. Cruges, que aqueles romantismos impressionavam, ficou a olhar para os penedos como para um sítio histórico. Carlos sorria. E quando ambos deixaram esse recanto do terraço o poeta, agachando junto do arco, estava apertando o atilho da ceroula.

Endireitou-se logo; já toda a emoção o deixara; mostrava os maus dentes num sorriso amigo, e exclamou, apontando para o arco:

— Agora, Cruges, filho, repara tu naquela tela sublime.

O maestro embasbacou. No vão do arco, como dentro de uma pesada moldura de pedra, brilhava, à luz rica da tarde, um quadro maravilhoso, de uma composição quase fantástica, como a ilustração de uma bela lenda de cavalaria e de amor. Era no primeiro plano o terreiro, deserto e verdejando, todo salpicado de botões amarelos; ao fundo, o renque cerrado de antigas árvores, com hera nos troncos, fazendo ao longo da grade uma muralha de folhagem reluzente; e emergindo abruptamente dessa copada linha de bosque assoalhado, subia no pleno resplendor do dia, destacando vigorosamente num relevo nítido sobre o fundo de céu azul-claro, o cume airoso da serra, toda cor de violeta escura, coroada pelo castelo da Pena, romântico e solitário no alto, com o seu parque sombrio aos pés, a torre esbelta perdida no ar e as cúpulas brilhando ao sol como se fossem feitas de ouro...

Cruges achou aquele quadro digno de Gustavo Doré. Alencar teve uma bela frase sobre a imaginação dos árabes. Carlos, impaciente, foi-os apressando para diante.

Mas agora Cruges, impressionado, estava com desejo de subir à Pena. Alencar, por si, ia também com prazer. A Pena para ele era outro ninho de recordações. Ninho? Devia antes dizer cemitério... Carlos hesitava, parado junto da grade. Estaria ela na Pena? E olhava a estrada, olhava as árvores, como se pudesse adivinhar pelas pegadas no pó, ou pelo mover das folhas, que direção tinham tomado os passos que ele seguia... Por fim teve uma ideia.

— Vamos indo primeiro à Lawrence. E depois, se quisermos ir à Pena, arranjam-se lá os burros...

E nem mesmo quis escutar o Alencar, que tivera também uma ideia, falava de Colares, de uma visita ao seu velho Carvalhosa; acelerou o passo para a Lawrence, enquanto o poeta tornava a arranjar o atilho da ceroula, e o maestro, num entusiasmo bucólico, ornava o chapéu de folhas de hera.

Defronte da Lawrence, os dois burriqueiros, de cigarro na boca, não tendo podido apoderar-se dos ingleses, preguiçavam ao sol.

— Vocês sabem — perguntou-lhes Carlos — se uma família, que está aqui no hotel, foi para a Pena?

Um dos homens pareceu adivinhar, exclamou logo, desbarretando-se:

— Sim, senhor, foram para lá há bocado, e aqui está o burrinho também para V. Exa., meu amo!

Mas o outro, mais honesto, negou. Não senhor, a gente que fora para a Pena estava no Nunes...

— A família que o senhor diz foi agora ali para baixo, para o palácio...

— Uma senhora alta?

— Sim senhor.

— Com um sujeito de barba preta?

— Sim senhor.

— E uma cadelinha?

— Sim senhor.

— Tu conheces Dâmaso Salcede?

— Não senhor... É o que tira retratos?

— Não, não tira retratos... Tomai lá.

Deu-lhe uma placa de cinco tostões; e voltou ao encontro dos outros, declarando que realmente era tarde para subirem a Pena.

— Agora o que tu deves ver, Cruges, é o palácio. Isso é que tem originalidade e *cachet*! Não é verdade, Alencar?...

— Eu vos digo, filhos — começou o autor de *Elvira* —, historicamente falando...

— E eu tenho de comprar as queijadas — murmurou Cruges.

— Justamente! — exclamou Carlos. — Tens ainda as queijadas; é necessário não perder tempo; a caminho!

Deixou os outros ainda indecisos, abalou para o palácio; em quatro largas passadas estava lá. E logo da praça avistou, saindo já do portão, passando rente da sentinela, a famosa família hospedada na Lawrence e a sua cadelinha de luxo. Era, com efeito, um sujeito de barba preta, e de sapatos de lona branca; e, ao lado dele, uma matrona enorme, com um mantelete de seda, coisas de ouro pelo pescoço e pelo peito, e o cãozinho felpudo ao colo. Vinham ambos rosnando o que quer que fosse, com mau modo um para o outro, e em espanhol.

Carlos ficou a olhar para aquele par com a melancolia de quem contempla os pedaços de um belo mármore quebrado. Não esperou mais pelos outros, nem os quis encontrar. Correu à Lawrence por um caminho diferente, ávido de uma certeza, e aí o criado que lhe apareceu disse-lhe que o Senhor Salcede e os Senhores Castro Gomes tinham partido na véspera para Mafra...

— E de lá?...

O criado ouvira dizer ao Senhor Dâmaso que de lá voltavam a Lisboa.

— Bem — disse Carlos atirando o chapéu para cima da mesa —, traga-me você um cálice de conhaque e uma pouca de água fresca.

Sintra, de repente, pareceu-lhe intoleravelmente deserta e triste. Não teve ânimo de voltar ao palácio, nem quis sair mais dali; e arrancando as luvas, passeando em volta da mesa de jantar, onde murchavam os ramos da véspera, sentia um desejo desesperado de galopar para Lisboa, correr ao Hotel Central, invadir-lhe o quarto, vê-la, saciar os seus olhos nela!... Porque, o que o irritava agora era não poder encontrar, na pequenez de Lisboa, onde toda a gente se acotovela, aquela mulher que ele procurava ansiosamente! Duas semanas farejara o Aterro, como um cão perdido; fizera peregrinações ridículas de teatro em teatro; numa manhã de domingo percorrera as missas! E não a tornara a ver. Agora sabia-a em Sintra, voava a Sintra, e não a via também. Ela cruzava-o uma tarde, bela como uma deusa transviada no Aterro, deixava-lhe cair na alma por acaso um dos seus olhares negros, e desaparecia, evaporava-se, como se tivesse realmente remontado ao céu, doravante invisível, sobrenatural; e ele ali ficava, com aquele olhar no coração, perturbando todo o seu ser, orientando surdamente os seus pensamentos, desejos, curiosidades, toda a sua vida interior, para uma adorável desconhecida, de quem ele nada sabia senão que era alta e loura, e que tinha uma cadelinha escocesa... Assim acontece com as estrelas de acaso! Elas não são de uma essência diferente, nem contêm mais luz que as outras; mas, por isso mesmo que passam fugitivamente e se esvaem, parecem despedir um fulgor mais divino, e o deslumbramento que deixam nos olhos é mais perturbador e mais longo... Ele não a tornara a ver. Outros viam-na. O Taveira vira-a. No Grêmio, ouvira um alferes de lanceiros falar dela, perguntar quem era, porque a encontrava todos os dias. O alferes encontrava-a todos os dias. Ele não a via, e não sossegava...

O criado trouxe o conhaque. Então Carlos, preparando vagarosamente o seu refresco, conversou com ele, falou um momento dos dois rapazes ingleses, depois da espanhola obesa... Enfim, dominando uma timidez, quase corando, fez, através de grandes silêncios, perguntas sobre os Castro Gomes. E cada resposta lhe parecia uma aquisição preciosa. A senhora era muito madrugadora, dizia o criado: às sete horas tinha tomado banho, estava vestida e saía só. O Senhor Castro Comes, que dormia num quarto separado, nunca se mexia antes do meio-dia; e, à noite ficava uma eternidade à mesa, fumando *cigarettes* e molhando os beiços em copinhos de conhaque e água. Ele e o Senhor Dâmaso jogavam o dominó. A senhora tinha montões de flores no quarto; e tencionavam ficar até domingo, mas fora ela que apressara a partida...

— Ah — disse Carlos depois de um silêncio —, foi a senhora que apressou a partida?...

— Sim senhor, com cuidado na menina, que tinha ficado em Lisboa... V. Exa. toma mais conhaque?

Com um gesto, Carlos recusou, e veio sentar-se no terraço. A tarde descia, calma, radiosa, sem um estremecer de folhagem, cheia de claridade dourada, numa larga serenidade que penetrava a alma. Ele tê-la-ia pois encontrado, ali mesmo naquele terraço, vendo também cair a tarde, se ela não estivesse impaciente por tornar a ver a filha, algum bebezinho louro que ficara só com a ama. Assim, a brilhante deusa era também uma boa mamã; e isto dava-lhe um encanto mais profundo; era assim que ele gostava mais dela, com este terno estremecimento humano nas suas belas formas de mármore. Agora, já ela estava em Lisboa; e imaginava-a nas rendas do seu *peignoir*, com o cabelo enrolado à pressa, grande e branca, erguendo ao ar o bebê nos seus esplêndidos braços de Juno e falando-lhe com um riso de ouro. Achava-a assim adorável, todo o seu coração fugia para ela... Ah, poder ter o direito de estar junto dela, nessas horas de intimidade, bem junto, sentindo o aroma de sua pele, e sorrindo também a um bebê. E, pouco a pouco, foi-lhe surgindo na alma um romance, radiante e absurdo: um sopro de paixão, mais forte que as leis humanas, enrolava violentamente, levava juntos o seu destino e o dela; depois, que divina existência, escondida num ninho de flores e de sol, longe, nalgum canto da Itália... E toda sorte de ideias de amor, de devoção absoluta, de sacrifício, invadiam-no deliciosamente, enquanto os seus olhos se esqueciam, se perdiam, enlevados na religiosa solenidade daquele belo fim da tarde. Do lado do mar subia uma maravilhosa cor de ouro pálido, que ia no alto diluir o azul, dava-lhe um branco indeciso e opalino, um tom de desmaio doce; e o arvoredo cobria-se todo de uma tinta loura, delicada e dormente. Todos os rumores tomavam uma suavidade de suspiro perdido. Nenhum contorno se movia como na imobilidade de um êxtase. E as casas, voltadas para o poente, com uma ou outra janela acesa em brasa, os cimos redondos das árvores apinhadas, descendo a serra numa espessa debandada para o vale, tudo parecera ficar de repente parado num recolhimento melancólico e grave, olhando a partida do sol, que mergulhava lentamente no mar...

— Ó Carlos, tu estás aí?

Era embaixo, na estrada, a voz grossa do Alencar gritando por ele. Carlos apareceu à varanda do terraço.

— Que diabo estás tu aí a fazer, rapaz? — exclamou Alencar, agitando alegremente o seu panamá. — Nós lá estivemos à espera, no covil real... Fomos ao Nunes... Íamos agora procurar-te na cadeia!

E o poeta riu largamente da sua pilhéria enquanto Cruges, ao lado, de mãos atrás das costas e a face erguida para o terraço, bocejava desconsoladamente.

— Vim "refrescar", como tu dizes, tomar um pouco de conhaque, que estava com sede.

Conhaque? Eis aí o mimo por que o pobre Alencar estivera ansiando toda a tarde, desde Seteais. E galgou logo as escadas do terraço depois de ter gritado para dentro, para a sua velha Lawrence, que lhe mandasse acima "meia da fina".

— Viste o Paço, hein, Cruges? — perguntou Carlos ao maestro, quando ele apareceu, arrastando os passos. — Então, parece-me que o que nos resta a fazer é jantar, e abalar...

Cruges concordou. Voltava do palácio com um ar murcho, fatigado daquele vasto casarão histórico, da voz monótona do cicerone mostrando a cama de S. M. El-Rei, as cortinas do quarto de S. M. a Rainha, "melhores que as de Mafra", o tira-botas de S. A.; e trazia de lá uma pouca dessa melancolia que erra, como uma atmosfera própria, nas residências reais.

E aquela natureza de Sintra, ao escurecer, dizia ele, começava a entristecê-lo.

Então concordaram em jantar ali, na Lawrence, para evitar o espetáculo torpe do Palma e das damas, mandar vir à porta o *break* e partir depois ao nascer do luar. Alencar, aproveitando a carruagem, recolhia também a Lisboa.

— E, para ser festa completa — exclamou ele, limpando os bigodes do conhaque —, enquanto vocês vão ao Nunes pagar a conta e dar ordens para o *break*, eu vou-me entender lá abaixo à cozinha com a velha Lawrence, e preparar-vos um "bacalhau à Alencar", récipe meu... E vocês verão o que é um bacalhau! Porque, lá isso, rapazes, versos os farão outros melhor; bacalhau, não!

Atravessando a praça, Cruges pedia a Deus que não encontrassem mais o Eusebiozinho. Mas, apenas puseram os pés nos primeiros degraus do Nunes, ouviram em cima o chalrar da súcia. Estavam na antessala, já todos reconciliados, Concha contente e instalados aos dois cantos de uma mesa, com cartas. O Palma, munido de uma garrafa de genebra, fazia uma "batotinha" para o Eusébio; e as duas espanholas, de cigarro na boca, jogavam languidamente a bisca.

O viúvo, enfiado, perdia. No monte, que começara miseravelmente com duas coroas, já luzia ouro; e Palma triunfava, chalaceando, dando beijocas na sua moça. Mas, ao mesmo tempo, fazia de cavalheiro, falava de dar a desforra, ficar ali, sendo necessário, até de madrugada.

— Então V. Exa. não se tenta? Isto é para passar o tempo... Em Sintra tudo serve... Valete! Perdeu você outro mico no rei. Deve a libra mais quinze tostões, Sô Silveira!

Carlos passara, sem responder, seguido pelo criado, no momento em que Eusebiozinho, furioso, já desconfiado, quis verificar, com as lunetas negras sobre o baralho, se lá estavam todos os reis.

Palma alastrou as cartas largamente, sem se zangar. Entre amigos, que diabo, tudo se admitia! A sua espanhola, essa sim, escandalizou-se, defendendo a honra do seu homem: então Palmita havia de ter empalmado o rei? Mas Concha zelava o dinheiro do seu viúvo; exclamava que o rei podia estar perdido... Os reis estavam lá.

Palma atirou um cálice de genebra às goelas, e recomeçou a baralhar majestosamente.

— Então V. Exa. não se tenta? — repetia ele para o maestro.

Cruges, com efeito, parara, roçando-se pela mesa, com o olho nas cartas e no ouro do monte, já sem força, remexendo o dinheiro nas algibeiras. Subitamente um ás decidiu-o. Com a mão nervosa, escorregou-lhe uma libra por baixo, jogando cinco tostões, e de porta. Perdeu logo. Quando Carlos voltou do quarto com o criado que descia as malas, o maestro estava em pleno vício, com a libra entalada, os olhos acesos, o ar esguedelhado.

— Então tu?... — exclamou Carlos com severidade.

— Já desço — rosnou o maestro.

E, à pressa, foi à paz da libra, num terno contra o rei. "Cartada de cólicas", como disse o Palma; e foi com emoção que ele começou a puxar as cartas, espremendo-as uma a uma, num vagar mortal. A aparição de um bico arrancou-lhe uma praga. Era apenas um duque; Eusebiozinho perdia mais uma placa. Palma teve um suspirinho de alívio; e, escondendo com ambas as mãos o baralho, erguendo as lunetas faiscantes para o maestro:

— Então, sempre continua toda a libra?...

— Toda.

Palma teve outro suspiro, de ansiedade; e, mais pálido, voltou bruscamente as cartas.

— Rei! — gritou ele, empolgando o ouro.

Era o rei de paus: a sua espanhola bateu as palmas; o maestro abalou furioso.

Na Lawrence o jantar prolongou-se até as oito horas, com luzes; e o Alencar falou sempre. Tinha esquecido nesse dia as desilusões da vida, todos os rancores literários; estava numa veia excelente; e foram histórias dos velhos tempos de Sintra, recordações da sua famosa ida a Paris, coisas picantes de mulheres, bocados da crônica íntima da Regeneração... Tudo isto com estridências de voz, e "filhos isto e rapazes aquilo" e gestos que faziam oscilar as chamas das velas, e grandes copos de Colares emborcados de um trago. Do outro lado da mesa, os dois ingleses, corretos nos seus fraques negros, de cravos brancos na botoeira, pasmavam, com um ar embaraçado a que se misturava desdém, para esta desordenada exuberância de meridional.

A aparição do bacalhau foi um triunfo; e a satisfação do poeta, tão grande, que desejou mesmo, "caramba, rapazes", que ali estivesse o Ega!

— Sempre queria que ele provasse este bacalhau! Já que me não aprecia os versos, havia de me apreciar o cozinhado, que isto é um bacalhau de artista em toda parte!... Noutro dia fi-lo lá em casa dos meus Cohens; e a Raquel, coitadinha, veio para mim e abraçou-me... Isto, filhos, a poesia e a cozinha são irmãs! Vejam vocês Alexandre Dumas... Dirão vocês que o pai Dumas não é um poeta... E então D'Artagnan? D'Artagnan é um poema... É a faísca, é a fantasia, é a inspiração, é o sonho, é o arroubo! Então, poço, já veem vocês que é poeta!... Pois vocês hão de vir um dia destes jantar comigo, e há de vir o Ega, hei de vos arranjar umas perdizes à espanhola, que vos hão de nascer castanholas nos dedos!... Eu, palavra, gosto do Ega! Lá essas coisas de realismo e romantismo, histórias... Um lírio é tão natural como um percevejo... Uns preferem fedor de sarjeta; perfeitamente, destape-se o cano público... Eu prefiro pós de marechala num seio branco; a mim o seio, e, lá vai à vossa. O que se quer é coração. E o Ega tem-no. E tem faísca, tem rasgo, tem estilo... Pois, assim é que eles se querem, e, lá vai à saúde do Ega!

Pousou o copo, passou a mão pelos bigodes e rosnou mais baixo:

— E, se aqueles ingleses continuam a embasbacar para mim, vai-lhes um copo na cara, e é aqui um vendaval, que há de a Grã-Bretanha ficar sabendo o que é um poeta português!...

Mas não houve vendaval, a Grã-Bretanha ficou sem saber o que é um poeta português, e o jantar terminou num café tranquilo. Eram nove horas, fazia luar, quando Carlos subiu para a almofada do *break*.

Alencar, embuçado num capote, um verdadeiro capote de padre de aldeia, levava na mão um ramo de rosas; e agora guardara o seu panamá na maleta, trazia um boné de lontra. O maestro, pesado do jantar, com um começo de *spleen*, encolheu-se a um canto do *break*, mudo, enterrado na gola do paletó, com a manta da mamã sobre os joelhos. Partiram. Sintra ficava dormindo ao luar.

Algum tempo o *break* rodou em silêncio, na beleza da noite. A espaços, a estrada aparecia banhada de uma claridade quente que faiscava. Fachadas de casas, caladas e pálidas, surgiam, dentre as árvores, com um ar de melancolia romântica. Murmúrios de águas perdiam-se na sombra; e, junto dos muros enramados, o ar estava cheio de aromas. Alencar acendera o cachimbo e olhava a lua.

Mas, quando passaram as casas de S. Pedro, e entraram na estrada, silenciosa e triste, Cruges mexeu-se, tossiu, olhou também para a lua e murmurou dentre os seus agasalhos:

— Ó Alencar, recita para aí alguma coisa...

O poeta condescendeu logo, apesar de um dos criados ir ali ao lado deles, dentro do *break*. Mas, que havia ele de recitar, sob o encanto da noite clara? Todo verso parece frouxo, escutado diante da lua! Enfim, ia dizer-lhe uma história bem verdadeira e bem triste... Veio sentar-se ao pé do Cruges, dentro do seu grande capotão, esvaziou os restos do cachimbo e, depois de acariciar algum tempo os bigodes, começou, num tom familiar e simples:

> Era o jardim duma vivenda antiga
> Sem arrebiques d'arte ou flores de luxo;
> Ruas singelas d'alfazema e buxo,
> Cravos, roseiras...

— Com mil raios! — exclamou de repente o Cruges, saltando de dentro da manta, com um berro que emudeceu o poeta, fez voltar Carlos na almofada, assustou o trintanário.

O *break* parara; todos o olhavam suspensos; e, no vasto silêncio de charneca, sob a paz do luar, Cruges, sucumbido, exclamou:

— Esqueceram-me as queijadas!

IX

O dia famoso da *soirée* dos Cohens, ao fim dessa semana tão luminosa e tão doce, amanheceu enevoado e triste. Carlos, abrindo cedo a janela sobre o jardim, vira um céu baixo que pesava como se fosse feito de algodão em rama enxovalhado; o arvoredo tinha um tom arrepiado e úmido; ao longe o rio estava turvo, e no ar mole errava um hálito morno de sudoeste. Decidira não sair, e desde as nove horas, sentado à banca, embrulhado no seu vasto *robe de chambre* de veludo azul, que lhe dava o belo ar de um príncipe artista da Renascença, tentava trabalhar; mas, apesar de duas chávenas de café, de *cigarettes* sem fim, o cérebro, como o céu fora, conservava-se-lhe nessa manhã afogado em névoas. Tinha destes dias terríveis; julgava-se então "uma besta"; e a quantidade de folhas de papel, dilaceradas, amarfanhadas, que lhe juncavam o tapete aos pés, davam-lhe a sensação de ser todo ele uma ruína.

Foi realmente um alívio, uma trégua naquela luta com as ideias rebeldes, quando Batista anunciou Vilaça, que lhe vinha falar de uma venda de montados no Alentejo, pertencentes à sua legítima.

— Negociozinho — disse o administrador, pousando o chapéu a um canto da mesa e dentro um rolo de papéis — que lhe mete na algibeira para cima de dois contos de réis... E não é mau presente, logo assim pela manhã...

Carlos espreguiçou-se, cruzando fortemente as mãos por trás da cabeça:

— Pois olhe, Vilaça, preciso bem de dois contos de réis, mas preferia que me trouxesse aí alguma lucidez de espírito... Estou hoje de uma estupidez!

Vilaça considerou-o um momento, com malícia.

— Quer V. Exa. dizer que antes queria escrever uma bonita página do que receber assim quinhentas libras? São gostos, meu senhor, são gostos... É bom sair-se a gente um Herculano ou um Garrett, mas dois contos de réis são dois contos de réis... Olhe que sempre valem um folhetim. Enfim, o negócio é este. Explicou-lho, sem se sentar, apressado, enquanto Carlos, de braços cruzados, considerava quanto era medonho o alfinete de peito que Vilaça trazia (um macacão de coral comendo uma pera de ouro) e distinguia vagamente, através da sua neblina mental, que se tratava de um Visconde de Torral e de porcos... Quando Vilaça lhe apresentou os papéis, assinou-os com um ar moribundo.

— Então não fica para almoçar, Vilaça? — disse ele, vendo o procurador meter o seu rolo de papéis debaixo do braço.

— Muito agradecido a V. Exa. Tenho de me encontrar com o nosso amigo Eusébio... Vamos ao ministério do reino; ele tem lá uma pretensão... Quer a comenda da Conceição... Mas este governo está desgostoso com ele.

— Ah — murmurou Carlos, com respeito e através de um bocejo —, o governo não está contente com o Eusebiozinho?

— Não se portou bem nas eleições. Ainda há dias, o ministro do reino me dizia, em confidência: "O Eusébio é rapaz de merecimento, mas atravessado...". V. Exa. noutro dia, disse-me o Cruges, encontrou-o em Sintra.

— Sim, lá estava a fazer jus à comenda da Conceição.

Quando Vilaça saiu, Carlos retomou lentamente a pena, e ficou um momento, com os olhos na página meio escrita, coçando a barba, desanimado e estéril. Mas quase em seguida apareceu Afonso da Maia, ainda de chapéu, à volta do seu passeio matinal no bairro, e com uma carta na mão, que era para Carlos, e que ele achara no escritório misturada ao seu correio. Além disso, esperava encontrar ali o Vilaça.

— Esteve aí, mas deitou a correr, para ir arranjar uma comenda para o Eusebiozinho — disse Carlos, abrindo a carta.

E teve uma surpresa, vendo no papel, que cheirava a verbena como a Condessa de Gouvarinho, um convite do conde para jantar no sábado seguinte, feito em termos de simpatia tão escolhidos que eram quase poéticos; tinha mesmo uma frase sobre a amizade, falava dos "átomos em gancho" de Descartes. Carlos desatou a rir, contou ao avô que era um par do reino que o convidava a jantar, citando Descartes...

— São capazes de tudo — murmurou o velho.

E dando um olhar risonho aos manuscritos espalhados sobre a banca:

— Então, aqui, trabalha-se, hein?

Carlos encolheu os ombros:

— Se é que se pode chamar a isto trabalhar... Olhe aí para o chão. Veja esses destroços... enquanto se trata de tomar notas, coligir documentos, reunir materiais, bem, lá vou indo. Mas quando se trata de pôr as ideias, a observação, numa forma de gosto e de simetria, dar-lhe cor, dar-lhe relevo, então... Então foi-se!

— Preocupação peninsular, filho — disse Afonso, sentando-se ao pé da mesa, com o seu chapéu desabado na mão. — Desembaraça-te dela. É o que eu dizia noutro dia ao Craft, e ele concordava... O português nunca pode ser homem de ideias, por causa da paixão da forma. A sua mania é fazer belas frases, ver-lhes o brilho, sentir-lhes a música. Se for necessário falsear a ideia, deixá-la incompleta, exagerá-la, para a frase ganhar em beleza, o desgraçado não hesita... Vá-se pela água abaixo o pensamento, mas salve-se a bela frase.

— Questão de temperamento — disse Carlos. — Há seres inferiores, para quem a sonoridade de um adjetivo é mais importante que a exatidão de um sistema... Eu sou desses monstros.

— Diabo! então és um retórico...

— Quem o não é? E resta saber por fim se o estilo não é uma disciplina do pensamento. Em verso, o avô sabe, é muitas vezes a necessidade de uma rima que produz a originalidade de uma imagem... E quantas vezes o esforço para completar bem a cadência de uma frase não poderá trazer desenvolvimentos novos e inesperados de uma ideia... Viva a bela frase!

— O Senhor Ega — anunciou o Batista, erguendo o reposteiro, quando começava justamente a tocar a sineta do almoço.

— Falai na frase... — disse Afonso, rindo.

— Hein? Que frase? O quê?... — exclamou Ega, que rompeu pelo quarto com o ar estonteado, a barba por fazer, a gola do paletó levantada. — Oh, por aqui a esta hora, Senhor Afonso da Maia? Como está V. Exa.? Dize-me cá, Carlos, tu é que me podes tirar de uma atrapalhação... Tu terás por acaso uma espada que me sirva?

E, como Carlos o olhava assombrado, acrescentou, já impaciente:

— Sim, homem, uma espada! Não é para me bater, estou em paz com toda a humanidade... É para esta noite, para o fato de máscara.

O Matos, aquele animal, só na véspera lhe dera o *costume* para o baile, e qual é o seu horror ao ver que lhe arranjara, em lugar de uma espada artística, um sabre da guarda municipal! Tivera vontade de lho passar através das entranhas. Correu ao tio Abraão, que só tinha espadins de corte, reles e pelintras como a própria corte! Lembrara-se do Craft e da sua coleção; vinha de lá; mas aí eram uns espadões de ferro, catanas pesando arrobas, as durindanas tremendas dos brutos que conquistaram a Índia... Nada que lhe servisse. Fora então que lhe tinham vindo à ideia as panóplias antigas do Ramalhete.

— Tu é que deves ter... Eu preciso uma espada longa e fina, com os copos em concha, de aço rendilhado, forrados de veludo escarlate. E sem cruz, sobretudo sem cruz!

Afonso, tomando logo um interesse paternal por aquela dificuldade de John, lembrou que havia no corredor, em cima, umas espadas espanholas...

— Em cima, no corredor? — exclamou Ega, já com a mão no reposteiro.

Inútil precipitar-se; o bom John não as poderia encontrar. Não estavam à vista, arranjadas em panóplia, conservavam-se ainda nos caixões em que tinham vindo de Benfica.

— Eu lá vou, homem fatal, eu lá vou — disse Carlos, erguendo-se com resignação. — Mas olha que elas não têm bainhas.

Ega ficou sucumbido. E foi ainda Afonso que achou uma ideia, o salvou.

— Manda fazer uma simples bainha de veludo negro; isso faz-se numa hora. E manda-lhe coser ao comprido rodelas de veludo escarlate...

— Esplêndido! — gritou Ega. — O que é ter gosto!

E apenas Carlos saiu, trovejou contra o Matos.

— Veja V. Exa. isto: um sabre da guarda municipal! E é quem faz aí os fatos para todos os teatros! Que idiota!... e é tudo assim: isto é um país insensato!...

— Meu bom Ega, tu não queres tomar decerto Portugal inteiro, o Estado, sete milhões de almas, responsáveis por esse comportamento do Matos?

— Sim senhor — exclamava o Ega passeando pelo gabinete, com as mãos enterradas nos bolsos do paletó —; sim senhor, tudo isso se prende. O *costumier* com um fato do século XIV manda um sabre da guarda municipal; por seu lado o ministro, a propósito de impostos, cita as *Meditações* de Lamartine; e o literato, essa besta suprema...

Mas calou-se, vendo a espada que Carlos trazia na mão, uma folha do século XVI, de grande têmpera, fina e vibrante, com copos trabalhados como uma renda, e tendo gravado no aço o nome ilustre do espadeiro, Francisco Rui de Toledo.

Embrulhou-a logo num jornal, recusou à pressa o almoço que lhe ofereciam; deu dois vivos *shake hands*, atirou o chapéu para a nuca, ia abalar, quando a voz de Afonso o deteve:

— Ouve lá, John — dizia o velho alegremente —, isso é uma espada cá da casa, que nunca brilhou sem glória, creio eu... Vê como te serves dela!

Ao pé do reposteiro Ega voltou-se e exclamou, apertando contra o peito do paletó o ferro, enrolado no *Jornal do Comércio*:

— Não a sacarei sem justiça nem a embainharei sem honra. *Au revoir*!

— Que vida, que mocidade! — murmurou Afonso. — Muito feliz é este John!... Pois vai-te arranjando, filho, que já tocou a primeira vez para o almoço.

Carlos ainda se demorou um instante a reler, com um sorriso, a aparatosa carta do Gouvarinho; e ia enfim chamar o Batista para se vestir, quando embaixo, à entrada particular, o timbre elétrico começou a vibrar violentamente. Um passo ansioso ressoou na antecâmara, o Dâmaso apareceu esbaforido, de olho esgazeado, com a face em brasa. E, sem dar tempo a que Carlos exprimisse a surpresa de o ver enfim no Ramalhete, exclamou, lançando os braços ao ar:

— Ainda bem que te encontro, caramba! Quero que venhas daí, que me venhas ver um doente... Eu te explicarei... É aquela gente brasileira. Mas pelo amor de Deus, vem depressa, menino!

Carlos erguera-se, pálido:

— É ela?

— Não, é a pequena, esteve a morrer... Mas veste-te, Carlinhos, veste-te, que a responsabilidade é minha!

— É um bebê, não é?

— Qual bebê!... É uma pequena crescida, de 6 anos... Anda daí!

Carlos já em mangas de camisa estendia o pé ao Batista, que, com um joelho em terra, apressado também, quase fez saltar os botões da bota. E Dâmaso, de chapéu na cabeça, agitava-se, exagerando a sua impaciência, a estalar de importância.

— Sempre a gente se vê em coisas!... Olha que responsabilidade a minha! Vou visitá-lo, como costumo às vezes, de manhã... E vai, tinham partido para Queluz.

Carlos voltou-se, com a sobrecasaca meio vestida:

— Mas então?...

— Escuta, homem! Foram para Queluz, mas a pequena ficou com a governanta... Depois do almoço deu-lhe uma dor. A governanta queria um médico inglês, porque não fala senão inglês... Do hotel foram procurar o Smith, que não apareceu... E a pequena a morrer!... Felizmente, cheguei eu, e lembrei-me logo de ti... Foi sorte encontrar-te, caramba!

E acrescentou, dando um olhar ao jardim:

— Também, irem a Queluz com um dia destes! Hão de se divertir... Estás pronto, hein? Eu tenho lá embaixo o *coupé*... Deixa as luvas, vais muito bem sem luvas!

— O avô que não me espere para almoçar — gritou Carlos ao Batista, já no fundo da escada.

Dentro do *coupé*, um ramo enorme enchia quase o assento.

— Era para ela — disse o Dâmaso, pondo-o sobre os joelhos. — Pela-se por flores.

Apenas o *coupé* partiu, Carlos, cerrando a vidraça, fez a pergunta que desde a aparição do Dâmaso lhe faiscava nos lábios.

— Mas então tu, que querias quebrar a cara a esse Castro Gomes?...

Dâmaso contou logo tudo, triunfante. Fora tudo um equívoco! Ah, as explicações do Castro Gomes tinham sido de um *gentleman*. Senão quebrava-lhe a cara. Isso não, desconsiderações a ninguém, a ninguém! Mas fora assim: os bilhetes de visita que ele deixara conservavam a sua *adresse* do *Grand Hôtel* em Paris. E o Castro Gomes, supondo que ele vivia lá, obedecendo à indicação, mandara para lá os seus cartões! Curioso, hein? É de estúpido... E a falta de resposta aos telegramas fora culpa de madame, descuido, naquele momento de aflição, vendo o marido com o braço escavacado... Ah, tinham-lhe dado satisfações humildes. E agora eram íntimos, estava lá quase sempre...

— Enfim, menino, um romance... Mas isso é para mais tarde!

O *coupé* parara à porta do Hotel Central. Dâmaso saltou, correu ao guarda-portão.

— Mandou o telegrama, Antônio?

— Já lá vai...

— Tu compreendes — dizia ele a Carlos, galgando as escadas —, mandei-lhes logo um telegrama para o hotel em Queluz. Não estou para ter mais responsabilidades!...

No corredor, defronte do escritório, um criado passava, com um guardanapo debaixo do braço:

— Como está a menina? — gritou-lhe o Dâmaso.

O criado encolheu os ombros, sem compreender.

Mas Dâmaso já trepava o outro lanço de escada, soprando, gritando:

— Por aqui, Carlos, eu conheço isto a palmos. Número 26!

Abriu com estrondo a porta do número 26. Uma criada, que estava à janela, voltou-se.

— Ah, *bonjour*, Melanie! — exclamava Dâmaso, no seu extraordinário francês. — A criança está melhor? *L'enfant était meilleur?* Ali lhe trazia o doutor, *monsieur le docteur Maia.*

Melanie, uma rapariga magra e sardenta, disse que mademoiselle estava mais sossegada, e ela ia avisar miss Sara, a governanta. Passou o espanador pelo mármore de uma consola, ajeitou os livros sobre a mesa e saiu, dardejando a Carlos um olhar vivo como uma faísca.

A sala era espaçosa, com uma mobília de repes azul e um grande espelho sobre a consola dourada, entre as duas janelas; a mesa estava coberta de jornais, de caixas de charutos e de romances de Cappendu; sobre uma cadeira, ao lado, ficara enrolado um bordado.

— Esta Melanie, esta desleixada — murmurava o Dâmaso, fechando a janela com um esforço sobre o fecho perro. — Deixar assim tudo aberto! Jesus, que gente!

— Este cavalheiro é bonapartista — disse Carlos, vendo sobre a mesa os números do *Pays.*

— Isso, temos questões terríveis! — exclamou o Dâmaso. — E eu enterro-o sempre... É bom rapaz, mas tem pouco fundo. Melanie voltou, pedindo a *monsieur le docteur* para entrar um instante no gabinete de *toilette*. E aí, depois de apanhar uma toalha caída, de dardejar a Carlos outro olharzinho petulante, disse que miss Sara vinha imediatamente, e retirou-se na ponta dos sapatos. Fora, na sala, ergueu-se logo a voz do Dâmaso, falando a Melanie *de sa responsabilité, et qu'il était affligé*. Carlos ficou só, na intimidade daquele gabinete de *toilette*, que nessa manhã ainda não fora arrumado. Duas malas, pertencentes decerto a madame, enormes, magníficas, com fecharias e cantos de aço polido, estavam abertas; de uma transbordava uma cauda rica, de seda forte cor de vinho; e na outra era um delicado alvejar de roupa branca, todo um luxo secreto e raro de rendas e *baptistes*, de um brilho de neve, macio pelo uso e cheirando bem. Sobre uma cadeira alastrava-se um monte de meias de seda, de todos os tons, unidas, bordadas, abertas em renda e tão leves que uma aragem as faria voar; e, no chão, corria uma fila de sapatinhos de verniz, todos do mesmo estilo, longos, com o tacão baixo e grandes fitas de laçar. A um canto estava um cesto acolchoado de seda cor-de-rosa, onde decerto viajara a cadelinha. Mas o olhar de Carlos prendia-se sobretudo a um sofá onde ficara estendido, com as duas mangas abertas, à maneira de dois braços que se oferecem, o casaco branco de veludo lavrado de Gênova, com que ele a vira, a primeira vez, apear-se à porta do hotel. O forro, de cetim branco, não tinha o menor acolchoado, tão perfeito devia ser o corpo que vestia; e assim, deitado sobre o sofá, nessa atitude viva, num desabotoado de seminudez, adiantando em vago relevo o cheio de dois seios, com os braços alargando-se, dando-se todos, aquele estofo parecia exalar um calor humano, e punha ali a forma de um corpo amoroso, desfalecendo num silêncio de alcova. Carlos sentiu bater o coração. Um perfume indefinido e forte de jasmim, de marechala, de *tangle-wood* enlevava-se de todas aquelas coisas íntimas, passava-lhe pela face com um bafo suave de carícia...

Então desviou os olhos, aproximou-se da janela, que tinha por perspectiva a fachada enxovalhada do *Hotel Shneid*. Quando se voltou, miss Sara estava diante dele, vestida de preto e muito corada; era uma pessoa simpática, redondinha e pequena, com um ar de rola farta, os olhos sentimentais e uma testa de virgem sob bandós lisos e louros. Balbuciava umas palavras em francês, em que Carlos só percebeu *docteur*.

— *Yes, I am the doctor* — disse ele.

A face da boa inglesa iluminou-se. Oh, era tão bom, ter, enfim, com quem se entender! A menina estava muito melhor! Oh, o doutor vinha livrá-la de uma responsabilidade!...

Abriu o reposteiro, fê-lo penetrar num quarto com as janelas todas cerradas, onde ele apenas distinguiu a forma de um grande leito e o brilho de cristais num toucador. Perguntou para que eram aquelas trevas.

Miss Sara pensara que a escuridão faria bem à menina e a adormeceria. E trouxera-a ali para o quarto da mamã, por ser mais largo e mais arejado.

Carlos fez abrir as janelas; e, quando a grande luz entrou, ao avistar a pequena no leito, sob os cortinados abertos, não conteve a sua admiração.

— Que linda criança!

E ficou um instante a contemplá-la, num enlevo de artista, pensando que os brancos mais mimosos, mais ricos, sob a mais sábia combinação de luz, não igualariam a palidez ebúrnea daquela pele maravilhosa; e esta adorável brancura era ainda realçada por um cabelo negro, tenebroso, forte, que reluzia sob a rede. Os seus dois olhos grandes, de um azul profundo e líquido, pareciam nesse instante maiores, muito sérios e muito abertos para ele.

Estava encostada a um grande travesseiro, toda quieta, com o susto ainda da dor, perdida naquele vasto leito, e apertando nos braços uma enorme boneca paramentada, de pelo riçado, de olhos também azuis e arregalados também.

Carlos tomou-lhe a mãozinha e beijou-lha, perguntando se a boneca também estava doente.

— Cricri também teve dor — respondeu ela muito séria, sem tirar dele os seus magníficos olhos. — Eu já não tenho...

Estava com efeito fresca como uma flor, com a linguazinha muito rosada, e vontade já de lanchar.

Carlos tranquilizou miss Sara. Oh, ela via bem que mademoiselle estava boa. O que a assustara fora achar-se ali só, sem a mamã, com aquela responsabilidade. Por isso a tinha deitado... Oh, se fosse uma criança inglesa saía com ela para o ar... Mas estas meninas estrangeiras, tão delicadas... E o labiozinho gordo da inglesa traía um desdém compassivo por estas raças inferiores e deterioradas.

— Mas a mamã não é doente?

Oh, não! Madame era muito forte. O senhor, esse sim, parecia mais fraco...

— E como se chama a minha querida amiga? — perguntou Carlos, sentado à cabeceira do leito.

— Esta é Cricri — disse a pequena, apresentando outra vez a boneca. — Eu chamo-me Rosa, mas o papá diz que eu sou Rosicler.

— Rosicler? Realmente? — disse Carlos sorrindo daquele nome de livro de cavalaria, recendente a torneios e a bosques de fadas.

Então, como colhendo simplesmente informações de médico, perguntou a miss Sara se a menina sentira a mudança de clima. Habitavam ordinariamente Paris, não é verdade?

Sim, viviam em Paris no inverno, no parque Monceaux; no verão iam para uma quinta da Touraine, ao pé mesmo de Tours, onde ficavam até ao começo da caça; e iam sempre passar um mês a Dieppe. Pelo menos fora assim, nos últimos três anos, desde que ela estava com madame.

Enquanto a inglesa falava, Rosa, com a sua boneca nos braços, não cessava de olhar Carlos gravemente e como maravilhada. Ele, de vez em quando, sorria-lhe ou acariciava-lhe a mãozinha. Os olhos da mãe eram negros; os do pai, de azeviche, e pequeninos; de quem herdara ela aquelas maravilhosas pupilas de um azul tão rico, líquido e doce?

Mas a sua visita de médico findara; ergueu-se para receitar um calmante. Enquanto a inglesa preparava muito cuidadosamente o papel e experimentava a pena, ele examinou um momento o quarto. Naquela instalação banal de hotel, certos retoques de uma elegância delicada revelavam a mulher de gosto e de luxo: sobre a cômoda e sobre a mesa havia grandes ramos de flores; os travesseiros e os lençóis não eram do hotel, mas próprios, de bretanha fina, com rendas e largos monogramas bordados a duas cores. Na poltrona que ela usava, uma caxemira de Tarnah disfarçava o medonho repes desbotado.

Depois, ao escrever a receita, Carlos notou ainda sobre a mesa alguns livros de encadernações ricas, romances e poetas ingleses; mas destoava ali, estranhamente, uma brochura singular: o *Manual de interpretação dos sonhos.* E ao lado, em cima do toucador, entre os marfins das escovas, os cristais dos frascos, as tartarugas finas, havia outro objeto extravagante: uma enorme caixa de pó de arroz, toda de prata dourada, com uma magnífica safira engastada na tampa dentro de um círculo de brilhantes miúdos, uma jóia exagerada de *cocotte*, pondo ali uma dissonância audaz, de esplendor brutal.

Carlos voltou junto do leito e pediu um beijo a Rosicler; ela estendeu-lhe logo a boquinha fresca como um botão de rosa; ele não ousou beijá-la assim naquele grande leito da mãe, e tocou-lhe apenas na testa.

— Quando vens tu outra vez? — perguntou ela, agarrando-o pela manga do casaco.

— Não é necessário vir outra vez, minha querida. Tu estás boa, e Cricri também.

— Mas eu quero o meu lanche... Dize a Sara que eu posso tomar o meu lanche... E Cricri também.

— Sim, já podeis ambas petiscar alguma coisa...

Fez as suas recomendações à mestra, e depois, apertando a mãozinha da pequena:

— E agora adeus, minha linda Rosicler, uma vez que és Rosicler...

E não quis ser menos amável com a boneca; deu-lhe também um *shake hands.*

Isto pareceu cativar Rosa ainda mais. A inglesa, ao lado, sorria, com duas covinhas na face.

Não era necessário, lembrou Carlos, conservar a criança na cama, nem torturá-la com cautelas exageradas...

— *Oh, no, sir!*

E se a dor reaparecesse, ainda que ligeira, mandá-lo logo chamar...

— *Oh, yes, sir!*

E ali deixava o seu bilhete, com a sua *adresse.*

— *Oh, thank you, sir!*

Ao voltar à sala, o Dâmaso saltou do sofá, onde percorria um jornal. Como uma fera a quem se abre a jaula.

— Credo, imaginei que ias lá ficar toda a vida! Que estiveste tu a fazer? Irra, que estopada!

Carlos, calçando as luvas, sorria sem responder.

— Então, é coisa de cuidado?

— Não tem nada. Tem uns lindos olhos... E um nome extraordinário.

— Ah, Rosicler — murmurou Dâmaso, agarrando o chapéu com mau modo —; muito ridículo, não é verdade?

A criada francesa apareceu outra vez a abrir a porta da sala, dardejando para Carlos o mesmo olhar quente e vivo. Dâmaso recomendou-lhe muito que dissesse aos senhores que ele tinha vindo logo com o médico; e que havia de voltar à noite para lhes fazer uma surpresa e para saber se tinham gostado de Queluz, *s'ils avaient aimé Queluz.*

Depois, ao passar diante do escritório, meteu a cabeça, para dizer ao guarda-livros que a menina estava boa, tudo ficava em sossego.

O guarda-livros sorriu e cortejou.

— Queres que te vá levar a casa? — perguntou ele a Carlos, embaixo, abrindo a porta do *coupé*, ainda com um resto de mau humor.

Carlos preferia ir a pé.

— E acompanha-me tu um bocado, Dâmaso, tu agora não tens que fazer.

Dâmaso hesitou, olhando o céu áspero, as nuvens pesadas de chuva. Mas Carlos tomara-lhe o braço, arrastava-o, amável e gracejando.

— Agora que te tenho aqui, velhaco, homem fatal, quero o "romance"... Tu disseste que tinhas um romance. Não te largo. És meu. Venha o romance. Eu sei que os tens sempre bons. Quero o romance!

Pouco a pouco Dâmaso sorria, as bochechas esbraseavam-se-lhe de satisfação.

— Vai-se fazendo pela vida — disse ele a estourar de jactância.

— Vocês estiveram em Sintra?...

— Estivemos, mas isso não foi divertido... O romance é outro!

Desprendeu-se do braço de Carlos, fez um sinal ao cocheiro para que os seguisse, e regalou-se pelo Aterro fora a contar o seu romance.

— A coisa é esta... O marido daqui a dias vai para o Brasil; tem lá negócios. E ela fica! Fica com as criadas e com a pequena, à espera, dois ou três meses. Diz que já andaram até a ver casas mobiliadas, que ela não quer estar no hotel... E eu, íntimo, a única pessoa que ela conhece, metido de dentro... Hein, percebes agora?

— Perfeitamente — disse Carlos, arrojando para longe o charuto, com um gesto nervoso. — E, decerto, a pobre criatura já está fascinada! Já lhe deste, como costumas, um beijo ardente entre duas portas! Já a desgraçada se surtiu da caixa de fósforos, para mais tarde quando a abandonares!

Dâmaso enfiava.

— Não venhas já tu com o espírito e com a chufazinha... Não lhe dei beijos que ainda não houve ocasião... Mas o que te posso dizer, é que tenho mulher!

— Pois já era tempo — exclamou Carlos, sem conter um gesto brusco, e atirando-lhe as palavras como chicotadas. — Já era tempo! Andavas aí metido com umas criaturas ignóbeis, uma ralé de lupanar... enfim, agora há progresso. E eu gosto que os meus amigos vivam numa ordem de sentimentos decentes... Mas vê lá... Não sejas o costumado Dâmaso! Não te vás a alardear isso pelo Grêmio e pela Casa Havanesa!

Desta vez Dâmaso estacou, sufocado, sem compreender aquele modo, semelhante azedume. E terminou por balbuciar, lívido:

— Tu podes entender muito de medicina e de *bric-à-brac*, mas lá a respeito de mulheres, e da maneira de fazer as coisas, não me dás lições...

Carlos olhou-o, com um desejo brutal de o espancar. E de repente sentiu-o tão inofensivo, tão insignificante, com o seu ar bochechudo e mole, que se envergonhou do surdo despeito que o atravessara, tomou-lhe o braço, teve duas palavras amáveis.

— Dâmaso, tu não me compreendeste. Eu não te quis fazer zangar... É para teu bem... O que eu receava é que tu, imprudente, arrebatado, apaixonado, fosses perder essa bela aventura, por uma indiscrição...

E o outro ficou logo contente, sorrindo já, abandonando-se ao braço do seu amigo, certo que o desejo do Maia era que ele tivesse uma amante *chic*. Não, ele não se tinha zangado, nunca se zangava com os íntimos... Compreendia bem que o que Carlos dizia era por amizade...

— Mas tu, às vezes, tens essa coisa que te pegou o Ega, gostas de teu bocadinho de espírito...

E então tranquilizou-o. Não, por imprudência não havia ele de "perder a coisa". Aquilo ia com todas as regras. Lá nisso sobrava-lhe experiência. A Melanie já a tinha na mão; já lhe dera duas libras.

— Isto, de mais a mais, é uma coisa muito séria... Ela conhece meu tio, é íntima dele desde pequena, tratam-se até por *tu*...

— Que tio?

— Meu tio Joaquim Guimarães. M. de Guimaran, o que vive em Paris, o amigo de Gambetta...

— Ah, sim, o comunista...

— Qual comunista! Até tem carruagem!

Subitamente lembrou-lhe outra coisa, um ponto de *toilette* em que queria consultar Carlos.

— Amanhã vou jantar com eles, e vão também dois brasileiros, amigos dele, que chegaram aí há dias, e que partem pelo mesmo paquete... Um é *chic*, é da legação do Brasil em Londres. De maneira que é jantar de cerimônia. O Castro Gomes não me disse nada; mas que te parece? Achas que vá de casaca?...

— Sim, atira-lhe casaca, e uma boa rosa na lapela.

O Dâmaso olhou-o pensativo.

— A mim tinha-me lembrado o hábito de Cristo.

— O hábito de Cristo... Sim, põe o hábito de Cristo ao pescoço, e põe a rosa na botoeira.

— Será talvez demais, Carlos!

— Não, fica bem ao teu tipo.

Dâmaso fizera parar o *coupé* que os tinha seguido a passo. E no último aperto de mão a Carlos:

— Tu sempre vais à noite, aos Cohens, de dominó? O meu fato de selvagem ficou divino. Eu venho mostrá-lo à noite à brasileira... Entro no hotel embrulhado num capote, e apareço-lhes de repente na sala, de selvagem, de Nelusko, a cantar:

Alerta, marinari,
Il vento cangia...

— *Chic* a valer!... *Good bye*!

Às dez horas Carlos vestia-se para o baile dos Cohens. Fora, a noite fizera-se tenebrosa, com lufadas de vento, pancadas de água, que a cada instante batiam agrestemente o jardim. Ali, no gabinete de *toilette*, errava no ar tépido um vago aroma de sabonete e de bom charuto. Sobre duas cômodas de pau preto, marchetadas a marfim, duas serpentinas de velho bronze erguiam os seus molhos de velas acesas, pondo largos reflexos doces sobre a seda castanha das paredes. Ao lado do alto espelho-psichê alastrava-se já, em cima de uma poltrona, o dominó de cetim negro com um grande laço azul-claro.

Batista, com a casaca na mão, esperava que Carlos acabasse a chávena de chá preto que ele estava bebendo aos goles, de pé, em manga de camisa e de gravata branca.

De repente, o timbre elétrico da porta particular retiniu, apressado e violento.

— Talvez outra surpresa — murmurou Carlos. — Hoje é o dia das surpresas...

Batista sorriu, ia pousar a casaca para abrir, quando embaixo vibrou outro repique brutal, de uma impaciência frenética. Então, Carlos, curioso, saiu à antecâmara; e aí, à meia-luz das lâmpadas Carcel, ainda quebrantada pelo tom dos veludos cor de cereja, viu, ao abrir-se a porta por onde entrou um sopro áspero da noite, aparecer vivamente uma forma esguia e vermelha, com um confuso tinir de ferro. Depois, pela escada acima, duas penas negras de galo ondearam, um manto escarlate esvoaçou, e o Ega estava diante dele, caracterizado, vestido de Mefistófeles. Carlos apenas pôde dizer "bravo": o aspecto do Ega emudeceu-o. Apesar dos toques de caracterização que quase o mascaravam, sobrancelhas de diabo, guias de bigode ferozmente exageradas, sentia-se bem a aflição em que vinha, com os olhos injetados, perdido, numa terrível palidez. Fez um gesto a Carlos, arremessou-se pelo gabinete adentro. Batista, logo, discretamente, retirou-se cerrando o reposteiro.

Estavam sós. Então Ega, apertando desesperadamente as mãos, numa voz rouca e de agonia:

— Tu sabes o que me sucedeu, Carlos?

Mas não pôde dizer mais, sufocado, tremendo todo; e diante dele, devorando-o com os olhos, Carlos tremia também, enfiado.

— Cheguei à casa dos Cohens — continuou Ega, por fim, com esforço e quase balbuciando — mais cedo, como tínhamos combinado. Ao entrar na sala, já estavam duas ou três pessoas... Ele vem direto a mim, e diz-me: "Você, seu infame, ponha-se já no meio da rua... Já no meio da rua, senão, diante desta gente, corro-o a pontapés!" E eu, Carlos...

Mas a cólera outra vez abafou-lhe a voz. E esteve um momento mordendo os beiços, recalcando os soluços, com os olhos reluzentes de lágrimas.

Quando as palavras voltaram, foi uma explosão selvagem:

— Quero-me bater em duelo com aquele malvado; a cinco passos, meter-lhe uma bala no coração!

Outros sons estrangulados escaparam-se-lhe da garganta; e, batendo furiosamente o pé, esmurrando o ar, berrava, sem cessar, como cevando-se na estridência da própria voz.

— Quero matá-lo! Quero matá-lo! Quero matá-lo!

Depois, alucinado, sem ver Carlos, rompeu a passear desabridamente pelo quarto, às patadas, com o manto deitado para trás, a espada mal afivelada batendo-lhe as canelas escarlates.

— Então descobriu tudo — murmurou Carlos.

— Está claro que descobriu tudo! — exclamou o Ega, no seu passear arrebatado, atirando os braços ao ar. — Como descobriu, não sei. Sei isto, já não é pouco. Pôs-me fora!... Hei de lhe meter uma bala no corpo! Pela alma de meu pai, hei de lhe varar o coração!... Quero que vás logo pela manhã com o Craft... E as condições são estas: a pistola, a quinze passos!

Carlos, agora outra vez sereno, acabava a sua chávena de chá. Depois, disse muito simplesmente:

— Meu querido Ega, tu não podes mandar desafiar o Cohen.

O outro estacou de repelão, atirando pelos olhos dois relâmpagos de ira a que as medonhas sobrancelhas de crepe, as duas penas de galo ondeando na gorra, davam uma ferocidade teatral e cômica.

— Não o posso mandar desafiar?

— Não.

— Então põe-me fora de casa...

— Estava no seu direito.

— No seu direito!... Diante de toda gente?...

— E tu não eras amante da mulher diante de toda gente?...

O Ega ficou a olhar um momento para Carlos, como atordoado. Depois fez um grande gesto:

— Não se trata da mulher!... Não se falou da mulher! É uma questão de honra para mim; quero mandá-lo desafiar, quero matá-lo...

Carlos encolheu os ombros.

— Tu não estás em ti. Tem só uma coisa a fazer; é ficar amanhã em casa, a ver se ele te manda desafiar a ti...

— O que, o Cohen! — exclamou Ega. — É um covarde, é um canalha!... Ou o mato ou lhe rasgo a cara com um chicote. Desafiar-me! Olha quem... Tu estás doido...

E recomeçou o seu passear desabalado do espelho para a janela, soprando, rilhando os dentes, com repelões para trás ao manto que fazia oscilar, nas serpentinas, as chamas altas das velas. Carlos não dizia nada, de pé junto da mesa, enchendo lentamente de novo a sua chávena. Tudo aquilo começava a parecer-lhe pouco sério, pouco digno; as ameaças de pontapés do marido, os furores melodramáticos do Ega; e mesmo não podia deixar de sorrir diante daquele Mefistófeles esgrouviado, espalhando pelo quarto o brilho escarlate do seu manto de veludo, e a falar furiosamente de honra e de morte, com sobrancelhas postiças e escarcela de couro à cinta.

— Vamos falar ao Craft! — exclamou de repente Ega, parando, com esta brusca resolução. — Quero ver o que diz o Craft. Tenho lá embaixo uma tipoia; estamos lá num instante!

— Ir agora à quinta, aos Olivais? — disse Carlos, olhando o relógio.

— Se és meu amigo, Carlos!...

Carlos imediatamente, sem chamar o Batista, acabou de se vestir.

Ega, no entanto, ia preparando uma chávena de chá, deitando-lhe rum, ainda tão nervoso, que mal podia segurar a garrafa. Depois, com um grande suspiro, acendeu uma *cigarette*. Carlos entrara na alcova de banho, ao lado, alumiada por um forte jato de gás, que assobiava. Fora, a chuva continuava seguida e monótona; as goteiras escoavam-se no chão mole do jardim.

— Achas que a tipoia aguentará? — perguntou Carlos, de dentro.

— Aguenta, é o Canhoto — disse Ega.

Agora reparara no dominó; fora erguê-lo; examinava-lhe o cetim rico, o belo laço azul-claro. Depois, tendo encontrado diante de si o grande espelho-psichê, entalou o monóculo no olho, recuou um passo, contemplou-se de alto a baixo; e terminou por pousar uma das mãos na cinta, apoiar a outra, galhardamente, sobre os copos da espada.

— Eu não estava mal, ó Carlos, hein?

— Estavas esplêndido — respondeu o outro, dentro da alcova. — Foi pena estragar-se tudo... Como estava ela?

— Devia estar de Margarida.

— E ele?

— A besta? De beduíno.

E continuou ao espelho, gozando a sua figura esguia, as penas da gorra, os sapatos bicudos de veludo e a ponta flamante da espada erguendo o manto para trás, numa prega fidalga.

— Mas então — disse Carlos, aparecendo a enxugar as mãos — tu não fazes ideia do que se passou; o que ele diria à mulher, o escândalo...

— Não faço ideia nenhuma — disse o Ega, agora mais sereno. — Quando entrei na primeira sala estava ele, de beduíno; estava um outro sujeito de urso, e uma senhora não sei de quê, de tirolesa, creio eu... Ele veio para mim e disse-me aquilo: "ponha-se fora!" Não sei mais nada... Nem posso perceber... O canalha, se descobriu, naturalmente, para não estragar a festa, não disse nada a Raquel... Depois é que elas são!

Ergueu as mãos para o céu, murmurou:

— É horroroso!

Deu ainda uma volta pelo quarto, e depois numa outra voz, franzindo a face:

— Não sei que diabo aquele Godefroy me deu para colar as sobrancelhas, que me picam que nem diabo!

— Tira-as...

Diante do espelho, Ega hesitava em desmanchar o seu semblante feroz de Satanás. Mas arrancou-as por fim, e a gorra emplumada, muito justa, que lhe escaldava a cabeça. Então Carlos lembrou-lhe que, para ir a casa do Craft, se desembaraçasse do manto e da espada, se agasalhasse num paletó dele. Ega deu ainda um longo e mudo olhar ao seu flamejante traje infernal, e com um profundo suspiro começou a desafivelar o talim. Mas o paletó era muito largo, muito comprido; teve de lhe dar uma dobra nas mangas. Depois Carlos meteu-lhe um boné escocês na cabeça. E assim arranjado, com as canelas vermelhas de diabo aparecendo sob o paletó, a gargantilha escarlate à Carlos IX emergindo da gola, o velho casquete de viagem na nuca, o pobre Ega tinha o ar lamentável de um Satanás pelintra, agasalhado pela caridade de um *gentleman*, e usando-lhe o fato velho.

Batista alumiou, grave e discreto. Ega, ao passar por ele, murmurou:

— Isto vai mal, Batista, isto vai mal...

O velho criado teve um movimento triste de ombros, como significando que nada no mundo ia bem.

Na rua negra, a parelha quieta dobrava a cabeça, sob a chuva. O Canhoto, ao ouvir falar de uma gorjeta de libra, fez um grande espalhafato, rompeu às chicotadas; e a velha traquitana lá partiu a galope, a escorrer água, atroando a calçada.

Por vezes um *coupé* particular cruzava-os; os casacos de gutapercha dos criados branquejavam à luz das lanternas. Então a ideia da festa que devia agora resplandecer; Margarida ignorando tudo, valsando nos braços de outros, ansiosa, à espera dele; a ceia depois, o *champagne*, as coisas brilhantes que ele teria dito, todas essas delícias perdidas se vinham cravar no coração do pobre Ega, arrancavam-lhe pragas surdas. Carlos fumava silenciosamente, com o pensamento no Hotel Central.

Depois de Santa Apolônia a estrada começou, infindável, desabrigada, batida pelo ar agreste do rio. Nenhum dizia uma palavra, cada um para o seu canto, arrepiados na friagem que entrava pelas gretas da tipoia. Carlos não cessava de ver o casaco branco de veludo, com as duas mangas abertas, como dois braços que se ofereciam...

Passava de uma hora quando chegaram à quinta; a sineta do portão, aos puxões do cocheiro encharcado, retumbou lúgubre naquele silêncio escuro de aldeia. Um cão ladrou furiosamente; outros latidos ao longe responderam; e ainda esperaram muito, antes que um criado, sonolento e resmungão, aparecesse com uma lanterna. Uma rua de acácias conduzia à casa; o Ega praguejava, enterrando os seus belos sapatos de veludo no chão lamacento. Craft, surpreendido com aquele tumulto, veio-lhes ao encontro no corredor, de *robe de chambre*, e a *Revista dos Dois Mundos* debaixo do braço. Percebeu logo que havia desastre. Levou-os em silêncio para o seu gabinete, onde um bom lume de carvão na chaminé aquecia, alegrava o aposento todo estofado de cretones claros. Ambos foram direto ao lume.

Ega rompera logo a contar o seu caso enquanto Craft, sem espanto nem exclamações, ia preparando metodicamente sobre a mesa três grogues de conhaque e limão. Carlos, sentado ao pé do fogão, aquecia os pés; e Craft veio acabar de ouvir o Ega, acomodando-se também na sua poltrona, do outro lado da chaminé, com o seu cachimbo na boca.

— Enfim — exclamou Ega, de pé, cruzando os braços — que me aconselhas tu agora?

— Tens a fazer só isto — disse Craft —: esperar amanhã em casa que ele te mande os seus padrinhos... Que tenho a certeza que não manda... E depois, se vos baterdes, deixar-te ferir ou matar.

— Perfeitamente o que eu disse — murmurou Carlos, provando o seu grogue.

Ega olhou-os a ambos, sucessivamente, petrificado. E logo, num fluxo de palavras desordenadas, queixou-se de não ter amigos. Ali estava, naquela crise, a maior da sua vida; e em lugar de encontrar, nos seus camaradas de infância e de Coimbra, apoio, solidariedade, lealdade *à tort et à travers*, abandonavam-no, pareciam querer enterrá-lo e expô-lo a irrisões maiores... Ia-se comovendo; os olhos vermelhejavam-lhe sob as lágrimas. E quando algum deles ia interrompê-lo, numa palavra de senso, batia o pé, persistia na sua teima, um desafio, matar o Cohen, vingar-se! Tinha sido insultado. Não existia outra coisa. Não se tinha falado na mulher. Era ele que devia primeiro mandar padrinhos, lavar a sua honra. Havia pessoas na sala, quando o outro o insultou. Havia um urso e uma tirolesa... E quanto a deixar-se varar por uma bala, não! Tinha mais direito a viver que o Cohen, que era um burguês e um agiota... E ele era um homem de estudo e de arte! Tinha na cabeça livros, ideias, coisas grandes. Devia-se ao país, à civilização!... Se fosse ao campo, era para fazer a sua pontaria e abater o Cohen, ali, como uma besta imunda...

— Mas o que é, é que não tenho amigos! — gritou ele, exausto por fim, caindo para o canto de um sofá.

Craft bebia em silêncio, e aos goles, o seu conhaque.

Foi Carlos que se ergueu, sério e áspero. Ele não tinha direito de duvidar da sua amizade. Quando lhe tinha ela faltado? Mas era necessário não ser pueril, nem teatral... A questão estava simplesmente em que o Cohen o surpreendera amando-lhe a mulher. Logo, podia matá-lo, podia entregá-lo aos tribunais, podia escavacá-lo da sala a pontapés...

— Ou pior — interrompeu Craft. — Mandar-te a senhora, com este bilhetinho: "Guarde-a."

— Ou isso! — continuava Carlos. — Não, senhor; limita-se a proibir-te a entrada em casa, um pouco asperamente, sim, mas indicando que, depois de ter feito isto, não quer nada mais violento, nem mais dramático. Teve portanto um ato de moderação. E tu queres mandá-lo desafiar por isso?...

Mas Ega revoltou-se outra vez, deu um pulo, disparatou pela sala, sem paletó, agora, esguedelhado, parecendo mais fantástico naquele simples gibão escarlate, com os sapatos de veludo enlameados, as longas pernas de cegonha cobertas de malha de seda vermelha. E teimava que se não tratava disso! Não, não se tratava da mulher! A questão era outra...

Carlos então zangou-se.

— Para que diabo te expulsou ele de casa então? Não digas disparates, homem! Nós estamos-te a dizer o que faz um homem de senso. E é triste, que te custe tanto a perceber o que manda o senso. Traíste um amigo teu... Nada de equívocos! Tu declaravas bem alto a tua amizade pelo Cohen. Traíste-o; tens de aceitar a lei: se ele te quiser matar, tens de morrer. Se ele não quiser fazer nada, tens de ficar de braços cruzados. Se ele te quiser chamar aí por essas ruas "um infame", tens de baixar a cabeça, e reconhecer-te infame...

— Então tenho de engolir a afronta?

Os dois amigos explicaram-lhe que aquele fato de Satanás lhe perturbava a lucidez do critério mundano, e que chegava a ser torpe falar ele, Ega, de "afronta".

Ega, outra vez acabrunhado sobre o sofá, conservou um momento a cabeça enterrada nas mãos.

— Eu já nem sei — disse ele por fim. — Vocês devem ter razão... Eu estou-me a sentir idiota... Então, vamos, que hei de eu fazer?

— Vocês têm a tipoia à espera? — perguntou tranquilamente Craft.

Carlos mandara desaparelhar, recolher o gado esfalfado.

— Excelente! Então, meu caro Ega, tens outra coisa a fazer, antes de morrer amanhã talvez; é cear esta noite. Eu ia cear, e por motivos longos de explicar, há nesta casa um peru frio. E há de haver uma garrafa de Bourgogne...

Daí a pouco estavam à mesa, naquela bela sala de jantar do Craft, que encantava sempre Carlos, com as suas tapeçarias ovais representando bocados solitários de arvoredo, as severas faianças da Pérsia, e a sua original chaminé, flanqueada por duas figuras negras de núbios com olhos rutilantes de cristal. Carlos, que se declarara esfomeado, trinchava já o peru, enquanto Craft desarrolhava, com veneração, duas garrafas do seu velho Chambertin, para reconfortar Mefistófeles.

Mas Mefistófeles, sombrio e com os olhos avermelhados, repeliu o prato, desviou o copo. Depois, sempre condescendeu em provar o Chambertin.

— Pois eu — dizia Craft, empunhando o talher —, quando vocês chegaram, estava a ler um artigo interessante sobre a decadência do protestantismo em Inglaterra...

— Que é aquilo, além, naquela lata? — perguntou Ega, com uma voz moribunda.

Um *pâté de foie-gras*. Mefistófeles escolheu com tédio uma trufa.

— Bem bom este teu Chambertin — suspirou ele.

— Anda, come e bebe com franqueza — gritou-lhe Craft. — Não te romantizes. Tu o que tens é fome. Todas as tuas ideias esta noite se ressentem da debilidade!

Então Ega confessou que devia estar fraco. Com aquela excitação do seu traje de Satanás nem jantara, contando cear bem em casa do outro... Sim, com efeito, tinha apetite! Excelente *foie-gras*... E daí a pouco devorava; foram talhadas de peru, uma porção imensa de língua de Oxford, duas vezes presunto de York, todas aquelas boas coisas inglesas que havia sempre em casa do Craft. E ele só bebeu quase toda uma garrafa de Chambertin.

O escudeiro fora preparar o café; e, no entanto, ia-se discutindo, em todas as hipóteses, a atitude provável do Cohen com a mulher. Que faria ele? Talvez lhe perdoasse. Ega afirmava que não; era vaidoso, e de rancores longos! Num convento também não a fechava, sendo judia...

— Talvez a mate — disse Craft, com toda a seriedade.

Ega, já com os olhos brilhantes do Bourgogne, declarou tragicamente que ele então entrava num mosteiro. Os dois gracejaram, sem piedade. Em que mosteiro queria ele entrar? Nenhum era congênere com o Ega! Para dominicano era muito magro; para trapista muito lascivo; muito palrador para jesuíta; e para beneditino muito ignorante... Era necessário criar uma ordem para ele! Craft lembrou a *Santa Blague*!

— Vocês não têm coração — exclamou Ega, enchendo outro grande copo. — Vocês não sabem, eu adorava aquela mulher!

Então largou a falar de Raquel. E teve ali, decerto, os momentos melhores de toda aquela paixão, porque pôde, sem escrúpulo, fazer reluzir a sua auréola de amante, banhar-se no mar de leite das confidências vaidosas. Começou por contar o encontro com ela na Foz, enquanto Craft, sem perder uma palavra, como quem se instrui, se erguera a abrir uma garrafa de *champagne*. Disse depois dos passeios na Cantareira; as cartinhas ainda hesitantes e platônicas, trocadas entre folhas de livros emprestados, em que ela se assinava "Violeta de Parma"; o primeiro beijo, o melhor, surripiado entre duas portas, enquanto o marido correra acima a buscar-lhe charutos especiais; os *rendez-vous* no Porto, no Cemitério do Repouso, as pressões ardentes de mãos à sombra dos ciprestes , e os planos de voluptuosidade combinados entre as lápides fúnebres...

— Muito curioso! — dizia o Craft.

Mas Ega teve de se calar; o criado entrava com o café. Enquanto se enchiam as chávenas e Craft fora buscar uma caixa de charutos, ele acabou a garrafa de *champagne*, já pálido, com o nariz afilado.

O criado saiu, correndo o reposteiro de tapeçaria, e logo Ega, com o cálice de conhaque ao lado, recomeçou as confidências; contou a volta a Lisboa, à Vila Balzac, as manhãs deliciosas passadas lá com ela no calor de um ninho de amor...

Mas agora interrompia-se, vago e com os olhos turvos, enterrando um momento a cabeça entre os punhos.

Depois lá vinha outro detalhe, os nomes lúbricos que ela lhe dava, uma certa coberta de seda preta onde ela brilhava como um jaspe... Duas lágrimas embaciaram-lhe os olhos; jurou que queria morrer!

— Se vocês soubessem que corpo de mulher! — gritou ele, de repente. — Oh! meninos, que corpo de mulher... Imaginem vocês um peito...

— Não queremos saber — disse Carlos. — Cala-te, tu estás bêbado, miserável!

Ega ergueu-se, retesando a perna, arrimado de lado à mesa. Bêbado! Ele? Ora essa!... Era coisa que não podia, era empiteirar-se. Tinha feito o possível, bebido tudo, até aguarrás. Nunca! Não podia...

— Olha, vou pôr aquela garrafa à boca, tu verás... E fico frio, fico impassível. A discutir filosofia... Queres que te diga o que penso de Darwin? É uma besta... Ora aí tens. Dá cá a garrafa.

Mas Craft recusou-lha; e, um momento, Ega ficou oscilando, a olhar para ele, com a face lívida.

— Ou me dás a garrafa... ou me dás a garrafa, ou te meto uma bala no coração... Não, nem vales a bala... Vou-te dar uma bolacha!

De repente os olhos cerraram-se-lhe; abateu-se sobre a cadeira; daí sobre o chão, como um fardo.

— Terra! — disse tranquilamente Craft.

Tocou a campainha, o escudeiro entrou, apanharam João da Ega. E enquanto o levavam para o quarto dos hóspedes e lhe despiam o fato de Satanás, não cessou de choramingar, dando beijos babosos pelas mãos de Carlos, balbuciando:

— Raquelzinha!... "Racaqué", minha "Raquezinha"! Gostas do teu "bichinho"?...

Quando Carlos partiu na tipoia para Lisboa, não chovia; um vento frio ia varrendo o céu; já clareava a alvorada.

Ao outro dia, às dez horas, Carlos voltou aos Olivais. Achou Craft dormindo, e subiu ao quarto de Ega. As janelas tinham ficado abertas; um largo raio de sol dourava o leito; e ele ressonava ainda, no meio daquela auréola, deitado de lado, com os joelhos contra o estômago, o nariz dentro dos lençóis.

Quando Carlos o sacudiu, o pobre John abriu um olho triste, e bruscamente ergueu-se sobre o cotovelo, olhando espantado para o quarto, para os cortinados de damasco verde, para um retrato de dama empoada que lhe sorria de dentro da sua moldura dourada. Decerto as memórias da véspera o assaltaram, porque se enterrou para baixo, com os lençóis até ao queixo; e a sua face esverdeada, envelhecida, exprimiu a desconsolação de deixar aqueles fofos colchões, a paz confortável da quinta, para ir afrontar a Lisboa toda sorte de coisas amargas.

— Está frio lá fora? — perguntou ele, melancolicamente.

— Não, está um dia adorável. Mas levanta-te, depressa! Se lá for alguém, da parte do Cohen, podem imaginar que fugiste...

Ega deu imediatamente um pulo na cama, e atordoado, esguedelhado, procurava roupa, com as canelas nuas, tropeçando contra os móveis. Só achou o gibão de Satanás. Chamaram o criado, que trouxe umas calças de Craft. Ega enfiou-as à pressa; e sem se lavar, com a barba por fazer, a gola do paletó erguida, enterrou enfim na cabeça o boné escocês, voltou-se para Carlos, disse com ar trágico:

— Vamos a isso!

Craft, que se erguera, foi acompanhá-los ao portão, onde esperava o *coupé* de Carlos. Na alameda de acácias, tão tenebrosa na véspera, sob a chuva, cantavam agora os pássaros. A quinta, fresca e lavada, verdejava ao sol. O grande terra-nova do Craft pulava em roda deles.

— Dói-te a cabeça, Ega? — perguntou Craft.

— Não — respondeu o outro, acabando de abotoar o paletó. — Eu ontem não estava bêbado... O que estava era fraco.

Mas, ao entrar para o *coupé*, fez, com um ar profundo e filosófico, esta reflexão:

— O que é a gente beber bons vinhos... Estou como se não fosse nada!

Craft recomendou que, se houvesse novidade, lhe mandassem um telegrama; fechou a portinhola; o coupé partiu.

Durante a manhã não veio telegrama à quinta; e quando Craft apareceu na Vila Balzac, onde uma carruagem de Carlos esperava à porta, já escurecera; duas velas ardiam na triste sala verde. Carlos, estirado no sofá, dormitava, com um livro aberto sobre o estômago; e Ega passeava de um lado para o outro, todo vestido de preto, pálido, com uma rosa na botoeira. Tinham estado ali na sala, naquela seca, esperando todo o dia as testemunhas do Cohen.

— Que te dizia eu? Não há nada, nem podia haver — murmurou Craft.

Mas Ega, agora agitado de ideias negras, temia que ele tivesse assassinado a mulher! O sorriso cético de Craft indignou-o. Quem conhecia melhor o Cohen do que ele? Sob a aparência burguesa, era um monstro! Tinha-o visto matar um gato, só por capricho de derramar sangue...

— Tenho um pressentimento de desgraça — balbuciou ele, aterrado.

E logo nesse momento a campainha retiniu. Ega acordou precipitadamente Carlos, empurrou os dois amigos para o quarto de cama. Craft ainda lhe disse que, àquela hora, não podiam ser os amigos do Cohen. Mas ele queria estar só na sala; e lá ficou, mais pálido, rígido, muito abotoado na sobrecasaca, com os olhos cravados na porta.

— Que maçada! — dizia Carlos dentro, tenteando a escuridão do quarto.

Craft acendeu no toucador um resto de vela. Uma luz triste espalhou-se, tudo apareceu num desarranjo: no meio do chão estava caída uma camisa de dormir; a um canto ficara a bacia de banho com água de sabão; e, no centro, o enorme leito, envolto nas suas cortinas de seda vermelha, conservava uma majestade de tabernáculo.

Um momento estiveram calados. Craft metódico, e como quem se instrui, examinava o toucador, onde havia um maço de ganchos de cabelo, uma liga com o fecho quebrado, um ramo de violetas murchas. Depois foi olhar o mármore da cômoda; aí ficara um prato com ossos de frango, e ao lado uma meia folha de papel escrita a lápis, toda emendada, decerto trabalho literário do Ega. Ele achava tudo isto muito curioso.

Da sala, no entanto, vinha um ciciar de vozes sutil e íntimo. Carlos, escutando, julgou sentir uma fala abafada de mulher... Impaciente, foi à cozinha. A criada estava sentada à mesa, com a mão metida pelos cabelos, sem fazer nada, a olhar para a luz; o pajem, espaparrado numa cadeira, chupava o seu cigarro.

— Quem foi que entrou? — perguntou Carlos.

— Foi a criada do Senhor Cohen — disse o garoto, escondendo o cigarro atrás das costas.

Carlos voltou ao quarto, anunciando:

— É a confidente. As coisas terminam amavelmente.

— E como queria você que terminassem? — disse Craft. — O Cohen tem o seu Banco, os seus negócios, as suas letras a vencer, o seu crédito, a sua respeitabilidade, todo um arranjo de coisas a que não convém um escândalo... É isto que calma os maridos. Além disso, já se satisfez, já lhe ofereceu pontapés...

Nesse instante houve um rumor na sala; Ega abriu violentamente a porta.

— Não há nada — exclamou ele. — Deu-lhe uma coça, e vão amanhã para Inglaterra!

Carlos olhou para o Craft, que movia a cabeça, como vendo todas as suas previsões realizadas, e aprovando plenamente.

— Uma coça — dizia o Ega, com os olhos chamejantes e numa voz que sibilava. — E depois fizeram as pazes... Vem ainda a ser um *ménage* modelo! A bengala purifica tudo... Que canalha!

Estava furioso. Nesse momento odiava Raquel, não perdoando ao seu ídolo ter-se deixado desfazer à paulada. Lembrava-se justamente da bengala do Cohen, um junco da Índia, com uma cabeça de galgo por castão. E aquilo zurzira as carnes que ele tinha apertado com paixão! Aquilo pusera vergões roxos onde os seus lábios tinham avivado sinais cor-de-rosa! E tinham "feito as pazes". E assim terminava, reles e chinfrim, o romance melhor da sua vida! Preferiria sabê-la morta, a sabê-la espancada. Mas não! Levava a sova, deitava-se depois com o marido, e ele mesmo, decerto arrependido, chamando-lhe nomes doces, a ajudava, em ceroulas, a fazer as aplicações de arnica! Aquilo acabava em arnica!

— Entre vossemecê para aqui, Senhora Adélia — gritou ele para a sala. — Entre para aqui! Aqui só há amigos. O segredo acabou, o pudor acabou! Isto são amigos! Somos três, mas somos um! Tem vossemecê diante de si o grande mistério da Santíssima Trindade. Sente-se, Senhora Adélia, sente-se... Não faça cerimônia... E pode contar... Aqui a Senhora Adélia, meninos, viu tudo, viu a coça!

A Senhora Adélia, uma moça gordinha e baixa, de bonitos olhos, com um chapéu de flores vermelhas, veio logo da sala retificando. Não, ela não vira... Então o Senhor Ega não tinha percebido bem... Ela só "ouvira".

— Aqui está como foi, meus senhores... Eu tinha ficado a pé, naturalmente, até o fim do baile, e estava que nem me tinha nas pernas. Era já dia claro, quando o senhor, ainda vestido de mouro, se fechou no quarto com a senhora. Eu fiquei na cozinha com o Domingos à espera que eles tocassem a campainha. De repente ouvimos gritos!... Eu fiquei estarrecida, pensei até que eram ladrões. Corremos, eu e o Domingos, mas a porta do quarto estava fechada, e os dois estavam por dentro, lá para o fundo da alcova. Eu ainda pus o olho à fechadura, mas não pude ver nada... Lá o estalar de bofetadas, e trambolhões, e sons de bengaladas, isso sim, isso ouvia-se perfeitamente; e os gritos. Eu disse logo ao Domingos: "ai, que é uma questão; ai, que lá se foi tudo." Mas de repente, silêncio, geral! Nós voltamos para a cozinha; daí a pouco o Senhor Cohen apareceu, todo esguedelhado, em mangas de camisa, a dizer que nos podíamos deitar, que eles não precisavam nada, e que amanhã falaríamos!... Depois lá ficaram toda a noite, e pela manhã parece que estavam muito amiguinhos... Que eu não pus os olhos na senhora. O Senhor Cohen, apenas se levantou, veio à cozinha, fez-me ele as contas, e pôs-me fora; muito malcriado, até me ameaçou com a polícia... Foi pelo Domingos que eu soube agora, quando fui buscar o baú com um galego, que o Senhor Cohen ia com a senhora para a Inglaterra. Enfim, um chinfrim... Eu até tenho estado todo o dia com o estômago embrulhado.

A Senhora Adélia com um suspiro, pondo os olhos no chão, calou-se. Ega, com os braços cruzados, olhava amargamente para os seus amigos. Que lhes parecia aquilo? Uma coça!... Se um covarde daqueles não merecia uma bala no coração! Mas ela também, deixar-se tocar, não ter fugido, consentir, ainda depois em dormir com ele!... Tudo uma corja!

— E a Senhora Adélia — perguntava Craft — não tem ideia de como ele descobriu?...

— Isso é que é prodigioso! — gritou Ega, apertando as mãos na cabeça.

Sim, prodigioso! Não fora carta apanhada: eles não se escreviam. Não podia ter surpreendido as visitas à Vila Balzac; as coisas estavam combinadas com uma arte muito sutil, perfeitamente impenetráveis. Para vir ali, nunca ela cometera a indiscrição de se servir da sua carruagem. Nunca ela claramente entrara pela porta. Os criados dele nunca a tinham visto, não sabiam quem era a senhora que o visitava... Tantos cuidados, e tudo estragado!

— Estranho, estranho! — murmurava Craft.

Houve um silêncio. A Senhora Adélia terminara por descansar familiarmente numa cadeira, com a sua trouxazinha no regaço.

— Pois olhe, Senhor Ega — disse ela, depois de refletir —, creia então uma coisa, é que foi em sonhos. Já tem acontecido... Foi a senhora que sonhou alto com V. Exa., disse tudo, o Senhor Cohen ouviu, ficou de pedra no sapato, espreitou-a e descobriu a marosca... E eu sei que ela sonha alto.

Ega, diante da Senhora Adélia, percorria-a desde as flores do chapéu até à roda das saias, com os olhos faiscantes.

— Como é possível que ele ouvisse? Se eles tinham quartos separados!... Eu sei que tinham.

A Senhora Adélia baixou as pálpebras, acariciou com os dedos calçados de luvas pretas a sua trouxazinha redonda e disse mais baixo estas palavras:

— Não tinham, não senhor. Nem a senhora consentia em tal arranjo... A senhora gosta muito do marido, tem muitos ciúmes dele.

Houve um silêncio embaraçado e desagradável. Sobre o toucador o resto da vela acabava, com uma luz lúgubre. E Ega, que afetara sorrir, encolher os ombros, dava pelo quarto passos lentos e murchos, triturando o bigode com a mão trêmula. Então, Carlos enojado, cansado daquele episódio que durava desde a véspera, e onde constantemente se remexera em lodo, declarou que era necessário findar! Eram oito horas, e ele queria jantar...

— Sim, vamos todos jantar — murmurou o Ega, com o ar confuso e embaçado.

De repente fez um sinal à Senhora Adélia, arrastou-a para a sala, fechou-se lá outra vez.

— Você não está farto disto, Craft? — exclamou Carlos, desesperado.

— Não. Acho um estudo curioso.

Esperaram ainda dez minutos. Subitamente a vela extinguiu-se. Carlos, furioso, gritou pelo pajem. E o garoto entrava com um imundo candeeiro de petróleo quando Ega, mais composto, voltou da sala. Tudo acabara; a Senhora Adélia partira.

— Vamos lá jantar — disse ele. — Mas aonde, a esta hora?

E ele mesmo lembrou o André, ao Chiado. Embaixo, além do *coupé* de Carlos, esperava a tipoia do Craft. As duas carruagens partiram. A Vila Balzac ficava apagada, muda, doravante inútil.

No André tiveram de esperar muito tempo, num gabinete triste, com um papel de estrelinhas douradas, cortininhas de cassa barata sob sanefas de repes azul, e dois bicos de gás que silvavam. Ega, enterrado no sofá de molas gastas e lassas, cerrara os olhos, parecia exausto. Carlos ia contemplando as gravuras pela parede, todas relativas a espanholas: uma saindo da igreja; outra saltando uma pocinha de água; outra, de olhos baixos, escutando os conselhos de um canônico. Craft, já à mesa, com a cabeça entre os punhos, percorria um *Diário da Manhã*, que o criado oferecera para os senhores se entreterem.

De repente o Ega deu um murro no sofá, que rangeu lamentavelmente.

— Eu o que não percebo — gritou ele — é como aquele malvado descobriu!...

— A hipótese da Senhora Adélia — disse Craft, erguendo os olhos do jornal — parece provável. Ou em sonhos, ou acordada, a pobre senhora descaiu-se. Ou talvez uma denúncia anônima. Ou talvez apenas um acaso... O fato é que o homem desconfiou, espreitou-a e apanhou-a.

Ega erguera-se:

— Eu não vos quis dizer diante da Adélia, que não estava no segredo todo. Mas vocês conhecem a casa defronte da minha, do outro lado da viela, uma casa com um grande quintal? Aí mora uma tia da Gouvarinho, a D. Maria Lima, uma pessoa respeitável. A Raquel é íntima de todo mundo. Depois saía por uma portinha do quintal, atravessava a viela, e estava à porta da minha casa, à porta escusa, à porta da escada que vai ter ao cacifo de banho. Já vocês veem... Os criados nem a avistavam. Quando ela lá lanchava, o lanche estava já posto no meu quarto, as portas fechadas. Mesmo se alguém visse, era uma senhora com um véu preto, que vinha de casa da Lima... Como podia o homem apanhá-la?... Além disso, em casa da Lima, ela mudava de chapéu e punha um *waterproof*.

Craft cumprimentou.

— É brilhante! Parece de Scribe.

— Então — disse Carlos sorrindo —, essa respeitável fidalga...

— A D. Maria, coitada... Eu te digo, é uma excelente velha, recebida em toda parte, mas pobre; e faz destes favores... Às vezes mesmo em casa dela.

— Leva caro por esses serviços? — perguntou tranquilamente Craft, que em todo aquele caso procurava instruir-se.

— Não, coitada — disse o Ega. — Dão-se-lhe de vez em quando cinco libras.

O criado entrava com uma travessa de camarões; os três em silêncio acomodaram-se à mesa.

Depois do jantar recolheram ao Ramalhete. Ega ia lá dormir, receando, com os nervos tão excitados, a solidão da Vila Balzac. Partiram, de charutos acesos, numa caleche descoberta, sob a noite estrelada e doce.

Felizmente não estava ninguém no Ramalhete; Ega, cansado, pôde retirar-se logo para o seu quarto, um aposento de hóspedes no segundo andar, onde havia um belo leito antigo de pau preto. Aí, apenas o criado o deixou, Ega aproximou-se do tremó onde ardiam as luzes, e tirou do pescoço, de sob a camisa, um medalhão de ouro. Tinha dentro uma fotografia de Raquel; e a sua intenção agora era queimá-la, deitar ao balde das águas sujas as cinzas daquela paixão. Mas, ao abrir o medalhão, a face bonita, banhada num sorriso, sob o vidro oval, pareceu olhar para ele com uma tristeza no veludo das pupilas lânguidas... A fotografia mostrava apenas a cabeça, com uma abertura de decote no começo do vestido; e as recordações de Ega alargaram aquele decote uma vez mais, revendo o colo, o extraordinário cetim da pele, o sinalzinho sobre o seio esquerdo... O sabor dos seus beijos passou-lhe de novo nos lábios; sentiu na alma outra vez como o eco dos suspiros cansados que ela soltara nos seus braços. E ela ia-se embora; "nunca mais" a veria! Esta desolada amargura do nunca mais revolveu-o todo, e com a face enterrada no travesseiro o pobre demagogo, o grande fraseador, soluçou muito tempo no segredo da noite.

Toda essa semana foi dolorosa para o Ega. Logo ao outro dia Dâmaso aparecera no Ramalhete, e por ele ouviram os rumores de Lisboa. Já se sabia no Grêmio, no Chiado, por toda parte, que ele fora expulso da casa dos Cohens. O urso, a pastora do Tirol, testemunhas do episódio, tinham-no badalado com entusiasmo. Dizia-se mesmo que o Cohen lhe dera um pontapé. Os amigos da casa, esses, sobretudo o Alencar, pregavam com fervor a inocência da Senhora D. Raquel. O Alencar contava publicamente que o Ega, provinciano inexperiente e leão de Celorico, tendo tomado por evidências de paixão os sorrisos de amabilidade de uma senhora que recebe, escrevera à Senhora D. Raquel uma carta quase obscena, que ela, coitadinha, toda em lágrimas, viera mostrar ao marido.

— Então dão-me para baixo, hein, Dâmaso? — murmurou Ega que, no gabinete de Carlos, embrulhado numa velha *ulster* e encolhido numa poltrona, escutava estas coisas com um ar cansado e doente.

Dâmaso confessou que na sociedade lhe davam para baixo.

Ah, ele sabia-o bem! Tinha antipatias em Lisboa. Ninguém lhe perdoara ainda a peliça. A sua verve, toda em sarcasmos, ofendia. E era desagradável para muita gente que um homem, com esse espírito tão perigoso de ferro em brasa, tivesse uma mãe rica e fosse independente.

Depois, no sábado seguinte, Carlos, ao voltar do jantar dos Gouvarinhos — que fora excelente — contou-lhe a conversa que tivera com a senhora condessa. A condessa falara-lhe muito livremente, como um homem, daquele desastre do Ega. Tinha-se afligido muito, não só pela Raquel, coitada, de quem era amiga, mas pelo Ega, que ela apreciava tanto, tão interessante, tão brilhante, e que saía de tudo aquilo enxovalhado! O Cohen dizia a todos (dissera-o ao Gouvarinho) que ameaçara o Ega de pontapés, por ele ter escrito a sua mulher uma carta imunda. Os que não sabiam nada, como o Gouvarinho, acreditavam, apertavam as mãos na cabeça; e os que sabiam, os que havia seis meses sorriam da intimidade do Ega com os Cohens, afetavam também acreditar, cerravam os punhos de indignação. O Ega era odiado. E a pequena Lisboa, que vive entre o Grêmio e a Casa Havanesa, folgava em “enterrar” o Ega.

Ega, com efeito, sentia-se “enterrado”. E nessa noite declarou a Carlos que decidira recolher-se à quinta da mãe, passar lá um ano a acabar as *Memórias dum átomo*, e reaparecer em Lisboa com o seu livro publicado, triunfando sobre a cidade, esmagando os medíocres. Carlos não perturbou esta radiante ilusão.

Mas quando Ega, antes de partir, foi recapitular os seus negócios de casa, de dinheiro, encontrou-se diante de coisas abomináveis. Devia a todo mundo, desde o estofador até ao padeiro; tinha três letras a vencer; aquelas dívidas, se as deixasse, soltas e ladrando, juntar-se-iam, na tagarelice pública, ao caso dos Cohens, e ele seria, além do amante ameaçado de pontapés, o pelintra perseguido pelos credores! Que havia de fazer, se não valer-se de Carlos? Carlos, para regular tudo, emprestou-lhe dois contos de réis.

Depois, tendo despedido os criados da Vila Balzac, surgiram-lhe outras complicações. A mãe do pajem veio daí a dias ao Ramalhete, muito insolente, gritando que o filho lhe desaparecera! E era exato: o famoso pajem, pervertido pela cozinheira, sumira-se com ela para as vielas da Mouraria, a começar aí uma divertida carreira de faia.

Ega recusou-se a atender as reclamações da matrona. Que diabo tinha ele com essas torpezas?

Então o amante da criatura interveio, ameaçadoramente. Era um polícia, um esteio da ordem; e deu a entender que lhe seria fácil provar como na Vila Balzac se passavam "coisas contra a natureza", e que o pajem não era só para servir à mesa... Nauseado até à morte, Ega pactuou com a intrujice, largou cinco libras ao polícia. Quando nessa noite, uma noite triste de água, Carlos e Craft o acompanharam a Santa Apolônia, ele disse-lhes na carruagem estas palavras, triste resumo de um amor romântico:

— Sinto-me como se a alma me tivesse caído a uma latrina! Preciso de um banho por dentro!

Afonso da Maia, ao saber este desastre do Ega, tinha dito a Carlos, com tristeza:

— Má estreia, filho, péssima estreia!

E nessa noite, depois de voltar de Santa Apolônia, Carlos pensava nestas palavras, dizia também consigo: — Péssima estreia!... E nem só a estreia do Ega era péssima; também a sua. E talvez, por pensar nisso, as palavras do avô tenham tido aquela tristeza. Péssimas estreias! Havia seis meses que o Ega chegara de Celorico, embrulhado na sua grande peça, preparado a deslumbrar Lisboa, com as Memórias dum átomo, a dominá-la com a influência de uma revista, a ser uma luz, uma força, mil outras coisas... E agora, cheio de dívidas e cheio de ridículo, lá voltava para Celorico, escorraçado. Péssima estreia! Ele, por seu lado, desembarcara em Lisboa, com ideias colossais de trabalho, armado como um lutador: era o consultório, o laboratório, um livro iniciador, mil coisas fortes... E, que tinha feito? Dois artigos de jornal, uma dúzia de receitas e esse melancólico capítulo da Medicina entre os gregos. Péssima estreia! Não, a vida não lhe parecia prometedora, nesse instante, passeando na sala de bilhar com as mãos nos bolsos, enquanto ao lado os amigos conversavam e fora uivava o sudoeste. Pobre Ega, que infeliz iria, encolhido ao canto do seu vagão!... Mas os outros, ali, não estavam mais alegres. Craft e o marquês tinham começado uma conversa sobre a vida, soturna e desconsoladora. De que servia viver, dizia Craft, não se sendo um Livingstone ou um Bismarck? E o marquês, com um ar filosófico, achava que o mundo se ia tornando estúpido. Depois, chegou o

Taveira com a história horrível de um colega dele, cujo filho caíra pela escada, se despedaçara, no momento em que a mulher estava a morrer de uma pleurisia. Cruges resmungou o que quer que fosse sobre suicídio. As palavras arrastavam-se, melancólicas. Instintivamente, Carlos, de vez em quando, ia despertar as lâmpadas.

Mas tudo lhe pareceu resplandecer, quando daí a instantes Dâmaso chegou, e lhe disse que o Castro Gomes estava incomodado, e de cama.

— Naturalmente — acrescentou o Dâmaso — mandam-te chamar, por teres já visto a pequena...

Carlos ao outro dia não saiu de casa, esperando um recado, faiscando de impaciência. Nenhum recado veio. E, duas tardes depois, ao descer para o Aterro, o primeiro encontro que teve, às Janelas Verdes, foi o Castro Gomes, de caleche descoberta, com a mulher ao lado e a cadelinha no colo.

Ela passou, sem o ver. E logo ali Carlos decidiu findar aquela tortura, pedir muito simplesmente ao Dâmaso que o apresentasse ao Castro Gomes, antes de ele partir para o Brasil... Não podia mais, precisava ouvir a voz dela, ver o que os seus olhos diziam quando eram interrogados de perto.

Mas toda essa semana achou-se, constantemente, sem saber como, na companhia dos Gouvarinhos. Começou por encontrar o conde, que lhe travou do braço, arrastou-o à Rua de S. Marçal, instalou-o numa poltrona, no seu escritório, e leu-lhe um artigo que destinava ao Jornal do Comércio sobre a situação dos partidos em Portugal; depois convidou-o a jantar. Na tarde seguinte eles tinham uma partida de *cricket*. Carlos foi. E a uma janela, aberta sobre o jardim, teve um momento de intimidade com a condessa, contou-lhe, rindo, como os cabelos dela o tinham encantado, a primeira vez que a vira. Nessa noite ela falou de um livro de Tennyson, que não lera; Carlos ofereceu-lho, foi-lho levar ao outro dia, de manhã. Encontrou-a só, toda vestida de branco; e riam, baixavam já a voz; as duas cadeiras estavam mais juntas, quando o escudeiro anunciou a senhora D. Maria da Cunha. Era uma coisa tão extraordinária, D. Maria da Cunha àquela hora! Carlos, de resto, gostava muito da D. Maria da Cunha, uma velha engraçada, toda bondade, cheia de simpatia por todos os pecados, e ela mesmo muito pecadora quando era a linda Cunha, D. Maria era muito faladora; parecia ter o que dizer em particular à condessa; e Carlos deixou-as, prometendo voltar numa dessas tardes tomar chá e falar de Tennyson.

Na tarde em que ele se vestia para lá ir, Dâmaso apareceu-lhe no quarto, a dar-lhe uma novidade que o enchia de desgosto e de "ferro". O telhudo do Castro Gomes mudara de ideia, já não iria ao Brasil! Ficava ali, no Central, até ao meado do verão! De sorte que estava tudo estragado...

Carlos pensou logo em falar da sua apresentação ao Castro Gomes. Mas, como em Sintra, sem saber por que, veio-lhe uma repugnância de a conhecer por meio do Dâmaso. E foi-se vestindo em silêncio.

Dâmaso, no entanto, maldizia a sua "chance":

— E eu que tinha mulher; eu que a tinha, se houvesse ocasião.

— Mas, que diabo queres tu, assim?...

Queixou-se então do Castro Gomes. Em resumo, era um telhudo. E a vida daquele homem era misteriosa... Que diabo estava ele a fazer em Lisboa? Ali havia dificuldade de dinheiro... E eles não se davam bem. Na véspera houvera, decerto, questão. Quando ele entrara, ela estava com os olhos vermelhos, e enfiada; e ele, nervoso, a passear pela sala, a retorcer a barba... Ambos contrafeitos, uma palavra cada quarto de hora...

— Sabes tu? — exclamou ele. — Tenho minha vontade de os mandar à fava.

Queixou-se também dela. Era sobretudo muito desigual. Ora bom modo, ora regelada; e, às vezes, ele dizia qualquer coisa muito natural, destas coisas de conversa de sociedade, e ela punha-se a rir. Era de encavacar, hein? Enfim, gente muito esquisita.

— Onde vais tu? — disse ele, com um suspiro de aborrecimento, vendo Carlos pôr o chapéu.

Ia tomar chá com a Gouvarinho.

— Pois olha, vou contigo... Estou de uma seca.

Carlos hesitou um instante, terminou por dizer:

— Vem, fazes-me até favor...

A tarde estava lindíssima; Carlos ia no *dog-cart*.

— Há que tempos que não damos assim um passeio juntos — disse Dâmaso.

— Tu andas lá metido com estrangeiros!...

Dâmaso deu outro suspiro, e não tornou a dizer mais nada. Depois, à porta dos Gouvarinhos, quando soube que a senhora condessa recebia, resolveu subitamente não entrar. Não, não entrava. Estava muito estúpido, incapaz de achar uma palavra...

— Ah, e outra coisa que me lembrou agora — exclamou ele, demorando ainda Carlos diante do portão. — O Castro Gomes, ontem, perguntou-me o que te havia de mandar pela visita à pequena... Eu disse que tu tinhas ido lá por favor, como meu amigo. E ele disse que te havia de vir deixar um bilhete... Naturalmente vens a conhecê-los.

Não era, pois, necessário que Dâmaso o apresentasse!

— Aparece à noite, Damasozinho; vai lá jantar amanhã! — exclamou Carlos, subitamente radiante, dando um ardente aperto de mão ao seu amigo.

Quando entrou na sala, um escudeiro acabava de servir chá. A sala, forrada de um papel severo, verde e ouro, com retratos de família em caixilhos pesados, abria por duas varandas sobre a folhagem do jardim. Em cima das mesas havia cestos de flores. No sofá, duas senhoras de chapéu, ambas de preto, conversavam, com a chávena na mão. A condessa, ao estender os dedos a Carlos, ficara tão cor-de-rosa como a seda acolchoada da cadeira em que estava recostada, ao pé de um velador de pau-santo. Notou logo, sorrindo, o ar radiante de Carlos. Que lhe tinha acontecido de bom? Carlos sorriu também, disse que não era possível entrar ali com outro ar. Depois perguntou pelo conde...

O conde ainda não aparecera, detido decerto na Câmara dos Pares, onde se discutia o projeto sobre a reforma da Instrução Pública. Uma das senhoras de preto fazia votos para que se aliviassem os estudos. As pobres crianças sucumbiam verdadeiramente à quantidade exagerada de matérias, de coisas a decorar: o dela, o Joãozinho, andava tão pálido e tão desfigurado, que ela às vezes tinha vontade de o deixar ficar ignorante de todo. A outra senhora pousou a chávena sobre uma consola ao lado, e passando sobre os lábios a renda do lenço, queixou-se sobretudo dos examinadores. Eram um escândalo as exigências, as dificuldades que punham, só para poder deitar RR... Ao pequeno dela tinham feito as perguntas mais estúpidas, as mais reles; assim, por exemplo, o que era o sabão; por que lavava o sabão?...

A outra senhora e a condessa apertaram as mãos contra o peito, consternadas. E Carlos, muito amável, concordou que era uma abominação. O marido dela — continuava a dama de preto — ficara tão desesperado que, encontrando o examinador no Chiado, o ameaçou de lhe dar bengaladas. Uma imprudência, decerto; mas, enfim, o homem fora malvado!... Não havia verdadeiramente senão uma coisa digna de se estudar: eram as línguas. Parecia insensato que se torturasse uma criança com botânica, astronomia, física... Para quê? Coisas inúteis na sociedade. Assim, o pequeno dela, agora, tinha lições de química... Que absurdo! Era o que o pai dizia: para quê, se ele o não queria para boticário?

Depois de um silêncio, as duas senhoras ergueram-se ao mesmo tempo; e houve um murmúrio de beijos, um frufru de sedas.

Carlos ficou só com a senhora condessa, que reocupara a sua cadeira cor-de-rosa.

Imediatamente ela perguntou pelo Ega.

— Coitado, lá está para Celorico.

Ela protestou, com um lindo riso, contra aquela frase tão feia "lá está para Celorico". Não, não queria... Coitado do Ega! Merecia uma melhor oração fúnebre. Celorico era horrível para um fim de romance...

— Decerto — exclamou Carlos, rindo também — era mais belo dizer: "lá está para Jerusalém"!

Nesse momento o criado anunciou um nome, e apareceu o amigo Teles da Gama, um íntimo da casa. Quando soube que o conde devia estar ainda batalhando sobre a reforma da Instrução, levou as mãos à cabeça como lamentando um tão feio desperdício de tempo, e não se quis demorar. Não, nem mesmo o excelente chá da senhora condessa o tentava. A verdade era que estava tão abandonado da graça de Deus, perdera de tal modo o sentimento das coisas belas, que entrara, não para ver a senhora condessa, mas simplesmente falar ao conde. Então ela teve um bonito ar de princesa ofendida; perguntou a Carlos se uma tão rude sinceridade de montanhês não fazia saudades das maneiras polidas do antigo regime. E Teles da Gama, gingando de leve, declarava-se democrata, homem da natureza, com um riso que lhe mostrava dentes magníficos. Depois, ao sair, dando um shake hands ao amigo Maia, quis saber quando o príncipe de Santa Olávia lhe dava, enfim, a honra de vir jantar com ele. A senhora condessa indignou-se. Não, era realmente demais! Fazer convites, na sua sala, diante dela, um homem que falava tanto da sua cozinheira alemã, e nem sequer lhe oferecera jamais um prato de chucrute!

Teles da Gama, rindo sempre e gingando, jurou que andava a arranjar a sua sala de jantar para dar à senhora condessa uma festa, que havia de ficar nos anais do reino! Agora com o Maia era diferente: jantavam ambos na cozinha, com os pratos sobre os joelhos. E abalou, gingando sempre, rindo ainda da porta, mostrando os dentes magníficos.

— Muito alegre, este Gama, não é verdade? — disse a condessa.

— Muito alegre — disse Carlos.

Então a condessa olhou o relógio. Eram cinco e meia; àquela hora ela já não recebia; podiam, enfim, conversar um momento, em boa camaradagem. E o que houve foi um silêncio lento, em que os olhos de ambos se encontravam. Depois, Carlos perguntou por Charlie, o seu lindo doente. Não estava bem, com uma ligeira tosse apanhada ao passeio da Estrela! Ah! aquela criança nunca deixava de lhe dar cuidado! Ficou calada, com o olhar esquecido no tapete, movendo languidamente o leque;

tinha nessa tarde uma toilette exagerada, de um tom de folha de outono amarelada, de uma seda grossa, que ao menor movimento fazia um ruge-ruge de folhas secas.

— Que lindo tempo tem feito! — exclamou ela de repente, como acordando.

— Lindo! — disse Carlos. — Eu estive há dias em Sintra, e não imagina... Era de uma beleza de idílio.

E imediatamente, arrependeu-se; quis-se mal por ter falado da sua ida a Sintra, naquela sala.

Mas a condessa mal o escutara. Tinha-se erguido, falando de algumas canções que essa manhã recebera de Inglaterra, e de novidades frescas da season. Depois, sentou-se ao piano, correu os dedos no teclado, perguntou a Carlos se conhecia aquela melodia, The pale star. Não, Carlos não conhecia. Mas todas essas canções inglesas se parecem; sempre do mesmo tom dolente, romanesco e muito *miss*. E trata-se sempre de um parque melancólico, um regato lento, um beijo sob os castanheiros...

Então a condessa leu alto a letra da *Pale star*. E era a mesma coisa, uma estrelinha de amor palpitando no crepúsculo, um lago pálido, um tímido beijo sob as árvores...

— É sempre o mesmo — disse Carlos —, e é sempre delicioso.

Mas a condessa atirou o papel para o lado, achando aquilo estúpido. Começou a remexer entre os papéis de música, nervosa, e com um olhar que escurecia. Para quebrar o silêncio, Carlos gabou-lhe as suas lindas flores.

— Ah, vou-lhe dar uma rosa! — exclamou ela logo, deixando as músicas.

Mas a flor que ela lhe queria dar estava no *boudoir*, ao lado. Carlos seguiu a sua grande cauda, onde corria um reflexo dourado de folhagem de outono batida de sol. Era um gabinete forrado de azul, com um bonito tremó do século XVIII, e, sobre um forte pedestal de carvalho, o busto em barro do conde, na sua expressão de orador, a fronte erguida, a gravata desmanchada, o lábio fremente... A condessa escolheu um botão com duas folhas, e ela mesma lhe veio florir a sobrecasaca. Carlos sentia o seu aroma de verbena, o calor que subia do seu seio arfando com força. E ela não acabava de prender a flor, com os dedos trêmulos, lentos, que pareciam colar-se, deixar-se adormecer sobre o pano...

— Voilà! — murmurou, enfim, muito baixo. — Aí está o meu belo cavaleiro da Rosa Vermelha... E agora não me agradeça!

Insensivelmente, irresistivelmente, Carlos achou-se com os lábios nos lábios dela. A seda do vestido roçava-lhe, com um fino ruge-ruge entre os braços; e ela pendia para trás a cabeça, branca como uma cera, com as pálpebras docemente cerradas. Ele deu um passo, tendo-a assim enlaçada, e como morta; o seu joelho encontrou um sofá baixo, que rolou e fugiu. Com a cauda de seda enrolada nos pés, Carlos seguiu, tropeçando, o largo sofá que rolou, fugiu ainda, até que esbarrou contra o pedestal onde o senhor conde erguia a fronte inspirada. E um longo suspiro morreu, num rumor de saias amarrotadas.

Daí a um momento estavam ambos de pé; Carlos, junto do busto, coçando a barba, com o ar embaraçado, e já vagamente arrependido; ela, diante do tremó Luís XV, compondo, com os dedos trêmulos, o frisado do cabelo. De repente, na antecâmara, ouviu-se a voz do conde. Ela, bruscamente, voltou-se, correu a Carlos, e, com os longos dedos cobertos de pedrarias, agarrou-lhe o rosto, atirou-lhe dois beijos faiscantes ao cabelo e aos olhos. Depois, sentou-se largamente no sofá, e estava falando de Sintra, rindo alto, quando o conde entrou, seguido de um velho calvo, que se vinha a assoar em um enorme lenço de seda da Índia.

Ao ver Carlos no boudoir, o conde teve uma bela surpresa; esteve-lhe apertando as mãos muito tempo, com calor, assegurando-lhe que ainda nessa manhã, na Câmara, se lembrara dele...

— Então, por que vieram tão tarde? — exclamou a condessa, que se apoderara logo do velho, rindo, mexendo-se, animada, amável.

— O nosso conde falou! — disse o velho, ainda com o olho brilhante de entusiasmo.

— Falaste? — exclamou ela, voltando-se com um interesse encantador.

É verdade, falara; e desprevenido! Quando ouvira porém o Torres Valente (homem de literatura, mas um doido, sem senso prático), quando o ouvira defender a ginástica obrigatória nos colégios, erguera-se. Mas não imaginasse o amigo Maia que ele tinha feito um discurso.

— Ora essa! — exclamou o velho, agitando o lenço. — E um dos melhores que eu tenho ouvido na Câmara! Dos de arromba!

O conde, modestamente, protestou. Não; tinha simplesmente lançado uma palavra de bom senso e de bom princípio. Perguntara apenas ao seu ilustre amigo, o Senhor Torres Valente, se na sua ideia os nossos filhos, os herdeiros das nossas casas, estavam destinados para palhaços!...

— Ah, esta piada, senhora condessa! — exclamou o velho. — Eu só queria que V. Exa. ouvisse esta piada... E como ele a disse! Com um chic!

O conde sorriu, agradeceu para o lado, ao velho. Sim, dissera-lhe aquilo. E, respondendo a outras reflexões do Torres Valente, que não queria nos liceus, nem nos colégios, um ensino "todo impregnado de catecismo", ele lançara-lhe uma palavra cruel.

— Terrível! — exclamou o velho num tom cavo, preparando o lenço para se assoar outra vez.

— Sim, terrível... Voltei-me para ele e disse-lhe isto... "Creia o digno par que nunca este país retomará o seu lugar à testa da civilização, se, nos liceus, nos colégios, nos estabelecimentos de instrução, nós outros os legisladores formos, com mão ímpia, substituir a cruz pelo trapézio..."

— Sublime — rosnou o velho, dando um ronco medonho dentro do lenço.

Carlos, erguendo-se, declarou aquilo de uma ironia adorável.

E o conde, quando ele se despediu, não se contentou com um simples aperto de mão, passou-lhe o braço pela cinta, chamou-lhe "o seu querido Maia". A condessa sorria, com o olhar ainda úmido, um resto de palidez, movendo o leque languidamente, recostada em duas almofadas do sofá, debaixo do busto do marido que erguia a fronte inspirada.

X

Três semanas depois, por uma tarde quente, com céu triste de trovoada, e no momento em que estavam caindo algumas gotas grossas de chuva, Carlos apeava-se de um *coupé* de praça, que viera parar, devagar, à esquina da Patriarcal, com os estores verdes misteriosamente corridos. Dois sujeitos que passavam sorriram-se, como se o vissem escoar-se desajeitadamente de uma portinha suspeita. E com efeito a velha traquitana de rodas amarelas acabava de ser uma alcova de amor, perfumada de verbena, durante as duas horas que Carlos rolava dentro dela, pela estrada de Queluz, com a senhora Condessa de Gouvarinho.

A condessa tinha descido no Largo das Amoreiras. E Carlos aproveitara a solidão da Patriarcal para se desembaraçar do calhambeque de assento duro, onde durante a última hora sufocara, sem ousar descer as vidraças, com as pernas adormecidas, enfastiado de tantas sedas amarrotadas e dos beijos intermináveis que ela lhe dava na barba...

Até aí, durante essas três semanas, tinham-se encontrado numa casa da Rua de Santa Isabel, pertencente a uma tia da condessa que fora para o Porto, com a criada, deixando-lhe a chave da casa e o cuidado do gato. A boa titi, uma velha pequenina, chamada miss Jones, era uma santa, uma apóstola militante da igreja anglicana, missionária da Obra da Propaganda; e todos os meses fazia assim uma viagem de catequização à província, distribuindo Bíblias, arrancando almas à treva católica, purificando (como ela diz) o tremedal papista... Já na escada havia um cheirinho adocicado e triste à devoção e à virgem velha; e no patamar pendia um largo cartão, com um dístico em letras de ouro entrelaçadas de lírios roxos, rogando aos que entravam que perseverassem nas vias do Senhor! Carlos entrou, tropeçando logo num montão de Bíblias. O quarto todo era um ninho de Bíblias; havia-as às pilhas por cima dos móveis, transbordando de velhas chapeleiras, misturadas a pares de galochas, caídas para o fundo da bacia de assento, todas do mesmo formato, entaladas numa encadernação negra como numa armadura de combate, carrancudas e agressivas! As paredes resplandeciam, forradas de cartonagens impressas em letras de cor, irradiando versículos duros da Bíblia, ásperos conselhos de moral, gritos dos salmos, ameaças insolentes do inferno... E no meio desta religiosidade anglicana, à cabeceira dum leitozinho de ferro, rígido e virginal, duas garrafas quase vazias de conhaque e de gim. Carlos bebeu o gim da santa; e o leito rígido ficou revolto como um campo de batalha.

Depois a condessa começou a ter medo de uma vizinha, uma Borges, que visitava a titi e era viúva de um antigo procurador dos Gouvarinhos. Uma ocasião em que, no casto leito de miss Jones, eles fumavam languidamente cigarrilhas, três enormes argolas à porta atroaram a casa. A pobre condessa quase desmaiou; Carlos, correndo à janela, viu um homem que se afastava, com uma estatueta de gesso na mão, outras dentro de um cesto. Mas a condessa jurava que fora a Borges quem mandara o italiano das imagens atirar-lhes para dentro aquelas aldrabadas, como três avisos, três rebates da Moral... Não quisera voltar mais ao beatífico couto da titi. E nessa tarde, como não havia ainda outro esconderijo, tinham abrigado os seus amores dentro daquela tipoia de praça.

Mas Carlos vinha de lá enervado, amolecido, sentindo já na alma os primeiros bocejos da saciedade. Havia três semanas apenas que aqueles braços perfumados de verbena se tinham atirado ao seu pescoço, e agora, pelo passeio de S. Pedro de Alcântara, sob o ligeiro chuvisco que batia as folhagens da alameda, ele ia pensando como se poderia desembaraçar da sua tenacidade, do seu ardor, do seu peso... É que a condessa ia-se tornando absurda com aquela determinação ansiosa e audaz de invadir toda a sua vida, tomar nela o lugar mais largo e mais profundo, como se o primeiro beijo trocado tivesse unido não só os lábios de ambos um momento, mas os seus destinos também e para sempre. Nessa tarde lá tinham voltado as palavras que ela balbuciava, caída sobre o seu peito, com os olhos afogados numa ternura suplicante: "Se tu quisesses! Que felizes que seríamos! Que vida adorável! Ambos sós!"... E isto era claro: a condessa concebera a ideia extravagante de fugir com ele, ir viver num sonho eterno de amor lírico, nalgum canto do mundo, o mais longe possível da Rua de S. Marçal! "Se tu quisesses!" Não, com mil demônios, não queria fugir com a senhora Condessa de Gouvarinho!...

E não era só isto, mas ainda exigências, egoísmos, explosões tumultuosas de um temperamento cioso; já mais de uma vez, nessas duas curtas semanas, por pieguice, ela despropositara, falara de morrer, debulhada em lágrimas... Ah, nas lágrimas havia ainda uma voluptuosidade, faziam parecer mais tenro o cetim do seu colo! O que o inquietava eram certos clarões que lhe sulcavam o rosto, um dardejar nervoso dos olhos secos, revelando a paixão que se acendera naqueles nervos de mulher de trinta e três anos, e a queimava até as profundidades do seu ser... Certamente esse amor punha na sua vida um luxo mais, e um perfume. Mas o seu encanto estava em conservar-se fácil, sereno, sem penetrar mais fundo que a epiderme. Se ela, por qualquer coisa, tinha os olhos turvos de água, e falava em morrer, e torcia os braços, e queria fugir com ele, então adeus! Tudo estava estragado; e a senhora condessa, com a sua verbena, os seus cabelos cor de brasa e o seu pranto, era apenas um trambolho!

O chuveiro parara; um bocado de azul lavado apareceu entre nuvens. E Carlos descia a Rua de S. Roque quando encontrou o marquês, saindo de uma confeitaria, tristonho, com um embrulho na mão e o pescoço abafado num enorme *cache-nez* de seda branca.

— Que é isso? Constipação? — perguntou Carlos.

— Tudo — disse o marquês, pondo-se a caminhar ao lado dele com uma lentidão de moribundo. — Deitei-me tarde. Cansaço. Opressão no peito. Pigarreira. Dores no lado. Um horror... Levo já aqui rebuçados.

— Não seja piegas, homem! Você o que precisa é rosbife e uma garrafa de Bourgogne... Não é hoje que você janta lá no Ramalhete?... E até tem lá o Craft e o Dâmaso... Então descemos por essa Rua do Alecrim, que já não chove, depois pelo Aterro afora, a passo ginástico, e em chegando lá você está curado.

O pobre marquês encolheu os ombros. Apenas sentia o menor incômodo, uma dor, um arrepio, considerava-se logo, como ele dizia, "liquidado". O mundo começava a findar para ele; tomavam-no terrores católicos, uma preocupação angustiosa da Eternidade. Nesses dias fechava-se no quarto com o padre capelão, com quem às vezes, todavia, terminava por jogar as damas.

— Em todo caso — disse ele, tirando cautelosamente o chapéu, ao passar pela porta aberta da Igreja dos Mártires — deixe-me você ir primeiro ao Grêmio...

Quero escrever à Manueleta que não conte comigo esta noite...

Depois, distraída e melancolicamente, pediu notícias desse devasso do Ega. Esse devasso do Ega lá estava em Celorico, na quinta materna, ouvindo arrotar o Padre Serafim e refugiando-se, segundo dizia, na grande arte; andava a compor uma comédia em cinco atos, que se devia chamar o *Lodaçal*, escrita para se vingar de Lisboa.

— O pior — murmurou o marquês, depois de um silêncio, e abafando-se mais no *cache-nez* — é se eu estou assim no domingo para as corridas!

— O quê! — exclamou Carlos. — Então as corridas são já no domingo?

O marquês foi-lhe explicando, enquanto desciam o Chiado, que as corridas se tinham apressado a pedido do Clifford, o grande *sportman* de Córdova, que devia trazer dois cavalos ingleses... Era um bocado humilhante depender do Clifford. Mas enfim o Clifford era um *gentleman* e com os seus cavalos de raça, os seus jóqueis ingleses, constituía a única feição séria do Hipódromo de Belém. Sem o Clifford aquilo era uma brincadeira de pilecas e de *abas*...

— Você não conhece o Clifford?... Belo rapaz! Um pouco *poseur*, mas ouro de lei.

Tinham entrado no pátio do Grêmio; o marquês estendeu o braço a Carlos.

— Veja esse pulso!

— O pulso está excelente... Vá você dar lá esse golpe à Manuela, que eu fico aqui à espera.

No domingo, pois, daí a cinco dias, eram as corridas... E ela estaria lá, ele ia conhecê-la, enfim! Durante essas três últimas semanas vira-a duas vezes: uma ocasião, estando a conversar com o Taveira à porta do Hotel Central, ela chegara a uma das varandas, de chapéu, calçando uma grande luva preta; de outra vez, havia dias, por uma tarde de chuva, ela viera parar à porta do Mourão, no Chiado, num *coupé* da Companhia, e ficara esperando enquanto o trintanário levava dentro à loja um embrulho que tinha a forma de um cofre, apertado com uma fita vermelha. De ambas as vezes ela vira-o, demorara os olhos nele um momento; e parecera a Carlos que o último olhar se prolongara mais, como abandonando-se, umedecendo-se, numa leve doçura, ao pousar no seu... Era talvez uma ilusão; mas isto decidiu-o, na sua impaciência, a realizar a antiga ideia (ainda que desagradável) de ser apresentado pelo Dâmaso a Castro Gomes. O pobre Dâmaso, ao princípio, diante desta exigência, ficou perturbado; e com um ar de cão que defende o seu osso, lembrou logo a Carlos o deplorável comportamento do Castro Gomes, que não viera, como lho anunciara, havia três semanas, deixar o seu cartão no Ramalhete... Mas Carlos desdenhava essas formalidades estreitas entre rapazes: o Castro Gomes parecia-lhe um homem de gosto e de *sport*; nem todos os dias aparecia em Lisboa quem soubesse dar com correção o nó da gravata; e seria agradável, mesmo para ele Dâmaso, reunirem-se todos de vez em quando, com o Craft, com o marquês, a fumar um charuto e a falar de cavalos. Isto decidiu Dâmaso, que terminou por propor a Carlos o levá-lo uma tarde ao Hotel Central. Carlos, porém, não queria entrar pelo hotel adentro, de chapéu na mão, atrás do Dâmaso. Resolveram então esperar pelas corridas, onde os Castros Gomes tencionavam ir. "Aí, no recinto da pesagem", disse o Dâmaso, "a apresentação é mais *chic*... É mesmo podre de *chic*."

— Deus queira, com efeito, que não chova no domingo — murmurou Carlos, quando o marquês desceu, mais tristonho, mais abafado no seu *cache-nez*.

Foram seguindo pelo meio da rua, em direção ao Ferregial. Adiante do Grêmio, encostado ao passeio, estava um coupé da Companhia, com um trintanário de luvas brancas, esperando junto ao portal. Carlos olhou, casualmente; e viu debruçado à portinhola um rosto de criança, de uma brancura adorável, sorrindo-lhe, com um belo sorriso que lhe punha duas covinhas na face. Reconheceu-a logo. Era Rosa, era Rosicler; e ela não se contentou em sorrir, com o seu doce olhar azul fulgindo todo para ele, deitou a mãozinha de fora, atirou-lhe um grande adeus. No fundo do *coupé*, forrado de negro, destacava um perfil claro de estátua, um tom ondeado de cabelo louro. Carlos tirou profundamente o chapéu, tão perturbado, que os seus passos hesitaram. Ela abaixou a cabeça, de leve; alguma coisa de luminoso, um confuso rubor de emoção espalhou-se-lhe no rosto. E fugitivamente foi como se, da mãe e da filha, ao mesmo tempo, viesse para ele uma suave e quente emanação de simpatia.

— Caramba, aquilo pertence-lhe? — perguntou o marquês, que notara a impressão de Madame Gomes.

Carlos corou.

— Não, é uma senhora brasileira a quem eu curei aquela pequerrucha...

— Irra! Que gratidão! — rosnou o outro de dentro das dobras do seu *cache-nez*.

Caminhando em silêncio pelo Ferregial, Carlos revolvia uma ideia que lhe viera de repente, ao receber aquele doce olhar. Por que é que Dâmaso não levaria uma manhã o Castro Gomes aos Olivais, a ver as coleções do Craft?... Ele estaria lá, abria-se uma garrafa de *champagne*, discutiam *bric-à-brac*. Depois, muito naturalmente, ele convidava Castro Gomes a almoçar no Ramalhete, para lhe mostrar o grande Rubens e as velhas colchas da Índia. E assim, já antes das corridas, existiria entre eles uma camaradagem, talvez um tratamento de "você".

No Aterro, temendo o ar do rio, o marquês quis tomar uma tipoia; e, até ao Ramalhete, continuaram calados. O marquês, outra vez inquieto, apalpava a garganta. Carlos discutia complicadamente consigo aquela lenta inclinação de cabeça, o olhar dela, o vivo rubor fugitivo... Ela até aí não o conhecia talvez. Mas, depois de atirar o seu grande "adeus", Rosa, ainda sorrindo, voltara-se para a mãe, a dizer-lhe decerto que aquele era o médico que a curara, a ela e à boneca... E então a linda cor que lhe enternecera o rosto tomava uma significação mais profunda: era como a surpresa feliz, o enleio casto, ao saber que o homem que ela notara já de algum modo tinha penetrado na sua intimidade, beijara a sua filha; tinha-se mesmo sentado à beira do seu leito...

Depois, ia refazendo o plano da visita aos Olivais, mais largo agora, mais brilhante. Por que não iria ela também ver as curiosidades do Craft? Que tarde encantadora, que festa, que lindo idílio! O Craft arranjava um lanche delicado no seu velho serviço de Wedgewood. Ele ficava à mesa junto dela. Depois iam ver o jardim já em flor; ou tomavam chá no pavilhão japonês, forrado de esteiras. Mas, o que mais lhe apetecia era percorrer com ela as duas salas de Craft, parando ambos diante de uma bela faiança ou de um móvel raro, e sentindo, através da concordância dos seus gostos, subir, como um perfume, a simpatia dos seus corações... Nunca a vira tão formosa como nessa tarde, dentro do *coupé* forrado de escuro, onde brilhava mais puramente a brancura do seu perfil. Sobre o regaço do vestido negro pousava o tom claro das suas luvas; e no chapéu frisava-se a ponta de uma pena cor de neve.

A tipoia parara ao portão do Ramalhete; estavam agora entre as silenciosas tapeçarias da antecâmara.

— Como é que ela conhece o Cruges? — perguntou de repente o marquês, com um tom desconfiado, desembaraçando-se do *cache-nez*.

Carlos olhou para ele, como mal acordado.

— Ela quem? Aquela senhora? Como conhece o Cruges?... Homem, sim, tem você razão!... Aquela era a casa do Cruges! A carruagem estava parada à porta do Cruges!... Talvez alguém que more noutro andar.

— Não mora ninguém — disse o marquês, dando um passo para o corredor. — Em todo caso, é um mulherão.

Carlos achou a palavra odiosa.

Do corredor ouvia-se já no escritório de Afonso, através da porta aberta, a voz petulante do Dâmaso falando alto de *handicap* e de *dead-beat*... E foram-no encontrar discursando sobre as corridas, com convicção, com autoridade, como membro do Jóquei-Clube. Afonso, na velha poltrona, escutava-o, cortês e risonho, com o Reverendo Bonifácio no colo. Ao canto do sofá, Craft folheava um livro.

E o Dâmaso apelou logo para o marquês. Não era verdade, como ele estivera dizendo ao Senhor Afonso da Maia, que iam ser as melhores corridas que se tinham feito em Lisboa? Só para o grande prêmio nacional de seiscentos mil-réis havia oito cavalos inscritos! E, além disso, o Clifford trazia a Mist.

— Ah, é verdade, ó marquês, é necessário que você apareça sexta-feira à noite no Jóquei-Clube para acabarmos o *handicap*!

O marquês arrastara uma cadeira para o pé de Afonso, para lhe fazer a confidência dos seus achaques; mas como Dâmaso se metia entre eles, falando ainda da Mist, decidindo que a Mist era *chic*, querendo apostar cinco libras pela Mist contra o campo, o marquês terminou por se voltar, enfastiado, dizendo que o Senhor Damasozinho se estava a dar ares patuscos... Apostar pela Mist! Todo patriota devia apostar pelos cavalos do Visconde de Darque, que era o único criador português!...

— Pois não é verdade, Senhor Afonso da Maia?

O velho sorriu, amaciando o seu gato.

— O verdadeiro patriotismo, talvez — disse ele —, seria, em lugar de corridas, fazer uma boa tourada.

Dâmaso levou as mãos à cabeça. Uma tourada! Então o Senhor Afonso da Maia preferia touros a corridas de cavalos? O Senhor Afonso da Maia, um inglês!...

— Um simples beirão, Senhor Salcede, um simples beirão, e que faz gosto nisso, se habitei a Inglaterra é que o meu rei, que era então, me pôs fora do meu país... Pois é verdade, tenho esse fraco português, prefiro touros. Cada raça possui o seu *sport* próprio, e o nosso é o touro: o touro com muito sol, ar de dia santo, água fresca e foguetes... Mas, sabe o Senhor Salcede qual é a vantagem da tourada? É ser uma grande escola de força, de coragem e de destreza... Em Portugal não há instituição que tenha uma importância igual à tourada de curiosos. E acredite uma coisa: é que se nesta triste geração moderna ainda há em Lisboa uns rapazes com certo músculo, a espinha direita e capazes de dar um bom soco, deve-se isso ao touro e à tourada de curiosos...

O marquês, entusiasmado, bateu palmas. Aquilo é que era falar! Aquilo é que era dar a filosofia do touro! Está claro que a tourada era uma grande educação física! E havia imbecis que falavam em acabar com os touros! Oh, estúpidos, acabais então com a coragem portuguesa!...

— Nós não temos os jogos de destreza das outras nações — exclamava ele, bracejando pela sala e esquecido dos seus males. — Não temos *o cricket*, nem o futebol, nem o *running*, como os ingleses; não temos a ginástica, como ela se faz em França; não temos o serviço militar obrigatório que é o que torna o alemão sólido... Não temos nada capaz de dar a um rapaz um bocado de fibra. Temos só a tourada... Tirem a tourada, e não ficam senão badamecos derreados da espinha, a melarem-se pelo Chiado! Pois você não acha, Craft?

Craft, do canto do sofá, onde Carlos se fora sentar e lhe falava baixo, respondeu, convencido:

— O que, o touro? Está claro! O touro devia ser neste país como o ensino é lá fora: gratuito e obrigatório.

Dâmaso no entanto jurava a Afonso, compenetradamente, que gostava também muito de touros. Ah, lá nessas coisas de patriotismo ninguém lhe levava a palma... Mas as corridas tinham outro *chic*! Aqueles Bois de Boulogne, num dia de Grand Prix, hein!... Era de embatucar!

— Sabes o que é pena? — exclamou ele, voltando-se de repente para Carlos. — É que tu não tenhas um *four-in-hand*, um *mail-coach*. Íamos todos daqui, caía tudo de *chic*!

Carlos pensou também consigo que era uma pena não ter um *four-in-hand*. Mas gracejou, achando mais em harmonia com o Jóquei-Clube da travessa da

Conceição irem todos dentro de um ônibus. Dâmaso voltou-se para o velho, deixando cair os braços, descoroçoado:

— Aí está, Senhor Afonso da Maia! Aí está por que em Portugal nunca se faz nada em termos! É porque ninguém quer concorrer para que as coisas saiam bem... Assim não é possível! Eu cá entendo isto: que num país, cada pessoa deve contribuir, quanto possa, para a civilização.

— Muito bem, Senhor Salcede! — disse Afonso da Maia. — Eis aí uma nobre, uma grande palavra!

— Pois não é verdade? — gritou Dâmaso, triunfante, a estourar de gozo. — Assim eu, por exemplo...

— Tu o quê? — exclamaram dos lados. — Que fizeste tu pela civilização?...

— Mandei fazer para o dia das corridas uma sobrecasaca branca... E vou de véu azul no chapéu!

Um escudeiro entrou com uma carta para Afonso, numa salva. O velho, sorrindo ainda das ideias de Dâmaso sobre a civilização, puxou a luneta, leu as primeiras linhas; toda a alegria lhe morreu no rosto; ergueu-se logo, tendo depositado cuidadosamente sobre a sua almofada o pesado Bonifácio.

— Isto é que é ter gosto, isto é que é compreender as coisas! — exclamava o Dâmaso, agitando os braços para Carlos, quando o velho desapareceu através do reposteiro de damasco. — Este teu avô, menino, é podre de *chic*!...

— Deixa lá o *chic* do avô... Anda cá, que te quero dizer uma coisa.

Abriu uma das janelas do terraço, levou para lá o Dâmaso, e disse-lhe aí, à pressa, o seu plano da visita aos Olivais, e a linda tarde que poderiam passar na quinta, com o Castro Gomes... Ele já falara ao Craft, que estava de acordo; achava delicioso, ia encher tudo de flores. E agora só restava que Dâmaso amigo, como amabilidade sua, convidasse os Castro Gomes...

— Caramba! — murmurou Dâmaso, desconfiado. — Estás com furor de a conhecer!

Mas enfim concordou que era *chic* a valer! E via aí uma bela ocasião para ele!.. Enquanto Carlos e Craft andassem mostrando as curiosidades ao Castro Gomes e lhe falassem de cavalos, ele, *zás*, ia para a quinta passear com ela... A calhar!

— Pois vou amanhã já falar-lhes... Estou convencido que aceitam logo. Ela pela-se por *bric-à-brac*!

— E vens dizer-me se aceitaram ou não...

— Venho dizer-te... Tu vais gostar dela; tem lido muito, entende também de literatura; e olha que às vezes a conversa atrapalha...

O marquês veio chamá-lo para dentro, impaciente, querendo fechar a porta envidraçada, outra vez preocupado com a garganta. E desejava, antes de jantar, ir ao quarto de Carlos gargarejar com água e sal...

— E é isto um português forte! — exclamou Carlos, travando-lhe alegremente do braço.

— Eu sou piegas na garganta — replicou logo o marquês, desprendendo-se dele e olhando-o com ferocidade. — E você é-o no sentimento. E o Craft é-o na respeitabilidade. E o Damasozinho é-o na tolice. Em Portugal é tudo Pieguice e Companhia!

Carlos, rindo, arrastou-o pelo corredor. E de repente, ao entrarem na antecâmara, deram com Afonso falando a uma mulher, carregada de luto, que lhe beijava a mão, meio de joelhos, sufocada de lágrimas; e ao lado outra mulher, com os olhos turvos de água também, embalava dentro do xale uma criancinha que parecia doente e gemia. Carlos parara embaraçado; o marquês instintivamente levou a mão à algibeira. Mas o velho, assim surpreendido na sua caridade, foi logo empurrando as duas mulheres para a escada; elas desciam, encolhidas, abençoando-o, num murmúrio de soluços; e ele, voltando-se para Carlos, quase se desculpou numa voz que ainda tremia:

— Sempre estes peditórios... Caso bem triste, todavia... E o que é pior, é que por mais que se dê nunca se dá bastante. Mundo muito mal feito, marquês.

— Mundo muito mal feito, Senhor Afonso da Maia — respondeu o marquês, comovido.

No domingo seguinte, pelas duas horas, Carlos no seu fáeton de oito molas, levando ao lado Craft que durante os dois dias de corridas se instalara no Ramalhete, parou ao fim do Largo de Belém, no momento em que para o lado do Hipódromo estavam já estalando foguetes. Um dos criados desceu a comprar o bilhete de pesagem para o Craft, numa tosca guarita de madeira, armada ali de véspera, onde se mexia um homenzinho de grandes barbas grisalhas.

Era um dia já quente, azul-ferrete, com um desses rutilantes sóis de festa que inflamam as pedras da rua, douram a poeirada baça do ar, põem fulgores de espelho pelas vidraças, dão a toda a cidade essa branca faiscação de cal, de um vivo monótono e implacável, que na lentidão das horas de verão cansa a alma e vagamente entristece. No Largo dos Jerônimos, silencioso, e a escaldar na luz, um ônibus esperava, desatrelado, junto ao portal da igreja. Um trabalhador com o filho ao colo e a mulher ao lado no seu xale de ramagens, andava ali, pasmando para a estrada, pasmando para o rio, a gozar ociosamente o seu domingo. Um garoto ia apregoando, desconsoladamente, programas das corridas que ninguém comprava. A mulher da água fresca, sem fregueses, sentara-se com a sua bilha à sombra, a catar um pequeno. Quatro pesados municipais a cavalo patrulhavam a passo aquela solidão. E a distância, sem cessar, o estalar alegre de foguetes morria no ar quente. No entanto o trintanário continuava debruçado na guarita, sem poder arranjar lá dentro o troco de uma libra. Foi necessário Craft saltar da almofada, ir lá parlamentar, enquanto Carlos, impaciente, raspando com o chicote as ancas das éguas, luzidias como um cetim castanho, riscava no largo uma volta brusca e nervosa. Desde o Ramalhete viera assim governando, irritadamente, sem descerrar os lábios. É que toda aquela semana, desde a tarde em que combinara com o Dâmaso a visita aos Olivais, fora desconsoladora. O Dâmaso tinha desaparecido, sem mandar a resposta dos Castro Gomes. Ele, por orgulho, não procurara o Dâmaso. Os dias tinham passado vazios; não se realizara o alegre idílio dos Olivais; ainda não conhecia Madame Gomes; não a tornara a ver; não a esperava nas corridas. E aquele domingo de festa, o grande sol, a gente pelas ruas, vestida de casimiras e de sedas de missa, enchiam-no de melancolia e de mal-estar.

Uma caleche de praça passou, com dois sujeitos de flores ao peito, acabando de calçar as luvas; depois um *dog-cart*, governado por um homem gordo, de lunetas pretas, quase foi esbarrar contra o Arco. Enfim, Craft voltou com o seu bilhete, tendo sido descomposto pelo homem de barbas poéticas.

Para além do Arco, a poeira sufocava. Pelas janelas, havia senhoras debruçadas olhando por baixo de sombrinhas. Outros municipais, a cavalo, atravancaram a rua.

À entrada para o hipódromo, abertura escalavrada num muro de quinta-rola, o fáeton teve de parar atrás do *dog-cart* do homem gordo, que não podia também avançar porque a porta estava tomada pela caleche de praça, onde um dos sujeitos de flor ao peito berrava furiosamente com um polícia. Queria que se fosse chamar o Senhor Savedra! O Senhor Savedra, que era do Jóquei-Clube, tinha-lhe dito que ele podia entrar sem pagar a carruagem! Ainda lho dissera na véspera, na botica do Azevedo! Queria que se fosse chamar o Senhor Savedra! O polícia bracejava, enfiado. E o cavaleiro, tirando as luvas, ia abrir a portinhola, esmurrar o homem, quando, trotando na sua grande horsa, um municipal de punho alçado correu, gritou, injuriou o cavaleiro gordo, fez rodar para fora a caleche. Outro municipal intrometeu-se, brutalmente. Duas senhoras, agarrando os vestidos, fugiram para um portal, espavoridas. E através do rebuliço, da poeira, sentia-se adiante, melancolicamente, um realejo tocando a *Traviata*.

O fáeton entrou atrás do *dog-cart*, onde o homem gordo, a estourar de fúria, voltava ainda para trás a face escarlate, jurando dar parte do municipal.

— Tudo isto está arranjado com decência — murmurou Craft.

Diante deles o hipódromo elevava-se suavemente em colina, parecendo, depois da poeirada quente da calçada e das cruas reverberações da cal, mais fresco, mais vasto, com a sua relva já um pouco crestada pelo sol de junho, e uma ou outra papoula vermelhejando aqui e além. Uma aragem larga e repousante chegava vagarosamente do rio.

No centro, como perdido no largo espaço verde, negrejava, no brilho do sol, um magote apertado de gente, com algumas carruagens pelo meio, de onde sobressaíam tons claros de sombrinhas, o faiscar de um vidro de lanterna ou um casaco branco de cocheiro. Para além, dos dois lados da tribuna real forrada de um baetão vermelho de mesa de Repartição, erguiam-se as duas tribunas públicas, com o feitio de traves mal pregadas, como palanques de arraial. A da esquerda, vazia, por pintar, mostrava à luz as fendas do tabuado. Na da direita, besuntada por fora de azul-claro, havia uma fila de senhoras quase todas de escuro encostadas ao rebordo; outras espalhadas pelos primeiros degraus; e o resto das bancadas permanecia deserto e desconsolado, de um tom alvadio de madeira, que abafava as cores alegres dos raros vestidos de verão. Por vezes a brisa lenta agitava no alto dos dois mastros o azul das bandeirolas. Um grande silêncio caía do céu faiscante.

Em volta do recinto da tribuna, fechado por um tapume de madeira, havia mais soldados de infantaria, com as baionetas lampejando ao sol. E no homem triste que estava à entrada, recebendo os bilhetes, metido dentro de um enorme colete branco, reteso de goma, e que lhe chegava até aos joelhos, Carlos reconheceu o servente do seu laboratório.

Apenas tinham dado alguns passos encontraram Taveira à porta do bufete, onde se estivera reconfortando com uma cerveja. Tinha um molho de cravos amarelos ao peito, polainas brancas, e queria animar as corridas. Já vira a Mist, a égua de Clifford, e decidira apostar pela Mist.

— Que cabeça de animal, meninos; que finura de pernas!... Palavra que me entusiasmou! E está decidido, um dia não são dias, é necessário animar isto. Aposto três mil-réis. Quer você, Craft?

— Pois sim, talvez, depois... Vamos primeiro ver o aspecto geral.

No recinto em declive, entre a tribuna e a pista, havia só homens, a gente do Grêmio, das Secretarias e da Casa Havanesa; a maior parte à vontade, com jaquetões claros e de chapéu coco; outros mais em estilo, de sobrecasaca e binóculo a tiracolo, pareciam embaraçados e quase arrependidos do seu chic. Falava-se baixo, com passos lentos pela relva, entre leves fumaraças de cigarro. Aqui e além um cavalheiro, parado, de mãos atrás das costas, pasmava languidamente para as senhoras. Ao lado de Carlos dois brasileiros queixavam-se do preço dos bilhetes, achando aquilo uma "sensaboria de rachar".

Defronte, a pista estava deserta, com a relva pisada, guardada por soldados; e junto à corda, do outro lado, apinhava-se o magote de gente, com as carruagens pelo meio, sem um rumor, numa pasmaceira tristonha, sob o peso do sol de junho. Um rapazote, com uma voz dolente, apregoava água fresca. Lá ao fundo o largo Tejo faiscava, todo azul, tão azul como o céu, numa pulverização fina de luz. O Visconde de Darque, com o seu ar plácido de *gentleman* louro que começa a engordar, veio apertar a mão de Carlos e de Craft. E mal eles lhe falaram dos seus cavalos (Rabino, o favorito, e o outro potro) encolheu os ombros, cerrou os olhos, como um homem que se sacrifica. Então, que diabo, os rapazes tinham querido!... Mas ele, realmente, não podia apresentar um cavalo decente, com as suas cores, senão daí a quatro anos. De resto não apurava cavalos para aquela melancolia de Belém; não imaginassem os amigos que ele era tão patriota; o seu fim era ir à Espanha, bater os cavalos de Caldillo...

— Enfim, vamos a ver... Dê você cá lume. Isto está um horror. E depois, que diabo, para corridas é necessário *cocottes* e *champagne*. Com esta gente séria, e água fresca, não vai!

Nesse momento um dos comissários das corridas, um rapagão sem barba, vermelho como uma papoula, a pingar de suor sob o chapéu branco deitado para a nuca, veio arrebatar o Darque, "que era muito preciso, lá na pesagem, para uma duvidazinha".

— Eu sou o dicionário — dizia o Darque, tornando a encolher os ombros resignadamente. — De vez em quando vem um destes senhores do Jóquei-Clube e folheia-me... Veja você, Maia, em que estado eu fico depois das corridas! Há de ser necessário encadernar-me de novo...

E lá foi, rindo da sua pilhéria, empurrado para diante pelo comissário, que lhe dava palmadas familiares nas costas e lhe chamava *catita*...

— Vamos nós ver as mulheres — disse Carlos.

Seguiram devagar ao comprido da tribuna. Debruçadas no rebordo, numa fila muda, olhando vagamente, como de uma janela em dia de procissão, estavam ali todas as senhoras que vêm no *high-life* dos jornais, as dos camarotes de S. Carlos, as das terças-feiras dos Gouvarinhos. A maior parte tinha vestidos sérios de missa. Aqui e além um desses grandes chapéus emplumados à Gainsborough, que então se começava a usar, carregava de uma sombra maior o tom trigueiro de uma carinha miúda. E na luz franca da tarde, no grande ar da colina descoberta, as peles apareciam murchas, gastas, moles, com um baço de pó de arroz.

Carlos cumprimentou as duas irmãs do Taveira, magrinhas, lourinhas, ambas corretamente vestidas de xadrezinho; depois a Viscondessa de Alvim, nédia e branca, com o corpete negro reluzente de vidrilhos, tendo ao lado a sua terna inseparável, a Joaninha Vilar, cada vez mais cheia, com um quebranto cada vez mais doce nos olhos pestanudos. Adiante eram as Pedrosos, as banqueiras, de cores claras, interessando-se pelas corridas, uma de programa na mão; a outra de pé e de binóculo estudando a pista. Ao lado, conversando com Steinbroken, a Condessa de Soutal, desarranjada, com um ar de ter lama nas saias. Numa bancada isolada, em silêncio, Vilaça com duas damas de preto.

A Condessa de Gouvarinho ainda não viera. E não estava também aquela que os olhos de Carlos procuravam, inquietamente e sem esperança.

— É um canteirinho de camélias meladas — disse o Taveira, repetindo um dito do Ega.

Carlos, no entanto, fora falar à sua velha amiga, D. Maria da Cunha que, havia momentos, o chamava com o olhar, com o leque, com o seu sorriso de boa mamã. Era a única senhora que ousara descer do retiro ajanelado da tribuna, e vir sentar-se embaixo, entre os homens; mas, como ela disse, não aturava a seca de estar lá em cima, perfilada, à espera da passagem do Senhor dos Passos. E, bela ainda sob os seus cabelos já grisalhos, só ela parecia divertir-se ali, muito à vontade, com os pés pousados na travessa de uma cadeira, o binóculo no regaço, cumprimentada a cada instante, tratando os rapazes por "meninos"... Tinha consigo uma parenta que apresentou a Carlos, uma senhora espanhola, que seria bonita se não fossem as olheiras negras, cavadas até ao meio da face. Apenas Carlos se sentou ao pé dela, D. Maria perguntou-lhe logo por esse aventureiro do Ega. Esse aventureiro, disse Carlos, estava em Celorico compondo uma comédia para se vingar de Lisboa, chamada o *Lodaçal*...

— Entra o Cohen? — perguntou ela, rindo.

— Entramos todos, Senhora D. Maria. Todos nós somos lodaçal...

Nesse momento, por trás do recinto, rompia, com um "taran-tan-tan" molengão de tambores e pratos, o *Hino da Carta*, a que se misturou uma voz de oficial e o bater de coronhas. E, entre dourados de dragonas, El-Rei apareceu na tribuna, sorrindo, de quinzena de veludo e chapéu branco, aqui e além, raros sujeitos cumprimentaram, muito de leve; a senhora espanhola, essa, tomou o óculo do regaço de D. Maria, e de pé, muito descansadamente, pôs-se a examinar o rei. D. Maria achava ridícula a música, dando às corridas um ar de arraial... Além disso, que tolice, o hino como num dia de parada!

— E este hino, então, que é medonho! — dizia Carlos. — A Senhora D. Maria não sabe a definição do Ega e a sua teoria dos hinos? Maravilhosa!

— Aquele Ega! — dizia ela sorrindo, já encantada.

— O Ega diz que o hino é a definição pela música do caráter de um povo. Tal o compasso do hino nacional, diz ele, tal o movimento moral da nação. Agora veja a Senhora D. Maria os diferentes hinos, segundo o Ega. A *Marselhesa* avança, com uma espada nua. O *God Save the Queen* adianta-se, arrastando um manto real...

— E o *Hino da Carta*?

— O *Hino da Carta* ginga, de rabona.

E D. Maria ria ainda, quando a espanhola, sentando-se e repousando-lhe tranquilamente o binóculo no regaço, murmurou:

— *Tiene cara de buena persona.*

— Quem, o rei? — exclamaram a um tempo D. Maria e Carlos. — Excelente!

No entanto um sineta tocava, perdida no ar. E no quadro indicador subiram os números dos dois cavalos que corriam o primeiro prêmio dos *Produtos*. Eram o nº 1 e o nº 4. D. Maria da Cunha quis-lhe saber os nomes, com o apetite de apostar e ganhar cinco tostões a Carlos. E como Carlos se erguia para arranjar um programa:

— Deixe estar o menino — disse ela, tocando-lhe no braço. — Aí vem o nosso Alencar, com o programa... Olhe para aquilo! Veja se ainda hoje os há por aí com aquele ar de sentimento e de poesia...

Com um fato novo de cheviote claro que o remoçava, de luvas *gris-perle*, o seu bilhete de pesagem na botoeira, o poeta vinha-se abanando com o seu programa, e já de longe sorrindo à sua boa amiga D. Maria. Quando chegou junto dela, descoberto, bem penteado nesse dia, com um lustre de óleo na grenha, levou-lhe a mão aos lábios, fidalgamente.

D. Maria fora uma das suas lindas contemporâneas. Tinham dançado muita ardente mazurca nos salões de Arroios. Ela tratava-o por *tu*. Ele dizia sempre "boa amiga" e "querida Maria".

— Deixa ver os nomes desses cavalos, Alencar... Senta-te aí, anda, faze companhia.

Ele puxou uma cadeira, rindo do interesse que ela tomava pelas corridas. E ele que a conhecera sempre uma entusiasta de touros!... Pois os nomes dos cavalos eram Júpiter e Escocês...

— Nenhum desses nomes me agrada; não aposto. E então que te parece tudo isto, Alencar?... A nossa Lisboa vai-se saindo da concha...

Alencar, pousando o chapéu sobre uma cadeira, e passando a mão pela sua vasta fronte de bardo, confessou que aquilo tinha realmente um certo ar de elegância, um perfume de corte... Depois, lá embaixo, aquele maravilhoso Tejo... sem falar na importância do apuramento das raças cavalares...

— Pois não é verdade, meu Carlos? Tu que entendes superiormente disso, que és um mestre em todos os *sports*, sabes bem que o apuramento...

— Sim, com efeito, o apuramento, muito importante... — disse Carlos, vagamente, erguendo-se a olhar outra vez a tribuna.

Eram quase três horas, e agora, decerto, ela já não viria e a Condessa de Gouvarinho não aparecia também... Começava a invadi-lo uma grande lassitude. Respondendo, com um leve movimento de cabeça, ao sorriso doce que lhe dava da tribuna a Joaninha Vilar, pensava em voltar para o Ramalhete, acabar tranquilamente a tarde dentro do seu *robe de chambre*, com um livro, longe de todo aquele tédio.

No entanto, ainda entravam senhoras. A menina Sá Videira, filha do rico negociante de sapatos de ourelo, passou pelo braço do irmão, abonecada, com o arzinho petulante e enjoado de tudo, falando alto inglês. Depois foi a Ministra da Baviera, a Baronesa de Craben, enorme, empavoada, com uma face maciça de matrona romana, a pele cheia de manchas cor de tomate, a estalar dentro de um vestido de gorgorão azul, com riscas brancas; e atrás o barão, pequenino, amável, aos pulinhos, com um grande chapéu de palha. D. Maria da Cunha erguera-se para lhes falar; e durante um momento ouviu-se, como um gluglu grosso de peru, a voz da baronesa achando *que c'était charmant, c'était très beau*. O barão, aos pulinhos, aos risinhos, *trouvait ça ravissant*. E o Alencar, diante daqueles estrangeiros que o não tinham saudado, apurava a sua atitude de grande homem nacional, retorcendo a ponta dos bigodes, alçando mais a fronte nua.

Quando eles seguiram para a tribuna, e a boa D. Maria se tornou a sentar, o poeta, indignado, declarou que abominava alemães! O ar de sobranceria com que aquela ministra, com feitio de barrica, deixando sair o sebo por todas as costuras do vestido, o olhara, a ele! Ora, a insolente baleia!

D. Maria sorria, olhando com simpatia o poeta. E voltando-se de repente para a senhora espanhola:

— *Concha, deja me presentarte D. Tomás de Alencar, nuestro gran poeta lírico...*

Nesse momento, alguns dos rapazes mais amadores, dos que traziam binóculos a tiracolo, apressaram o passo para a corda da pista. Dois cavalos passavam num galope sereno, quase juntos, sob as vergastadas estonteantes de dois jóqueis de grandes bigodes. Uma voz erguendo-se disse que tinha ganho Escocês. Outros afirmavam que fora Júpiter. E no silêncio que se fez, de lassidão e de desapontamento, ondeou mais viva no ar, lançada pelos flautins da banda, a valsa de *Madame Angot.* Alguns sujeitos tinham-se conservado de costas para a pista, fumando, olhando a tribuna, onde as senhoras continuavam debruçadas no parapeito, à espera do Senhor dos Passos. Ao lado de Carlos, um cavalheiro resumiu as impressões, dizendo que tudo "aquilo era uma intrujice".

E quando Carlos se ergueu para ir procurar o Dâmaso, Alencar, muito animado com a espanhola, falava de Sevilha, de *malagueñas* e do coração de Espronceda.

O desejo de Carlos agora era achar Dâmaso, saber por que falhara a visita aos Olivais, e depois ir-se embora, para o Ramalhete, esconder aquela melancolia que o enevoava, estranha e pueril, misturada de irritabilidade, fazendo-lhe detestar as vozes que lhe falavam, os "ratantans" da música, até a beleza calma da tarde... Mas, ao dobrar a esquina da tribuna, topou com Craft, que o deteve, o apresentou a um rapaz louro e forte com quem estava falando alegremente. Era o famoso Clifford, o grande *sportman* de Córdova. Em redor, sujeitos tinham parado, embasbacados para aquele inglês legendário, em Lisboa, dono de cavalos de corridas, amigo do rei de Espanha, homem de todos os *chics*. Ele, muito à vontade, um pouco *poseur*, com um simples *veston* de flanela azul como no campo; ria alto com o Craft, do tempo em que tinham estado no colégio de Rugby. Depois pareceu-lhe reconhecer Carlos, amavelmente. Não se tinham encontrado havia quase um ano, em Madri, num jantar, em casa de Pancho Calderón? Assim era. O aperto de mão que repetiram foi mais íntimo, e Craft quis que fossem regar aquela flor de amizade com uma garrafa de mau *champagne*. Em roda crescera a pasmaceira.

O bufete estava instalado debaixo da tribuna, sob o tabuado nu, sem sobrado, sem um ornato, sem uma flor. Ao fundo, corria uma prateleira de taberna, com garrafas e pratos de bolos. E, no balcão tosco, dois criados, estonteados e sujos, achatavam à pressa as fatias de sanduíches com as mãos úmidas da espuma da cerveja. Quando Carlos e os dois amigos entraram, havia junto de um dos barrotes que especavam os degraus da tribuna, num grupo animado, com copos de *champagne* na mão, o marquês, o Visconde de Darque, o Taveira, um rapaz pálido de barba preta, que tinha debaixo do braço enrolada a bandeira vermelha de *starter*, e o comissário imberbe, com o chapéu branco cada vez mais atirado para a nuca, a face mais esbraseada, o colarinho já mole de suor. Era ele que oferecia o *champagne*; e, apenas viu entrar Clifford, rompeu para ele, de taça no ar, fez tremer as vigas, soltando o seu vozeirão:

— À saúde do amigo Clifford! O primeiro *sportman* da península, e rapaz cá dos nossos!... Hip, hip, hurra!

Os copos ergueram-se, num clamor de hurras, onde destacou, vibrante e entusiasta, a voz do *starter*. Clifford agradecia, risonho, tirando lentamente as luvas, enquanto o marquês, puxando Carlos pelo braço para o lado, lhe apresentava rapidamente o comissário, seu primo D. Pedro Vargas.

— Muito gosto em conhecer...

— Qual história! Eu é que fazia furor! — exclamou o comissário. — Cá a rapaziada do *sport* deve-se conhecer toda... Porque isto cá é a confraria, e todo o resto é chinfrinada!

E imediatamente arrebatou o copo ao ar, berrou com um ímpeto que lhe trazia mais sangue à face:

— À saúde de Carlos da Maia, o primeiro elegante cá da pátria! A melhor mão de rédea... Hip, hip, hurra...

— Hip, hip, hip... Hurra!

E foi ainda a voz do *starter* que deu o hurra mais vibrante e mais entusiasta.

Um empregado assomou à porta do bufete e chamou o senhor comissário. O Vargas atirou uma libra para o balcão, abalou, gritando já de fora, com o olho aceso:

— Isto vai-se animando, rapazes! Caramba! É carregar no líquido! E você, ó lá de baixo, ó patrão, Sô Manuel, mande vir esse gelo... Está a gente aqui a tomar a bebida quente... Despache um próprio, vá você, rebente! Irra!

No entanto, enquanto se desarrolhava o *champagne* de Craft, Carlos tinha convidado Clifford a jantar nessa noite no Ramalhete. O outro aceitou, molhando os lábios no copo, achando excelente que se continuasse a tradição de jantarem juntos, sempre que se encontravam.

— Olá! O general por aqui! — exclamou Craft.

Os outros voltaram-se. Era o Sequeira, com a face como um pimentão, entalado numa sobrecasaca curta que o fazia mais atarracado, de chapéu branco sobre o olho e grande chicote debaixo do braço.

Aceitou um copo de *champagne*, e teve muito prazer em conhecer o Senhor Clifford...

— E que me diz você a esta sensaboria? — exclamou ele logo, voltando-se para Carlos.

Quanto a si estava contente, pulava... Aquela corrida insípida, sem cavalos, sem jóqueis, com meia dúzia de pessoas a bocejar em roda, dava-lhe a certeza que eram talvez as últimas, e que o Jóquei-Clube rebentava... E ainda bem! Via-se a gente livre de um divertimento que não estava nos hábitos do país. Corridas era para se apostar. Tinha-se apostado? Não, então histórias!... Em Inglaterra e em França, sim! Aí eram um jogo como a roleta, ou como o monte... Até havia banqueiros, que eram os *bookmakers*... Então já viam!

E como o marquês, pousando o copo, e querendo calmar o general, falava do apuramento das raças, e da remonta, o outro ergueu os ombros, com indignação:

— Que me está você a cantar! Quer você dizer que se apura a raça para a remonta da cavalaria?... Ora vá lá montar o exército com cavalos de corridas!... Em serviço o que se quer não é o cavalo que corra mais; é o cavalo que aguente mais... O resto é uma história... Cavalos de corridas são fenômenos! São como o boi com duas cabeças... Então, histórias!... Em França até lhes dão *champagne*, homem!... Então veja lá!...

E a cada frase, sacudia os ombros, furiosamente. Depois, de um trago, esvaziou o seu copo de *champagne*, repetiu que tinha muito prazer em conhecer o Senhor

Clifford, rodou sobre os tacões, saiu, bufando, entalando mais debaixo do braço o chicote, que tremia na ponta como ávido de vergastar alguém.

Craft sorria, batia no ombro de Clifford.

— Veja você! Cá nós, velhos portugueses, não gostamos de novidades e de *sports*... Somos pelo touro...

— Com razão — dizia o outro, sério e aprumando-se sobre o colarinho. — Ainda há dias me contava na Granja o Rei de Espanha...

De repente, fora, houve um rebuliço, e vozes sobressaltadas gritando: "ordem!" Uma senhora, que atravessava com um pequenino, fugiu para dentro do bufete, enfiada. Um polícia passou, correndo.

Era uma desordem!

Carlos e os outros, saindo à pressa, viram ao pé da tribuna real um magote de homens, onde bracejava o Vargas. Do largo da pesagem, os rapazes corriam com curiosidade, já excitados, apinhando-se, alçando-se em bicos de pés; do recinto das carruagens acudiam outros, saltando as cordas da pista, apesar dos repelões dos polícias; e agora era uma massa tumultuosa de chapéus altos, de fatos claros, empurrando-se contra as escadas da tribuna real, onde um ajudante de El-Rei, reluzente de agulhetas e em cabelo, olhava tranquilamente.

E Carlos, furando, pôde enfim avistar no meio do montão um dos sujeitos que correra no prêmio dos *Produtos*, o que montava Júpiter, ainda de botas, com um paletó alvadio por cima da jaqueta de jóquei, furioso, perdido, injuriando o juiz das corridas, o Mendonça, que arregalava os olhos, aturdido e sem uma palavra. Os amigos do jóquei puxavam-no; queriam que ele fizesse um protesto. Mas ele batia o pé, trêmulo, lívido, gritando que não se importava nada com protestos! Perdera a corrida por uma pouca vergonha! O protesto ali era um arrocho! Porque o que havia naquele hipódromo era compadrice e ladroeira!

Indivíduos, mais sérios, indignaram-se com esta brutalidade.

— Fora! Fora!

Alguns tomavam o partido do jóquei; já aos lados outras questões surgiram, desabridas. Um sujeito vestido de cinzento berrava que o Mendonça decidira pelo Pinheiro, que montava Escocês, por ser íntimo dele; outro cavalheiro, de binóculo a tiracolo, achava aquela insinuação infame; e os dois, frente a frente, com os punhos fechados, tratavam-se furiosamente de "pulhas".

E, todo este tempo, um homem baixote, de grandes colarinhos de pintinhas, procurava romper, erguia os braços, exclamava, numa voz suplicante e rouca:

— Por quem são, meus senhores... Um momento... Eu tenho experiência... Eu tenho experiência!

De repente o vozeirão do Vargas dominou tudo, como um urro de touro. Diante do jóquei, sem chapéu, com a face a estourar de sangue, gritava-lhe que era indigno de estar ali, entre gente decente! Quando um *gentleman* duvida do juiz da corrida, faz um protesto! Mas vir dizer que há ladrões, era só de um canalha e de um fadista, como ele, que nunca devia ter pertencido ao Jóquei-Clube! O outro, agarrado pelos amigos, esticando o pescoço magro como para lhe morder, atirou-lhe um nome sujo. Então o Vargas, com um encontrão para os lados, abriu espaço, repuxou as mangas, berrou:

— Repita lá isso! Repita lá isso!

E imediatamente aquela massa de gente oscilou, embateu contra o tabuado da tribuna real, remoinhou em tumulto, com vozes de "ordem" e "morra", chapéus pelo ar, baques surdos de murros.

Por entre o alarido vibravam, furiosamente, os apitos da polícia; senhoras, com as saias apanhadas, fugiam através da pista, procurando espavoridamente as carruagens; e um sopro grosseiro de desordem reles passava sobre o hipódromo, desmanchando a linha postiça de civilização e a atitude forçada de decoro...

Carlos achou-se ao pé do marquês, que exclamava, pálido:

— Isto é incrível, isto é incrível!...

Carlos, pelo contrário, achava pitoresco.

— Qual pitoresco, homem! É uma vergonha, com todos esses estrangeiros!

No entanto, a massa de gente dispersava, lentamente, obedecendo ao oficial da guarda, um moço pequenino mas decidido, que, em bicos de pés, aconselhava para os lados, numa voz de orador, "cavalheirismo" e "prudência..." O jóquei de paletó alvadio afastou-se, apoiado ao braço de um amigo, coxeando com o nariz a pingar sangue; e o comissário desceu para a pista, com um cortejo atrás, triunfante, sem colarinho, arranjando o chapéu achatado numa pasta. A música tocava a marcha do *Profeta*; enquanto o desgraçado juiz das corridas, o Mendonça, encostado à tribuna real, com os braços caídos, aparvalhado, balbuciava num resto de assombro:

— Isto só a mim! Isto só a mim!

O marquês, num grupo a que se juntaram o Clifford, Craft e Taveira, continuava a vociferar:

— Então, estão convencidos? Que lhes tenho eu sempre dito? Isto é um país que só suporta hortas e arraiais... Corridas, como muitas outras coisas civilizadas lá de fora, necessitam primeiro gente educada. No fundo todos nós somos fadistas! Do que gostamos é de vinhaça e viola e bordoada, e viva lá seu compadre! Aí está o que é!

Ao lado dele, Clifford, que no meio daquele desmancho todo esticava mais corretamente a sua linha de *gentleman*, mordia um sorriso, assegurando, com um ar de consolação, que conflitos iguais sucedem em toda parte... Mas, no fundo parecia achar tudo aquilo ignóbil. Dizia-se mesmo que ele ia retirar a Mist. E alguns davam-lhe razão. Que diabo! Era aviltante para um belo animal de raça correr num hipódromo sem ordem e sem decência, onde a todo momento podiam reluzir navalhas.

— Ouve cá: tu viste por acaso esse animal do Dâmaso? — perguntou Carlos, chamando para o lado o Taveira. — Há uma hora que ando a farejá-lo...

— Estava ainda há pouco do outro lado, no recinto das carruagens, com a Josefina do Salazar... Anda extraordinário, de sobrecasaca branca e de véu no chapéu!

Mas, quando daí a pouco, Carlos quis atravessar, a pista estava fechada. Ia-se correr o *Grande Prêmio Nacional.* Os números já tinham subido ao indicador; um tom de sineta morria no ar. Um cavalo do Darque, o Rabino, com o seu jóquei, de encarnado e branco, descia, trazido à rédea por um *groom* e acompanhado pelo Darque; alguns sujeitos paravam a examinar-lhe as pernas, com o olho sério, afetando entender. Carlos demorou-se um momento também, admirando-o; era de um bonito castanho escuro, nervoso e ligeiro, mas com o peito estreito.

Depois, ao voltar-se, viu de repente a Gouvarinho, que acabava, decerto, de chegar, e conversava de pé com D. Maria da Cunha. Estava com uma *toilette* inglesa, justa e simples, toda de casimira branca, de um branco de creme, onde as grandes luvas negras à mosqueteira punham um contraste audaz; e o chapéu preto também desaparecia sob as pregas finas de um véu branco, enrolado em volta da cabeça, cobrindo-lhe metade do rosto, com um ar oriental que não ia bem ao seu narizinho curto, ao seu cabelo cor de brasa. Mas em redor os homens olhavam para ela como para um quadro.

Ao avistar Carlos, a condessa não conteve um sorriso, um brilho de olhos que a iluminou. Instintivamente deu um passo para ele; e ficaram um instante isolados, falando baixo, enquanto D. Maria os observava, sorrindo, cheia já de benevolência, pronta já a abençoá-los maternalmente.

— Estive para não vir — dizia a condessa, que parecia nervosa. — O Gastão fez-se tão desagradável hoje! E naturalmente tenho de ir amanhã para o Porto.

— Para o Porto?...

O papá quer que eu lá vá, são os anos dele... Coitado, vai-se fazendo velho; escreveu-me uma carta tão triste... Há dois anos que me não vê...

— O conde vai?

— Não.

E a condessa, depois de dar um sorriso ao Ministro da Baviera, que a cumprimentava de passagem, aos pulinhos, acrescentou, mergulhando o olhar nos olhos de Carlos:

— E quero uma coisa.

— O quê?

— Que venhas também.

Justamente nesse instante, Teles da Gama, de programa e lápis na mão, parou junto deles:

— Você quer entrar numa *poule* monstro, Maia? Quinze bilhetes, dez tostões cada um... Lá em cima, ao canto da tribuna, está-se apostando ferozmente... A desordem fez bem, sacudiu os nervos; todo mundo acordou... Quer V. Exa. também, senhora condessa?

Sim, a condessa também entrava na *poule*. Teles da Gama inscreveu-a, e abalou atarefado. Depois foi Steinbroken que se acercou, todo florido, de chapéu branco, ferradura de rubis na gravata, mais esticado, mais louro, mais inglês, neste dia solene de *sport* oficial.

— *Ah, comme vous êtes belle, comtesse!... Voilà une toilette merveilleuse, n'est-ce pas, Maia?... Est-ce que nous n'allons pas parier quelque chose?*

A condessa contrariada, querendo falar a Carlos, risonha todavia, lamentou-se de ter já uma fortuna comprometida... Enfim sempre apostava cinco tostões com a Finlândia. Que cavalo tomava ele?

— *Ah, je ne sais pas, je ne connais pas les chevaux... D'abord, quand on parie...*

Ela, impaciente, ofereceu-lhe Vladimir. E teve de estender a mão a outro finlandês, o secretário de Steinbroken, um moço louro, lento, lânguido, que se curvara em silêncio diante dela, deixando escorregar do olho claro e vago o seu monóculo de ouro. Quase imediatamente Taveira, excitado, veio dizer que Clifford retirara a Mist. Vendo-a assim cercada, Carlos afastou-se. Justamente o olhar de D. Maria, que o não deixara, chamava-o agora, mais carinhoso e vivo. Quando ele se chegou, ela puxou-lhe pela manga, fê-lo debruçar, para lhe murmurar ao ouvido, deliciada:

— Está hoje tão galante!

— Quem?

D. Maria encolheu os ombros, impaciente.

— Ora quem! Quem há de ser? O menino sabe perfeitamente. A condessa... Está de apetite.

— Muito galante, com efeito — disse Carlos friamente.

De pé, junto de D. Maria, tirando devagar uma *cigarette*, ele ruminava, quase com indignação, as palavras da condessa. Ir com ela para o Porto!... E via ali outra exigência audaz, a mesma tendência impertinente a dispor do seu tempo, dos seus passos, da sua vida! Tinha um desejo de voltar junto dela, dizer-lhe que "não", secamente, desabridamente, sem motivos, sem explicações, como um brutal. Acompanhada em silêncio pelo esguio secretário de Steinbroken, ela vinha agora caminhando lentamente para ele; e o olhar alegre com que o envolvia irritou-o mais, sentindo no seu brilho sereno, no sorrir calmo, quanto ela estava certa da sua submissão. E estava. Apenas o finlandês se afastou languidamente, ela, muito tranquila, ali mesmo junto de D. Maria, falando em inglês, e apontando para a pista como se comentasse os cavalos do Darque, explicou-lhe um plano que imaginara, encantador. Em lugar de partir na terça-feira para o Porto, ia na segunda à noite, só com a criada escocesa, sua confidente, num compartimento reservado. Carlos tomava o mesmo comboio. Em Santarém, desciam ambos, muito simplesmente, e iam passar a noite ao hotel. No dia seguinte ela seguia para o Porto, ele recolhia a Lisboa...

Carlos abria os olhos para ela, assombrado, emudecido. Não esperava aquela extravagância. Supusera que ela o queria no Porto, escondido no *Francforte*, para passeios românticos à Foz, ou visitas furtivas a algum casebre da Aguardente... Mas a ideia de uma noite, num hotel, em Santarém!

Terminou por encolher os ombros, indignado. Como queria ela, numa linha de caminho de ferro em que se encontra constantemente gente conhecida, apear-se com ele na estação de Santarém, dar-lhe o braço, maritalmente, e enfiarem para uma estalagem? Ela, porém, pensara em todos os detalhes. Ninguém a conheceria, disfarçada num grande *waterproof* e com uma cabeleira postiça.

— Com uma cabeleira!?

— O Gastão! — murmurou ela, de repente.

Era o conde, por trás dele, abraçando-o ternamente pela cintura. E quis logo saber a opinião do amigo Maia sobre as corridas. Bastante animação, não é verdade? E bonitas *toilettes*, certo ar de luxo... Enfim, não envergonhavam. E aí estava provado o que ele sempre dissera, que todos os requintes da civilização se aclimatavam bem em Portugal...

— O nosso solo moral, Maia, como o nosso solo físico, é um solo abençoado!

A condessa voltara para o pé de D. Maria. E Teles da Gama, passando de novo, naquela faina ruidosa em que o trazia a formação da sua *poule*, chamou Carlos para a tribuna, para ele tirar o seu bilhete, e apostar com as senhoras...

— Ó Gouvarinho! Venha também daí, homem! — exclamou ele. — Que diabo! É necessário animar isto; é até patriótico.

E o conde condescendeu, por patriotismo.

— É bom — dizia ele, travando do braço de Carlos — fomentar os divertimentos elegantes. Já uma vez o disse na Câmara: o luxo é conservador.

Em cima, a um canto, num grupo de senhoras, foram com efeito encontrar uma animação que quase fazia escândalo naquela tribuna silenciosa e à espera do Senhor dos Passos. A Viscondessa de Alvim dobrava atarefadamente os bilhetes da *poule*; uma secretariazinha da Rússia, de bonitos olhos garços, apostava desesperadamente placas de cinco tostões, estonteada, já embrulhada, rabiscando com frenesi o seu programa. A Pinheiro, a mais magra, com um vestido leve de raminhos. Pompadour, que lhe fazia covas nas clavículas, dava opiniões pretensiosas sobre os cavalos, em inglês; enquanto o Taveira, de olhos úmidos no meio de todas aquelas saias, falava de arruinar as senhoras, de viver à custa das senhoras... E todos os homens, acotovelando-se, queriam fazer uma aposta com a Joaninha Vilar, que, de costas contra o rebordo da tribuna, gordinha e lânguida, sorrindo, com a cabeça deitada para trás, as pestanas mortas, parecia oferecer a todas aquelas mãos, que se estendiam gulosamente para ela, o seu apetitoso peito de rola. Teles da Gama, no entanto, ia organizando a confusão alegre. Os bilhetes estavam dobrados; era necessário um chapéu... Então os cavalheiros afetaram um amor desordenado pelos seus chapéus, não os querendo confiar às mãos nervosas das senhoras; um rapaz, todo de luto, excedeu-se mesmo, agarrando as abas do seu, com ambas as mãos, aos gritos. A secretariazinha da Rússia, impaciente, terminou por oferecer o barrete de marujo do seu pequeno, uma criança obesa, pousada ali para um lado como uma trouxa. Foi a Joaninha Vilar que levou em roda os bilhetes, rindo e chocalhando-os preguiçosamente, enquanto o secretário de Steinbroken, grave, como exercendo uma função, recolhia no seu grande chapéu as placas que caíam uma a uma com um som argentino. E a tiragem foi o lindo divertimento da *poule*. Como estavam só quatro cavalos inscritos, e as entradas eram quinze, havia onze bilhetes brancos que aterravam. Todos ambicionavam tirar o número três, o de Rabino, o cavalo de Darque, favorito do *Prêmio Nacional*. Assim cada mãozinha sôfrega que se demorava no fundo do barrete, remexendo, tenteando os papéis, causava uma indignação folgazã, num exagero de risos.

— A senhora viscondessa procura demais!... E dobrou os números, conhece-os... É necessário probidade, senhora viscondessa!

— *Oh, mon Dieu, j'ai Minhoto, cette rosse!*

— *Je vous l'achette, madame!*

— A senhora D. Maria Pinheiro: V. Exa. leva dois números!...

— *Ah, je suis perdue... Blanc!*

— E eu! É necessário fazer outra *poule*! Vamos fazer outra *poule*!

— Isso! Outra *poule*, outra *poule*!

No entanto, a enorme Baronesa de Craben, num degrau mais elevado, que ela ocupava só, como um trono, erguera-se, com o seu bilhete na mão. Tinha tirado Rabino; e afetava superiormente não compreender esta fortuna, perguntava o que era Rabino. Quando o Conde de Gouvarinho lhe explicou muito sério a importância de Rabino, e que Rabino era quase uma glória pública, ela mostrou a dentuça, condescendeu em rosnar do fundo do papo que *c'était charmant*. Todo mundo a invejava; e a vasta baleia alastrou-se de novo sobre o seu trono, abanando-se, com majestade.

E subitamente houve uma surpresa: enquanto eles tiravam os bilhetes, os cavalos tinham partido, passavam juntos diante da tribuna. Todos se ergueram, de binóculo na mão. O *starter* ainda estava na pista, com a bandeira vermelha inclinada ao chão; e as ancas dos cavalos fugiam na curva, lustrosos à luz, sob as jaquetas enfunadas dos jóqueis.

Então todo o rumor de vozes caiu; e no silêncio a bela tarde pareceu alargar-se em redor, mais suave e mais calma. Através do ar sem poeira, sem a vibração dos raios fortes, tudo tomava uma nitidez delicada; defronte da tribuna, na colina, a relva era de um louro quente; no grupo de carruagens cintilava por vezes o vidro de uma lanterna, o metal de um arreio, ou de pé, sobre uma almofada, destacava em escuro alguma figura de chapéu alto; e pela pista verde os cavalos corriam, mais pequenos, finamente recortados na luz. Ao fundo, a cal das casas cobria-se de uma leve aguada cor-de-rosa; e o distante horizonte resplandecia, com dourados de sol, brilhos de rio vidrado, fundindo-se numa névoa luminosa, onde as colinas, nos seus tons azulados, tinham quase transparência, como feitas de uma substância preciosa...

— É Rabino! — exclamou por trás de Carlos um sujeito, de pé num degrau.

As cores encarnadas e brancas do Darque corriam com efeito na frente. Os dois cavalos iam juntos; e, o último, num galope que adormecia, era Vladimir, outro potro do Darque, baio claro, quase louro à luz.

Então, a secretária da Rússia bateu palmas, interpelou Carlos, que justamente tirara na *poule* o número de Vladimir. A ela coubera Minhoto, uma pileca melancólica do Manuel Godinho; e tinham feito sobre os dois cavalos uma aposta complicada de luvas e de amêndoas. Já umas poucas de vezes os seus lindos olhos garços tinham procurado os de Carlos; e agora tocava-lhe no braço com o leque, gracejava, triunfava..

— *Ah, vous avez perdu, vous avez perdu! Mais c'est un vieux cheval de fiacre, votre Vladimir.*

Como, um cavalo de fiacre? Vladimir era o melhor potro do Darque! Talvez ainda viesse a ser a única glória de Portugal, como outrora o Gladiador fora a única glória da França! Talvez ainda substituísse Camões...

— *Ah, vous plaisantez...*

Não, Carlos não gracejava. Estava até pronto a apostar tudo por Vladimir.

— Você aposta por Vladimir? — gritou Teles da Gama, voltando-se vivamente.

Carlos, por divertimento, sem mesmo saber por que, declarou que tomava Vladimir. Então, em roda, foi uma surpresa; e todo mundo quis apostar, aproveitar-se daquela fantasia de homem rico, que sustentava um potro verde, de três quartos de sangue, a que o próprio Darque chamava pileca. Ele sorria, aceitava; terminou até por erguer a voz, proclamar Vladimir contra o campo. E de todos os lados o chamavam, numa sofreguidão de saque.

— *M. de Maia, dix tostons.*

— *Parfaitement, madame.*

— Ó Maia, você quer meia libra?

— Às ordens.

— Maia, também eu! Ouça lá... Também eu!... Dois mil-réis.

— Ó Senhor Maia, eu dou dez tostões...

— Com o maior prazer, minha senhora...

Ao longe os cavalos davam a volta, na subida do terreno. Rabino já desaparecera, e Vladimir, num galope a que se sentia o cansaço, corria só na pista. Uma voz elevou-se, dizendo que ele manquejava. Então Carlos, que continuava a tomar Vladimir contra o campo, sentiu que lhe puxavam devagar pela manga; voltou-se; era o secretário de Steinbroken, chegando sutilmente a tomar também parte no saque à bolsa do Maia, propondo dois soberanos, em seu nome e em nome do seu chefe, como uma aposta coletiva da legação, a aposta do reino da Finlândia.

— *C'est fait, monsieur!* — exclamou Carlos, rindo.

Agora começava a divertir-se. Apenas vira de relance Vladimir, e gostara da cabeça ligeira do potro, do seu peito largo e fundo; mas apostava sobretudo para animar mais aquele recanto da tribuna, ver brilhar gulosamente os olhos interesseiros das mulheres. Teles da Gama ao lado aprovava-o; achava aquilo patriótico e *chic.*

— É Minhoto! — gritou de repente Taveira.

Na volta, com efeito, fizera-se uma mudança. Subitamente Rabino perdera terreno, resistindo à subida, com o fôlego curto. E agora era Minhoto, o cavalicoque obscuro de Manuel Godinho, que se arremessava para a frente, vinha devorando a pista, num esforço contínuo, admiravelmente montado por um jóquei espanhol. E logo atrás vinham as cores escarlates e brancas de Darque; ao princípio ainda pareceu que era Rabino; mas, apanhado de repente num raio oblíquo de sol, o cavalo cobriu-se de tons lustrosos de baio claro, e foi uma surpresa ao reconhecer-se que era Vladimir! A corrida travava-se entre ele e Minhoto.

Os amigos de Godinho, precipitando-se para a pista, bradavam, de chapéu no ar:

— Minhoto, Minhoto!

E, em redor de Carlos, os que tinham apostado pelo campo contra Vladimir faziam também votos por Minhoto, em bicos de pés, junto do parapeito da tribuna, estendendo o braço para ele, animando-o:

— Anda, Minhoto!... Isso, assim!... Aguenta, rapaz!... Bravo!... Minhoto! Minhoto!

A russa, toda nervosa, na esperança de ganhar a *poule*, batia palmas. Até a enorme Craben se erguera, dominando a tribuna, enchendo-a com os seus gorgorões azuis e brancos; enquanto que, ao lado dela, o Conde Gouvarinho, também de pé, sorria, contente no seu peito de patriota, vendo naqueles jóqueis à desfilada, nos chapéus que se agitavam, brilhar civilização.

De repente, de baixo, do pé da tribuna, dentre os rapazes que cercavam o Darque, uma exclamação partiu:

— Vladimir! Vladimir!

Com um arranque desesperado o potro viera juntar-se a Minhoto; e agora chegavam furiosamente, com brilhos vivos de cores claras, os focinhos juntos, os olhos esbugalhados, sob uma chuva de vergastadas.

Teles da Gama, esquecido da sua aposta, todo pelo Darque, seu íntimo, berrava por Vladimir. A russa, de pé num degrau, apoiada sobre o ombro de Carlos, pálida, excitada, animava Minhoto com gritinhos, com pancadas de leque. A agitação daquele canto da tribuna estendera-se embaixo ao recinto — onde se via uma linha de homens, contra a corda da pista, bracejando. Do outro lado era uma fila de rostos pálidos, fixos numa curta ansiedade. Algumas senhoras tinham-se posto de pé nas carruagens. E através da colina, para ver a chegada, dois cavaleiros, segurando com as mãos o chapéu baixo, corriam à desfilada.

— Vladimir! Vladimir! — foram de novo os gritos isolados, aqui, além.

Os dois cavalos aproximavam-se, com um som surdo das patas, fazendo um ar de rajada.

— Minhoto! Minhoto!

— Vladimir! Vladimir!

Chegavam... De repente, o jóquei inglês de Vladimir, todo em fogo, levantando o potro que lhe parecia fugir dentre as pernas, esticado e lustroso, fez silvar triunfantemente o chicote, e de um arremesso direto lançou-o além da meta, duas cabeças adiante de Minhoto, todo coberto de espuma.

Então em volta de Carlos foi uma desconsolação, um longo murmúrio de lassidão. Todos perdiam; ele apanhava a *poule*, ganhava as apostas, empolgava tudo. Que sorte! Que chance! Um adido italiano, tesoureiro da *poule*, empalideceu ao separar-se do lenço cheio de prata; e de todos os lados mãozinhas calçadas de *gris-perle* ou de castanho atiravam-lhe com um ar amuado as apostas perdidas, chuva de placas que ele recolhia, rindo, no chapéu.

— *Ah, monsieur* — exclamou a vasta Ministra da Baviera, furiosa — *méfiez-vous... Vous connaissez le proverbe: heureux au jeu...*

— *Hélas, madame!* — disse Carlos, resignado, estendendo-lhe o chapéu...

E outra vez um dedo sutil tocou-lhe no braço. Era o secretário de Steinbroken, lento e silencioso, que lhe trazia o seu dinheiro e o dinheiro do seu chefe, a aposta do reino da Finlândia.

— Quanto ganha você? — exclamou Teles da Gama, assombrado. Carlos não sabia. No fundo do chapéu já reluzia ouro. Teles contou, com o olho brilhante.

— Você ganha doze libras! — disse ele maravilhado, e olhando Carlos com respeito.

Doze libras! Esta soma espalhou-se em redor, num rumor de espanto. Doze libras! Embaixo os amigos de Darque, agitando o chapéu, davam ainda hurras. Mas, uma indiferença, um tédio lento, ia pesando outra vez, desconsoladamente. Os rapazes vinham-se deixar cair nas cadeiras, bocejando, com um ar exausto. A música, desanimada também, tocava coisas plangentes da *Norma*.

Carlos, no entanto, num degrau da tribuna, com a ideia de descobrir o Dâmaso, sondava de binóculo o recinto das carruagens. A gente, agora, ia dispersando pela colina. As senhoras tinham retomado a imobilidade melancólica, no fundo das caleches, de mãos no regaço. Aqui e além um *dog-cart*, mal arranjado, dava um trote curto pela relva. Numa vitória estavam as duas espanholas do Eusebiozinho, a Concha e a Carmen, de sombrinhas escarlates. E sujeitos, de mãos atrás das costas, pasmavam para um *char-à-bancs* a quatro atrelado à Daumont, onde, entre uma família triste, uma ama de lenço de lavradeira dava de mamar a uma criança cheia de rendas. Dois garotos esganiçados passeavam bilhas de água fresca.

Carlos descia da tribuna, sem ter descoberto o Dâmaso, quando deu justamente de frente com ele dirigindo-se para a escada, afogueado, flamante, na sua famosa sobrecasaca branca.

— Onde diabo tens tu estado, criatura?

O Dâmaso agarrou-o pelo braço, alçou-se em bicos de pés, para lhe contar ao ouvido que tinha estado do outro lado, com uma gaja divina, a Josefina do Salazar... *Chic* a valer! Lindamente vestida! Parecia-lhe que tinha mulher!

— Ah, Sardanápalo!...

— Faz-se pela vida... Volta cá acima, à tribuna, anda. Eu ainda hoje não pude cavaquear com o *high-life*!... Mas estou furioso, sabes? Implicaram com o meu véu azul. Isto é um país de bestas! Logo troça, e "olhe, não creste a pele", e "onde mora, ó catitinha"? e chalaça... Uma canalha! Tive de tirar o véu... Mas já resolvi. Para as outras corridas, venho nu! Palavra, venho nu! É a vergonha da civilização esta terra! Não vens daí? Então até já.

Carlos deteve-o.

— Escuta lá, homem, tenho que te dizer... Então, essa visita aos Olivais?... Nunca mais apareceste... Tínhamos combinado que fosses convidar o Castro Gomes; que viesses dar a resposta... Não vens, não mandas... O Craft à espera... Enfim um procedimento de selvagem.

Dâmaso atirou os braços ao ar. Então Carlos não sabia? Havia grandes novidades! Ele não voltara ao Ramalhete, como estava combinado, porque o Castro Gomes não podia ir aos Olivais. Ia partir para o Brasil.

Já partira mesmo, na quarta-feira. A coisa mais extraordinária... Ele chega lá, para fazer o convite, e S. Exa. declara-lhe que sente muito, mas que parte no dia seguinte para o Rio... E já de mala feita, já alugada uma casa para a mulher ficar aqui à espera três meses; já a passagem no bolso. Tudo de repente, feito de sábado para segunda-feira... Telhudo, aquele Castro Gomes.

— E lá partiu — exclamou ele, voltando-se a cumprimentar a Viscondessa de Alvim e Joaninha Vilar, que desciam das tribunas. — Lá partiu, e ela já está instalada. Até já anteontem a fui visitar, mas não estava em casa... Sabes do que tenho medo? É que ela, nestes primeiros tempos, por causa da vizinhança, como está só, não queira que eu lá vá muito... Que te parece?

— Talvez... E onde mora ela?

Em quatro palavras, Dâmaso explicou a instalação de madame. Era muito engraçado; morava no prédio do Cruges! A mamã Cruges, havia já anos, alugava aquele andar mobiliado; o inverno passado estivera lá o Bertonni, o tenor, com a família. Casa bem arranjada; o Castro Gomes tinha tido dedo...

— E para mim, muito cômodo, ali ao pé do Grêmio... Então não voltas cá acima, a cavaquear com o femeaço? Até logo... Está hoje *chic* a valer a Gouvarinho! E está a pedir homem! *Good-bye.*

Defronte de Carlos a Condessa de Gouvarinho, no grupo de D. Maria a que se vieram juntar a Alvim e Joaninha Vilar, não cessava de o chamar com o olhar inquieto, torturando o seu grande leque negro. Mas ele não obedeceu logo, parado ao pé dos degraus da tribuna, acendendo vagamente uma *cigarette*, perturbado por todas aquelas palavras do Dâmaso, que lhe deixavam na alma um sulco luminoso. Agora que a sabia só em

Lisboa, vivendo na mesma casa do Cruges, parecia-lhe que já a conhecia, sentia-se muito perto dela, podendo assim a todo momento entrar os umbrais da sua porta, pisar os degraus que ela pisava. Na sua imaginação transluziam já possibilidades de um encontro, alguma palavra trocada, coisas pequeninas, sutis como fios, mas por onde os seus destinos se começariam a prender... E imediatamente veio-lhe a tentação pueril de ir lá, logo nessa mesma tarde, nesse instante, gozar como amigo do Cruges o direito de subir a escada dela, parar diante da porta dela e surpreender uma voz, um som de piano, um rumor qualquer da sua vida.

O olhar da condessa não o deixava. Ele aproximou-se, enfim, contrariado; ela ergueu-se logo, deixou o seu grupo e, dando alguns passos com ele pela relva, recomeçou a falar na ida a Santarém. Carlos, então, muito secamente, declarou toda essa invenção insensata.

— Por quê?

Ora por quê! Por tudo. Pelo perigo, pelos desconfortos, pelo ridículo... Enfim, a ela como mulher ficava-lhe bem ter fantasias pitorescas de romance; mas a ele competia-lhe ter bom senso.

Ela mordia o beiço, com todo o sangue na face. E não havia ali bom senso. Via só frieza. Quando ela arriscava tanto, ele podia bem, por uma noite, afrontar os desconfortos da estalagem...

— Mas não é isso!...

Então que era? Tinha medo? Não havia mais perigo do que nas idas à casa da titi. Ninguém a podia conhecer, com outra cor de cabelo, toda sorte de véus, disfarçada num grande *waterproof*. Chegavam de noite, entravam para o quarto, de onde não saíam mais, servidos apenas pela escocesa. No dia seguinte, no comboio da noite, ela seguia para o Porto, tudo acabava... E naquela inexistência ela era o homem, o sedutor, com a sua veemência de paixão ativa, tentando-o, soprando-lhe o desejo; enquanto ele parecia a mulher, hesitante e assustada. E Carlos sentia isto. A sua resistência a uma noite de amor, prolongando-se assim, ameaçava ser grotesca; ao mesmo tempo o calor de voluptuosidade que emanava daquele seio, arfando junto dele e por ele, ia-o amolecendo lentamente. Terminou por a olhar de certo modo; e, como se o desejo se lhe acendesse, enfim, de repente à curta chama que faiscava nas pupilas dela, negras, úmidas, ávidas, prometendo mil coisas, disse, um pouco pálido:

— Pois bem, perfeitamente... Amanhã à noite, na estação.

Nesse momento, em redor, romperam exclamações de troça; era um cavalo solitário que chegava, num galope pacato, passava a meta sem se apressar, como se descesse uma avenida do Campo Grande numa tarde de domingo. E em redor perguntava-se que corrida era aquela de um cavalo só, quando ao longe, como saindo da claridade loura do sol que descia sobre o rio, apareceu uma pobre pileca branca, empurrando-se, arquejando, num esforço doloroso, sob as chicotadas atarantadas de um jóquei de roxo e preto. Quando ela chegou, enfim, já o outro *gentleman-rider* voltara da meta, a passo, pachorrentamente, e estava conversando com os amigos, encostado à corda da pista.

Todo mundo ria. E a corrida do Prêmio Del-Rei terminou assim, grotescamente.

Ainda havia o *Prêmio de Consolação*, mas agora desaparecera todo o interesse fictício pelos cavalos. Perante a calma e radiante beleza da tarde, algumas senhoras, imitando a Alvim, tinham descido para a pesagem, cansadas da imobilidade da tribuna. Arranjaram-se mais cadeiras; aqui e além, sobre a relva pisada, formavam-se grupos, alegrados por algum vestido claro ou por uma pluma viva de chapéu; e palrava-se, como numa sala de inverno, fumando-se familiarmente. Em redor de D. Maria e da Alvim projetava-se um grande piquenique a Queluz. Alencar e o Gouvarinho discutiam a reforma da instrução. A horrível Craben, entre outros diplomatas e moços de binóculo a tiracolo, dava, do fundo grosso do papo, opiniões sobre Daudet, que ela achava *très agréable*. E, quando Carlos enfim abalou, o recinto, esquecidas as corridas, tomava um tom de *soirée*, no ar claro e fresco da colina, com o murmúrio de vozes, um mover de leques, e ao fundo a música tocando uma valsa de Strauss.

Carlos, depois de procurar muito Craft, encontrou-o no bufete com o Darque, com outros, bebendo mais *champagne*.

— Eu tenho de ir ainda a Lisboa — disse-lhe ele — e vou no fáeton. Abandono-te torpemente. Você vá para o Ramalhete como puder...

— Eu o levo! — gritou logo o Vargas, que tinha já a gravata toda desmanchada. — Levo-o no *dog-cart*. Eu me encarrego dele... O Craft fica por minha conta... É necessário recibo? À saúde do Craft, inglês cá dos meus... Hurra!

— Hurra! Hip, hip, hurra!

Daí a pouco, a trote largo no fáeton, Carlos descia o Chiado, dava a volta para a Rua de S. Francisco. Ia numa perturbação deliciosa e singular, com aquela certeza de que ela estava só na casa do Cruges; o último olhar que ela lhe dera parecia ir adiante dele, chamando-o; e um despertar tumultuoso de esperanças sem nome atirava-lhe a alma para o azul.

Quando parou diante do portão, alguém, por dentro das janelas dela, ia correndo lentamente os estores. Na rua silenciosa caía já uma sombra de crepúsculo. Atirou as rédeas ao cocheiro, atravessou o pátio. Nunca viera visitar o Cruges, nunca subira esta escada; e pareceu-lhe horrorosa, com os seus frios degraus de pedra, sem tapete, as paredes nuas e enxovalhadas alvejando tristemente no começo da escuridão. No patamar do primeiro andar parou. Era ali que ela vivia. E ficou olhando, com uma devoção ingênua, para as três portas pintadas de azul; a do centro estava inutilizada por um banco comprido de palhinha, e na do lado direito pendia, com uma enorme bola, o cordão da campainha. De dentro não vinha um rumor; e este pesado silêncio, juntando-se ao movimento de estores que ele vira fechar-se, parecia cercar as pessoas que ali viviam de solidão e de impenetrabilidade. Uma desconsolação passou-lhe na alma. Se ela agora, só, sem o marido, começasse uma vida reclusa e solitária? Se ele não tornasse mais a encontrar os seus olhos?

Foi subindo devagar até ao andar do Cruges. E mal sabia o que havia de dizer ao maestro para explicar aquela visita estranha, deslocada... Foi um alívio quando a criadita lhe veio dizer que o menino Vitorino tinha saído.

Embaixo, Carlos tomou as rédeas e foi levando lentamente o fáeton até ao Largo da Biblioteca. Depois, retrocedeu, a passo. Agora, por trás do estore branco, havia uma vaga claridade de luz. Ele olhou-a como se olha uma estrela.

Voltou ao Ramalhete. Craft, coberto de pó, estava-se justamente apeando de uma caleche de praça. Um momento ficaram ali à porta, enquanto Craft, procurando troco para o cocheiro, contava o final das corridas. No

Prêmio de Consolação, um dos cavaleiros tinha caído, quase ao pé da meta, sem se magoar; e, por último, já à partida, o Vargas, que ia na sua terceira garrafa de *champagne*, esmurrara um criado de bufete, com ferocidade.

— Assim — disse Craft, completando o seu troco —, estas corridas foram boas pelo velho princípio shakespeariano de que "tudo é bom quando acaba bem".

— Um murro — disse Carlos, rindo — é, com efeito, um belo ponto final.

No peristilo, o velho guarda-portão esperava, descoberto, com uma carta na mão para Carlos. Um criado tinha-a trazido, instantes antes de S. Exa. chegar.

Era uma letra inglesa de mulher, num envelope largo, lacrado com um sinete de armas. Carlos ali mesmo abriu-a, e, logo à primeira linha, teve um movimento tão vivo, de tão bela surpresa, iluminando-se-lhe tanto o rosto, que Craft do lado perguntou sorrindo:

— Aventura? Herança?

Carlos, vermelho, meteu a carta no bolso e murmurou:

— Um bilhete apenas, um doente...

Era apenas um doente, era apenas um bilhete, mas começava assim: — "Madame Castro Gomes apresenta os seus respeitos ao Senhor Carlos da Maia, e roga-lhe o obséquio..." — depois, em duas breves palavras, pedia-lhe para ir ver na manhã seguinte, o mais cedo possível, uma pessoa de família, que se achava incomodada.

— Bem, eu vou-me vestir — disse Craft... — Jantar às sete e meia, hein?

— Sim, o jantar... — respondeu Carlos, sem saber o quê, banhado todo num sorriso, como em êxtase.

Correu aos seus aposentos; e junto da janela, sem mesmo tirar o chapéu, leu uma vez mais o bilhete, outra vez ainda, contemplando enlevadamente a forma da letra, procurando voluptuosamente o perfume do papel.

Era datada desse mesmo dia à tarde. Assim, quando ele passara defronte da sua porta, já ela o escrevera, já o seu pensamento se demorara nele, quando mais não fosse senão ao traçar as letras simples do seu nome. Não era ela que estava doente. Se fosse Rosa, ela não diria tão friamente "uma pessoa de família". Era talvez o esplêndido preto de carapinha grisalha. Talvez *miss* Sara; abençoada fosse ela para sempre, que queria um médico que entendesse inglês... Enfim havia lá uma pessoa numa cama, junto da qual ela mesma o conduziria, através dos corredores interiores daquela casa, que havia apenas instantes sentira tão fechada, e como impenetrável para sempre!... E depois este adorado bilhete, esse delicioso pedido para ir a sua casa, agora que ela o conhecia, que vira Rosa atirar-lhe um grande adeus, tomava uma significação profunda, perturbadora...

Se ela não quisesse compreender nem aceitar o distante amor que os seus olhos lhe tinham oferecido claramente, o mais luminosamente que tinham podido, nesses fugitivos instantes que se tinham cruzado com os dela, então poderia ter mandado chamar outro médico, um clínico qualquer, um estranho. Mas não: o seu olhar respondera ao dele, e ela abria-lhe a sua porta... E o que sentia a esta ideia era uma gratidão inefável, um impulso tumultuoso de todo o seu ser a cair-lhe aos pés, ficar-lhe beijando a orla do vestido, devotamente, eternamente, sem querer mais nada, sem pedir mais nada...

Quando Craft dali a pouco desceu, de casaca, fresco, alvo, engomado, correto, achou Carlos, ainda com toda a poeira da estrada, de chapéu na cabeça, passeando pelo quarto, nesta agitação radiante.

— Você está a faiscar, homem! — disse Craft, parando diante dele, com as mãos nos bolsos, e contemplando-o um instante do alto do seu resplandecente colarinho. — Você flameja!... Você parece que tem uma auréola na nuca!... A você sucedeu-lhe o quer que seja de muito bom!

Carlos espreguiçou-se, sorrindo. Depois olhou para Craft um momento, em silêncio, encolheu os ombros e murmurou:

— A gente, Craft, nunca sabe se o que lhe sucede é, em definitivo, bom ou mau.

— Ordinariamente é mau — disse o outro friamente, aproximando-se do espelho a retocar com mais correção o nó da gravata branca.

XI

Na manhã seguinte, Carlos, que se erguera cedo, veio a pé do Ramalhete até a Rua de S. Francisco, à casa de Madame Gomes. No patamar, onde morria em penumbra a luz distante da claraboia, uma velha de lenço na cabeça, encolhida num xalezinho preto, esperava, sentada melancolicamente ao canto do banco de palhinha. A porta aberta mostrava uma parede feia de corredor, forrada de papel amarelo. Dentro um relógio ronceiro estava batendo dez horas.

— A senhora já tocou? — perguntou Carlos, erguendo o chapéu.

A velha murmurou, de entre a sombra do lenço que lhe caía para os olhos, num tom cansado e doente:

— Já, sim, meu senhor. Já fizeram o favor de me falar. O criado, o Senhor Domingos, não tarda...

Carlos esperou, passeando lentamente no patamar. Do segundo andar vinha um barulho alegre de crianças brincando; por cima, o moço do Cruges esfregava a escada com estrondo, assobiando desesperadamente o fado. Um longo minuto arrastou-se; depois outro, infindável. A velha, dentre a negrura do lenço, deu um suspirozinho abatido. Lá ao fundo um canário rompera a cantar; e então Carlos, impaciente, puxou o cordão da campainha.

Um criado de suíças ruivas, corretamente abotoado num jaquetão de flanela, apareceu correndo, com uma travessa na mão, abafada num guardanapo; e ao ver Carlos ficou tão atarantado, bambaleando, à porta, que um pouco de molho do assado escorregou, caiu sobre o assoalho.

— O Senhor D. Carlos Eduardo, faz favor de entrar!... Ora esta! Tem a bondade de esperar um instantinho, que eu abro já a sala... Tome lá, Senhora Augusta, tome lá; olhe, não entorne mais! A senhora diz que lá manda logo o vinho do Porto... Desculpe V. Exa., senhor D. Carlos... Por aqui, meu senhor...

Correu um reposteiro de repes vermelho, introduziu Carlos numa sala alta, espaçosa, com um papel de ramagens azuis e duas varandas para a Rua de S. Francisco; e erguendo à pressa os dois transparentes de paninho branco, perguntava a Carlos se S. Exa. não se lembrava já do Domingos. Quando ele se voltou, risonho, descendo precipitadamente os canhões das mangas, Carlos reconheceu-o pelas suíças ruivas. Era com efeito o Domingos, escudeiro excelente, que no começo do inverno estivera no Ramalhete, e se despedira por birras patrióticas, birras ciumentas, com o cozinheiro francês.

— Não o tinha visto bem, Domingos — disse Carlos. — O patamar é um pouco escuro... Lembro-me perfeitamente... E então você agora aqui, hein? E está contente?

— Eu, parece-me que estou muito contente, meu senhor... O Senhor Cruges também mora cá por cima...

— Bem sei, bem sei....

— Tenha V. Exa. a paciência de esperar um instantinho que eu vou dar parte à senhora D. Maria Eduarda...

Maria Eduarda! Era a primeira vez que Carlos ouvia o nome dela; e pareceu-lhe perfeito, condizendo bem com a sua beleza serena. Maria Eduarda, Carlos Eduardo... Havia uma similitude nos seus nomes. Quem sabe se não pressagiava a concordância dos seus destinos!

Domingos, no entanto, já à porta da sala, com a mão no reposteiro, parou ainda, para dizer num tom de confiança e sorrindo:

— É a governanta inglesa que está doente...

— Ah, é a governanta?

— Sim, meu senhor, tem uma febrezita desde ontem, peso no peito...

— Ah!...

O Domingos deu outro movimento lento ao reposteiro, sem se apressar, contemplando Carlos com admiração:

— E o avozinho de V. Exa. passa bem?

— Obrigado, Domingos, passa bem.

— Aquilo é que é um grande senhor!... Não há, não há outro assim em Lisboa!

— Obrigado, Domingos, obrigado...

Quando ele finalmente saiu, Carlos, tirando as luvas, deu uma volta curiosa e lenta pela sala. O soalho fora esteirado de novo. Ao pé da porta, havia um piano antigo de cauda, coberto com um pano alvadio; sobre uma estante, ao lado, cheia de partituras, de músicas, de jornais ilustrados, pousava um vaso do Japão, onde murchavam três belos lírios brancos; todas as cadeiras eram forradas de repes vermelho; e aos pés do sofá estirava-se uma velha pele de tigre. Como no Hotel Central, esta instalação sumária de casa alugada recebera retoques de conforto e de gosto: cortinas novas de cretone, combinando com o papel azul da parede, tinham substituído as clássicas bambinelas de cassa; um pequeno contador árabe, que Carlos se lembrava de ter visto havia dias no tio Abraão, viera encher um lado mais desguarnecido da parede; o tapete de pelúcia de uma mesa oval, colocada ao centro, desaparecia sob lindas encadernações de livros, álbuns, duas taças japonesas de bronze, um cesto para flores de porcelana de Dresde, objetos delicados de arte que não pertenciam decerto à mãe Cruges. E parecia errar ali, acariciando a ordem das coisas e marcando-as com um encanto particular, aquele indefinido perfume que Carlos já sentira nos quartos do Hotel Central, e em que dominava o jasmim.

Mas o que atraiu Carlos foi um bonito biombo de linho cru, com ramalhetes bordados, desdobrado ao pé da janela, fazendo um recanto mais resguardado e mais íntimo. Havia lá uma cadeirinha baixa de cetim escarlate, uma grande almofada para os pés, uma mesa de costura com todo um trabalho de mulher interrompido, números de jornais de modas, um bordado enrolado, molhos de lã de cores transbordando de um açafate. E, confortavelmente enroscada no macio da cadeira, achava-se aí, nesse momento, a famosa cadelinha escocesa, que tantas vezes passara nos sonhos de Carlos, trotando ligeiramente, atrás de uma radiante figura pelo Aterro afora, ou aninhada e adormecida num doce regaço...

— *Bonjour, mademoiselle* — disse-lhe ele, baixinho, querendo captar-lhe as simpatias.

A cadelinha erguera-se logo bruscamente na cadeira, de orelhas fitas, dardejando para aquele estranho, por entre as repas esguedelhadas, dois belos olhos de azeviche, desconfiados, de uma penetração quase humana. Um instante Carlos receou que ela rompesse a ladrar. Mas a cadelinha, de repente, namorava-se dele, deitada já na cadeira de patas ao ar, descomposta, abandonando o ventrezinho às suas carícias. Carlos ia coçá-la e animá-la, quando um passo leve pisou a esteira. Voltou-se; viu Maria Eduarda diante de si.

Foi como uma inesperada aparição, e vergou profundamente os ombros, menos a saudá-la que a esconder a tumultuosa onda de sangue que sentia abrasar-lhe o rosto. Ela, com um vestido simples e justo, de sarja preta, um colarinho direito de homem, um botão de rosa e duas folhas verdes no peito, alta e branca, sentou-se logo junto da mesa oval, acabando de desdobrar um pequeno lenço de renda. Obedecendo ao seu gesto risonho, Carlos pousou-se embaraçadamente à borda do sofá de repes. E depois de um instante de silêncio, que lhe pareceu profundo, quase solene, a voz de Maria Eduarda ergueu-se, um voz rica e lenta, de um tom de ouro que acariciava.

Através do seu enleio, Carlos percebia vagamente que ela lhe agradecia os cuidados que ele tivera com Rosa; e, de cada vez que o seu olhar se demorava nela um instante mais, descobria logo um encanto novo e outra forma da sua perfeição. Os cabelos não eram louros, como julgara de longe à claridade do sol, mas de dois tons, castanho-claro e castanho-escuro, espessos e ondeando ligeiramente sobre a testa. Na grande luz escura dos seus olhos havia ao mesmo tempo alguma coisa de muito grave e de muito doce. Por um jeito familiar cruzava às vezes, ao falar, as mãos sobre os joelhos. E através da manga justa de sarja, terminando num punho branco, ele sentia a beleza, a brancura, o macio, quase o calor dos seus braços.

Ela calara-se. Carlos, ao levantar a voz, sentiu outra vez o sangue abrasar-lhe o rosto. E, apesar de saber já pelo Domingos que a doente era a governanta, só achou, na sua perturbação, esta pergunta tímida:

— Não é a sua filha que está doente, minha senhora?

— Oh, não! Graças a Deus!

E Maria Eduarda contou-lhe, justamente como o Domingos, que a governanta inglesa havia dois dias se achava incomodada, com dificuldade de respirar, tosse, uma ponta de febre...

— Imaginamos ao princípio que era uma constipação passageira; mas ontem à tarde estava pior, e estou agora impaciente que a veja...

Ergueu-se, foi puxar um enorme cordão de campainha que pendia ao lado do piano. O seu cabelo, por trás, repuxado para o alto da cabeça, deixava uma penugem de ouro frisar-se delicadamente sobre a brancura láctea do pescoço. Entre aqueles móveis de repes, sob o teto banal de estuque enxovalhado, toda a sua pessoa parecia a Carlos mais radiante, de uma beleza mais nobre, e quase inacessível; e pensava que nunca ali ousaria olhá-la tão francamente, com uma tão clara adoração, como quando a encontrava na rua.

— Que linda cadelinha V. Exa. tem, minha senhora! — disse ele, quando Maria Eduarda se tornou a sentar, e pondo já nestas palavras simples, ditas a sorrir, um acento de ternura.

Ela sorriu também com um lindo sorriso, que lhe fazia uma covinha no queixo, dava uma doçura mais mimosa às suas feições sérias. E alegremente, batendo as palmas, chamando para dentro do biombo:

— Niniche! Estão-te a fazer elogios; vem agradecer!

Niniche apareceu a bocejar. Carlos achava lindo esse nome de Niniche. E era curioso; tinha tido também uma galguinha italiana que se chamava Niniche...

Nesse instante a criada entrou, a rapariga magra e sardenta, de olhar petulante, que Carlos vira já no Hotel Central.

— Melanie vai-lhe ensinar o quarto de miss Sara — disse Maria Eduarda. — Eu não o acompanho, porque ela é tão tímida, tem tanto escrúpulo em incomodar, que diante de mim é capaz de negar tudo, dizer que não tem nada...

— Perfeitamente, perfeitamente — murmurava Carlos, sorrindo, num encanto de tudo.

E pareceu-lhe então que no olhar dela alguma coisa brilhara, fulgira para ele, de mais vivo, de mais doce.

Com o seu chapéu na mão, pisando familiarmente aquele corredor íntimo, surpreendendo detalhes de vida doméstica, Carlos sentia como a alegria de uma posse. Por uma porta meio aberta pôde entrever uma banheira, e ao lado, dependurados, grandes roupões turcos de banho. Adiante, sobre uma mesa, estavam alinhadas, e como desencaixotadas recentemente, garrafas de águas minerais de Saint-Galmier e de Vals. Ele deduzia logo destas coisas tão simples, tão banais, evidências de vida delicada.

Melanie correu um reposteiro de linho cru, fê-lo entrar num quarto claro e fresco; aí foi encontrar a pobre *miss* Sara num leitozinho de ferro, sentada, com um laço de seda azul ao pescoço, e os bandós tão lisos, tão acamados pela escova, como se fosse sair num domingo para a capela presbiteriana. Na mesinha de cabeceira, os seus jornais ingleses estavam escrupulosamente dobrados, junto de um copo com duas belas rosas; e tudo no quarto resplandecia de severo arranjo; desde os retratos da família real de Inglaterra, expostos sobre a toalha de renda que cobria a cômoda, até as suas botinas bem engraxadas, classificadas, perfiladas numa prateleira de pinho. Apenas Carlos se sentou, ela imediatamente, com duas rosetas de vergonha na face, entre frouxos de tosse, declarou que não tinha nada. Era a senhora tão boa, tão cautelosa, que a forçara a meter-se na cama... E para ela era um desgosto ver-se ali ociosa, inútil, agora que madame estava tão só, numa casa sem jardim. Onde havia a menina de brincar? Quem havia de sair com ela? Ah, era uma prisão para madame!...

Carlos consolava-a, tomando-lhe o pulso. Depois, quando ele se ergueu para a auscultar, a pobre miss cobriu-se toda de um rubor aflito, apertando mais a roupa contra o peito, querendo saber se era "absolutamente" necessário... Sim, decerto, era necessário... Achou-lhe o pulmão direito um pouco tomado; e, enquanto a agasalhava, fez-lhe algumas perguntas sobre sua família. Ela contou que era de York, filha de um *clergyman*, e tinha quatorze irmãos; os rapazes estavam na Nova Zelândia, e todos eram de uma robustez de atletas. Ela saíra a mais fraca; tanto que o pai, vendo que ela aos dezessete anos pesava só oito arrobas, ensinou-lhe logo latim, destinando-a para governanta.

Em todo caso, dizia Carlos, nunca houvera na sua família doenças de peito? Ela sorriu. Oh, nunca! A mamã ainda vivia. O papá, já muito velho, morrera do coice de uma égua.

Carlos, no entanto, já de pé, com o chapéu na mão, continuava a observá-la, refletindo. Então, de repente, sem motivo, ela enterneceu-se; os seus olhos pequeninos enevoaram-se de água. E quando ouviu que eram precisos tantos agasalhos; que teria de estar ali no quarto ainda quinze dias, perturbou-se mais; duas lagrimazinhas tímidas quase lhe fugiram das pestanas. Carlos terminou por lhe afagar paternalmente a mão.

— *Oh, thank you, sir!* — murmurou ela, comovida de todo.

Na sala, Carlos veio encontrar Maria Eduarda sentada junto da mesa, arranjando ramos, com uma grande cesta de flores pousada, ao lado, numa cadeira, e o regaço cheio de cravos. Uma bela réstia de sol, estendida na esteira, vinha morrer-lhe aos pés; e Niniche, deitada ali, reluzia como se fosse feita de fios de prata. Na rua, sob as janelas, um realejo ia tocando, na alegria da linda manhã de sol, a valsa da *Madame Angot*. Pelo andar de cima tinham recomeçado as correrias de crianças brincando.

— Então? — exclamou ela, voltando-se logo, com um molho de cravos na mão.

Carlos tranquilizou-a. A pobre miss Sara tinha uma bronquite ligeira, com pouca febre. Em todo caso necessitava resguardo, toda a cautela...

— Certamente! E há de tomar algum remédio, não é verdade?

Atirou logo o resto dos cravos do regaço para o cesto, foi abrir uma secretariazinha de pau preto, colocada entre as janelas. Ela mesma arranjou o papel para ele receitar, meteu um bico novo na pena. E estes cuidados perturbavam Carlos como carícias.

— Oh, minha senhora!... — murmurava ele. — Um lápis basta...

Quando se sentou, os seus olhos demoraram-se com uma curiosidade enternecida nesses objetos familiares, onde pousava a doçura das mãos dela: um sinete de ágata sobre um velho livro de contas, uma faca de marfim, com monograma de prata, ao lado de uma taçazinha de Saxe cheia de estampilhas; e em tudo havia a ordem clara que tão bem condizia com o seu puro perfil. Na rua o realejo calara-se; por cima do teto já não cavalavam as crianças. E, enquanto escrevia devagar, Carlos sentia se abafar sobre a esteira o som dos seus passos, mover os seus vasos mais de leve.

— Que bonitas flores V. Exa. tem, minha senhora! — disse ele, voltando a cabeça, enquanto ia secando distraída e lentamente a receita.

De pé, junto do contador árabe, onde pousava um vaso amarelo da Índia, ela arranjava folhas em volta de duas rosas.

— Dão frescura — disse ela. — Mas imaginei que em Lisboa havia mais bonitas flores. Não há nada que se compare às flores de França... Pois não é verdade?

Ele não respondeu logo, esquecido a olhar para ela, pensando na doçura de ficar ali, eternamente, naquela sala de repes vermelho, cheia de claridade e cheia de silêncio, a vê-la pôr folhas verdes em torno de pés de rosa!

— Em Sintra, há lindas flores — murmurou, por fim.

— Oh, Sintra é um encanto! — disse ela, sem erguer os olhos do seu ramo. — Vale a pena vir a Portugal só por causa de Sintra.

Nesse momento, o reposteiro de repes esvoaçou, e Rosa entrou de dentro, correndo, vestida de branco, com meiazinhas de seda preta, uma onda negra de cabelo a bater-lhe as costas, e trazendo ao colo a sua grande boneca. Ao ver Carlos parou bruscamente, com os belos olhos muito abertos para ele, toda encantada, e apertando mais nos braços Cricri, que vinha em camisa.

— Não conheces? — perguntou-lhe a mãe, indo sentar-se outra vez diante do seu cesto de flores.

Rosa começava já a sorrir; o seu rostozinho cobria-se de uma linda cor. E assim, toda de alvo e negro, como uma andorinha, tinha um encanto raro, com o seu doce mimo de forma, a sua graça ligeira, os seus grandes olhos cheios de azul e um ruborzinho de mulher na face. Quando Carlos se adiantou, com a mão estendida para renovar o antigo conhecimento, ela ergueu-se na ponta dos pés, estendeu-lhe vivamente a boquinha, fresca como um botão de rosa. Carlos ousou apenas tocar-lhe de leve na testa.

Depois quis apertar a mão à sua velha amiga Cricri. E então, de repente, Rosa recordou-se do que a trouxera ali a correr.

— É o *robe de chambre*, mamã! Não posso achar o *robe de chambre* de Cricri... Ainda a não pude vestir... Dize, sabes onde é que está o *robe de chambre*?

— Vejam esta desarranjada! — murmurou a mãc olhando-a com um sorriso lento e terno. — Se Cricri tem uma cômoda particular, o seu guarda-vestidos, não se lhe deviam perder as coisas... Pois não é verdade, Senhor Carlos da Maia?

Ele, ainda com a sua receita na mão, sorria também, sem dizer nada, todo no enternecimento daquela intimidade em que se sentia penetrar docemente.

A pequena então veio encostar-se à mãe, roçando-se pelo seu braço, com uma vozinha lânguida, lenta e de mimo:

— Anda, dize... Não sejas má... Anda... Onde está o *robe de chambre*? Dize...

Levemente, com a ponta dos dedos, Maria Eduarda arranjou-lhe o pequenino laço de seda branca que lhe prendia no alto o cabelo. Depois ficou mais séria:

— Está bem, está quieta... Tu sabes que não sou eu que trato dos arranjos da Cricri. Devias ter mais ordem... Vai perguntar a Melanie.

E Rosa obedeceu logo, séria também, cumprimentando agora Carlos ao passar, com um arzinho senhoril:

— *Bonjour, monsieur*...

— É encantadora! — murmurou ele.

A mãe sorriu. Tinha acabado de compor o seu ramo de cravos; e imediatamente atendeu a Carlos, que pousara a receita sobre a mesa, e sem se apressar, instalando-se numa poltrona, lhe foi falando da dieta que devia ter *miss* Sara, das colheres de xarope de codeína que se lhe deviam dar de três em três horas...

— Pobre Sara! — dizia ela. — E é curioso, não é verdade? Veio com o pressentimento, quase com a certeza, de que havia de adoecer em Portugal...

— Então vem a detestar Portugal!

— Oh, tem-lhe já horror! Acha muito calor; por toda parte maus cheiros, a gente hedionda... Tem medo de ser insultada na rua... Enfim é infelicíssima; está ardendo por se ir embora...

Carlos ria daquelas antipatias saxônias. De resto em muitas coisas a boa miss Sara tinha talvez razão...

— E V. Exa. tem-se dado bem em Portugal, minha senhora?

Ela encolheu os ombros, indecisa.

— Sim... Devo dar-me bem... É o meu país.

O "seu" país!... E ele que a julgava brasileira!

— Não, sou portuguesa.

E, durante um momento, houve um silêncio. Ela tomara de sobre a mesa, abria lentamente um grande leque negro pintado de flores vermelhas. E Carlos sentia, sem saber por que, uma doçura nova penetrar-lhe no coração. Depois ela falou da sua viagem que fora muito agradável; adorava andar no mar; tinha sido um encanto a manhã da chegada a Lisboa, com um céu azul-ferrete, o mar todo azul também, e já um calorzinho de clima doce... Mas depois, apenas desembarcados, tudo correra desagradavelmente. Tinham ficado mal alojados no Central. Niniche, uma noite, assustara-os muito com uma indigestão. Em seguida no Porto viera aquele desastre...

— Sim — disse Carlos — o marido de V. Exa., na Praça Nova...

Ela pareceu surpreendida. Como sabia ele? Ah, sim, sabia decerto pelo Dâmaso...

— São muito amigos, creio eu.

Depois de uma leve hesitação, que ela compreendeu, Carlos murmurou:

— Sim... O Dâmaso vai bastante ao Ramalhete... É de resto um rapaz que eu conheço apenas há meses...

Ela abriu os olhos, pasmada.

— O Dâmaso? Mas ele disse-me que se conheciam desde pequeninos; que eram até parentes...

Carlos encolheu simplesmente os ombros, sorrindo.

— É uma bela ilusão... E se isso o faz feliz!...

Ela sorriu também, encolhendo também ligeiramente os ombros.

— E V. Exa., minha senhora — continuou logo Carlos, não querendo falar mais do Dâmaso — como acha Lisboa?

Gostava bastante, achava muito bonito este tom azul e branco de cidade meridional... Mas, havia tão poucos confortos!... A vida tinha aqui um ar que ela não pudera perceber ainda se era de simplicidade ou de pobreza.

— Simplicidade, minha senhora. Temos a simplicidade dos selvagens...

Ela riu.

— Não direi isso. Mas suponho que são como os gregos: contentam-se em comer uma azeitona, olhando o céu que é bonito...

Isto pareceu adorável a Carlos; todo o seu coração fugiu para ela.

Maria Eduarda queixava-se, sobretudo, das casas, tão faltas de comodidade, tão despidas de gosto, tão desleixadas. Aquela em que vivia fazia a sua desgraça. A cozinha era atroz, as portas não fechavam. Na sala de jantar havia sobre a parede umas pinturas de barquinhos e colinas que lhe tiravam o apetite...

— Além disso — acrescentou —, é um horror não ter um quintal, um jardim, onde a pequena possa correr, ir brincar...

— Não é fácil encontrar assim uma casa nas condições desta e com jardim — disse Carlos.

Deu um olhar às paredes, ao estuque enxovalhado do teto, e lembrou-lhe de repente a quinta do Craft, com a sua vista de rio, o ar largo, as frescas ruas de acácias.

Felizmente, Maria Eduarda tomara a casa apenas ao mês, e estava pensando em ir passar à beira-mar o tempo que tivesse de ficar ainda em Portugal.

— De resto — disse ela —, foi o que me aconselhou o meu médico, em Paris, o Dr. Chaplain.

O Dr. Chaplain? Justamente, Carlos conhecia muito o Dr. Chaplain. Ouvira-lhe as lições, visitara-o até intimamente na sua propriedade de Maisonnettes, ao pé de Saint-Germain. Era um grande mestre; era um espírito bem superior!

— E tão bom coração! — disse ela com um claro sorriso, um olhar que brilhou.

E este sentimento comum pareceu de repente aproximá-los mais docemente; cada um nesse instante adorou o Dr. Chaplain; e continuaram ainda falando dele prolongadamente, gozando, através dessa trivial simpatia por um velho clínico, a nascente concordância dos seus corações.

O bom Dr. Chaplain! Que fisionomia tão amável, tão fina!... Sempre com o seu barretinho de seda... E sempre com a sua grande flor na casaca. De resto, o prático maior que saíra da geração de Trousseau.

— E Madame Chaplain — acrescentou Carlos — é uma pessoa encantadora... Não é verdade?

Mas Maria Eduarda não conhecia Madame Chaplain.

Dentro, o relógio ronceiro começara a bater onze horas. E Carlos então ergueu-se, findando a sua fugitiva, inolvidável, deliciosa visita...

Quando ela lhe estendeu a mão, um pouco de sangue subiu-lhe de novo à face ao tocar aquela palma tão macia e tão fresca. Pediu os seus cumprimentos para mademoiselle Rosa. Depois, à porta, já com o reposteiro na mão, voltou-se ainda, uma vez mais, numa última saudação, a receber o olhar suave com que ela o seguia...

— Até amanhã, está claro! — exclamou ela de repente, com o seu lindo sorriso.

— Até amanhã, decerto!

O Domingos estava já no patamar, de casaca, risonho e bem penteado.

— É coisa de cuidado, meu senhor?

— Não é nada, Domingos... Estimei vê-lo por aqui.

— E eu muito a V. Exa. Até amanhã, meu senhor.

— Até amanhã.

Niniche apareceu também no patamar. Ele abaixou-se ternamente a afagá-la, e disse-lhe também, radiante:

— Até amanhã, Niniche!

Até amanhã! Voltando para o Ramalhete, era esta a única ideia que ele sentia distintamente através da névoa luminosa que lhe afogava a alma. Agora o seu dia estava findo; mas, passadas as longas horas, terminada a longa noite, ele penetraria outra vez naquela sala de repes vermelho, onde ela o esperava, com o mesmo vestido de sarja, enrolando ainda folhas verdes em torno de pés de rosa...

Pelo Aterro, por entre a poeira de verão e o ruído das carroças, o que ele via era essa sala, esteirada de novo, fresca, silenciosa e clara; por vezes, uma frase que ela dissera cantava-lhe na memória, com o tom de ouro de sua voz; ou luziam-lhe diante dos olhos as pedras dos seus anéis, entremetidos nos pelos de Niniche. Parecia-lhe mais linda, agora que conhecia o seu sorriso, de uma graça tão delicada; era cheia de inteligência, era cheia de gosto; e a pobre velha à porta, essa doente a quem ela mandava vinho do Porto, revelava a sua bondade... E o que o encantava é que não tornaria mais a farejar a cidade como um rafeiro perdido, à busca dos seus olhos negros; agora bastava-lhe subir alguns degraus, abria-se diante dele a porta da sua casa; e tudo de repente na vida parecia tornar-se fácil, equilibrado, sem dúvidas e sem impaciências.

No seu quarto, no Ramalhete, Batista entregou-lhe uma carta.

— Trouxe-a a escocesa; já V. Exa. tinha saído.

Era da Gouvarinho! Meia folha de papel, tendo simplesmente escrito a lápis: *all right*. Carlos amarrotou-a, furioso. A Gouvarinho!... Não se tornara quase a lembrar dela, desde a véspera, no radiante tumulto em que andara o seu coração. E era no comboio dessa noite, daí a horas, que deviam ambos partir para Santarém, amarem-se, escondidos numa estalagem! Ele prometera-lho, a sério; já ela se preparara, decerto, com a atroz cabeleira postiça, com o *waterproof* de grande roda; tudo estava *all right*... Achou-a nesse instante ridícula, reles, estúpida... Oh, era claro como a luz que não ia, que nunca iria, jamais! Mas tinha de aparecer na estação de Santa Apolônia, balbuciar uma desculpa tosca, assistir à sua desconsolação, ver-lhe os olhos marejados de lágrimas. Que maçada!... Teve-lhe ódio.

Quando chegou à mesa do almoço, Craft e Afonso, já sentados, falavam justamente do Gouvarinho, e dos artigos que ele continuava gravemente a publicar no *Jornal do Comércio*.

— Que besta essa! — exclamou Carlos numa voz que sibilava, desabafando sobre a literatura política do marido a cólera que lhe davam as importunidades amorosas da mulher.

Afonso e Craft olharam-no, pasmados de tanta violência. E Craft censurou-lhe a ingratidão. Porque, realmente, não havia em toda a terra um entusiasmo como o que aquele desventuroso homem de Estado tinha por Carlos...

— V. Exa. não faz ideia, Senhor Afonso da Maia. É um culto. É uma idolatria!

Carlos encolhia os ombros, impaciente. E Afonso, já bem disposto para com o homem que assim admirava tão prodigamente o seu neto, murmurou com bondade:

— Coitado, suponho que é inofensivo...

Craft fez uma ovação ao velho:

— "Inofensivo"! Admirável, Senhor Afonso da Maia! "Inofensivo", aplicado a um homem de Estado, a um par, a um ministro, a um legislador, é um achado! E é com efeito o que ele é, *inofensivo*... E é o que eles são...

— Chablis? — murmurou o escudeiro.

— Não, tomo chá.

E acrescentou:

— Aquele *champagne* que ontem bebemos nas corridas, por patriotismo, arrasou-me... Tenho de me pôr uma semana a regime de leite.

Então falou-se ainda das corridas, dos ganhos de Carlos, do Clifford e do véu azul do Dâmaso.

— Ora quem estava ontem muito bem vestida era a Gouvarinho — disse Craft, remexendo o seu chá. — Ficava-lhe admiravelmente aquele branco creme, tocado de tons negros. Uma verdadeira *toilette* de corridas...

C'était un oeillet blanc panaché de noir... Você não achou, Carlos?

— Sim — rosnou Carlos —, estava bem.

Outra vez a Gouvarinho! Parecia-lhe agora que não haveria na sua vida conversa em que não surgisse a Gouvarinho, e que não haveria caminho na sua vida que o não atravancasse a Gouvarinho! E ali mesmo, à mesa, decidiu consigo não a tornar a ver, escrever-lhe um bilhete curto, polido, recusando-se a ir a Santarém, sem razões... Mas no seu quarto, diante da folha de papel, fumou uma longa cigarette, sem achar frase que não fosse pueril ou brutal. Nem tinha a simpatia precisa para lhe dar o banal tratamento de "querida". Vinha-lhe até por ela uma indefinida repulsão física; devia ser intolerável toda uma noite o seu cheiro exagerado de verbena; e lembrava-se que aquela pele do seu pescoço, que se lhe afigurava outrora um cetim, tinha um tom pegajoso, um tom amarelado, para além da linha de pós de arroz. Decidiu não lhe escrever. Iria à noite a Santa Apolônia, e no momento de o comboio partir correria à portinhola, a balbuciar fugitivamente uma desculpa; não lhe daria tempo de choramingar nem de recriminar; um rápido aperto de mão, e adeus, para nunca mais...

À noite, porém, à hora de ir à estação, que sacrifício em se arrancar aos confortos da sua poltrona, e do seu charuto!... Atirou-se para o *coupé* desesperado, maldizendo essa tarde no *boudoir* azul em que, por causa de uma rosa e de um certo vestido cor de folha morta que lhe ficara bem, ele se achara caído com ela num sofá...

Ao chegar a Santa Apolônia faltavam, para a partida do expresso, dois minutos. Precipitou-se para a extremidade da sala, já quase vazia àquela hora, a comprar uma "admissão"; e ainda aí esperou uma eternidade, vendo dentro do postigo duas mãos lentas e moles arranjar laboriosamente os patacos de um troco.

Penetrava, enfim, na sala de espera, quando esbarrou com o Dâmaso, de chapéu desabado e sacola de viagem a tiracolo. Dâmaso agarrou-lhe as mãos, enternecido:

— Ó menino! pois tiveste o incômodo?... E como soubeste tu que eu partia?

Carlos não o desiludiu, balbuciando que lho dissera o Taveira, que encontrara o Taveira...

— Pois eu estava mais longe de uma destas! — exclamou o Dâmaso. — Esta manhã, muito regalado na cama, quando me vem o telegrama... Fiquei furioso! Isto é, imagina tu como eu fiquei, um desgosto assim!...

Foi então que Carlos reparou que ele estava carregado de luto, com fumo no chapéu, luvas pretas, polainas pretas, barra preta no lenço... Murmurou, embaraçado:

— O Taveira disse-me que ias, mas não me disse mais nada... Morreu-te alguém?

— Meu tio Guimarães.

— O comunista? O de Paris?

— Não, o irmão dele, o mais velho, o de Penafiel... Espera aí que eu volto já; vou ali ao café encher o frasco de conhaque. Com a aflição esquecia-me o conhaque...

Ainda estavam chegando passageiros, esbaforidos, de guarda-pó, com chapeleiras na mão. Os guardas rolavam pachorrentamente as bagagens. De uma portinhola, onde se exibia um cavalheiro barrigudo, com um boné bordado a retrós, pendia todo um cacho de amigos políticos, respeitosamente e em silêncio. A um canto uma senhora soluçava por baixo do véu.

Carlos, vendo um vagão com a papeleta de "reservado", imaginou lá a condessa. Um guarda precipitou-se, furioso, como se visse a profanação de um santuário.

Que queria ele, que queria ele daí? Não sabia que era o reservado do Senhor Carneiro?

— Não sabia.

— Perguntasse, devia saber! — ficou o outro a resmungar, ainda trêmulo.

Carlos correu ainda outros vagões, onde a gente se apinhava, atabafadamente, na amontoação dos embrulhos; num, dois sujeitos, a propósito de lugares, tratavam-se de "malcriados"; adiante, uma criança esperneava no colo da ama, aos gritos.

— Ó menino, quem diabo andas tu a procurar? — exclamou Dâmaso alegremente, surgindo por trás dele, e passando-lhe o braço pela cinta.

— Ninguém... Imaginei que tinha visto o marquês.

Imediatamente Dâmaso queixou-se daquela lúgubre maçada de ter de ir a Penafiel!

— E então agora que eu precisava tanto estar em Lisboa! Que tenho andado com uma sorte para mulheres, menino!... Uma sorte danada!

Uma sineta badalou. Dâmaso deu logo um abraço terno a Carlos, saltou para o seu vagão, enterrou na cabeça um barretinho de seda e depois, debruçado da portinhola, continuou ainda as confidências. O que mais o contrariava era deixar aquele arranjinho da Rua de S. Francisco. Que ferro! Agora que aquilo ia tão bem, o gajo no Brasil, e ela ali, à mão, a dois passos do Grêmio!...

Carlos mal o escutava, distraído, olhando o grande relógio transparente. De repente, Dâmaso, à portinhola, deu um salto de surpresa:

— Olha os Gouvarinhos!

Carlos deu um salto também. O conde, de coco de viagem, de paletó alvadio, sem se apressar, como competia a um diretor da Companhia, vinha conversando com um empregado superior da estação, agaloado de ouro, que se encarregara da chapeleira de papelão de S. Exa. E a condessa, com um rico guarda-pó de *foulard* cor de castanho, um véu cinzento que lhe cobria a face e o chapéu, seguia atrás, com a criada escocesa, trazendo na mão um ramo de rosas.

Carlos correu para eles, foi todo um assombro.

— Por aqui, Maia?

— De viagem, conde?

— É verdade. Decidira acompanhar a condessa ao Porto, aos anos do papá... Resolução de última hora; quase iam perdendo o comboio.

— Então temo-lo por companheiro, Maia? Teremos esse grande prazer, Maia?

Carlos contou rapidamente que viera apenas apertar a mão ao pobre Dâmaso, de jornada para Penafiel, por causa da morte do tio. Debruçado da portinhola, com as mãos de fora, calçadas de negro, o pobre Dâmaso estava saudando a senhora condessa, gravemente, funebremente. E o bom Gouvarinho não quis deixar de lhe ir dar logo o seu *shake hands* e o seu pêsame.

Sozinho, nesse curto instante com a condessa, Carlos murmurou apenas.

— Que ferro!

— Este maldito homem! — exclamou ela, entre dentes, com um olhar que fuzilou através do véu. — Tudo tão bem arranjado, e à última hora teima em vir!...

Carlos acompanhou-os até ao reservado, num outro vagão que se estivera metendo de novo para S. Exa. A condessa tomou o lugar do canto, junto da portinhola. E como o conde, num tom de polidez ácida, a aconselhava a que se sentasse antes com o rosto para a máquina, ela teve um gesto de aborrecimento, atirou o ramo para o lado desabridamente, enterrou-se com mais força na almofada; e um duro olhar de cólera passou entre ambos. Carlos, embaraçado, perguntava:

— Então vão com demora?

O conde respondeu, sorrindo, disfarçando o seu mau humor:

— Sim, talvez duas semanas, umas pequeninas férias.

— Três dias, o mais — replicou ela numa voz fria e afiada como uma navalha. O conde não respondeu, lívido.

Todas as portinholas agora estavam fechadas; um silêncio caíra sobre a plataforma. O apito da máquina varou o ar; e o comprido trem, num ruído seco de freios retesados, começou a rolar, com gente às portinholas, que ainda se debruçava, estendendo a mão para um último aperto. Aqui e além esvoaçava um lenço branco. O olhar da condessa para o lado de Carlos teve a doçura de um beijo. O Dâmaso gritou "saudades para o Ramalhete". O compartimento do correio resvalou, alumiado; e com outro dilacerante silvo, o comboio mergulhou na noite... Carlos, só, dentro do *coupé*, voltando à Baixa, sentia uma alegria triunfante com aquela partida da condessa e a inesperada jornada do Dâmaso. Era como uma dispersão providencial de todos os importunos; e assim se fazia, em torno da Rua de S. Francisco, uma solidão — com todos os seus encantos e todas as suas cumplicidades.

No cais do Sodré deixou a carruagem, subiu a pé pelo Ferregial, veio passar diante das janelas na Rua de S. Francisco. Só pôde ver uma vaga tira de claridade entre as portadas meio cerradas. Mas, isto bastava-lhe. Podia agora imaginar com precisão o serão calmo que ela estava passando na larga sala de repes vermelho. Sabia o nome dos livros que ela lia e as partituras que tinha sobre o piano; e as flores que espalhavam ali o seu aroma vira-as ele arranjar nessa manhã. Poria ela um instante o seu pensamento nele? Decerto; a doença em casa forçava-a a lembrar as horas do remédio, as explicações que ele lhe dera e o som da sua voz; e falando com *miss* Sara pronunciaria decerto o seu nome. Duas vezes percorreu a Rua de S. Francisco; e recolheu para casa, sob a noite estrelada, devagar, ruminando a doçura daquele grande amor.

Então todos os dias, durante semanas, teve essa hora deliciosa, esplêndida, perfeita, "a visita à inglesa".

Saltava do leito, cantando como um canário, e penetrava no seu dia como numa ação triunfal. O correio chegava, e invariavelmente lhe trazia uma carta da Gouvarinho, três folhas de papel de onde caía sempre alguma pequena flor meio murcha. Ele deixava ficar a flor no tapete; e mal podia dizer o que havia naquelas longas linhas cruzadas. Sabia apenas vagamente que, três dias depois de ela chegar ao Porto, o pai, o velho Thompson, tivera uma apoplexia. Ela lá estava, de enfermeira. Depois, levando duas ou três belas flores do jardim, embrulhadas num papel de seda, partia para a Rua de S. Francisco, sempre no seu *coupé*, porque o tempo mudara e os dias seguiam-se tristonhos, cheios de sudoeste e de chuva.

À porta, o Domingos acolhia-o com um sorriso cada vez mais enternecido. Niniche corria de dentro, a pular de amizade; ele erguia-a nos braços para a beijar. Esperava um instante na sala, de pé, saudando com o olhar os móveis, os ramos, a clara ordem das coisas; ia examinar no piano a música que ela tocara essa manhã, ou o livro que deixara interrompido, com a faca de marfim entre as folhas.

Ela entrava. O seu sorriso ao dar-lhe os bons-dias, a sua voz de ouro tinham cada dia para Carlos um encanto novo e mais penetrante. Trazia ordinariamente um vestido escuro e simples; apenas às vezes uma gravata de rica renda antiga ou um cinto cuja fivela era cravejada de pedras avivavam este traje sóbrio, quase severo, que parecia a Carlos o mais belo, e como uma expressão do seu espírito. Começavam por falar de miss Sara, daquele tempo agreste e úmido que lhe era tão desfavorável. Conversando, ainda de pé, ela dava aqui e além um arranjo melhor a um livro, ou ia mover uma cadeira que não estava no seu alinho; tinha o hábito inquieto de recompor constantemente a simetria das coisas; e, maquinalmente, ao passar, sacudia a superfície de móveis já perfeitamente espanejados com as magníficas rendas do seu lenço.

Agora acompanhava-o sempre ao quarto de *miss* Sara. Pelo corredor amarelo, caminhando ao seu lado, Carlos perturbava-se, sentindo a carícia desse íntimo perfume em que havia jasmim, e que parecia sair do movimento das suas saias. Ela às vezes abria familiarmente a porta de um quarto, apenas mobiliado com um velho sofá; era ali que Rosa brincava, e que tinha os arranjos de Cricri, as carruagens de Cricri, a cozinha de Cricri. Encontravam-na vestindo e conversando profundamente com a boneca; ou então, ao canto do sofá, com os pezinhos cruzados, imóvel, perdida na admiração de algum livro de estampas aberto sobre os joelhos. Ela corria, estendia a boquinha a Carlos; e toda a sua pessoa tinha a frescura de uma linda flor.

No quarto da governanta, Maria Eduarda sentava-se aos pés do leito branco; e logo a pobre *miss* Sara, ainda cheia de tosse, confusa, verificando a cada instante se o lenço de seda lhe cobria corretamente o pescoço, afirmava que estava boa. Carlos gracejava com ela, provando-lhe que nesse feio tempo de inverno, a felicidade era estar ali na cama, com bons cuidados em redor, alguns romances patéticos e apetitosa dieta portuguesa. Ela voltava os olhos gratos para madame, com um suspiro. Depois murmurava:

— *Oh, yes, I am very comfortable!*

E enternecia-se.

Logo nos primeiros dias, ao voltar à sala, Maria Eduarda tinha-se sentado na sua cadeira escarlate, e, conversando com Carlos, retomara muito naturalmente o seu bordado, como na presença familiar de um velho amigo. Com que felicidade profunda ele viu desdobrar-se essa talagarça! Devia ser um faisão de plumagens rutilantes; mas por ora só estava bordado o galho de macieira em que ele pousava, galho fresco de primavera, coberto de florzinhas brancas, como num pomar da Normandia.

Carlos, junto da linda secretariazinha de pau preto, ocupava a mais velha, a mais cômoda das poltronas de repes vermelho, cujas molas rangiam de leve. Entre eles ficava a mesa de costura com as *Ilustrações* ou algum jornal de modas; às vezes, um instante calado, ele folheava as gravuras, enquanto as lindas mãos de Maria, com brilhos de joias, iam puxando os fios de lã. Aos pés dela Niniche dormitava, espreitando-os a espaços, através das repas do focinho, com o seu belo olho grave e negro. E nesses escuros dias de chuva, cheios de friagem lá fora e do rumor das goteiras, aquele canto da janela, com a paz do vagaroso trabalho na talagarça, as vozes lentas e amigas, e às vezes um doce silêncio, tinha um ar íntimo e carinhoso...

Mas, no que diziam não havia intimidades. Falavam de Paris e do seu encanto; de Londres, onde ela estivera durante quatro lúgubres meses de inverno; da Itália, que era o seu sonho ver, de livros, de coisas de arte. Os romances que preferia eram os de Dickens; e agradava-lhe menos Feuillet, por cobrir tudo de pó de arroz, mesmo as feridas do coração. Apesar de educada num convento severo de Orléans, lera Michelet e lera Renan. De resto, não era católica praticante; as igrejas apenas a atraíam pelos lados graciosos e artísticos do culto, a música, as luzes ou os lindos meses de Maria, em França, na doçura das flores de maio. Tinha um pensar muito reto e muito são, com um fundo de ternura, que a inclinava para tudo o que sofre e é fraco. Assim gostava da República, por lhe parecer o regime em que há mais solicitude pelos humildes. Carlos provocava-lhe, rindo, que ela era socialista.

— Socialista, legitimista, orleanista — dizia ela — qualquer coisa, contanto que não haja gente que tenha fome!

Mas era isso possível? Já Jesus, mesmo, que tinha tão doces ilusões, declarara que pobres sempre os haveria...

— Jesus viveu há muito tempo; Jesus não sabia tudo... Hoje sabe-se mais, os senhores sabem muito mais... É necessário arranjar-se outra sociedade, e depressa, em que não haja miséria. Em Londres, às vezes, por aquelas grandes neves, há criancinhas pelos portais a tiritar, a gemer de fome... É um horror! E em Paris então! É que se não vê senão o *boulevard*; mas quanta pobreza, quanta necessidade...

Os seus belos olhos quase se enchiam de lágrimas. E cada uma destas palavras trazia todas as complexas bondades da sua alma, como num só sopro podem vir todos os aromas esparsos de um jardim. Foi um encanto para Carlos quando Maria o associou às suas caridades, pedindo-lhe para ir ver a irmã da sua engomadeira que tinha reumatismo, e o filho da Senhora Augusta, a velha do patamar, que estava tísico. Carlos cumpria esses encargos com o fervor de ações religiosas. E nestas piedades achava-lhe semelhanças com o avô. Como Afonso, todo o sofrimento dos animais a consternava. Um dia viera indignada da Praça da Figueira, quase com ideias de vingança, por ter visto nas tendas dos galinheiros aves e coelhos apinhados em cestos, sofrendo durante dias as torturas da imobilidade e a ansiedade da fome. Carlos levava estas belas cóleras para o Ramalhete; increpava violentamente o marquês, que era membro da *Sociedade Protetora dos Animais*. O marquês, indignado também, jurava justiça, falava em cadeias, em costa da África... E Carlos, comovido, ficava a pensar quanta larga e distante influência pode ter, mesmo isolado de tudo, um coração que é justo.

Uma tarde falaram do Dâmaso. Ela achava-o insuportável, com a sua petulância, os olhos bugalhudos, as perguntas néscias. "V. Exa. acha Nice elegante? V. Exa. prefere a capela de S. João Batista a Notre-Dame?"

— E então a insistência de falar de pessoas que eu não conheço! A senhora Condessa de Gouvarinho; e os chás da senhora Condessa de Gouvarinho; e a frisa da senhora Condessa de Gouvarinho; e a preferência que a senhora Condessa de Gouvarinho tem por ele... E isto horas! Eu às vezes tinha medo de adormecer...

Carlos fez-se escarlate. Porque trouxera ela, entre todos, o nome da Gouvarinho? Tranquilizou-se, vendo-a rir simples e limpidamente. Decerto não sabia quem era Gouvarinho. Mas, para sacudir logo dentre eles esse nome, começou a falar de M. Guimarães, o famoso tio do Dâmaso, o amigo de Gambetta, o influente da República...

— O Dâmaso tem-me dito que V. Exa. o conhece muito...

Ela erguera os olhos, com um fugitivo rubor no rosto:

— M. Guimarães?... Sim, conheço muito... Ultimamente víamo-nos menos, mas ele era muito amigo da mamã.

E depois de um silêncio, de um curto sorriso, recomeçando a puxar o seu longo fio de lã:

— Pobre Guimarães, coitado! A sua influência na República é traduzir notícias dos jornais espanhóis e italianos para *o Rappel*, que disso é que vive... Se é amigo de Gambetta, não sei; Gambetta tem amigos tão extraordinários... Mas o Guimarães, aliás bom homem e homem honrado, é um grotesco, uma espécie de Calino republicano. E tão pobre, coitado! O Dâmaso, que é rico, se tivesse decência ou o menor sentimento, não o deixava viver assim tão miseravelmente.

— Mas, então essas carruagens do tio, esse luxo do tio, de que fala o Dâmaso?...

Ela encolheu mudamente os ombros; e Carlos sentiu pelo Dâmaso um asco intolerável.

Pouco a pouco, nas suas conversas, foi havendo uma intimidade mais penetrante. Ela quis saber a idade de Carlos; ele falou-lhe do avô. E durante essas horas suaves, em que ela, silenciosa, ia picando a talagarça, ele contou-lhe a sua vida passada, os planos de carreira, os amigos e as viagens... Agora ela conhecia a paisagem de Santa Olávia, o Reverendo Bonifácio, as excentricidades do Ega. Um dia quis que Carlos lhe explicasse longamente a ideia do seu livro *A medicina antiga e moderna.*

Aprovou, com simpatia, que ele pintasse as figuras dos grandes médicos, benfeitores da humanidade. Por que se glorificariam só guerreiros e fortes? A vida salva a uma criança parecia-lhe coisa bem mais bela que a batalha de Austerlitz. E estas palavras, que dizia com simplicidade, sem mesmo erguer os olhos do seu bordado, caíam no coração de Carlos e ficavam lá muito tempo, palpitando e brilhando...Ele tinha-lhe feito assim largamente todas as confissões; e ainda não sabia nada do seu passado, nem mesmo a terra em que nascera, nem sequer a rua que habitava em Paris. Não lhe ouvira murmurar jamais o nome do marido, nem falar de um amigo ou de uma alegria da sua casa. Parecia não ter em França, onde vivia, nem interesses nem lar; e era realmente como a deusa que ele ideara, sem contatos anteriores com a terra, descida da sua nuvem de ouro, para vir ter ali, naquele andar alugado da Rua de S. Francisco, o seu primeiro estremecimento humano.

Logo na primeira semana das visitas de Carlos tinham falado de afeições. Ela acreditava candidamente que pudesse haver, entre uma mulher e um homem, uma amizade pura, imaterial, feita da concordância amável de dois espíritos delicados. Carlos jurou que também tinha fé nessas belas uniões, todas de estima, todas de razão, contanto que se lhes misturasse, ao de leve que fosse, uma ponta de ternura... Isso perfumava-as de um grande encanto e não lhes diminuía a sinceridade. E, sob estas palavras um pouco difusas, murmuradas por entre as malhas do bordado e com lentos sorrisos, ficara sutilmente estabelecido que entre eles só deveria haver um sentimento assim, casto, legítimo, cheio de suavidade, sem tormentos.

Que importava a Carlos? Contanto que pudesse passar aquela hora na poltrona de cretone, contemplando-a, a bordar, e conversando em coisas interessantes, ou tornadas interessantes pela graça da sua pessoa; contanto que visse o seu rosto, ligeiramente corado, baixar-se, com a lenta atração de uma carícia, sobre as flores que lhe trazia; contanto que lhe afagasse a alma a certeza de que o pensamento dela o ficava seguindo simpaticamente através do seu dia, mal ele deixava aquela adorada sala de repes vermelho, o seu coração estava satisfeito, esplendidamente.

Não pensava mesmo que aquela ideal amizade, de intenção casta, era o caminho mais seguro para a trazer, brandamente enganada, aos seus braços ardentes de homem. No deslumbramento que o tomara, ao ver-se de repente admitido a uma intimidade que julgara impenetrável, os seus desejos desapareciam; longe dela, às vezes, ainda ousavam ir temerariamente até a esperança de um beijo, ou de uma fugitiva carícia com a ponta dos dedos; mas apenas transpunha a sua porta, e recebia o calmo raio do seu olhar negro, caía em devoção, e julgaria um ultraje bestial roçar sequer as pregas do seu vestido.

Foi aquele, decerto, o período mais delicado da sua vida. Sentia em si mil coisas finas, novas, de uma tocante frescura. Nunca imaginara que houvesse tanta felicidade em olhar para as estrelas, quando o céu está limpo; ou em descer de manhã, ao jardim, para escolher uma rosa mais aberta. Tinha na alma um constante sorriso, que os seus lábios repetiam. O marquês achava-lhe o ar baboso e abençoador... Às vezes, passeando só no seu quarto, perguntava a si mesmo onde o levaria aquele grande amor. Não sabia. Tinha diante de si os três meses em que ela estaria em Lisboa, e em que ninguém mais senão ele ocuparia a velha cadeira ao lado do seu bordado. O marido andava longe, separado por léguas de mar incerto. Depois ele era rico, e o mundo era largo...

Conservava sempre as suas grandes ideias de trabalho, querendo que no seu dia só houvesse horas nobres, e que aquelas que não pertenciam às puras felicidades do amor pertencessem às alegrias fortes do estudo. Ia ao laboratório, ajuntava algumas linhas ao seu manuscrito. Mas, antes da visita à Rua de S. Francisco, não podia disciplinar o espírito, inquieto, num tumulto de esperanças; e depois de voltar de lá, passava o dia a recapitular o que ela dissera, o que ele respondera, os seus gestos, a graça de certo sorriso... Fumava então *cigarettes*, lia os poetas.

Todas as noites, no escritório de Afonso, formava-se a partida de *whist*. O marquês batia-se ao dominó com o Taveira, enfronhados ambos naquele vício, com um rancor crescente que os levava a injúrias. Depois das corridas, o secretário de Steinbroken começara a vir ao Ramalhete; mas era um inútil, nem cantava sequer como o seu chefe as baladas da Finlândia; caído no fundo de uma poltrona, de casaca, de vidro no olho, bamboleando a perna, cofiava silenciosamente os seus longos bigodes tristes.

O amigo que Carlos gostava de ver entrar era o Cruges, que vinha da Rua de S. Francisco, trazia alguma coisa do ar que Maria Eduarda respirava. O maestro sabia que Carlos ia todas as manhãs ao prédio, ver a "miss inglesa"; e muitas vezes, inocentemente, ignorando o interesse de coração com que Carlos o escutava, dava-lhe as últimas notícias da vizinha...

— A vizinha lá ficou agora a tocar Mendelssohn... Tem execução, tem expressão a vizinha... Há ali estofo... E entende o seu Chopin.

Se ele não aparecia no Ramalhete, Carlos ia a casa buscá-lo; entravam no Grêmio, fumavam um charuto nalguma sala isolada, falando da vizinha; Cruges achava-lhe "um verdadeiro tipo de *grande dame*".

Quase sempre encontravam o Conde de Gouvarinho, que vinha ver (como ele dizia, a faiscar de ironia) o que se passava "no país do Senhor Gambetta". Parecera remoçar ultimamente, mais ligeiro nos modos, com uma claridade de esperança nas lunetas, na fronte erguida. Carlos perguntava-lhe pela condessa. Lá estava no Porto, nos seus deveres de filha...

— E seu sogro?

O conde baixava a face radiante, para murmurar cava e resignadamente:

— Mal.

Uma tarde, Carlos conversava com Maria Eduarda, acariciando Niniche que se lhe viera sentar nos joelhos, quando Romão entreabriu discretamente o reposteiro, e baixando a voz, com um ar embaraçado, um ar de cumplicidade, murmurou:

— É o Senhor Dâmaso!...

Ela olhou o Romão, surpreendida daqueles modos, e quase escandalizada.

— Pois bem, mande entrar!

E Dâmaso rompeu pela sala, carregado de luto, de flor ao peito, gorducho, risonho, familiar, com o chapéu na mão, trazendo dependurado por um barbante um grande embrulho de papel pardo... Mas ao ver Carlos ali, intimamente, de cadelinha no colo, estacou assombrado, com o olho esbugalhado, como tonto. Enfim desembaraçou as mãos, veio cumprimentar Maria Eduarda quase de leve, e voltando-se logo para Carlos, de braços abertos, todo o seu espanto trasbordou ruidosamente:

— Então tu, aqui, homem? Isto é que é uma surpresa! Ora, quem me diria!... Eu estava mais longe...

Maria Eduarda, incomodada com aquele alarido, indicou-lhe vivamente uma cadeira, interrompeu um instante o bordado, quis saber como ele tinha chegado.

— Perfeitamente, minha senhora.... Um bocado cansado, como é natural... Venho direitinho de Penafiel... Como V. Exa. vê — e mostrou o seu luto pesado —, acabo de passar por um grande desgosto.

Maria Eduarda murmurou uma palavra de sentimento, vaga e fria. Dâmaso pousara os olhos no tapete. Vinha da província cheio de cor, cheio de sangue; e como cortara a barba (que havia meses deixara crescer, para imitar Carlos), parecia agora mais bochechudo e mais nédio. As coxas roliças estalavam-lhe de gordura dentro da calça de casimira preta.

— E então — perguntou Maria Eduarda —, temo-lo por cá algum tempo?

Ele deu um puxãozinho à cadeira, mais para junto dela, e outra vez risonho:

— Agora, minha senhora, ninguém me arranca de Lisboa! Podem-me morrer... Isso é, credo! Teria grande ferro se me morresse alguém. O que quero dizer é que há de custar a arrancar-me daqui!

Carlos continuava muito sossegadamente a acariciar os pêlos da Niniche. E houve então um pequeno silêncio. Maria Eduarda retomara o bordado. E Dâmaso, depois de sorrir, de tossir, de dar um jeito ao bigode, estendeu a mão para acariciar também Niniche sobre os joelhos de Carlos. Mas a cadelinha, que havia momentos o espreitava com o olho desconfiado, ergueu-se, rompeu a ladrar furiosa.

— *C'est moi, Niniche!* — dizia Dâmaso, recuando a cadeira. — *C'est moi, ami... Alors, Niniche...*

Foi necessário que Maria Eduarda repreendesse severamente Niniche. E, aninhada de novo no colo de Carlos, ela continuou a espreitar Dâmaso, rosnando, e com rancor.

— Já me não conhece — dizia ele embaraçado. — É curioso...

— Conhece-o perfeitamente — acudiu Maria Eduarda, muito séria. — Mas não sei o que o Senhor Dâmaso lhe fez, que ela tem-lhe ódio. É sempre este escândalo.

Dâmaso balbuciava, escarlate:

— Ora essa, minha senhora! O que lhe fiz?... Carícias, sempre carícias...

E, então, não se conteve; falou com ironia, amargamente, das amizades novas de "mademoiselle Niniche". Ali estava nos braços de outro, enquanto que ele, o amigo velho, era deitado ao canto...

Carlos ria.

— Ó Dâmaso, não a acuses de ingratidão... Pois se a senhora D. Maria Eduarda está a dizer que ela sempre te teve ódio...

— Sempre! — exclamou Maria.

Dâmaso sorria também, lividamente. Depois, tirando um lenço de barra negra, limpando os beiços e mesmo o suor do pescoço, lembrou a Maria Eduarda como ela o tinha desapontado no dia das corridas...

— Eram vésperas de partida — disse ela.

— Sim, bem sei, o marido de V. Exa.... E como vai o Senhor Castro Gomes? V. Exa. já recebeu notícias?

— Não — respondeu ela, com o rosto sobre o bordado.

Dâmaso cumpriu ainda outros deveres. Perguntou por mademoiselle Rosa. Depois por Cricri. Era necessário não esquecer Cricri...

— Pois V. Exa. — continuou ele, cheio subitamente de loquacidade — perdeu; que as corridas estiveram esplêndidas... Nós ainda não nos vimos depois das corridas, Carlos. Ah, sim, vimo-nos na estação... Pois não é verdade que estiveram muito *chics*? Olhe, minha senhora, de uma coisa pode V. Exa. estar certa: é que hipódromo mais bonito não há lá fora. Uma vista até a barra, que é de apetite... Até se veem entrar os navios... Pois não é assim, Carlos?

— Sim — disse Carlos, sorrindo. — Não é propriamente um campo de corridas... Verdade seja que não há jóqueis... Ora, é verdade que não há apostas... Mas é verdade também que não há público...

Maria Eduarda ria, alegremente.

— Mas então?

— Veem-se entrar os navios, minha senhora...

Dâmaso protestava, com as orelhas vermelhas. Era realmente querer dizer mal à força... Não senhor, não senhor!... Eram muito boas corridas. Tal qual como lá fora, as mesmas regras, tudo...

— Até na pesagem — acrescentou ele, muito sério — falamos sempre inglês!

Repetiu ainda que as corridas eram *chics*. Depois, não achou mais nada; e falou de Penafiel, onde chovera sempre tanto que ele vira-se forçado a ficar em casa, estupidamente, a ler...

— Uma maçada! Ainda se houvesse ali umas mulheres para ir dar um bocado de cavaco... Mas qual! Uns monstros. E eu, lavradeiras, raparigas de pé descalço, não tolero... Há gente que gosta... Mas eu, acredite V. Exa., não tolero...

Carlos corara; mas Maria Eduarda parecia não ter ouvido, ocupada a contar atentamente as malhas do seu bordado.

De repente, Dâmaso recordou-se que tinha ali um presentinho para a senhora D. Maria Eduarda. Mas não imaginasse que era alguma preciosidade... Verdadeiramente até o presente era para mademoiselle Rosa.

— Olhe, para não estar com mistérios, sabe o que é? Tenho-o ali no embrulhozinho de papel pardo... São seis barrilinhos de ovos moles de Aveiro. É um doce muito célebre, mesmo lá fora. Só o de Aveiro é que tem *chic*... Pergunte V. Exa. ao Carlos. Pois não é verdade, Carlos, que é uma delícia, até conhecido lá fora?

— Ah, certamente — murmurou Carlos —, certamente...

Pousara Niniche no chão; erguera-se; fora buscar o seu chapéu.

— Já?... — perguntou-lhe Maria Eduarda, com um sorriso que era só para ele. — Até amanhã, então!

E voltou-se logo para o Dâmaso, esperando vê-lo erguer-se também. Ele conservou-se instalado, com um ar de demora, familiar, e bamboleando a perna. Carlos estendeu-lhe dois dedos.

— *Au revoir* — disse o outro. — Recados lá no Ramalhete, hei de aparecer!...

Carlos desceu as escadas, furioso.

Ali ficava pois aquele imbecil impondo a sua pessoa, grosseiramente, tão obtuso que não percebia o enfado dela, a sua regelada secura! E para que ficava? Que outras crassas banalidades tinha ainda a soltar, em calão, e de perna trançada? E de repente lembrou-lhe o que ele lhe dissera na noite do jantar do Ega, à porta do Hotel Central, a respeito da própria Maria Eduarda, e do seu sistema com mulheres "que era o atracão". Se aquele idiota, de repente, abrasado e bestial, ousasse um ultraje? A suposição era insensata, talvez, mas reteve-o no pátio, aplicando o ouvido para cima, com ideias ferozes de esperar ali o Dâmaso, proibir-lhe de tornar a subir aquela escada, e à menor reflexão dele, esmagar-lhe o crânio nas lajes...

Mas, sentiu em cima a porta a abrir-se, e saiu vivamente, no receio de ser assim surpreendido à escuta. O *coupé* do Dâmaso estacionava na rua. Então veio-lhe uma curiosidade mordente de saber quanto tempo ele ficaria aí com Maria Eduarda. Correu ao Grêmio; e apenas abrira uma vidraça, viu logo o Dâmaso sair do portão, saltar para o *coupé*, bater com força a portinhola. Pareceu-lhe que trazia o ar escorraçado, e subitamente teve dó daquele grotesco...

Nessa noite, depois de jantar, Carlos, só no seu quarto, fumava, enterrado numa poltrona, relendo uma carta do Ega recebida nessa manhã, quando apareceu o Dâmaso. E, sem pousar mesmo o chapéu, logo da porta, exclamou, com o mesmo espanto da manhã:

— Então dize-me cá! Como diabo te vou eu encontrar hoje com a brasileira?... Como a conheceste tu? Como foi isso?

Sem mover a cabeça do espaldar da poltrona, cruzando as mãos sobre os joelhos em cima da carta do Ega, Carlos, agora cheio de bom humor, disse, com uma doce repreensão paternal:

— Pois então tu vais expor a uma senhora as tuas opiniões lúbricas sobre as lavradeiras de Penafiel!

— Não se trata disso; sei muito bem o que hei de expor! — exclamou o outro, vermelho. — Conta lá, anda... Que diabo! Parece-me que tenho direito a saber... Como a conheceste tu?

Carlos, imperturbável, cerrando os olhos como para se recordar, começou, num tom lento e solene de recitativo:

— Por uma tépida tarde de primavera, quando o sol se afundava em nuvens de ouro, um mensageiro esfalfado pendurava-se da campainha do Ramalhete. Via-se-lhe na mão uma carta, lacrada com selo heráldico; e a expressão do seu semblante...

Dâmaso, já zangado, atirou com o chapéu para cima da mesa.

— Parece-me que era mais decente deixar-te desses mistérios!

— Mistérios? Tu vens obtuso, Dâmaso. Pois tu entras numa casa onde existe há quase um mês uma pessoa gravemente doente, e ficas assombrado, petrificado, ao encontrar lá o médico! Quem esperavas tu ver lá? Um fotógrafo?

— Então, quem está doente?

Carlos, em poucas palavras, disse-lhe da bronquite da inglesa, enquanto o Dâmaso, sentado à beira do sofá, mordendo o charuto sem lume, olhava para ele desconfiado.

— E como soube ela onde tu moravas?

— Como se sabe onde mora o rei; onde é a alfândega; de que lado luz a estrela da tarde; os campos onde foi Troia... Estas coisas que se aprendem nas aulas de instrução primária...

O pobre Dâmaso deu alguns passos pela sala, embezerrado, com as mãos nos bolsos.

— Ela tem agora lá o Romão, o que foi meu criado — murmurou, depois de um silêncio. — Eu tinha-lho recomendado... Ela leva-se muito pelo que eu lhe digo...

— Sim, tem, por uns dias, enquanto o Domingos foi a terra. Vai mandá-lo embora; é um imbecil; e tu tinhas-lhe ensinado más maneiras...

Então Dâmaso atirou-se para o canto do sofá e confessou que ao entrar na sala, quando dera com os olhos em Carlos, de cadelinha no colo, ficara furioso... Enfim, agora que sabia que era por doença, bem, tudo se explicava... Mas, primeiro parecera-lhe que andava ali tramóia... Só com ela, ainda pensou em lhe perguntar; depois receou que não fosse delicado; e além disso ela estava de mau humor...

E acrescentou logo, acendendo o charuto:

— Que apenas tu saíste, pôs-se melhor, mais à vontade... Rimos muito... Eu fiquei ainda até tarde, quase duas horas mais; era perto das cinco quando saí. Outra coisa: ela falou-te alguma vez de mim?

— Não. É uma pessoa de bom gosto; e sabendo que nos conhecemos, não se atreveria a dizer-me mal de ti.

Dâmaso olhou-o, esgazeado:

— Ora essa!... Mas podia ter dito bem!

— Não; é uma pessoa de bom senso; não se atreveria também.

E erguendo-se vivamente, Carlos abraçou Dâmaso pela cinta, acariciando-o, perguntando-lhe pela herança do titi, e em que amores, em que viagens, em que cavalos de luxo ia gastar os milhões...

Dâmaso, sob aquelas festas alegres, permanecia frio, amuado, olhando-o de revés.

— Olha que tu — disse ele — parece-me que me vais saindo também um traste... Não há a gente fiar-se em ninguém!

— Tudo na terra, meu Dâmaso, é aparência e engano!

Seguiram dali à sala do bilhar fazer "a partida de reconciliação". E pouco a pouco, sob a influência que exercia sempre sobre ele o Ramalhete, Dâmaso foi sossegando, risonho já, gozando de novo a sua intimidade com Carlos no meio daquele luxo sério, e tratando-o outra vez por "menino". Perguntou pelo Senhor Afonso da Maia. Quis saber se o belo marquês tinha aparecido. E o Ega, o grande Ega?...

— Recebi carta dele — disse Carlos. — Vem aí; temo-lo talvez cá no sábado.

Foi um espanto para o Dâmaso.

— Homem! Essa é curiosa! E eu encontrei os Cohens, hoje!... Vieram há dois dias de Southampton... Jogo eu?

Jogou, falhou a carambola.

— Pois é verdade, encontrei-os hoje, falei-lhe um instante... E a Raquel vem melhor, vem mais gorda... Trazia uma *toilette* inglesa com coisas brancas, coisas cor-de-rosa... *Chic a* valer, parecia um moranguinho! E então o Ega de volta?... Pois, menino, ainda temos escândalo!

XII

No sábado, com efeito, Carlos, recolhendo ao Ramalhete de volta da Rua de S. Francisco, encontrou o Ega no seu quarto, metido num fato de cheviote claro, e com o cabelo muito crescido.

— Não faças espalhafato — gritou-lhe ele —, que eu estou em Lisboa "incógnito"!

E em seguida aos primeiros abraços declarou que vinha a Lisboa, só por alguns dias, unicamente para comer bem e para conversar bem. E contava com Carlos para lhe fornecer esses requintes, ali, no Ramalhete...

— Há cá um quarto para mim? Eu, por ora, estou no *Hotel Espanhol*, mas ainda nem mesmo abri a mala... Basta-me uma alcova, com uma mesa de pinho, larga bastante para se escrever uma obra sublime.

Decerto! Havia o quarto em cima, onde ele estivera depois de deixar a Vila Balzac. E mais suntuoso agora, com um belo leito da Renascença, e uma cópia dos *Borrachos* de Velásquez.

— Ótimo covil para a arte! Velásquez é um dos santos padres do naturalismo... A propósito, sabes com quem eu vim? Com a Gouvarinho. O pai Thompson esteve à morte, arribou; depois o conde foi buscá-la. Achei-a magra, mas com um ar ardente; e falou-me constantemente de ti.

— Ah! — murmurou Carlos.

Ega, de monóculo no olho e mãos nos bolsos, contemplava Carlos.

— É verdade. Falou de ti constantemente, irresistivelmente, imoderadamente! Não me tinhas mandado contar isso... Sempre seguiste o meu conselho, hein?

Muito bem feita de corpo, não é verdade? E que tal, no ato do amor?

Carlos corou, chamou-lhe "grosseiro", jurou que nunca tivera com a Gouvarinho senão relações superficiais. Ia lá às vezes tomar uma chávena de chá; e à hora do Chiado acontecia-lhe, como a todo mundo, conversar com o conde sobre as misérias públicas, à esquina do Loreto. Nada mais.

— Tu estás-me a mentir, devasso! — dizia o Ega. — Mas não importa. Eu hei de descobrir tudo isso com o meu olho de Balzac, na segunda-feira... Porque nós vamos lá jantar na segunda-feira.

— Nós... Nós, quem?

— Nós. Eu e tu, tu e eu. A condessa convidou-me no comboio. E o Gouvarinho, como compete ao indivíduo daquela espécie, acrescentou logo que havíamos de ter também "o nosso Maia". O Maia dele, e o Maia dela... Santo acordo! Suavíssimo arranjo!

Carlos olhou-o com severidade.

— Tu vens obsceno de Celorico, Ega.

— É o que se aprende no seio da Santa Madre Igreja.

Mas também Carlos tinha uma novidade que o devia fazer estremecer. O Ega, porém, já sabia. A chegada dos Cohens, não é verdade? Lera-o logo nessa manhã, na *Gazeta Ilustrada*, no *high-life*. Lá se dizia respeitosamente que suas excelências tinham regressado do seu passeio pelo estrangeiro.

— E que impressão te fez? — perguntou Carlos, rindo.

O outro encolheu brutalmente os ombros:

— Fez-me o efeito de haver um cabrão a mais na cidade.

E, como Carlos o acusava outra vez de trazer de Celorico uma língua imunda, o Ega, um pouco corado, arrependido talvez, lançou-se em considerações críticas, clamando pela necessidade social de dar às coisas o nome exato. Para que servia então o grande movimento naturalista do século? Se o vício se perpetuava, é porque a sociedade, indulgente e romanesca, lhe dava nomes que o embelezavam, que o idealizavam... Que escrúpulo pode ter uma mulher em beijocar um terceiro entre os lençóis conjugais, se o mundo chama a isso sentimentalmente um "romance", e os poetas o cantam em estrofes de ouro?

— E a propósito, a tua comédia, o *Lodaçal*? — perguntou Carlos, que entrara um instante para a alcova de banho.

— Abandonei-a — disse o Ega. — Era feroz demais... E além disso, fazia-me remexer na podridão lisboeta, mergulhar outra vez na sarjeta humana... Afligia-me...

Parou diante do grande espelho, deu um olhar descontente ao seu jaquetão claro e às botas com mau verniz.

— Preciso enfardelar-me de novo, Carlinhos... O *Poole* naturalmente mandou-te fato de verão; hei de querer examinar esses cortes da alta civilização... Não há negá-lo, diabo, esta minha linha está chinfrim!

Passou uma escova pelo bigode, e continuou falando para dentro, para a alcova de banho:

— Pois, menino, eu agora o que necessito é o regime da Quimera. Vou-me atirar outra vez às *Memórias*. Há de se fazer aí uma quantidade de arte colossal, nesse quarto que me destinas, diante de Velásquez... E, a propósito, é necessário ir cumprimentar o velho Afonso, uma vez que ele me vai dar o pão, o teto e a enxerga...

Foram encontrar Afonso da Maia no escritório, na sua velha poltrona, com um antigo volume da *Ilustração*

Francesa aberto sobre os joelhos, mostrando as estampas a um pequeno bonito, muito moreno, de olho vivo e cabelo encarapinhado. O velho ficou contentíssimo ao saber que o Ega vinha, por algum tempo, alegrar o Ramalhete com a sua bela fantasia.

— Já não tenho fantasia, Senhor Afonso da Maia!

— Então esclarecê-lo com a tua clara razão — disse o velho, rindo. — Estamos cá precisando de ambas as coisas, John.

Depois, apresentou-lhe aquele pequeno cavalheiro, o Senhor Manuelinho, rapazinho amável da vizinhança, filho do Vicente, mestre de obras; o Manuelinho vinha, às vezes, animar a solidão de Afonso, e ali folheavam ambos livros de estampas e tinham conversas filosóficas. Agora, justamente, estava ele muito embaraçado, por não lhe saber explicar como é que o general Canrobert (de quem estavam admirando o garbo sobre o seu cavalo empinado), tendo mandado matar gente, muita gente, em batalhas, não era metido na cadeia...

— Está visto! — exclamou o pequeno, esperto e desembaraçado, com as mãos cruzadas atrás das costas. — Se mandou matar gente, deviam-no ferrar na cadeia!

— Hein, amigo Ega! — dizia Afonso, rindo. — Que se há de responder a esta bela lógica? Olha, filho, agora que estão aqui estes dois senhores, que são formados em Coimbra, eu vou estudar esse caso... Vai tu ver os bonecos, ali, para cima da mesa... E depois vão sendo horas de ires lá dentro à Joana, para merendares.

Carlos, ajudando o pequeno a acomodar-se à mesa com o seu grande volume de estampas, pensava quanto o avô, com aquele seu amor por crianças, gostaria de conhecer Rosa!

Afonso, no entanto, perguntava também ao Ega pela comédia. O quê! Já abandonada? Quando acabaria então o bravo John de fazer bocados incompletos de obras-primas?... Ega queixou-se do país, da sua indiferença pela arte. Que espírito original não esmoreceria, vendo em torno de si esta espessa massa de burgueses, amodorrada e crassa, desdenhando a inteligência, incapaz de se interessar por uma ideia nobre, por uma frase bem feita?

— Não vale a pena, Senhor Afonso da Maia. Neste país, no meio desta prodigiosa imbecilidade nacional, o homem de senso e de gosto deve limitar-se a plantar com cuidado os seus legumes. Olhe o Herculano...

— Pois então — acudiu o velho —, planta os teus legumes. É um serviço à alimentação pública. Mas tu nem isso fazes.

Carlos, muito sério, apoiava o Ega.

— A única coisa a fazer em Portugal — dizia ele — é plantar legumes, enquanto não há uma revolução que faça subir à superfície alguns dos elementos originais, fortes, vivos, que isto ainda encerre lá no fundo. E se se vir então que não encerra nada, demitamo-nos logo voluntariamente da nossa posição de país para que não temos elementos; passemos a ser uma fértil e estúpida província espanhola, e plantemos mais legumes.

O velho escutava com melancolia estas palavras do neto, em que sentia como uma decomposição da vontade, e que lhe pareciam ser apenas a glorificação da sua inércia. Terminou por dizer:

— Pois então façam vocês essa revolução. Mas pelo amor de Deus, façam alguma coisa!

— O Carlos já não faz pouco — exclamou Ega, rindo. — Passeia a sua pessoa, a sua *toilette* e o seu fáeton, e por esse fato educa o gosto!

O relógio Luís XV interrompeu-os, lembrando ao Ega que devia ainda, antes de jantar, ir buscar a sua mala ao Hotel Espanhol. Depois, no corredor, confessou a Carlos que, antes de ir ao Espanhol, queria correr ao Fillon, ao fotógrafo, ver se podia tirar um bonito retrato.

— Um retrato?

— Uma surpresa que tem de ir daqui a três dias para Celorico, para o dia de anos de uma criaturinha que me adoçou o exílio.

— Oh, Ega!

— É horroroso, mas então? É a filha do Padre Correia, filha conhecida como tal; além disso, casada com um proprietário rico da vizinhança, reacionário odioso... De modo que, bem vês, esta dupla peça a pregar à Religião e à Propriedade...

— Ah! nesse caso...

— Ninguém se deve eximir, amigo, aos seus grandes deveres democráticos!

Na segunda-feira seguinte chuviscava, quando Carlos e Ega, no *coupé* fechado, partiram para o jantar dos Gouvarinhos. Desde a chegada da condessa, Carlos vira-a só uma vez, em casa dela; e fora uma meia hora desagradável, cheia de mal-estar, com um ou outro beijo frio, e recriminações infindáveis. Ela queixara-se das cartas dele, tão raras, tão secas. Não se puderam entender sobre os planos desse verão, ela devendo ir para Sintra, onde já alugara casa; Carlos falando no dever de acompanhar o avô a Santa Olávia. A condessa achava-o distraído; ele achou-a exigente. Depois, ela sentou-se um instante sobre os seus joelhos, e aquele leve e delicado corpo pareceu a Carlos de um fastidioso peso de bronze.

Por fim, a condessa arrancara-lhe a promessa de a ir encontrar, justamente nessa segunda-feira de manhã, a casa da titi, que estava em Santarém; porque tinha sempre o apetite perverso e requintado de o apertar nos braços nus, em dias que o devesse receber na sua sala, mais tarde, e com cerimônia. Mas Carlos faltara, e agora, rodando para casa dela, impacientavam-no já as queixas que teria de ouvir nos vãos de janela, e as mentiras chochas que teria de balbuciar...

De repente o Ega, que fumava em silêncio, abotoado no seu paletó de verão, bateu no joelho de Carlos, e entre risonho e sério:

— Dize-me uma coisa, se não é um segredo sacrossanto... Quem é essa brasileira com quem tu agora passas todas as tuas manhãs?

Carlos ficou um instante aturdido, com os olhos no Ega.

— Quem te falou nisso?

— Foi o Dâmaso que mo disse. Isto é, o Dâmaso que mo rugiu... Porque foi de dentes rilhados, a dar murros surdos num sofá do Grêmio, e com uma cor de apoplexia, que ele me contou tudo...

— Tudo o quê?

— Tudo. Que te apresentara a uma brasileira a quem se atirava, e que tu, aproveitando a sua ausência, te meteras lá, não saías de lá...

— Tudo isso é mentira! — exclamou o outro, já impaciente.

E Ega, sempre risonho:

— Então "que é a verdade", como perguntava o velho Pilatos ao chamado Jesus Cristo?

— É que há uma senhora a quem o Dâmaso supunha ter inspirado uma paixão, como supõe sempre, e que, tendo-lhe adoecido a governanta inglesa com uma bronquite, me mandou chamar para eu a tratar. Ainda não está melhor, eu vou vê-la todos os dias. E Madame Gomes, que é o nome da senhora, que nem brasileira é, não podendo tolerar o Dâmaso, como ninguém o tolera, tem-lhe fechado a sua porta. Esta é a verdade; mas talvez eu arranque as orelhas ao Dâmaso!

Ega contentou-se em murmurar:

— E ali está como se escreve a história... Vá-se lá a gente fiar em Guizot!

Em silêncio, até casa da Gouvarinho Carlos foi ruminando a sua cólera contra o Dâmaso. Aí estava, pois, rasgada por aquele imbecil a penumbra suave e favorável em que se abrigara o seu amor! Agora já se pronunciava o nome de Maria Eduarda no Grêmio; o que o Dâmaso dissera ao Ega, repeti-lo-ia a outros, na Casa Havanesa, no Restaurante Silva, talvez nos lupanares; e assim o interesse supremo da sua vida seria daí por diante constantemente perturbado, estragado, sujo pela tagarelice reles do Dâmaso!

— Parece-me que temos cá mais gente — disse o Ega, ao penetrarem na antecâmara dos Gouvarinhos, vendo sobre o canapé um paletó cinzento e capas de senhora.

A condessa esperava-os na salinha do fundo, chamada "do busto", vestida de preto, com uma tira de veludo em volta do pescoço, picada de três estrelas de diamantes. Uma cesta de esplêndidas flores quase enchia a mesa, onde se acumulavam também romances ingleses, e uma *Revista dos Dois Mundos*, em evidência, com a faca de marfim entre as folhas. Além da boa D. Maria da Cunha e da Baronesa de Alvim, havia uma outra senhora, que nem Carlos nem Ega conheciam, gorda e vestida de escarlate; e de pé, conversando baixo com o conde, de mãos atrás das costas, um cavalheiro alto, escaveirado, grave, com uma barba rala, e a comenda da Conceição.

A condessa, um pouco corada, estendeu a Carlos a mão amuada e frouxa; todos os seus sorrisos foram para o Ega. E o conde apoderou-se logo do querido Maia, para o apresentar ao seu amigo, o Senhor Sousa Neto. O Senhor Sousa Neto já tinha o prazer de conhecer muito Carlos da Maia, como um médico distinto, uma honra da Universidade... E era esta a vantagem de Lisboa, disse logo o conde, o conhecerem-se todos de reputação; o poder-se ter assim uma apreciação mais justa dos caracteres. Em Paris, por exemplo, era impossível; por isso havia tanta imoralidade, tanta relaxação...

— Nunca sabe a gente quem mete em casa.

O Ega, entre a condessa e D. Maria, enterrado no divã, mostrando as estrelinhas bordadas das meias, fazia-as rir com a história do seu exílio em Celorico, onde se distraía compondo sermões para o abade; o abade recitava-os; e os sermões, sob uma forma mística, eram de fato afirmações revolucionárias que o santo varão lançava com fervor, esmurrando o púlpito... A senhora de vermelho, sentada defronte, de mãos no regaço, escutava o Ega, com o olhar espantado.

— Imaginei que V. Exa. tinha ido já para Sintra — veio dizer Carlos à senhora baronesa, sentando-se junto dela. — V. Exa. é sempre a primeira...

— Como quer o senhor que se vá para Sintra com um tempo destes?

— Com efeito, está infernal...

— E que conta de novo? — perguntou ela, abrindo lentamente o seu grande leque preto.

— Creio que não há nada de novo em Lisboa, minha senhora, desde a morte do senhor D. João VI.

— Agora há o seu amigo Ega, por exemplo.

— É verdade, há o Ega... Como o acha V. Exa., Senhora baronesa?

Ela nem baixou a voz para dizer:

— Olhe, eu, como o achei sempre um grande presumido e não gosto dele, não posso dizer nada...

— Oh, senhora baronesa, que falta de caridade!

O escudeiro anunciara o jantar. A condessa tomou o braço de Carlos, e, ao atravessar o salão, entre o frouxo murmúrio de vozes e o rumor lento das caudas de seda, pôde dizer-lhe asperamente:

— Esperei meia hora; mas compreendi logo que estaria entretido com a brasileira...

Na sala de jantar, um pouco sombria, forrada de papel cor de vinho, escurecida ainda por dois antigos painéis de paisagem tristonha, a mesa oval, cercada de cadeiras de carvalho lavrado, ressaltava alva e fresca, com um esplêndido cesto de rosas entre duas serpentinas douradas. Carlos ficou à direita da condessa, tendo ao lado D. Maria da Cunha, que nesse dia parecia um pouco mais velha e sorria com um ar cansado.

— Que tem feito todo este tempo, que ninguém o tem visto? — perguntou-lhe ela, desdobrando o guardanapo.

— Por esse mundo, minha senhora, vagamente...

Defronte de Carlos, o Senhor Sousa Neto, que tinha três enormes corais no peitilho da camisa, estava já observando, enquanto remexia a sopa, que a senhora condessa, na sua viagem ao Porto, devia ter encontrado nas ruas e nos edifícios grandes mudanças... A condessa, infelizmente, mal tinha saído durante o tempo que estivera no Porto. O conde, esse, é que admirara os progressos da cidade. E especificou-os: elogiou a vista do

Palácio de Cristal; lembrou o fecundo antagonismo que existe entre Lisboa e Porto; mais uma vez o comparou ao dualismo da Áustria e da Hungria. E através destas coisas graves, lançadas do alto, com superioridade e com peso, a baronesa e a senhora de escarlate, aos dois lados dele, falavam do convento das Salésias.

Carlos, no entanto, comendo em silêncio a sua sopa, ruminava as palavras da condessa. Também ela conhecia já a sua intimidade com a "brasileira". Era evidente, pois que já andava ali, difamante e torpe, a tagarelice do Dâmaso. E quando o criado lhe ofereceu Sauterne, estava decidido a bater no Dâmaso.

De repente ouviu o seu nome. Do fim da mesa uma voz dizia, pachorrenta e cantada:

— O Senhor Maia é que deve saber... O Senhor Maia já lá esteve.

Carlos pousou vivamente o copo. Era a senhora de escarlate que lhe falava, sorrindo, mostrando uns bonitos dentes sob o buço forte de quarentona pálida. Ninguém lha apresentara; ele não sabia quem era. Sorriu também; perguntou:

— Onde, minha senhora?

— Na Rússia.

— Na Rússia?... Não, minha senhora, nunca estive na Rússia.

Ela pareceu um pouco desapontada.

— Ah, é que me tinham dito... Não sei já quem me disse, mas era pessoa que sabia...

O conde, ao fundo, explicava-lhe amavelmente que o amigo Maia estivera apenas na Holanda.

— País de grande prosperidade, a Holanda!... Em nada inferior ao nosso... Já conheci mesmo um holandês que era excessivamente instruído...

A condessa baixara os olhos, partindo vagamente um bocadinho de pão, mais séria de repente, mais seca, como se a voz de Carlos, erguendo-se tão tranquila a seu lado, tivesse avivado os seus despeitos. Ele, então, depois de provar devagar o seu Sauterne, voltou-se para ela muito naturalmente e risonho.

— Veja a senhora condessa! Eu nem tive mesmo ideia de ir à Rússia. Há assim uma infinidade de coisas que se dizem e que não são exatas... E se se faz uma alusão irônica a elas, ninguém compreende a alusão nem a ironia...

A condessa não respondeu logo, dando com o olhar uma ordem muda ao escudeiro. Depois, com um sorriso pálido:

— No fundo de tudo que se diz há sempre um fato ou um bocado de fato que é verdadeiro. E isso basta... Pelo menos a mim basta-me...

— A senhora condessa tem então uma credulidade infantil. Estou vendo que acredita que era uma vez uma filha de um rei que tinha uma estrela na testa...

Mas o conde interpelava-o; o conde queria a opinião do seu amigo Maia. Tratava-se do livro de um inglês, o major Bratt, que atravessara a África, e dizia coisas perfidamente desagradáveis para Portugal. O conde via ali só inveja: — A inveja que nos têm todas as nações por causa da importância das nossas colônias e da nossa vasta influência na África...

— Está claro — dizia o conde — que não temos nem os milhões nem a marinha dos ingleses. Mas temos grandes glórias; o infante D. Henrique é de primeira ordem; e a tomada de Ormuz é um primor... E eu que conheço alguma coisa de sistemas coloniais, posso afirmar que não há hoje colônias nem mais suscetíveis de riqueza, nem mais crentes no progresso, nem mais liberais que as nossas! Não lhe parece, Maia?

— Sim, talvez, é possível... Há muita verdade nisso...

Mas Ega, que estivera um pouco silencioso, entalando de vez em quando o monóculo no olho e sorrindo para a baronesa, pronunciou-se alegremente contra todas essas explorações da África e essas longas missões geográficas... Por que não se deixaria o preto sossegado, na calma posse dos seus manipansos? Que mal fazia à ordem das coisas que houvesse selvagens? Pelo contrário, davam ao Universo uma deliciosa quantidade de pitoresco! Com a mania francesa e burguesa de reduzir todas as regiões e todas as raças ao mesmo tipo de civilização, o mundo ia tornar-se de uma monotonia abominável. Dentro em breve, um turista faria enormes sacrifícios, despesas sem fim, para ir a Tombuctu. Para quê? Para encontrar, lá, pretos de chapéu alto, a ler o *Jornal dos Debates*!

O conde sorria, com superioridade. E a boa D. Maria, saindo do seu vago abatimento, movia o leque, dizia a Carlos, deleitada:

— Este Ega! Este Ega! Que graça! Que *chic*!

Então Sousa Neto, pousando gravemente o talher, fez ao Ega esta pergunta grave:

— V. Exa. pois é em favor da escravatura?

Ega declarou muito decididamente ao Senhor Sousa Neto que era pela escravatura. Os desconfortos da vida, segundo ele, tinham começado com a libertação dos negros. Só podia ser seriamente obedecido quem era seriamente temido... Por isso ninguém agora lograva ter os seus sapatos bem envernizados, o seu arroz bem cozido, a sua escada bem lavada, desde que não havia criados pretos em quem fosse lícito dar vergastadas... Só houvera duas civilizações em que o homem conseguira viver com razoável comodidade: a civilização romana e a civilização especial dos plantadores de New Orleans.

Por quê? Porque numa e noutra existiria a escravatura absoluta, a sério, com o direito de morte!...

Durante um momento, o Senhor Sousa Neto ficou como desorganizado. Depois passou o guardanapo sobre os beiços, preparou-se, encarou o Ega:

— Então V. Exa., nessa idade, com a sua inteligência, não acredita no progresso?

— Eu, não, senhor.

O conde interveio, afável e risonho:

— O nosso Ega quer fazer simplesmente um paradoxo. E tem razão, tem realmente razão, porque os faz brilhantes...

Estava-se servindo *jambon aux épinards*. Durante um momento falou-se de paradoxos. Segundo o conde, quem os fazia também brilhantes e difíceis de sustentar, excessivamente difíceis, era o Barros, o ministro do reino...

— Talento robusto — murmurou respeitosamente Sousa Neto.

— Sim, pujante — disse o conde.

Mas ele agora não falava tanto do talento do Barros como parlamentar, como homem de Estado. Falava do seu espírito de sociedade, do seu *esprit*...

— Ainda este inverno nós lhe ouvimos um paradoxo brilhante! Até foi em casa da Senhora D. Maria da Cunha... V. Exa. não se lembra, Senhora D. Maria? Esta minha desgraçada memória! Ó Teresa, lembras-te daquele paradoxo do Barros? Ora, sobre que era, meu Deus?... Enfim, um paradoxo muito difícil de sustentar... Esta minha memória!... Pois não te lembras, Teresa?

A condessa não se lembrava. E enquanto o conde ficava remexendo ansiosamente, com a mão na testa, as suas recordações, a senhora de escarlate voltou a falar de pretos e de escudeiros pretos, e de uma cozinheira preta que tivera uma tia dela, a tia Vilar... Depois queixou-se amargamente dos criados modernos; desde que lhe morrera a Joana, que estava em casa havia quinze anos, não sabia que fazer; andava como tonta, tinha só desgostos. Em seis meses, já vira quatro caras novas. E umas desleixadas, umas pretensiosas, uma imoralidade! Quase lhe fugiu um suspiro do peito, e trincando desconsoladamente uma migalhinha de pão:

— Ó baronesa, ainda tens a Vicenta?

Pois então não havia de ter a Vicenta?... Sempre a Vicenta... A senhora D. Vicenta, se faz favor.

A outra contemplou-a um instante, com inveja daquela felicidade.

— E é a Vicenta que te penteia?

Sim, era a Vicenta que a penteava. Ia-se fazendo velha, coitada... Mas sempre caturra. Agora andava com a mania de aprender francês. Já sabia verbos. Era de morrer, a Vicenta a dizer *j'aime, tu aimes...*

— E a senhora baronesa — acudiu o Ega — começou por lhe mandar ensinar os verbos mais necessários.

Está claro, dizia a baronesa, que aquele era o mais necessário. Mas na idade da Vicenta já de pouco lhe poderia servir!

— Ah — gritou de repente o conde, deixando quase cair o talher, — agora me lembro!

Tinha-se lembrado enfim do soberbo paradoxo do Barros. Dizia o Barros que os cães, quanto mais ensinados... Pois, não, não era isto!

— Esta minha desgraçada memória!... E era sobre cães. Uma coisa brilhante, filosófica até!

E, por se falar de cães, a baronesa lembrou-se do Tommy, o galgo da condessa; perguntou por Tommy. Já o não via há que tempos, esse bravo Tommy! A condessa nem queria que se falasse no Tommy, coitado! Tinham-lhe nascido umas coisas nos ouvidos, um horror... Mandara-o para o Instituto; lá morrera.

— Está deliciosa esta galantina — disse D. Maria da Cunha, inclinando-se para Carlos.

— Deliciosa.

E a baronesa, do lado, declarou também a galantina uma perfeição. Com um olhar ao escudeiro, a condessa fez servir de novo a galantina; e apressou-se a responder ao Senhor Sousa Neto que, a propósito de cães, lhe estava falando da *Sociedade Protetora dos Animais*. O Senhor Sousa Neto aprovava-a, considerava-a como um progresso... E, segundo ele, não seria mesmo demais que o Governo lhe desse um subsídio.

— Que eu creio que ela vai prosperando... E merece-o, acredite a senhora condessa que o merece... estudei essa questão, e de todas as sociedades que ultimamente se têm fundado entre nós, à imitação do que se faz lá fora, como a *Sociedade de Geografia* e outras, a *Protetora dos Animais* parece-me decerto uma das mais úteis.

Voltou-se para o lado, para o Ega:

— V. Exa. pertence?

— À *Sociedade Protetora dos Animais*?... Não senhor, pertenço a outra, à de *Geografia*. Sou dos protegidos.

A baronesa teve uma das suas alegres risadas. E o conde fez-se extremamente sério; pertencia à *Sociedade de Geografia*; considerava-a um pilar do Estado, acreditava na sua missão civilizadora, detestava aquelas irreverências. Mas a condessa e Carlos tinham rido também; e de repente, a frialdade que até aí os conservara, ao lado um do outro, reservados, numa cerimônia afetada, pareceu dissipar-se ao calor desse riso trocado, no brilho dos dois olhares encontrando-se irresistivelmente. Servira-se o *champagne*; ela tinha uma corzinha no rosto. O seu pé, sem ela saber como, roçou pelo pé de Carlos; sorriram ainda outra vez; e, como no resto da mesa se conversava sobre uns concertos clássicos que ia haver no Price, Carlos perguntou-lhe, baixo, com uma repreensão amável:

— Que tolice foi essa da "brasileira"?... Quem lhe disse isso?

Ela confessou-lhe logo que fora o Dâmaso... O Dâmaso viera contar-lhe o entusiasmo de Carlos por essa senhora, e as manhãs inteiras que lá passava, todos os dias, à mesma hora... Enfim o Dâmaso fizera-lhe claramente entrever uma *liaison.*

Carlos encolheu os ombros. Como podia ela acreditar no Dâmaso? Devia conhecer-lhe bem a tagarelice, a imbecilidade...

— É perfeitamente verdade que eu vou à casa dessa senhora, que nem brasileira é; que é tão portuguesa como eu; mas é porque ela tem a governanta muito doente com uma bronquite, e eu sou o médico da casa. Foi até o Dâmaso, ele próprio, que lá me levou como médico!

No rosto da condessa espalhava-se um riso, uma claridade vinda do doce alívio que se fazia no seu coração.

— Mas o Dâmaso disse-me que era tão linda!...

— Sim, era muito linda. E então? Um médico, por fidelidade às suas afeições, e para as não inquietar, não podia realmente, antes de penetrar na casa de uma doente, exigir-lhe um certificado de hediondez!

— Mas que está ela cá a fazer?...

— Está à espera do marido que foi a negócios ao Brasil, e vem aí... É uma gente muito distinta, e creio que muito rica... Vão-se brevemente embora, de resto, e eu pouco sei deles. As minhas visitas são de médico; tenho apenas conversado com ela sobre Paris, sobre Londres, sobre as suas impressões de Portugal...

A condessa bebia estas palavras, deliciosamente, dominada pelo belo olhar com que ele lhas murmurava; e o seu pé apertava o de Carlos numa reconciliação apaixonada, com a força que desejaria pôr num abraço, se ali lho pudesse dar.

A senhora de escarlate, no entanto, recomeçara a falar da Rússia. O que a assustava é que o país era caro; corriam-se tantos perigos, por causa da dinamite, e uma constituição fraca devia sofrer muito com a neve nas ruas. E foi então que Carlos percebeu que ela era a esposa de Sousa Neto, e que se tratava de um filho deles, filho único, despachado segundo secretário para a legação de S. Petersburgo.

— O menino conhece-o? — perguntou D. Maria ao ouvido de Carlos, por trás do leque. — É um horror de estupidez... Nem francês sabe! De resto não é pior que os outros... Que a quantidade de monos, de sensaborões e de tolos que nos representam lá fora até faz chorar... Pois o menino não acha? Isto é um país desgraçado.

— Pior, minha cara senhora, muito pior. Isto é um país *cursi*.

Tinha findado a sobremesa. D. Maria olhou para a condessa com o seu sorriso cansado; a senhora escarlate calara-se, já preparada, tendo mesmo afastado um pouco a cadeira; e as senhoras ergueram-se, no momento em que o Ega, ainda acerca da Rússia, acabava de contar uma história ouvida a um polaco, e em que se provava que o czar era um estúpido...

— Liberal todavia; gostando bastante do progresso! — murmurou ainda o conde, já de pé.

Os homens, sós, acenderam os seus charutos; o escudeiro serviu o café. Então o Senhor Sousa Neto, com a sua chávena na mão, aproximou-se de Carlos para lhe exprimir de novo o prazer que tivera em fazer o seu conhecimento...

— Eu tive também, em tempos, o prazer de conhecer o pai de V. Exa. ... Pedro, creio que era justamente o Senhor Pedro da Maia. Começava eu então a minha carreira pública... E o avô de V. Exa., bom?

— Muito agradecido a V. Exa.

— Pessoa muito respeitável... O pai de V. Exa. era... Enfim, era o que se chama "um elegante". Tive também o prazer de conhecer a mãe de V. Exa. ...

E de repente calou-se, embaraçado, levando a chávena aos lábios. Depois, lentamente, voltou-se para escutar melhor o Ega, que ao lado discutia com o Gouvarinho sobre mulheres. Era a propósito da secretária da legação da Rússia, com quem ele encontrara nessa manhã o conde conversando ao Calhariz. O Ega achava-a deliciosa, com o seu corpinho nervoso e ondeado, os seus grandes olhos garços... E o conde, que a admirava também, gabava-lhe sobretudo o espírito, a instrução. Isso, segundo o Ega, prejudicava-a; porque o dever da mulher era, primeiro, ser bela; e depois ser estúpida... O conde afirmou logo com exuberância que não gostava também de literatas; sim, decerto o lugar da mulher era junto do berço, não na biblioteca...

— No entanto é agradável que uma senhora possa conversar sobre coisas amenas, sobre o artigo de uma revista, sobre... Por exemplo, quando se publica um livro... Enfim, não direi quando se trata de um Guizot ou de um Jules Simon... Mas, por exemplo, quando se trata de um Feuillet, de um... Enfim, uma senhora deve ser prendada. Não lhe parece, Neto?

Neto, grave, murmurou:

— Uma senhora, sobretudo quando ainda é nova, deve ter algumas prendas...

Ega protestou, com calor. Uma mulher com prendas, sobretudo com prendas literárias, sabendo dizer coisas sobre o Senhor Thiers ou sobre o Senhor Zola, é um monstro, um fenômeno que cumpria recolher a uma companhia de cavalinhos, como se soubesse trabalhar nas argolas. A mulher só devia ter duas prendas: cozinhar bem e amar bem.

— V. Exa. decerto, Senhor Sousa Neto, sabe o que diz Proudhon?

— Não me recordo textualmente, mas...

— Em todo caso V. Exa. conhece perfeitamente o seu Proudhon?

O outro, muito secamente, não gostando decerto daquele interrogatório, murmurou que Proudhon era um autor de muita nomeada.

Mas o Ega insistia, com uma impertinência pérfida:

— V. Exa. leu, evidentemente, como nós todos, as grandes páginas de Proudhon sobre o amor?

O Senhor Neto, já vermelho, pousou a chávena sobre a mesa. E quis ser sarcástico, esmagar aquele moço, tão literário, tão audaz.

— Não sabia — disse ele, com um sorriso infinitamente superior — que esse filósofo tivesse escrito sobre assuntos escabrosos!

Ega atirou os braços ao ar, consternado:

— Oh, Senhor Sousa Neto! Então V. Exa., um chefe de família, acha o amor um assunto escabroso?!

O Senhor Neto encordoou. E muito direito, muito digno, falando do alto da sua considerável posição burocrática:

— É meu costume, Senhor Ega, não entrar nunca em discussões, e acatar todas as opiniões alheias, mesmo quando elas sejam absurdas...

E quase voltou as costas ao Ega, dirigindo-se outra vez a Carlos, desejando saber, numa voz ainda um pouco alterada, se ele agora se fixava algum tempo mais em Portugal. Então, durante um momento, acabando os charutos, os dois falaram de viagens. O Senhor Neto lamentava que os seus muitos deveres não lhe permitissem percorrer a Europa. Em pequeno fora esse o seu ideal; mas agora, com tantas ocupações públicas, via-se forçado a não deixar a carteira. E ali estava, sem ter visto sequer Badajoz...

— E V. Exa. de que gostou mais: de Paris ou de Londres?

Carlos realmente não sabia nem se podia comparar... duas cidades tão diferentes, duas civilizações tão originais...

— Em Londres — observou o conselheiro — tudo carvão...

Sim, dizia Carlos sorrindo, bastante carvão; sobretudo nos fogões, quando havia frio...

O Senhor Sousa Neto murmurou:

— E o frio ali deve ser sempre considerável... Clima tão ao norte!...

Esteve um momento mamando o charuto, de pálpebra cerrada. Depois fez esta observação sagaz e profunda:

— Povo prático, povo essencialmente prático.

— Sim, bastante prático — disse vagamente Carlos, dando um passo para a sala, onde se sentiam as risadas cantantes da baronesa.

— E diga-me outra coisa — prosseguiu o Senhor Sousa Neto, com interesse, cheio de curiosidade inteligente. — Encontra-se por lá, em Inglaterra, desta literatura amena, como entre nós, folhetinistas, poetas de pulso?...

Carlos deitou a ponta do charuto para o cinzeiro, e respondeu, com descaro:

— Não, não há disso.

— Logo vi — murmurou Sousa Neto. — Tudo gente de negócio.

E penetraram na sala. Era o Ega que assim fazia rir a baronesa, sentado defronte dela, falando outra vez de Celorico, contando-lhe uma *soirée* de Celorico, com detalhes picarescos sobre as autoridades e sobre um abade que tinha matado um homem e cantava fados sentimentais ao piano. A senhora de escarlate, no sofá ao lado, com os braços caídos no regaço, pasmava para aquela veia do Ega como as destrezas de um palhaço. D. Maria, junto da mesa, folheava com o seu ar cansado uma *Ilustração*; e vendo que Carlos ao entrar procurara com o olhar a condessa, chamou-o, disse-lhe baixo que ela fora dentro ver Charlie, o pequeno...

— É verdade — perguntou Carlos, sentando-se ao lado dela —, que é feito dele, esse lindo Charlie?

— Diz que tem estado hoje constipado e um pouco murcho.

— A Senhora D. Maria também me parece hoje um pouco murcha.

— É do tempo. Eu já estou na idade em que o bom humor ou o aborrecimento vêm só das influências do tempo... Na sua idade vêm de outras coisas. E a propósito de outras coisas: então a Cohen também chegou?

— Chegou — disse Carlos —, mas não "também". O "também" implica combinação... E a Cohen e o Ega chegaram realmente ambos por acaso... De resto, isso é história antiga; como os amores de Helena e de Páris.

Nesse instante a condessa voltava de dentro, um pouco afogueada, e trazendo aberto um grande leque negro. Sem se sentar, falando sobretudo para a mulher do Senhor Sousa Neto, queixou-se logo de não ter achado Charlie bem... Estava tão quente, tão inquieto... tinha quase medo que fosse sarampo. E voltando-se vivamente para Carlos, com um sorriso:

— Eu estou com vergonha... Mas se o Senhor Carlos da Maia quisesse ter o incômodo de o vir ver um instante... É odioso, realmente, pedir-lhe logo depois de jantar para examinar um doente...

— Oh, senhora condessa! — exclamou ele, já de pé.

Seguiu-a. Numa saleta, ao lado, o conde e o Senhor Sousa Neto, enterrados num sofá, conversavam fumando.

— Levo o Senhor Carlos da Maia para ver o pequeno...

O conde erguera-se um pouco do sofá, sem compreender bem. Já ela passara. Carlos seguiu em silêncio a sua longa cauda de seda preta através do bilhar, deserto, com o gás aceso, ornado de quatro retratos de damas, da família dos Gouvarinhos, empoadas e sorumbáticas. Ao lado, por trás de um pesado reposteiro de fazenda verde, era um gabinete, com uma velha poltrona, alguns livros numa estante envidraçada e uma escrivaninha onde pousava um candeeiro sob o *abat-jour* de renda cor-de-rosa. E aí, bruscamente, ela parou, atirou os braços ao pescoço de Carlos, os seus lábios prenderam-se aos dele num beijo sôfrego, penetrante, completo, findando num soluço de desmaio... ele sentia aquele lindo corpo estremecer, escorregar-lhe entre os braços, sobre os joelhos sem força.

— Amanhã, em casa da titi, às onze — murmurou ela, quando pôde falar.

— Pois sim.

Desprendida dele, a condessa ficou um momento com as mãos sobre os olhos, deixando desvanecer aquela lânguida vertigem, que a fizera cor de cera. Depois, cansada e sorrindo:

— Que doida que eu sou... Vamos ver Charlie.

O quarto do pequeno era ao fundo do corredor. E aí, numa caminha de ferro, junto do leito maior da criada, Charlie dormia, sereno, fresco, com um bracinho caído para o lado, os seu lindos caracóis louros espalhados no travesseiro como uma auréola de anjo. Carlos tocou-lhe apenas no pulso; e a criada escocesa, que trouxera uma luz de sobre a cômoda, disse, sorrindo tranquilamente:

— O menino nestes últimos dias tem andado muitíssimo bem...

Voltaram. No gabinete, antes de penetrar no bilhar, a condessa, já com a mão no reposteiro, estendeu ainda a Carlos os seus lábios insaciáveis. Ele colheu um rápido beijo. E, ao passar na antecâmara, onde Sousa Neto e o conde continuavam enfronhados numa conversa grave, ela disse ao marido:

— O pequeno está a dormir... O Senhor Carlos da Maia achou-o bem.

O Conde de Gouvarinho bateu no ombro de Carlos, carinhosamente. E durante um momento a condessa ficou ali conversando, de pé, a deixar-se serenar, pouco a pouco, naquela penumbra favorável, antes de afrontar a luz forte da sala. Depois, por se falar em higiene, convidou o Senhor Sousa Neto para uma partida de bilhar; mas o Senhor Neto, desde Coimbra, desde a Universidade, não pegara num taco. E ia-se chamar o Ega quando apareceu Teles da Gama, que chegava do Price. Logo atrás dele, entrou o Conde de Steinbroken. Então o resto da noite passou-se no salão, em redor do piano. O ministro cantou melodias da Finlândia. Teles da Gama tocou fados.

Carlos e Ega foram os derradeiros a sair, depois de um *brandy and soda*, de que a condessa partilhou, como inglesa forte. E embaixo, no pátio, acabando de abotoar o paletó, Carlos pôde enfim soltar a pergunta que lhe faiscara nos lábios toda a noite:

— Ó Ega, quem é aquele homem, aquele Sousa Neto, que quis saber se em Inglaterra havia também literatura?

Ega olhou-o com espanto:

— Pois não adivinhaste? Não deduziste logo? Não viste imediatamente quem neste país é capaz de fazer essa pergunta?

— Não sei... Há tanta gente capaz...

— E o Ega radiante:

— Oficial superior de uma grande repartição do Estado!

— De qual?

— Ora de qual! De qual há de ser?... Da Instrução Pública!

Na tarde seguinte, às cinco horas, Carlos, que se demorara demais em casa da titi com a condessa, retido pelos seus beijos intermináveis, fez voar o *coupé* até a rua de S. Francisco, olhando a cada momento o relógio, num receio de que Maria Eduarda tivesse saído por aquele lindo dia de verão, luminoso e sem calor. Com efeito, à porta dela estava a carruagem da Companhia; e Carlos galgou as escadas, desesperado com a condessa, sobretudo consigo mesmo, tão fraco, tão passivo, que assim se deixara retomar por aqueles braços exigentes, cada vez mais pesados, e já incapazes de o comover...

— A senhora chegou agora mesmo — disse-lhe o Domingos, que voltara da terra havia três dias, e ainda não cessava de lhe sorrir.

Sentada no sofá, de chapéu, tirando as luvas, ela acolheu-o
com uma doce cor no rosto e uma carinhosa repreensão:

— Estive à espera mais de meia hora antes de sair... É uma ingratidão! Imaginei que nos tinha abandonado!

— Por quê? Está pior *miss* Sara?

Ela olhou-o, risonhamente escandalizada. Ora, *miss* Sara! *Miss* Sara ia seguindo perfeitamente na sua convalescença... Mas, agora, já não eram as visitas de médico que se esperavam, eram as de amigo; e essa tinha-lhe faltado.

Carlos, sem responder, perturbado, voltou-se para Rosa, que folheava junto da mesa um livro novo de estampas; e a ternura, a gratidão infinita do seu coração, que não ousava mostrar à mãe, pô-la toda na longa carícia em que envolveu a filha.

— São histórias que a mamã agora comprou — dizia Rosa, séria e presa ao seu livro. — Hei de as contar depois... São histórias de bichos.

Maria Eduarda erguera-se, desapertando lentamente as fitas do chapéu.

— Quer tomar uma chávena de chá conosco, Senhor Carlos da Maia? Eu vinha morrendo por uma chávena de chá... Que lindo dia, não é verdade? Rosa, fica tu a contar o nosso passeio enquanto eu vou tirar o chapéu...

Carlos, só com Rosa, sentou-se junto dela, desviando-a do livro, tomando-lhe ambas as mãos.

— Fomos ao passeio da Estrela — dizia a pequena. — Mas a mamã não se queria demorar, porque tu podias ter vindo!

Carlos beijou, uma depois da outra, as duas mãozinhas de Rosa.

— E então, que fizeste no passeio? — perguntou ele, depois de um leve suspiro de felicidade que lhe fugira do peito.

— Andei a correr; havia uns patinhos novos...

— Bonitos?...

A pequena encolheu os ombros:

— Chinfrinzitos.

Chinfrinzitos! Quem lhe tinha ensinado a dizer uma coisa tão feia? Rosa sorriu. Fora o Domingos. E o Domingos dizia ainda outras coisas assim, engraçadas... Dizia que a Melanie era uma "gaja"... O Domingos tinha muita graça.

Então, Carlos advertiu-a que uma menina bonita, em tão bonitos vestidos, não devia dizer aquelas palavras... Assim falava a gente rota.

— O Domingos não anda roto — disse Rosa, muito séria.

E, subitamente, com outra ideia, bateu as palmas, pulou-lhe entre os joelhos, radiante:

— E trouxe-me uns grilos da Praça! O Domingos trouxe-me uns grilos... Se tu soubesses! Niniche tem medo dos grilos! Parece incrível, hein! Eu nunca vi ninguém mais medrosa...

Esteve um momento a olhar Carlos, e acrescentou, com um ar grave:

— É a mamã que lhe dá tanto mimo. É uma pena!

Maria Eduarda entrava, ajeitando ainda de leve o ondeado do cabelo; e, ouvindo assim falar de mimo, quis saber quem é que ela estragava com mimo... Niniche? Pobre Niniche, coitada, ainda essa manhã fora castigada!

Então Rosa rompeu a rir, batendo outra vez as mãos:

— Sabes como a mamã a castiga? — exclamava ela, puxando a manga de Carlos. — Sabes?... Faz-lhe voz grossa... Diz-lhe em inglês: *Bad dog! dreadful dog!*

Era encantadora assim, imitando a voz severa da mamã, com o dedinho erguido, a ameaçar Niniche. A pobre Niniche, imaginando com efeito que a estavam a repreender, arrastou-se, vexada, para debaixo do sofá. E foi necessário que Rosa a tranquilizasse, de joelhos sobre a pele de tigre, jurando-lhe, por entre abraços, que ela nem era mau cão, nem feio cão; fora só para contar como fazia a mamã...

— Vai-lhe dar água, que ela deve estar com sede — disse então Maria Eduarda, indo sentar-se na sua cadeira escarlate. — E dize ao Domingos que nos traga o chá.

Rosa e Niniche partiram correndo. Carlos veio ocupar, junto da janela, a costumada poltrona de repes. Mas pela primeira vez, desde a sua intimidade, houve entre eles um silêncio difícil. Depois ela queixou-se de calor, desenrolando distraidamente o bordado; e Carlos permanecia mudo, como se para ele, nesse dia, apenas houvesse encanto, apenas houvesse significação numa certa palavra de que os seus lábios estavam cheios e que não ousavam murmurar; que quase receava que fosse adivinhada, apesar de ela sufocar o seu coração.

— Parece que nunca se acaba, esse bordado! — disse ele, por fim, impaciente de a ver, tão serena, a ocupar-se das suas lãs.

Com a talagarça desdobrada sobre os joelhos, ela respondeu, sem erguer os olhos:

— E para que se há de acabar? O grande prazer é andá-lo a fazer, pois não acha? Uma malha hoje, outra malha amanhã, torna-se assim uma companhia... Para que se há de querer chegar logo ao fim das coisas?

Uma sombra passou no rosto de Carlos. Nestas palavras, ditas de leve acerca do bordado, ele sentia uma desanimadora alusão ao seu amor, esse amor que lhe fora enchendo o coração à maneira que a lã cobria aquela talagarça, e que era obra simultânea das mesmas brancas mãos. Queria ela pois conservá-lo ali, arrastado como o bordado, sempre acrescentado e sempre incompleto, guardado também no cesto da costura, para ser o desafogo da sua solidão?

Disse-lhe então, comovido:

— Não é assim. Há coisas que só existem quando se completam, e só então dão a felicidade que se procurava nelas.

— É muito complicado isso — murmurou ela, corando. — É muito sutil...

— Quer que lho diga mais claramente?

Nesse instante, Domingos, erguendo o reposteiro, anunciou que estava ali o Senhor Dâmaso...

Maria Eduarda teve um movimento brusco de impaciência:

— Diga que não recebo!

Fora, no silêncio, sentiram bater à porta. E Carlos ficou inquieto, lembrando-se que o Dâmaso devia ter visto embaixo, passeando na rua, o seu *coupé*. Santo Deus! O que ele iria tagarelar agora, com os seus pequeninos rancores, assim humilhado! Quase lhe pareceu nesse instante a existência do Dâmaso incompatível com a tranquilidade do seu amor.

— Aí está outro inconveniente desta casa — dizia, no entanto, Maria Eduarda. — Aqui ao lado desse Grêmio, a dois passos do Chiado, é demasiadamente acessível aos importunos. Tenho agora de repelir quase todos os dias este assalto a minha porta! É intolerável.

E com uma súbita ideia, atirando o bordado para o açafate, cruzando as mãos sobre os joelhos:

— Diga-me uma coisa, que lhe tenho querido perguntar... Não me seria possível arranjar por aí uma casinhola, um *cottage*, onde eu fosse passar os meses de verão?... Era tão bom para a pequena! Mas, não conheço ninguém, não sei a quem me hei de dirigir...

Carlos lembrou-se logo da bonita casa do Craft, nos Olivais, como já noutra ocasião em que ela mostrara desejos de ir para o campo. Justamente, nesses últimos tempos, Craft voltara a falar, e mais decidido, no antigo plano de vender a quinta e desfazer-se das suas coleções. Que deliciosa vivenda para ela, artística e campestre, condizendo tão bem com os seus gostos! Uma tentação atravessou-o, irresistível.

— Eu sei com efeito de uma casa... E tão bem situada, que lhe convinha tanto!...

— Que se aluga?

Carlos não hesitou:

— Sim, é possível arranjar-se...

— Isso era um encanto!

Ela tinha dito "era um encanto". E isto decidiu-o logo, parecendo-lhe desamorável e mesquinho o ter-lhe sugerido uma esperança, e não lha realizar com fervor.

O Domingos entrara com o tabuleiro do chá. E enquanto o colocava sobre uma pequena mesa, defronte de Maria Eduarda, ao pé da janela, Carlos, erguendo-se, dando alguns passos pela sala, pensava em começar imediatamente negociações com o Craft, comprar-lhe as coleções, alugar-lhe a casa por um ano e oferecê-la a Maria Eduarda para os meses de verão. E não considerava, nesse instante, nem as dificuldades nem o dinheiro. Via só a alegria ideal, passeando com a pequena, entre as belas árvores do jardim. E como Maria Eduarda deveria ser mais grandemente formosa no meio desses móveis da Renascença, severos e nobres!

— Muito açúcar? — perguntou ela.

— Não... Perfeitamente, basta.

Viera sentar-se na sua velha poltrona; e, recebendo a chávena de porcelana ordinária com um filetezinho azul, recordava o magnífico serviço que tinha o Craft, de velho Wedgewood, ouro e cor de fogo. Pobre senhora! Tão delicada, e ali enterrada entre aqueles repes, maculando a graça das suas mãos nas coisas reles da mãe Cruges!

— E onde é essa casa? — perguntou Maria Eduarda.

— Nos Olivais, muito perto daqui; vai-se lá numa hora de carruagem...

Explicou-lhe detalhadamente o sítio, acrescentando, com os olhos nela, e com um sorriso inquieto:

— Estou aqui a preparar lenha para me queimar!... Porque se for para lá instalar-se, e depois vier o calor, quem é que a torna a ver?

Ela pareceu surpreendida:

— Mas que lhe custa, a si, que tem cavalos, que tem carruagens, que não tem quase nada que fazer!...

Assim ela achava natural que ele continuasse nos Olivais as suas visitas de Lisboa! E pareceu-lhe logo impossível renunciar ao encanto desta intimidade, tão largamente oferecida, e decerto mais doce, na solidão da aldeia. Quando acabou a sua chávena de chá, era como se a casa, os móveis, as árvores fossem já seus, fossem já dela. E teve ali um momento delicioso, descrevendo-lhe a quietação da quinta, a entrada por uma rua de acácias e a beleza da sala de jantar com duas janelas abrindo sobre o rio...

Ela escutava-o, encantada:

— Oh, isso era o meu sonho! Vou ficar agora toda alterada, cheia de esperanças... Quando poderei ter uma resposta?

Carlos olhou o relógio. Era já tarde para ir aos Olivais. Mas logo na manhã seguinte, cedo, ia falar com o dono da casa, seu amigo...

— Quanto incômodo por minha causa! — disse ela. — Realmente! Como lhe hei de eu agradecer!...

Calou-se; mas os seus belos olhos ficaram um instante pousados nos de Carlos, como esquecidos, e deixando fugir irresistivelmente um pouco do segredo que ela retinha no seu coração.

Ele murmurou:

— Por mais que eu fizesse, ficaria bem pago de tudo se me olhasse outra vez assim.

Uma onda de sangue cobriu toda a face de Maria Eduarda.

— Não diga isso...

— E que necessidade há que eu lho diga? Pois não sabe perfeitamente que a adoro, que a adoro, que a adoro!

Ela ergueu-se bruscamente; ele também; e assim ficaram, mudos, cheios de ansiedade, trespassando-se com os olhos, como se se tivesse feito uma grande alteração no Universo, e eles esperassem, suspensos, o desfecho supremo dos seus destinos... E foi ela que falou, a custo, quase desfalecida, estendendo para ele, como se o quisesse afastar, as mãos inquietas e trêmulas:

— Escute! Sabe bem o que eu sinto por si, mas escute... Antes que seja tarde há uma coisa que lhe quero dizer...

Carlos via-a assim tremer; via-a toda pálida... e nem a escutara nem a compreendera. Sentia apenas, num deslumbramento, que o amor comprimido até aí no seu coração irrompera por fim, triunfante, e embatendo no coração dela, através do aparente mármore do seu peito, fizera de lá ressaltar uma chama igual... Só via que ela tremia; só via que ela o amava... E, com a gravidade forte de um ato de posse, tomou-lhe lentamente as mãos, que ela lhe abandonou, submissa de repente, já sem força, e vencida. E beijava-lhas, ora uma, ora outra, e as palmas, e os dedos, devagar, murmurando apenas:

— Meu amor! Meu amor! Meu amor!

Maria Eduarda caíra pouco a pouco sobre a cadeira; e, sem retirar as mãos, erguendo para ele os olhos cheios de paixão, enevoados de lágrimas, balbuciou ainda, debilmente, numa derradeira suplicação:

— Há uma coisa que eu lhe queria dizer!...

Carlos estava já ajoelhado aos seus pés.

— Eu sei o que é! — exclamou, ardentemente, junto do rosto dela, sem a deixar falar mais, certo de que adivinhara o seu pensamento. — Escusa de dizer, sei perfeitamente. É o que eu tenho pensado tantas vezes! É que um amor como o nosso não pode viver nas condições em que vivem outros amores vulgares... É que desde que eu lhe digo que a amo, é como se lhe pedisse para ser minha esposa diante de Deus...

Ela recuava o rosto, olhando-o angustiosamente, e como se não compreendesse. E Carlos continuava mais baixo, com as mãos dela presas, penetrando-a toda de emoção que o fazia tremer:

— Sempre que pensava em si, era já com esta esperança de uma existência toda nossa, longe daqui, longe de todos, tendo quebrado todos os laços presentes, pondo a nossa paixão acima de todas as ficções humanas, indo ser felizes para algum canto do mundo, solitariamente e para sempre... Levamos Rosa, está claro, sei que não se pode separar dela... E assim viveríamos sós, todos três, num encanto!

— Meu Deus! Fugirmos? — murmurou ela, assombrada.

Carlos erguera-se.

— E que podemos fazer? Que outra coisa podemos nós fazer, digna do nosso amor?

Maria não respondeu, imóvel, a face erguida para ele, branca de cera. E pouco a pouco uma ideia parecia surgir nela, inesperada e perturbadora, revolvendo todo o seu ser. Os seus olhos alargavam-se, ansiosos e refulgentes.

Carlos ia falar-lhe... Um leve rumor de passos na esteira da sala deteve-o. Era o Domingos que vinha recolher a bandeja do chá; e durante um momento, quase interminável, houve entre aqueles dois seres, sacudidos por um ardente vendaval de paixão, a caseira passagem de um criado arrumando chávenas vazias. Maria Eduarda, bruscamente, refugiou-se detrás das bambinelas de cretone com o rosto contra a vidraça. Carlos foi sentar-se no sofá, a folhear ao acaso uma *Ilustração*, que lhe tremia nas mãos. E não pensava em nada, nem sabia onde estava... Ainda, na véspera, havia ainda instantes, conversando com ela, dizia cerimoniosamente "minha cara senhora"; depois houvera um olhar; e agora deviam fugir ambos, e ela tornara-se o cuidado supremo da sua vida, e a esposa secreta do seu coração.

— V. Exa. quer mais alguma coisa? — perguntou o Domingos.

Maria Eduarda respondeu sem se voltar:

— Não.

O Domingos saiu; a porta ficou cerrada. Ela então atravessou a sala, veio para Carlos, que a esperava no sofá, com os braços estendidos. E era como se obedecesse só ao impulso da sua ternura, calmadas já todas as incertezas. Mas hesitou de novo diante daquela paixão, tão pronta a apoderar-se de todo o seu ser, e murmurou, quase triste:

— Mas conhece-me tão pouco!... Conhece-me tão pouco, para irmos assim ambos, quebrando por tudo, criar um destino que é irreparável...

Carlos tomou-lhe as mãos, fazendo-a sentar ao seu lado, brandamente:

— O bastante para a adorar acima de tudo, e sem querer mais nada na vida!

Um instante Maria Eduarda ficou pensativa, como recolhida no fundo do seu coração, escutando-lhe as derradeiras agitações. Depois soltou um longo suspiro.

— Pois seja assim! Seja assim... Havia uma coisa que eu lhe queria dizer, mas não importa... É melhor assim!...

E que outra coisa podiam fazer, perguntava Carlos radiante. Era a única solução digna, séria... E nada os podia embaraçar; amavam-se, confiavam absolutamente um no outro; ele era rico, o mundo era largo...

E ela repetia, mais firme agora, já decidida, e como se aquela resolução a cada momento se cravasse mais fundo na sua alma, penetrando-a toda e para sempre.

— Pois seja assim! É melhor assim!

Um momento ficaram calados, olhando-se arrebatadamente.

— Dize-me ao menos que és feliz — murmurou Carlos.

Ela lançou-lhe os braços ao pescoço; e os seus lábios uniram-se num beijo profundo, infinito, quase imaterial pelo seu êxtase. Depois Maria Eduarda descerrou lentamente as pálpebras e disse-lhe, muito baixo:

— Adeus, deixa-me só, vai.

Ele tomou o chapéu e saiu.

No dia seguinte, Craft, que havia uma semana não ia ao Ramalhete, passeava na quinta antes do almoço, quando apareceu Carlos. Apertaram as mãos, falaram um instante do Ega, da chegada dos Cohens. Depois, Carlos, fazendo um gesto largo que abrangia a quinta, a casa, todo o horizonte, perguntou rindo:

— Você quer-me vender tudo isto, Craft?

O outro respondeu, sem pestanejar, e com as mãos nas algibeiras:

— *A la disposición de usted*...

E ali mesmo concluíram a negociação, passeando numa ruazinha de buxo por entre os gerânios em flor.

Craft cedia a Carlos todos os seus móveis antigos e modernos por duas mil e quinhentas libras, pagas em prestações; só reservava algumas raras peças do tempo de Luís XV, que deviam fazer parte dessa nova coleção que planejava, homogênea, e toda do século XVIII. E como Carlos não tinha no Ramalhete lugar para este vasto *bric-à-brac*, Craft alugava-lhe por um ano a casa dos Olivais, com a quinta.

Depois, foram almoçar. Carlos nem por um momento pensou na larga despesa que fazia, só para oferecer uma residência de verão, por dois curtos meses, a quem se contentaria com um simples *cottage*, entre árvores de quintal. Pelo contrário! Quando repercorreu as salas do Craft, já com olhos de dono, achou tudo mesquinho, pensou em obras, em retoques de gosto.

Com que alegria, ao deixar os Olivais, correu à Rua de S. Francisco, a anunciar a Maria Eduarda que lhe arranjara enfim definitivamente uma linda casa no campo! Rosa, que da varanda o vira apear-se, veio ao seu encontro, no patamar; ele ergueu-a nos braços, entrou assim na sala, com ela ao colo, em triunfo. E não se conteve; foi à pequena que deu logo "a grande novidade", anunciando-lhe que ia ter duas vacas, e uma cabra, e flores, e árvores para se balouçar...

— Ondc é? Dize, onde é? — exclamava Rosa, com os lindos olhos resplandecentes e a facezinha cheia de riso.

— Daqui muito longe... Vai-se numa carruagem... Veem-se passar os barcos no rio... E entra-se por um grande portão, onde há um cão de fila.

Maria Eduarda apareceu, com Niniche ao colo.

— Mamã, mamã! — gritou Rosa, correndo para ela, dependurando-se-lhe do vestido. — Diz que vou ter duas cabrinhas, e um balouço... É verdade? Dize, deixa ver, onde é? Dize... E vamos já para lá?

Maria e Carlos apertaram a mão, com um longo olhar, sem uma palavra. E logo, junto da mesa, com Rosa encostada aos seus joelhos, Carlos contou a sua ida aos Olivais... O dono da casa estava pronto a alugar, já, numa semana... E assim se achava ela de repente com uma vivenda pitoresca, mobiliada num belo estilo, deliciosamente saudável...

Maria Eduarda parecia surpreendida, quase desconfiada.

— Há de ser necessário levar roupas de cama, roupas de mesa...

— Mas há tudo! — exclamou Carlos alegremente. — Há quase tudo! É tal qual como num conto de fada... As luzes estão acesas, a jarras estão cheias de flores... É só tomar uma carruagem e chegar.

— Somente é necessário saber o que esse paraíso me vai custar...

Carlos fez-se vermelho. Não previra que se falasse em dinheiro — e que ela quereria, decerto, pagar a casa que habitasse... Então, preferiu confessar-lhe tudo. Disse-lho como Craft, havia quase um ano, andava desejando desfazer-se das suas coleções e alugar a quinta; o avô e ele tinham repetidamente pensado em adquirir grande parte dos móveis e das faianças, para acabar de mobiliar o Ramalhete, e ornamentar mais Santa Olávia; e ele, enfim, decidira-se a fazer essa compra, desde que entrevira a felicidade de lhe poder oferecer, por alguns meses de verão, uma residência tão graciosa e tão confortável...

— Rosa, vai lá para dentro — disse Maria Eduarda, depois de um momento de silêncio... — *Miss* Sara está à tua espera.

Depois, olhando para Carlos, muito séria:

— De sorte que, se eu não mostrasse desejos de ir para o campo, não tinha feito essa despesa...

— Tinha feito a mesma despesa... Tinha também alugado a casa por seis meses ou por um ano... Onde possuía eu, agora de repente, um sítio para meter as coisas do Craft? O que não faria talvez era comprar conjuntamente roupas de cama, roupas de mesa, mobílias dos quartos dos criados etc...

E acrescentou, rindo:

— Ora se me quiser indenizar disso, podemos debater esse negócio...

Ela baixou os olhos, refletindo, lentamente.

— Em todo caso seu avô e os seus amigos devem saber daqui a dias que me vou instalar nessa casa... E devem compreender que a comprou para que eu lá me instalasse..

Carlos procurou o seu olhar que permanecia pensativo, desviado dele. E isto inquietou-o, o vê-la assim retrair-se àquela absoluta comunhão de interesses em que a queria envolver, como esposa do seu coração.

— Não aprova então o que fiz? Seja franca...

— Decerto... Como não hei de eu aprovar tudo quanto faz, tudo quanto vem de si? Mas...

Ele acudiu, apoderando-se das suas mãos, sentindo-se triunfar:

— Não há "mas"! O avô e os meus amigos sabem que eu tenho uma casa no campo, inútil por algum tempo, e que a aluguei a uma senhora. De resto, se quiser, meteremos nisto tudo o meu procurador... Minha cara amiga, se fosse possível que a nossa afeição se passasse fora do mundo, distante de todos os olhares, ao abrigo de todas as suspeitas, seria delicioso... Mas não pode ser!... Alguém tem de saber sempre alguma coisa; quando não seja senão o cocheiro que me leva todos os dias a sua casa; quando não seja o criado que me abre todos os dias a sua porta... Há sempre alguém que surpreende o encontro de dois olhares; há sempre alguém que adivinha de onde se vem a certas horas... Os deuses antigamente arranjavam essas coisas melhor; tinham uma nuvem que os tornava invisíveis. Nós não somos deuses, felizmente...

Ela sorriu.

— Quantas palavras para converter uma convertida!

E tudo ficou harmonizado num grande beijo.

Afonso da Maia aprovou plenamente a compra das coleções do Craft. "É um valor", disse ele ao Vilaça, "e acabamos de encher com boa arte Santa Olávia e o Ramalhete."

Mas o Ega indignou-se; chegou a falar em "desvario", despeitado por essa transação secreta para que não fora consultado. O que o irritava sobretudo era ver, nesta aquisição inesperada de uma casa de campo, o outro sintoma do grave e do fundo segredo que pressentia na vida de Carlos; e havia já duas semanas que ele habitava o

Ramalhete e Carlos ainda não lhe fizera uma confidência!... Desde a sua ligação de rapazes em Coimbra, nos Paços de Celas, fora ele o confessor secular de Carlos; mesmo em viagem, Carlos não tinha um aventura banal de hotel de que não mandasse ao Ega "um relatório". O romance com a Gouvarinho, de que Carlos ao princípio tentara, frouxamente, guardar um mistério delicado, já o conhecia todo; já lera as cartas da Gouvarinho, já passara pela casa da titi....

Mas do outro segredo não sabia nada, e considerava-se ultrajado. Via todas as manhãs Carlos partir para a Rua de S. Francisco, levando flores; via-o chegar de lá, como ele dizia, "besuntado de êxtase"; via-lhe os silêncios repassados de felicidade, e esse indefinido ar, ao mesmo tempo sério e ligeiro, risonho e superior, do homem profundamente amado... E não sabia nada.

Justamente alguns dias depois, estando ambos sós, a falar de planos de verão, Carlos aludiu aos Olivais, com entusiasmo, relembrando algumas das preciosidades do Craft, o doce sossego da casa, a clara vista do Tejo... Aquilo, realmente, fora obter por uma mão cheia de libras um pedaço do paraíso...

Era à noite, no quarto de Carlos, já tarde. E o Ega, que passeava com as mãos nas algibeiras do *robe de chambre*, encolheu os ombros, impaciente, farto daqueles louvores eternos à casinhola do Craft.

— Essa concepção do paraíso — exclamou ele — parece-me de um estofador da Rua Augusta! Como natureza, couves galegas; como decoração, os velhos cretones do gabinete, desbotados já por três barrelas... Um quarto de dormir lúgubre como uma capela de santuário... Um salão confuso como o armazém de um cara de pau, e onde não é possível conversar... A não ser o armário holandês, e um ou outro prato, tudo aquilo é um lixo arqueológico... Jesus! Eu odeio *bric-à-brac*!

Carlos, no fundo da sua poltrona, disse tranquilamente e como refletindo:

— Com efeito, esses cretones são medonhos... Mas eu vou mandar remobiliar, tornar aquilo mais habitável.

Ega estacou no meio do quarto, com o monóculo a faiscar sobre Carlos.

— Habitável? Vais ter hóspedes?

— Vou alugar.

— Vais alugar? A quem?

E o silêncio de Carlos, que soprava o fumo da *cigarette* com os olhos no teto, enfureceu Ega. Cumprimentou quase até ao chão; disse sarcasticamente:

— Peço perdão. A pergunta foi brutal. Tive agora o ar de querer arrombar uma gaveta fechada... O aluguel de um prédio é sempre um desses delicados segredos de sentimento e de honra em que não deve roçar nem a asa da imaginação... Fui rude... Irra! Fui bestialmente rude!

Carlos continuava calado. Compreendia bem o Ega, e quase sentia um remorso daquela sua rígida reserva. Mas era como um pudor que o enleava, lhe impedia de pronunciar sequer o nome de Maria Eduarda. Todas as suas outras aventuras as contara ao Ega; e essas confidências constituíam talvez mesmo o prazer mais sólido que elas lhe davam. Isto, porém, não era "uma aventura". Ao seu amor misturava-se alguma coisa de religioso; e, como os verdadeiros devotos, repugnava-lhe conversar sobre a sua fé... Todavia, ao mesmo tempo, sentia uma tentação de falar "dela" ao Ega, e de tornar vivas, e como visíveis aos seus próprios olhos, dando-lhes o contorno das palavras e o seu relevo, as coisas divinas e confusas que lhe enchiam o coração. Além disso, Ega não saberia tudo, mais tarde ou mais cedo, pela tagarelice alheia? Antes lho dissesse ele, fraternalmente. Mas hesitou ainda, acendeu outra *cigarette*. Justamente o Ega tomara o seu castiçal, e começava a acendê-lo a uma serpentina, devagar e com um ar amuado.

— Não sejas tolo, não te vás deitar, senta-te aí — disse Carlos.

E contou-lhe tudo miudamente, difusamente, desde o primeiro encontro, à entrada do Hotel Central, no dia do jantar ao Cohen. Ega escutava-o, sem uma palavra, enterrado no fundo do sofá. Supusera um romancezinho; desses que nascem e morrem entre um beijo e um bocejo: e agora, só pelo modo como Carlos falava daquele grande amor, ele sentia-o profundo, absorvente, eterno, e para bem ou para mal tornando-se, daí por diante, e para sempre, o seu irreparável destino. Imaginara uma brasileira polida por Paris, bonita e fútil, que tendo o marido longe, no Brasil, e um formoso rapaz ao lado, no sofá, obedecia simplesmente e alegremente à disposição das coisas; e saía-lhe uma criatura cheia de caráter, cheia de paixão, capaz de sacrifícios, capaz de heroísmos. Como sempre, diante destas coisas patéticas, murchava-lhe a veia, faltava-lhe a frase; e quando Carlos se calou, o bom Ega teve esta pergunta chocha:

— Então, estás decidido a safar-te com ela?

— A "safar-me", não; a ir viver com ela longe daqui; decididíssimo!

Ega ficou um momento a olhar para Carlos como para um fenômeno prodigioso, e murmurou:

— É de arromba!

Mas, que outra coisa podiam eles fazer? Daí a três meses, talvez, Castro Gomes chegaria do Brasil. Ora, nem Carlos nem ela aceitariam nunca uma dessas situações atrozes e reles, em que a mulher é do amante e do marido, a horas diversas... Só lhes restava uma solução digna, decente, séria: fugir.

Ega, depois de um silêncio, disse pensativamente:

— Para o marido é que não é talvez divertido perder assim, de uma vez, a mulher, a filha e a cadelinha...

Carlos ergueu-se; deu alguns passos pelo quarto. Sim, também ele já pensara nisso... E não sentia remorsos, mesmo quando os pudesse haver no absoluto egoísmo da paixão... Ele não conhecia intimamente Castro Gomes; mas tinha podido adivinhar o tipo, reconstruí-lo, pelo que lhe dissera o Dâmaso, e por algumas conversas com *miss* Sara. Castro Gomes não era um esposo a sério; era um dândi, um fútil, um *gommeux*, um homem de *sport* e de *cocottes*... Casara com uma mulher bela, saciara a paixão e recomeçara a sua vida de clube e de bastidores... Bastava olhar para ele, para a sua *toilette*, para os seus modos, e compreendia-se logo a trivialidade daquele caráter...

— Que tal é como homem? — perguntou Ega.

— Um brasileiro trigueiro, com um ar espartilhado... Um rastaquera, o verdadeiro tipozinho do *Café de la Paix*... É possível que sinta, quando isto vier a suceder, um certo ardor na vaidade ferida... Mas é um coração que se há de consolar facilmente nas *Folies Bergères.*

Ega não dizia nada. Mas pensava que um homem de clube, e mesmo consolável nas Folies Bergères, pode não se importar muito com sua mulher, mas pode todavia amar muito sua filha... Depois, atravessado por uma outra ideia, acrescentou:

— E teu avô?

Carlos encolheu os ombros:

— O avô tem de se afligir um pouco para eu poder ser profundamente feliz; como eu teria de ser desgraçado toda a minha vida se quisesse poupar ao avô essa contrariedade... O mundo é assim, Ega... E eu, nesse ponto, não estou decidido a fazer sacrifícios.

Ega esfregou lentamente as mãos, com os olhos no chão, repetindo a mesma palavra, a única que lhe sugeria todo o seu espírito, perante aquelas coisas veementes:

— É de arromba!

XIII

Carlos, que almoçara cedo, estava para sair no *coupé*, e já de chapéu, quando Batista veio dizer que o Senhor Ega, desejando falar-lhe numa coisa grave, lhe pedia para esperar um instante. O Senhor Ega ficara a fazer a barba.

Carlos pensou logo que se tratava da Cohen. Havia duas semanas que ela chegara a Lisboa; Ega ainda a não vira, e falava dela raramente. Mas Carlos sentia-o nervoso e desassossegado. Todas as manhãs o pobre Ega mostrava um desapontamento ao receber o correio, que só lhe trazia algum jornal cintado, ou cartas de Celorico. À noite, percorria dois, três teatros, já quase vazios naquele começo de verão; e ao recolher era outra desconsolação, quando os criados lhe afirmavam, com certeza, que não viera carta alguma para S. Exa. Decerto Ega não se resignava a perder Raquel, ansiava por a encontrar; e roía-o o despeito de que ela, de qualquer modo, lhe não tivesse mostrado que no seu coração permanecia, ao menos, a saudade das antigas felicidades... Justamente na véspera Ega aparecera à hora do jantar, transtornado: cruzara-se com o Cohen na Rua do Ouro, e parecera-lhe que "esse canalha" lhe atirara de lado um olhar atrevido, sacudindo a bengala; o Ega jurava que se "esse canalha" ousasse outra vez fitá-lo, espedaçava-o, sem piedade, publicamente, a uma esquina da Baixa.

Na antecâmara o relógio bateu dez horas: Carlos, impaciente, ia a subir ao quarto do Ega. Mas nesse instante o correio chegava, com a *Revista dos Dois Mundos* e uma carta para Carlos. Era da Gouvarinho. Carlos acabava de a ler quando Ega apareceu, de jaquetão e em chinelas.

— Tenho a falar-te numa coisa grave, menino.

— Lê isto primeiro — disse o outro, passando-lhe a carta da Gouvarinho.

A Gouvarinho, num tom amargo, queixava-se que, já por duas vezes, Carlos faltara ao *rendez-vous* em casa de titi, sem lhe ter sequer escrito uma palavra; ela vira nisto uma ofensa, uma brutalidade; e vinha agora intimá-lo, "em nome de todos os sacrifícios que por ele fizera", a que aparecesse na Rua de S. Marçal, domingo ao meio-dia, para terem uma explicação definitiva antes de ela partir para Sintra.

— Excelente ocasião de acabar! — exclamou Ega, entregando a carta a Carlos, depois de respirar o perfume do papel. — Não vás, nem respondas... Ela parte para Sintra, tu para Santa Olávia, não vos vedes mais, e assim finda o romance. Finda como todas as coisas grandes, como o Império Romano, e como o Reno, por dispersão, insensivelmente...

— É o que eu vou fazer — disse Carlos, começando a calçar as luvas. — Jesus! Que mulher maçadora!

— E que desavergonhada! Chamar a essas coisas "sacrifícios!..." Arrasta-se duas vezes por semana à casa de titi, regala-se lá de extravagâncias, bebe *champagne*, fuma *cigarettes*, sobe ao sétimo céu, delira e depois põe dolorosamente os olhos no chão, e chama a isso "sacrifícios..." Só com um chicote!...

Carlos encolheu os ombros, com resignação, como se nas condessas de Gouvarinho, e no mundo, só houvesse incoerência e dolo.

— E que é isso que tu me tinhas a dizer?

Ega então tomou um ar grave. Escolheu lentamente na caixa uma *cigarette*, abotoou devagar o jaquetão.

— Tu não tens visto o Dâmaso?

— Nunca mais me apareceu — disse Carlos. — Creio que está amuado... Eu, sempre que o encontro, aceno-lhe de longe, amigavelmente, com dois dedos...

— Devia ser antes com a bengala. O Dâmaso anda aí, por toda parte, falando de ti e dessa senhora, tua amiga... A ti, chama-te “pulha”, a ela pior ainda. É a velha história; diz que te apresentou, que te meteste de dentro, e como para essa senhora é uma questão de dinheiro, e tu és o mais rico, ela lhe passou o pé... Vês daí a infamiazinha. E isto tagarelado pelo Grêmio, pela Casa Havanesa, com detalhes torpes, envolvendo sempre a questão de dinheiro. Tudo isto é atroz. Trata de lhe pôr cobro.

Carlos, muito pálido, disse simplesmente:

— Há de se fazer justiça.

Desceu, indignado. Aquela torpe insinuação sobre “dinheiro” parecia-lhe poder ser castigada só com a morte. E um instante mesmo, com a mão no fecho da portinhola do *coupé*, pensou em correr à casa do Dâmaso, tomar um desforço brutal.

Mas eram quase onze horas, e ele tinha de ir aos Olivais. No dia seguinte, sábado, dia belo entre todos e solene para o seu coração, Maria Eduarda devia enfim visitar a quinta do Craft; e ficara combinado, na véspera, que passariam lá as horas do calor, até tarde, sós, naquela casa solitária e sem criados, escondida entre as árvores. Ele pedira-lho, assim, hesitante e a tremer; ela consentira logo, sorrindo e naturalmente. Nessa manhã, ele mandara aos Olivais dois criados para arejar as salas, espanejar, encher tudo de flores. Agora ia lá, como um devoto, ver se estava bem enfeitado o sacrário da sua deusa... E era através destes deliciosos cuidados, em plena ventura, que lhe aparecia outra vez, suja e empanando o brilho do seu amor, a tagarelice do Dâmaso!

Até aos Olivais, não cessou de ruminar coisas vagas e violentas que faria para aniquilar o Dâmaso. No seu amor não haveria paz, enquanto aquele vilão o andasse comentando sordidamente pelas esquinas das ruas. Era necessário enxovalhá-lo de tal modo, com tal publicidade, que ele não ousasse mais mostrar em Lisboa a face bochechuda, a face vil... Quando o *coupé* parou à porta da quinta, Carlos decidira dar bengaladas no Dâmaso, uma tarde, no Chiado, com aparato...

Mas depois, ao regressar da quinta, vinha já mais calmo. Pisara a linda rua de acácias que os pés dela pisariam na manhã seguinte; dera um longo olhar ao leito que seria o leito dela, rico, alçado sobre um estrado, envolto em cortinados de brocatel cor de ouro, com um esplendor sério de altar profano... Daí a poucas horas, encontrar-se-iam sós naquela casa muda e ignorada do mundo; depois, todo o verão os seus amores viveriam escondidos nesse fresco retiro de aldeia; e daí a três meses estariam longe, na Itália, à beira de um claro lago, entre as flores de Isola Bella... No meio destas voluptuosidades magníficas, que lhe podia importar o Dâmaso, gorducho e reles, palrando em calão nos bilhares do Grêmio! Quando chegou à Rua de S. Francisco resolvera, se visse o Dâmaso, continuar a acenar-lhe, de leve, com a ponta dos dedos.

Maria Eduarda fora passear a Belém, com Rosa, deixando-lhe um bilhete, em que lhe pedia para vir à noite *faire un bout de causerie.* Carlos desceu as escadas, devagar, guardando esse bocadinho de papel na carteira, como uma doce relíquia; e saía o portão, no momento em que o Alencar desembocava defronte, da travessa da Parreirinha, todo de preto, moroso e pensativo. Ao avistar Carlos, parou de braços abertos; depois, vivamente, como recordando-se, ergueu os olhos para o primeiro andar.

Não se tinham visto desde as corridas; o poeta abraçou com efusão o seu Carlos. E falou logo de si, copiosamente. Estivera outra vez em Sintra, em Colares com o seu velho Carvalhosa; e o que se lembrara do rico dia passado com Carlos e com o maestro em Seteais!... Sintra, uma beleza. Ele, um pouco constipado. E apesar da companhia de Carvalhosa, tão erudito e tão profundo, apesar da excelente música da mulher, da Julinha (que para ele era como uma irmã), tinha-se aborrecido. Questão de velhice...

— Com efeito — disse Carlos —, pareces-me um pouco murcho... Falta-te o teu ar aureolado.

O poeta encolheu os ombros.

— O Evangelho lá o diz bem claro... Ou é a Bíblia que o diz...? Não; é S. Paulo... S. Paulo ou Santo Agostinho!... Enfim, a autoridade não faz ao caso. Num desses santos livros se afirma que este mundo é um vale de lágrimas...

— Em que a gente se ri bastante — disse Carlos alegremente.

O poeta tornou a encolher os ombros. Lágrimas ou risos, que importava?... Tudo era sentir; tudo era viver! Ainda na véspera ele dissera isso mesmo em casa dos Cohens...

E de repente, estacando no meio da rua, tocando no braço de Carlos:

— E agora por falar nos Cohens, dize-me uma coisa com franqueza, meu rapaz. Eu sei que tu és íntimo do Ega; e, que diabo, ninguém lhe admira mais o talento do que eu!... Mas, realmente, tu aprovas que ele, apenas soube da chegada dos Cohens, se viesse meter em Lisboa? Depois do que houve!...

Carlos afiançou ao poeta que o Ega só no dia mesmo da chegada, horas depois, soubera pela *Gazeta Ilustrada* a vinda dos Cohens... E, de resto, se não pudessem habitar, conjuntas na mesma cidade, as pessoas entre as quais tivesse havido atritos desagradáveis, as sociedades humanas tinham de se desfazer.

Alencar não respondeu, caminhando ao lado de Carlos, com a cabeça baixa. Depois parou de novo, franzindo a testa:

— Outra coisa em que te quero falar. Houve entre ti e o Dâmaso alguma pega? Eu pergunto-te isto porque noutro dia, lá em casa dos Cohens, ele veio com uns ditos, umas insinuações... Eu declarei-lhe logo: "Dâmaso, Carlos da Maia, filho de Pedro da Maia, é como se fosse meu irmão." E o Dâmaso calou-se... Calou-se, porque me conhece, e sabe que eu nestas coisas de lealdade e de coração sou uma fera!

Carlos disse simplesmente:

— Não, não há nada, não sei nada... Nem sequer tenho visto o Dâmaso.

— Pois é verdade — continuou Alencar, tomando o braço de Carlos —, lembrei-me muito de ti em Sintra. Até fiz lá uma coisita que me não saiu má, e que te dediquei... Um simples soneto, uma paisagem, um quadrozinho de Sintra ao pôr do sol. Quis provar aí a esses da Ideia Nova, que, sendo necessário, também por cá se sabe cinzelar o verso moderno e dar o traço realista. Ora, espera aí, eu te digo, se me lembrar. A coisa chama-se *Na estrada dos Capuchos*...

Tinham parado à esquina do Seixas; e o poeta tossira já de leve, antes de recitar, quando justamente lhes apareceu o Ega, vindo de baixo, vestido de campo, com uma bela rosa branca no jaquetão de flanela azul.

Alencar e ele não se encontravam desde a fatal *soirée* dos Cohens. E ao passo que o Ega conservava um ressentimento feroz contra o poeta, vendo nele o inventor dessa pérfida lenda da "carta obscena", Alencar odiava-o pela certeza secreta de que ele fora o amante amado da sua divina Raquel. Ambos se fizeram pálidos; o aperto de mão que deram foi incerto e regelado; e ficaram calados, todos três, enquanto Ega, nervoso, levava uma eternidade a acender o charuto no lume de Carlos. Mas foi ele que falou, por entre uma fumaça, afetando uma superioridade amável:

— Acho-te com boa cor, Alencar!

O poeta foi amável também, um pouco de alto, passando os dedos no bigode:

— Vai-se andando. E tu que fazes? Quando nos dás essas *Memórias*, homem?

— Estou à espera que o país aprenda a ler.

— Tens que esperar! Pede ao teu amigo Gouvarinho que apresse isso: ele ocupa-se da instrução pública... Olha, ali o tens tu, grave e oco como uma coluna do *Diário do Governo*...

O poeta apontava com a bengala para o outro lado da rua, por onde o Gouvarinho descia, muito devagar, a conversar com o Cohen; e ao lado deles, de chapéu branco, de colete branco, o Dâmaso deitava olhares pelo Chiado, risonho, ovante, barrigudo, como um conquistador nos seus domínios. Já aquele arzinho gordo de tranquilo triunfo irritou Carlos. Mas quando o Dâmaso parou defronte, no outro passeio, todo de costas para ele, ostentando rir alto com o Gouvarinho, não se conteve, atravessou a rua.

Foi breve, e foi cruel; sacudiu a mão do Gouvarinho, saudou de leve o Cohen; e sem baixar a voz, disse ao Dâmaso friamente:

— Ouve lá. Se continuas a falar de mim e de pessoas das minhas relações do modo como tens falado, e que não me convém, arranco-te as orelhas.

O conde acudiu, metendo-se entre eles:

— Maia, por quem é! Aqui no Chiado...

— Não é nada, Gouvarinho — disse Carlos detendo-o, muito sério e muito sereno. — É apenas um aviso a este imbecil.

— Eu não quero questões, eu não quero questões!... — balbuciou o Dâmaso, lívido, enfiando para dentro de uma tabacaria.

E Carlos voltou, com sossego, para junto dos seus amigos, depois de ter saudado o Cohen e sacudir a mão ao Gouvarinho.

Vinha apenas um pouco pálido; mais perturbado estava o Ega, que julgara ver de novo, num olhar do Cohen, uma provocação intolerável. Só o Alencar não reparara em nada; continuava a discursar sobre coisas literárias, explicando ao Ega as concessões que se podiam fazer ao naturalismo...

— Fiquei aqui a dizer ao Ega... É evidente que, quando se trata de paisagem, é necessário copiar a realidade... Não se pode descrever um castanheiro *a priori*, como se descreveria uma alma... E lá isso faço eu... Aí está esse soneto de Sintra que eu te dediquei, Carlos. É realista, está claro que é realista... Pudera, se é paisagem! Ora eu vo-lo digo... Ia justamente dizê-lo, quando tu apareceste, Ega... Mas vejam lá vocês se isto os maça...

Qual maçava! E até, para o escutarem melhor, penetraram na Rua de S. Francisco, mais silenciosa. Aí, dando um passo lento, depois outro, o poeta murmurou a sua écloga. Era em Sintra, ao pôr do sol: uma inglesa, de cabelos soltos, toda de branco, desce num burrinho por uma vereda que domina um vale; as aves cantam de leve; há borboletas em torno das madressilvas; então a inglesa pára, deixa o burrinho, olha enlevada o céu, os arvoredos, a paz das casas; e aí, no último terceto, vinha "a nota realista" de que se ufanava o Alencar:

Ela olha a flor dormente, a nuvem casta,
Enquanto o fumo dos casais se eleva
E ao lado o burro, pensativo, pasta.

— Aí têm vocês o traço, a nota naturalista... "Ao lado o burro, pensativo, pasta"... Não há nada mais pensativo que um burro... E são estas pequeninas coisas da natureza que é necessário observar... Já veem vocês que se pode fazer realismo, e do bom, sem vir logo com obscenidades... Vocês, que lhes parece o sonetito?

Ambos o elogiaram profundamente: Carlos arrependido de não ter completado a humilhação do Dâmaso, dando-lhe bengaladas; Ega pensando que, decerto, numa dessas tardes, no Chiado, teria de esbofetear o Cohen. Como eles recolhiam ao Ramalhete, Alencar, já desanuviado, foi acompanhá-los pelo Aterro. E falou sempre, contando o plano de um romance histórico, em que ele queria pintar a grande figura de Afonso d'Albuquerque, mas por um lado mais humano, mais íntimo: Afonso d'Albuquerque namorado; Afonso d'Albuquerque, só, de noite, na popa do seu galeão, diante de Ormuz incendiada, beijando uma flor seca, entre soluços. Alencar achava isto sublime.

Depois do jantar, Carlos vestia-se para ir à Rua de S. Francisco, quando o Batista veio dizer que o Senhor Teles da Gama lhe desejava falar com urgência. Não o querendo receber, ali, em mangas de camisa, mandou-o entrar para o gabinete escarlate e preto. E veio daí a um instante encontrar Teles da Gama admirando as belas faianças holandesas.

— Você, Maia, tem isto lindíssimo — exclamou ele, logo. — Eu pelo-me por porcelanas... Hei de voltar um dia destes, com mais vagar, ver tudo isto, de dia... Mas hoje venho com pressa, venho com uma missão... Você não adivinha?

Carlos não adivinhava.

E o outro, recuando um passo, com uma gravidade em que transparecia um sorriso:

— Eu venho aqui perguntar-lhe, da parte do Dâmaso, se você hoje, naquilo que lhe disse, tinha intenção de o ofender. É só isto... A minha missão é apenas esta: perguntar-lhe se você tinha intenção de o ofender.

Carlos olhou-o, muito sério:

— O quê!? Se tinha intenção de ofender o Dâmaso, quando o ameacei de lhe arrancar as orelhas? De modo nenhum: tinha só intenção de lhe arrancar as orelhas!

Teles da Gama saudou, rasgadamente:

— Foi isso mesmo o que eu respondi ao Dâmaso: que você não tinha senão essa intenção. Em todo caso, desde este momento, a minha missão está finda... Como você tem isto bonito!... O que é aquele prato grande? Majólica?

— Não, um velho Nevers. Veja você ao pé... É Tétis conduzindo as armas de Aquiles... É esplêndido; e é muito raro... Veja você esse Delft, com as duas tulipas amarelas... É um encanto!

Teles da Gama dava um olhar lento a todas estas preciosidades, tomando o chapéu de sobre o sofá.

— Lindíssimo tudo isto!... Então só intenção de lhe arrancar as orelhas? Nenhuma de o ofender?...

— Nenhuma de o ofender; toda de lhe arrancar as orelhas... Fume você um charuto.

— Não, obrigado...

— Cálice de conhaque?

— Não! abstenção total de bebidas e aguardente... Pois adeus, meu bom Maia!

— Adeus, meu bom Teles...

Ao outro dia, por uma radiante manhã de julho, Carlos saltava do *coupé* com um molho de chaves, diante do portão da quinta de Craft. Maria Eduarda devia chegar às dez horas, só, na sua carruagem da Companhia. O hortelão, dispensado por dois dias, fora a Vila Franca; não havia criados na casa; as janelas estavam fechadas. E pesava ali, envolvendo a estrada e a vivenda, um desses altos e graves silêncios de aldeia, em que se sente, dormente no ar, o zumbir dos moscardos. Logo depois do portão, penetrava-se numa fresca rua de acácias, onde cheirava bem. A um lado, por entre a ramagem, aparecia o quiosque, com teto de madeira, pintado de vermelho, que fora o capricho de Craft, e que ele mobiliara à japonesa. E ao fundo era a casa, caiada de novo, com janelas de peitoril, persianas verdes e a portinha ao centro sobre três degraus, flanqueados por vasos de louça azul cheios de cravos. Só o meter a chave devagar e com uma inútil cautela na fechadura daquela morada discreta foi para Carlos um prazer. Abriu as janelas; e a larga luz que entrava pareceu-lhe trazer uma doçura rara e uma alegria maior que a dos outros dias, como preparada especialmente pelo bom Deus para alumiar a festa do seu coração. Correu logo à sala de jantar, a verificar se, na mesa posta para o lanche, se conservavam ainda viçosas as flores que lá deixara na véspera. Depois voltou ao *coupé*, a tirar o caixote de gelo, que trouxera de Lisboa, embrulhado em flanela, entre serradura. Na estrada, silenciosa por ora, ia só passando uma saloia montada na sua égua. Mas apenas acomodara o gelo, sentiu fora o ruído lento da carruagem. Veio para o gabinete forrado de cretones, que abria sobre o corredor; e ficou ali, espreitando da porta, mas escondido, por causa do cocheiro da Companhia. Daí a um instante viu-a, enfim, chegar, pela rua de acácias, alta e bela, vestida de preto, e com um meio véu espesso, como uma máscara. Os seus pezinhos subiram os três degraus de pedra. Ele sentiu a sua voz inquieta perguntar de leve:

— *Êtes-vous là?*

Apareceu e ficaram um instante, à porta do gabinete, apertando sofregamente as mãos, sem falar, comovidos, deslumbrados.

— Que linda manhã! — disse ela por fim, rindo e toda vermelha.

— Linda manhã, linda! — repetia Carlos, contemplando-a, enlevado.

Maria Eduarda resvalara sobre uma cadeira, junto da porta, num cansaço delicioso, deixando calmar o alvoroço do seu coração.

— É muito confortável, é encantador tudo isto — dizia ela, olhando lentamente em redor os cretones do gabinete, o divã turco com um tapete de Brousse, a estante envidraçada cheia de livros. — Vou ficar aqui adoravelmente...

— Mas ainda nem lhe agradeci o ter vindo — murmurou Carlos, esquecido a olhar para ela. — Ainda nem lhe beijei a mão...

Maria Eduarda começou a tirar o véu, depois as luvas, falando da estrada. Achara-a longa, fatigante. Mas que lhe importava? Apenas se acomodasse naquele fresco ninho, nunca mais voltava a Lisboa! Atirou o chapéu para cima do divã, ergueu-se, toda alegre e luminosa.

— Vamos ver a casa; estou morta por ver essas maravilhas do seu amigo Craft!... É Craft que se chama? *Craft* quer dizer indústria!

— Mas ainda nem sequer lhe beijei a mão! — tornou Carlos, sorrindo e suplicante.

Ela estendeu-lhe os lábios, e ficou presa nos seus braços. E Carlos, beijando-lhe devagar os olhos, o cabelo, dizia-lhe quanto era feliz e quanto a sentia agora mais sua entre estes velhos muros de quinta, que a separavam do resto do mundo... Ela deixava-se beijar, séria e grave:

— E é verdade isso? É realmente verdade?...

Se era verdade! Carlos teve um suspiro quase triste:

— Que lhe hei de eu responder? Tenho de lhe repetir essa coisa antiga que já Hamlet disse: que duvide de tudo, que duvide do sol, mas que não duvide de mim...

Maria Eduarda desprendeu-se, lentamente e perturbada.

— Vamos ver a casa — disse ela.

Começaram pelo segundo andar. A escada era escura e feia; mas os quartos em cima, alegres, esteirados de novo, forrados de papéis claros, abriam sobre o rio e sobre os campos.

— Os seus aposentos — disse Carlos — hão de ser embaixo, está visto, entre as coisas ricas... Mas Rosa e *miss* Sara ficam aqui esplendidamente. Não lhe parece?

E ela percorria os quartos devagar, examinando a acomodação dos armários, palpando a elasticidade dos colchões, atenta, cuidadosa, toda no desvelo de alojar bem a sua gente. Por vezes, mesmo, exigia uma alteração. E era realmente como se aquele homem que a seguia, enternecido, radiante, fosse apenas um velho senhorio.

— O quarto com as duas janelas, ao fundo do corredor, seria o melhor para Rosa. Mas a pequena não pode dormir naquele enorme leito de pau-preto...

— Muda-se!

— Sim, pode mudar-se... E falta uma sala larga para ela brincar, às horas do calor... Se não houvesse o tabique entre os dois quartos pequenos...

— Deita-se abaixo!

Ele esfregava as mãos, encantado, pronto a refundir toda a casa; e ela não recusava nada, para conforto mais perfeito dos seus. Desceram à sala de jantar. E aí, diante da famosa chaminé de carvalho lavrado, flanqueada à maneira de cariátides, pelas duas negras figuras de núbios, com olhos rutilantes de cristal, Maria Eduarda começou a achar o gosto do Craft excêntrico, quase exótico... Também Carlos não lhe dizia que Craft tivesse o gosto correto de um ateniense. Era um saxônio batido de um raio de sol meridional; mas havia muito talento na sua excentricidade...

— Oh, a vista é que é deliciosa! — exclamou ela, chegando-se à janela.

Junto do peitoril crescia um pé de margaridas, e ao lado outro de baunilha, que perfumava o ar. Adiante, estendia-se um tapete de relva, mal aparada, um pouco amarelada já pelo calor de julho; e entre duas grandes árvores que lhe faziam sombra, havia ali, para os vagares da sesta, um largo banco de cortiça. Um renque de arbustos cerrados parecia fechar a quinta, daquele lado, como uma sebe. Depois a colina descia, com outras quintarolas, casas que se não viam, e uma chaminé de fábrica; e lá no fundo o rio rebrilhava, vidrado de azul, mudo e cheio de sol, até às montanhas de além Tejo, azuladas, também, na faiscação clara do céu de verão.

— Isto é encantador! — repetia ela.

— É um paraíso! Pois não lhe dizia eu? É necessário pôr um nome a esta casa... Como se há de chamar? *Vila Marie*? Não... *Château-Rose*... Também não, credo! Parece o nome de um vinho. O melhor é batizá-la definitivamente com o nome que nós lhe dávamos. Nós chamávamos-lhe a *Toca*.

Maria Eduarda achou originalíssimo o nome de *Toca*. Devia-se até pintar em letras vermelhas sobre o portão.

— Justamente, e com uma divisa de bicho — disse Carlos rindo. — Uma divisa de bicho egoísta na sua felicidade e no seu buraco: *Não me mexam!*

Mas ela parara, com um lindo riso de surpresa, diante da mesa posta, cheia de frutas, com as duas cadeiras já chegadas e os cristais brilhando entre as flores.

— São as bodas de Caná!

Os olhos de Carlos resplandeceram.

— São as nossas!

Maria Eduarda fez-se muito vermelha; e baixou o rosto a escolher um morango, depois a escolher uma rosa.

— Quer uma gota de *champagne*? — exclamou Carlos. — Com um pouco de gelo? Nós temos gelo, temos tudo! Não nos falta nada, nem a bênção de Deus... Uma gotinha de *champagne*, vá!

Ela aceitou; beberam pelo mesmo copo; outra vez os seus lábios se encontraram, apaixonadamente.

Carlos acendeu uma *cigarette*, continuaram a percorrer a casa. A cozinha agradou-lhe muito, arranjada à inglesa, toda em azulejos. No corredor Maria Eduarda demorou-se diante de uma panóplia de tourada, com uma cabeça negra de touro, espadas e garrochas, mantos de seda vermelha, conservando nas suas pregas uma graça ligeira, e ao lado o cartaz amarelo *de la corrida*, com o nome de Lagartijo. Isto encantou-a, como um quente lampejo de festa e de sol peninsular...

Mas depois o quarto que devia ser o seu, quando Carlos lho foi mostrar, desagradou-lhe com o seu luxo estridente e sensual. Era uma alcova, recebendo a claridade de uma sala forrada de tapeçarias, onde desmaiavam, na trama de lã, os amores de Vênus e Marte; da porta de comunicação, arredondada em arco de capela, pendia uma pesada lâmpada da Renascença, de ferro forjado: e, àquela hora, batida por uma larga faixa de sol, a alcova resplandecia como o interior de um tabernáculo profanado, convertido em retiro lascivo de serralho... Era toda forrada, paredes e tetos, de um brocado amarelo, cor de botão de ouro; um tapete de veludo, do mesmo tom rico, fazia um pavimento de ouro vivo sobre que poderiam correr nus os pés ardentes de uma deusa amorosa, e o leito de dossel, alçado sobre um estrado, coberto com uma colcha de cetim amarelo bordada a flores de ouro, envolto em solenes cortinas, também amarelas, de velho brocatel, enchia a alcova, esplêndido e severo, e como erguido para as voluptuosidades grandiosas de uma paixão trágica do tempo de Lucrécia ou de Romeu. E era ali que o bom Craft, com um lenço de seda da Índia amarrado na cabeça, ressonava as suas sete horas, pacata e solitariamente.

Mas Maria Eduarda não gostou destes amarelos excessivos. Depois impressionou-se, ao reparar num painel antigo, defumado, ressaltando em negro do fundo de todo aquele ouro, onde apenas se distinguia uma cabeça degolada, lívida, gelada no seu sangue, dentro de um prato de cobre. E para maior excentricidade, a um canto, de cima de uma coluna de carvalho, uma enorme coruja empalhada fixava no leito de amor, com um ar de meditação sinistra, os seus dois olhos redondos e agourentos... Maria Eduarda achava impossível ter ali sonhos suaves.

Carlos agarrou logo na coluna e no mocho, atirou-os para um canto do corredor; e propôs-lhe mudar aqueles brocados, forrar a alcova de um cetim cor-de-rosa e risonho.

— Não, venho-me a acostumar a todos esses ouros... Somente aquele quadro, com a cabeça, e com o sangue... Jesus, que horror!

— Reparando bem — disse Carlos —, creio que é o nosso velho amigo S. João Batista.

Para desfazer essa impressão desconsolada levou-a ao salão nobre, onde Craft concentrara as suas preciosidades. Maria Eduarda, porém, ainda descontente, achou-lhe um ar atulhado e frio de museu.

— É para ver de pé, e de passagem... Não se pode ficar aqui sentado, a conversar.

— Mas esta é a matéria-prima! — exclamou Carlos. — Com isto, depois, faz-se uma sala adorável... Para que serve o nosso gênio decorativo?... Olhe o armário, veja que centro! Que beleza!

Enchendo quase a parede do fundo, o famoso armário, o "móvel divino" do Craft, obra de talha do tempo da Liga Hanseática, luxuoso e sombrio, tinha uma majestade arquitetural: na base, quatro guerreiros, armados como Marte, flanqueavam as portas, mostrando cada uma em baixo-relevo o assalto de uma cidade ou as tendas de um acampamento; a peça superior era guardada, aos quatro cantos, pelos quatro evangelistas, João, Marcos, Lucas e Mateus, imagens rígidas, envolvidas nessas roupagens violentas que um vento de profecia parece agitar; depois, na cornija, erguia-se um troféu agrícola com molhos de espigas, foices, cachos de uvas e rabiças de arados; e, à sombra destas coisas de labor e fartura, dois Faunos, recostados em simetria, indiferentes aos heróis e aos santos, tocavam, num desafio bucólico, a flauta de quatro tubos.

— Então, hein? — dizia Carlos. — Que móvel! É todo um poema da Renascença: Faunos e Apóstolos, guerras e geórgicas... Que se pode meter dentro deste armário? Eu, se tivesse cartas suas, era aqui que as depositava, como num altar-mor.

Ela não respondeu, sorrindo, caminhando devagar entre essas coisas do passado, de uma beleza fria, e exalando a indefinida tristeza de um luxo morto: finos móveis da Renascença italiana, exilados dos seus palácios de mármore, com embutidos de cornalina e ágata, que punham um brilho suave, de joia, sobre a negrura dos ébanos ou o cetim das madeiras cor-de-rosa; cofres nupciais, longos como baús, onde se guardavam os presentes dos papas e dos príncipes, pintados a púrpura e ouro, com graças de miniatura; contadores espanhóis empertigados, revestidos de ferro brunido e de veludo vermelho, e com interiores misteriosos, em forma de capela, cheios de nichos, de claustros de tartarugas... Aqui e além, sobre a pintura verde-escura das paredes, resplandecia uma colcha de cetim, toda recamada de flores e de aves de ouro; ou sobre um bocado de tapete do Oriente, de tons severos, com versículos do Alcorão, desdobrava-se a pastoral gentil de um minuete em Citereia sobre a seda de um leque aberto...

Maria Eduarda terminou por se sentar, cansada, numa poltrona Luís XV, ampla e nobre, feita para a majestade das anquinhas, recoberta de tapeçarias de

Beauvais, de onde parecia exalar-se, ainda, um vago aroma de empoado.

Carlos triunfava, vendo a admiração de Maria. Então, ainda considerava uma extravagância aquela compra, feita num rasgo de entusiasmo?

— Não, há aqui coisas adoráveis... Nem eu sei se me atreveria a viver uma vida pacata de aldeia, no meio de todas estas raridades...

— Não diga isso — exclamava Carlos, rindo —, que eu pego fogo a tudo!

Mas o que lhe agradou mais foram as belas faianças, toda uma arte imortal e frágil espalhada por sobre o mármore das consolas; uma, sobretudo, atraiu-a: uma esplêndida taça persa, de um desenho raro, com um renque de negros ciprestes, cada um abrigando uma flor de cor viva; e aquilo fazia lembrar breves sorrisos, reaparecendo entre longas tristezas. Depois eram as aparatosas majólicas, de tons estridentes e desencontrados, cheias de grandes personagens: Carlos V passando o Elba, Alexandre coroando Roxane; os lindos Nevers, ingênuos e sérios; os Marselhas, onde se abre, voluptuosamente, como uma nudez que se mostra, uma grossa rosa vermelha; os Derby, com as suas rendas de ouro sobre o azul-ferrete de céu tropical; os Wedgewood, cor de leite e cor-de-rosa, com transparências fugitivas de concha na água...

— Só um instante mais — exclamou Carlos, vendo-a outra vez sentar-se —, é necessário saudar o gênio tutelar da casa!

Era ao centro, sobre uma larga peanha, um ídolo japonês de bronze, um deus bestial, nu, pelado, obeso, de papeira, faceto e banhado de riso, com o ventre ovante, distendido na indigestão de todo um universo, e as duas perninhas bambas, moles e flácidas como as peles mortas de um feto. E este monstro triunfava, ensanchado sobre um animal fabuloso, de pés humanos, que dobrava para a terra o pescoço submisso, mostrando no focinho e no olho obliquo todo o surdo ressentimento da sua humilhação...

— E pensarmos — dizia Carlos — que gerações inteiras vieram ajoelhar-se diante deste ratão, rezar-lhe, beijar-lhe o umbigo, oferecer-lhe riquezas, morrer por ele...

— O amor que se tem por um monstro — disse Maria — é mais meritório, não é verdade?

— Por isso não acha talvez meritório o amor que se tem por si...

Sentaram-se ao pé da janela, num divã baixo e largo, cheio de almofadas, cercado por um biombo de seda branca, que fazia entre aquele luxo do passado um fofo recanto de conforto moderno; e como ela se queixava um pouco de calor, Carlos abriu a janela. Junto do peitoril crescia também um grande pé de margaridas; adiante, num velho vaso de pedra, pousado sobre a relva, vermelhejava a flor de um cacto; e dos ramos de uma nogueira caía uma fina frescura. Maria Eduarda veio encostar-se à janela; Carlos seguiu-a; e ficaram, ali, juntos, calados, profundamente felizes, penetrados pela doçura daquela solidão. Um pássaro cantou de leve no ramo da árvore; depois calou-se. Ela quis saber o nome de uma povoação que branquejava ao longe, ao sol, na colina azulada. Carlos não se lembrava. Depois brincando, colheu uma margarida, para a interrogar: *Elle m'aime, un peu, beaucoup...* Ela arrancou-lha das mãos.

— Para que precisa perguntar às flores?

— Porque ainda mo não disse claramente, absolutamente, como eu quero que mo diga...

Abraçou-a pela cinta; sorriam um ao outro. Então Carlos, com os olhos mergulhados nos dela, disse-lhe baixinho e implorando:

— Ainda não vimos a saleta de banho...

Maria Eduarda deixou-se levar assim enlaçada pelo salão, depois através da sala de tapeçarias, onde Marte e Vênus se amavam entre os bosques. Os banhos eram ao lado, com um pavimento de azulejo, avivado por um velho tapete vermelho da Caramânia. Ele, tendo-a sempre abraçada, pousou-lhe no pescoço um beijo longo e lento. Ela abandonou-se mais, os seus olhos cerraram-se, pesados e vencidos. Penetraram na alcova quente e cor de ouro; Carlos, ao passar, desprendeu as cortinas do arco de capela, feitas de uma seda leve que coava para dentro uma claridade loura; e um instante ficaram imóveis, sós enfim, desatado o abraço, sem se tocarem, como suspensos e sufocados pela abundância da sua felicidade.

— Aquela horrível cabeça! — murmurou ela.

Carlos arrancou a coberta do leito, escondeu a tela sinistra. E então todo o rumor se extinguiu, a solitária casa ficou adormecida entre as árvores, numa demorada sesta, sob a calma de julho...

Os anos de Afonso da Maia foram justamente no dia seguinte, domingo. Quase todos os amigos da casa tinham jantado no Ramalhete; e tomara-se o café no escritório de Afonso, onde as janelas se conservavam abertas. A noite estava tépida, estrelada e sereníssima. Craft, Sequeira e o Taveira passeavam fumando no terraço. Ao canto de um sofá, Cruges escutava religiosamente Steinbroken, que lhe contava, com gravidade, os progressos da música na Finlândia. E em redor de

Afonso, estendido na sua velha poltrona, de cachimbo na mão, falava-se do campo.

Ao jantar, Afonso anunciara a intenção de ir visitar, para o meado do mês, as velhas árvores de Santa Olávia; e combinara-se logo uma grande romaria de amizade às margens do Douro. Craft e Sequeira acompanhavam Afonso. O marquês prometera uma visita para agosto "na companhia melodiosa", dizia ele, do amigo Steinbroken. D. Diogo hesitava, com receio da longa jornada, da umidade da aldeia. E agora tratava-se de persuadir Ega a ir também, com Carlos, quando Carlos acabasse enfim de reunir esses materiais do seu livro, que o retinham em Lisboa "à banca do labor...". Mas o Ega resistia. O campo, dizia ele, era bom para os selvagens. O homem, à maneira que se civiliza, afasta-se da natureza; e a realização do progresso, o paraíso na Terra, que pressagiam os idealistas, concebia-o ele como uma vasta cidade ocupando totalmente o Globo, toda de casas, toda de pedra, e tendo apenas aqui e além um bosquezinho sagrado de roseiras, onde se fossem colher os ramalhetes, para perfumar o altar da Justiça...

— E o milho? A bela fruta? A hortaliçazinha? — perguntava Vilaça, rindo com malícia.

Imaginava então o Vilaça, replicava o outro, que daqui a séculos ainda se comeriam hortaliças? O hábito dos vegetais era um resto de rude animalidade do homem. Com os tempos, o ser civilizado e completo vinha a alimentar-se unicamente de produtos artificiais, em frasquinhos e em pílulas, feitos nos laboratórios do Estado...

— O campo — disse então D. Diogo, passando gravemente os dedos pelos bigodes — tem certa vantagem para a sociedade, para se fazer um bonito piquenique, para uma burricada, para uma partida de *croquet*... Sem campo não há sociedade.

— Sim — rosnou o Ega —, como uma sala em que também há árvores, ainda se admite...

Enterrado numa poltrona, fumando languidamente, Carlos sorria em silêncio. Todo o jantar estivera assim calado, sorrindo esparsamente a tudo, com um ar luminoso e de deliciosa lassidão. E então o marquês, que já duas vezes, dirigindo-se a ele, encontrara a mesma abstração radiosa, impacientou-se:

— Homem, fale, diga alguma coisa!... Você está hoje com um ar extraordinário; um arzinho de beato que se regalou de pagar o Santíssimo!

Todos em redor, com simpatia, se afirmaram em Carlos: Vilaça achava-lhe agora melhor cara, cor de alegria; D. Diogo, com um ar entendido, sentindo mulher, invejou-lhe os anos, invejou-lhe o vigor. E Afonso, enchendo o cachimbo, olhava o neto, enternecido.

Carlos ergueu-se imediatamente, fugindo àquele exame afetuoso.

— Com efeito — disse ele, espreguiçando-se de leve —, tenho estado hoje lânguido e mono... É o começo do verão... Mas é necessário sacudir-me... Quer você fazer uma partida de bilhar, ó marquês?

— Vá lá, homem. Se isso o ressuscita...

Foram: Ega seguiu-os. E apenas no corredor, o marquês parando, e como recordando-se, perguntou sem rebuço ao Ega notícias dos Cohens. Tinham-se encontrado? Estava tudo acabado? Para o marquês, uma flor de lealdade, não havia segredos: Ega contou-lhe que o romance findara, e agora o Cohen, quando o cruzava, baixava prudentemente os olhos...

— Eu perguntei isto — disse o marquês — porque já vi o Cohen duas vezes...

— Onde? — foi a exclamação sôfrega do Ega.

— No Price, e sempre com o Dâmaso. A última vez foi já esta semana. E lá estava o Dâmaso, muito chegadinho, palrando muito... Depois veio sentar-se um bocado ao pé de mim, e sempre de olho nela... E ela, de lá, com aquele ar de lambisgoia, de luneta nele... Não havia que duvidar, era um namoro... Aquele Cohen é um predestinado.

Ega fez-se lívido, torceu nervosamente o bigode, terminou por dizer:

— O Dâmaso é muito íntimo deles... Mas talvez se atire, não duvido... São dignos um do outro.

No bilhar, enquanto os dois carambolavam preguiçosamente, ele não cessou de passear, numa agitação, trincando o charuto apagado. De repente estacou em frente do marquês, com os olhos chamejantes:

— Quando é que você a viu ultimamente no Price, essa torpe filha de Israel?

— Terça-feira, creio eu.

O Ega recomeçou a passear, sombrio.

Neste instante Batista, aparecendo à porta do bilhar, chamou Carlos em silêncio, com um leve olhar. Carlos veio, surpreendido.

— É um cocheiro de praça — murmurou Batista. — Diz que está ali uma senhora dentro de uma carruagem que lhe quer falar.

— Que senhora?

Batista encolheu os ombros. Carlos, de taco na mão, olhava para ele, aterrado. Uma senhora! Era decerto Maria... Que teria sucedido, santo Deus, para ela vir numa tipoia, às nove da noite, ao Ramalhete! Mandou

Batista, a correr, buscar-lhe um chapéu baixo; e assim mesmo, de casaca, sem paletó, desceu numa grande ansiedade. No peristilo topou com Eusebiozinho que chegava, e sacudia cuidadosamente com o lenço a poeira dos botins. Nem falou ao Eusebiozinho. Correu ao *coupé*, parado à porta particular dos seus quartos, mudo, fechado, misterioso, aterrador...

Abriu a portinhola. Do canto da velha traquitana, um vulto negro, abafado numa mantilha de renda, debruçou-se, perturbado, balbuciou:

— É só um instante! Quero-lhe falar!

Que alívio! Era a Gouvarinho! Então, na sua indignação, Carlos foi brutal.

— Que diabo de tolice é esta? Que quer?

Ia bater com a portinhola; ela empurrou-a para fora, desesperada; e não se conteve; desabafou logo, ali, diante do cocheiro, que mexia tranquilamente na fivela de um tirante.

— De quem é a culpa? Para que me trata deste modo?... É só um instante, entre, tenho de lhe falar!...

Carlos saltou para dentro, furioso:

— Dá uma volta pelo Aterro — gritou ao cocheiro. — Devagar!

O velho calhambeque desceu a calçada; e durante um momento, na escuridão, recuando um do outro no assento estreito, tiveram as mesmas palavras, bruscas e coléricas, através do barulho das vidraças.

— Que imprudência! Que tolice!...

— E de quem é a culpa? De quem é a culpa?

Depois, na rampa de Santos, o *coupé* rolou mais silenciosamente no macadame. Carlos então, arrependido da sua dureza, voltou-se para ela, e com brandura, quase no tom carinhoso doutrora, repreendeu-a por aquela imprudência... Pois não era melhor ter-lhe escrito?

— Para quê? — exclamou ela. — Para não me responder? Para não fazer caso das minhas cartas, como se fossem as de um importuno a pedir-lhe uma esmola!...

Sufocava; arrancou a mantilha da cabeça. No vagaroso rolar do *coupé*, sem ruído, ao longo do rio, Carlos sentiu a respiração dela, tumultuosa e cheia de angústia. E não dizia nada, imóvel, num infinito mal-estar, entrevendo confusamente, através do vidro embaciado, na sombra triste do rio adormecido, as mastreações vagas de faluas. A parelha parecia ir adormecendo; e as queixas dela desenrolavam-se, profundas, mordentes, repassadas de amargura.

— Peço-lhe que venha a Santa Isabel, não vem... Escrevo-lhe, não me responde... Quero ter uma explicação franca consigo, não aparece... Nada, nem um bilhete, nem uma palavra, nem um aceno... Um desprezo brutal, um desprezo grosseiro... Eu nem devia ter vindo... Mas não pude, não pude!... Quis saber o que lhe tinha feito. O que é isto? Que lhe fiz eu?

Carlos percebia os olhos dela, faiscantes sob a névoa de lágrimas retidas, suplicando e procurando os seus. E sem coragem sequer de a fitar, murmurou, torturado:

— Realmente, minha amiga... As coisas falam bem por si; não são necessárias explicações.

— São! É necessário saber se isto é uma coisa passageira, um amuo, ou se é uma coisa definitiva, um rompimento!

Ele agitava-se no seu canto, sem achar uma maneira suave, afetuosa ainda, de lhe dizer que todo o seu desejo dela findara. Terminou por afirmar que não era um amuo. Os seus sentimentos tinham sido sempre elevados, não cairia agora na pieguice de ter um amuo.

— Então é um rompimento?...

— Não, também não... Um rompimento absoluto, para sempre, não...

— Então é um amuo? Por quê?

Carlos não respondeu. Ela, perdida, sacudiu-o pelo braço.

— Mas fale! Diga alguma coisa, santo Deus! Não seja covarde, tenha a coragem de dizer o que é!

Sim, ela tinha razão... Era uma covardia, era uma indignidade, continuar ali, *gauchement*, dissimulado na sombra, a balbuciar coisas mesquinhas. Quis ser claro, quis ser forte.

— Pois bem, aí está. Eu entendi que as nossas relações deviam ser alteradas...

E outra vez hesitou; a verdade amoleceu-lhe nos lábios, sentindo aquela mulher ao seu lado a tremer de agonia.

— Alteradas, quero dizer... Podíamos transformar um capricho apaixonado, que não podia durar, numa amizade agradável, e mais nobre...

E pouco a pouco as palavras voltavam-lhe fáceis, hábeis, persuasivas, através do rumor lento das rodas. Onde os podia levar aquela ligação? Ao resultado costumado. A que um dia se descobrisse tudo, e o seu belo romance acabasse no escândalo e na vergonha; ou a que, envolvendo-os por muito tempo o segredo, ele viesse a descair na banalidade de uma união quase conjugal, sem interesse e sem requinte. De resto era certo que, continuando a encontrarem-se, aqui, em Sintra, noutros sítios, a sociedadezinha curiosa e mexeriqueira viria a perceber a sua afeição. E havia por acaso nada mais horroroso para quem tem orgulho e delicadeza de alma, do que uns amores que todo o público conhece; até os cocheiros de praça? Não... O bom senso, o bom gosto mesmo, tudo indicava a necessidade de uma separação. Ela mesma mais tarde lhe seria grata... Decerto, esta primeira interrupção de um hábito doce era desagradável, e ele estava bem longe de se sentir feliz. Fora por isso que não tivera a coragem de lhe escrever... Enfim, deviam ser fortes, e não se verem, pelo menos, durante alguns meses. Depois, pouco a pouco, o que era capricho frágil, cheio de inquietação, tornar-se-ia uma boa amizade, bem segura e bem duradoura.

Calou-se; e então, no silêncio, sentiu que ela, caída para o outro canto do *coupé*, como uma coisa miserável e meio morta, encolhida no seu véu, estava chorando baixo.

Foi um momento intolerável. Ela chorava sem violência, mansamente, com um choro lento, que parecia não dever findar. E Carlos só achava esta palavra banal e desenxabida:

— Que tolice, que tolice!

Vinham rodando ao comprido das casas, por diante da fábrica do gás. Um americano passou, alumiado, com senhoras vestidas de claro. Naquela noite, de verão e de estrelas, havia gente vagueando tranquilamente entre as árvores. Ela continuava a chorar.

Aquele pranto triste, lento, correndo a seu lado, começou a comovê-lo; e ao mesmo tempo quase lhe queria mal por ela reter essas lágrimas infindáveis, que laceravam o seu coração... E ele que estava tão tranquilo, no Ramalhete, na sua poltrona, sorrindo a tudo, numa deliciosa lassidão!

Tomou-lhe a mão, querendo calmá-la, apiedado, e já impaciente.

— Realmente, não tem razão. É absurdo... Tudo isto é para seu bem...

Ela teve, enfim, um movimento; enxugou os olhos, assoou-se doloridamente por entre os seus longos soluços... E de repente, num arranque de paixão, atirou-lhe os braços ao pescoço, prendendo-se a ele com desespero, esmagando-o contra o seu seio.

— Oh, meu amor, não me deixes, não me deixes! Se tu soubesses! És a única felicidade que eu tenho na vida... Eu morro, eu mato-me!... Que te fiz eu! Ninguém sabe do nosso amor... e que soubesse! Por ti sacrifico tudo, vida, honra, tudo! Tudo!...

Molhava-lhe a face com o resto das suas lágrimas; e ele abandonava-se, sentindo aquele corpo sem colete, quente e como nu, subir-lhe para os joelhos, colar-se ao seu, num furor de o repossuir, com beijos sôfregos, furiosos, que o sufocavam... Subitamente, a tipoia parou. E um momento ficaram assim: Carlos imóvel, ela caída sobre ele e arquejando.

Mas a tipoia não continuava. Então Carlos desprendeu um braço, desceu o vidro; e viu que estava defronte do Ramalhete. O homem, obedecendo à ordem, dera a volta pelo Aterro, devagar, subira a rampa, retrocedera à porta da casa. Durante um instante Carlos teve a tentação de descer, acabar ali bruscamente aquele longo tormento. Mas pareceu-lhe uma brutalidade. E desesperado, detestando-a, berrou ao cocheiro:

— Outra vez ao Aterro, anda sempre!...

A tipoia deu na rua estreita uma volta resignada, tornou a rolar; de novo as pedras da calçada fizeram tilintar os vidros; de novo, mais suavemente, desceram a rampa de Santos.

Ela recomeçara os seus beijos. Mas tinham perdido a chama que um instante os fizera irresistíveis. Agora, Carlos sentia só uma fadiga, um desejo infinito de voltar ao seu quarto, ao repouso de que ela o arrancara para o torturar com estas recriminações, estes ardores entre lágrimas... E de repente, enquanto a condessa balbuciava, como tonta, pendurada do seu pescoço, ele viu surgir da alma, viva e resplandecente, a imagem de Maria Eduarda, tranquila àquela hora na sua sala de repes vermelho, fazendo serão, confiando nele, pensando nele, relembrando as felicidades da véspera, quando a Toca, cheia de seus amores, dormia, branca entre as árvores... Teve então horror à Gouvarinho; brutalmente, sem piedade, repeliu-a para o canto do *coupé*.

— Basta! Tudo isto é absurdo... As nossas relações estão acabadas; não temos mais nada que nos dizer!

Ela ficou um instante como atordoada. Depois estremeceu, teve um riso nervoso, repeliu-o também, freneticamente, pisando-lhe o braço.

— Pois bem! Vai, deixa-me! Vai para a outra, para a brasileira! Eu conheço-a; é uma aventureira que tem o marido arruinado, e precisa quem lhe pague as modistas!...

Ele voltou-se, com os punhos fechados, como para a espancar; e na tipoia escura, onde já havia um vago cheiro de verbena, os olhos de ambos, sem se verem, dardejavam o ódio que os enchia... Carlos bateu raivosamente no vidro. A tipoia não parou. E a Gouvarinho, do outro lado, furiosa, magoando os dedos, procurava descer a vidraça.

— É melhor que saia! — dizia ela, sufocada. — Tenho horror de me achar aqui, ao seu lado! Tenho horror! Cocheiro! Cocheiro!

O calhambeque parou. Carlos pulou para fora, fechou de estalo a portinhola; e sem erguer o chapéu, virou costas, abalou a grandes passadas para o Ramalhete, trêmulo ainda, cheio de ideias de rancor, sob a paz da noite estrelada.

XIV

Foi num sábado que Afonso da Maia partiu para Santa Olávia. Cedo nesse mesmo dia, Maria Eduarda, que o escolhera por ser de boa estreia, instalara-se nos Olivais. E Carlos, voltando de Santa Apolônia, onde fora acompanhar o avô, com o Ega, dizia-lhe alegremente:

— Então aqui ficamos nós, sós, a torrar, na "cidade de mármore e de lixo"...

— Antes isso — respondeu o Ega — que andar de sapatos brancos, a cismar, por entre a poeirada de Sintra!

Mas no domingo, quando Carlos recolheu ao Ramalhete, ao anoitecer, Batista anunciou que o Senhor Ega tinha partido nesse momento para Sintra, levando apenas livros e umas escovas embrulhadas num jornal... O Senhor Ega tinha deixado uma carta. E tinha dito: "Batista, vou pastar".

A carta, a lápis, numa larga folha de almaço, dizia: "Assaltou-me de repente, amigo, juntamente com um horror à caliça de Lisboa, uma saudade infinita da natureza e do verde. A porção de animalidade que ainda resta no meu ser civilizado e recivilizado precisa urgentemente de espolinhar-se na relva, beber no fio dos regatos e dormir balançada num ramo de castanheiro. O solícito Batista que me remeta amanhã, pelo ônibus, a mala com que eu não quis sobrecarregar a tipoia do Mulato. Eu demoro-me apenas três ou quatro dias. O tempo de cavaquear um bocado com o Absoluto, no alto dos *Capuchos*, e ver o que estão fazendo os miosótis junto à meiga "fonte dos amores"...

— Pedante! — rosnou Carlos, indignado com o abandono ingrato em que o deixava o Ega.

E atirando a carta:

— Batista! O Senhor Ega diz aí que lhe mandem uma caixa de charutos, dos *Imperiales*. Manda-lhe antes dos *Flor de Cuba*. Os Imperiales são um veneno. Esse animal nem fumar sabe!

Depois de jantar, Carlos percorreu o *Figaro*, folheou um volume de Byron, bateu carambolas solitárias no bilhar, assobiou *malagueñas* no terraço, e terminou por sair, sem destino, para os lados do Aterro. O Ramalhete entristecia-o, assim mudo, apagado, todo aberto ao calor da noite. Mas insensivelmente, fumando, achou-se na Rua de S. Francisco. As janelas de Maria Eduarda estavam também abertas e negras. Subiu ao andar do Cruges. O menino Vitorino não estava em casa...

Amaldiçoando o Ega, entrou no Grêmio. Encontrou o Taveira, de paletó ao ombro, lendo os telegramas. Não havia nada novo por essa velha Europa; apenas mais uns niilistas enforcados; e ele Taveira ia ao Price...

— Vem tu também daí, Carlinhos! Tens lá uma mulher bonita que se mete na água com cobras e crocodilos... Eu pelo-me por estas mulheres de bichos!... Que esta é difícil, traz um *chulo*... Mas eu já lhe escrevi; e ela faz-me um bocado de olho de dentro da tina.

Arrastou Carlos; e pelo Chiado abaixo falou-lhe logo do Dâmaso. Não tornara a ver essa flor? Pois essa flor andava apregoando por toda parte que o Maia, depois do caso do Chiado, lhe dera por amigo explicações humildes, covardes... Terrível, aquele Dâmaso! Tinha figura, interior e natureza de pela! Com quanto mais força se atirava ao chão, mais ele ressaltava para o ar, triunfante!...

— Em todo caso é uma rês traiçoeira, e deves ter cautela com ele...

Carlos encolheu os ombros, rindo.

— Não, não — dizia o Taveira muito sério —, eu conheço o meu Dâmaso. Quando foi da nossa pega, em casa de Lola Gorda, ele portou-se como um poltrão, mas depois ia-me atrapalhando a vida... É capaz de tudo... Anteontem estava eu a cear no Silva, ele veio sentar-se um bocado ao pé de mim e começou logo com umas coisas a teu respeito, umas ameaças...

— Ameaças! Que disse ele?

— Diz que te dás ares de espadachim e de valentão, mas hás de encontrar dentro em pouco quem te ensine... Que se está aí preparando um escândalo monumental... Que se não admirará de te ver brevemente com uma boa bala na cabeça.

— Uma bala?

— Assim o disse. Tu ris, mas eu é que sei... Eu, se fosse a ti, ia-me ao Dâmaso e dizia-lhe: "Damasozinho, flor, fique avisado que, doravante, cada vez que me suceder uma coisa desagradável, venho aqui e parto-lhe uma costela; tome as suas medidas..."

Tinham chegado ao Price. Uma multidão de domingo, alegre e pasmada, apinhava-se até as últimas bancadas, onde havia rapazes, em mangas de camisa, com litros de vinho; e eram grossas, fartas risadas, com os requebros do palhaço, rebocado de caio e vermelhão, que tocava nos pezinhos de uma *voltigeuse* e lambia os dedos, de olhos em alvo, num gosto de mel... Descansando na sela larga de chairel dourado, a criatura, magrinha e séria, com flores nas tranças, dava a volta devagar, ao passo de um cavalo branco, que mordia o freio, levado à mão por um estribeiro; e pela arena o palhaço lambão e néscio acompanhava-a, com as mãos ambas apertadas ao coração, numa súplica babosa, rebolando languidamente os quadris dentro das vastas pantalonas, picadas de lantejoulas. Um dos escudeiros, de calça listrada de ouro, empurrava-o, num arremedo de ciúmes; e o palhaço caía, estatelado, com um estouro nas nádegas, entre os risos das crianças e os rantantans da charanga. O calor sufocava; e as fumaraças de charuto, subindo sem cessar, faziam uma névoa onde tremiam as chamas largas do gás. Carlos, incomodado, abalou.

— Espera ao menos para ver a mulher dos crocodilos! — gritou ainda o Taveira.

— Não posso, cheira mal, morro!

Mas à porta, de repente, foi detido pelos braços abertos do Alencar, que chegava com outro sujeito, velho e alto, de barbas brancas, todo vestido de luto. O poeta ficou pasmado de ver ali o seu Carlos. Fazia-o no seu solar de Santa Olávia! Vira até nos papéis públicos...

— Não — disse Carlos — o avô é que foi ontem... Eu não me sinto ainda em disposição de ir comunicar com a natureza...

Alencar riu, levemente afogueado, com um brilho de genebra no olho cavo. Ao lado, grave, o ancião de barbas calçava as suas luvas pretas.

— Pois eu é o contrário! — exclamava o poeta. — Estou precisado de um banho de panteísmo! A bela natureza! O prado! O bosque!... De modo que talvez me mimoseie com Sintra, para a semana. Estão lá os Cohens; alugaram uma casita bonita, logo adiante do Vítor...

Os Cohens! Carlos compreendeu então a fuga do Ega e a "sua saudade do verde".

— Ouve lá — dizia-lhe o poeta baixo, e puxando-o pela manga, para o lado. — Tu não conheces este meu amigo? Pois foi muito de teu pai, fizemos muita troça juntos... Não era nenhum personagem, era apenas um alquilador de cavalos... Mas tu sabes, cá em Portugal, sobretudo nesses tempos, havia muita bonomia, o fidalgo dava-se com o arrieiro... Mas, que diabo, tu deves conhecê-lo! É o tio do Dâmaso!

Carlos não se recordava.

— O Guimarães, o que está em Paris!

— Ah, o comunista!

— Sim, muito republicano, homem de ideias humanitárias, amigo do Gambetta, escreve no *Rappel*... Homem interessante!... Veio aí por causa de umas terras que herdou do irmão, desse outro tio do Dâmaso que morreu há meses... E demora-se, creio eu... Pois jantamos hoje juntos, beberam-se uns líquidos e até estivemos a falar do teu pai... Queres tu que eu to apresente?

Carlos hesitou. Seria melhor noutra ocasião mais íntima, quando pudessem fumar um charuto tranquilo e conversar do passado...

— Valeu! Hás de gostar dele. Conhece muito Victor Hugo, detesta a padraria... Espírito largo, espírito muito largo!

O poeta sacudiu ardentemente as duas mãos de Carlos. O Senhor Guimarães ergueu de leve o seu chapéu, carregado de crepe.

Todo o caminho, até ao Ramalhete, Carlos foi pensando em seu pai e nesse passado, assim rememorado e estranhamente ressurgido pela presença daquele patriarca, antigo alquilador, que fizera com ele tantas troças! E isto trazia conjuntamente outra ideia, que nesses últimos dias já o atravessara, pertinaz e torturante, dando-lhe, no meio da sua radiante felicidade, um sombrio de dor... Carlos pensava no avô.

Estava agora decidido que Maria Eduarda e ele partiriam para Itália nos fins de outubro. Castro Gomes, na sua última carta do Brasil, seca e pretensiosa, falava "em aparecer por Lisboa, com as elegâncias do frio, lá para meado de novembro"; e era necessário antes disso que estivessem já longe, entre as verduras de Isola Bella, escondidos no seu amor e separados por ele do mundo como pelos muros de um claustro. Tudo isto era fácil, considerado quase legítimo pelo seu coração, e enchia a sua vida de esplendor... Somente havia nisto um espinho: o avô!

Sim, o avô! Ele partia com Maria, ele entrava na ventura absoluta; mas ia destruir de uma vez e para sempre a alegria de Afonso, e a nobre paz que lhe tornava tão bela a velhice. Homem de outras eras, austero e puro, como uma dessas fortes almas que nunca desfaleceram, o avô, nesta franca, viril, rasgada solução de um amor indominável, só veria libertinagem! Para ele nada significava o esponsal natural das almas, acima e fora das ficções civis; e nunca compreenderia essa sutil ideologia sentimental, com que eles, como todos os transviados, procuravam azular o seu erro. Para Afonso haveria apenas um homem que leva a mulher de outro, leva a filha de outro, dispersa uma família, apaga um lar e se atola para sempre na concubinagem; todas as sutilezas da paixão, por mais finas, por mais fortes, quebrar-se-iam, como bolas de sabão, contra as três ou quatro ideias fundamentais de Dever, de Justiça, de Sociedade, de Família, duras como blocos de mármore, sobre que assentara a sua vida, quase durante um século... E seria para ele como o horror de uma fatalidade! Já a mulher de seu filho fugira com um homem, deixando atrás de si um cadáver; seu neto agora fugia também, arrebatando a família de outro; e a história da sua casa tornava-se assim uma repetição de adultérios, de fugas, de dispersões, sob o bruto aguilhão da carne!... Depois as esperanças que Afonso fundara nele, considerá-las-ia tombadas, mortas no lodo! Ele passava a ser para sempre, na imaginação angustiada do avô, um foragido, um inutilizado, tendo partido todas as raízes que o prendiam ao seu solo, tendo abdicado toda ação que o elevaria no seu país, vivendo por hotéis de refúgio, falando línguas estranhas, entre uma família equívoca crescida em torno dele, como as plantas de uma ruína... Sombrio tormento, implacável e sempre presente, que consumiria os derradeiros anos do pobre avô!... Mas que podia ele fazer? Já o dissera ao Ega. A vida é assim! Ele não tinha o heroísmo nem a santidade, que tornam fácil o sacrifício... E depois os dissabores do avô, de que provinham? De preconceitos. E a sua felicidade, justo Deus, tinha direitos mais largos, fundados na natureza!...

Chegara ao fim do Aterro. O rio silencioso fundia-se na escuridão. Por ali entraria em breve, do Brasil, o "outro", que nas suas cartas se esquecia de mandar um beijo a sua filha! Ah, se ele não voltasse! Uma onda providencial podia levá-lo... Tudo se tornaria tão fácil, perfeito e límpido! De que servia na vida esse ressequido? Era como um saco vazio que caísse ao mar! Ah, se ele morresse!... E esquecia-se, enlevado numa visão em que a imagem de Maria o chamava, o esperava, livre, serena, sorrindo e coberta de luto...

No seu quarto, Batista, vendo-o atirar-se para uma poltrona com um suspiro de fadiga, de desconsolação, disse, depois de tossir risonhamente, e dando mais luz ao candeeiro:

— Isto agora, sem o Senhor Ega, parece um bocadinho mais só...

— Está só, está triste — murmurou Carlos. — É necessário sacudirmo-nos... Eu já disse que talvez fôssemos viajar este inverno...

— O menino não me tinha dito nada.

— Pois talvez vamos à Itália... Apetece-te voltar à Itália?

Batista refletiu.

— Eu, da outra vez, não vi o Papa... E antes de morrer não se me dava de ver o Papa...

— Pois sim, há de se arranjar isso; hás de ver o Papa.

Batista, depois de um silêncio, perguntou, lançando um olhar ao espelho:

— Para ver o Papa vai-se de casaca, creio eu?

— Sim, recomendo-te a casaca... O que tu devias ter, para esses casos, era um hábito de Cristo... Hei de ver se te arranjo um hábito de Cristo.

Batista ficou um instante assombrado. Depois fez-se escarlate, de emoção:

— Muito agradecido a V.Exa. Há por aí gente que o tem, ainda talvez com menos merecimentos que eu... Dizem que até há barbeiros...

— Tens razão — replicou Carlos muito sério. — Era uma vergonha. O que hei de ver se te arranjo, com efeito, é a comenda da Conceição.

Todas as manhãs, agora, Carlos percorria o poeirento caminho dos Olivais. Para poupar aos seus cavalos a soalheira, ia na tipoia do Mulato, o batedor favorito do Ega, que recolhia a parelha na velha cavalariça da Toca, e, até a hora em que Carlos voltava ao Ramalhete, vadiava pelas tabernas.

Ordinariamente, ao meio-dia, ao acabar de almoçar, Maria Eduarda, ouvindo rodar o trem na estrada silenciosa, vinha esperar Carlos à porta da casa, no topo dos degraus ornados de vasos e resguardados por um fresco toldo de fazenda cor-de-rosa. Na quinta usava sempre vestidos claros; às vezes trazia, à antiga moda espanhola, uma flor entre os cabelos; o forte e fresco ar do campo avivava, com um brilho mais quente, o mate ebúrneo do seu rosto; e assim, simples e radiante, entre sol e verdura, ela deslumbrava Carlos cada dia com um encanto inesperado e maior. Cerrando o portão de entrada, que rangia nos gonzos, Carlos sentia-se logo envolvido num "extraordinário conforto moral", como ele dizia, em que todo o seu ser se movia mais facilmente, fluidamente, numa permanente impressão de harmonia e doçura... Mas o seu primeiro beijo era para Rosa, que corria pela rua de acácias ao seu encontro, com uma onda de cabelo negro a bater-lhe os ombros, e Niniche ao lado, pulando e ladrando de alegria. Ele erguia Rosa ao colo. Maria, de longe, sorria-lhes, sob o toldo cor-de-rosa. Em redor tudo era luminoso, familiar e cheio de paz

A casa dentro resplandecia com um arranjo mais delicado. Já se podia usar o salão nobre, que perdera o seu ar rígido de museu, exalando a tristeza de um luxo morto; as flores que Maria punha nos vasos, um jornal esquecido, as lãs de um bordado, o simples roçar dos seus frescos vestidos tinham comunicado já um sutil calor de vida e de conchego aos mais empertigados contadores do tempo de Carlos V, revestidos de ferro brunido; e era ali que eles ficavam conversando, enquanto não chegava a hora das lições de Rosa. A essa hora aparecia *miss* Sara, séria e recolhida, sempre de preto, com uma ferradura de prata em broche sobre o colarinho direito de homem. Recuperara as suas cores fortes de boneca, e as pestanas baixas tinham uma timidez mais virginal, sob o liso dos bandós puritanos. Gordinha, com o peito de pomba farta estalando dentro do corpete severo, mostrava-se toda contente da vida calma e lenta de aldeia. Mas aquelas terras trigueiras de olivedo não lhe pareciam campo: "é muito seco, é muito duro", dizia ela, com uma indefinida saudade dos verdes molhados da sua Inglaterra e dos céus de névoa, cinzentos e vagos.

Davam duas horas; e começavam logo, nos quartos de cima, as longas lições de Rosa. Carlos e Maria iam então refugiar-se, numa intimidade mais livre, no quiosque japonês, que uma fantasia de Craft, o seu amor do Japão, construíra ao pé da rua de acácias, aproveitando a sombra e o retiro bucólico de dois velhos castanheiros. Maria afeiçoara-se àquele recanto, chamava-lhe o seu "pensadouro". Era todo de madeira, com uma só janelinha redonda e um telhado agudo, à japonesa, onde roçavam os ramos — tão leve que através dele, nos momentos de silêncio, se sentiam piar as aves. Craft forrara-o todo de esteiras finas da Índia: uma mesa de charão, algumas faianças do Japão ornavam-no sobriamente; o teto não se via, oculto por uma colcha de seda amarela, suspensa pelos quatro cantos, em laços, como o rico dossel de uma tenda; e todo o ligeiro quiosque parecia ter sido armado só com o fim de abrigar um divã baixo e fofo, de uma languidez de serralho, profundo para todos os sonhos, amplo para todas as preguiças...

Eles entravam: Carlos com algum livro que escolhera na presença de *miss* Sara, Maria Eduarda com um bordado ou uma costura. Mas bordado e livro caíam logo no chão, e os seus lábios, os seus braços uniam-se arrebatadamente. Ela escorregava sobre o divã; Carlos ajoelhava numa almofada, trêmulo, impaciente, depois da forçada reserva diante de Sara, e ali ficava, abraçado à sua cintura, balbuciando mil coisas pueris e ardentes, por entre longos beijos que os deixavam frouxos, com os olhos cerrados, numa doçura de desmaio. Ela queria saber o que ele tinha feito durante a longa, longa noite de separação. E Carlos nada tinha a contar senão que pensara nela, que sonhara com ela... Depois era um silêncio; os pardais piavam, as pombas arrulhavam por cima do leve telhado; e Niniche, que os acompanhava sempre, seguia os seus murmúrios, os seus silêncios, enroscada a um canto, com um olho negro, reluzindo desconfiadamente por entre as repas prateadas. Fora, por aqueles dias de calma, sem aragem, a quinta seca, de um verde empoeirado, dormia com as folhagens imóveis, sob o peso do sol. Da casa branca, através das persianas fechadas, vinha apenas o som amodorrado das escalas que Rosa fazia no piano. E no quiosque havia também um silêncio satisfeito e pleno, somente quebrado por algum doce suspiro de lassidão que saía do divã, dentre as almofadas de seda, ou algum beijo mais longo e de um remate mais profundo... Era Niniche que os tirava daquele suave entorpecimento, farta de estar ali quieta, encerrada entre as madeiras quentes, num ar mole já repassado desse aroma indefinido em que havia jasmim.

Lenta, e passando as mãos no rosto, Maria erguia-se, mas para cair logo aos pés de Carlos, no seu reconhecimento infinito... Meu Deus, o que lhe custava então esse momento de separação! Para que havia de ser assim? Parecia tão pouco natural, esposos como eram, que ela ficasse ali toda a noite, sozinha, com o seu desejo dele, e ele fosse, sem as suas carícias, dormir solitariamente ao Ramalhete!... E ainda se demorava muito tempo, numa mudez de êxtase em que os olhos úmidos, trespassando-se, continuavam o beijo insaciado que morrera nos seus lábios cansados. Era Niniche que os fazia sair por fim, trotando impacientemente da porta para o divã, rosnando, ameaçando ladrar.

Muitas vezes ao recolherem, Maria tinha uma inquietação. Que pensaria miss Sara desta sesta assim enclausurada, sem um rumor, com a janela do pavilhão cerrada? Melanie, desde pequena ao serviço de Maria, era uma confidente; o bom Domingos, um imbecil, não contava; mas *miss* Sara?... Maria confessava sorrindo que se sentia um pouco humilhada, ao encontrar depois à mesa os cândidos olhos da inglesa sob os seus bandós virginais... Está claro! Se a boa *miss* tivesse a ousadia de resmungar ou franzir de leve a testa, recebia logo secamente a sua passagem no Royal Mail para Southampton! Rosa não a lamentaria, Rosa não lhe tinha afeição. Mas, enfim, era tão séria, admirava tanto a senhora! Ela não gostava de perder a admiração de uma rapariga tão séria. E assim decidiram despedir *miss* Sara, regiamente paga, e substituí-la, mais tarde, em Itália, por uma governanta alemã, para quem eles fossem como casados, *monsieur et madame*...

Mas pouco a pouco o desejo de uma felicidade mais íntima, mais completa, foi crescendo neles. Não lhes bastava já essa curta manhã no divã com os pássaros cantando por cima, a quinta cheia de sol, tudo acordado em redor; apeteciam o longo contentamento de uma longa noite, quando os seus braços se pudessem enlaçar sem encontrar o estofo dos vestidos, e tudo dormisse em torno, os campos, a gente e a luz... De resto era bem fácil! A sala de tapeçarias, comunicando com a alcova de Maria, abria sobre o jardim por uma porta envidraçada; a governanta, os criados, subiam às dez horas para os seus quartos, no andar alto; a casa adormecia profundamente; Carlos tinha uma chave do portão; e o único cão, Niniche, era o confidente fiel dos seus beijos...

Maria desejava essa noite tão ardentemente como ele. Uma tarde, ao escurecer, voltando de um fresco passeio nos campos, experimentaram ambos essa dupla chave que Carlos já prometia mandar dourar; e ele ficou surpreendido ao ver que o velho portão, que ouvira sempre ranger abominavelmente, rolava agora nos gonzos com um silêncio oleoso.

Veio nessa mesma noite, tendo deixado na vila, para o levar ao amanhecer, a caleche do Mulato, um batedor discreto, que ele cevava de gorjetas. O céu, mole e abafado, não tinha uma estrela; e sobre o mar lampejava a espaços, mudamente, a lividez de um relâmpago. Caminhando com inúteis cautelas rente do muro, Carlos sentia, nesta proximidade de uma posse tão desejada, uma melancolia, cortada de ansiedade, que vagamente o acovardava. Abriu quase a tremer o portão; e mal dera alguns passos estacou, ouvindo ao fundo Niniche ladrar furiosamente. Mas tudo emudeceu; e da janela do canto, sobre o jardim, surgiu uma claridade que o sossegou. Foi encontrar Maria, com um roupão de rendas, junto da porta envidraçada, sufocando quase entre os braços Niniche, que ainda rosnava. Estava toda medrosa, numa impaciência de o sentir ao seu lado; e não quis recolher logo; um momento ficaram ali, sentados nos degraus, com Niniche que aquietara e lambia Carlos. Tudo em redor era como uma infinita mancha de tinta; só lá embaixo, perdida e mortiça, surdia da treva alguma luzinha vacilante no alto de um mastro. Maria, conchegada a Carlos, refugiada nele, deu um longo suspiro; e os seus olhos mergulhavam inquietos naquela mudez negra, onde os arbustos familiares do jardim, toda a quinta, pareciam perder a realidade, sumida, diluída na sombra.

— Por que não havemos de partir já para a Itália? — perguntou ela de repente, procurando a mão de Carlos. — Se tem de ser, por que não há de ser já?... Escusávamos de ter esses segredos, estes sustos!

— Sustos de que, meu amor? Estamos aqui tão seguros como na Itália, como na China... De resto podemos partir mais depressa, se quiseres... Dize tu um dia, marca uma dia!

Ela não respondeu, deixando cair docemente a cabeça sobre o ombro de Carlos. Ele acrescentou, devagar:

— Em todo caso, compreendes bem, preciso primeiro ir a Santa Olávia, ver o avô...

Os olhos de Maria perdiam-se outra vez na escuridão, como recebendo dela o presságio de um futuro onde tudo seria confuso e escuro também.

— Tu tens Santa Olávia, tens teu avô, tens os teus amigos... Eu não tenho ninguém!

Carlos estreitou-a a si, enternecido.

— Não tens ninguém! Isso dito a mim! Nem chega a ser injustiça, nem chega a ser ingratidão! É nervoso; e é também o que os ingleses chamam a "imprudente adulteração de um fato".

Ela ficara aninhada no peito de Carlos, como desfalecida.

— Não sei por que, queria morrer...

Um largo brilho de relâmpago alumiou o rio. Maria teve medo, entraram na alcova. Os molhos de vela de duas serpentinas, batendo os damascos e os cetins amarelos, embebiam o ar tépido, onde errava um perfume, numa refulgência ardente de sacrário; e as bretanhas, as rendas do leito já aberto punham uma casta alvura de neve fresca nesse luxo amoroso e cor de chama. Fora, para os lados do mar, um trovão rolou lento e surdo. Mas Maria já o não ouviu, caída nos braços de Carlos. Nunca o desejara, nunca o adorara tanto! Os seus beijos ansiosos pareciam tender mais longe que a carne, trespassá-lo, querer sorver-lhe a vontade e a alma; e toda a noite, entre esses brocados radiantes, com os cabelos soltos, divina na sua nudez, ela lhe apareceu realmente como a deusa que ele sempre imaginara, que o arrebatava enfim, apertado ao seu seio imortal, e com ele pairava numa celebração de amor, muito alto, sobre nuvens de ouro...

Quando saiu ao amanhecer, chovia. Foi encontrar o Mulato a dormir numa taberna, bêbado. Teve de o meter dentro do carro; e foi ele que governou até ao Ramalhete, embrulhado numa manta do taberneiro, encharcado, cantarolando, esplendidamente feliz.

Passados dias, passeando com Maria nos arredores da Toca, Carlos reparou numa casita, à beira da estrada, com escritos; e veio-lhe logo a ideia de a alugar, para evitar aquela desagradável partida de madrugada com o Mulato estremunhado, borracho, despedaçando o trem pelas calçadas. Visitaram-na; havia um quarto largo que, com tapete e cortinas, podia dar um refúgio confortável. Tomou-a logo, e Batista veio ao outro dia, com móveis numa carroça, arranjar este novo ninho. Maria disse, quase triste:

— Mais outra casa!

— Esta — exclamou Carlos, rindo — é a última! Não, é a penúltima... Temos ainda a outra, a nossa, a verdadeira, lá longe, não sei onde...

Começaram a encontrar-se todas as noites. Às nove e meia, pontualmente, Carlos deixava a Toca, com o seu charuto aceso; e Domingos, adiante, de lanterna, vinha fechar o portão, tirar a chave. Ele recolhia devagar à sua "choupana" onde o servia um criadito, filho do jardineiro do Ramalhete. Sobre um tapete solto deitado no velho soalho, havia apenas, além do leito, uma mesa, um sofá de riscadinho, duas cadeiras de palha; e Carlos entretinha as horas que o separavam ainda de Maria escrevendo para Santa Olávia e sobretudo ao Ega, que se eternizava em Sintra.

Recebera duas cartas dele, falando quase somente do Dâmaso. O Dâmaso aparecia em toda parte com a Cohen; o Dâmaso tornara-se grotesco em Sintra, numa corrida de burros; o Dâmaso arvorara capacete e véu em Seteais; o Dâmaso era uma besta imunda; o Dâmaso, no pátio do Vítor, de perna trançada, dizia familiarmente "a Raquel"; era um dever de moralidade pública dar bengaladas no Dâmaso!... Carlos encolhia os ombros, achando estes ciúmes indignos do coração do Ega. E então por quem! Por aquela lambisgoia de Israel, melada e molenga, sovada a bengala! "Se, com efeito", escrevera ele ao Ega, "ela desceu de ti até ao Dâmaso, tens só a fazer como se fosse um charuto que te caísse à lama; não o podes naturalmente levantar, deves deixar fumá-lo em paz ao garoto que o apanhou; enfurecer-te com o garoto ou com o charuto, é de imbecil." Mas ordinariamente, quando respondia falava só ao Ega dos Olivais, dos seus passeios com Maria, das conversas dela, do encanto dela, da superioridade dela. Ao avô não achava que dizer; nas dez linhas que lhe destinava, descrevia o calor, recomendava-lhe que não se fatigasse, mandava saudades para os hóspedes e dava-lhe recados do Manuelzinho, que ele nunca via. Quando não tinha que escrever, estirava-se no sofá, com um livro aberto, os olhos no ponteiro do relógio. À meia-noite saía, encafuado num gabão de Aveiro, e de varapau. Os seus passos ressoavam, solitários na mudez dos campos, com uma indefinida melancolia de segredo e de culpa...

Numa dessas noites, de grande calor, Carlos, cansado, adormeceu no sofá; e só despertou, em sobressalto, quando o relógio na parede dava tristemente duas horas. Que desespero! Aí ficava perdida a sua noite de amor! E Maria decerto à espera, angustiada, imaginando desastres!... Agarrou o cajado, abalou, correndo pela estrada. Depois, ao abrir sutilmente o portão da quinta, pensou que Maria teria adormecido; Niniche podia ladrar; os seus passos, entre as acácias, abafaram-se, mais cautelosos. E de repente sentiu ao lado, sob as ramagens, vindo do chão, de entre a erva, um resfolgar ardente de homem, a que se misturavam beijos. Parou, varado; e o seu ímpeto logo foi esmagar a cacete aqueles dois animais, enroscados na relva, sujando brutalmente o poético retiro dos seus amores. Uma alvura de saia moveu-se no escuro: uma voz soluçava, desfalecida *"Oh, yes, oh, yes"*... Era a inglesa!

Oh, Santo Deus, era a inglesa, era *miss* Sara! Apagando os passos, atordoado, Carlos escoou-se pelo portão, cerrou-o mansamente, foi esperar adiante, num recanto do muro, sob as ramarias de uma faia, sumido na sombra. E tremia de indignação. Era preciso contar imediatamente a Maria aquele grande "horror"! Não queria que ela consentisse um momento mais essa impura fêmea, junto de Rosa, roçando a candidez do seu anjo... Oh, era pavorosa uma tal hipocrisia, assim astuta e metódica, sem se desconcertar jamais! Havia dias apenas, vira a criatura desviar os olhos de uma gravura da *Ilustração*, onde dois castos pastores se beijavam num arvoredo bucólico! E agora rugia, estirada na erva!

Na estrada escura, do lado do portão, brilhou um lume de cigarro. Um homem passou, forte e pesado, com uma manta aos ombros. Parecia um jornaleiro. A boa *miss* Sara não escolhera! Bem lavada, toda correta, com os seus bandós puritanos, aceitava "um qualquer", rude e sujo, desde que era um macho! E assim os embaíra, meses, com aquelas suas duas existências, tão separadas, tão completas! De dia virginal, severa, corando sempre, com a Bíblia no cesto da costura; à noite a pequena adormecia, todos os seus deveres sérios acabavam, a santa transformava-se em cabra, xale aos ombros, e lá ia para a relva, com qualquer!... Que belo romance para o Ega!

Voltou; tornou a abrir devagarinho o portão, de novo subiu, amolecendo os passos, a sombria rua de acácias. Mas agora ia sentindo uma hesitação em contar a Maria "aquele horror". A seu pesar pensava que também Maria o esperava, com o leito aberto, no silêncio da casa adormecida; e que também ele penetrava ali, às escondidas, como o homem da manta... Decerto era bem diferente! Toda a imensurável diferença que vai do divino ao bestial... E todavia receava despertar os melindrosos escrúpulos de Maria, mostrando-lhe, paralelo ao seu amor cheio de requintes e passado entre brocados cor de ouro, aquele outro rude amor, secreto e ilegítimo como o dela, e arrastado brutalmente na relva... Era como mostrar-lhe um reflexo da sua própria culpa, um pouco esfumada, mais grosseira, mas parecida nos seus contornos, lamentavelmente parecida... Não, não diria nada. E a pequena?... Oh, nas suas relações com Rosa a criatura continuaria a ser, como sempre, a puritana laboriosa, grave e cheia de ordem.

A porta envidraçada sobre o jardim tinha ainda luz; ele atirou aos vidros uma pouca de terra, depois bateu de leve. Maria apareceu, mal embrulhada num roupão, juntando os cabelos que se tinham desenrolado, e meio adormecida.

— Por que vieste tão tarde?

Carlos beijou longamente os seus belos olhos pesados, quase cerrados.

— Adormeci estupidamente, a ler... Depois, quando entrei, pareceu-me ouvir passos na quinta, andei a rebuscar... Era imaginação, tudo deserto.

— Precisamos ter um cão de fila[1] — murmurou ela, espreguiçando-se.

Sentada à beira do leito, com os braços caídos e adormentados, sorria a sua preguiça.

— Estás tão fatigada, filha! Queres tu que me vá embora?...

Ela puxou-o para o seu seio perfumado e quente.

— *Je veux que tu m'aimes beaucoup, beaucoup, et longtemps...*

Ao outro dia Carlos não fora a Lisboa, e apareceu cedo na Toca. Melanie, que andava espanejando o quiosque, disse-lhe que madame, um pouco cansada, tinha justamente tomado o seu chocolate na cama. Ele entrou no salão; defronte da janela aberta, sentada no banco de cortiça, miss Sara costurava, à sombra das árvores.

— *Good morning* — disse-lhe Carlos, chegando-se ao peitoril, todo curioso de a observar.

— *Good morning, sir* — respondeu ela com o seu ar modesto e tímido.

Carlos falou do calor. *Miss* Sara já àquela hora o achava intolerável. Felizmente a vista do rio, lá embaixo, refrescava... Sobretudo a noite passada, insistiu Carlos

---

[1] Cão de fila: cão de guarda. (N.E.)

acendendo a *cigarette*, fora tão abafada! Ele mal pudera dormir. E ela?

Oh, ela dormira de um sono só. Carlos quis saber se tivera bonitos sonhos.

— *Oh, yes, sir.*

Oh, yes! Mas agora um *yes* pudico, sem gemidos, com os olhos baixos. E tão correta, tão pregada, fresca como se nunca tivesse servido!... Positivamente era extraordinária! E Carlos, torcendo o bigode, pensava que ela devia ter um seiozinho alvo e bem redondinho!

Assim ia passando o verão nos Olivais. No começo de setembro, Carlos soube por uma carta do avô que Craft devia chegar a Lisboa, num sábado, ao Hotel Central; e correu lá cedo, logo nessa manhã, a ouvir as novidades de Santa Olávia. Achou Craft já de pé, diante do espelho, fazendo a barba. A um canto do sofá, Eusebiozinho, que viera na véspera à noite de Sintra e estava também no Hotel, limpava as unhas com um canivete, em silêncio, coberto de negro. Craft vinha encantado com Santa Olávia. Nem compreendia como Afonso, beirão forte, tolerava a Rua de S. Francisco e o quintalejo abafado do Ramalhete. Tinha se passado regiamente! O avô, cheio de saúde, de uma hospitalidade que lembrava Abraão e a Bíblia. O Sequeira ótimo, comendo tanto que ficava inútil depois de jantar, a estourar e a gemer no fundo de uma poltrona. Lá conhecera o velho Travassos, que falava sempre com os olhos cheios de lágrimas do "talento do seu caro colega Carlos". E o marquês esplêndido, com abraços de primo a todos os fidalgotes de Lamego, e apaixonado por uma barqueira... De resto soberbos jantares, alguns tiros aos coelhos, uma romaria, danças de raparigas no adro, guitarradas, esfolhadas, todo o doce idílio português...

— Mas a respeito de Santa Olávia temos a falar mais seriamente — disse por fim Craft, entrando na alcova, a ensaboar a cabeça.

— E tu — perguntou então Carlos, voltando-se para o Eusebiozinho. — Tens estado em Sintra, hein! Que se faz lá?... O Ega?

O outro ergueu-se guardando o canivete, ajeitando as lunetas.

— Lá está no Vítor, muito engraçado, comprou um burro... Lá está o Dâmaso também... Mas este pouco se vê, não larga os Cohens... Enfim tem-se passado menos mal, com bastante calor...

— Tu estavas outra vez com a mesma prostituta, a Lola?

Eusebiozinho fez-se escarlate. Credo! Estava no Vítor, muito sério! O Palma é que lá tinha aparecido com uma rapariga portuguesa... Tinha agora um jornal, *A Corneta do Diabo.*

— *A Corneta*?...

— Sim, do *Diabo* — disse o Eusebiozinho. — É um jornal de pilhérias, de picuinhas... Ele já existia; chamava-se *o Apito;* mas agora passou para o Palma; ele vai-lhe aumentar o formato, e meter-lhe mais chalaça...

— Enfim — disse Carlos —, qualquer coisa sebácea e imunda...

Craft reapareceu, enxugando a cabeça. E enquanto se vestia, falou de uma viagem que, agora, o tentava, que estivera planejando em Santa Olávia. Como já não tinha a Toca, e a sua casa ao pé do Porto necessitava longas obras, ia passar o inverno ao Egito, subindo o Nilo, em comunicação espiritual com a antiguidade faraônica. Depois talvez se adiantasse até Bagdá, a ver o Eufrates e os sítios de Babilônia...

— Por isso eu lhe vi ali, na mesa — exclamou Carlos —, um livro, *Nínive e Babilônia*... Que diabo, você gosta disso? Eu tenho horror a raças e civilizações defuntas... Não me interessa senão a Vida.

— É que você é um sensual — disse Craft. — E a propósito de sensualidade e de Babilônia, quer vir você almoçar ao Bragança? Eu tenho de lá encontrar um inglês, o meu homem das minas... Mas havemos de ir pela Rua do Ouro, que quero trepar um instante à caverna do meu procurador... E a caminho, que é meio-dia!

Deixaram o Eusebiozinho, embaixo na sala, ajeitando as suas lúgubres lunetas negras diante dos telegramas. E apenas saíra o pátio, Craft travou do braço de Carlos, e disse-lhe que a coisa séria a respeito de Santa Olávia era o visível, profundo desgosto do avô por ele não ter lá aparecido.

— Seu avô não me disse nada, mas eu sei que ele está muitíssimo magoado com você. Não há desculpa, são umas horas de viagem... Você sabe como ele o adora... Que diabo! *Est modus in rebus.*

— Com efeito — murmurou Carlos. — Eu devia ter lá ido... Que quer você, amigo?... Enfim acabou-se, é necessário fazer um esforço!... Talvez parta para a semana com o Ega...

— Sim, homem, dê-lhe esse alegrão... Esteja lá umas semanas...

— *Est modus in rebus.* Hei de ver se lá estou uns dias.

A caverna do procurador era defronte do Montepio. Carlos esperava, havia momentos, dando por diante das lojas uma volta lenta, quando de repente avistou Melanie, a sair do portão do Montepio, com uma matrona gorda, de chapéu roxo. Surpreendido, atravessou a rua. Esta estacou como apanhada, fazendo-se toda vermelha; e nem deixou vir a pergunta; balbuciou logo que madame lhe dera licença para vir a Lisboa, e ela andava acompanhando aquela amiga... Uma velha caleche, de parelha branca, estava encalhada ali, contra o passeio. Melanie saltou para dentro, à pressa. A traquitana rodou aos solavancos para o Terreiro do Paço.

Carlos via-a desaparecer, pasmado. E Craft, que voltara, olhando também, reconheceu no lamentável calhambeque a caleche do *Torto*, dos Olivais, onde ele às vezes costumava vir "janotar a Lisboa".

— Era alguém lá da Toca? — perguntou.

— Uma criada — disse Carlos, ainda esperando daquele estranho embaraço de Melanie.

E mal tinham dado alguns passos, Carlos, parando, baixando a voz no rumor da rua:

— Ouça lá! O Eusebiozinho disse-lhe alguma coisa a meu respeito, Craft?

O outro confessou que o Eusebiozinho, apenas lhe aparecera no quarto, rompera logo, mascando as palavras, a informá-lo da misteriosa vida de Carlos nos Olivais...

— Mas eu fi-lo calar — acrescentou Craft, declarando-lhe que era tão pouco curioso que nem mesmo quisera ler nunca a *História romana*... — Em todo caso você deve ir a Santa Olávia.

Carlos, com efeito, logo nessa noite falou a Maria da visita que devia ao avô. Ela, muito séria, aconselhou-lha também, arrependida de o ter retido assim, egoisticamente e tanto tempo, longe dos outros que o amavam.

— Mas ouve, querido, não é por muito tempo, não?

— Por dois ou três dias, quando muito. E naturalmente, trago até o avô. Não está lá a fazer nada, e eu não estou para a maçada de voltar lá...

Maria então lançou-lhe os braços ao pescoço, e baixo, timidamente, confessou-lhe um grande desejo que tinha... Era ver o Ramalhete! Queria visitar os quartos dele, o jardim, todos esses recantos, onde tantas vezes ele pensara nela, e se desesperara, sentindo-a distante e inacessível...

— Dize, queres? Mas é necessário que seja antes de vir teu avô. Queres?

— Acho um encanto! Há só um perigo. É eu não te deixar sair mais e ficar a devorar-te na minha caverna.

— Prouvera a Deus!

Combinaram então que ela fosse jantar ao Ramalhete, no dia da partida de Carlos para Santa Olávia. À noitinha levava-a no *coupé* a Santa Apolônia; depois seguia para os Olivais.

Foi no sábado. Carlos veio muito cedo para o Ramalhete; e o seu coração batia com a deliciosa perturbação de um primeiro encontro, quando sentiu parar a carruagem de Maria e os seus vestidos escuros roçarem o veludo cor de cereja que forrava a escada discreta dos seus quartos. O beijo que trocaram, na antecâmara, teve a profunda doçura de um primeiro beijo.

Ela foi logo ao toucador tirar o chapéu, dar um jeito ao cabelo. Ele não cessava de a beijar; abraçava-a pela cinta; e com os rostos juntos sorriam para o espelho, enlevados no brilho da sua mocidade. Depois, impaciente, curiosa, ela percorreu os quartos, miudamente, até a alcova do banho; leu os títulos dos livros, respirou o perfume dos frascos, abriu os cortinados de seda do leito... Sobre uma cômoda Luís XV havia uma salva de prata, transbordando de retratos que Carlos se esquecera de esconder, a coronela de hussardos de amazona, Madame Rughel decotada, outras ainda. Ela mergulhou as mãos, com um sorriso triste, na profusão daquelas recordações... Carlos, rindo, pediu-lhe que não olhasse "esses enganos do seu coração".

— Por que não? — dizia Maria, séria. Sabia bem que ele não descera das nuvens, puro como um serafim. Havia sempre fotografias no passado de um homem. De resto tinha a certeza que nunca amara as outras como a sabia amar a ela.

— Até é uma profanação falar em "amor" quando se trata dessas coisas de acaso — murmurou Carlos. — São quartos de estalagem onde se dorme uma vez...

No entanto Maria considerava longamente a fotografia da coronela de hussardos. Parecia-lhe bem linda! Quem era? Uma francesa?

— Não, de Viena. Mulher de um correspondente meu, homem de negócios... Gente tranquila, que vivia no campo...

— Ah, vienense... Dizem que têm um grande encanto as mulheres de Viena!

Carlos tirou-lhe a fotografia da mão. Para que haviam de falar de outras mulheres? Existia em todo o vasto mundo uma mulher única, e ele tinha-a ali abraçada sobre o seu coração.

Foram então percorrer todo o Ramalhete, até o terraço. Ela gostou sobretudo do escritório de Afonso, com os seus damascos de câmara de prelado, a sua feição severa de paz estudiosa.

— Não sei por que — murmurou dando um olhar lento às estantes pesadas e ao Cristo na cruz —, não sei por que, mas teu avô faz-me medo!

Carlos riu. Que tonteria! O avô, se a conhecesse, fazia-lhe logo a corte rasgadamente... O avô era um santo! E um lindo velho!

— Teve paixões?

— Não sei, talvez... Mas creio que o avô foi sempre um puritano.

Desceram ao jardim, que lhe agradou também, quieto e burguês, com a sua cascatazinha chorando num ritmo doce. Sentaram-se um instante sobre o velho cedro, junto a uma mesa rústica de pedra, onde estavam entalhadas letras mal distintas e uma data antiga; o chalrar das aves nos ramos pareceu a Maria mais doce que o de todas as outras aves que ouvira; depois arranjou um ramo para levar como relíquia.

Mesmo em cabelo foram ver defronte as cocheiras; o guarda-portão ficou de boné na mão, embasbacado para aquela senhora tão linda, tão loura, a primeira que via entrar no Ramalhete! Maria acariciou os cavalos, e fez uma festa grata e mais longa à Tunante, que tantas vezes levara Carlos à Rua de S. Francisco. Ele via nestas simples coisas as graças incomparáveis de uma esposa perfeita.

Recolheram pela escada particular de Carlos, que Maria achava "misteriosa" com aqueles veludos grossos cor de cereja, forrando-a como um cofre, e abafando todo o rumor de saias. Carlos jurou que nunca ali passara outro vestido, a não ser o do Ega, uma vez, mascarado de varina.

Depois deixou-a no quarto um momento, para ir dar ordens ao Batista; mas quando voltou encontrou-a a um canto do sofá, tão descaída, tão desanimada, que lhe arrebatou as mãos, cheio de inquietação.

— Que tens, amor? Estás doente?

Ela ergueu lentamente os olhos que brilhavam numa névoa de lágrimas.

— Pensar que tu vais deixar por mim esta linda casa, o teu conforto, a tua paz, os teus amigos... É uma tristeza, tenho remorsos!

Carlos ajoelhara ao seu lado, sorrindo dos seus escrúpulos, chamando-lhe "tonta", secando-lhe num beijo as lágrimas que rolavam... Considerava-se ela então valendo menos que a cascata do jardim e alguns tapetes usados?...

— O que eu tenho pena é de me sacrificar tão pouco, minha querida Maria, quando tu te sacrificas tanto!

Ela encolheu os ombros, amargamente.

— Eu!

Passou-lhe as mãos entre os cabelos, puxou-o brandamente para o seu seio e dizia, baixo, como falando ao seu próprio coração, calmando-lhe as incertezas e as dúvidas.

— Não, com efeito, nada vale no mundo senão o nosso amor! Nada mais vale! Se ele é verdadeiro, se é profundo, tudo o mais é vão, nada mais importa...

A sua voz morreu entre os beijos de Carlos, que a levava abraçada para o leito, onde tantas vezes desesperava dela como de uma deusa intangível.

Às cinco horas pensaram em jantar. A mesa fora posta numa saleta que Carlos quisera, em tempo, revestir de colchas de cetim cor de pérola e botão de ouro. Mas não estava ainda arranjada; as paredes conservavam o seu papel verde-escuro; e Carlos pusera ali ultimamente o retrato de seu pai: uma tela banal, representando um moço pálido, de grandes olhos, com luvas de camurça amarela e um chicote na mão.

Era Batista que os servia, já com um fato claro de viagem. A mesa, redonda e pequena, parecia uma cesta de flores; o *champagne* gelava dentro dos baldes de prata;

no aparador a travessa de arroz-doce tinha as iniciais de Maria.

Aqueles lindos cuidados fizeram-na sorrir, enternecida. Depois reparou no retrato de Pedro da Maia; interessou-se; ficou a contemplar aquela face descorada, que o tempo fizera lívida, e onde pareciam mais tristes os grandes olhos de árabe, negros e lânguidos.

— Quem é? — perguntou.

— É meu pai.

Ela examinou-o mais de perto, erguendo uma vela. Não achava que Carlos se parecesse com ele. E voltando-se muito séria, enquanto Carlos desarrolhava com veneração uma garrafa do velho Chambertin:

— Sabes tu com quem te pareces às vezes?... É extraordinário, mas é verdade. Pareces-te com minha mãe!

Carlos riu, encantado de uma parecença que os aproximava mais, e que o lisonjeava.

— Tens razão — disse ela —, que a mamã era formosa... Pois é verdade, há um não sei quê na testa, no nariz... Mas sobretudo certos jeitos, uma maneira de sorrir... Outra maneira que tu tens de ficar assim um pouco vago, esquecido... Tenho pensado nisto muitas vezes...

Batista entrava com uma terrina de louça do Japão. E Carlos, alegremente, anunciou um jantar à portuguesa. M. Antoine, o *chef* francês, fora com o avô. Ficara a Micaela, outra cozinheira de casa, que ele achava magnífica, e que conservava a tradição da antiga cozinha freirática do tempo do senhor D. João V.

— Assim, para começar, minha querida Maria, aí tens tu um caldo de galinha, como só se comia em Odivelas, na cela da madre Paula, em noites de noivado místico...

E o jantar foi encantador. Quando Batista se retirava, eles apertavam-se rapidamente a mão por cima das flores. Nunca Carlos a achara tão linda, tão perfeita; os seus olhos pareciam-lhe irradiar uma ternura maior; na singela rosa que lhe ornava o peito, via a superioridade do seu gosto. E o mesmo desejo invadia-os a ambos, de ficarem ali eternamente, naquele quarto de rapaz, com jantarinhos portugueses à moda de D. João V, servidos pelo Batista de jaquetão.

— Estou com uma vontade de perder o comboio! — disse Carlos, como implorando a sua aprovação.

— Não, deves ir... É necessário não sermos egoístas... Somente não te descuides, manda-me todos os dias um grande telegrama... Que os telégrafos foram unicamente inventados para quem se ama e está longe, como dizia mamã.

Então Carlos gracejou de novo sobre a sua parecença com a mãe dela. E baixando-se a remexer a garrafa de *champagne* dentro do gelo:

— É curioso não mo teres dito antes... Também tu nunca me falaste de tua mãe...

Um pouco de sangue roseou a face de Maria Eduarda. Oh, nunca falara da mamã porque nunca viera a propósito...

— De resto não havia coisas muito interessantes a contar — acrescentou. — A mamã era uma senhora da ilha da Madeira, não tinha fortuna, casou...

— Casou em Paris?

— Não, casou na Madeira com um austríaco que fora lá acompanhar um irmão tísico... Era um homem muito distinto; viu a mamã, que era lindíssima, gostaram um do outro, *et voilà*...

Dissera isto sem erguer os olhos do prato, lentamente, cortando uma asa de frango.

— Mas então — exclamou Carlos —, se teu pai era austríaco, meu amor, tu és também austríaca... És talvez uma dessas vienenses que tu dizes que têm um tão grande encanto...

Sim, talvez, segundo essas coisas dos códigos era austríaca. Mas nunca conhecera o pai; vivera sempre com a mamã, falara sempre português, considerava-se portuguesa. Nunca estivera na Áustria, nem sabia mesmo alemão...

— Não tiveste irmãos?

— Sim, tive, uma irmãzinha que morreu bem pequena... Mas não me lembra. Tenho em Paris o retrato dela... Bem linda!

Nesse momento embaixo, na calçada, uma carruagem, a trote largo, estacou. Carlos, surpreendido, correu à janela com o guardanapo na mão.

— É o Ega! — exclamou. — É aquele velhaco que chega de Sintra!

Maria erguera-se, inquieta. E um momento, de pé, ambos se olharam, hesitando... Mas o Ega era como um irmão de Carlos. Ele esperava só que o Ega recolhesse de Sintra para o levar à Toca. Melhor seria que o encontro se desse ali, natural, franco e simples...

— Batista! — gritou Carlos, sem vacilar mais. — Dize ao Senhor Ega que estou a jantar; que entre para aqui.

Maria sentara-se, vermelha, dando um jeito rápido aos ganchos do cabelo, arranjado à pressa, um pouco desmanchado.

A porta abriu-se, e o Ega parou, assombrado, intimidado, de chapéu branco, de guarda-sol branco, e com um embrulho de papel pardo na mão.

— Maria — disse Carlos —, aqui tens enfim o meu grande amigo Ega.

E ao Ega disse simplesmente:

— Maria Eduarda.

Ega ia largar atarantadamente o embrulho, para apertar a mão que Maria Eduarda lhe estendia, corada e sorrindo. Mas o papel pardo, mal atado, desfez-se; e uma provisão fresca de queijadas de Sintra rolou, esmagando-se, sobre as flores do tapete. Então todo o embaraço findou através de uma risada alegre, enquanto o Ega, desolado, abria os braços sobre as ruínas do seu doce.

— Tu já jantaste? — perguntou Carlos.

Não, não tinha jantado. E via já ali uns ovos moles nacionais, que o encantavam, enfastiado como vinha da horrível cozinha do Vítor. Oh, que cozinha! Pratos lúgubres, traduzidos do francês em calão, como as comédias do Ginásio!

— Então avança! — exclamou Carlos. — Depressa, Batista!... Traze o caldo de galinha! Oh, ainda temos tempo!... Tu sabes que vou hoje para Santa Olávia?

Está claro que sabia; recebera a carta dele, e por isso viera... Mas não podia jantar ainda, assim coberto de pó da estrada, e com um jaquetão de bucólica...

— Dize que me guardem o caldo, Batista! Olha, dize que me guardem tudo, que eu trago uma fome de pastor da Arcádia!...

O Batista servira o café. E a carruagem da senhora, que os devia levar a Santa Apolônia, esperava já à porta com a maleta. Mas Ega agora queria conversar; afirmou que tinham tempo, tirou o relógio. Estava parado. E ele declarou logo que no campo se regulava pelo sol, como as flores e como as aves...

— Fica agora em Lisboa? — perguntou-lhe Maria Eduarda.

— Não, minha senhora, só o tempo de cumprir o meu dever de cidadão, subindo duas ou três vezes o

Chiado... Depois volto para a relva. Sintra começa a ser interessante para mim, agora que não está ninguém... Sintra de verão, com burgueses, parece-me um idílio com nódoas de sebo.

Mas Batista oferecia a Carlos a *chartreuse*, dizendo que S. Exa. não se devia demorar se não tencionava perder o comboio, de propósito. Maria ergueu-se logo para ir dentro pôr o chapéu. E os dois amigos, sós, ficaram um momento calados, enquanto Carlos acendia devagar o charuto.

— Tu quanto tempo te demoras? — perguntou por fim o Ega.

— Três ou quatro dias. E tu não voltes para Sintra antes que eu chegue, precisamos comunicar... Que diabo tens tu feito lá?

O outro encolheu os ombros.

— Tenho sorvido ar puro, colhido florinhas, murmurado de vez em quando "que lindo que isto é!" etc.

Depois, debruçado sobre a mesa, picando com um palito uma azeitona:

— De resto, nada... O Dâmaso lá está! Sempre com a Cohen, como te mandei dizer... Está claro que não há nada entre eles; aquilo é só para mim, para me irritar... É um canalha aquele Dâmaso! Eu só quero um pretexto. Esgano-o!

Deu um puxão forte aos punhos, com uma cor de cólera no rosto queimado:

— Eu, está claro, falo-lhe, aperto-lhe a mão, chamo-lhe "amigo Dâmaso" etc. Mas só quero um pretexto! É necessário aniquilar aquele animal. É um dever de moralidade, de asseio público, de gosto, varrer aquela bola de lama humana!

— Quem esteve por lá mais? — perguntou Carlos.

— Que te interessa?... A Gouvarinho. Mas vi-a uma só vez. Aparecia pouco, coitada, agora que andava de luto.

— De luto?

— Por ti.

Calou-se. Maria entrava, com o véu descido, acabando de apertar as luvas. Então Carlos, suspirando, resignado, estendeu os braços ao Batista para ele lhe vestir um casaco leve de jornada. Ega ajudava, pedindo um abraço filial para Afonso, e recados para o gordo Sequeira.

Foi acompanhá-los a baixo, em cabelo; e fechou ele a portinhola, prometendo a Maria Eduarda uma visita à Toca, apenas Carlos voltasse desses penhascos do Douro...

— Não vás para Sintra antes de eu voltar! — gritou-lhe ainda Carlos. — E a Micaela que tome conta de ti!

— *All right, all right* — dizia o Ega. — Boa jornada! Criado de V. Exa., minha senhora... Até à Toca!

O *coupé* partiu. Ega subiu ao seu quarto, onde outro criado lhe estava preparando o banho. Na saleta deserta, entre as flores e os restos do jantar, as velas continuavam a arder solitárias, fazendo ressaltar no painel escuro a palidez de Pedro da Maia e a melancolia dos seus olhos.

No sábado seguinte, perto das duas horas, Carlos e Ega, ainda à mesa do almoço, acabavam os seus charutos, falando de Santa Olávia. Carlos chegara de lá essa madrugada, só. O avô decidira ficar entre as suas velhas árvores até o fim do outono, que ia tão luminoso e tão macio.

Carlos fora-o encontrar muito alegre, muito forte, apesar de ter sido obrigado, por causa de um toque de reumatismo, a abandonar, enfim, o seu culto da água fria. E esta maciça, resplandecente, saúde do velho fora um alívio para o coração de Carlos; parecia-lhe assim mais fácil, menos ingrata, a sua partida com Maria para a Itália, em outubro. Além disso achara um truque, como ele dizia ao Ega, para realizar o supremo desejo da sua vida sem magoar o avô, sem lhe turbar a paz da velhice. Era um truque simples. Consistia em partir ele só para Madri, no começo de uma certa "viagem de estudo", para o que já preparara o avô em Santa Olávia. Maria ficava na Toca durante um mês. Depois tomava o paquete para Bordéus; e era aí que Carlos se reunia com ela, a começarem essa existência de felicidade e romance que as flores da Itália deviam perfumar... Na primavera ele voltava a Lisboa, deixando Maria instalada no seu ninho; e então, pouco a pouco, ia revelando ao avô aquela ligação, a que o prendia a honra; e que o forçaria agora a viver regularmente longos meses numa outra terra que se tornara a pátria do seu coração. E que havia de dizer o avô? Aceitar esse romance, a que não veria os lados desagradáveis, esbatido assim pela distância e pela névoa da paixão. Seria para Afonso uma vaga e mal sabida coisa de amor que se passava em Itália... Poderia lamentá-la, apenas, por lhe levar pontualmente todos os anos o neto para longe; e cada ano se consolaria pensando na curta duração dos idílios humanos. De resto Carlos contava com essa larga benevolência que amolece as almas mais rígidas, quando apenas alguns passos as separam do túmulo... Enfim, o seu truque parecia-lhe bom. Ega, em resumo, aprovou o truque.

Depois, mais alegremente, falaram da instalação desse amor. Carlos permanecia na sua ideia romântica: um *cottage* à beira de um lago. Mas Ega não aprovava o lago. Ter todos os dias diante dos olhos uma água sempre mansa e sempre azul, parecia-lhe perigoso para a durabilidade da paixão. Na quietação contínua de uma paisagem igual, dois amantes solitários, dizia ele, não sendo botânicos nem pescando à linha, veem-se forçados a viver exclusivamente do desejo um do outro, e a tirar daí todas as suas ideias, sensações, ocupações, gracejos e silêncios... E, que diabo, o mais forte sentimento não pode dar para tanto! Dois amantes, cuja única profissão é amarem-se, deviam procurar uma cidade, uma vasta cidade, tumultuosa e criadora, onde o homem tenha durante o dia os clubes, o cavalo, os museus, as ideias, o sorriso de outras mulheres, e a mulher tenha as ruas, as compras, os teatros, a atenção de outros homens; de sorte que à noite, quando se reúnam, não tendo passado o infindável dia a observarem-se um no outro e a si próprios, trazendo cada um a vibração da vida forte que atravessaram, achem um encanto novo e verdadeiro no conchego da sua solidão, e um sabor sempre renovado na repetição dos seus beijos...

— Eu — continuava Ega, erguendo-se —, se levasse para longe uma mulher, não era para um lago, nem para a Suíça, nem para os montes da Sicília; era para Paris, para o *boulevard* dos italianos, ali à esquina do Vaudeville, com janelas deitando para a grande vida, a um passo do *Figaro*, do Louvre, da Filosofia e da blague... Aqui tens tu a minha doutrina!... E aí temos nós o amigo Batista com o correio.

Não era o correio. Era apenas um bilhete que o Batista trazia numa salva; e vinha tão perturbado que anunciou "um sujeito, ali fora, na antecâmara, numa carruagem, à espera..."

Carlos olhou o bilhete; empalideceu terrivelmente. E ficou a revirá-lo, lento e como atordoado, entre os dedos que tremiam... Depois, em silêncio, atirou-o ao Ega por cima da mesa.

— Caramba! — murmurou Ega, assombrado.

Era Castro Gomes!

Bruscamente Carlos erguera-se, decidido.

— Manda entrar... Para o salão grande!

Batista apontou para o jaquetão de flanela com que Carlos tinha almoçado, e perguntou baixo se S. Exa. queria uma sobrecasaca.

— Traze.

Sós, Ega e Carlos olharam-se um instante, ansiosamente.

— Não é um desafio, está claro — balbuciou Ega.

Carlos não respondeu. Examinava outra vez o bilhete: o homem chamava-se Joaquim Alvares de Castro Comes; por baixo tinha escrito a lápis: "Hotel Bragança"... Batista voltara com a sobrecasaca; e Carlos, abotoando-se devagar, saiu sem outra mais palavra ao Ega, que ficara de pé junto da mesa, limpando estupidamente as mãos ao guardanapo.

No salão nobre, forrado de brocados cor de musgo de outono, Castro Gomes examinava curiosamente, com um joelho apoiado à borda do sofá, a esplêndida tela de Constable, o retrato da Condessa de Runa, bela e forte no seu vestido de veludo escarlate de caçadora inglesa. Ao rumor dos passos de Carlos sobre o tapete, de chapéu branco na mão, sorrindo, pedindo perdão de estar assim a pasmar familiarmente para aquele soberbo Constable... Com um gesto rígido, Carlos, muito pálido, indicou-lhe o sofá. Saudando e risonho, Castro Gomes sentou-se vagarosamente. No peito da sobrecasaca muito justa trazia um botão de rosa; os seus sapatos de verniz resplandeciam sob as polainas de linho; no rosto chupado, queimado, a barba negra terminava em bico; os cabelos rareavam-lhe na risca; e mesmo a sorrir tinha um ar de secura, de fadiga.

— Eu possuo também em Paris um Constable muito *chic* — disse ele, sem embaraço, num tom arrastado cheio de "erres", que o sotaque brasileiro adocicava. — Mas é apenas uma pequena paisagem, com duas figurinhas. É um pintor que não me diverte, a dizer a verdade... Todavia dá muito tom a uma galeria. É necessário tê-lo.

Carlos, defronte numa cadeira, com os punhos fortemente fechados sobre os joelhos, conservava a imobilidade de um mármore. E, perante aquele modo afável, uma ideia ia-o atravessando, lacerante, angustiosa, pondo-lhe já nos olhos largos, que não tirava de sobre o outro, uma irreprimível chama de cólera. Castro Gomes decerto "não sabia nada"! Chegara, desembarcara, correra aos Olivais, dormira nos Olivais! Era o marido, era novo, tivera-a já nos braços, a ela! E agora ali estava, tranquilo, de flor ao peito, falando do Constable! O único desejo de Carlos, nesse instante, era que aquele homem o insultasse.

No entanto Castro Gomes, amavelmente, desculpava-se de se apresentar assim, sem o conhecer, sem ao menos ter pedido por um bilhete uma entrevista...

— O motivo porém que me traz é tão urgente, que cheguei esta manhã às dez horas do Rio de Janeiro, ou antes do Lazareto, e estou aqui!... E esta mesma noite, se puder, parto para Madri.

Fez-se um alívio infinito no coração de Carlos. Ainda não vira então Maria Eduarda; aqueles secos lábios não a tinham tocado! E saiu enfim da sua rigidez de mármore; teve um momento atento, aproximando de leve a cadeira.

Castro Comes, no entanto, tendo pousado o chapéu, tirara do bolso interior da sobrecasaca uma carteira com um largo monograma de ouro; e, vagaroso, procurava entre os papéis uma carta... Depois, com ela na mão, muito tranquilamente:

— Eu recebi no Rio de Janeiro, antes de partir, este escrito anônimo... Mas não creia V. Exa. que foi ele que me levou a atravessar à pressa o Atlântico. Seria o maior dos ridículos... E desejo também afirmar-lhe que todo o conteúdo dele me deixou perfeitamente indiferente... Aqui o tem. Quer V. Exa. lê-lo, ou quer que eu leia?

Carlos murmurou com um esforço:

— Leia V. Exa.

Castro Gomes desdobrou o papel e revirou-o um instante entre os dedos.

— Como V. Exa. vê, é a carta anônima em todo o seu horror: papel de mercearia, pautadinho de azul; caligrafia reles; tinta reles; cheiro reles. Um documento odioso. E aqui está como ele se exprime: "Um homem que teve a honra de apertar a mão de V. Exa." Eu dispensava a honra... "que teve a honra de apertar a mão de V. Exa. e de apreciar o seu cavalheirismo julga dever preveni-lo que sua mulher é, à vista de toda a Lisboa, a amante de um rapaz muito conhecido aqui, Carlos Eduardo da Maia, que vive numa casa às Janelas Verdes, chamada o Ramalhete. Este herói, que é muito rico, comprou expressamente uma quinta nos Olivais, onde instalou a mulher de V. Exa., e onde a vai ver todos os dias, ficando às vezes, com escândalo da vizinhança, até de madrugada. Assim o nome honrado de V. Exa. anda pelas lamas da Capital." É tudo o que diz a carta; e eu só devo acrescentar, porque o sei, que tudo quanto ela diz é incontestavelmente exato... O Senhor Carlos da

Maia é pois, publicamente, com conhecimento de toda a Lisboa, o amante dessa senhora.

Carlos ergueu-se, muito sereno. E abrindo de leve os braços, numa aceitação inteira de todas as responsabilidades:

— Não tenho então nada a dizer a V. Exa. senão que estou às suas ordens!...

Uma fugitiva onda de sangue avivou a palidez morena de Castro Gomes. Dobrou a carta, guardou-a com todo o vagar na carteira. Depois, sorrindo friamente:

— Perdão... O Senhor Carlos da Maia sabe, tão bem como eu, que, se isto tivesse de ter uma solução violenta, eu não viria aqui pessoalmente, a sua casa, ler-lhe este papel... A coisa é inteiramente outra.

Carlos recaíra na cadeira, assombrado. E agora a lentidão adocicada daquela voz ia-se-lhe tornando intolerável. Um confuso terror do que viria desses lábios, que sorriam com uma palidez impertinente, quase fazia estalar o seu pobre coração. E era um desejo brutal de lhe gritar que acabasse, que o matasse, ou que saísse daquela sala, onde a sua presença era uma inutilidade ou uma torpeza!...

O outro passou os dedos no bigode, e prosseguiu, devagar, arranjando as suas palavras com cuidado e com precisão:

— O meu caso é este, Senhor Carlos da Maia. Há pessoas em Lisboa que me não conhecem, decerto, mas que sabem a esta hora que existe algures, em Paris, no Brasil ou no inferno, um certo Castro Gomes, que tem uma mulher bonita, e que a mulher desse Castro Gomes tem em Lisboa um amante. Isto é desagradável, sobretudo por ser falso. E V. Exa. compreende que eu não devo continuar a arrastar por mais tempo a fama de "marido infeliz" visto que a não mereço, e que a não posso "legalmente" ter... É por isso que venho, muito francamente de *gentleman* para *gentleman,* dizer-lhe, como tenho tenção de dizer a outros, que aquela senhora não é minha mulher.

Durante um momento Castro Gomes esperou a voz de Carlos da Maia. Mas ele conservava uma face muda, impenetrável, onde apenas os olhos brilhavam angustiosamente na lividez que a cobrira. Por fim, com um esforço, baixou de leve a cabeça, como acolhendo placidamente aquela revelação, que tornava outra qualquer palavra entre eles desnecessária e vã.

Mas Castro Gomes encolhera de leve os ombros, com uma lânguida resignação, como quem atribui tudo à malícia dos destinos.

— São as ridículas cenas da vida... O Senhor Carlos da Maia está daí a ver as coisas. É a velha, a clássica história... Há três anos que eu vivo com essa senhora; quando tive o inverno passado de ir ao Brasil, trouxe-a a Lisboa para não vir sozinho. Fomos para o Hotel Central. V. Exa. compreende perfeitamente que eu não fui fazer confidências ao gerente do estabelecimento. Aquela senhora vinha comigo, dormia comigo; portanto, para todos os efeitos do hotel, era minha mulher. Como mulher de Castro Gomes ficou no Central; como mulher de Castro Gomes alugou depois uma casa na Rua de S. Francisco; como mulher de Castro Gomes tomou enfim um amante... Deu-se sempre como mulher de Castro Gomes, mesmo nas circunstâncias mais particularmente desagradáveis para Castro Gomes... E, meu Deus! não podemos realmente condená-la muito... Achava-se por acaso revestida de uma excelente posição social e de um nome puro; seria mais que humano que o seu amor da verdade a levasse, apenas conhecia alguém, a declarar que posição e nome eram de empréstimo e ela era apenas "Fulana de tal, amigada...". De resto, sejamos justos, ela não era moralmente obrigada a dar semelhantes explicações ao tendeiro que lhe vendia a manteiga, ou à matrona que lhe alugava a casa; nem mesmo, penso eu, a ninguém, a não ser a um pai que lhe quisesse apresentar sua filha, saída do convento... De mais a mais sou eu que tenho um pouco a culpa; muitas vezes, em coisas relativamente delicadas, lhe deixei usar o meu nome. Foi, por exemplo, com o nome de Castro Gomes que ela tomou a governanta inglesa. As inglesas são tão exigentes!... Aquela, sobretudo, uma rapariga tão séria... Enfim tudo isso passou... O que importa agora é que eu lhe retiro solenemente o nome que lhe emprestara; e ela fica apenas com o seu, que é Madame Mac-Gren.

Carlos ergueu-se, lívido. E com as mãos fincadas nas costas da cadeira, tão fortemente, que quase lhe esgarçava o estofo:

— Mais nada, creio eu?

Castro Gomes mordeu de leve os beiços perante este remate brutal que o despedia.

— Mais nada — disse ele, tomando o chapéu e levantando-se muito vagarosamente. — Devo apenas acrescentar, para evitar a V. Exa. suspeitas injustas, que aquela senhora não é uma menina que eu tivesse seduzido, e a quem recuse uma reparação. A pequerruchinha que ali anda não é minha filha... Eu conheço a mãe somente há três anos... Vinha dos braços de um qualquer, passou para os meus... Posso pois dizer, sem injúria, que era uma mulher que eu pagava.

Completara com esta palavra a humilhação do outro. Estava deliciosamente desforrado. Carlos, mudo, abrira o reposteiro da sala, numa sacudidela brusca. E, diante desta nova rudeza que revelava só mortificação, Castro Gomes foi perfeito: saudou, sorriu, murmurou:

— Parto esta noite mesmo para Madri, e levo o pesar de ter feito o conhecimento de V. Exa. por um motivo tão desagradável... Tão desagradável para mim.

Os seus passos desafogados e leves perderam-se na antecâmara, entre as tapeçarias. Depois, embaixo, uma portinhola bateu, uma carruagem rodou na calçada...

Carlos ficara caído numa cadeira, junto da porta, com a cabeça entre as mãos. E de todas aquelas palavras de Castro Gomes, que ainda lhe ressoavam em redor, adocicadas e lentas, só lhe restava o sentimento atordoado de uma coisa muito bela, resplandecendo muito alto, e que caía de repente, se fazia em pedaços, na lama, salpicando-o todo de nódoas intoleráveis... Não sofria: era simplesmente um assombro de todo o seu ser, perante este fim imundo de um sonho divino... Unira a sua alma arrebatadamente a outra alma nobre e perfeita, longe nas alturas, entre nuvens de ouro; de repente uma voz passara, cheia de "erres", as duas almas rolavam, batiam num charco; e ele achava-se tendo nos braços uma mulher que não conhecia, e que se chamava Mac-Gren.

Mac-Gren! Era a Mac-Gren!

Ergueu-se, com os punhos fechados; e veio-lhe uma revolta furiosa, de todo o seu orgulho, contra essa ingenuidade que o trouxera meses tímido, trêmulo, ansioso, seguindo à maneira de uma estrela aquela mulher, que qualquer um em Paris, com mil francos no bolso, poderia ter sobre um sofá, fácil e nua! Era horrível! E recordava agora, afogueado de vergonha, a emoção religiosa com que entrava na sala de repes vermelho na Rua de S. Francisco: o encanto enternecido com que via aquelas mãos, que ele julgava as mais castas da terra, puxarem os fios de lã no bordado, num constante trabalho de mãe laboriosa e recolhida; a veneração espiritual com que se afastava da orla do seu vestido, igual para ele à túnica de uma Virgem cujas pregas rígidas nem a mais rude bestialidade ousaria desmanchar de leve! Oh, imbecil, imbecil!... E todo esse tempo ela sorria consigo daquela simpleza de provinciano do Douro! Oh, tinha vergonha agora das flores apaixonadas que lhe trouxera! Tinha vergonha das "excelências" que lhe dera!

E seria tão fácil, desde o primeiro dia no Aterro, ter percebido que aquela deusa, descida das nuvens, estava amigada com um brasileiro! Mas quê! A sua paixão absurda de romântico pusera-lhe logo, entre os olhos e as coisas flagrantes e reveladoras, uma dessas névoas douradas que dão às montanhas mais rugosas e negras um brilho polido de pedra preciosa! Por que escolhera ela precisamente para seu médico, na sua casa e na sua intimidade, o homem que na rua a fitara com um fulgor de desejo na face? Por que é que nas suas longas conversas, nas manhãs da Rua de S. Francisco, não falara jamais de Paris, dos seus amigos e das coisas da sua casa? Por que é que ao fim de dois meses, sem preparação, sem todas essas progressivas evidências do amor que cresce e desabrocha como uma flor, se lhe abandonara de chofre, toda pronta, apenas ele lhe disse o primeiro "amo-te"?... Por que lhe aceitara uma casa já mobiliada, com a facilidade com que lhe aceitava os ramos? E outras coisas ainda, pequeninas, mas que não teriam escapado ao mais simples: joias brutais, de um luxo grosseiro de *cocotte*; o livro da *Explicação de sonhos*, à cabeceira da cama; a sua familiaridade com Melanie... E agora até o ardor dos seus beijos lhe parecia vir menos da sinceridade e da paixão, que da ciência da voluptuosidade!... Mas tudo acabara, providencialmente! A mulher que ele amara e as suas seduções esvaíam-se de repente no ar como um sonho, radiante e impuro, de que aquele brasileiro o viera acordar por caridade! Esta mulher era apenas a Mac-Gren... O seu amor fora, desde que a vira, como o próprio sangue das suas veias; e escoava-se agora todo através da ferida incurável e que nunca mais fecharia, feita no seu orgulho!

Ega apareceu à porta do salão, ainda pálido:

— Então?

Toda a cólera de Carlos fez explosão:

— Extraordinário, Ega, extraordinário! A coisa mais abjeta, a coisa mais imunda!

— O homem pediu-te dinheiro?

— Pior!

E, passeando arrebatadamente, Carlos desabafou, contou tudo, sem reticências, com as mesmas palavras cruas do outro, que, assim repetidas e avivadas pelos seus lábios, lhe descobriam motivos novos de humilhação e de nojo.

— Já por acaso sucedeu a alguém coisa mais horrível? — exclamou por fim, cruzando violentamente os braços diante do Ega, que se abatera no sofá, assombrado. — Podes tu conceber um caso mais sórdido? E também mais burlesco? É para estalar o coração. E é para rebentar a rir. Estúpido! Aí, nesse sofá, aí onde tu estás, o homenzinho, muito amável, de flor ao peito, a dizer: "Olhe que aquela criatura não é minha mulher, é uma criatura que eu pago..." Compreendes isto bem! Aquele sujeito paga-a. Quanto é o beijo? Cem francos. Aí estão cem francos... É de morrer!

E recomeçou no seu passeio, desvairado, desabafando mais, recontando tudo, sempre com as palavras de Castro Gomes, que ele deformava ainda numa brutalidade maior...

— Que te parece, Ega? Dize lá. Que fazias tu? É horrível, hein?

Ega, que limpava pensativamente o vidro do monóculo, hesitou, terminou por dizer que, considerando as coisas com superioridade, como homens de seu tempo e "do seu mundo", elas não ofereciam nem motivos de cólera nem motivos de dor...

— Então não compreendes nada! — gritou Carlos. — Não percebes o meu caso!

Sim, sim, Ega compreendia claramente que era horrível para um homem, no momento em que ia ligar com adoração o seu destino ao de uma mulher, saber que outros a tinham tido a tanto por noite... Mas isso mesmo simplificava e amenizava as coisas. O que fora um drama complicado tornava-se uma distração bonançosa. Ficava Carlos, desde logo, aliviado do remorso de ter desorganizado uma família; já não tinha de se exilar, a esconder o seu erro, num buraco florido da Itália; já o não prendia a honra para sempre a uma mulher a quem talvez não o prenderia para sempre o amor. Tudo isto, que diabo, eram vantagens.

— E a dignidade dela! — exclamou Carlos.

Sim, mas a diminuição de dignidade e pureza não era na verdade grande, porque antes da visita de Castro Gomes já ela era uma mulher que foge do seu marido, o que, sem mesmo usar termos austeros, nem é muito puro nem muito digno... Decerto, tudo isso era uma humilhação irritante, não superior todavia à de um homem que tem uma Madona que contempla com religião, supondo-a de Rafael, e que descobre um dia que a tela divina foi fabricada na Bahia, por um sujeito chamado Castro Gomes! Mas o resultado íntimo e social parecia-lhe ser este: Carlos até aí tivera uma bela amante com inconvenientes, e agora tinha sem inconvenientes uma bela amante.

— O que tu deves fazer, meu caro Carlos...

— O que eu vou fazer é escrever-lhe uma carta, remetendo-lhe o preço dos dois meses que dormi com ela...

— Brutalidade romântica!... Isso já vem na *Dama das camélias*... Sobretudo é não ver com boa filosofia as nuanças.

O outro atalhou, impaciente:

— Bem, Ega, não falemos mais nisso... Eu estou horrivelmente nervoso!... Até logo. Tu jantas em casa, não é verdade? Bem, até logo.

Saía atirando a porta, quando Ega, agora tranquilo, disse, erguendo-se muito lentamente do sofá:

— O homenzinho foi para lá.

Carlos voltou-se, com os olhos chamejantes:

— Foi para os Olivais? Foi ter com ela?

Sim, pelo menos mandara a tipoia à quinta do Craft. Ega, para conhecer esse Senhor Castro Gomes, fora meter-se no cubículo do guarda-portão. E vira-o descer, acender um charuto... Era com efeito um desses rastaqueras que, nessa infeliz Paris que tudo tolera, vêm ao *Café de la Paix* às duas horas tomar a sua *groseille*, tesos e embrutecidos... E fora o guarda-portão que lhe dissera que o sujeito parecia muito alegre e mandara o cocheiro bater para os Olivais...

Carlos parecia aniquilado:

— Tudo isso é nojento!... No fim talvez até se entendam ambos... Estou como tu dizias aqui há tempos:

"Caiu-me a alma a uma latrina, preciso um banho por dentro!"

Ega murmurou melancolicamente:

— Essa necessidade de banhos morais está-se tornando, com efeito, tão frequente!... Devia haver na cidade um estabelecimento para eles.

Carlos, no seu quarto, passeava diante da mesa onde a folha branca de papel, em que ia escrever a Maria Eduarda, já tinha a data desse dia, depois "Minha senhora", numa letra que ele se esforçara por traçar bem firme e serena; e não achava outra palavra. Estava bem decidido a mandar-lhe um cheque de duzentas libras, paga esplendidamente ultrajante das semanas que passara no seu leito. Mas queria juntar duas linhas regeladas, impassíveis, que a ferissem mais que o dinheiro; e não encontrava senão frases de grande cólera, revelando um grande amor.

Olhava a folha branca; e a banal expressão "Minha senhora" dava-lhe uma saudade dilacerante por aquela a quem na véspera ainda dizia "minha adorada"; pela mulher que se não chamava ainda Mac-Gren, que era perfeita, e que uma paixão indomável, superior à razão, entontecera e vencera. E o seu amor por essa Maria Eduarda, nobre e amante, que se transformara na Mac--Gren, amigada e falsa, era agora maior infinitamente, desesperado por ser irrealizável, como o que se tem por uma morta e que palpita mais ardente junto da frialdade da cova. Oh, se ela pudesse ressurgir outra vez, limpa, clara, do lodo em que afundara, outra vez Maria Eduarda, com o seu casto bordado!... De que amor mais delicado a cercaria, para a compensar das afeições domésticas que ela deixasse de merecer! Que veneração maior lhe consagraria para suprir o respeito que o mundo superficial e afetado lhe retirasse! E ela tinha tudo para reter amor e respeito: tinha a beleza, a graça, a inteligência, a alegria, a maternidade, a bondade, um incomparável gosto... e com todas estas qualidades doces e fortes, era apenas uma intrujona!

Mas por quê? Por quê? Por que entrara ela nesta longa fraude, tramada dia a dia, mentindo em tudo, desde o pudor que fingia até ao nome que usava?

Apertava a cabeça entre as mãos; achava a vida intolerável. Se ela mentia, onde havia então a verdade? Se ela o traía assim, com aqueles olhos claros, o universo podia bem ser todo uma imensa traição muda. Punha-se um molho de rosas num vaso, exalava-se dele a peste! Caminhava-se para uma relva fresca, ela escondia um lamaçal! E para que, para que mentira ela? Se, desde o primeiro dia em que o vira, trêmulo e rendido, a contemplar o seu bordado como se contempla uma ação de santidade, lhe tivesse dito que não era esposa do Senhor Castro Gomes, mas só amante do Senhor Castro Gomes, teria a sua paixão sido menos viva, menos profunda? Não era a estola do padre que dava beleza ao seu corpo e valor às suas carícias... Para que fora então essa mentira tenebrosa e descarada, que lhe fazia supor agora que eram imposturas os seus mesmos beijos, imposturas os seus mesmos suspiros!... E com este longo embuste o levava a expatriar-se, dando a sua vida inteira por um corpo por que outros davam apenas um punhado de libras! E por esta mulher, tarifada às horas como as caleches da Companhia, ele ia amargurar a velhice do avô, estragar irreparavelmente o seu destino, cortar a sua livre ação de homem!

Mas por quê? Por que fora esta farsa banal, arrastada por todos os palcos de ópera cômica, da *cocotte* "que se finge senhora"? Por que o fizera ela, com aquele falar honesto, o puro perfil e a doçura de mãe? Por interesse? Não. Castro Gomes era mais rico que ele; mais largamente lhe podia satisfazer o apetite mundano de *toilettes*, de carruagens... Sentia ela que Castro Gomes a ia abandonar, e queria ter ao lado, aberta e pronta, outra bolsa rica? Então mais simples teria sido dizer-lhe: "eu sou livre, gosto de ti, toma-me livremente, como eu me dou". Não! Havia ali alguma coisa secreta, tortuosa, impenetrável... O que daria por a conhecer!

E então, pouco a pouco, foi surgindo nele o desejo de ir aos Olivais... Sim, não lhe bastaria desforrar-se arrogantemente, atirando-lhe ao regaço um cheque embrulhado numa insolência! O que precisava, para sua plena tranquilidade, era arrancar, do fundo daquela turva alma, o segredo daquela torpe farsa... Só isso amansaria o seu incomparável tormento. Queria entrar outra vez na Toca, ver como era aquela outra mulher que se chamava Mac-Gren e ouvir as suas palavras. Oh, iria sem violências, sem recriminações, muito calmo, sorrindo! Só para que ela lhe dissesse qual fora a razão daquela mentira tão laboriosa, tão vã... Só para lhe perguntar serenamente: "Minha rica senhora, para que foi toda esta intrujice?" E depois vê-la chorar... Sim, tinha esta ansiedade cheia de amor de a ver chorar. A agonia que ele sentira no salão cor de musgo do outono, enquanto o outro arrastava os "erres", queria vê-la repetida nesse seio, onde ele até aí dormira tão docemente, esquecido de tudo, e que era belo, tão divinamente belo!...

Bruscamente, decidido, deu um puxão à campainha. Batista apareceu, todo abotoado na sua sobrecasaca, com um ar resoluto, como armado e pronto a ser útil naquela crise que adivinhava...

— Batista, corre ao Hotel Central e pergunta se já entrou o Senhor Castro Gomes!... Não, escuta... Põe-te à porta do Central e espera até que entre aquele sujeito que aqui esteve... Não, é melhor perguntar!... Enfim, certifica-te de que o sujeito ou voltou ou está no hotel. E apenas estejas bem certo disso, volta aqui, à desfilada, numa tipoia... Um batedor seguro, que é para me levar depois aos Olivais!...

Imediatamente, dada esta ordem, serenou. Era já um alívio imenso não ter de escrever a carta e achar as palavras acerbas que a deviam dilacerar. Rasgou o papel devagar. Depois fez o cheque de duzentas libras, ao portador. Ele mesmo lho levaria... Oh, decerto, não lho atirava romanticamente ao regaço... Deixá-lo-ia sobre uma mesa, sobrescritado a Madame Mac-Gren... E de repente sentiu uma compaixão por ela. Via-a já, abrindo o envelope, com duas grandes lágrimas, lentas, caladas, a rolarem-lhe na face... E os seus próprios olhos se umedeceram.

Nesse momento Ega, de fora, perguntou se era importuno.

— Entra! — gritou.

E continuou passeando, calado, com as mãos nos bolsos; o outro, em silêncio também, foi encostar-se à janela sobre o jardim.

— Preciso escrever ao avô a dizer-lhe que cheguei — murmurou Carlos por fim, parando junto da mesa.

— Dá-lhe recados meus.

Carlos sentara-se, tomara languidamente a pena; mas bem depressa a arremessou; cruzou as mãos por detrás da cabeça, no espaldar da cadeira, cerrou os olhos, como exausto.

— Sabes uma coisa que me parece certa? — disse de repente o Ega da janela. — Quem escreveu a carta anônima ao Castro Gomes foi o Dâmaso.

Carlos olhou para ele:

— Achas?... Sim, talvez... Com efeito, quem havia de ser?

— Não foi mais ninguém, menino. Foi o Dâmaso!

Carlos então recordou o que lhe contara o Taveira: as alusões misteriosas do Dâmaso a um escândalo que se estava armando, uma bala que ele devia receber na cabeça... O Dâmaso, portanto, tinha como certa a vinda do brasileiro; depois um duelo.

— É necessário esmagar esse infame! — exclamou Ega, subitamente furioso. — Não há segurança, não há paz na nossa vida enquanto esse bandido viver!...

Carlos não respondeu. E o outro prosseguia, transtornado, já todo pálido, deixando transbordar ódios cada dia acumulados:

— Eu não o mato porque não tenho um pretexto!... Se tivesse um pretexto, uma insolência dele, um olhar atrevido, era meu, esborrachava-o!... Mas tu precisas fazer alguma coisa; isto não pode ficar assim! Não pode! É necessário sangue... Vê tu que infâmia, uma carta anônima!... Temos a nossa paz, a nossa felicidade, tudo exposto constantemente aos ataques do senhor Dâmaso. Não pode ser. Eu o que tenho pena é de não ter um pretexto! Mas tem-no tu; aproveita, e esmaga-o!

Carlos encolheu vagamente os ombros:

— Merecia chicotadas, com efeito... Mas ele, realmente, só tem sido velhaco comigo por causa das minhas relações com essa senhora; e como isso é um caso acabado, tudo o que se prende com ele finda também. *Parce sepultis*... E no fim era ele que tinha razão, quando dizia que ela era uma intrujona...

Atirou uma punhada à mesa, ergueu-se, e com um sorriso amargo, num tédio infinito de tudo:

— Era ele, era o Senhor Dâmaso Salcede que tinha razão!...

Toda a sua cólera revivera, mais áspera, a esta ideia. Olhou o relógio. Tinha pressa de a ver, tinha pressa de a injuriar!...

— Escreveste-lhe? — perguntou o Ega.

— Não, vou lá eu mesmo.

Ega pareceu espantado. Depois recomeçou a passear, calado com os olhos no tapete.

Ia escurecendo quando Batista voltou. Vira o Senhor Castro Gomes apear-se no hotel e mandar descer as suas bagagens, e a tipoia, para levar o menino aos Olivais, esperava embaixo.

— Bem, adeus! — disse Carlos, procurando atarantadamente um par de luvas.

— Não jantas?

— Não.

Daí a pouco rodava pela estrada dos Olivais. Já se acendera o gás. E inquieto, no estreito assento, acendendo nervosamente *cigarettes* que não fumava, sofria já a perturbação daquele encontro difícil e doloroso... Nem sabia mesmo como a havia de tratar, se por "minha senhora", se por "minha boa amiga", com uma superior indiferença. E ao mesmo tempo sentia por ela uma compaixão indefinida, que o amolecia. Diante destes seus modos regelados, via-a já toda pálida, a tremer, com os olhos cheios de água. E estas lágrimas que apetecera, agora que estava tão perto de as ver correr, enchiam-no só de comoção e de dó... Durante um momento mesmo pensou em retroceder. Por fim seria muito mais digno escrever-lhe duas linhas altivas, sacudindo-a de si para sempre e secamente! Poderia não lhe mandar o cheque, afronta brutal de homem rico. Apesar de embusteira era mulher; cheia de nervos, cheia de fantasia, e amara-o talvez com desinteresse... Mas uma carta era mais digno. E agora acudiam-lhe as palavras que lhe deveria ter dirigido, incisas e precisas. Sim, devia-lhe ter dito: que se estava pronto a dar a sua vida a uma mulher que se lhe abandonara por "paixão", estava decidido a não sacrificar nem os seus vagares a uma mulher que lhe cedera por "profissão". Era mais simples, era terminante... E depois não a via, não teria de suportar a tortura das explicações e das lágrimas.

Então veio-lhe uma fraqueza. Bateu nos vidros para fazer parar, refletir um instante, mais claramente, no silêncio das rodas. O cocheiro não ouviu; o trote largo da parelha continuou batendo a estrada escura. E Carlos deixou seguir, outra vez hesitante. Depois, à maneira que reconhecia, esbatidos na sombra, aqueles sítios onde tantas vezes passara com o coração em festa, quando a sua paixão estava em flor, uma cólera nova voltava, menos contra a pessoa de Maria Eduarda que contra essa "mentira" que fora obra dela, e que vinha estragar irremediavelmente o encanto divino da sua vida. Era essa mentira que agora odiava, vendo-a como uma coisa material e tangível, de um peso enorme, feia e cor de ferro, esmagando-lhe o coração. Oh, se não fosse "essa coisa" pequenina e inolvidável que estava entre eles, como um indestrutível bloco de granito, poderia abrir-lhe novamente os seus braços, se não com a mesma crença, pelo menos com o mesmo ardor! Esposa do outro ou amante do outro, no fim que importava? Não era por faltar aos beijos que lhe dera a consagração de um padre, rosnada em latim, que a sua pele estava mais poluída por eles ou tinha menos frescura? Mas havia a mentira, a mentira inicial, dita no primeiro dia em que fora à Rua de S. Francisco, e que, como um fermento podre, ficava estragando tudo daí por diante, doces conversas, silêncios, passeios, sestas no calor da quinta, murmúrios de beijos morrendo entre os cortinados cor de ouro... Tudo manchado, tudo contaminado por aquela mentira primeira que ela dissera sorrindo, com os seus tranquilos olhos límpidos...

Abafava. Ia descer a vidraça a que faltava a correia quando a tipoia parou de repente, na estrada solitária... Abriu a portinhola. Uma mulher com xale pela cabeça falava ao cocheiro.

— Melanie!

— *Ah, monsieur!*

Carlos saltou precipitadamente. Era já próximo da quinta, na volta da estrada, onde o muro fazia um recanto sob uma faia, defronte de sebes de piteiras resguardando campos de olivedo. Carlos gritou ao cocheiro que seguisse e esperasse no portão da quinta. E ficou ali, no escuro, com Melanie encolhida no seu xale. Que estava ela ali a fazer? Melanie parecia transtornada; contou que vinha procurar à vila uma carruagem, porque a senhora queria ir a Lisboa, ao Ramalhete... Ela julgara a tipoia vazia. E apertava as mãos, dando as graças, com um imenso alívio. Ah, que felicidade, que felicidade ter ele vindo!... A senhora estava aflita, nem jantara, perdida de choro. O Senhor Castro Gomes aparecera lá inesperadamente... A senhora, coitadinha, queria morrer! Então Carlos, caminhando rente do muro, interrogou Melanie. Como viera o outro? Que dissera? Como se despedira?... Melanie não ouvira nada. O Senhor Castro Gomes e a senhora tinham conversado sós no pavilhão japonês. À saída é que vira o Senhor Castro Gomes dizer adeus a madame, muito sossegado, muito amável, rindo, falando de Niniche... A senhora, essa parecia como morta, tão pálida! Quando o outro partiu, ia tendo um desmaio.

Estavam próximos do portão da Toca. Carlos retrocedeu, respirando fortemente, com o chapéu na mão. E agora todo o seu orgulho se ia sumindo sob a violência da sua ansiedade. Queria saber! E perguntava; deixava entrar Melanie nas coisas dolorosas da sua paixão... *Dites toujours, Melanie, dites!* Sabia a senhora que Castro Gomes estivera com ele no Ramalhete, lhe confessara tudo?... Claramente que sabia, por isso chorava, dizia Melanie. Ah, ela bem repetira à senhora que era melhor contar a verdade! Era muito amiga dela, servia-a desde pequena, vira nascer a menina... E tinha-lho dito, até já nos Olivais!

Carlos curvava a cabeça na escuridão do muro. Melanie "tinha-lho dito"! Assim ela e a criada discutiam ambas, acamaradadas, o embuste em que andava presa a sua vida! E aquelas revelações de Melanie, que suspirava com o xale sobre o rosto, abatiam os últimos pedaços desse sonho, que ele erguera tão alto, entre nuvens de ouro. Nada restava. Tudo jazia em estilhaços, no lodo imundo. Um momento, com o coração cheio de fadiga, pensou em voltar a Lisboa. Mas para além daquele negro muro estava ela, perdida de choro, querendo morrer... E lentamente recomeçou a caminhar para o portão. E agora, sem resistência nenhuma do orgulho, fazia perguntas mais íntimas a Melanie. Por que é que Maria Eduarda não lhe dissera a verdade?

Melanie encolheu os ombros. Não sabia; nem a senhora sabia! Estivera no Central como Madame Gomes; alugara a casa da Rua de S. Francisco como

Madame Gomes; recebera-o como Madame Gomes... E assim se deixara ir, insensivelmente, conversando com ele, gostando dele, vindo para os Olivais... E depois era tarde; já não se atrevera a confessar, toda enterrada assim na mentira, com medo de um desgosto...

Mas, exclamava Carlos, nunca imaginara ela que fatalmente tudo se descobriria um dia?

— *Je ne sais pas, monsieur, je ne sais pas* — murmurou Melanie quase a chorar.

— Depois eram outras curiosidades. Ela não esperava Castro Gomes? Não supunha que ele voltasse? Não costumava falar dele?...

— *Oh, non, monsieur, oh, non!*

Madame, desde que o senhor começara a ir todos os dias à Rua de S. Francisco, considerara-se para sempre desligada do Senhor Castro Gomes; nem falava nele, nem queria que se falasse... Antes disso a menina chamava sempre ao Senhor Castro Gomes *petit ami*. Agora não lhe chamava nada. Tinham-lhe dito que já não havia *petit ami*...

— Ela escrevia-lhe ainda — dizia Carlos —, eu sei que ela lhe escrevia...

Sim, Melanie julgava que sim... Mas cartas indiferentes. A senhora levara o seu escrúpulo a ponto de que, desde que viera para os Olivais, nunca mais gastara um ceitil das quantias que lhe mandava o Senhor Castro Gomes. As letras para receber dinheiro conservava-as intactas; entregara-lhas nessa tarde... Não se lembrava ele de a ter encontrado uma manhã à porta do Montepio? Pois bem! Fora lá, com uma amiga francesa, empenhar uma pulseira de brilhantes da senhora. A senhora vivia agora das suas joias, tinha já outras no prego.

Carlos parara, comovido. Mas então para que tinha ela mentido?

— *Je ne sais pas* — dizia Melanie —, *je ne sais pas... Mais elle vous aime bien, allez!*

Estavam defronte do portão. A tipoia esperava. E, ao fundo da rua de acácias, a porta da casa aberta deixava passar a luz do corredor, frouxa e triste. Carlos julgou mesmo ver a figura de Maria Eduarda, embrulhada numa capa escura, de chapéu, atravessar nessa claridade... Ouvira decerto rodar a carruagem. Que aflita impaciência seria a sua!

— Vai-lhe dizer que vim, Melanie, vai! — murmurou Carlos.

A rapariga correu. E ele, caminhando devagar sob as acácias, sentia no sombrio silêncio as pancadas desordenadas do seu coração. Subiu os três degraus de pedra, que lhe pareciam já de uma casa estranha. Dentro do corredor estava deserto, com a sua lâmpada mourisca alumiando as panóplias de touros... Ali ficou. Melanie, com o xale na mão, veio dizer-lhe que a senhora estava na sala das tapeçarias...

Carlos entrou.

Lá estava, ainda de capa, esperando de pé, pálida, com toda a alma concentrada nos olhos que refulgiam entre as lágrimas. E correu para ele, arrebatou-lhe as mãos, sem poder falar, soluçando, tremendo toda.

Na sua terrível perturbação, Carlos achava só esta palavra, melancolicamente estúpida:

— Não sei por que chora, não sei; não há razão para chorar...

Ela pôde enfim balbuciar:

— Escuta-me, pelo amor de Deus! Não digas nada, deixa contar-te... Eu ia lá, tinha mandado Melanie por uma carruagem. Ia ver-te... Nunca tive a coragem de te dizer! Fiz mal, foi horrível... Mas escuta, não digas nada ainda; perdoa, que eu não tenho culpa!

De novo os soluços a sufocaram. E caiu ao canto do sofá, num choro brusco e nervoso, que a sacudia toda, lhe fazia rolar sobre os ombros os cabelos mal atados.

Carlos ficara diante dela, imóvel. O seu coração parecia parado, de surpresa e de dúvida, sem força para desafogar. Apenas agora sentia quanto seria baixo e brutal deixar-lhe o cheque que tinha ali na carteira e que o enchia de vergonha... Ela ergueu o rosto, todo molhado, murmurou com um grande esforço:

— Escuta-me!... Nem sei como hei de dizer... Oh, são tantas coisas, são tantas coisas!... Tu não te vais já embora, senta-te, escuta...

Carlos puxou uma cadeira, lentamente.

— Não, aqui ao pé de mim... Para eu ter mais coragem... Por quem és, tem pena, faze-me isso!

Ele cedeu à suplicação humilde e enternecedora dos seus olhos arrasados de água; e sentou-se ao outro canto do sofá, afastado dela, numa desconsolação infinita. Então, muito baixo, enrouquecida pelo choro, sem o olhar, e como num confessionário, Maria começou a falar do seu passado, desmanchadamente, hesitando, balbuciando, entre grandes soluços que a afogavam, e pudores amargos que lhe faziam enterrar nas mãos a face aflita.

A culpa não fora dela! Não fora dela! Ele devia ter perguntado àquele homem que sabia toda a sua vida... Fora sua mãe... Era horroroso dizê-lo, mas fora por causa dela que conhecera e que fugira com o primeiro homem, o outro, um irlandês... E tinha vivido com ele quatro anos, como sua esposa, tão fiel, tão retirada de tudo e só ocupada da sua casa, que ele ia casar com ela! Mas morrera na guerra com os alemães, na batalha de Saint-Privat. E ela ficara com Rosa, com a mãe já doente, sem recursos, depois de vender tudo... Ao princípio trabalhara... Em Londres tinha procurado dar lições de piano... Tudo falhara; dois dias vivera sem lume, de peixe salgado, vendo Rosa com fome! A pobre criança com fome! Com fome! Ah, ele não podia perceber o que isto era!... Quase fora por caridade que as tinham repatriado para Paris... E aí conhecera Castro Gomes. Era horrível; mas que havia de ela fazer! Estava perdida...

Lentamente escorregara do sofá, caíra aos pés de Carlos. E ele permanecia imóvel, mudo, com o coração rasgado por angústias diferentes; era uma compaixão trêmula por todas aquelas misérias sofridas, dor de mãe, trabalho procurado, fome, que lha tornavam confusamente mais querida; e era horror desse homem, o irlandês, que surgia agora, e que lha tornava de repente mais maculada... Ela continuava falando de Castro Gomes. Vivera três anos com ele, honestamente, sem um desvio, sem um pensamento mau. O seu desejo era estar quieta em sua casa. Ele é que a forçava a andar em ceias, em noitadas...

E Carlos não podia ouvir mais, torturado. Repeliu-lhe as mãos, que procuravam as suas. Queria fugir, queria findar!...

— Oh, não, não me mandes embora! — gritou ela prendendo-se a ele ansiosamente. — Eu sei que não mereço nada! Sou uma desgraçada... Mas não tive coragem, meu amor! Tu és homem, não compreendes estas coisas... Olha para mim! Por que não olhas para mim? Um instante só, não voltes o rosto, tem pena de mim...

Não! Ele não queria olhar. Temia aquelas lágrimas, o rosto cheio de agonia. Ao calor do seio que arquejava sobre os seus joelhos, já tudo nele começava a oscilar: orgulhos, despeitos, dignidade, ciúme... E então, sem saber, a seu pesar, as suas mãos apertaram as dela. Ela cobriu-lhe logo de beijos os dedos, as mangas, arrebatadamente; e ansiosamente implorava do fundo da sua miséria um instante de misericórdia.

— Oh, dize que me perdoas! Tu és tão bom! Uma palavra só... Dize só que não me odeias, e depois deixo-te ir... Mas dize primeiro... Olha ao menos para mim como dantes, uma só vez!...

E eram agora os seus lábios que procuravam os dele. Então a fraqueza em que sentia afundar-se todo o seu ser encheu Carlos de cólera, contra si e contra ela. Sacudiu-a brutalmente, gritou:

— Mas por que não me disseste? Por que não me disseste? Para que foi essa longa mentira? Eu tinha-te amado do mesmo modo! Para que mentiste, tu?

Largara-a, prostrada no chão. E de pé, deixava cair sobre ela a sua queixa desesperada:

— É a tua mentira que nos separa; a tua horrível mentira, a tua mentira somente!

Ela ergueu-se pouco a pouco, mal se sustendo, e com uma palidez de desmaio.

— Mas eu queria dizer-to — murmurou muito baixo, muito quebrada diante dele, deixando cair os braços. — Eu queria dizer-to... Não te lembras, naquele dia em que tu vieste tarde, quando eu falei da casa de campo, e que tu pela primeira vez declaraste que gostavas de mim? Eu disse-te logo: "há uma coisa que te quero contar..." Tu nem me deixaste acabar. Imaginavas o que era; que eu queria ser só tua, longe de tudo... E disseste então que havíamos de ir, com Rosa, ser felizes para algum canto do mundo... Não te lembras?... Foi então que me veio uma tentação! Era não dizer nada, deixar-me levar, e depois, mais tarde, anos depois, quando te tivesse provado bem que boa mulher eu era, digna da tua estima, confessar-te tudo e dizer-te: "agora, se queres, manda-me embora". Oh, foi mal feito, bem sei... Mas foi uma tentação, não resisti... Se tu não falasses em fugirmos, tinha-te dito tudo... Mas mal falaste em fugirmos, vi uma outra vida, uma grande esperança, nem sei quê! E além disso adiava aquela horrível confissão! Enfim, nem posso explicar; era como o céu que se abria; via-me contigo numa casa nossa... Foi uma tentação!... E depois era horrível, no momento em que tu me querias tanto, ir dizer-te "não faças tudo isso por mim, olha que eu sou uma desgraçada, nem marido tenho..." Que te hei de explicar mais? Não me resignava a perder o teu respeito. Era tão bom ser assim estimada... Enfim, foi um mal, foi um grande mal... E agora aí está, vejo-me perdida, tudo acabou!

Atirou-se para o chão, como uma criatura vencida e finda, escondendo a face no sofá. E Carlos, indo lentamente ao fundo da sala, voltando bruscamente até junto dela, tinha só a mesma recriminação, a mentira, a mentira, pertinaz e de cada dia... Só os soluços dela lhe respondiam.

— Por que não me disseste ao menos aqui, aqui nos Olivais, quando sabias que tu eras tudo para mim?...

Ela ergueu a cabeça, fatigada:

— Que queres tu? Tive medo que o teu amor mudasse, que fosse de outro modo... Via-te já tratar-me sem respeito. Via-te a entrar por aí dentro de chapéu na cabeça, a perder a afeição à pequena, a querer pagar as despesas da casa... Depois tinha remorsos, ia adiando. Dizia "hoje não, um dia só mais de felicidade; amanhã será..." E assim ia indo! Enfim, nem eu sei, um horror!

Houve um silêncio. E então Carlos sentiu à porta Niniche, que queria entrar e que gania baixinho e doloridamente. Abriu. A cadelinha correu, pulou para o sofá, onde Maria permanecia soluçando, enrodilhada a um canto; procurava lamber-lhe as mãos, inquieta; depois ficou plantada junto dela, como a guardá-la, desconfiada, seguindo com os seus vivos olhos de azeviche Carlos, que recomeçara a passear sombriamente.

Um ai mais longo e triste de Maria fê-lo parar. Esteve um momento olhando para aquela dor humilhada... Todo abalado, com os lábios a tremer, murmurou:

— Mesmo que te pudesse perdoar, como te poderia acreditar agora nunca mais? Há esta mentira horrível sempre entre nós a separar-nos! Não teria um único dia de confiança e de paz...

— Nunca te menti senão numa coisa, e por amor de ti! — disse ela gravemente do fundo da sua prostração.

— Não, mentiste em tudo! Tudo era falso; falso o teu casamento, falso o teu nome, falsa a tua vida toda... Nunca mais te poderia acreditar... Como havia de ser, se agora mesmo quase que nem acredito no motivo das tuas lágrimas?

Uma indignação ergueu-a, direita e soberba. Os seus olhos de repente secos rebrilharam, revoltados e largos, no mármore da sua palidez.

— Que queres tu dizer? Que estas lágrimas têm outro motivo? Estas súplicas são fingidas? Que finjo tudo para te reter, para não te perder, ter outro homem, agora que estou abandonada?...

Ele balbuciou:

— Não, não! Não é isso!

— E eu? — exclamou ela, caminhando para ele, dominando-o, magnífica e com um esplendor de verdade na face. — E eu? Por que hei de eu acreditar nessa grande paixão que me juravas? O que é que tu amavas então em mim? Dize lá! Era a mulher de outro, o nome, o requinte do adultério, as *toilettes*?... Ou era eu própria, o meu corpo, a minha alma e o meu amor por ti?... Eu sou a mesma, olha bem para mim!... Estes braços são os mesmos; este peito é o mesmo... Só uma coisa é diferente: a minha paixão! Essa é maior, desgraçadamente, infinitamente maior.

— Oh, se isso fosse verdade! — gritou Carlos, apertando as mãos.

Num instante Maria estava caída a seus pés, com os braços abertos para ele.

— Juro-te por alma de minha filha, por alma de Rosa! Amo-te, adoro-te doidamente, absurdamente, até a morte!

Carlos tremia. Todo o seu ser pendia para ela; e era um impulso irresistível de se deixar cair sobre aquele seio que arfava a seus pés, ainda que ele fosse o abismo da sua vida inteira... Mas outra vez a ideia da mentira passou, regeladora. E afastou-se dela, levando os punhos à cabeça, num desespero, revoltado contra aquela coisa pequenina e indestrutível que não queria sumir-se, e que se interpunha como uma barra de ferro entre ele e a sua felicidade divina!

Ela ficara ajoelhada, imóvel, com os olhos esgazeados para o tapete. Depois, no silêncio estofado da sala, a sua voz ergueu-se, dolente e trêmula:

— Tens razão, acabou-se! Tu não me acreditas, tudo se acabou!... É melhor que te vás embora... Ninguém mais me torna a acreditar... Acabou tudo para mim; não tenho ninguém mais no mundo... Amanhã saio daqui; deixo-te tudo... Hás de me dar tempo para arranjar... Depois, que hei de fazer; vou-me embora!

E não pôde mais, tombou para o chão, com os braços estirados, perdida de choro.

Carlos voltou-se, ferido no coração. Com o seu vestido escuro, para ali caída e abandonada, parecia já uma pobre criatura, arremessada para fora de todo o lar, sozinha a um canto, entre a inclemência do mundo... Então respeitos humanos, orgulho, dignidade doméstica, tudo nele foi levado como por um grande vento de piedade. Viu só, ofuscando todas as fragilidades, a sua beleza, a sua dor, a sua alma sublimemente amante. Um delírio generoso, de grandiosa bondade, misturou-se à sua paixão. E, debruçando-se, disse-lhe baixo, com os braços abertos:

— Maria, queres casar comigo?

Ela ergueu a cabeça, sem compreender, com os olhos desvairados. Mas Carlos tinha os braços abertos; e estava esperando para a fechar dentro deles outra vez, como sua e para sempre... Então levantou-se, tropeçando nos vestidos, veio cair sobre o peito dele, cobrindo-o de beijos, entre soluços e risos, tonta, num deslumbramento:

— Casar contigo, contigo? Oh, Carlos... E viver sempre, sempre contigo?... Oh, meu amor, meu amor! E tratar de ti, e servir-te, e adorar-te, e ser só tua? E a pobre Rosa também... Não, não cases comigo, não é possível, não valho nada! Mas se tu queres, por que não?... Vamos para longe, juntos, e Rosa e eu sobre o teu coração! E hás de ser nosso amigo, meu e dela, que não temos ninguém no mundo... Oh, meu Deus, meu Deus!...

Empalideceu, escorregando pesadamente entre os braços dele, desmaiada; e os seus longos cabelos desprendidos rojavam o chão, tocados pela luz de tons de ouro.

XV

Maria Eduarda e Carlos — que ficara essa noite nos Olivais, na sua casinhola — acabavam de almoçar. O Domingos servira o café, e antes de sair deixara ao lado de Carlos a caixa de *cigarettes* e o *Figaro*. As duas janelas estavam abertas. Nem uma folha se movia no ar pesado da manhã encoberta, entristecida ainda por um dobre lento de sinos, que morria ao longe nos campos. No banco de cortiça, sob as árvores, *miss* Sara costurava preguiçosamente; Rosa, ao lado, brincava na relva. E Carlos, que viera numa intimidade conjugal, com uma simples camisa de seda e um jaquetão de flanela, chegou então a cadeira para junto de Maria, tomou-lhe a mão, brincando-lhe com os anéis, numa lenta carícia:

— Vamos a saber, meu amor... Decidiste, por fim? Quando queres partir?

Nessa noite, entre os seus primeiros beijos de noiva, ela mostrara o desejo enternecido de não alterar o plano da Itália e de um ninho romântico entre as flores de Isola Bella; somente agora não iam esconder a inquietação de uma felicidade culpada, mas gozar o repouso de uma felicidade legítima. E, depois de todas as incertezas e tormentos que o tinham agitado, desde o dia em que cruzara Maria Eduarda no Aterro, Carlos anelava, também, pelo momento de se instalar enfim no conforto de um amor sem dúvidas e sem sobressaltos:

— Eu por mim abalava amanhã. Estou sôfrego de paz. Estou até sôfrego de preguiça!... Mas tu, dize, quando queres?

Maria não respondeu; apenas o seu olhar sorriu, reconhecido e apaixonado. Depois, sem retirar a mão que a longa carícia de Carlos ainda prendia, chamou Rosa através da janela.

— Mamã, espera, já vou! Passa-me umas migalhas... Andam aqui uns pardais que ainda não almoçaram...

— Não, vem cá.

Quando ela apareceu à porta, toda de branco, corada, com uma das últimas rosas de verão metida no cinto, Maria a quis mais perto, entre eles, encostada aos seus joelhos. E, arranjando-lhe a fita solta do cabelo, perguntou, muito séria, muito comovida, se ela gostaria que Carlos viesse viver com elas de todo e ficar ali na Toca... Os olhos da pequena encheram-se de surpresa e de riso:

— O quê! Estar sempre, sempre aqui, mesmo de noite, toda a noite?... E ter aqui as suas malas, as suas coisas?...

Ambos murmuraram "sim".

Rosa então pulou, bateu palmas, radiante, querendo que Carlos fosse já, já buscar as suas malas e as suas coisas...

— Escuta — disse-lhe ainda Maria gravemente, retendo-a sobre os joelhos. — E gostavas que ele fosse como o papá, e que andasse sempre conosco, e que lhe obedecêssemos ambas, e que gostássemos muito dele?

Rosa ergueu para a mãe uma facezinha compenetrada, onde todo o sorriso se apagara.

— Mas eu não posso gostar mais dele do que gosto!...

Ambos a beijaram, num enternecimento que lhe umedecia os olhos. E Maria Eduarda, pela primeira vez diante de Rosa, debruçando-se sobre ela, beijou de leve a testa de Carlos. A pequena ficou pasmada para o seu amigo, depois para a mãe. E pareceu compreender tudo; escorregou dos joelhos de Maria, veio encostar-se a Carlos com uma meiguice humilde:

— Queres que te chame papá, só a ti?

— Só a mim — disse ele, fechando-a toda nos braços.

E assim obtiveram o consentimento de Rosa, que fugiu, atirando a porta, com as mãos cheias de bolos para os pardais.

Carlos levantou-se, tomou a cabeça de Maria entre as mãos, e contemplando-a profundamente, até a alma, murmurou num enlevo:

— És perfeita!

Ela desprendeu-se, com melancolia, daquela adoração que a perturbava.

— Escuta... Tenho ainda muito, muito que te dizer, infelizmente. Vamos para o nosso quiosque... Tu não tens nada que fazer, não? E que tenhas, hoje és meu... Vou já ter contigo. Leva as tuas *cigarettes*.

Nos degraus do jardim, Carlos parou a olhar, a sentir a doçura velada do céu cinzento... E a vida pareceu-lhe adorável, de uma poesia fina e triste, assim envolta naquela névoa macia onde nada resplandecia e nada cantava, e que tão favorável era para que dois corações, desinteressados do mundo e em desarmonia com ele, se abandonassem, juntos, ao contínuo encanto de estremecerem juntos na mudez e na sombra.

— Vamos ter chuva, tio André — disse ele, passando junto do velho jardineiro que aparava o buxo.

O tio André, atarantado, arrancou o chapéu. Ah, uma gota de água era bem necessária, depois da estiagem! O torrãozinho já estava com sede! E em casa todos bons? A senhora? A menina?

— Tudo bom, tio André, obrigado.

E no seu desejo de ver todos em torno de si felizes com ele e como a terra sequiosa que ia ser consolada, Carlos meteu uma libra na mão do tio André, que ficou deslumbrado, sem ousar fechar os dedos sobre aquele ouro extraordinário que reluzia.

Quando Maria entrou no quiosque, trazia um cofre de sândalo. Atirou-o para o divã; fez sentar Carlos ao lado, bem confortável, entre almofadas; acendeu-lhe uma *cigarette*. Depois agachou-se aos seus pés, sobre o tapete, como na humildade de uma confissão.

— Estás bem assim? Queres que o Domingos te traga água e conhaque?... Não? Então ouve agora, quero-te contar tudo...

Era toda a sua existência que ela desejava contar. Pensara mesmo em lha escrever numa carta interminável, como nos romances. Mas decidira antes tagarelar ali uma manhã inteira, aninhada aos seus pés.

— Estás bem, não estás?

Carlos esperava, comovido. Sabia que aqueles lábios amados iam fazer revelações pungentes para o seu coração, e amargas para o seu orgulho. Mas a confidência da sua vida completava a posse da sua pessoa; quando a conhecesse toda no seu passado, senti-la-ia mais sua inteiramente. E, no fundo, tinha uma curiosidade insaciável dessas coisas que o deviam pungir e que o deviam humilhar.

— Sim, conta... Depois esquecemos tudo e para sempre. Mas agora dize, conta... Onde nasceste tu, por fim?

Nascera em Viena; mas pouco se recordava dos tempos de criança, quase nada sabia do papá, a não ser a sua grande nobreza e a sua grande beleza. Tivera uma irmãzinha que morrera de 2 anos e que se chamava Heloísa. A mamã, mais tarde, quando ela era já rapariga, não tolerava que lhe perguntassem pelo passado; e dizia sempre que remexer a memória das coisas antigas prejudicava tanto como sacudir uma garrafa de vinho velho...

De Viena apenas recordava confusamente largos passeios de árvores, militares vestidos de branco e uma casa espelhada e dourada onde se dançava; às vezes durante tempos ela ficava lá só com o avô, um velhinho triste e tímido, metido pelos cantos, que lhe contava histórias de navios. Depois tinham ido à Inglaterra; mas lembrava-se somente de ter atravessado um grande rumor de ruas, num dia de chuva, embrulhada em peles, sobre os joelhos de um escudeiro. As suas primeiras memórias mais nítidas datavam de Paris; a mamã, já viúva, andava de luto pelo avô; e ela tinha uma aia italiana que a levava todas as manhãs, com um arco e com uma péla, brincar aos Campos Elísios. À noite costumava ver a mamã decotada, num quarto cheio de cetins e de luzes; e um homem louro, um pouco brusco, que fumava sempre estirado pelos sofás, trazia-lhe de vez em quando uma boneca, e chamava-lhe *mademoiselle Triste-Coeur*, por causa do seu arzinho sisuso. Enfim a mamã metera-a num convento ao pé de Tours, porque nessa idade, apesar de cantar já ao piano as valsas da *Belle Hélène*, ainda não sabia soletrar. Fora nos jardins do convento, onde havia lindos lilases, que a mamã se separara dela numa paixão de lágrimas; e ao lado esperava, para a consolar decerto, um sujeito muito grave, de bigodes encerados, a quem a Madre Superiora falava com veneração.

A mamã ao princípio vinha vê-la todos os meses, demorando-se em Tours dois, três dias; trazia-lhe uma profusão de presentes, bonecas, bombons, lenços bordados, vestidos ricos, que lhe não permitia usar a regra severa do convento. Davam então passeios de carruagem pelos arredores de Tours; e havia sempre oficiais a cavalo, que escoltavam a caleche e tratavam a mamã por *tu*. No convento as mestras, a Madre Superiora não gostavam destas saídas, nem mesmo que a mamã viesse acordar os corredores devotos com as suas risadas e o ruído das suas sedas; ao mesmo tempo pareciam temê-la; chamavam-lhe *Madame la Comtesse*. A mamã era muito amiga do general que comandava em Tours, e visitava o bispo. Monsenhor, quando vinha ao convento, fazia-lhe uma festinha especial na face e aludia risonhamente *à son excellente mère*. Depois a mamã começou a aparecer menos em Tours. Esteve um ano longe, quase sem escrever, viajando na Alemanha; voltou um dia, magra e coberta de luto, e ficou toda a manhã abraçada a ela a chorar.

Mas na visita seguinte vinha mais moça, mais brilhante, mais ligeira, com dois grandes galgos brancos, anunciando uma romagem poética à Terra Santa e a todo o remoto Oriente. Ela tinha então quase 16 anos; pela sua aplicação, os seus modos doces e graves, ganhara a afeição da Madre Superiora, que às vezes, olhando-a com tristeza, acariciando-lhe o cabelo caído em duas tranças segundo a regra, lhe mostrava o desejo de a conservar sempre ao seu lado. "*Le monde*", dizia ela, "*ne vous sera bon à rien, mon enfant!...*" Um dia, porém, apareceu para a levar para Paris, para a mamã, uma Madame de Chavigny, fidalga pobre, de caracóis brancos, que era como uma estampa de severidade e de virtude. O que ela chorara ao deixar o convento! Mais choraria se soubesse o que ia encontrar em Paris!

A casa da mamã, no parque Monceaux, era na realidade uma casa de jogo, mas recoberta de um luxo sério e fino. Os escudeiros tinham meias de seda; os convidados, com grandes nomes no nobiliário de França, conversavam de corridas, das Tulherias, dos discursos do Senado; e as mesas de jogo armavam-se depois, como uma distração mais picante. Ela recolhia sempre ao seu quarto às dez horas; Madame de Chavigny, que ficara como sua dama de companhia, ia com ela cedo ao *Bois* num *coupé* escuro de *douairière*. Pouco a pouco, porém, este grande verniz começou a estalar. A pobre mamã caíra sob o jugo de um M. de Treverncs, homem perigoso pela sua sedução pessoal e por uma desoladora falta de honra e de senso. A casa descaiu rapidamente numa boemia mal dourada e ruidosa. Quando ela madrugava, com os seus hábitos saudáveis do convento, encontrava paletós de homens por cima dos sofás; no mármore das consolas restavam pontas de charuto, entre nódoas de *champagne*; e nalgum quarto mais retirado ainda tinia o dinheiro de um bacará talhado à claridade do sol. Depois, uma noite, estando deitada, sentira de repente gritos, uma debandada brusca na escada; veio encontrar a mamã estirada no tapete, desmaiada; ela dissera-lhe apenas mais tarde, alagada em lágrimas, "que tinha havido uma desgraça"...

Mudaram então para um terceiro andar da Chaussée-d'Antin. Aí começou a aparecer uma gente desconhecida e suspeita. Eram valáquios de grandes bigodes; peruanos com diamantes falsos e condes romanos que escondiam para dentro das mangas os punhos enxovalhados... Por vezes, entre esta malta, vinha algum *gentleman* que não tirava o paletó, como num café-concerto. Um desses foi um irlandês, muito moço, Mac-Gren... Madame de Chavigny deixara-as desde que faltara o *coupé* severo, acolchoado de cetim; e ela, com a mãe, insensivelmente, fatalmente, fora-se misturando a essa vida tresnoitada de grogues e de bacará.

A mamã chamava a Mac-Gren o "bebê". Era com efeito uma criança estouvada e feliz. Namorara-se dela logo com o ardor, a efusão, o ímpeto de um irlandês; e prometeu-lhe fazê-la sua esposa apenas se emancipasse, porque Mac-Gren, menor ainda, vivia sobretudo das liberalidades de uma avó excêntrica e rica que o adorava, e que habitava a Provença numa vasta quinta onde tinha feras em jaulas... E, no entanto, induzia-a sem cessar a fugir com ele, desesperado de a ver entre aqueles valáquios que cheiravam a genebra. O seu desejo era levá-la para Fontainebleau, para um *cottage* com trepadeiras de que falava sempre, e esperar aí tranquilamente a maioridade, que lhe traria duas mil libras de renda. Decerto era uma situação falsa: mas preferível a permanecer naquele meio, depravado e brutal, onde ela a cada instante corava. A esse tempo a mamã parecia ir perdendo todo o senso, desarranjada de nervos, quase irresponsável. As dificuldades crescentes estonteavam-na; brigava com as criadas; bebia *champagne* "*pour s'étourdir*". Para satisfazer as exigências de M. de Trevernnes, empenhara as suas joias, e quase todos os dias chorava com ciúmes dele. Por fim houve uma penhora; uma noite tiveram de enfardelar à pressa roupa num saco, e ir dormir a um hotel. E, pior, pior que tudo! M. de Trevernnes começava a olhar para ela de um modo que a assustava...

— Minha pobre Maria! — murmurou Carlos, pálido, agarrando-lhe as mãos.

Ela permaneceu um momento sufocada, com o rosto caído nos joelhos dele. Depois, limpando as lágrimas que a enevoavam:

— Aí estão as cartas de Mac-Gren, nesse cofre... Tenho-as guardado sempre para me justificar a mim mesma, se me é possível... Pede-me em todas que vá para Fontainebleau; chama-me "sua esposa"; jura que, apenas juntos, iremos ajoelhar-nos diante da avó, obter a sua indulgência... Mil promessas! E era sincero... Que queres que te diga? A mamã uma manhã partiu com uma súcia para Baden. Fiquei em Paris só, num hotel... Tinha um palpite, um terror que Trevernnes aparecia... E eu só! Estava tão transtornada que pensei em comprar um revólver... Mas quem veio foi Mac-Gren.

E partira com ele, sem precipitação, como sua esposa, levando todas as suas malas. A mamã, de volta de Baden, correu a Fontainebleau, desvairada e trágica, amaldiçoando Mac-Gren; ameaçando-o com a prisão de Mazas, querendo esbofeteá-lo; depois rompeu a chorar. Mac-Gren, como um bebê, agarrou-se a ela aos beijos, chorando também. A mamã terminou por os apertar a ambos contra o coração, já rendida, perdoando tudo, chamando-lhes "filhos da sua alma". Passou o dia em Fontainebleau, radiante, contando "a patuscada de Baden", já com o plano de vir instalar-se no *cottage*, viver junto deles numa felicidade calma e nobre de avozinha... Era em maio: Mac-Gren, à noite, deitou um "fogo preso" no jardim.

Começou um ano quieto e fácil. O seu único desejo era que a mamã vivesse com eles sossegadamente. Diante das suas súplicas, ela ficava pensativa, dizia: "Tens razão, veremos!" Depois remergulhava no torvelinho de Paris, de onde ressurgia uma manhã, num fiacre, estremunhada e aflita, com uma rica peliça sobre uma velha saia, a pedir-lhe cem francos... Por fim nascera Rosa. Toda a sua ansiedade desde então fora legitimar a sua união. Mas Mac-Gren adiava, levianamente, com um medo pueril da avó. Era um perfeito bebê! Entretinha as manhãs a caçar pássaros com visco! E ao mesmo tempo terrivelmente teimoso; ela pouco a pouco perdera-lhe todo o respeito. No começo da primavera a mamã, um dia, apareceu em Fontainebleau com as suas malas, sucumbida, enojada da vida. Rompera enfim com Trevernnes. Mas quase imediatamente se consolou; e começou daí a adorar Mac-Gren com uma tão larga efusão de carícias, e achando-o tão lindo, que era às vezes embaraçadora. Os dois passavam o dia, com copinhos de conhaque, jogando o besigue.

De repente rebentou a guerra com a Prússia. Mac--Gren, entusiasmado, e apesar das súplicas delas, correra a alistar-se no batalhão de zuavos de Charette; a avó, de resto, aprovara este rasgo de amor pela França, e fizera-lhe, numa carta em verso, em que celebrava Joana d'Arc, uma larga remessa de dinheiro. Por esse tempo Rosa teve o garrotilho. Ela, sem lhe largar o leito, mal atendia às notícias da guerra. Sabia apenas confusamente das primeiras batalhas perdidas na fronteira. Uma manhã a mamã rompeu-lhe no quarto, estonteada em camisa: o exército capitulara em Sedan, o imperador estava prisioneiro! "É o fim de tudo, é o fim de tudo!" dizia a mamã espavorida. Ela veio a Paris procurar notícias de Mac-Gren; na Rua Royale teve de se refugiar num portão, diante do tumulto de um povo em delírio, aclamando, cantando a *Marselhesa*, em torno de uma caleche onde ia um homem, pálido como cera, com um *cache-nez* escarlate ao pescoço. E um sujeito ao lado, aterrado, disse-lhe que o povo fora buscar Rochefort à prisão e que estava proclamada a República.

Nada soubera de Mac-Gren. Começaram então dias de infinito sobressalto. Felizmente Rosa convalescia. Mas a pobre mamã causava dó, envelhecida de repente, sombria, prostrada numa cadeira, murmurando apenas: "É o fim de tudo, é o fim de tudo!" E parecia na verdade o fim da França. Cada dia uma batalha perdida; regimentos presos, apinhados em vagões de gado, internados a todo o vapor para os presídios da Alemanha; os prussianos marchando sobre Paris... Não podiam permanecer em Fontainebleau; o duro inverno começava; e com o que venderam à pressa, com o dinheiro que Mac-Gren deixara, partiram para Londres.

Fora uma exigência da mamã. E em Londres ela, desorientada na enorme e estranha cidade, doente também, deixara-se levar pelas tontas ideias da mãe. Tomaram uma casa mobiliada, muito cara, nos bairros de luxo, ao pé de Mayfair. A mamã falava em organizar ali um centro de resistência dos bonapartistas refugiados; no fundo, a desgraçada pensava em criar uma casa de jogo em Londres. Mas ai! eram outros tempos... Os imperialistas, sem império, não jogavam já o bacará. E elas em breve, sem rendimentos, gastando sempre, tinham-se achado com aquela dispendiosa casa, três criados, contas colossais e uma nota de cinco libras no fundo de uma gaveta. E Mac-Gren metido dentro de Paris, com meio milhão de prussianos em redor. Foi necessário vender todas as joias, vestidos, até as peliças. Alugaram então, no bairro pobre de Soho, três quartos mal mobiliados. Era o *lodging* de Londres em toda a sua suja, solitária tristeza; uma criadita única, enfarruscada como um trapo; alguns carvões úmidos fumegando mal na chaminé; e para jantar, um pouco de carneiro frio e cerveja de esquina. Por fim faltara mesmo o escasso *shilling* para pagar o *lodging*. A mamã não saía do catre, doente, sucumbida, chorando. Ela às vezes, ao anoitecer, escondida num *waterproof*, levava ao *prego* embrulhos de roupa (até roupa branca, até camisas!) para que ao menos não faltasse a Rosa a sua xícara de leite. As cartas que a mamã escrevia a alguns antigos companheiros de ceias na *Maison d'Or* ficavam sem resposta; outras traziam, embrulhada num bocado de papel, alguma meia libra que tinha o pavoroso sabor de uma esmola. Uma noite, um sábado de grande nevoeiro, indo empenhar um *chambre* de rendas da mamã, perdera-se, errara na vasta Londres numa treva amarelada, a tiritar de frio, quase com fome, perseguida por dois brutos que empestavam a álcool. Para lhes fugir atirou-se para dentro de um *cab* que a levou a casa. Mas não tinha um *penny* para pagar ao cocheiro; e a patroa roncava no seu cacifo, bêbada. O homem resmungou; ela, sucumbida, ali mesmo na porta rompeu a chorar. Então o cocheiro desceu da almofada, comovido, ofereceu-se para a levar de graça ao *prego*, onde ajustariam as suas contas. Foi; o pobre homem só aceitou um *shilling*; até mesmo supondo-a francesa grunhiu blasfêmias contra os prussianos, e teimou em lhe oferecer uma bebida.

Ela no entanto procurava uma ocupação qualquer, costura, bordados, traduções, cópias de manuscritos... Não achava nada. Naquele duro inverno o trabalho escasseava em Londres; surgira uma multidão de franceses, pobres como ela, lutando pelo pão... A mamã não cessava de chorar; e havia alguma coisa mais terrível que as suas lágrimas: eram as suas alusões constantes à facilidade de se ter em Londres dinheiro, conforto e luxo, quando se é nova e se é bonita...

— Que te parece esta vida, meu amor? — exclamou ela, apertando as mãos amargamente.

Carlos beijou-a em silêncio, com os olhos umedecidos.

— Enfim, tudo passou — continuou Maria Eduarda. — Fez-se a paz, o cerco acabou. Paris estava de novo aberto... Somente a dificuldade era voltar.

— Como voltaste?

Um dia, por acaso, em *Regent Street*, encontrara um amigo de Mac-Gren, outro irlandês, que muitas vezes jantara com eles em Fontainebleau. Veio vê-las a Soho; diante daquela miséria, do bule de chá aguado, dos ossos de carneiro requentado sobre três brasas mortas, começou, como bom irlandês, por acusar o governo de Inglaterra e jurar uma desforra de sangue. Depois ofereceu, com os beiços já a tremer, toda a sua dedicação. O pobre rapaz batia também o lajedo numa luta tormentosa pela vida. Mas era irlandês; e partiu logo generosamente, armado de todos os seus ardis, a conquistar, através de Londres, o pouco que elas necessitavam para recolher a França. Com efeito, apareceu nessa mesma noite, derreado e triunfante, brandindo três notas de banco e uma garrafa de *champagne*. A mamã ao ver, depois de tantos meses de chá preto, a garrafa de *Clicquot* encarapuçada de ouro, quase desmaiou, de enternecimento. Enfardelaram os trapos. Ao partirem, na estação de *Charing Cross*, o irlandês levou-a para um canto, e engasgado, torcendo os bigodes, disse-lhe que Mac-Gren tinha morrido na batalha de Saint-Privat...

— Para que te hei de eu contar o resto? Em Paris recomecei a procurar trabalho. Mas tudo estava ainda em confusão... Quase imediatamente veio a Comuna... Podes acreditar que muitas vezes tivemos fome. Mas enfim já não era Londres, nem o inverno, nem o exílio. Estávamos em Paris; sofríamos de companhia com amigos de outros tempos. Já não parecia tão terrível... Com todas estas privações, a pobre Rosa começava a definhar... Era um suplício vê-la perder as cores, tristinha, mal vestida, metida numa trapeira... A mamã já se queixava da doença de coração que a matou... O trabalho que eu encontrava, mal pago, dava-nos apenas para a renda da casa, e para não morrer absolutamente de necessidade... Principiei a adoecer de ansiedade, de desespero. Lutei ainda. A mamã fazia dó. E Rosa morria se não tivesse outro regime, bom ar, algum conforto... Conheci então Castro Gomes em casa de uma antiga amiga da mamã, que não perdera nada com a guerra, nem com os prussianos, e que me dava trabalhos de costura... E o resto sabe-lo... Nem eu me lembro... Fui levada... Via às vezes Rosa, coitadinha, embrulhada num xale, muito quietinha ao seu canto, depois de rapada a sua magra tigela de sopas, e ainda com fome...

Não pôde continuar; rompeu a chorar, caída sobre os joelhos de Carlos. E ele, na sua emoção, só lhe podia dizer, passando-lhe as mãos trêmulas pelos cabelos, que a havia de desforrar bem de todas as misérias passadas...

— Escuta ainda — murmurou ela, limpando as lágrimas. — Há só uma coisa mais que te quero dizer. E é a santa verdade, juro-te pela alma de Rosa! É que nestas duas relações que tive, o meu coração conservou-se adormecido... Dormiu sempre, sempre, sem sentir nada, sem desejar nada, até que te vi... E ainda te quero dizer outra coisa...

Um momento hesitou, coberta de rubor. Passara os braços em torno de Carlos, pendurada toda dele, com os olhos mergulhados nos seus. E foi mais baixo que balbuciou na derradeira, na absoluta confissão de todo o seu ser:

— Além de ter o coração adormecido, o meu corpo permaneceu sempre frio, frio como um mármore...

Ele estreitou-a a si arrebatadamente; e os seus lábios ficaram colados muito tempo, em silêncio, completando, numa emoção nova e quase virginal, a comunhão perfeita das suas almas.

Daí a dias Carlos e Ega vinham numa vitória, pela estrada dos Olivais, em caminho da Toca.

Toda essa manhã, no Ramalhete, Carlos estivera enfim contando ao Ega o impulso de paixão que o lançara de novo e para sempre, como esposo, nos braços de Maria; e, na confiança absoluta que o prendia ao Ega, revelara-lhe mesmo miudamente a história dela, dolorosa e justificadora. Depois, ao acalmar o calor, propôs que fossem comer as sopas à Toca. Ega deu uma volta pelo quarto, hesitando. Por fim começou a passar devagar a escova pelo paletó, murmurando, como durante as longas confidências de Carlos: "É prodigioso!... Que estranha coisa, a vida!"

E agora pela estrada, na aragem doce do rio, Carlos falava ainda de Maria, da vida na Toca, deixando escapar do coração muito cheio o interminável cântico da sua felicidade.

— É fato, Egazinho, conheço quase a felicidade perfeita!

— E cá na Toca ainda ninguém sabe nada?

Ninguém — a não ser Melanie, a confidente — suspeitava a profunda alteração que se fizera nas suas relações; e tinham assentado que *miss* Sara e o Domingos, primeiras testemunhas da sua amizade, seriam regiamente recompensados e despedidos quando em fins de outubro eles partissem para a Itália.

— E ides então casar a Roma?...

— Sim... Em qualquer lugar onde haja um altar e uma estola. Isso não falta em Itália... E é então, Ega, que reaparece o espinho de toda esta felicidade. É por isso que eu disse "quase". O terrível espinho, o avô!

— É verdade, o velho Afonso. Tu não tens ideia como lhe hás de fazer conhecer esse caso?...

Carlos não tinha ideia nenhuma. Sentia só que lhe faltava absolutamente a coragem de dizer ao avô: "esta mulher, com quem vou casar, teve na sua vida estes erros"... E além disso, já refletira; era inútil. O avô nunca compreenderia os motivos complicados, fatais, iniludíveis que tinham arrastado Maria. Se lhos contasse miudamente, o avô veria ali um romance confuso e frágil, antipático à sua natureza forte e cândida. A fealdade das culpas feri-lo-ia, exclusivamente; e não lhe deixaria apreciar, com serenidade, a irresistibilidade das causas. Para perceber este caso, de um caráter nobre apanhado dentro de uma implacável rede de fatalidades, seria necessário um espírito mais dúctil, mais mundano que o do avô... O velho Afonso era um bloco de granito; não se podiam esperar dele as sutis discriminações de um casuísta moderno. Da existência de Maria só veria o fato tangível: caíra sucessivamente nos braços de dois homens. E daí decorreria toda a sua atitude de chefe de família. Para que havia ele, pois, de fazer ao velho uma confissão que necessariamente originaria um conflito de sentimentos e uma irreparável separação doméstica?...

— Pois não te parece, Ega?

— Fala mais baixo, olha o cocheiro.

— Não percebe bem o português, sobretudo o nosso estilo... Pois não te parece?

Ega raspava fósforos na sola para acender o charuto. E resmungava: — Sim, o velho Afonso é granítico...

Por isso Carlos concebera outro plano, mais sagaz: consistia em esconder ao avô o passado de Maria, e fazer-lhe conhecer a pessoa de Maria. Casavam secretamente em Itália. Regressavam; ela para a Rua de S. Francisco, ele filialmente para o Ramalhete. Depois Carlos levava o avô à casa da sua boa amiga, que conhecera em Itália, Madame de Mac-Gren. Para o prender logo, lá estavam os encantos de Maria, todas as graças de um interior delicado e sério, jantarinhos perfeitos, ideias justas, Chopin, Beethoven etc. E, para completar a conquista de quem tão enternecidamente adorava crianças, lá estava Rosa... Enfim, quando o avô estivesse namorado de Maria, da pequena, de tudo, ele, uma manhã, dizia-lhe francamente: "esta criatura superior e adorável teve uma queda no seu passado; mas eu casei com ela; e, sendo tal como é, não fiz bem, apesar de tudo, em a escolher para minha esposa?" E o avô, perante esta terrível irremediabilidade do fato consumado, com toda a sua indulgência de velho enternecido a defender Maria, seria o primeiro a pensar que, se esse casamento não era o melhor segundo as regras do mundo, era decerto o melhor segundo os interesses do coração...

— Pois não te parece, Ega?

Ega, absorvido, sacudia a cinza do charuto. E pensava que Carlos, em resumo, adotara para com o avô a complicada combinação que Maria Eduarda tentara para com ele, e imitava sem o sentir os sutis raciocínios dela.

— E acabou-se — continuava Carlos. — Se ele na sua indulgência aceitar tudo, bravo! Dá-se uma grande festa no Ramalhete... Se não, foi-se! Passaremos a viver cada um para seu lado, fazendo ambos prevalecer a superioridade de duas coisas excelentes: o avô, as tradições do sangue; eu, os direitos do coração.

E, vendo o Ega ainda silencioso:

— Que te parece? Dize lá. Tu andas tão falto de ideias, homem!

O outro sacudiu a cabeça, como despertando.

— Queres que te diga o que me parece, com franqueza? Que diabo, nós somos dois homens falando como homens!... Então aqui está: teu avô tem quase oitenta anos; tu tens vinte e sete ou o quer que seja... É doloroso dizê-lo, ninguém o diz com mais dor que eu, mas teu avô há de morrer... Pois bem, espera até lá. Não cases. Supõe que ela tem um pai muito velho, teimoso e caturra, que detesta o Senhor Carlos da Maia e a sua barba em bico. Espera; continua a vir à Toca, na tipoia do Mulato; e deixa teu avô acabar a sua velhice calma, sem desilusões e sem desgostos...

Carlos torcia o bigode, mudo, enterrado no fundo da vitória. Nunca, nesses dias de inquietação, lhe acudira ideia tão sensata, tão fácil! Sim, era isso, esperar! Que melhor dever do que poupar ao pobre avô toda a dor?... Maria, decerto, como mulher, estava desejando, ansiosamente, a conversão do amante no marido, pelo laço da estola que tudo purifica e nenhuma força desata. Mas ela mesma preferiria uma consagração legal que não fosse assim precipitada, dissimulada... Depois, tão reta e generosa, compreenderia bem a obrigação suprema de não mortificar aquele santo velho. De resto, não conhecia ela a sua lealdade sólida e pura como um diamante? Recebera a sua palavra: desde esse momento estavam casados, não diante do sacrário e nos registros da sacristia, mas diante da honra e na inabalável comunhão dos seus corações...

— Tens razão! — gritou por fim, batendo no joelho do Ega. — Tens imensamente razão! Essa ideia é genial! Devo esperar... E enquanto espero?...

— Como, enquanto esperas? — acudiu Ega, rindo. — Que diabo! Isso não é comigo!

E mais sério:

— Enquanto esperas, tens esse metal vil que faz a existência nobre. Instalas tua mulher, porque desde hoje é tua mulher, aqui nos Olivais ou noutro sítio, com o gosto, o conforto e a dignidade que compreendem a tua mulher... E deixas-te ir! Nada impede que façais essa viagem nupcial à Itália... Voltas, continuas a fumar a tua *cigarette* e a deixar-te ir. Este é o bom senso: é assim que pensaria o grande Sancho Pança... Que diabo tens tu naquele embrulho que cheira tão bem?

— Um ananás... Pois é isso, querido; esperar, deixar-me ir. É uma ideia!

Uma ideia! E a mais grata ao temperamento de Carlos. Para que iria com efeito enredar-se numa meada de amarguras domésticas, por um excesso de cavalheirismo romântico? Maria confiava nele; era rico, era moço; o mundo abria-se ante eles, fácil e cheio de indulgências. Não tinha senão a deixar-se ir.

— Tens razão, Ega! E Maria é a primeira a achar isto cheio de senso e de "oportunismo". Eu tenho uma certa pena em adiar a instalação da minha vida e do meu *home*. Mas, acabou-se! Antes de tudo que o avô seja feliz... E para celebrar o advento desta ideia, Deus queira que Maria nos tenha um bom jantar!

Agora, ao aproximar-se da Toca, Ega ia receando o primeiro encontro com Maria Eduarda. Incomodava-o esse enleio, esse rubor que ela não poderia ocultar, certa que, como confidente de Carlos, ele conhecia a sua vida, as suas misérias, as suas relações com Castro Gomes. Por isso hesitara em vir à Toca. Mas também, não aparecer mais a Maria Eduarda seria marcar, com um relevo quase ofensivo, o desejo caridoso de não molestar o seu pudor... Por isso decidira "dar o mergulho de uma vez". Quem, senão ele, deveria ser o mais apressado em estender a mão à noiva de Carlos?... Além disso tinha uma infinita curiosidade de ver no seu interior, à sua mesa, essa criatura tão bela, com a sua graça nobre de deusa moderna! Mas saltou da vitória muito embaraçado.

Por fim tudo se passou com uma facilidade risonha. Maria bordava, sentada nos degraus do jardim. Teve um sobressalto, corou toda, com efeito, ao avistar o Ega que procurava atarantadamente o monóculo; o aperto de mão que trocaram foi mudo e tímido; mas Carlos, alegremente, desembrulhara o ananás, e, na admiração dele, todo o constrangimento se dissipou.

— Oh, é magnífico!

— Que cor, que luxo de tons!

— E que aroma! Veio perfumando toda a estrada.

Ega não voltara à Toca desde a noite fatal da *soirée* dos Cohens, em que ele ali tanto bebera e delirara tanto. E lembrou logo a Carlos a jornada na velha traquitana, debaixo de um temporal, o grogue do Craft, a ceia de peru...

— Já aqui sofri muito, minha senhora, vestido de Mefistófeles!...

— Por causa de Margarida?

— Por quem se há de sofrer neste apaixonado mundo, minha senhora, se não por Margarida ou por Fausto?

Mas Carlos quis que ele admirasse os esplendores novos da Toca. E foi já com familiaridade que Maria o levou pelas salas, lamentando que só viesse à Toca no fim do verão e no fim das flores. Ega extasiou-se ruidosamente. Enfim, perdera a Toca o seu ar regelado e triste de museu! Já ali se podia palrar livremente!

— Isto é um bárbaro, Maria! — exclamava Carlos, radiante. — Tem horror à arte! É um ibero, é um semita!...

Semita? Ega prezava-se de ser um luminoso ariano! E por isso mesmo não podia viver numa casa em que cada cadeira tinha a solenidade sorumbática de antepassados com cabeleira...

— Mas — dizia Maria, rindo — todas estas lindas coisas do século XVIII lembram antes a ligeireza, o espírito, a graça de maneiras...

— V. Exa. acha? — acudiu Ega. — A mim todos esses dourados, esses enramalhetados, esses rococós lembram-me uma vivacidade estouvada e sirigaita... Nada! Nós vivemos numa democracia! E não há para exprimir a alegria simples, sólida e bonacheirona da democracia, como largas poltronas de marroquim e o mogno envernizado!...

Assim numa risonha, ligeira discussão sobre *bric-à--brac*, desceram ao jardim. Miss Sara passeava entre o buxo, de olhos baixos, com um livro fechado na mão. Ega, que conhecia já os seus ardores noturnos, cravou-lhe sofregamente o monóculo; e enquanto Maria se abaixara a cortar um gerânio, exprimiu a Carlos, num gesto mudo, a sua admiração por aquele beicinho escarlate, aquele seiozinho redondo de rola farta... Depois, ao fundo, junto do caramanchão, encontraram Rosa que se balouçava. Ega apareceu deslumbrado com a sua beleza, a sua frescura mate de camélia branca. Pediu-lhe um beijo. Ela exigiu primeiro, muito séria, que ele tirasse o vidro do olho.

— Mas é para te ver melhor! É para te ver melhor!...

— Então por que não trazes um em cada olho? Assim só me vês metade...

— Encantadora! Encantadora! — murmurava Ega. No fundo achava a pequena espevitada e imprudente. Maria resplandecia.

E o jantar alargou mais esta intimidade risonha. Carlos, logo à sopa, falando-se de campo e de um chalé que ele desejava construir em Sintra, nos Capuchos, dissera "quando nos casarmos". E Ega aludiu a esse futuro do modo mais grato ao coração de Maria. Agora que Carlos se instalava para sempre numa felicidade estável (dizia ele), era necessário trabalhar! E relembrou então a sua velha ideia do Cenáculo, representado por uma revista que dirigisse a literatura, educasse o gosto, elevasse a política, fizesse a civilização, remoçasse o carunchoso Portugal... Carlos, pelo seu espírito, pela sua fortuna (até pela sua figura, ajuntava o Ega rindo), devia tomar a direção deste movimento. E que profunda alegria para o velho Afonso da Maia!

Maria escutava, presa e séria. Sentia bem quanto Carlos, com uma vida toda de inteligência e de atividade, reabilitaria supremamente aquela união, mostrando-lhe a influência fecunda e purificadora.

— Tem razão, tem bem razão! — exclamava ela, com ardor.

— Sem contar — acrescentava o Ega — que o país precisa de nós! Como muito bem diz o nosso querido e imbecilíssimo Gouvarinho, o país não tem pessoal... Como há de tê-lo, se nós, que possuímos as aptidões, nos contentamos em governar os nossos *dog-carts* e escrever a vida íntima dos átomos? Sou eu, minha senhora, sou eu que ando a escrever essa biografia de um átomo!... No fim, este diletantismo é absurdo. Clamamos por aí, em botequins e livros, "que o país é uma choldra". Mas que diabo! Por que é que não trabalhamos para o refundir, o refazer ao nosso gosto e pelo molde perfeito das nossas ideias?... V. Exa. não conhece este país, minha senhora. É admirável! É uma pouca de cera inerte de primeira qualidade. A questão toda está em quem a trabalha. Até aqui a cera tem estado em mãos brutas, banais, toscas, reles, rotineiras... É necessário pô-la em mãos de artistas, nas nossas. Vamos fazer disto um *bijou*!...

Carlos ria, preparando numa travessa o ananás com sumo de laranja e vinho de Madeira. Mas Maria não queria que ele risse. A ideia do Ega parecia-lhe superior, inspirada num alto dever. Quase tinha remorsos, dizia ela, daquela preguiça de Carlos. E agora, que ia ser cercado de afeição serena, queria-o ver trabalhar, mostrar-se, dominar...

— Com efeito — disse o Ega recostado e sorrindo —, a era do romance findou. E agora...

Mas o Domingos servia o ananás. E o Ega provou e rompeu em clamores de entusiasmo. Oh,, que maravilha! Oh, que delícia!

— Como fazes tu isto? Com Madeira...

— E gênio! — exclamou Carlos. — Delicioso, não é verdade? Ora digam-me se tudo o que eu pudesse fazer pela civilização valeria este prato de ananás! É para estas coisas que eu vivo! Eu não nasci para fazer civilização...

— Nasceste — acudiu o Ega — para colher as flores dessa planta da civilização, que a multidão rega com o seu suor! No fundo também eu, menino!

Não, não! Maria não queria que falassem assim! — Esses ditos estragam tudo. E o senhor Ega, em lugar de corromper Carlos, devia inspirá-lo...

Ega protestou, requebrando o olho, já lânguido. Se Carlos necessitava uma musa inspiradora e benéfica, não podia ser ele, bicho com barbas e bacharel em leis... A musa estava *toute trouvée*!

— Ah, com efeito!... Quantas páginas belas, quantas nobres ideias se não podem produzir num paraíso destes!...

E o seu gesto mole e acariciador indicava a Toca, a quietação dos arvoredos, a beleza de Maria. Depois, na sala, enquanto Maria tocava um noturno de Chopin e

Carlos e ele acabavam os charutos à porta do jardim, vendo nascer a lua, Ega declarou que, desde o começo do jantar, estava com ideias de casar!... Realmente não havia nada como o casamento, o interior, o ninho...

— Quando penso, menino — murmurou ele, mordendo sombriamente o charuto —, que quase todo um ano da minha vida foi dado àquela israelita devassa, que gosta de levar bordoada...

— Que faz ela em Sintra? — perguntou Carlos.

— Ensopa-se na crápula. Não há a menor dúvida que dá todo o seu coração ao Dâmaso... Tu sabes o que nestes casos significa o termo "coração"... Viste já imundície igual? É simplesmente obscena!

— E tu adora-a — disse Carlos.

O outro não respondeu. Depois, dentro, num ódio repentino da boêmia e do romantismo, entoou louvores sonoros à família, ao trabalho, aos altos deveres humanos, bebendo copinhos de conhaque. À meia-noite, ao sair, tropeçou duas vezes na rua de acácias, já vago, citando Proudhon. E quando Carlos o ajudou a subir para a vitória, que ele quis descoberta para ir comunicando com a lua, Ega ainda lhe agarrou o braço para lhe falar da Revista de um forte vento de espiritualidade e de virtude viril que se devia fazer soprar sobre o país... Por fim, já estirado no assento, tirando o chapéu à aragem da noite:

— E outra coisa, Carlinhos. Vê se me arranjas a inglesa... Há vícios deliciosos naquelas pestanas baixas... Vê se ma arranjas... Vá lá, bate lá, cocheiro! Caramba, que beleza de noite!

Carlos ficara encantado com este primeiro jantar de amizade na Toca. Ele tencionava não apresentar Maria aos seus íntimos, senão depois de casado e à volta da

Itália. Mas agora a "união legal" estava já no seu pensamento adiada, remota, quase dispersa no vago. Como dizia o Ega, devia esperar, deixar-se ir... E no entanto, Maria e ele não poderiam isolar-se ali todo um longo inverno, sem o calor sociável de alguns amigos em redor. Por isso uma manhã, encontrando o Cruges, que fora o vizinho de Maria e outrora lhe dava notícias da "*lady* inglesa", pediu-lhe para vir jantar à Toca no domingo.

O maestro apareceu numa tipoia, à tardinha, de laço branco e de casaca; e os fatos claros de campo com que encontrou Carlos e Ega começaram logo a enchê-lo de mal-estar. Toda mulher, além das Lolas e Conchas, o atarantava, o umedecia: Maria, "com o seu porte de *grande-dame*" como ele dizia, intimidou-o a tal ponto que ficou diante dela, sem uma palavra, escarlate, torcendo o forro das algibeiras. Antes de jantar, por lembrança de Carlos, foram-lhe mostrar a quinta. O pobre maestro, roçando a casaca mal feita pela folhagem dos arbustos, fazia esforços ansiosos por murmurar algum elogio "à beleza do sítio"; mas escapavam-lhe então inexplicavelmente coisas reles, em calão: "Vista catita"! "É pitada"! Depois ficava furioso, coberto de suor, sem compreender como se lhe babavam dos lábios esses ditos abomináveis, tão contrários ao seu gosto fino de artista. Quando se sentou à mesa, sofria um negríssimo acesso de *spleen* e mudez! Nem uma controvérsia, que Maria arranjara caridosamente para ele sobre Wagner e Verdi, pôde descerrar-lhe os lábios empedernidos. Carlos ainda tentou envolvê-lo na alegria da mesa, contando a ida a Sintra, quando ele procurava Maria na Lawrence, e em vez dela achara uma matrona obesa, de bigode, de cãozinho ao colo, ralhando com o homem em espanhol. Mas a cada exclamação de Carlos — "Lembras-te, Cruges?",

"Não é verdade, Cruges?" — o maestro, rubro, grunhia apenas um "sim" avaro. Terminou por estar ali, ao lado de Maria, como um trambolho fúnebre. Estragou o jantar.

Combinara-se para depois do café um passeio pelos arredores, num *break*. E Carlos já tomara as guias; Maria na almofada acabava de abotoar as luvas quando Ega, que receava a friagem da tarde, saltou do *break*, correu a buscar o paletó. Nesse mesmo momento sentiram um trote de cavalo na estrada, e apareceu o marquês.

Foi uma surpresa para Carlos, que o não vira durante esse verão. O marquês parou logo, tirando profundamente, ao ver Maria, o seu largo chapéu desabado.

— Imaginava-o pela Golegã! — exclamou Carlos. — Foi até o Cruges que me disse... Quando chegou você?

Chegara na véspera. Lá fora ao Ramalhete; tudo deserto. Agora vinha aos Olivais ver um dos Vargas que tinha casado, se instalara ali perto, a passar o noivado...

— Quem, o gordo, o das corridas?

— Não, o magro, o das regatas.

Carlos, debruçado da almofada, examinava a eguazita do marquês, pequena, bem estampada, de um baio escuro e bonito.

— Isso é novo?

— Uma facazita do Darque... Quer-ma você comprar? Sou já um pouco pesado para ela, e isto mete-se a um *dog-cart*...

— Dê lá uma volta.

O marquês deu a volta, bem posto na sela, avantajando a égua. Carlos achou-lhe "boas ações". Maria murmurou: "Muito bonita, uma cabeça fina..." Então Carlos apresentou o Marquês de Sousela a madame Mac-Gren. Ele chegou a égua à roda, descoberto, para apertar a mão a Maria; e à espera do Ega que se eternizava lá dentro, ficaram falando do verão, de Santa Olávia, dos Olivais, da Toca... Há que tempos o marquês ali não passava! A última vez fora vítima da excentricidade do Craft...

— Imagine V. Exa. — disse ele a Maria Eduarda — que esse Craft me convida a almoçar. Venho, e o hortelão diz-me que o Senhor Craft, criado e cozinheiro, tudo partira para o Porto; mas que o Senhor Craft deixara um cartaz na sala... Vou à sala, e vejo dependurada ao pescoço de um ídolo japonês uma folha de papel com estas palavras, pouco mais ou menos: "O deus Tchi tem a honra de convidar o senhor marquês, em nome de seu amo ausente, a passar à sala de jantar onde encontrará, num aparador, queijo e vinho, que é o almoço que basta ao homem forte". E foi com efeito o meu almoço... Para não estar só, partilhei-o com o hortelão.

— Espero que se tivesse vingado! — exclamou Maria, rindo.

— Pode crer, minha senhora... convidei-o a jantar, e quando ele apareceu, vindo daqui da Toca, o meu guarda-portão disse-lhe que o senhor marquês fora para longe, e que não havia nem pão nem queijo... Resultado: o Craft mandou-me uma dúzia de magníficas garrafas de Chambertin. Esse deus Tchi nunca mais o tornei a ver...

O deus Tchi lá estava, obeso e medonho. E, muito naturalmente, Carlos convidou o marquês a revisitar nessa noite, à volta da casa do Vargas, o seu velho amigo Tchi.

O marquês veio, às dez horas, e foi um serão encantador. Conseguiu sacudir logo a melancolia do Cruges, arrastando-o com mão de ferro para o piano; Maria cantou; palrou-se com graça; e aquele esconderijo de amor ficou alumiado até tarde, na sua primeira festa de amizade.

Estas reuniões alegres foram ao princípio, como dizia o Ega, "dominicais"; mas o outono arrefecia; bem depressa se despiriam as árvores da Toca, e Carlos acumulou-as duas vezes por semana, nos velhos dias feriados da Universidade, domingos e quintas. Tinha descoberto uma admirável cozinheira alsaciana, educada nas grandes tradições, que servira o bispo de Estrasburgo, e a quem as extravagâncias de um filho e outras desgraças tinham arrojado a Lisboa. Maria, de resto, punha na composição dos seus jantares uma ciência delicada: o dia de vir à Toca era considerado pelo marquês "dia da civilização".

A mesa resplandecia; e as tapeçarias, representando massas de arvoredos, punham em redor como a sombra escura de um retiro silvestre onde, por um capricho, se tivessem acendido candelabros de prata. Os vinhos saíam da frasqueira preciosa do Ramalhete. De todas as coisas da terra e do céu se grulhava com fantasia, menos de "política portuguesa", considerada conversa indecorosa entre pessoas de gosto.

Rosa aparecia ao café, exalando do seu sorriso, dos bracinhos nus, dos vestidos brancos tufados sobre as meias de seda preta, um bom aroma de flor. O marquês adorava-a, disputando-a ao Ega, que a pedira a Maria em casamento e lhe andava compondo havia tempo um soneto. Ela preferia o marquês; achava o Ega "muito...", e completava o seu pensamento com um gestozinho do dedo ondeado no ar, como a exprimir que o Ega "era muito retorcido".

— Aí está! — exclamava ele. — Porque eu sou mais civilizado que o outro! É a simplicidade não compreendendo o requinte.

— Não, desgraçado! — exclamava do lado. — É porque és impresso!... É a natureza repelindo a convenção!...

Bebia-se à saúde de Maria; ela sorria, feliz entre os seus novos amigos, divinamente bela, quase sempre de escuro, com um curto decote onde resplandecia o incomparável esplendor do seu colo. Depois organizaram-se solenidades. Num domingo, em que os sinos repicavam e a distância foguetes esfuziavam no ar, Ega lamentou que os seus austeros princípios filosóficos o impedissem de festejar, também aquele santo de aldeia, que fora decerto em vida um caturra encantador, cheio de ilusões e doçura... Mas de resto, acrescentou, não teria sido num dia assim, fino e seco, sob um grande céu cheio de sol, que se feriu a batalha das Termópilas? Por que não se atiraria uma girândola de foguetes em honra de Leônidas e dos trezentos? E atirou-se a girândola pela eterna glória de Esparta.Depois celebraram-se outras datas históricas. O aniversário da descoberta da Vênus de Milo foi comemorado com um balão que ardeu. Noutra ocasião o marquês trouxe de Lisboa, apinhados numa tipoia, fadistas famosos, o *Pintado*, o *Vira-vira* e o *Gago*; e depois de jantar, até tarde, com o luar sobre o rio, cinco guitarras choraram os ais mais tristes dos fados de Portugal.

Quando estavam sós, Carlos e Maria passavam as suas manhãs no quiosque japonês, afeiçoados àquele primeiro retiro dos seus amores, pequeno e apertado, onde os seus corações batiam mais perto um do outro. Em lugar das esteiras de palha, Carlos revestira-o com as suas formosas colchas da Índia, cor de palha e cor de pérola. Um dos maiores cuidados dele, agora, era embelezar a Toca; nunca voltava de Lisboa sem trazer alguma figurinha de Saxe, um marfim, uma faiança, como noivo feliz que aperfeiçoa o seu ninho. Maria, no entanto, não cessava de lembrar os planos intelectuais do Ega; queria que ele trabalhasse, ganhasse um nome; seria isso o orgulho íntimo dela, e sobretudo a alegria suprema do avô. Para a contentar (mais que para satisfazer às suas necessidades de espírito), Carlos recomeçara a compor alguns dos seus artigos de medicina literária, para a *Gazeta Médica.* Trabalhava no quiosque, de manhã. Trouxera para lá rascunhos, livros, o seu famoso manuscrito da *Medicina antiga e moderna.* E por fim achara um grande encanto em estar ali, com um leve casaco de seda, as suas *cigarettes* ao lado, um fresco murmúrio de arvoredo em redor, cinzelando as suas frases, enquanto ela, ao lado, bordava silenciosa. As suas ideias surgiram com mais originalidade, a sua forma ganhava em colorido, naquele estreito quiosque acetinado que ela perfumava com a sua presença. Maria respeitava este trabalho, como coisa nobre e sagrada. De manhã, ela mesma espanejava os livros do leve pó que a aragem soprava pela janela; dispunha o papel branco, punha cuidadosamente penas novas; e andava bordando uma almofada de penas e cetim, para que o trabalhador estivesse mais confortável na sua vasta cadeira de couro lavrado.

Um dia oferecera-se a passar a limpo um artigo. Carlos, entusiasmado com a letra dela, quase comparável à lendária letra do Dâmaso, ocupava-a agora, incessantemente, como copista, sentindo mais amor por um trabalho a que ela se associava. Quantos cuidados se dava a doce criatura! Tinha para isso um papel especial, de um tom macio de marfim; e, com o dedinho no ar, ia desenrolando as pesadas considerações de Carlos sobre o Vitalismo e o Transformismo, na graça delicada de uma renda... Um beijo pagava-a de tudo.

Às vezes Carlos dava lições a Rosa: ora de história, contando-lha familiarmente como um conto de fadas;

ora de geografia, interessando-a pelas terras onde vivem gentes negras, e pelos velhos rios que correm entre as ruínas dos santuários. Isto era o prazer mais alto de Maria. Séria, muda, cheia de religião, escutava aquele ser bem-amado ensinando sua filha. Deixava escapar das mãos o trabalho, e o interesse de Carlos, a enlevada atenção de Rosa sentada aos pés dele, bebendo aquelas belas histórias de Joana d'Arc ou das caravelas que foram à Índia, fazia resplandecer, nos seus olhos, uma névoa de lágrimas felizes...

Desde o meado de outubro Afonso da Maia falava da sua partida de Santa Olávia, retardada apenas por algumas obras, que começara na parte velha da casa e nas cocheiras; porque ultimamente invadira-o a paixão de edificar, sentindo-se remoçar, como ele dizia, no contato das madeiras novas e no cheiro vivo das tintas. Carlos e Maria pensavam também em abandonar os Olivais. Carlos não poderia, por dever doméstico, permanecer ali instalado desde que o avô recolhesse ao Ramalhete. Além disso, aquele fim de outono ia escuro e agreste; e a Toca era agora pouco bucólica, com a quinta desfolhada e alagada, uma névoa sobre o rio e um fogão único no gabinete de cretones, além da suntuosa chaminé da sala de jantar, que, por entre os seus núbios de olhos de cristal, soltava uma fumaraça odiosa, quando o Domingos a tentava acender.

Numa dessas manhãs, Carlos, que ficara até tarde com Maria, e depois no seu delgado casebre, mal pudera dormir com um temporal, de vento e água, desencadeado de madrugada, ergueu-se às nove horas, veio à Toca. As janelas do quarto de Maria conservavam-se ainda cerradas; a manhã clareara; a quinta lavada, meio despida, no ar fino e azul, tinha uma linda e silenciosa graça de inverno. Carlos passeava, olhando os vasos onde os crisântemos floriam, quando retiniu a sineta do portão. Era o toque do carteiro. Justamente ele escrevera dias antes ao Cruges, perguntando se estaria desocupado, para os primeiros frios de dezembro, o andar da Rua de S. Francisco; e, esperando carta do maestro, foi abrir, acompanhado por Niniche. Mas o correio, nessa manhã, consistia apenas numa carta do Ega e dois números de jornal cintados: um para ele, outro para "madame Castro Gomes, na quinta do Senhor Craft, aos Olivais".

Caminhando sob as acácias Carlos abriu a carta do Ega. Era da véspera, com a data "à noite, à pressa". E dizia: "Lê, nesse trapo que te mando, esse superior pedaço de prosa que lembra Tácito. Mas não te assustes; eu suprimi, mediante pecúnia, toda a tiragem, com exceção de dois números mais que foram, um para a Toca, outro (oh, lógica suprema dos hábitos constitucionais!) para o Paço, para o chefe do Estado!... Mas esse mesmo não chegará ao seu destino. Em todo caso desconfio de que esgoto saiu esse enxurro e precisamos providenciar! Vem já! Espero-te até às duas. E, como Iago dizia a Cássio, *mete dinheiro na bolsa*."

Inquieto, Carlos descintou o jornal. Chamava-se a *Corneta do Diabo*; e na impressão, no papel, na abundância dos *itálicos*, no tipo gasto, todo ele revelava imundície e malandrice. Logo na primeira página duas cruzes a lápis marcavam um artigo que Carlos, num relance, viu salpicado com o seu nome. E leu isto: "Ora viva, *sô* Maia! Então já se não vai ao consultório, nem se veem os doentes do bairro, sô janota? Esta piada era botada no Chiado, à porta da Havanesa, ao Maia, ao Maia dos cavalos ingleses, um tal Maia do Ramalhete, que abarrota por aí de *catita*; e o pai Paulino *que tem olho* e que passava nessa ocasião ouviu a seguinte *cornetada*: É que o *sô* Maia acha *que é mais quente* viver nas fraldas de uma *brasileira casada*, que nem é brasileira nem é casada, e a quem o papalvo pôs casa, aí para o lado dos Olivais, para *estar ao fresco*! Sempre os há neste mundo!... Pensa o homem que botou conquista; e cá a rapaziada de gosto ri-se, porque o que a gaja lhe quer não são os lindos olhos, são as lindas *louras*... O simplório, que bate aí pilecas *bifes*, que nem que fosse o *marquês*, o verdadeiro marquês, imaginava que se estava abiscoutando com uma senhora do *chic*, e do *boulevard* de Paris, e casada, e titular!... E no fim (não, esta é para a gente deixar estourar o bandulho a rir!), no fim descobre-se que *a tipa* era uma *cocotte* safada, que trouxe para aí um brasileiro, *já farto dela*, para a passar cá aos belos lusitanos... E caiu a espiga ao Maia! Pobre palerma! Ainda assim o *sô* Maia só apanhou os restos do outro, porque *a tipa*, já antes de ele se enfeitar, tinha *pandegado à larga*, aí para a Rua de S. Francisco, com um rapaz da fina, que se safou também, porque, cá como nós, *só aprecia a bela espanhola*. Mas não obsta a que o *sô* Maia seja traste! Pois se assim é, dissemos nós, cautelinha, porque o diabo cá tem a sua *Corneta* preparada para cornetear, por esse mundo, as façanhas do *Maia das conquistas*. Ora viva, *sô* Maia!"

Carlos ficou imóvel entre as acácias, com o jornal na mão, no espanto, furioso e mudo, de um homem que subitamente recebe na face uma grossa chapada de lodo! Não era a cólera de ver o seu amor, assim aviltado, na publicidade chula de um jornal sórdido: era o horror de sentir aquelas frases em calão, pandilhas, afadistadas, como só Lisboa as pode criar, pingando fetidamente, à maneira de sebo, sobre si, sobre Maria, sobre o esplendor da sua paixão... Sentia-se todo emporcalhado. E uma única ideia surgia através da sua confusão: matar o bruto que escrevera aquilo.

Matá-lo! Ega sustara a tiragem da folha; Ega pois conhecia o foliculário. Nada importava que aqueles números, que tinha na mão, fossem os únicos impressos. Recebera lama na face. Que a injúria fosse espalhada nas praças, numa profusa publicidade, ou lhe fosse atirada só a ele escondidamente num papel único, era igual... Quem tanto ousara tinha de cair, esmagado!

Decidiu ir logo ao Ramalhete. O Domingos, à janela da cozinha, areava pratas, assobiando. Mas quando Carlos lhe falou de ir buscar um calhambeque aos Olivais, o bom Domingos consultou o relógio:

— V. Exa. tem às onze horas a caleche do *Torto*, que a senhora mandou cá estar para ir a Lisboa...

Carlos, com efeito, recordou-se que Maria, na véspera, planeara ir à Aline e aos livreiros. Uma contrariedade, justamente nesse dia em que ele precisava ficar livre, ele e a sua bengala! Mas Melanie, passando então com um jarro de água quente, disse que a senhora ainda se não vestira, que talvez nem fosse a Lisboa... E Carlos recomeçou a passear, no tapete de relva, entre as nogueiras. Sentou-se por fim no banco de cortiça, descintou a *Corneta* sobrescrita para Maria, releu lentamente a prosa imunda; e, nesse número que lhe fora destinado a ela, todo aquele calão lhe pareceu mais ultrajante, intolerável, punível só com sangue. Era monstruoso, na verdade, que sobre uma mulher, quieta, inofensiva no silêncio da sua casa, alguém ousasse tão brutalmente arremessar esse lodo a mancheias! E a sua indignação alargava-se, do foliculário que babara aquilo, até a sociedade que, na sua decomposição, produzira o foliculário. Decerto toda cidade sofria a sua vérmina... Mas só Lisboa, só a horrível Lisboa, com o seu apodrecimento moral, o seu rebaixamento social, a perda inteira de bom senso, o desvio profundo do bom gosto, a sua pulhice e o seu calão, podia produzir uma *Corneta do Diabo.*

E, no meio desta alta cólera de moralista, uma dor perpassava, precisa e dilacerante. Sim, toda a sociedade de Lisboa fazia um monturo sórdido neste canto de mundo, mas, em suma, havia no artigo da *Corneta* uma calúnia? Não. Era o passado de Maria, que ela arrancara de si como um vestido roto e sujo, que ele mesmo enterrara muito fundo, deitando-lhe por cima o seu amor e o seu nome, e que alguém desenterrava para o mostrar bem alto ao sol, com as suas manchas e os seus rasgões... E isto agora ameaçava para sempre a sua vida, como um terror sobre ela suspenso. Debalde ele perdoara, debalde ele esquecera. O mundo em redor sabia. E a todo o tempo, o interesse ou a perversidade poderiam refazer o artigo da *Corneta.*

Ergueu-se, abalado. E então ali, sob essas árvores desfolhadas, onde durante o verão, quando elas se enchiam de sombra e de murmúrio, ele passeara com Maria, esposa eleita da sua vida, Carlos perguntou, pela vez primeira a si mesmo, se a honra doméstica, a honra social, a pureza dos homens de quem descendia, a dignidade dos homens que dele descendessem, lhe permitiam em verdade casar com ela...

Dedicar-lhe toda a sua afeição, toda a sua fortuna, certamente! Mas casar... E se tivesse um filho? O seu filho, já homem, altivo e puro, poderia um dia ler numa *Corneta do Diabo* que sua mãe fora amante de um brasileiro, depois de ser amante de um irlandês. E se seu filho lhe viesse gritar, numa bela indignação, "é uma calúnia?"

ele teria de baixar a cabeça, murmurar "é uma verdade!" E seu filho veria, para sempre, colada a si aquela mãe de quem o mundo ignorava os martírios e os encantos, mas de quem conhecia cruelmente os erros.

E ela mesma! Se ele apelasse para a sua razão, alta e tão reta, mostrando-lhe as zombarias e as afrontas de que uma vil *Corneta do Diabo* poderia um dia trespassar o filho que deles nascesse, ela mesma o desligaria alegremente do seu voto, contente em entrar no Ramalhete pela escadinha secreta, forrada de veludo cor de cereja, contanto que em cima a esperasse um amor constante e forte... Nunca ela tornara, em todo o verão, a aludir a uma união diferente dessa em que os seus corações viviam tão lealmente, tão confortavelmente. Não, Maria não era uma devota, preocupada "do pecado mortal"! Que lhe podia importar a estola banal do padre?...

Sim; mas ele, que lhe pedira essa consagração, na hora mais comovida do seu longo amor, iria dizer-lhe agora "foi uma criancice, não pensemos mais nisso, desculpa"? Não; nem o seu coração o desejava! Antes pendia todo para ela... Pendia todo para ela, num enternecimento mais generoso e mais quente, enquanto a sua razão assim arengava, cautelosa e austera. Ele tinha naquela alma o seu culto perfeito, naqueles braços a sua voluptuosidade magnífica; fora dali não havia felicidade; a única sabedoria era prender-se a ela pelo derradeiro elo, o mais forte, o seu nome, embora as *Cornetas do Diabo* atroassem todo o ar. E assim afrontaria o mundo numa soberba revolta, afirmando a onipotência, o reino único da Paixão... Mas primeiro mataria o foliculário! Passeava, esmagava a relva. E todos os seus pensamentos se resolviam, por fim, em fúria contra o infame que babara sobre o seu amor, e durante um instante introduzia na sua vida tanta incerteza e tanto tormento!

Maria ao lado abriu a janela. Estava vestida de escuro para sair; e bastou o brilho terno do seu sorriso, aqueles ombros a que o estofo justo modelava a beleza cheia e quente, para que Carlos detestasse logo as dúvidas desleais e covardes, a que se abandonara um momento, sob as árvores desfolhadas...

Correu para ela. O beijo que lhe deu, lento e mudo, teve a humildade de um perdão que se implora.

— Que tens tu, que estás tão sério?

Ele sorriu. Sério, no sentido de solene, não estava. Talvez secado. Recebera uma carta do Ega, uma das eternas complicações do Ega. E precisava ir a Lisboa, ficar lá naturalmente toda a noite...

— Toda a noite? — exclamou ela com um desapontamento, pousando-lhe as mãos sobre os ombros.

— Sim, é bem possível, um horror! Nos negócios do Ega há fatalmente o inesperado... Tu, com efeito, vais a Lisboa?

— Agora, com mais razão... Se me queres.

— O dia está bonito... Mas há de fazer frio na estrada.

Maria justamente gostava desses dias de inverno, cheios de sol, com um arzinho vivo e arrepiado. Tornavam-na mais leve, mais esperta.

— Bem, bem — disse Carlos atirando o cigarro. — Vamos ao almoço, minha filha... O pobre Ega deve estar a uivar de impaciência.

Enquanto Maria correra a apressar o Domingos, Carlos, através da relva úmida, foi ainda lentamente até ao renque baixo de arbustos que, daquele lado, fechava a Toca como uma sebe. Aí a colina descia, com quintarolas, muros brancos, olivedos, uma grande chaminé de fábrica que fumegava; para além era o azul fino e frio do rio; depois os montes, de um azul mais carregado, com a casaria branca da povoação aninhada à beira da água, nítida e suave na transparência do ar macio. Parou um momento, olhando. E aquela aldeia de que nunca soubera o nome, tão quieta e feliz na luz, deu a Carlos um desejo repentino de sossego e de obscuridade, num canto assim do mundo, à beira da água, onde ninguém o conhecesse nem houvesse *Cornetas do Diabo*, e ele pudesse ter a paz de um simples e de um pobre debaixo de quatro telhas, no seio de quem amava.

Maria gritou por ele da janela da sala de jantar, onde se debruçara a apanhar uma das últimas rosas trepadeiras, que ainda floriam.

— Que lindo tempo para viajar, Maria! — disse Carlos chegando, através da relva.

— Lisboa é também muito linda, agora, havendo sol...

— Pois sim, mas o Chiado, a coscovilhice, os politiquetes, as gazetas, todos os horrores... A mim está-me positivamente a apetecer uma cubata na África!

O almoço, por fim, foi demorado. Ia bater uma hora, quando a caleche do Torto começou a rolar na estrada, ainda encharcada da chuva da noite. Logo adiante da vila, na descida, cruzaram um *coupé* que trepava num trote esfalfado. Maria julgou avistar nele, de relance, o chapéu branco e o monóculo do Ega... Pararam. E era com efeito o Ega, que reconhecera também a caleche da Toca, vinha já saltitando as lamas com longas pernadas de cegonha, chamando por Carlos.

Ao ver Maria, ficou atrapalhado:

— Que bela surpresa! Eu ia para lá... Vi o dia tão bonito, disse comigo...

— Bem, paga a tua tipoia, vem conosco! — atalhou Carlos que trespassava o Ega, com os olhos inquietos, querendo adivinhar o motivo daquela brusca chegada aos Olivais.

Quando entrou para a caleche, tendo pago o batedor, Ega, embaraçado, sem poder desabafar diante de Maria, sobre o caso da *Corneta*, começou, sob os olhos de Carlos que o não deixavam, a falar do inverno, das inundações do Ribatejo... Maria lera. Uma desgraça; duas crianças afogadas nos berços, gados perdidos, uma grande miséria! Por fim Carlos não se conteve:

— Eu lá recebi a tua carta...

Ega acudiu:

— Arranja-se tudo! Está tudo combinado! E, com efeito, eu não vim senão por um sentimento bucólico...

Muito discretamente Maria olhara para o rio. Ega fez então um gesto rápido com os dedos, significando "dinheiro, só questão de dinheiro". Carlos sossegou; e Ega voltou a falar dos inundados do Ribatejo e do sarau literário e artístico que, em benefício deles, se "ia cometer" no salão da Trindade...

Era uma vasta solenidade oficial. Tenores do parlamento, rouxinóis da literatura, pianistas ornados com o hábito de S. Tiago, todo o pessoal canoro e sentimental do constitucionalismo "ia entrar em fogo". Os reis assistiam, já se teciam grinaldas de camélias para pendurar na sala. Ele, apesar de demagogo, fora convidado para ler um episódio das *Memórias dum átomo*; recusara-se, por modéstia, por não encontrar, nas *Memórias*, nada tão suficientemente palerma que agradasse à capital. Mas lembrara o Cruges; e o "maestro" ia ribombar ou arrulhar uma das suas *Meditações*. Além disso havia uma poesia social pelo Alencar. Enfim, tudo prenunciava uma imensa orgia...

— E a senhora D. Maria — acrescentou ele — devia ir!... É sumamente pitoresco. Tinha V. Exa. ocasião de ver todo o Portugal romântico e liberal, *à la besogne*, engravatado de branco, dando tudo que tem na alma!

— Com efeito, devias ir — disse Carlos, rindo. — De mais a mais se o Cruges toca, se o Alencar recita, é uma festa nossa...

— Pois está claro! — gritou Ega, procurando o monóculo, já excitado. — Há duas coisas que é necessário ver em Lisboa... Uma procissão do Senhor dos Passos e um sarau poético!

Rolavam então pelo Largo do Pelourinho. Carlos gritou ao cocheiro que parasse no começo da Rua do Alecrim; eles apeavam-se e tomavam de lá o americano para o Ramalhete.

Mas a tipoia estacou antes da calçada, rente ao passeio, em frente de uma loja de alfaiate. E nesse instante achava-se aí parado, calçando as suas luvas pretas, um velho alto, de longas barbas de apóstolo, todo vestido de luto. Ao ver Maria, que se inclinara à portinhola, o homem pareceu assombrado; depois, com uma leve cor na face larga e pálida, tirou gravemente o chapéu de abas recurvas, à moda de 1830, carregado de crepe.

— Quem é? — perguntou Carlos.

— É o tio do Dâmaso, o Guimarães — disse Maria, que corara também. — É curioso, ele aqui!

Ah, sim! o famoso M. Guimarães, o do *Rappel*, o íntimo de Gambetta! Carlos recordava-se de ter já encontrado aquele patriarca no Price com o Alencar. Cumprimentou-o também; o outro ergueu de novo, com uma gravidade maior, o seu sombrio chapéu de carbonário. Ega entalara vivamente o monóculo para examinar esse lendário tio do Dâmaso, que ajudava a governar a França; e depois de se despedirem de Maria, quando a caleche já subia a Rua do Alecrim e eles atravessavam para o Hotel Central, ainda se voltou, seduzido por aqueles modos, aquelas barbas austeras de revolucionário...

— Bom tipo! E que magnífico chapéu, hein! De onde diabo o conhece a Senhora D. Maria?

— De Paris... Este M. Guimarães era muito íntimo da mãe dela. A Maria já me tinha falado nele. É um pobre diabo. Nem amigo de Gambetta, nem coisa nenhuma... Traduz notícias dos jornais espanhóis para *o Rappel* e morre de fome...

— Mas então, o Dâmaso?

— O Dâmaso é um trapalhão. Vamos nós ao nosso caso... Essa imundície que me mandaste, a *Corneta*? Dize lá.

Seguindo devagar pelo Aterro, Ega contou a história da imundície. Fora na véspera, à tarde, que recebera no Ramalhete a *Corneta*. Ele já conhecia o papelucho, já privara mesmo com o proprietário e redator, o Palma, chamado Palma *Cavalão* para se distinguir de outro benemérito chamado Palma *Cavalinho*. Compreendeu logo que, se a prosa era do Palma, a inspiração era alheia. O Palma nada sabia de Carlos, nem de Maria, nem da casa da Rua de S. Francisco, nem da Toca... Não era natural que escrevesse, por deleite intelectual, um documento que só lhe podia render desgostos e bengaladas. O artigo, pois, fora-lhe simplesmente encomendado e pago. No terreno do dinheiro, vence sempre quem tem mais dinheiro. Por este sólido princípio correra a procurar o Palma Cavalão no seu antro.

— Também lhe conheces o antro? — perguntou Carlos, com horror.

— Tanto não... Fui perguntar à Secretaria da Justiça, a um sujeito que esteve associado com ele num negócio de almanaques religiosos...

Fora pois ao antro. E encontrara as coisas dispostas pelas mãos hábeis de uma Providência amiga. Primeiramente, depois de imprimir cinco ou seis números, a máquina, esfalfada na prática daquelas maroteiras, desmanchara-se. Além disso o bom Palma estava furioso com o cavalheiro que lhe encomendara o artigo, por divergência na seríssima questão de pecúnia. De sorte que apenas ele propôs comprar a tiragem do jornal, o jornalista estendeu logo a mão larga, de unhas roídas, tremendo de reconhecimento e de esperança. Dera-lhe cinco libras que tinha, e a promessa de mais dez...

— É caro, mas que queres? — continuou o Ega. — Deixe-me atarantar, não regateei bastante... E quanto a dizer quem é o cavalheiro que encomendou o artigo, o Palma, coitado, afirma que tem uma rapariga espanhola a sustentar, que o senhorio lhe levantou o aluguel da casa, que Lisboa está caríssima, que a literatura neste desgraçado país...

— Quanto quer ele?

— Cem mil-réis. Mas, ameaçando-o com a polícia, talvez desça a quarenta.

— Promete os cem, promete tudo, contanto que eu tenha o nome... Quem te parece que seja?

Ega encolheu os ombros, deu um risco lento no chão com a bengala. E mais lentamente ainda foi considerado que o inspirador da *Corneta* devia ser alguém familiar com Castro Gomes; alguém frequentador da Rua de S. Francisco; alguém conhecedor da Toca; alguém que tinha, por ciúme ou vingança, um desejo ferrenho de magoar Carlos; alguém que sabia a história de Maria; enfim alguém que era um covarde...

— Estás a descrever o Dâmaso! — exclamou Carlos, pálido e parando.

Ega encolheu de novo os ombros, tornou a riscar o chão:

— Talvez não... Quem sabe! Enfim, nós vamos averiguá-lo com certeza, porque, para terminar a negociação, fiquei de me ir encontrar com o Palma às três horas no *Lisbonense*... E o melhor é vires também. Trazes tu dinheiro?

— Se for o Dâmaso, mato-o! — murmurou Carlos.

E não trazia suficiente dinheiro. Tomaram uma tipoia para correr ao escritório do Vilaça. O procurador fora a Maria, a um batizado. Carlos teve de ir pedir cem mil-réis ao velho Cortez, alfaiate do avô. Quando perto das quatro horas se apearam à entrada do *Lisbonense*, no Largo de Santa Justa, o Palma no portal, com um jaquetão de veludo coçado e calça de casimira clara colada à coxa, acendia um cigarro. Estendeu logo rasgadamente a mão a Carlos, que lhe não tocou. E Palma Cavalão, sem se ofender, com a mão abandonada no ar, declarou que ia justamente sair, cansado já de esperar diante de um grogue frio. De resto sentia que o Senhor Maia se incomodasse em vir ali...

— Eu arranjava cá o negociozinho com o amigo Ega... Em todo caso, se os senhores querem, vamos lá pra cima para um gabinete, que se está mais à vontade, e toma-se outra bebida.

Subindo a escada lôbrega, Carlos recordava-se de ter já visto aquela luneta de vidros grossos, aquela cara balofa cor de cidra... Sim, fora em Sintra, com o Eusebiozinho e duas espanholas, nesse dia em que ele farejara pelas estradas silenciosas, como um cão abandonado, procurando Maria!... Isto tornou-lhe mais odioso o Senhor Palma. Em cima entraram num cubículo, com uma janela gradeada por onde resvalava uma luz suja de saguão. Na toalha da mesa, salpicada de gordura e vinho, alguns pratos rodeavam um galheteiro que tinha moscas no azeite. O Senhor Palma bateu palmas, mandou vir genebra. Depois, dando um grande puxão às calças:

— Pois eu espero que me acho aqui entre cavalheiros. Como eu já disse cá ao amigo Ega, em todo este negócio...

Carlos atalhou-o, tocando muito significativamente com a ponteira da bengala na borda da mesa.

— Vamos ao ponto essencial... Quanto quer o Senhor Palma por me dizer quem lhe encomendou o artigo da *Corneta*?

— Dizer quem o encomendou, e prová-lo! — acudiu o Ega, que examinava na parede uma gravura onde havia mulheres nuas à beira da água. — Não nos basta o nome... O amigo Palma, está claro, é de toda a confiança... Mas enfim, que diabo, não é natural que nós acreditássemos, se o amigo nos dissesse que tinha sido o senhor D. Luís de Bragança!

Palma encolheu os ombros. Está visto que havia de dar provas. Ele podia ter outros defeitos, trapalhão não! Em negócios era todo franqueza e lisura... E, se se entendessem, ali as entregava logo, essas provas que lhe estavam enchendo o bolsinho, pimponas e de escachar! Tinha a carta do amigo que lhe encomendara a piada; a lista das pessoas a quem se devia mandar a *Corneta*; o rascunho do artigo a lápis...

— Quer cem mil-réis por tudo isso? — perguntou Carlos.

O Palma ficou um momento indeciso, ajeitando as lunetas com os dedos moles. Mas o criado veio trazer a garrafa de genebra; e então o redator da *Corneta* ofereceu a "bebida" rasgadamente, puxou mesmo cadeiras para aqueles cavalheiros abancarem. Ambos recusaram, Carlos de pé junto à mesa onde terminara por pousar a bengala, Ega passando à outra gravura onde dois frades se emborrachavam. Depois, quando o criado saiu, Ega acercou-se, tocou com bonomia no ombro do jornalista:

— Cem mil-réis são uma linda soma, Palma amigo! E olhe que se lhe oferecem por delicadeza consigo. Porque artiguinhos como este da *Corneta*, apresentados na Boa-Hora, levam à grilheta!... Está claro, este caso é outro, você não teve intenção de ofender; mas levam à grilheta!... Foi assim que o Severino marchou para a África. Ali no porãozinho de um navio, com ração de marujo e chibatadas. Desagradável, muito desagradável. Por isso eu quis que tratássemos isto aqui, entre cavalheiros, e em amizade.

Palma, com a cabeça baixa, desfazia torrões de açúcar dentro do copo de genebra. E suspirou; findou por dizer, um pouco murcho, que era por ser entre cavalheiros, e com amizade, que aceitava os cem mil-réis...

Imediatamente Carlos tirou da algibeira das calças um punhado de libras, que começou a deixar cair em silêncio uma a uma dentro de um prato. E Palma Cavalão, agitado com o tinir do ouro, desabotoou logo o jaquetão, sacou uma carteira, onde reluzia um pesado monograma de prata sob uma enorme coroa de visconde. Os dedos tremiam-lhe; por fim desdobrou, estendeu três papéis sobre a mesa. Ega, que esperava, com o monóculo sôfrego, teve um brado de triunfo. Reconhecera a letra do Dâmaso!

Carlos examinou os papéis lentamente. Era uma carta do Dâmaso ao Palma, curta e em calão, remetendo o artigo, recomendando-lhe "que o apimentasse". Era o rascunho do artigo, laboriosamente trabalhado pelo

Dâmaso, com entrelinhas. Era a lista, escrita pelo Dâmaso, das pessoas que deviam receber a Corneta: vinha lá a Gouvarinho, o Ministro do Brasil, D. Maria da Cunha, El-Rei, todos os amigos do Ramalhete, o Cohen, várias autoridades e a Fancelli, prima-dona...

Palma, no entanto, nervoso, rufava com os dedos sobre a toalha, junto ao prato onde reluziam as libras. E foi o Ega que o animou, depois de relancear os olhos aos documentos por cima do ombro de Carlos:

— Recolha o bago, amigo Palma! Negócios são negócios, e o baguinho está aí a arrefecer!

Então, ao palpar o ouro, Palma Cavalão comoveu-se. Palavra, caramba, se soubesse que se tratava de um cavalheiro como o Senhor Maia, não tinha aceitado o artigo! Mas então!... Fora o Eusébio Silveira, rapaz amigo, que lhe viera falar. Depois o Salcede. E ambos com muitas lérias e que era uma brincadeira, e que o Maia não se importava, e isto e aquilo, e muita promessa... Enfim deixara-se tentar. E tanto o Salcede como o Silveira se tinham portado pulhamente.

— Foi uma sorte que se escangalhasse a máquina! Senão estava agora entalado, irra! E tinha desgosto, palavra, caramba, tinha desgosto! Mas acabou-se! O mal não foi grande, e sempre se fez alguma coisa pela porca da vida.

Vivamente com um olhar, recontara o dinheiro na palma da mão; depois esvaziou a genebra, de um trago consolado e ruidoso. Carlos guardara as cartas do Dâmaso, levantava já o fecho da porta. Mas voltou-se ainda, numa derradeira averiguação:

— Então esse meu amigo Eusébio Silveira também se meteu no negócio?

O Senhor Palma, muito lealmente, afiançou que o Eusébio lhe falara apenas em nome do Dâmaso!

— O Eusébio, coitado, veio só como embaixador... Que o Dâmaso e eu não vamos muito na mesma bola. Ficamos esquisitos, desde uma pega em casa da Biscainha. Aqui pra nós: eu prometi-lhe dois estalos na cara, e ele embuchou. Passados tempos tornamos a falar, quando eu fazia *o High-life* na *Verdade*. Ele veio-me pedir com bons modos, em nome do Conde de Landim, para eu dar umas piadas catitas sobre um baile de anos... Depois, quando o Dâmaso fez também anos, eu dei outra piadita. Ele pagou a ceia, ficamos mais calhados... Mas é triste... E lá o Eusebiozinho, coitado, veio só de embaixador.

Sem um palavra, sem um aceno ao Palma, Carlos virou as costas, deixou o cubículo. O redator da *Corneta* ainda baixou a cabeça para a porta; depois, sem se ofender, voltou alegremente à genebra, dando outro puxão às calças. Ega, no entanto, acendia devagar o charuto.

— Você agora é que redige o jornal todo, Palma?

— O Silvestre, também...

— Que Silvestre?

— O que está com a *Pingada*. Você não conhece, creio eu. Um rapazola magro, que não é feio... Sensaborão, escreve uma palhada... Mas sabe coisas da sociedade. Esteve um tempo com a Viscondessa de Cabelas, que ele chama a sua "cabeluda"... Que o Silvestre às vezes tem graça! E sabe, sabe coisas da sociedade, assim maroteiras de fidalgos, amigações, pulhices... Você nunca leu nada dele? Chocho. Tenho sempre de lhe arranjar o estilo... Neste número é que havia um folhetinzito meu, catita, cá à moderna, como eu gosto, ali com a piadinha realista a bater... Enfim, fica para outra vez. E outra coisa, Ega, olhe que lhe agradeço. Quando quiser, eu e a *Corneta* às ordens!

Ega estendeu-lhe a mão:

— Obrigado, digno Palma! E *adiós*!...

— *Pues vaya usted com Diós, Don Juanito!* — exclamou logo o benemérito homem com infinito *salero.*

Embaixo Carlos esperava, dentro do *coupé.*

— E agora? — perguntou Ega, à portinhola.

— E agora salta para dentro e vamos liquidar com o Dâmaso...

Carlos já esboçara sumariamente o plano dessa liquidação. Queria mandar desafiar o Dâmaso, como autor comprovado dum artigo de jornal que o injuriava. O duelo devia ser a espada ou a florete, um desses ferros cujo lampejo, na sala de armas do Ramalhete, fazia empalidecer o Dâmaso. Se contra toda a verossimilhança ele se batesse, Carlos fazia-lhe algures, entre a bochecha e o ventre, um furo que o cravasse meses na cama. Senão, a única explicação que Carlos aceitaria do Senhor Salcede seria um documento em que ele escrevesse esta coisa simples: "Eu, abaixo assinado, declaro que sou um infame". E para estes serviços Carlos contava com o Ega.

— Agradeço! Agradeço! Vamos a isso! — exclamava o Ega esfregando as mãos, faiscando de júbilo.

No entanto, dizia ele, a etiqueta fúnebre reclamava outro padrinho; e lembrou o Cruges, moço passivo e maleável. Mas era impossível encontrar o "maestro", porque invariavelmente a criada afirmava que o menino Vitorino não estava em casa... Decidiram ir ao Grêmio, mandar de lá um bilhete chamando o Cruges "para um caso urgente de amizade e de arte".

— Com que — dizia o Ega, continuando a esfregar as mãos, enquanto a tipoia trotava para a Rua de S. Francisco —, com que, demolir o nosso Dâmaso?

— Sim, é necessário acabar com esta perseguição. Chega a ser ridículo... E com uma estocada, ou com a carta, temos esse biltre aniquilado por algum tempo. Eu preferia a estocada. Se não deixo-te a ti arranjar os termos de uma carta forte...

— Hás de ter uma boa carta! — disse o Ega com um sorriso de ferocidade.

No Grêmio, depois de redigirem o bilhete ao Cruges, vieram esperar por ele na sala das *Ilustrações.* O Conde de Gouvarinho e Steinbroken conversavam de pé, no vão de uma janela. E foi uma surpresa. O ministro da Finlândia abriu os braços para o *cher* Maia, que ele não vira desde a partida de Afonso para Santa Olávia. Gouvarinho acolheu o Ega risonhamente, reatando uma certa camaradagem que entre eles se formara nesse verão, em Sintra; mas o aperto de mão a Carlos foi seco e curto. Já dias antes, tendo-se encontrado no Loreto, o Gouvarinho murmurara de leve e de passagem um "como está, Maia?" em que se sentia arrefecimento. Ah, já não eram essas efusões, essas palmadas enternecidas pelos ombros, dos tempos em que Carlos e a condessa fumavam *cigarettes* na cama da titi em Santa Isabel. Agora que Carlos abandonara a senhora Condessa de Gouvarinho, a Rua de S. Marçal e o cômodo sofá em que ela caía com um rumor de saias amarrotadas, o marido amuava, como abandonado também.

— Tenho tido saudade das nossas belas discussões em Sintra! — disse ele, dando ao Ega a palmada carinhosa nas costas que outrora pertencia ao Maia. — Tivemo-las de primeira ordem!

Eram geralmente "pegas tremendas" no pátio do Vítor sobre literatura, sobre religião, sobre moral... Uma noite mesmo tinham-se zangado por causa da divindade de Jesus.

— É verdade! — acudiu o Ega. — Você nessa noite parecia ter às costas uma opa de irmão do Senhor dos Passos!

O conde sorriu. Irmão do Senhor dos Passos não, graças a Deus! Ninguém melhor do que ele sabia que, nesses sublimes episódios do Evangelho, reinava bastante lenda... Mas enfim eram lendas que serviam para consolar a alma humana. É o que ele objetara nessa noite ao amigo Ega... Sentiam-se a filosofia e o racionalismo capazes de consolar a mãe que chora? Não. Então...

— Em todo caso, tivemo-las brilhantes! — concluiu ele, olhando o relógio. — E, eu confesso, uma discussão elevada sobre religião, sobre metafísica encanta-me... Se a política me deixasse vagares, dedicava-me à filosofia... Nasci para isso, para aprofundar problemas.

Steinbroken, no entanto, esticado na sua sobrecasaca azul, com um raminho de alecrim ao peito, tomara as mãos de Carlos:

— *Mais vous êtes encore devenu plus fort!... Et Afonso da Maia, toujours dans ses terres?... Est-ce qu'on ne va pas le voir un peu cet hiver?*

E imediatamente lamentou não ter visitado Santa Olávia. Mas quê! A família real instalara-se em Sintra; ele fora forçado a acompanhá-la, fazer a sua corte... Depois necessitaria ir de fugida à Inglaterra, de onde acabava de chegar, havia dias.

Sim, Carlos sabia; vira na *Gazeta Ilustrada*...

— *Vouz avez lu ça? Oh, oui, on a été très aimable, très aimable pour moi à la Gazette...*

Tinham-lhe anunciado a partida, depois a chegada, com palavras de amizade particularmente bem escolhidas. Nem podia deixar de ser, dada esta afeição sincera que liga Portugal e a Finlândia... "*Mais enfin on avait été charmant, charmant!...*"

— *Seulement* — juntou ele, sorrindo com finura e voltando-se também para o Gouvarinho — *on a fait une petite erreur... On a dit que j'étais venu de Southampton par le Royal Mail... Ce n'est pas vrai, non! Je me suis embarqué à Bordeaux, dans les Messageries. J'ai même pensé à écrire à M. Pinto, redacteur de la Gazette, qui est un charmant garçon... Puis, j'ai réfléchi, je me suis dit: "Mon Dieu, on va croire que je veux donner une leçon d'exactitude à la Gazette, c'est très grave..." Alors, voilà, très prudemment, j'ai gardé le silence... Mais enfin c'est une erreur: je me suis embarqué à Bordeaux.*

Ega murmurou que a História se encarregaria um dia de retificar esse fato. O ministro sorria modestamente, fazendo um gesto em que parecia desejar, por polidez, que a História se não incomodasse. E então o Gouvarinho, que acendera o charuto, espreitara outra vez o relógio; perguntou se os amigos tinham ouvido alguma coisa do ministério da crise.

Foi uma surpresa para ambos, que não tinham lido os jornais... Mas, exclamou logo o Ega, crise por que, assim em pleno remanso, com as Câmaras fechadas, tudo contente, um tão lindo tempo de outono? O Gouvarinho encolheu os ombros com reserva. Houvera na véspera, à noitinha, uma reunião de ministros; nessa manhã o presidente do conselho fora ao paço, fardado, determinado a "largar o poder"... Não sabia mais. Não conferenciara com os seus amigos, nem mesmo fora ao seu Centro. Como noutras ocasiões de crise, conservara-se retirado, calado, esperando... Ali estivera toda a manhã, com o seu charuto e a *Revista dos Dois Mundos.*

Isto parecia a Carlos uma abstenção pouco patriótica...

— Porque enfim, Gouvarinho, se os seus amigos subirem...

— Exatamente por isso — acudiu o conde com uma cor viva na face — não desejo pôr-me em evidência... Tenho o meu orgulho, talvez motivos para o ter... Se a minha experiência, a minha palavra, o meu nome são necessários, os meus correligionários sabem onde eu estou, venham pedir-mos...

Calou-se, trincando nervosamente o charuto. E Steinbroken, perante estas coisas políticas, começou logo a retrair-se para o fundo da janela, limpando os vidros da luneta, recolhido, já impenetrável, no grande recato neutral que competia à Finlândia. Ega no entanto não saía do seu espanto. Mas por que caía, por que caía assim um Governo com maioria nas Câmaras, sossego no país, o apoio do Exército, a bênção da Igreja, a proteção do *Comptoir d'Escompte*?...

O Gouvarinho correu devagar os dedos pela pera, e murmurou esta razão:

— O ministério estava gasto.

— Como uma vela de sebo? — exclamou Ega, rindo.

O conde hesitou. Como uma vela de sebo não diria... Sebo subentendia obtusidade... Ora, neste ministério sobrava o talento. Incontestavelmente havia lá talentos pujantes...

— Essa é outra! — gritou Ega atirando os braços ao ar. — É extraordinário! Neste abençoado país todos os políticos têm imenso "talento". A oposição confessa sempre que os ministros, que ela cobre de injúrias, têm, à parte os disparates que fazem, um "talento de primeira ordem"! Por outro lado a maioria admite que a oposição, a quem ela constantemente recrimina pelos disparates que fez, está cheia de "robustíssimos talentos"! De resto todo mundo concorda que o país é uma choldra. E resulta portanto este fato supracômico: um país governado com "imenso talento", que é de todos na Europa, segundo o consenso unânime, o mais estupidamente governado! Eu proponho isto a ver: que, como os talentos sempre falham, se experimentem uma vez os imbecis!

O conde sorria com bonomia e superioridade a estes exageros de fantasia. E Carlos, ansioso por ser amável, atalhou, acendendo o charuto no dele:

— Que pasta preferiria você, Gouvarinho, se os seus amigos subissem? A dos estrangeiros, está claro...

O conde fez um largo gesto de abnegação. Era pouco natural que os seus amigos necessitassem da sua experiência política. Ele tornara-se sobretudo um homem de estudo e de teoria. Além disso não sabia bem se as ocupações da sua casa, a sua saúde, os seus hábitos lhe permitiriam tomar o fardo do Governo. Em todo caso, decerto, a pasta dos Estrangeiros não o tentava...

— Essa, nunca! — prosseguiu ele, muito compenetrado. — Para se poder falar do alto na Europa, como Ministro dos Estrangeiros, é necessário ter por trás um exército de duzentos mil homens e uma esquadra com torpedos. Nós, infelizmente, somos fracos... E eu, para papéis subalternos, para que venha um Bismarck, um Gladstone, dizer-me "há de ser assim", não estou!... Pois não acha, Steinbroken?

O ministro tossiu, balbuciou:

— *Certainement... C'est très grave... C'est excessivement grave...*

Ega então afirmou que o amigo Gouvarinho, com o seu interesse geográfico pela África, faria um Ministro da Marinha iniciador, original, rasgado... Toda a face do conde reluzia, escarlate de prazer.

— Sim, talvez... Mas eu lhe digo, meu querido Ega, nas colônias todas as coisas belas, todas as coisas grandes estão feitas. Libertaram-se já os escravos, deu-se-lhe já uma suficiente noção da moral cristã; organizaram-se já os serviços aduaneiros... Enfim, o melhor está feito. Em todo caso há ainda detalhes interessantes a terminar... Por exemplo, em Luanda... Menciono isto apenas como um pormenor, um retoque mais de progresso a dar. Em Luanda precisava-se bem um teatro normal, como elemento civilizador!

Nesse momento um criado veio anunciar a Carlos que o Senhor Cruges estava embaixo, no portal, à espera. Imediatamente os dois amigos desceram.

— Extraordinário, este Gouvarinho! — dizia o Ega na escada.

— E este — observou Carlos, com um imenso desdém de mundano — é um dos melhores que há na política. Pensando mesmo bem, e metendo a roupa branca em linha de conta, este é talvez o melhor!

Acharam o Cruges à porta, de jaquetão claro, embrulhando um cigarro. E Carlos pediu-lhe logo que voltasse a casa vestir uma sobrecasaca preta. O maestro arregalava os olhos.

— É jantar?

— É enterro.

E rapidamente, sem aludir a Maria, contaram ao maestro que o Dâmaso publicara num jornal, a *Corneta do Diabo* (cuja tiragem eles tinham suprimido, não sendo possível por isso mostrar o número imundo), um artigo em que a coisa mais doce que se chamava a Carlos era "pulha". Portanto Ega e ele, Cruges, iam à casa do Dâmaso pedir-lhe a honra ou a vida.

— Bem — rosnou o maestro. — Que tenho eu a fazer?... Que eu dessas coisas não entendo.

— Tens — explicou Ega — de ir vestir uma sobrecasaca preta e franzir o sobrolho. Depois vir comigo; não dizer nada; tratar o Dâmaso por "V. Exa."; assentar em tudo o que propuser; e nunca desfranzir o sobrolho nem despir a sobrecasaca...

Sem outra observação, Cruges partiu a cobrir-se de cerimônia e de negro. Mas no meio da rua retrocedeu:

— Ó Carlos, olha que eu falei lá em casa. Os quartos do primeiro andar estão livres, e forrados de papel novo...

— Obrigado. Vai-te fazer sombrio, depressa!...

O maestro abalara, quando diante do Grêmio estacou a todo o trote uma caleche. De dentro saltou o Teles da Gama que, ainda com a mão no fecho da portinhola, gritou aos dois amigos:

— O Gouvarinho? Está lá em cima?

— Está... Novidade fresca?

— Os homens caíram. Foi chamado o Sá Nunes!

E enfiou pelo pátio, correndo. Carlos e Ega continuaram devagar até o portão do Cruges. As janelas do primeiro andar estavam abertas, sem cortinas. Carlos, erguendo para lá os olhos, pensava nessa tarde das corridas em que ele viera no fáeton, de Belém, para ver aquelas janelas; ia então escurecendo; por trás dos estores fechados surgira uma luz; ele contemplara-a como uma estrela inacessível... Como tudo passa!

Retrocederam para o Grêmio. Justamente o Gouvarinho e Teles atiravam-se à pressa para dentro da caleche que esperara. Ega parou, deixou cair os braços:

— Lá vai o Gouvarinho batendo para o Poder, a mandar representar a *Dama das camélias* no sertão! Deus se amerceie de nós!

Mas o Cruges apareceu enfim de chapéu alto, entalado numa sobrecasaca solene, com botins novos de verniz. Apinharam-se logo na tipoia estreita e dura. Carlos ia levá-los à casa do Dâmaso. E como queria ainda jantar nos Olivais, esperaria por eles, para saber o resultado "do chinfrim", no jardim da Estrela, junto ao coreto.

— Sede rápidos e medonhos!

A casa do Dâmaso, velha e de um andar só, tinha um enorme portão verde, com um arame pendente que fez ressoar dentro uma sineta triste de convento: e os dois amigos esperaram muito antes que aparecesse, arrastando as chinelas, o galego achavascado que o Dâmaso (agora livre de Carlos e das suas pompas) já não trazia torturado em botins cruéis de verniz. A um canto do pátio uma portinha abria sobre a luz de um quintal, que parecia ser um depósito de caixotes, de garrafas vazias e de lixo.

O galego, que reconhecera o Senhor Ega, conduziu-os logo, por uma escadinha esteirada, a um corredor largo, escuro, com cheiro a mofo. Depois, batendo o chinelo, correu ao fundo, onde alvejava a claridade de uma porta entreaberta. Quase imediatamente Dâmaso gritou de lá:

— Ó Ega, é você? Entre para aqui, homem! Que diabo!... Eu estou-me a vestir...

Embaraçado com estes brados de intimidade e tanta efusão, Ega ergueu a voz da sombra do corredor, gravemente:

— Não tem dúvida, nós esperamos...

O Dâmaso insistia, à porta, em mangas de camisa, cruzando os suspensórios:

— Venha você, homem! Que diabo, eu não tenho vergonha; já estou de calças!

— Há aqui uma pessoa de cerimônia — gritou o Ega, para findar.

A porta ao fundo cerrou-se, o galego veio abrir a sala. O tapete era exatamente igual aos dos quartos de Carlos no Ramalhete. E em redor abundavam os vestígios da antiga amizade com o Maia: o retrato de Carlos a cavalo, num vistoso caixilho de flores em faiança; uma das colchas da Índia das senhoras Medeiros, branca e verde, enroupando o piano, arranjada por Carlos com alfinetes; e sobre um contador espanhol, debaixo de redoma, um sapatinho de cetim, de mulher, novo, que o Dâmaso comprara no Serra, por ter ouvido um dia a Carlos que "em todo quarto de rapaz deve aparecer, discretamente disposta, alguma relíquia de amor..."

Sob estes retoques de *chic*, dados à pressa sob a influência do Maia, empertigava-se a sólida mobília do pai Salcede, de mogno e veludo azul; a consola de mármore, com um relógio de bronze dourado, onde Diana acariciava um galgo; o grande e dispendioso espelho, tendo entalada no caixilho uma fila de bilhetes de visita, de retratos de cantoras, de convites para *soirées*. E Cruges ia examinar estes documentos, quando os passos alegres do Dâmaso soaram no corredor. O maestro correu logo a perfilar-se ao lado do Ega, diante do canapé de veludo, teso, cômodo, com o seu chapéu alto na mão.

Ao vê-lo, o bom Dâmaso, que se abotoara todo numa sobrecasaca azul, florida por um botão de camélia, atirou risonhamente os braços ao ar:

— Então esta é que é a pessoa de cerimônia? Sempre vocês têm coisas! E eu a pôr sobrecasaca... Por pouco que não lhe afinfo com o hábito de Cristo!...

Ega atalhou, muito sério:

— O Cruges não é de cerimônia, mas o motivo que aqui nos traz é delicado e grave, Dâmaso.

Dâmaso arregalou os olhos, reparando enfim naquele estranho modo dos seus amigos, ambos de negro, secos, tão solenes. E recuou, todo o sorriso se lhe apagou na face.

— Que diabo é isso? Sentem-se, sentem-se vocês...

A voz apagava-se-lhe também. Pousado à borda de uma poltrona baixa, junto de uma mesa coberta de encadernações ricas, com as mãos nos joelhos, ficou esperando, numa ansiedade.

— Nós viemos aqui — começou Ega — em nome do nosso amigo Carlos da Maia...

Uma brusca onda de sangue cobriu a face rechonchuda do Dâmaso, até a risca do cabelo encaracolado a ferro. E não achou uma palavra, atônito, sufocado, esfregando estupidamente os joelhos.

Ega prosseguiu, lento, direito no canapé:

— O nosso amigo Carlos da Maia queixa-se de que o Dâmaso publicou, ou fez publicar, um artigo extremamente injurioso para ele e para uma senhora das relações dele, na *Corneta do Diabo*...

— Na *Corneta*, eu? — acudiu o Dâmaso, balbuciando. — Que *Corneta*? Nunca escrevi em jornais, graças a Deus! Ora essa, a *Corneta*!...

Ega, muito friamente, tirou do bolso um maço de papéis. E veio colocá-lo um por um, ao lado do Dâmaso, na mesa, sobre um magnífico volume da *Bíblia*, de Doré.

— Aqui está a sua carta remetendo ao Palma Cavalão o rascunho do artigo... Aqui está, pela sua letra igualmente, a lista das pessoas a quem se devia mandar a *Corneta*, desde o Rei até a Fancelli... Além disso nós temos as declarações do Palma. O Dâmaso é não só o inspirador, mas materialmente o autor do artigo... O nosso amigo Carlos da Maia exige, pois, como injuriado, uma reparação pelas armas...

Dâmaso deu um salto da poltrona, tão arrebatado, que involuntariamente Ega recuou, no receio de uma brutalidade. Mas já o Dâmaso estava no meio da sala, esgazeado, com os braços trêmulos no ar:

— Então o Carlos manda-me desafiar? A mim?... Que lhe fiz eu? Ele a mim é que me pregou uma partida!... Foi ele, vocês sabem perfeitamente que foi ele!...

E desabafou, num prodigioso fluxo de loquacidade, atirando palmadas ao peito, com os olhos marejados de lágrimas. Fora Carlos, Carlos, que o desfeiteara a ele, mortalmente! Durante todo o inverno tinha-o perseguido para que ele o apresentasse a uma senhora brasileira muito *chic*, que vivia em Paris, e que lhe fazia olho... E ele, bondoso como era, prometia, dizia: "Deixa estar, eu te apresento!" Pois, senhores, que faz Carlos? Aproveita uma ocasião sagrada, um momento de luto, quando ele Dâmaso fora ao Norte por causa da morte do tio, e mete-se dentro da casa da brasileira... E tanto intriga, que leva a pobre senhora a fechar-lhe a sua porta, a ele, Dâmaso, que era íntimo do marido, íntimo de *tu*! Caramba, ele é que devia mandar desafiar Carlos! Mas não! Fora prudente, evitara o escândalo por causa do Senhor Afonso da Maia... Queixara-se de Carlos, é verdade... Mas no Grêmio, na Casa Havanesa, entre rapaziada amiga... E no fim Carlos prega-lhe uma destas!

— Mandar-me desafiar, a mim! A mim, que todo mundo conhece!...

Calou-se, engasgado. E Ega, estendendo a mão, observou placidamente que se desviavam do ponto vivo da questão. O Dâmaso concebera, rascunhara, pagara o artigo da *Corneta*. Isso não o negava, nem o podia negar: as provas estavam ali, abertas sobre a mesa; eles tinham além disso a declaração do Palma...

— Esse desavergonhado! — gritou o Dâmaso, levado noutra rajada de indignação que o fez redemoinhar, estonteado, tropeçando nos móveis. — Esse descarado do Palma! Com esse é que eu me quero ver!... Lá a questão com o Carlos não vale nada, arranja-se, somos todos rapazes finos... Com o Palma é que é! Esse traidor é que eu quero rachar! Um homem a quem eu tenho dado às meias libras, aos sete mil-réis! E ceias, e tipoias! Um ladrão que pediu o relógio ao Zeferino para figurar num batizado, e pô-lo no *prego*!... E faz-me uma destas!... Mas hei de escavacá-lo! Onde é que você o viu, Ega? Diga lá, homem! Que quero ir procurá-lo, hoje mesmo, corrê-lo a chicotadas... Traições não, não admito a ninguém!

Ega, com a tranquilidade paciente de quem sente a presa certa, lembrou de novo a inutilidade daquelas divagações.

— Assim nunca acabamos, Dâmaso... O nosso ponto é este: o Dâmaso injuriou Carlos da Maia; ou se retrata publicamente dessa injúria, ou dá uma reparação pelas armas...

Mas o Dâmaso, sem escutar, apelava desesperadamente para o Cruges, que se não movera do sofá de veludo, esfregando, um contra o outro, com um ar arrepiado e de dor, os dois sapatos novos de verniz.

— Aquele Carlos! Um homem que se dizia meu amigo íntimo! Um homem que fazia de mim tudo! Até lhe copiava coisas... Você bem viu, Cruges. Diga! Fale, homem! Não sejam vocês todos contra mim!... Até às vezes ia à alfândega despachar-lhe caixotes...

O maestro baixava os olhos, vermelho, num infinito mal-estar. E Ega, por fim, já farto, lançou uma intimação derradeira:

— Em resumo, Dâmaso, desdiz-se ou bate-se?

— Desdizer-me? — tartamudeou o outro, empertigando-se, num penoso esforço de dignidade, a tremer todo. — E de quê? Ora essa! É boa! Eu sou lá homem que me desdiga!

— Perfeitamente, então bate-se...

Dâmaso cambaleou para trás, desvairado:

— Qual bater-me! Eu sou lá homem que me bata! Eu cá é a soco. Que venha para cá, não tenho medo dele, arrombo-o...

Dava pulinhos curtos de gordo, através do tapete, com os punhos fechados e em riste. E queria Carlos ali, para o escavacar! Não lhe faltava mais senão bater-se... E então duelos em Portugal, que acabavam sempre por troça!

Ega, no entanto, como se a sua missão estivesse finda, abotoara a sobrecasaca e recolhia os papéis espalhados sobre a *Bíblia*. Depois, serenamente, fez a última declaração de que fora incumbido. Como o Senhor Dâmaso Salcede recusava retratar-se e rejeitava também uma reparação pelas armas, Carlos da Maia prevenia-o de que em qualquer parte que o encontrasse, daí por diante, fosse uma rua, fosse um teatro, lhe escarraria na face...

— Escarrar-me! — berrou o outro, lívido, recuando, como se o escarro já viesse no ar.

E de repente, espavorido, coberto de bagas de suor, precipitou-se sobre o Ega, agarrando-lhe as mãos, numa agonia:

— Ó João, ó João, tu, que és meu amigo, por quem és, livra-me desta entaladela!

Ega foi generoso. Desprendeu-se dele, empurrou-o brandamente para a poltrona, calmando-o com palmadinhas fraternais pelo ombro. E declarou que, desde que Dâmaso apelava para a sua amizade, desaparecia o enviado de Carlos, necessariamente exigente, ficava só o camarada, como no tempo dos Cohens e da Vila Balzac. Queria pois o amigo Dâmaso um conselho? Era assinar uma carta afirmando que tudo o que fizera publicar na *Corneta*, sobre o Senhor Carlos da Maia e certa senhora, fora invenção falsa e gratuita. Só isto o salvava. Doutro modo, Carlos um dia, no Chiado, em S. Carlos, escarrava-lhe na cara. E, dado esse desastre, Damasozinho, a não querer ser apontado em Lisboa como um incomparável covarde, tinha de se bater à espada ou à pistola...

— Ora, em qualquer desses casos, você era um homem morto.

O outro escutava, esbarrondado no fundo do assento de veludo, com a face emparvecida para o Ega. Alargou molemente os braços, murmurou da profundidade do seu terror:

— Pois sim, eu assino, João, eu assino...

— É o que lhe convém... Arranje então papel. Você está perturbado, eu mesmo redijo.

Dâmaso ergueu-se, com as pernas frouxas, atirando um olhar tonto e vago por sobre os móveis:

— Papel de carta? É para carta?

— Sim, está claro, uma carta ao Carlos!

Os passos do desgraçado perderam-se enfim no corredor, pesados e sucumbidos.

— Coitado! — suspirou o Cruges levando de novo, com um ar de arrepio, a mão aos sapatos.

Ega lançou-lhe uma chuta severa. Dâmaso voltava com o seu suntuoso papel de monograma e coroa. Para envolver em silêncio e segredo aquele transe amargo, cerrou o reposteiro; e o vasto pano de veludo, desdobrando-se, mostrou o brasão de Salcede, onde havia um leão, uma torre, um braço armado, e por baixo, com letras de ouro, a sua formidável divisa: SOU FORTE! Imediatamente Ega afastou os livros na mesa, abancou, atirou largamente ao papel a data e a *adresse* do Dâmaso...

— Eu faço o rascunho, você depois copia...

— Pois sim! — gemeu o outro, de novo, aluído na poltrona, passando o lenço pelo pescoço e pela face.

Ega, no entanto, escrevia muito lentamente, com amor. E naquele silêncio, que o embaraçava, Cruges terminou por se erguer, foi coxeando até ao espelho onde se desenrolavam, entalados na frincha do caixilho, bilhetes e fotografias. Eram as glórias sociais do Dâmaso, os documentos do *chic* a valer que era a paixão da sua vida; bilhetes com títulos, retratos de cantoras, convites para bailes, cartas de entrada no Hipódromo, diplomas de membro do Clube Naval, de membro do Jóquei-Clube, de membro do Tiro aos Pombos; até pedaços cortados de jornais anunciando os anos, as partidas, as chegadas do Senhor Salcede, "um dos nossos mais distintos *sportmen*".

Desventuroso *sportman*! Aquela folha de papel, onde o Ega rascunhava, ia-o enchendo pouco a pouco de um terror angustioso. Santo Deus! Para que eram tantos apuros numa carta ao Carlos, um rapaz íntimo? Uma linha bastaria: "Meu querido Carlos, não te zangues, desculpa, foi brincadeira". Mas não! Toda uma página de letra miúda, com entrelinhas! Já mesmo Ega voltava a folha, molhava a pena, como se dela devessem escorrer, sem cessar, coisas humilhadoras! Não se conteve, estendeu a face por sobre a mesa, até o papel:

— Ó Ega, isso não é para publicar, pois não é verdade?

Ega refletiu, com a pena no ar:

— Talvez não... Estou certo que não. Naturalmente Carlos, vendo o seu arrependimento, deixa isto esquecido no fundo de uma gaveta.

Dâmaso respirou com alívio. Ah, bem! Isso parecia-lhe mais decente entre amigos! Que lá isso, mostrar o seu arrependimento, até ele desejava! Com efeito, o artigo fora uma tolice... Mas então! Em questões de mulheres era assim, assomado, um leão...

Abanou-se com o lenço, desanuviado, recomeçando a achar sabor à vida. Findou mesmo por acender um charuto, levantar-se sem rumor, acercar-se do Cruges, que, coxeando através das curiosidades da sala, encalhara sobre o piano e sobre os livros de música, com o pé dorido no ar.

— Então tem-se feito alguma coisa de novo, Cruges?

Cruges, muito vermelho, resmungou que não tinha feito nada.

Dâmaso ficou ali um momento, a mascar o charuto. Depois, atirando um olhar inquieto à mesa onde o Ega rascunhara interminavelmente, murmurou, sobre o ombro do maestro:

— Uma entaladela assim! Eu é por causa da gente conhecida... Senão não me importava. Mas veja você também se arranja as coisas e se o Carlos deixa aquilo na gaveta...

Justamente Ega erguera-se com o papel na mão e caminhava para o piano, devagar, relendo baixo.

— Ficou ótimo, salva tudo! — exclamou, por fim. — Vai em forma de carta ao Carlos, é mais correto. Você depois copia e assina. Ouça lá: "Exmo. Sr..." Está claro, você dá-lhe excelência, porque é um documento de honra...

"Exmo. Sr., tendo-me V. Exa., por intermédio dos seus amigos João da Ega e Vitorino Cruges, manifestado a indignação que lhe causara um certo artigo da *Corneta do Diabo*, de que eu escrevi o rascunho e de que promovi a publicação, venho declarar francamente a V. Exa. que esse artigo, como agora reconheço, não continha senão falsidades e incoerências; e a minha desculpa única está em que o compus e enviei, à redação da *Corneta*, no momento de me achar no mais completo estado de embriaguez..."

Parou. E nem se voltou para o Dâmaso, que deixara pender os braços, rolar o charuto no tapete, varado. Foi ao Cruges que se dirigiu, entalando o monóculo:

— Achas talvez forte?... Pois eu redigi assim, por ser justamente a única maneira de ressalvar a dignidade do nosso Dâmaso.

E desenvolveu a sua ideia, mostrando quanto era generosa e hábil, enquanto o Dâmaso, aparvalhado, apanhava o charuto. Nem Carlos nem ele queriam que o Dâmaso, numa carta (que se podia tornar pública), declarasse "que caluniara por ser caluniador". Era necessário, pois, dar à calúnia uma dessas causas fortuitas e ingovernáveis que tiram a responsabilidade às ações. E que melhor, tratando-se de um rapaz mundano e femeeiro, do que estar bêbado?... Não era vergonha para ninguém embebedar-se... O próprio Carlos, todos eles ali, homens de gosto e de honra, se tinham embebedado. Sem remontar aos romanos, onde isso era uma higiene e um luxo, muitos grandes homens na História bebiam demais. Em Inglaterra era tão *chic*, que Pitt, Fox e outros nunca falavam na Câmara dos Comuns senão aos bordos. Musset, por exemplo, que bêbado! Enfim a História, a Literatura, a Política, tudo fervilhava de piteiras... Ora, desde que o Dâmaso se declarava borracho, a sua honra ficava salva. Era um homem de bem que apanhara uma carraspana e que cometera uma indiscrição... Nada mais!

— Pois não te parece, Cruges?

— Sim, talvez, que estava bêbado — murmurou o maestro timidamente.

— Pois não lhe parece a você, francamente, Dâmaso?

— Sim, que estava bêbado — balbuciou o desgraçado.

Imediatamente Ega retomou a leitura: "Agora que voltei a mim reconheço, como sempre reconheci e proclamei, que é V. Exa. um caráter absolutamente nobre; e as outras pessoas, que nesse momento de embriaguez ousei salpicar de lama, são-me só merecedoras de veneração e louvor. Mais declaro que, se por acaso tornasse a suceder soltar eu alguma palavra ofensiva para V. Exa., não lhe devia dar V. Exa., ou aqueles que a escutassem, mais importância do que a que se dá a uma involuntária baforada de álcool, pois que, por um hábito hereditário que reaparece frequentemente na minha família, me acho repetidas vezes em estado de embriaguez... De V. Exa., com toda a estima etc..." Rodou sobre os tacões, pousou o rascunho na mesa, e, acendendo o charuto ao lume do Dâmaso, explicou com amizade, com bonomia, o que o determinara àquela confissão de bebedeira incorrigível e palreira. Fora ainda o desejo de garantir a tranquilidade do "nosso Dâmaso". Atribuindo todas as imprudências em que pudesse cair a um hábito de intemperança hereditária, de que tinha tão pouca culpa como de ser baixo e gordo, o Dâmaso punha-se, "para sempre", ao abrigo das provocações de Carlos...

— Você, Dâmaso, tem gênio, tem língua... Um dia esquece-se, e no Grêmio, sem querer, na cavaqueira depois do teatro, lá lhe escapa uma palavra contra Carlos... Sem esta precaução, aí recomeça a questão, o escarro, o duelo... Assim já Carlos não se pode queixar. Lá tem a explicação que tudo cobre, uma gota demais, a gota tomada por impulso de borrachice hereditária... Você alcança, deste modo, a coisa que mais se apetece neste nosso século XIX: a irresponsabilidade!... E depois para a sua família não é vergonha, porque você não tem família. Em resumo, convém-lhe?

O pobre Dâmaso escutava-o, esmagado, enervado, sem compreender aquelas roncantes frases sobre "a hereditariedade", sobre "o século XIX". E um único sentimento vivo o dominava: acabar, reentrar na sua paz pachorrenta, livre de floretes e de escarros. Encolheu os ombros, sem forças:

— Que lhe hei de eu fazer?... Para evitar falatórios.

E abancou; meteu um bico novo na pena; escolheu uma folha de papel em que o monograma luzia mais largo; começou a copiar a carta na sua maravilhosa letra, com finos e grossos, de uma nitidez de gravura e aço.

Ega, no entanto, de sobrecasaca desabotoada e charuto fumegante, rondava em torno da mesa, seguindo sofregamente as linhas que traçava a mão aplicada do Dâmaso, ornada de um grosso anel de armas. E durante um momento atravessou-o um susto... Dâmaso parara, com a pena indecisa. Diabo! Acordaria enfim, no fundo de toda aquela gordura balofa, um resto escondido de dignidade, de revolta?... Dâmaso alçou para ele os olhos embaciados:

— Embriaguez é com ene ou com eme?

— Com um eme, um eme só, Dâmaso! — acudiu Ega afetuosamente. — Vai muito bem... Que linda letra você tem, caramba!

E o infeliz sorriu à sua própria letra, pondo a cabeça de lado, no orgulho sincero daquela soberba prenda.

Quando findou a cópia foi Ega que conferiu, pôs a pontuação. Era necessário que o documento fosse *chic* e perfeito.

— Quem é o seu tabelião, Dâmaso?

— O Nunes, na Rua do Ouro... Por quê?

— Oh! nada. É um detalhe que nestes casos se pergunta sempre. Mera cerimônia... Pois amigos, como papel, como letra, como estilo, está de apetite a cartinha!

Meteu-a logo num envelope onde rebrilhava a divisa Sou Forte, sepultou-a preciosamente no interior da sobrecasaca. Depois, agarrando o chapéu, batendo no ombro do Dâmaso com uma familiaridade folgazã e leve:

— Pois, Dâmaso, felicitemo-nos todos! Isto podia acabar fora de portas, numa poça de sangue! Assim é uma delícia. E adeus... Não se incomode você. Então o grande sarau sempre é na segunda-feira? Vai lá tudo, hein! Não venha cá, homem... Adeus!

Mas o Dâmaso acompanhou-os pelo corredor, mudo, murcho, cabisbaixo. E no patamar reteve o Ega, desafogou outra inquietação que o assaltara:

— Isso não se mostra a ninguém, não é verdade, Ega?

Ega encolheu os ombros. O documento pertencia a Carlos... Mas enfim, Carlos era tão bom rapaz, tão generoso!

Esta incerteza, que o ficava minando, arrancou um suspiro ao Dâmaso:

— E chamei eu àquele homem "meu amigo"!

— Tudo na vida são desapontamentos, meu Dâmaso! — foi a observação do Ega, saltando alegremente os degraus.

Quando o calhambeque parou no Jardim da Estrela, Carlos já esperava ao portão de ferro, numa impaciência, por causa do jantar na Toca. Enfiou logo para dentro, atropelando o maestro, bradou ao cocheiro que voasse ao Loreto.

— Então, meus senhores, temos sangue?

— Temos melhor! — exclamou Ega no barulho das rodas, floreando o envelope.

Carlos leu a carta do Dâmaso. E foi um imenso assombro:

— Isto é incrível!... Chega a ser humilhante para a natureza humana!

— O Dâmaso não é o gênero humano — acudiu Ega. — Que diabo esperavas tu? Que ele se batesse?

— Não sei, corta o coração... Que se há de fazer a isto?

Segundo o Ega, não se devia publicar; seria criar curiosidade e escândalo em torno do artigo da *Corneta*, que custara trinta libras a sufocar. Mas convinha conservar aquilo como uma ameaça pairando sobre o Dâmaso, tornando-o para longos anos nulo e inofensivo.

— Eu estou mais que vingado — concluiu Carlos. — Guarda o papel; é obra tua, usa-o como quiseres...

Ega guardou-o com prazer, enquanto Carlos, batendo no joelho do maestro, queria saber como ele se portara naquele lance de honra...

— Pessimamente! — gritou Ega. — Com expressões de compaixão; sem linha nenhuma; estendido por cima do piano; agarrando com a mão no sapato...

— Pudera! — exclamou Cruges, desafogando enfim. — Vocês dizem-me que me ponha de cerimônia, calço uns sapatos novos de verniz, estive toda a tarde num tormento!

E não se conteve mais; arrancou o sapato, pálido, com um medonho suspiro de consolação.

No dia seguinte, depois do almoço, enquanto uma chuva grossa alagava os vidros sob as lufadas do sudoeste, Ega, no *fumoir*, enterrado numa poltrona, com os pés para o lume, relia a carta do Dâmaso; e pouco a pouco subia nele a mágoa de que esse colossal documento de covardia humana, tão interessante para a fisiologia e para a arte, ficasse para sempre inaproveitado no escuro de uma gaveta!... Que efeito, que soberbo efeito se aquela confissão do "nosso distinto *sportman*" surgisse um dia na *Gazeta Ilustrada* ou no novo jornal *A Tarde*, nas colunas do *High-life*, sob este título: PENDÊNCIA DE HONRA! Honra! E que lição, que meritório ato de justiça social! Todo esse verão Ega detestara o Dâmaso, certo, desde Sintra, de que ele era o amante da Cohen, e de que, por esse imbecil de grossas nádegas, esquecera ele para sempre a Vila Balzac, as manhãs na colcha de cetim preto, os seus beijos delicados, os versos de Musset que lhe lia, os lanchezinhos de perdiz, tantos encantos poéticos. Mas o que lhe tornara o Dâmaso intolerável fora a sua farófia radiante de homem preferido; o ar de posse com que passeava ao lado de Raquel pelas estradas de Sintra, vestido de flanela branca; os segredinhos que tinha sempre a cochichar-lhe sobre o ombro; e o acenozinho desdenhoso, com um dedo, que lhe atirava de lado, ao passar, a ele próprio, Ega... Era odioso! Odiava-o; e através desse ódio ruminara sempre o desejo de uma vingança: pancada, desonra ou ridículo que tornasse o Senhor Salcede, aos olhos de Raquel, desprezível, grotesco, chato como um balão furado... E agora ali tinha essa carta providencial, em que o homem solenemente se declarava bêbado. "Sou um bêbado, estou sempre bêbado!" Assim o dizia, no seu papel de monograma de ouro, o Senhor Salcede, num medo vil de cão gozo, rastejando com o rabo entre as pernas diante de qualquer pau!... Nenhuma mulher resistiria a isto... E havia de encafuar tão decisivo documento no fundo de um gavetão? Publicá-lo na *Gazeta Ilustrada* ou na *Tarde* não podia, infelizmente, por interesse de Carlos. Mas por que o não mostraria "em segredo", como uma curiosidade psicológica, ao Craft, ao marquês, ao Teles, ao Gouvarinho, ao primo do Cohen? Podia mesmo confiar uma cópia a Taveira que, ressentido eternamente da questão com o Dâmaso em casa de Lola Gorda, correria a lê-la "em segredo" na Casa Havanesa, no bilhar do Grêmio, no Silva, nos camarins de cantoras... E ao fim de uma semana a senhora D. Raquel saberia, inevitavelmente, que o escolhido do seu coração era, por confissão própria, um caluniador e um bêbado!... Delicioso!

Tão delicioso que não hesitou mais, subiu ao quarto para copiar a carta do Dâmaso. Mas quase imediatamente um criado trouxe-lhe um telegrama de Afonso da Maia, anunciando que chegava no dia seguinte ao Ramalhete. Ega teve de sair, telegrafar para os Olivais, avisar Carlos.

Carlos apareceu nessa noite, já tarde, transido de frio, com um monte de bagagens, porque abandonara definitivamente os Olivais. Maria Eduarda regressava também a Lisboa, para o primeiro andar da Rua de S. Francisco, tomado agora por seis meses, tapetado de novo pela mãe Cruges. E Carlos vinha muito impressionado, com profundas saudades da Toca. Depois de cear, ao fogão, acabando o charuto, relembrou infindavelmente esses dias alegres, a sua casinhola, o banho da manhã tomado dentro de uma dorna, a festa do deus Tchi, as guitarras do marquês, as longas cavaqueiras ao café com as janelas abertas e as borboletas voando em torno do candeeiros... Fora, as cordas de água, sob o vento de inverno, batiam os vidros na mudez da noite negra. Ambos terminaram por ficar calados, pensativos, com os olhos no lume.

— Quando esta tarde dei pela última vez uma volta na quinta — disse, por fim, Carlos —, já não havia uma única folha nas árvores... Tu não sentes sempre uma grande melancolia, nestes fins de outono?...

— Imensa! — murmurou Ega, lugubremente.

Ao outro dia a manhã clareava, limpa e branca, quando Ega e Carlos, ainda estremunhados e tiritando, se apearam em Santa Apolônia. O comboio acabava justamente de chegar; e viram logo, entre o rumor de gente que se escoava das portinholas abertas, Afonso, com o seu velho capote de gola de veludo, apegado a uma bengala, debatendo-se entre homens de boné agaloado que lhe ofereciam o *Hotel Terreirense* e a *Pomba d'Ouro*. Atrás M. Antoine, o chefe francês, grave, de chapéu alto, trazia o cesto em que viajara o Reverendo Bonifácio.

Carlos e Ega acharam Afonso mais acabado, mais pesado. Todavia gabaram-lhe muito, entre os primeiros abraços, a sua robustez de patriarca. Ele encolheu os ombros, queixando-se de ter sentido, desde o fim do verão, vertigens, um cansaço vago...

— Vocês é que estão excelentes — acrescentou, abraçando outra vez Carlos e sorrindo ao Ega. — E que ingratidão foi essa tua, John, metido aqui todo um verão sem me ir visitar?... Que tens tu feito? Que têm vocês feito?

— Mil coisas! — acudiu Ega alegremente. — Planos, ideias, títulos... Temos sobretudo o projeto de uma revista, um aparelho de educação superior, que vamos montar com uma força de mil cavalos!... Enfim, logo se lhe conta tudo ao almoço.

E ao almoço, com efeito, para justificarem as suas ocupações em Lisboa, falaram da revista como se ela já estivesse organizada e os artigos a imprimir na oficina, tanta foi a precisão com que lhe descreveram as tendências, a feição crítica, as linhas de pensamento sobre que ela devia rolar... Ega já preparara um trabalho para o primeiro número: *A capital dos portugueses*. Carlos meditava uma série de ensaios à inglesa, sob este título: *Por que falhou entre nós o sistema constitucional.* E Afonso escutava, encantado com aquelas belas ambições de luta, querendo partilhar da grande obra, como sócio capitalista... Mas Ega entendia que o Senhor Afonso da Maia devia descer à arena, lançar também a palavra do seu saber e da sua experiência. Então o velho riu. O quê! Compor prosa, ele, que hesitava para traçar uma carta ao feitor? De resto, o que teria a dizer ao seu país, como fruto da sua experiência, reduzia-se pobremente a três conselhos, em três frases: aos políticos, "menos liberalismo e mais caráter"; aos homens de letras, "menos eloquência e mais ideia"; aos cidadãos em geral, "menos progresso e mais moral". Isto entusiasmou o Ega! Justamente, aí estavam as verdadeiras feições da reforma espiritual que a revista devia pregar! Era necessário tomá-las como moto simbólico, inscrevê-las em letras góticas no frontispício, porque Ega queria que a revista fosse original logo na capa. E então a conversação desviou para o exterior da revista, Carlos tendendo que fosse azul-claro com tipo Renascença, Ega exigindo uma cópia exata da *Revista dos Dois Mundos*, numa nuança mais cor de canário. E, levados pela sua imaginação de meridionais, já não era só para agradar a Afonso da Maia, que iam levantando e dando forma àquele confuso plano.

Carlos exclamava para o Ega, com os olhos já apaixonados:

— Isto agora é sério. Precisamos arranjar imediatamente a casa para a redação!

Ega bracejava:

— Pudera! E móveis! E máquinas!

Toda a manhã, no escritório de Afonso, azafamados, com papel e lápis, se ocuparam em fixar uma lista de colaboradores. Mas já as dificuldades surgiam. Quase todos os escritores sugeridos desagradavam ao Ega, por lhes faltar, no estilo, aquele requinte plástico e parnasiano de que ele desejava que a revista fosse o impecável modelo. E a Carlos alguns homens de letras pareciam "impossíveis", sem querer confessar que neles lhe repugnava exclusivamente a falta de linha e o fato mal-feito...

Uma coisa porém ficou decidida: a casa da redação. Devia ser mobiliada luxuosamente, com sofás do consultório de Carlos e algum *bric-à-brac* da Toca; e sobre a porta (ornada de um guarda-portão de libré) a tabuleta de verniz preto, com *Revista de Portugal* em altas letras a ouro. Carlos sorria, esfregava as mãos, pensando na alegria de Maria ao saber esta decisão que o lançava, como era o desejo dela, na atividade, numa luta interessante de ideias. Ega, esse, via já a brochura cor de canário aos montões nas vitrinas dos livreiros, discutidas nas *soirées* do Gouvarinho, folheada na Câmara, com espanto, pelos políticos...

— Vai-se remexer Lisboa este inverno, Senhor Afonso da Maia! — gritou ele, atirando um gesto imenso até o teto.

E o mais contente era o velho.

Depois de jantar, Carlos pediu ao Ega para ir com ele à Rua de S. Francisco (onde Maria se instalara nessa manhã), levarem a nova da grande obra. Mas encontraram à porta uma carroça descarregando malas; e a senhora, contou o Domingos, que ajudava os carroceiros, estava ainda jantando a um canto da mesa e sem toalha. Com tanta confusão na casa, Ega não quis subir.

— Até logo — disse ele. — Vou talvez procurar o Simão Craveiro e falar-lhe da revista.

Subiu lentamente o Chiado, leu os telegramas na Casa Havanesa. Depois, à esquina da Rua Nova da

Trindade, um homem rouco, sumido num paletó, ofereceu-lhe uma "senhazinha". Outros, em volta, gritavam na sombra do *Hotel Aliança*:

— Bilhete para o Ginásio! Mais barato... Bilhete para o Ginásio! Quem vende?...

Havia um cruzar animado de carruagens com librés. Os bicos de gás do Ginásio tinham um fulgor de festa. E Ega deu de rosto com o Craft, que atravessava do lado do Loreto, de gravata branca e flor no paletó.

— Que é isto?

— Festa de beneficência, não sei — disse o Craft. — Uma coisa promovida por senhoras; a Baronesa de Alvim mandou-me um bilhete... Venha você daí ajudar-me a levar esta caridade ao Calvário.

E na esperança de flertar com a Alvim, Ega comprou logo uma senha. No peristilo do Ginásio encontraram Taveira passeando e fumando solitariamente, à espera que findasse a primeira comédia, o *Fruto proibido*. Então Craft propôs "botequim e genebra".

— E que há do ministério? — perguntou ele, apenas abancaram a um canto.

O Taveira não sabia. Todos esses dois longos dias se intrigara desesperadamente. O Gouvarinho queria as Obras Públicas; o Videira também. E falava-se de uma cena terrível por causa de sindicatos, em casa do presidente do conselho, o Sá Nunes, que terminara por dar um murro na mesa, gritar: "Irra! que isto não é o pinhal de Azambuja!"

— Canalha! — rosnou Ega, com ódio.

Depois falaram do Ramalhete, da volta de Afonso, da reaparição de Carlos. Craft louvou Deus, por haver outra vez, nesse inverno, uma casa com fogões, onde se passasse uma hora civilizada e inteligente.

Taveira acudiu com o olho brilhante:

— Diz que vamos ter um centrozinho muito mais interessante ainda, na Rua de S. Francisco! Foi o marquês que me disse. Madame Mac-Gren vai receber.

Craft não sabia mesmo que ela já tivesse recolhido da Toca.

— Voltou hoje — disse o Ega. — Você ainda não a conhece?... Encantadora.

— Creio que sim.

O Taveira vira-a de relance no Chiado. Parecera-lhe uma beleza. E um ar tão simpático!

— Encantadora! — repetiu Ega.

Mas o *Fruto proibido* findara, os homens enchiam o peristilo num rumor lento, acendendo os cigarros. E Ega, deixando o Craft e Taveira com a genebra, correu à plateia para descobrir o camarote da Alvim.

Mal erguera, porém, a cortina e assestara o monóculo, avistou defronte, na primeira ordem, a Cohen, toda de preto, com um grande leque de rendas brancas; por trás negrejavam as suíças fortes do marido; e em face dela, recostado no veludo da grade, de casaca, com a bochecha risonha, uma grossa pérola no peitilho da camisa, o Dâmaso, o bêbado!

Ega caiu molemente, ao acaso, na borda de uma cadeira; e perturbado, já esquecido da Alvim, ali ficou a olhar o pano coberto de anúncios, correndo os dedos trêmulos pelo bigode.

No entanto a campainha retinia, a gente vagarosamente reentrava na plateia. Um cavalheiro, gordo e carrancudo, tropeçou no joelho do Ega; outro, de luvas claras, com uma polidez adocicada, pediu permissão a S. Exa. Ele não escutava, não percebia; os seus olhos, um momento errantes, tinham-se enfim cravado no camarote da Cohen e não se desviaram de lá, numa emoção que o empalidecia. Não a tornara a encontrar desde Sintra, onde só a via de longe, com vestidos claros sob o verde das árvores; e agora ali, toda de preto, em cabelo, com um decote curto onde brilhava a perfeita brancura do seu colo, ela era outra vez a "sua" Raquel, dos tempos divinos da Vila Balzac. Era assim que ele, todas as noites em S. Carlos, a contemplava do fundo da frisa de Carlos, com a cabeça encostada ao tabique, saturado de felicidade. Lá tinha a sua luneta de ouro, presa por um fio de ouro. Parecia mais pálida, mais delicada, com o longo quebranto dos olhos pisados, o seu ar de romance e de lírio meio murcho; e, como então, os seus cabelos magníficos e pesados caíam habilmente em massa meio solta sobre as costas, num desalinho de nudez. Pouco a pouco, entre o afinar de rabecas e o rumor das cadeiras, Ega revia, numa onda de recordações que o sufocava, o grande leito da Vila Balzac; certos beijos e certos risos; as perdizes comidas em camisa à borda do sofá, e a melancolia deliciosa das tardes, quando ela saía furtivamente, coberta de véus, e ele ficava, cansado, no crepúsculo poético do quarto, cantarolando a *Traviata*...

— V. Exa. dá licença, Senhor Ega?

Era um sujeito escaveirado, de barba rala, que reclamava a sua cadeira. Ega ergueu-se, confusamente, sem reconhecer o Senhor Sousa Neto. O pano subira. À borda da rampa um lacaio, piscando o olho à platéia, fazia confidências sobre a patroa, de espanejador debaixo do braço. E Cohen, agora de pé, enchia o meio do camarote, cofiando as suíças com um correr lento da mão bem tratada, onde reluzia um diamante.

Ega então, num soberbo alarde de indiferença, cravou o monóculo no palco. O lacaio abalara espavorido, a um repique furioso de sineta; e uma megera azeda, de roupão verde e touca à banda, rompera de dentro, meneando desesperadamente o leque, ralhando com uma mocinha delambida que batia o tacão, se esganiçava: "Pois hei de amá-lo sempre! Hei de amá-lo sempre!"

Irresistivelmente, Ega revirou o canto do olho para o camarote: Raquel e Dâmaso, com as cabeças chegadas como em Sintra, cochichavam num sorriso. E tudo logo dentro do Ega se resumiu num imenso ódio ao Dâmaso! Colado à ombreira da porta, rilhava os dentes, num desejo de subir, escarrar-lhe na bochecha gorda. E não desviava dele os olhos, que dardejavam. Na cena, um velho general, gotoso e resmungão, sacudia um jornal, gritava pela sua tapioca. A plateia ria, o Cohen ria. E nesse momento Dâmaso, que se debruçara no camarote com as mãos de fora, calçadas de *gris-perle*, descobriu o Ega, sorriu, atirou-lhe como em Sintra um acenozinho petulante, muito de alto, na ponta dos dedos. Isto feriu o Ega como um insulto. E ainda na véspera aquele covarde se lhe agarrara às mãos, tremendo todo, a gritar "que o salvasse!..." Subitamente, com uma ideia, palpou por sobre o bolso a carteira onde na véspera guardava a carta do Dâmaso... "Eu te arranjo!" murmurou ele. E abalou, desceu a Rua da Trindade, cortou pelo Loreto como uma pedra que rola, enfiou, ao fundo da Praça de Camões, num grande portão que uma lanterna alumiava. Era a redação da *Tarde*. Dentro do pátio desse jornal elegante fedia. Na escadaria de pedra, sem luz, cruzou um sujeito encatarroado que lhe disse que o Neves estava em cima ao cavaco. O Neves, deputado, político, diretor da *Tarde*, fora, havia anos, numas férias, seu companheiro de casa no Largo do Carmo; e desde esse verão alegre em que o Neves lhe ficara sempre devendo três moedas, os dois tratavam-se por *tu*. Foi encontrá-lo numa vasta sala alumiada por bicos de gás sem globo, sentado na borda de uma mesa atulhada de jornais, com o chapéu para a nuca, discursando a alguns cavalheiros de província que o escutavam de pé. Num respeito de crentes. Num vão de janela, com dois homens de idade, um rapaz esgalgado, de jaquetão de cheviote claro e uma cabeleira crespa que parecia erguida numa rajada de vento, bracejava como um moinho na crista de um monte. E, abancado, outro sujeito já calvo rascunhava laboriosamente uma tira de papel. Ao ver o Ega (um íntimo do Gouvarinho) ali na redação, naquela noite de intriga e de crise, Neves cravou nele os olhos tão curiosos, tão inquietos, que o Ega apressou-se a dizer:

— Nada de política, negócio particular... Não te interrompas. Depois falaremos.

O outro findou a injúria que estava lançando ao José Bento, "essa grande besta que fora meter tudo no bico da amiga do Sousa e Sá, o par do reino", e na sua impaciência saltou da mesa, travou do braço do Ega, arrastando-o para um canto:

— Então quem é?

— É isto, em quatro palavras. O Carlos da Maia foi ofendido aí por um sujeito muito conhecido. Nada de interessante. Um parágrafo imundo na *Corneta do Diabo*, por uma questão de cavalos... O Maia pediu-lhe explicações. O outro deu-as, chatas, medonhas, numa carta que quero que vocês publiquem.

A curiosidade do Neves flamejou:

— Quem é?

— O Dâmaso.

O Neves recuou de assombro:

— O Dâmaso!? Ora essa! Isso é extraordinário! Ainda esta tarde jantei com ele! Que diz a carta?

— Tudo. Pede perdão; declara que estava bêbado, que é de profissão um bêbado...

O Neves agitou as mãos com indignação:

— E tu querias que eu publicasse isso, homem? O Dâmaso, nosso amigo político!... E que não fosse, não é questão de partido, é de decência! Eu faço lá isso!... Se fosse uma ata de duelo, uma coisa honrosa, explicações dignas... Mas uma carta em que um homem se declara bêbado! Tu estás a mangar!

Ega, já furioso, franzia a testa. Mas o Neves, com todo o sangue na face, teve ainda uma revolta àquela ideia do Dâmaso se declarar bêbado!

— Isso não pode ser! É absurdo! Aí há história... Deixa ver a carta.

E, mal relanceara os olhos ao papel, à larga assinatura floreada, rompeu num alarido:

— Isto não é o Dâmaso nem é letra do Dâmaso!... "Salcede"! Quem diabo é "Salcede"? Nunca foi o "meu" Dâmaso!

— É o "meu" Dâmaso — disse o Ega. — O Dâmaso Salcede, um gordo...

O outro atirou os braços ao ar:

— O meu é o Guedes, homem, o Dâmaso Guedes! Não há outro! Que diabo, quando se diz o Dâmaso é o Guedes!...

Respirou com grande alívio:

— Irra, que me assustaste! Olha, agora neste momento, com estas coisas de ministério, uma carta dessas escrita pelo Guedes... Se é o Salcede, bem, acabou-se! Espera lá... Não é um gordalhufo, um janota que tem uma propriedade em Sintra? Isso! Um maganão que nos entalou na eleição passada, fez gastar ao Silvério mais de trezentos mil-réis... Perfeitamente, às ordens... Ó

Pereirinha, olhe aqui o Senhor Ega. Tem aí uma carta para sair amanhã, na primeira página, tipo largo...

O Senhor Pereirinha lembrou o artigo do Senhor Vieira da Costa sobre a "Reforma das Pautas".

— Vai depois! — gritou o Neves. — As questões de honra antes de tudo!

E voltou ao seu grupo onde agora se falava do Conde Gouvarinho, saltou para a borda da mesa, lançou logo o seu vozeirão de chefe, afirmando no Gouvarinho enormes dotes de parlamentar!

Ega acendeu o charuto, ficou um momento considerando aqueles sujeitos que pasmavam para o verbo do Neves. Eram decerto deputados que a crise arrastara a Lisboa, arrancara à quietação das vilas e das quintas. O mais novo parecia um pote, vestido de casimira fina, com uma enorme face a estourar de sangue, jucundo, crasso, lembrando ares sadios e lombo de porco. Outro, esguio, com o paletó solto sobre as costas em arco. Tinha um queixo duro e maciço de cavalo; e dois padres muito rapados, muito morenos, fumavam pontas de cigarro. Em todos havia esse ar, conjuntamente apagado e desconfiado, que marca os homens de província, perdidos entre as tipoias e as intrigas da Capital. Vinham ali às noites, àquele jornal do partido, saber as novas, "beber do fino", uns com esperanças de empregos, outros por interesses de terriola; alguns por ociosidade. Para todos o Neves era um "robusto talento"; admiravam-lhe a verbosidade e a tática; decerto gostavam de citar nas lojas das suas vilas o amigo Neves, o jornalista, o da *Tarde*... Mas, através dessa admiração e do prazer de roçar por ele, percebia-se-lhes um vago medo que aquele "robusto talento" lhes pedisse, num vão de janela, duas ou três moedas. O Neves, no entanto, celebrava o Gouvarinho como orador. Não que tivesse os rasgos, a pureza, as belas sínteses históricas do José Clemente! Nem a poesia do Rufino! Mas não havia outro para as piadas que ferem e que ficam cravadas, ali a arder, na pele do touro! E era a grande coisa na Câmara: ter a farpa, sabê-la ferrar!

— Ó Gonçalo, tu lembras-te da piada do Gouvarinho, a do trapézio? — gritou ele, virando-se para a janela, para o rapaz de jaquetão claro.

O Gonçalo, cujos olhos pretos refulgiram de agudeza e malícia, estendeu o pescoço magro num colarinho muito decotado, lançou de lá:

— A do trapézio? Divina! Conta à rapaziada!

A rapaziada arregalou os olhos para o Neves, à espera da "do trapézio". Fora na Câmara dos Pares, na reforma da instrução. Estava falando o Torres Valente, esse maluco que defendia a ginástica dos colégios e queria as meninas a fazerem a prancha. Gouvarinho ergue-se e atira-lhe esta:

"Senhor presidente, direi uma palavra só, Portugal sairá para sempre da senda do progresso, em que tanto se tem ilustrado, no dia em que nós formos ao ensino, com mão ímpia, substituir a cruz pelo trapézio!"

— Muito bem! — rosnou um dos padres, profundamente satisfeito.

E no murmúrio de admiração que se ergueu destacou um ganido, o do rapaz mais grosso que um pote, que mexia os ombros, chasqueava com uma risota na bochecha cor de tomate:

— Pois, senhores, o que esse Conde de Gouvarinho me sai é um grandíssimo carola!

E em redor correram sorrisos entre os cavalheiros de província, liberais e finórios, que achavam aquele fidalgo excessivamente apegado à cruz. Mas já o Neves, de pé, bravejava:

— Carola! Vem-nos agora o menino gordo com carola!... O Gouvarinho carola! Está claro que tem toda a orientação mental do século; é um racionalista, um positivista... Mas a questão aqui é a réplica, a tática parlamentar! Desde que o tipo da maioria vem de lá com a descoberta do trapézio, Gouvarinho amigo, ainda que fosse tão ateu como Renan, zás! atira-lhe logo para cima com a cruz!... Isto é que é a estratégia parlamentar! Pois não é assim, Ega?

Ega murmurou, através do fumo do charuto:

— Sim, com efeito, a cruz para isso ainda serve...

Mas nesse momento o sujeito calvo, que repelira a tira de papel e se espreguiçava, caído para as costas da cadeira, exausto, pediu ao Senhor João da Ega que falasse à gente e guardasse o seu dinheiro...

Ega acercou-se logo daquele simpático homem, tão engraçado, tão querido de todos:

— Então, na grande faina, Melchior?

— Estou aqui a ver se faço uma coisa sobre o livro do Craveiro, os *Cantos da serra*, e não me sai nada em termos... Não sei o que hei de fazer!

Ega gracejou, de mãos nos bolsos, muito risonho, muito camarada com o Melchior:

— Nada! Vocês aqui são simples localistas, noticiaristas, anunciadores. De um livro como o do Craveiro têm só respeitosamente a dizer onde se vende e quanto custa.

O outro considerou o Ega ironicamente, com os dedos cruzados por trás da nuca:

— Então onde queria você que se falasse dos livros?... Nos repertórios?

Não, nas revistas críticas; ou então nos jornais que fossem jornais; não papeluchos volantes, tendo em cima uma cataplasma de política em estilo mazorro ou em estilo fadista; um romance mal traduzido do francês por baixo e o resto cheio com "anos", despachos, parte de polícia e loteria da Misericórdia. E como em Portugal não havia nem jornais sérios nem revistas críticas, que se não falasse em parte nenhuma.

— Com efeito — murmurou Melchior — ninguém fala de nada, ninguém parece pensar em nada...

E com toda a razão, afirmou Ega. Certamente muito desse silêncio provinha do natural desejo que têm, os que são medíocres, de que se não aluda muito aos que são grandes. É a invejazinha reles e rastejante! Mas, em geral, o silêncio dos jornais para com os livros provém sobretudo de eles terem abdicado todas as funções elevadas de estudo e de crítica; de se terem tornado folhas rasteiras de informação caseira, e de sentirem por isso a sua incompetência...

— Está claro, não falo por você, Melchior, que é dos nossos e de primeira ordem! Mas os seus colegas, menino, calam-se por se saberem incompetentes...

O Melchior ergueu os ombros com um ar cansado e descrente:

— Calam-se também porque o público não se importa, ninguém se importa...

Ega protestou, já excitado. O público não se importava? Essa era curiosa! O público então não se importa que lhe falem de livros que ele compra aos três mil, aos seis mil exemplares? E isto, dada a população de Portugal, caramba, é igual aos grandes sucessos de Paris e de Londres... Não, Melchiorzinho amigo, não! Esse silêncio diz ainda mais claramente e retumbantemente que as palavras: "Nós somos incompetentes. Nós estamos bestializados pela notícia do senhor conselheiro que chegou, ou do senhor conselheiro que partiu, pelos

High-lifes, pela amabilidade dos donos da casa, pelo artigo de fundo em descompostura e calão, por toda esta prosa chula em que nos atolamos... Nós não sabemos, não podemos já falar de uma obra de arte ou de uma obra de história, deste belo livro dc versos ou deste belo livro de viagens. Não temos nem frases nem ideias. Não somos talvez cretinos, mas estamos cretinizados. A obra de literatura passa muito alto, nós chafurdamos aqui muito embaixo..."

— E aqui tem você, Melchior, o que diz, através do silêncio dos jornais, o coro dos jornalistas!

Melchior sorria, enlevado, com a cabeça deitada para trás, como quem goza uma bela ária. Depois, com uma palmada na mesa:

— Caramba, ó Ega, muito bem fala você!... Você nunca pensou em ser deputado? Eu ainda outro dia dizia ao Neves: "O Ega! O Ega é que era, para atirar ali na Câmara a piadinha à Rochefort. Ardia Tróia!"

E imediatamente, enquanto Ega ria, contente, tornando a acender o charuto, Melchior arrebatou a pena:

— Você está em veia! Diga lá, dite lá... Que hei de eu aqui pôr sobre o livro do Craveiro?

Ega quis saber o que escrevera já o amigo Melchior. Apenas três linhas: "Recebemos o novo livro do nosso glorioso poeta Simão Craveiro. O precioso volume, onde cintilam, em caprichosos relevos, todas as joias deste prestigioso escritor, é publicado pelos ativos editores..." E aqui o Melchior emperrara. Melchior não gostava daquele frouxo termo *ativos*. Ega então sugeriu *empreendedores*. Melchior emendou, leu:

—"...publicado pelos empreendedores editores..." Ora sebo, rima!

Arrojou a pena, descoroçoado. Acabou-se! Não estava em verve. E além disso era tarde, tinha a rapariga à espera...

— Fica para amanhã... O pior é que já ando nisto há cinco dias! Irra! Você tem razão: a gente bestializa-se. E faz-me raiva! Não é lá pelo livro, não me importa o livro... É pelo Craveiro, que é bom rapaz, e de mais a mais pertence cá ao partido!

Abriu um gavetão, sacou uma escova, rompeu a escovar-se com desespero. E Ega ia ajudá-lo, limpar-lhe as costas cheias de cal, quando entre eles surgiu a face chupada e nervosa do Gonçalo, com a sua gaforinha perpetuamente erguida como por uma rajada de vento.

— Que está o Egazinho a fazer neste covil da notícia?

— Aqui a escovar o Sampaio... Estive também a ouvir o Neves, a grande frase do Gouvarinho...

O Gonçalo pulou, com uma faísca de malícia nos olhos negros de algarvio esperto.

— A da cruz? Espantosa! Mas há melhor, há melhor!

Travou do braço do Ega, puxou-o para um canto da janela:

— É necessário falar baixo por causa da rapaziada de província... Há outra deliciosa. Eu não me lembro bem; o Neves é que sabe! É uma coisa da Liberdade, conduzindo à mão o corcel do Progresso... O quer que seja assim, uma imagem equestre! A Liberdade com calções de jóquei, o Progresso com um grande freio... Espantoso! Que besta, aquele Gouvarinho! E os outros, menino, os outros! Você não foi à Câmara quando se discutiu a questão de Tondela? Extraordinário! O que se disse! Foi de morrer! E eu morro! Esta política, este S. Bento, esta eloquência, estes bacharéis matam-me. Querem dizer agora aí que isto por fim não é pior que a Bulgária. Histórias! Nunca houve uma choldra assim no universo!

— Choldra em que você chafurda! — observou o Ega, rindo.

O outro recuou com um grande gesto:

— Distingamos! Chafurdo por necessidade, como político; e troço por gosto, como artista!

Mas Ega, justamente, achava uma desgraça incomparável para o país esse imoral desacordo entre a inteligência e o caráter. Assim, ali estava o amigo Gonçalo, como homem de inteligência, considerando o Gouvarinho um imbecil...

— Uma cavalgadura — corrigiu o outro.

— Perfeitamente! E todavia, como político, você quer essa cavalgadura para ministro, e vai apoiá-la com votos e com discursos sempre que ela rinche ou escoucinhe.

Gonçalo correu lentamente a mão pela gaforinha, com a face franzida:

— É necessário, homem! Razões de disciplina e de solidariedade partidária... Há uns compromissos... O paço quer, gosta dele...

Espreitou em roda, murmurou, colado ao Ega:

— Há aí umas questões de sindicatos, de banqueiros, de concessões em Moçambique... Dinheiro, menino, o onipotente dinheiro!

E como Ega se curvava, vencido, cheio só de respeito, o outro, faiscando todo de finura e cinismo, atirou-lhe uma palmada ao ombro:

— Meu caro, a política hoje é uma coisa muito diferente! Nós fizemos como vocês, os literatos. Antigamente a literatura era a imaginação, a fantasia, o ideal... Hoje é a realidade, a experiência, o fato positivo, o documento. Pois cá a política em Portugal também se lançou na corrente realista. No tempo da Regeneração e dos Históricos, a política era o progresso, a viação, a liberdade, o palavrório... Nós mudamos tudo isso. Hoje é o fato positivo, o dinheiro, o dinheiro! O bago! *A massa*! A rica *massinha* da nossa alma, menino! O divino dinheiro!

E de repente emudeceu, sentindo na sala um silêncio, onde o seu grito de "dinheiro! dinheiro!" parecera ficar vibrando, no ar quente do gás, com a prolongação de um toque de rebate acordando as cobiças, chamando ao longe e ao largo todos os hábeis para o saque da Pátria inerte...

O Neves desaparecera. Os cavalheiros de província dispersavam, uns enfiando o paletó, outros sem pressa dando um olhar amortecido aos jornais sobre a mesa. E o Gonçalo, bruscamente, disse adeus ao Ega, rodou nos tacões, desapareceu também, abraçando ao passar um dos padres a quem tratou de "malandro"!

Era meia-noite; Ega saiu. E na tipoia que o levava ao Ramalhete, já mais calmo, começou logo a refletir que o resultado da publicação da carta seria despertar em toda Lisboa uma curiosidade voraz. A "questão de cavalos" com que o Neves se contentara prontamente, distraído e absorvido nessa noite pela crise, ninguém mais a acreditaria... O Dâmaso, decerto, interrogado, para se desculpar, contaria horrores de Maria e de Carlos; e uma intolerável luz de escândalo ia bater coisas que deviam permanecer na sombra. Eram talvez apoquentações, desesperos que ele assim estivera preparando a Carlos por causa de um odiozinho ao Dâmaso. Nada mais egoísta e pequeno!... E subindo para o quarto, Ega decidia correr depois do almoço à redação da *Tarde*, suster a publicação da carta.

Mas toda essa noite sonhou com Raquel e com Dâmaso. Via-os rolando por uma estrada sem fim, entre pomares e vinhedos, deitados numa carroça de bois, sobre um enxergão onde se desdobrava, lasciva e rica, a sua colcha de cetim preto da Vila Balzac; os dois beijavam-se, enroscados, sem pudor, sob a fresca sombra que caía dos ramos, ao chiar lento das rodas. E por um requinte do sonho cruel, ele, Ega, sem perder a consciência e o orgulho de homem, era um dos bois que puxava o carro! Os moscardos picavam-no, a canga pesava-lhe; e, a cada beijo mais cantado que atrás soava no carro, ele erguia o focinho a escorrer a baba, sacudia os cornos, mugia lamentavelmente para os céus!

Acordou nestes urros de agonia; e a sua cólera contra o Dâmaso ressurgiu, mais nutrida pelas incoerências do sonho. Além disso chovia. E decidiu não voltar à *Tarde*; deixar imprimir a carta. Que importava, de resto, o que dissesse o Dâmaso? O artigo da *Corneta* estava extinto, o Palma bem pago. E quem jamais acreditaria num homem que nos jornais se declara caluniador e bêbado?

E Carlos assim pensou também quando, depois do almoço, Ega lhe contou a sua resolução da véspera ao ver o Dâmaso no camarote, de olho trocista posto nele, a segredar com os Cohens...

— Percebi claramente, sem erro possível, que estava a falar de ti, da senhora D. Maria, de nós, contando horrores... E então acabou-se, não hesitei mais. Era necessário deixar passar a justiça de Deus! Não tínhamos paz enquanto o não aniquilássemos!

Sim, concordou Carlos, talvez. Somente receava que o avô, sabendo o escândalo, se desgostasse de ver o seu nome misturado a toda aquela sordidez de *Corneta* e de bebedeira...

— Ele não lê a *Tarde* — acudiu Ega. — O rumor, se lhe chegar, é já vago e desfigurado.

Com efeito, Afonso soube apenas confusamente que o Dâmaso soltara, no Grêmio, algumas palavras desagradáveis para Carlos, e declarara depois num jornal que, nesse momento, estava bêbado. E a opinião do velho foi que se o Dâmaso estava embriagado (e de outro modo como teria injuriado Carlos, seu antigo amigo?), a sua declaração revelava extrema lealdade e um amor quase heróico da verdade!

— Por esta não esperávamos nós! — exclamou depois Ega, no quarto de Carlos. — O Dâmaso torna-se um justo!

De resto os amigos da casa, sem conhecer o artigo da *Corneta*, aprovavam a aniquilação do Dâmaso. Só o Craft sustentou que Carlos lhe devia ter antes dado "bengaladas secretas"; e o Taveira achou cruel que se dissesse ao desgraçado, com um florete ao peito, "ou a dignidade ou a vida!"

Mas dias depois não se falava mais nesse escândalo. Outras coisas interessavam o Chiado e a Casa Havanesa. O ministério fora formado, finalmente! Gouvarinho entrava na Marinha, Neves no Tribunal de Contas. Já os jornais do governo caído começavam, segundo a prática constitucional, a achar o país irremediavelmente perdido e a aludir ao rei com azedume... E o derradeiro, esvaído eco da carta do Dâmaso foi, na véspera do sarau da Trindade, um parágrafo da própria *Tarde*, onde ela fora publicada, nestas amáveis palavras: "O nosso amigo e distinto *sportman*, Dâmaso Salcede, parte brevemente para uma viagem de recreio à Itália. Desejamos ao elegante turista todas as prosperidades na sua bela excursão ao país do canto e das artes."

XVI

Ao fim do jantar, na Rua de S. Francisco, Ega, que se demorara no corredor a procurar a charuteira pelos bolsos do paletó, entrou na sala, perguntando a Maria, já sentada ao piano:

— Então, definitivamente, V. Exa. não vem ao sarau da Trindade?...

Ela voltou-se para dizer, preguiçosamente, por entre a valsa lenta que lhe cantava entre os dedos:

— Não me interessa; estou muito cansada...

— É uma seca — murmurou Carlos do lado da vasta poltrona onde se estirara consoladamente, fumando, de olhos cerrados.

Ega protestou. Também era uma maçada subir às Pirâmides no Egito. E no entanto sofria-se invariavelmente, porque nem todos os dias pode um cristão trepar a um monumento que tem cinco mil anos de existência... Ora, a senhora D. Maria, neste sarau, ia ver por dez tostões uma coisa também rara, a alma sentimental de um povo exibindo-se num palco, ao mesmo tempo nua e de casaca.

— Vá, coragem! Um chapéu, um par de luvas, e a caminho!

Ela sorria, queixando-se de fadiga e preguiça.

— Bem — exclamou Ega —, eu é que não quero perder o Rufino... Vamos lá, Carlos, mexe-te!

Mas Carlos implorou clemência:

— Mais um bocadinho, homem! Deixa a Maria tocar umas notas do *Hamlet*. Temos tempo... Esse Rufino, e o Alencar, e os bons só gorjeiam mais tarde...

Então Ega, cedendo também a todo aquele conchego tépido e amável, enterrou-se no sofá com o charuto, para escutar a canção de *Ofélia*, de que Maria já murmurava baixo as palavras cismadoras e tristes:

> Pâle et blonde,
> Dort sous l'eau profonde...

Ega adorava esta velha balada escandinava. Mais porém o encantava Maria, que nunca lhe parecera tão bela: o vestido claro, que tinha nessa noite, modelava-a com a perfeição de um mármore; e entre as velas do piano, que lhe punham um traço de luz no perfil puro e tons de ouro esfiado no cabelo, o incomparável ebúrneo da sua pele ganhava em esplendor e mimo... Tudo nela era harmonioso, são, perfeito... E quanto aquela serenidade da sua forma devia tornar delicioso o ardor da sua paixão! Carlos era, positivamente, o homem mais feliz destes reinos! Em torno dele só havia facilidades, doçuras. Era rico, inteligente, de uma saúde de pinheiro novo; passava a vida adorando e adorado; só tinha o número de inimigos que é necessário, para confirmar uma superioridade; nunca sofrera de dispepsia; jogava as armas bastante para ser temido; e na sua complacência de forte, nem a tolice pública o irritava. Ser verdadeiramente ditoso!

— Quem é por fim esse Rufino? — perguntou Carlos, alongando mais os pés pelo tapete, quando Maria findou a canção de *Ofélia*.

Ega não sabia. Ouvira que era um deputado, um bacharel, um inspirado... Maria, que procurava os noturnos de Chopin, voltou-se:

— É esse grande orador de que falavam na Toca?

— Não, não! Esse era outro, a sério, um amigo de Coimbra, o José Clemente, homem de eloquência e de pensamento... Este Rufino era um ratão de pera grande, deputado por Monção e sublime nessa arte, antigamente nacional e hoje mais particularmente provinciana, de arranjar, numa voz de teatro e de papo, combinações sonoras de palavras...

— Detesto isso! — rosnou Carlos.

Maria também achava intolerável um sujeito a chilrear, sem ideias, como um pássaro num galho de árvore...

— É conforme a ocasião — observou Ega, olhando o relógio. — Uma valsa de Strauss também não tem ideias, e à noite, com mulheres numa sala, é deliciosa...

Não, não! Maria entendia que essa retórica amesquinhava sempre a palavra humana, que, pela sua natureza mesma, só pode servir para dar forma às ideias. A música, essa, fala aos nervos. Se se cantar uma marcha a uma criança, ela ri-se e salta no colo...

— E se lhe leres uma página de Michelet — concluiu Carlos —, o anjinho seca-se e berra!

— Sim, talvez — considerou o Ega. — Tudo isso depende da latitude e dos costumes que ela cria. Não há inglês, por mais culto e espiritualista, que não tenha um fraco pela força, pelos atletas, pelo *sport*, pelos músculos de ferro. E nós, os meridionais, por mais críticos, gostamos do palavreadinho mavioso. Eu cá pelo menos, à noite, com mulheres, luzes, um piano e gente de casaca, pélo-me por um bocado de retórica.

E, com o apetite assim desperto, ergueu-se logo para enfiar o paletó, voar à *Trindade*, num receio de perder o Rufino.

Carlos deteve-o ainda, com uma grande ideia:

— Espera. Descobri melhor; fazemos o sarau aqui! Maria toca Beethoven; nós declamamos Musset, Hugo, os parnasianos; temos o Padre Lacordaire, se te apetece a eloquência; e passa-se a noite em medonha orgia de ideal!...

— E há melhores cadeiras — acudiu Maria.

— Melhores poetas — afirmou Carlos.

— Bons charutos!

— Bom conhaque!

Ega alçou os braços ao ar, desolado. Aí está como se pervertia um cidadão, impedindo-o de proteger as letras pátrias com promessas pérfidas de tabaco e de bebidas!... Mas de resto ele não tinha só uma razão literária para ir ao sarau. O Cruges tocava uma das suas *Meditações de outono*, e era necessário dar palmas ao Cruges.

— Não digas mais! — gritou Carlos, dando um pulo da poltrona. — Esquecia-me o Cruges!... É um dever de honra! Abalemos.

E daí a pouco, tendo beijado a mão de Maria que ficava ao piano, os dois, surpreendidos com a beleza dessa noite de inverno, tão clara e doce, seguiam devagar pela rua, onde Carlos ainda duas vezes se voltou para olhar as janelas alumiadas.

— Estou bem contente — exclamou ele, travando do braço do Ega — em ter deixado os Olivais!... Aqui ao menos podemos reunir-nos para um bocado de cavaco e de literatura...

Tencionava arranjar a sala com mais gosto e conforto, converter o quarto ao lado num *fumoir* forrado com as suas colchas da Índia; depois ter um dia certo em que viessem os amigos cear... Assim se realizava o velho sonho, o cenáculo de diletantismo e de arte... Além disso havia a lançar a revista, que era a suprema pândega intelectual. Tudo isso anunciava um inverno *chic* a valer, como dizia o defunto Dâmaso.

— E tudo isto — resumiu o Ega — é dar civilização ao país. Positivamente, menino, vamo-nos tornar grandes cidadãos!...

— Se me quiserem erguer uma estátua — disse Carlos, alegremente —, que seja aqui na Rua de S. Francisco... Que beleza de noite!

Pararam à porta do Teatro da Trindade no momento em que, de uma tipoia de praça, se apeava um sujeito de barbas de apóstolo, todo de luto, com um chapéu de largas abas recurvas à moda de 1830. Passou junto dos dois amigos sem os ver, recolhendo um troco à bolsa. Mas Ega reconheceu-o.

— É o tio do Dâmaso, o demagogo! Belo tipo!

— E segundo o Dâmaso, um dos bêbados da família — lembrou Carlos, rindo.

Por cima, de repente, no salão, estalaram grandes palmas. Carlos, que dava o paletó ao porteiro, receou que já fosse o Cruges...

— Qual! — disse o Ega. — Aquilo é aplaudir de retórica!

E com efeito, quando pela escada ornada de plantas chegaram ao antessalão, onde dois sujeitos de casaca passeavam em bicos de pés, segredando, sentiram logo um vozeirão túmido, garganteado, provinciano, de vogais arrastadas em canto, invocando lá do fundo, do estrado, "a alma religiosa de Lamartine!..."

— É o Rufino; tem estado soberbo! — murmurou o Teles da Gama, que não passara da porta, com o charuto escondido atrás das costas.

Carlos, sem curiosidade, ficou junto do Teles. Mas Ega, esguio e magro, foi rompendo pela coxia tapetada de vermelho. De ambos os lados se cerravam filas de cabeças, embebidas, enlevadas, atulhando os bancos de palhinha até junto ao tablado, onde dominavam os chapéus de senhoras picados por manchas claras de plumas ou flores. Em volta, de pé, encostados aos pilares ligeiros que sustêm a galeria, refletidos pelos espelhos, estavam os homens, a gente do Grêmio, da Casa Havanesa, das Secretarias, uns de gravata branca, outros de jaquetões. Ega avistou o Senhor Sousa Neto, pensativo, sustentando entre dois dedos a face escaveirada, de barba rala; adiante o Gonçalo, com a sua gaforinha ao vento; depois o marquês atabafado num *cache-nez* de seda branca; e, num grupo, mais longe, rapazes do Jóquei-Clube, os dois Vargas, o Mendonça, o Pinheiro, assistindo àquele *sport* da eloquência com uma mistura de assombro e tédio. Por cima, no parapeito de veludo da galeria, corria outra linha de senhoras com vestidos claros, abanando-se molemente; por trás alçava-se ainda uma fila de cavalheiros onde destacava o Neves, o novo conselheiro, grave, de braços cruzados, com um botão de camélia na casaca malfeita.

O gás sufocava, vibrando cruamente naquela sala clara, de um tom desmaiado de canário, raiada de reflexos de espelhos. Aqui e além uma tosse úmida de catarro desmanchava o silêncio, logo abafada no lenço. E na extremidade da galeria, num camarote feito de tabiques, com sanefas de veludo cor de cereja, duas cadeiras de espaldar dourado permaneciam vazias, na solenidade real do seu damasco escarlate.

No entanto, no estrado, o Rufino, um bacharel transmontano, muito trigueiro, de pera, alargava os braços, celebrava um anjo, "o *Anjo da Esmola* que ele entrevira, além do azul, batendo as asas de cetim...". Ega não compreendia bem, entalado entre um padre muito gordo que pingava de suor e um alferes de lunetas escuras. Por fim não se conteve: "Sobre que está ele a falar?" E foi o padre que o informou, com a face luzidia, inflamada de entusiasmo:

— Tudo sobre a caridade, sobre o progresso! Tem estado sublime... Infelizmente está a acabar!

Parecia ser, com efeito, a peroração. O Rufino arrebatara o lenço, limpava a testa lentamente; depois arremeteu para a borda do tablado, voltando-se para as cadeiras reais com um tão ardente gesto de inspiração que o colete repuxado descobriu o começo da ceroula. Foi então que Ega compreendeu. Rufino estava exaltando uma princesa que dera seiscentos mil-réis para os inundados do Ribatejo, e ia a benefício deles organizar um bazar na Tapada. Mas não era só essa soberba esmola que deslumbrava o Rufino, porque ele, "como todos os homens educados pela filosofia e que têm a verdadeira orientação mental do seu tempo, via nos grandes fatos da história não só sua beleza poética, mas a sua influência social. A multidão, essa sorria simplesmente, enlevada, para a incomparável poesia da mão calçada de fina luva que se estende para o pobre. Ele porém, filósofo, antevia já, saindo desses delicados dedos de princesa, um resultado bem profundo e formoso... O que, meus senhores? O renascimento da Fé!"

De repente, um leque que escorregara da galeria, arrancando embaixo um berro a uma senhora gorda, criou um sussurro, uma curta emoção. Um comissário do sarau, D. José Sequeira, ergueu-se logo nos degraus do tablado, com o seu laçarote de seda vermelha na casaca, dardejando severamente os olhos vesgos para o recanto indisciplinado, onde curtos risos esfuziavam. Outros cavalheiros, indignados, gritavam "*chuta, silêncio, fora!*" E das cadeiras da frente surgiu a face ministerial do Gouvarinho, inquieta pela Ordem, com as lunetas brilhando duramente... Então Ega procurou ao lado a condessa; avistou-a enfim mais longe, com um chapéu azul, entre a Alvim toda de preto e umas vastas espáduas cobertas de cetim malva, que eram as da Baronesa de Craben. Todo o rumor findava, e o Rufino, que molhara lentamente os lábios no copo, avançou um passo, sorrindo, com o lenço branco na mão:

— Dizia eu, meus senhores, que dada a orientação mental deste século...

Mas o Ega sufocava, esmagado, farto do Rufino, com a impressão de que o padre ao lado cheirava mal. E não aturou mais, furou para trás, para desabafar com Carlos.

— Tu imaginavas uma besta assim?

— Horroroso! — murmurou Carlos. — Quando tocará o Cruges?

Ega não sabia; todo o programa fora alterado.

— E tens cá a Gouvarinho! Está lá adiante, de azul... Hei de querer ver logo esse encontro!

Mas ambos se voltaram, sentindo por trás alguém ciciar discretamente "*Bonsoir, messieurs...*" Era Steinbroken e o seu secretário, graves, de casaca, em pontas de pés, com as claques fechadas. E imediatamente Steinbroken queixou-se da ausência da família real...

— *M. de Cantanhede, qui est de service, m'avait cependant assuré que la reine viendrait... C'est bien sous sa protection, n'est-ce pas, toute cette musique, ces vers?... Voilà porquoi je suis venu. C'est très ennuyeux... Et Alphonse de Maia, toujours en santé?*

— *Merci...*

Na sala o silêncio impressionava. Rufino, com gestos de quem traça numa tela linhas lentas e nobres, descrevia a doçura de uma aldeia, a aldeia em que ele nascera, ao pôr do sol. E o seu vozeirão velava-se, enternecido, morrendo num rumor de crepúsculo. Então Steinbroken, sutilmente, tocou no ombro do Ega. Queria saber se era esse o grande orador de que lhe tinha falado... Ega afirmou, com patriotismo, que era um dos maiores oradores da Europa!

— Em qual *génerro*?...

— Gênero sublime, gênero de Demóstenes!

Steinbroken alçou as sobrancelhas com admiração, falou em finlandês ao seu secretário, que entalou languidamente o monóculo; e com as claques debaixo do braço, cerrados os olhos, recolhidos como num templo, os dois enviados da Finlândia ficaram escutando, à espera do sublime.

Rufino, no entanto, com as mãos descaídas, confessava uma fragilidade de sua alma! Apesar da poesia ambiente dessa sua aldeia natal, onde a violeta em cada prado, o rouxinol em cada balseira provavam Deus irrefutavelmente, ele fora dilacerado pelo espinho da descrença! Sim, quantas vezes, ao cair da tarde, quando os sinos da velha torre choravam no ar a Ave-Maria e no vale cantavam as ceifeiras, ele passara junto da cruz do adro e da cruz do cemitério, atirando-lhes de lado, cruelmente, o sorriso frio de Voltaire!...

Um largo frêmito de emoção passou. Vozes sufocadas de gozo mal podiam murmurar "*muito bem, muito bem...*"

Pois fora nesse estado, devorado pela dúvida, que Rufino ouvira um grito de horror ressoar por sobre o nosso Portugal... Que sucedera? Era a natureza que atacava seus filhos! E lançando os braços, como quem se debate numa catástrofe, Rufino pintou a inundação... Aqui aluía um casal, ninho florido de amores; além, na quebrada, passava o balar choroso dos gados; mais longe as negras águas iam juntamente arrastando um botão de rosa e um berço!...

Os *bravos* partiram profundos e roucos de peitos que arfavam. E em torno de Carlos e do Ega, sujeitos voltavam-se apaixonadamente uns para os outros, com um brilho na face, comungando no mesmo entusiasmo: "Que rajadas!... Caramba!... Sublime!..."

Rufino sorria, bebendo esta comoção, que era a obra do seu verbo. Depois, respeitosamente, voltou-se para as cadeiras reais, solenes e vazias...

Vendo que a cólera da Natureza rugia implacável, ele erguera os olhos para o natural abrigo, para o exaltado lugar de onde desce a salvação, para o trono de Portugal! E de repente, deslumbrado, vira por sobre ele estenderem-se as asas brancas de um anjo! Era o anjo da esmola, meus senhores! E de onde vinha? De onde recebera a inspiração da caridade? De onde saía assim, com os seus cabelos de ouro? Dos livros da ciência? Dos laboratórios químicos? Desses anfiteatros de anatomia, onde se nega covardemente a alma? Das secas escolas de filosofia que fazem de Jesus um precursor de Robespierre? Não! Ele ousara interrogar o anjo, submisso, com o joelho em terra. E o anjo da esmola, apontando o espaço divino, murmurava: "Venho d'além!"

Então pelos bancos apinhados correu um sussurro de enlevo. Era como se os estuques do teto se abrissem, os anjos cantassem no alto. Um estremecimento devoto e poético arrepiava as cuias das senhoras.

E Rufino findava, com uma altiva certeza na alma! Sim, meus senhores! Desde esse momento, a dúvida fora nele como a névoa que o sol, este radiante sol português, desfaz nos ares... E agora, apesar de todas as ironias da ciência, apesar dos escárnios orgulhosos de um Renan, de um Littré e de um Spencer, ele, que recebera a confidência divina, podia ali, com a mão sobre o coração, afirmar a todos bem alto: havia um céu!

— Apoiado! — mugiu na coxia o padre sebento.

E por todo o salão, no aperto e no calor do gás, os cavalheiros das secretarias, da Arcada, da Casa Havanesa, berrando, batendo as mãos, afirmaram soberbamente o céu!

O Ega, que ria, divertido, sentiu ao lado um som rouco de cólera. Era o Alencar, de paletó, de gravata branca, cofiando sombriamente os bigodes.

— Que te parece, Tomás?

— Faz nojo! — rugiu surdamente o poeta.

Tremia, revoltado! Numa noite daquelas, toda de poesia, quando os homens de letras se deviam mostrar como são, filhos da Democracia e da Liberdade, vir aquele pulha pôr-se ali a lamber os pés à família real... Era simplesmente ascoroso!

Lá ao fundo, junto aos degraus do tablado, ia um tumulto de abraços, de cumprimentos, em torno do Rufino, que reluzia todo de orgulho e suor. E pela porta os homens escoavam-se, afogueados, comovidos ainda, puxando das charuteiras. Então o poeta travou do braço do Ega:

— Ouve lá, eu vinha justamente procurar-te. É o Guimarães, o tio do Dâmaso, que me pediu para te ser apresentado... Diz que é uma coisa séria, muito séria... Está lá embaixo no botequim, com um grogue.

Ega pareceu surpreendido... Coisa séria!?

— Bem, vamos nós lá embaixo tomar também um grogue. E que recitas tu logo, Alencar?

— *A Democracia* — foi dizendo o poeta pela escada, com certa reserva. — Uma coisita nova, tu verás... São algumas verdades duras a toda essa burguesia...

Estavam à porta do botequim, e precisamente o Senhor Guimarães saía, com o chapéu sobre o olho, de charuto aceso, abotoando a sobrecasaca. Alencar lançou a apresentação, com imensa gravidade:

— O meu amigo João da Ega... O meu velho amigo Guimarães, um bravo cá dos nossos, um veterano da Democracia.

Ega acercou-se de uma mesa, puxou cortesmente um banco para o veterano da Democracia; quis saber se ele preferia conhaque ou cerveja.

— Tomei agora o meu grogue de guerra — disse o Senhor Guimarães, com secura —, tenho para toda a noite.

Um criado dava uma limpadela lenta sobre o mármore da mesa. Ega ordenou cerveja. E diretamente, largando o charuto, passando a mão pelas barbas a retocar a majestade da face, o Senhor Guimarães começou com lentidão e solenidade:

— Eu sou tio do Dâmaso Salcede, e pedi aqui ao meu velho amigo Alencar para me apresentar a V. Exa., com o fim de o intimar a que olhe bem para mim e que diga se me acha cara de bêbado...

Ega compreendeu; atalhou logo, cheio de franqueza e bonomia:

— V. Exa. refere-se a uma carta que seu sobrinho me escreveu...

— Carta que V. Exa. ditou! Carta que V. Exa. o forçou a assinar!

— Eu?...

— Afirmou-mo ele, senhor!

Alencar interveio:

— Falem vocês baixo, que diabo!... Isto é terra de curiosos.

O Senhor Guimarães tossiu, chegou a cadeira mais para a mesa. Tinha estado, contou ele, havia semanas fora de Lisboa por negócios da herança de seu irmão. Não vira o sobrinho, porque só por necessidade se encontrava com esse imbecil. Na véspera, em casa de um antigo amigo, o Vaz Forte, deitara por acaso os olhos ao *Futuro*, um jornal republicano, bem escrito, mas frouxo de ideias. E avistara logo na primeira página, em tipo enorme, sob esta rubrica, aliás justa, *Coisas do high-life*, a carta do sobrinho... Imagine o Senhor Ega o seu furor! Ali mesmo, em casa do Forte, escrevera ao Dâmaso pouco mais ou menos nestes termos: "Li a tua infame declaração. Se amanhã não fazes outra, em todos os jornais, dizendo que não tinhas intenção de me incluir entre os bêbados da tua família, vou aí e quebro-te os ossos um por um. Treme!" Assim lhe escrevera. E sabia o Senhor João da Ega qual fora a resposta do Senhor Dâmaso?

— Tenho-a aqui, é um "documento humano", como diz o amigo Zola! Aqui está... Grande papel, monograma de ouro, coroa de conde. Aquele asno! Quer V. Exa. que eu leia?

A um gesto risonho do Ega, ele mesmo leu, lentamente, e sublinhando:

— "Meu caro tio! A carta de que fala foi escrita pelo Senhor João da Ega. Eu era incapaz de tal desacato à nossa querida família. Foi ele que me agarrou na mão, à força, para eu assinar; e eu, naquela atrapalhação, sem saber o que fazia, assinei para evitar falatórios. Foi um laço que me armaram os meus inimigos. O meu querido tio, que sabe como eu gosto de si, que até estava o ano passado com tenção, se soubesse a sua morada em Paris, de lhe mandar meia pipa de vinho de Colares, não fique pois zangado comigo. Bem infeliz já eu sou! E se quiser procure esse João da Ega que me perdeu! Mas acredite que hei de tirar uma vingança que há de ser falada! Ainda não decidi qual, nesta atarantação; mas em todo caso a nossa família há de ficar desenxovalhada, porque eu nunca admiti que ninguém brincasse com a minha dignidade... E se o não fiz antes de partir para a Itália, se ainda não pugnei pela minha honra, é porque há dias, com todos estes abalos, veio-me uma tremenda disenteria, que estou que me não tenho nas pernas. Isto por cima dos meus males morais!..." V. Exa. ri-se, Senhor Ega?

— Pois que quer V. Exa. que eu faça? — balbuciou o Ega por fim, sufocado, com os olhos em lágrimas. — Rio-me eu, ri-se o Alencar, ri-se V. Exa. Isso é extraordinário! Essa dignidade, essa disenteria...

O Senhor Guimarães, embaçado, olhou o Ega, olhou o poeta que fungava sob os longos bigodes, e terminou por dizer:

— Com efeito, a carta é de uma cavalgadura... Mas o fato permanece...

Então Ega apelou para o bom senso do Senhor Guimarães, para a sua experiência das coisas de honra. Compreendia ele que dois cavalheiros, indo desafiar um homem a sua casa, lhe agarrem no pulso, o forcem violentamente a assinar uma carta em que ele se declara bêbado?

O Senhor Guimarães, agradado com aquela deferência pelo seu tato e pela sua experiência, confessou que o caso, pelo menos em Paris, seria pouco natural.

— E em Lisboa, senhor! Que diabo, isto não é a Cafraria! E diga-me o Senhor Guimarães outra coisa; de *gentleman* para *gentleman*: como considera seu sobrinho? Um homem irrepreensivelmente verídico?

O Senhor Guimarães cofiou as barbas, declarou lealmente:

— Um refinado mentiroso.

— Então! — gritou Ega em triunfo, atirando os braços ao ar.

De novo Alencar interveio. A questão parecia-lhe satisfatoriamente finda. E não restava senão os dois apertarem-se a mão fraternalmente, como bons democratas...

Já de pé, atirou a genebra às goelas. Ega sorria, estendia a mão ao Senhor Guimarães. Mas o velho demagogo, ainda com uma sombra na face enrugada, desejou que o Senhor João da Ega (se nisso não tinha dúvida) declarasse, ali diante do amigo Alencar, que não lhe achava a ele, Guimarães, cara de bêbado...

— Oh! meu caro senhor! — exclamou Ega, batendo com o dinheiro na mesa para chamar o criado. — Pelo contrário! O maior prazer em proclamar diante do Alencar, e aos quatro ventos, que lhe acho a cara de um perfeito cavalheiro e de um patriota!

Então trocaram um rasgado aperto de mãos, enquanto o Senhor Guimarães afirmava a sua satisfação por conhecer o Senhor João da Ega, moço de tantos dotes e tão liberal. E quando S. Exa. quisesse qualquer coisa, política ou literária, era escrever este endereço bem conhecido no mundo: *Redaction du Rappel, Paris*!

Alencar abalara. E os dois deixaram o botequim, trocando impressões do sarau. O Senhor Guimarães estava enjoado com a carolice, a sabujice desse Rufino.

Quando o ouvira palrar das asas da princesa e da cruz do adro, quase lhe gritara cá do fundo: "Quanto te pagam para isso, miserável?"

Mas de repente Ega estacou na escada, tirando o chapéu:

— Oh! senhora baronesa, então já nos abandona?

Era a Alvim que descia devagar, com a Joaninha Vilar, atando as largas fitas de uma capa de pelúcia verde. Queixou-se de uma dor de cabeça que a torturava, apesar de ter gostado loucamente do Rufino... Mas uma noite toda de literatura, que estafa! E agora, para mais, ficaria lá um homenzinho a fazer música clássica...

— É o meu amigo Cruges!

— Ah, é seu amigo? Pois olhe, devia-lhe ter dito que tocasse antes o *Pirolito.*

— V. Exa. aflige-me com esse desdém pelos grandes mestres... Não quer que a vá acompanhar à carruagem? Paciência... Muito boa noite, senhora D. Joana!... Um servo seu, senhora baronesa! E Deus lhe tire a sua dor de cabeça!

Ela voltou-se ainda no degrau, para o ameaçar risonhamente com o leque:

— Não seja impostor! O Senhor Ega não acredita em Deus.

— Perdão... Que o diabo lhe tire a sua dor de cabeça, senhora baronesa!

O velho democrata desapareceu discretamente. E da ante-sala Ega avistou logo ao fundo, no tablado, sobre um mocho muito baixo que lhe fazia roçar pelo chão as longas abas da casaca, o Cruges, com o nariz bicudo contra o caderno da *Sonata*, martelando sabiamente o teclado. Foi então subindo em pontas de pés pela coxia tapetada de vermelho, agora desafogada, quase vazia;

um ar mais fresco circulava; as senhoras, cansadas, bocejavam por trás dos leques. Parou junto de D. Maria da Cunha, apertada na mesma fila com todo um rancho íntimo, a Marquesa de Soutal, as duas Pedrosos, a Teresa Darque. E a boa D. Maria tocou-lhe logo no braço, para saber quem era aquele músico de cabeleira.

— Um amigo meu — murmurou Ega. — Um grande maestro, o Cruges.

O Cruges... O nome correu entre as senhoras, que o não conheciam. E era composição dele, aquela coisa triste?

— É de Beethoven, Senhora D. Maria da Cunha, a *Sonata patética.*

Uma das Pedrosos não percebera bem o nome da sonata. E a Marquesa de Soutal, muito séria, muito bela, cheirando devagar um frasquinho de sais, disse que era a *Sonata pateta.* Por toda a bancada foi um rastilho de risos sufocados. A *Sonata pateta*! Aquilo parecia divino! Da extremidade o Vargas gordo, o das corridas, estendeu a face enorme, imberbe e cor de papoula:

— Muito bem, senhora marquesa, muito catita!

E passou o gracejo a outras senhoras, que se voltavam, sorriam à marquesa, entre o frufru dos leques. Ela triunfava, bela e séria, com um velho vestido de veludo preto, respirando os sais, enquanto adiante um amador, de barba grisalha, cravava naquele rancho ruidoso dois grandes óculos de ouro que faiscavam de cólera. No entanto, por toda a sala, o sussurro crescia. Os encatarroados tossiam livremente. Dois cavalheiros tinham aberto a *Tarde.* E caído sobre o teclado, com a gola da casaca fugida para a nuca, o pobre Cruges, suando, estonteado por aquela desatenção rumorosa, atabalhoava as notas, numa debandada.

— Fiasco completo — declarou Carlos, que se aproximara do Ega e do rancho.

Foi para D. Maria da Cunha uma alegria, uma surpresa! Até que enfim se via o Senhor Carlos da Maia, o Príncipe Tenebroso! Que fizera ele durante esse verão? Todo mundo a esperá-lo em Sintra; alguém mesmo com ansiedade... Um *chuta* furioso do amador de barbas grisalhas emudeceu-a. E justamente Cruges, depois de bater dois acordes bruscos, arredara o mocho, esgueirava-se do estrado, enxugando as mãos ao lenço. Aqui e além algumas palmas ressoavam, moles e de cortesia, entre um grande murmúrio de alívio. E o Ega e Carlos correram à porta, onde já esperavam o marquês, o Craft, o Taveira, para abraçar, consolar o pobre Cruges que tremia todo, com os olhos esgazeados. E imediatamente, no silêncio atento que predominava, um sujeito muito magro, muito alto, surgiu no tablado, com um manuscrito na mão. Alguém ao lado do Ega disse que era o Prata, que ia falar sobre o *Estado agrícola da província do Minho*. Atrás, um criado veio colocar sobre a mesa um candelabro de duas velas; o Prata, de ilharga para a luz, mergulhou no caderno; e dentre o perfil triste e as folhas largas, um rumor lento foi escorrendo, rumor de reza numa sonolência de novena, onde por vezes destacavam, como gemidos, "riqueza dos gados..., esfacelamento da propriedade..., fértil e desprotegida região...". Começou então uma debandada sorrateira e formigueira, que nem os *chutas* do comissário do sarau, vigilante e de pé sobre um degrau do estrado, podiam conter. Só as senhoras ficavam; e um ou outro burocrata idoso, que se inclinava zelosamente para o murmúrio de reza, com a mão em concha sobre a orelha.

Ega, que fugia também "ao vicejante paraíso do Minho", achou-se em frente do Senhor Guimarães.

— Que maçada, hein?

O democrata concordou que aquele preopinante não lhe parecia divertido... Depois, mais sério, com outra ideia, segurando um botão da casaca do Ega:

— Eu espero que V. Exa., há pouco, não ficasse com a impressão de que eu sou solidário ou me importo com meu sobrinho...

Oh, decerto que não! Ega vira bem que o Senhor Guimarães não tinha pelo Dâmaso nenhum entusiasmo de família.

— Asco, senhor, só asco! Quando ele foi a primeira vez a Paris, e soube que eu morava numa trapeira, nunca me procurou! Porque aquele imbecil dá-se ares de aristocrata... E como V. Exa. sabe, é filho de um agiota!

Puxou a chuteira, ajuntou gravemente:

— A mãe, sim! Minha irmã era de uma boa família. Fez aquele desgraçado casamento, mas era de uma boa família! Que, com os meus princípios, já V. Exa. vê que tudo isso de fidalguia, pergaminhos, brasões são para mim blague e mais blague! Mas enfim os fatos são os fatos; a história de Portugal aí está... Os Guimarães da Bairrada eram de sangue azul.

Ega sorriu, num assentimento cortês:

— E V. Exa. então parte brevemente para Paris?

— Amanhã mesmo, por Bordéus... Agora que toda essa cambada do marechal de Mac-Mahon, e do Duque de Broglie, e do Descazes foi pelos ares, já se pode lá respirar...

Nesse instante, Teles e o Taveira, passando de braço dado, voltaram-se, a observar curiosamente aquele velho austero, todo de preto, que falava alto com o Ega de marechais e de duques. Ega reparou: o democrata, de resto, tinha uma sobrecasaca de casimira nova; o seu altivo chapéu reluzia; e Ega ficou de bom grado, a conversar com aquele *gentleman*, correto e venerando, que impressionava os seus amigos.

— A república, com efeito — observou ele, dando alguns passos ao lado do Senhor Guimarães —, esteve ali um momento comprometida!

— Perdida! E eu, meu caro senhor, aqui onde me vê, para ser expulso por causa de umas verdadezinhas que soltei numa reunião anarquista. Até me afirmaram que num conselho de ministros o marechal de Mac-Mahon, que é um tarimbeiro, batera um murro na mesa e dissera: "*Ce sacré Guimaran, il nous embête, faut lui donner du pied dans le derrière!*" Eu não estava lá, não sei, mas afirmaram-me... Em Paris, como os franceses não sabem pronunciar Guimarães, e eu embirro que me estropiem o nome, assino *M. Guimaran*. Há dois anos, quando fui à Itália, era *M. Guimarani*. E se for agora à Rússia, cá por coisas, hei de ser *M. Guimaroff*. Embirro que me estropiem o nome!

Tinham voltado à porta do salão. Longas bancadas vazias punham dentro, no brilho pesado do gás, uma tristeza de abandono e tédio; e no estrado o Prata continuava, de mão no bolso, com o nariz sobre o manuscrito, sem que se sentisse agora surdir um som daquele espantalho esguio. Mas o marquês, que descia do fundo, atabafando-se no seu *cache-nez* de seda, disse ao Ega, ao passar, que o homenzinho era muito prático, sabia da poda, e lá tinha ficado às voltas com Proudhon.

Ega e o democrata recomeçaram então os seus passos lentos na antessala, onde o sussurro de conversas mal abafadas crescia, como num pátio, entre fumaças furtivas de cigarro. E o Senhor Guimarães chasqueava, achando uma boa *bêtise* que se citasse Proudhon, ali naquele teatreco, a propósito de estrumes do Minho...

— Oh, Proudhon, entre nós — acudiu Ega, rindo —, cita-se muito; é já um monstro clássico. Até os conselheiros de Estado já sabem que para ele a propriedade era um roubo e Deus era o mal...

O democrata encolheu os ombros:

— Grande homem, senhor! Homem imenso! São os três grandes pimpões deste século: Proudhon, Garibaldi e o compadre!

— O compadre! — exclamou Ega, atônito.

Era o nome de amizade que o Senhor Guimarães dava em Paris a Gambetta. Gambetta nunca o via, que não lhe gritasse de longe, em espanhol: "*Hombre, compadre!*" E ele também, logo: "*Compadre, caramba!*" Daí ficara a alcunha e Gambetta ria. Porque lá isso, bom rapaz, e amigo desta franqueza do sul, e patriota, até ali!

— Imenso, meu caro senhor! O maior de todos!

Pois Ega imaginaria que o Senhor Guimarães, com as suas relações do *Rappel*, devia ter sobretudo o culto de Victor Hugo...

— Esse, meu caro senhor, não é um homem, é um mundo!

E o Senhor Guimarães ergueu mais a face, ajuntou infinitamente grave:

— É um mundo!... E aqui, onde me vê, ainda não há três meses que ele me disse uma coisa que me foi direita ao coração!

Vendo com deleite o interesse e a curiosidade do Ega, o democrata contou largamente esse glorioso lance, que ainda o comovia:

— Foi uma noite no *Rappel*. Eu estava a escrever; ele apareceu, já um pouco trôpego, mas com o olho a luzir, e aquela bondade, aquela majestade!... Eu ergui-me, como se entrasse um rei... Isto é, não! Que fosse um rei tinha-lhe dado com a bota no rabiosque. Levantei-me como se ele fosse um Deus! Qual Deus! Não há Deus que me fizesse levantar!... Enfim, acabou-se, levantei-me! Ele olhou para mim, fez assim um gesto com a mão, e disse, a sorrir, com aquele ar de gênio que tinha sempre: *Bonsoir, mon ami!*

E o Senhor Guimarães deu alguns passos dignos, em silêncio, como se aquele *bonsoir*, aquele *mon ami*, assim recordados, lhe fizessem mais vivamente sentir a sua importância no mundo.

De repente Alencar, que bracejava num grupo, rompeu para eles, pálido, de olhos chamejantes:

— Que me dizem vocês a esta pouca vergonha? Aquele infame ali há meia hora, com o in-fólio, a rosnar, a rosnar... E toda a gente a sair, não fica ninguém! Tenho de recitar aos bancos de palhinha!...

E abalou, rilhando os dentes, a exalar mais longe o seu furor. Mas algumas palmas cansadas, dentro, fizeram voltar o Ega. O estrado ficara novamente vazio, com as duas velas ardendo no candelabro. Um cartão em grossas letras, que um criado colocara no piano, anunciava um "intervalo de dez minutos", como num circo. E nesse instante a senhora Condessa de Gouvarinho saíra pelo braço do marido, deixando atrás um sulco largo de cumprimentos, de espinhas que se vergavam, de chapéus de burocratas rasgadamente erguidos. O comissário do sarau azafamava-se, procurando duas cadeiras para Suas Excelências. A condessa porém foi reunir-se a D. Maria da Cunha, que ela vira, com as Pedrosos e a Marquesa de Soutal, refugiada num vão de janela. Ega imediatamente acercou-se do rancho íntimo, esperando que as senhoras se beijocassem.

— Então, senhora condessa, ainda muito comovida com a eloquência do Rufino?

— Muito cansada... E que calor, hein?

— Horrível. A senhora Baronesa de Alvim saiu há pouco, com uma dor de cabeça...

A condessa, que tinha os olhos pisados e uma prega de velhice aos cantos da boca, murmurou:

— Não admira, isto não é divertido... Enfim, já agora é necessário levar a cruz ao Calvário.

— Se fosse uma cruz, minha senhora! — exclamou o Ega. — Infelizmente é uma lira!

Ela riu. E D. Maria da Cunha, nessa noite mais remoçada e viva, ficou logo toda banhada num sorriso, com aquela carinhosa admiração pelo Ega, que era um dos seus sentimentos.

— Este Ega!... Não há mal que lhe chegue!... E diga-me outra coisa, que é feito do seu amigo Maia?

Ega vira-a momentos antes, no salão, puxar pela manga de Carlos, cochichar com Carlos. Mas conservou um ar inocente:

— Está aí, anda por aí, assistindo a toda essa literatura.

De repente, os olhos sempre bonitos e lânguidos de D. Maria da Cunha rebrilharam com uma faísca de malícia:

— Falai no mau... Neste caso seria falar do bom. Enfim aí nos vem o Príncipe Tenebroso!

E era com efeito Carlos que passava, se encontrara diante dos braços do Conde de Gouvarinho, estendidos para ele com uma efusão em que parecia renascer o antigo afeto. Pela primeira vez Carlos via a condessa, desde a noite em que no Aterro, abandonando-a para sempre, fechara com ódio a portinhola da tipoia onde ela ficava chorando. Ambos baixaram os olhos, ao adiantar a mão um para o outro, lentamente. E foi ela que findou o embaraço, abrindo o seu grande leque de penas de avestruz:

— Que calor, não é verdade?

— Atroz! — disse Carlos. — Não vá V. Exa. apanhar ar dessa janela.

Ela forçou os lábios brancos a um sorriso:

— É conselho de médico?

— Oh, minha senhora, não são as horas da minha consulta! É apenas caridade de cristão.

Mas de repente a condessa chamou o Taveira, que ria, derretido com a Marquesa de Soutal, para o repreender por ele não ter aparecido terça-feira na Rua de S. Marçal. Surpreendido com tanto interesse, tanta familiaridade, o Taveira, muito vermelho, balbuciou que nem sabia; fora o seu infortúnio, tinham-se metido umas coisas...

— Além disso não imaginei que V. Exa. começasse a receber tão cedo... V. Exa. antigamente era só depois da Cerração da Velha. Até me lembro que o ano passado...

Mas emudeceu. O Conde de Gouvarinho voltara-se, pousando a mão carinhosa no ombro de Carlos, desejando a sua impressão sobre o "nosso Rufino". Ele, conde, estava encantado! Encantado sobretudo com a "variedade da escala", aquela arte tão difícil de passar do solene para o ameno, de descer das grandes rajadas para os brincados de linguagem. Extraordinário!

— Tenho ouvido grandes parlamentares, o Rouher, o Gladstone, o Canovas, outros muitos. Mas não são estes voos, esta opulência... É tudo muito seco, ideias e fatos. Não entra na alma! Vejam os amigos aquela imagem tão pujante, tão respeitosa, do Anjo da Esmola, descendo devagar, com as asas de cetim... É de primeira ordem.

Ega não se conteve:

— Eu acho esse gênio um imbecil.

O conde sorriu, como à tonteria de uma criança:

— São opiniões...

E estendendo em redor as mãos ao Sousa Neto, ao Darque, ao Teles da Gama, a outros que se juntavam ao rancho íntimo, enquanto os seus correligionários, os seus colegas do Centro e da Câmara, o Gonçalo, o Neves, o Vieira da Costa rondavam de longe, sem poder roçar pelo ministro que tinham criado, agora que ele conversava e ria com rapazes e senhoras da "sociedade". O Darque, que era parente do Gouvarinho, quis saber como o amigo Gastão se ia dando com os encargos do Poder... O conde declarou para os lados que não fizera mais, por ora, do que passar em revista os elementos com que contava para atacar os problemas... De resto, em questões de trabalho, o ministério fora infelicíssimo! O presidente do Conselho, de cama com uma catarreira, inútil para uma semana. Agora o colega da Fazenda com as febres do Aterro...

— Está melhor? Já sai? — foi em torno a pergunta, cheia de cuidado.

— Está na mesma, vai amanhã para o Dafundo. Mas realmente esse não se acha de todo inutilizado. Ainda ontem eu lhe dizia: "Você parte para o Dafundo, leva os seus papéis, os seus documentos... Pela manhã dá os seus passeios, respira o bom ar... E à noite, depois de jantar, à luz do candeeiro, entretém-se a resolver a questão de fazenda!"

Uma campainha retiniu. D. José Sequeira, escarlate de azáfama, veio, furando, anunciar a S. Exa. o fim do intervalo, oferecer o braço à senhora condessa. Ao passar, ela lembrou a Carlos as suas "terças-feiras", com a delicada simplicidade de um dever. Ele curvou-se em silêncio. Era como se todo o passado, o sofá que rolava, a casa da titi em Santa Isabel, as tipoias em que ela deixava o seu cheiro de verbena fossem coisas lidas por ambos num livro e por ambos esquecidas. Atrás, o marido seguia, erguendo alto a cabeça e as lunetas, como representante do Poder naquela festa da Inteligência.

— Pois senhores — disse o Ega, afastando-se com Carlos — a mulherzinha tem topete!

— Que diabo queres tu? Atravessou a sua hora de tolice e de paixão, e agora continua tranquilamente na rotina da vida.

— E na rotina da vida — concluiu Ega — encontrava-se a cada passo contigo, que a viste em camisa!... Bonito mundo!

Mas o Alencar apareceu no alto da escada, voltando do botequim e da genebra, com um brilho maior no olho cavo, de paletó no braço, já preparado para gorjear. E o marquês juntou-se a eles, abafado no *cache-nez* de seda branca, mais rouco, queixando-se de que a cada minuto a garganta se lhe punha pior... Aquela canalha daquela garganta ainda lhe vinha a pregar uma!...

Depois, muito sério, considerando o Alencar:

— Ouve lá, isso que tu vais recitar, a *Democracia*, é política ou sentimento? Se é política, raspo-me. Mas se é sentimento, e a humanidade, e o santo operário, e a fraternidade, então fico, que disso gosto e até talvez me faça bem.

Os outros afirmaram que era sentimento. O poeta tirou o chapéu, passou os dedos pelos anéis fofos da grenha inspirada:

— Eu vos digo, rapazes... Uma coisa não vai sem a outra; vejam vocês Danton!... Mas já não falo enfim desses leões da Revolução. Vejam vocês o Passos Manuel!

Está claro, é necessário lógica... Mas, também, caramba, sebo para uma política sem entranhas e sem um bocado de infinito!

Subitamente, por sobre o novo silêncio da sala, um vozeirão mais forte do que o do Rufino fez retumbar os grandes nomes de D. João de Castro e de Afonso de Albuquerque... Todos se acercaram da porta, curiosamente. Era um maganão gordo, de barba em bico e camélia na casaca, que, de mão fechada no ar como se agitasse o pendão das Quinas, lamentava aos berros que nós, portugueses, possuindo este nobre estuário do Tejo e tão formosas tradições de glória, deixássemos esbanjar, ao vento do indiferentismo, a sublime herança dos avós!...

— É patriotismo — disse o Ega. — Fujamos!

Mas o marquês reteve-os, gostando também de um bocado de Quinas. E foi o pobre marquês que o patriota pareceu interpelar, alçando na ponta dos botins o corpanzil rotundo, aos urros. Quem havia agora aí, que, agarrando numa das mãos a espada e na outra a cruz, saltasse para o convés de uma caravela a ir levar o nome português através dos mares desconhecidos? Quem havia aí, heroico bastante, para imitar o grande João de Castro, que na sua quinta de Sintra arrancara todas as árvores de fruto, tal era a isenção da sua alma de poeta?...

— Aquele miserável quer-nos privar da sobremesa! — exclamou Ega.

Em torno correram risos alegres. O marquês virou costas, enjoado com aquela patriotice reles. Outros bocejavam por trás da mão, num tédio completo de "todas as nossas glórias". E Carlos, enervado, preso ali pelo dever de aplaudir o Alencar, chamava o Ega para irem abaixo ao botequim espairecer a impaciência, quando viu o

Eusebiozinho que descia a escada, enfiando à pressa um paletó alvadio. Não o encontrara mais desde a infâmia da *Corneta*, em que ele fora "embaixador". E a cólera que tivera contra ele, nesse dia, reviveu logo num desejo irresistível de o espancar. Disse ao Ega:

— Vou aproveitar o tempo, enquanto esperamos pelo Alencar, a arrancar as orelhas àquele maroto!

— Deixa lá — acudiu Ega. — É um irresponsável!

Mas já Carlos corria pelas escadas; Ega seguiu atrás, inquieto, temendo uma violência. Quando chegaram à porta, Eusébio metera para os lados do Carmo. E alcançaram-no no Largo da Abegoaria, àquela hora deserto, mudo, com dois bicos de gás mortiços. Ao ver Carlos fender assim sobre ele, sem paletó, de peitilho claro na noite escura, o Eusébio, encolhido, balbuciou atarantadamente: "Olá, por aqui..."

— Ouve cá, estupor! — rugiu Carlos, baixo. — Então também andaste metido nessa maroteira da *Corneta*? Eu devia rachar-te os ossos um a um!

Agarrara-lhe o braço, ainda sem ódio. Mas, apenas sentiu na sua mão de forte aquela carne molenga e trêmula, ressurgiu nele essa aversão nunca apagada, que já em pequeno o fazia saltar sobre o Eusebiozinho, esfrangalhá-lo, sempre que as Silveiras o traziam à quinta. E então abanou-o, como outrora, furiosamente, gozando o seu furor. O pobre viúvo, no meio das lunetas negras que lhe voavam, do chapéu coberto de luto que lhe rolara nas lajes, dançava, escanifrado e desengonçado. Por fim Carlos atirou-o contra a porta de uma cocheira.

— Acudam! Aqui del-rei, polícia! — rouquejou o desgraçado.

Já a mão de Carlos lhe empolgara as goelas. Mas Ega interveio:

— Alto! Basta! O nosso querido amigo já recebeu a sua dose...

Ele mesmo lhe apanhou o chapéu. Tremendo, arquejando, de bruços, Eusebiozinho procurava ainda o guarda-chuva. E, para findar, a bota de Carlos, atirada com nojo, estatelou-o nas pedras, para cima de uma sarjeta onde restavam imundícies e umidade de cavalo.

O largo permanecia deserto, com o gás adormecendo nos candeeiros baços. Tranquilamente, os dois recolheram ao sarau. No peristilo, cheio de luz e plantas, cruzaram-se com o patriota de barbas em bico, rodeado de amigos, em caminho para o botequim, limpando ao lenço o pescoço e a face, exclamando com o cansaço radiante de um triunfador:

— Irra! Custou, mas sempre lhes fiz vibrar a corda!

Já o Alencar estaria gorjeando! Os dois amigos galgaram a escada. E com efeito Alencar aparecera no estrado, onde ardia ainda o candelabro de duas velas.

Esguio, mais sombrio naquele fundo cor de canário, o poeta derramou pensativamente pelas cadeiras, pela galeria, um olhar encovado e lento; e um silêncio pesou, mais enlevado, diante de tanta melancolia e de tanta solenidade.

— A *Democracia*! — anunciou o autor de *Elvira*, com a pompa de uma revelação.

Duas vezes passou pelos bigodes o lenço branco, que depois atirou para a mesa. E levantando a mão num gesto demorado e largo:

Era num parque. O luar
Sobre os vastos arvoredos,
Cheios de amor e segredos...

— Que lhe disse eu? — exclamou o Ega, tocando no cotovelo do marquês. — É sentimento... Aposto que é o festim!

E era com efeito o festim, já cantado na *Flor de martírio*, festim romântico, num vago jardim onde vinhos de Chipre circulam, caudas de brocado rojam entre maciços de magnólias, e das águas do lago sobem cantos ao gemer dos violoncelos... Mas bem depressa transpareceu a severa ideia social da Poesia. Enquanto, sob as árvores radiantes de luar, tudo são "risos, brindes, lascivos murmúrios", fora, junto às grades douradas do parque, assustada com o latir dos molossos, uma mulher macilenta em farrapos chora, aconchegando ao seio magro o filho que pede pão... E o poeta, sacudindo os cabelos para trás, perguntava por que havia ainda esfomeados neste orgulhoso século XIX? De que servira então, desde Espártaco, o esforço desesperado dos homens para a Justiça e para a Igualdade? De que servira então a cruz do grande Mártir, erguida além na colina, onde, por entre os abetos

> Os raios do sol se somem,
> O vento triste se cala...
> E as águias revolteando
> Dentre as nuvens estão olhando
> Morrer o filho do Homem!

A sala permanecia muda e desconfiada. E o Alencar, com as mãos tremendo no ar, desolava-se de que todo o Gênio das gerações fosse impotente para esta coisa simples: dar pão à criança que chora!

Martírio do coração!
Espanto da consciência
Que toda a humana ciência
Não solva a negra questão!

Que os tempos passem e rolem
E nenhuma luz assome,
E eu vejo dum lado a fome
E do outro a indigestão!

Ega torcia-se, fungando dentro do lenço, jurando que rebentava. "*E do outro a indigestão*!" Nunca, nas alturas líricas, se gritara nada tão extraordinário! E sujeitos graves em redor sorriam daquele "realismo" sujo. Um jocoso lembrou que para indigestões já havia o bicarbonato de potássio.

— Quando não são das minhas! — rosnou um cavalheiro esverdinhado, que alargava a fivela do colete.

Mas tudo emudeceu ante um *chuta* terrível do marquês, que desapertara *o cache-nez*, já excitado, no enternecimento que sempre lhe davam estes humanitarismos poéticos. E entretanto, no estrado, o Alencar achara a solução do sofrimento humano! Fora uma Voz que lha ensinara! Uma Voz saída do fundo dos séculos, e que através deles, sempre sufocada, viera crescendo todavia irresistivelmente desde o Gólgota até a Bastilha! E então, mais solene por trás da mesa, com um arranque de precursor e uma firmeza de soldado, como se aquele honesto móvel de mogno fosse um púlpito e uma barricada, o Alencar, alçando a fronte numa grande audácia à Danton, soltou o brado temeroso. Alencar queria a República!

Sim, a República! Não a do Terror e a do Ódio, mas a da Mansidão e do Amor. Aquela em que o Milionário, sorrindo, abre os braços ao Operário! Aquela que é Aurora, Consolação, Refúgio, Estrela mística e Pomba...

> Pomba da Fraternidade,
> Que estendendo as brancas asas
> Por sobre os humanos lodos,
> Envolve os seus filhos todos
> Na mesma santa Igualdade!...

Em cima, na galeria, ressoou um *bravo* ardente. E imediatamente, para o sufocar, sujeitos sérios lançaram, aqui e além: "Chuta, silêncio!" Então Ega ergueu as mãos magras, bem alto, berrou com um destaque atrevido:

— Bravo! Muito bem! Bravo!

E todo pálido da sua audácia, entalando o monóculo, declarou para os lados:

— Aquela democracia é absurda... Mas que os burgueses se deem ares intolerantes, isso não! Então aplaudo eu!

E as suas mãos magras de novo se ergueram, bem alto, junto das do marquês, que retumbavam como malhos. Outros em volta, imediatamente, não se querendo mostrar menos democratas que o Ega e aquele fidalgo de tão grande linhagem, reforçaram os *bravos* com calor. Já pela sala se voltavam olhares inquietos para aquele grupo cheio de revolução. Mas um silêncio caiu, mais comovido e grave, quando o Alencar (que inspiradamente previra a intolerância burguesa) perguntou, em estrofes iradas, o que detestavam, o que receavam eles, no advento sublime da República? Era o pão carinhoso dado à criança? Era a mão justa estendida ao proletário? Era a esperança? Era a aurora?

Receais a grande luz?
Tendes medo do a-be-cê?...
Então castigai quem lê,
Voltai à plebe soez!
Recuai sempre na História,
Apagai o gás nas ruas,
Deixai as crianças nuas,
E venha a forca outra vez!

Palmas, mais numerosas, já sinceras, estalaram pela sala, que cedia enfim ao repetido encanto daquele lirismo humanitário e sonoro. Já não importava a República, os seus perigos. Os versos rolavam, cantantes e claros; e a sua onda larga arrastava os espíritos mais positivos. Sob aquele bafo de simpatia, Alencar sorria, com os braços abertos, anunciando uma a uma, como pérolas que se desfiam, todas as dádivas que traria a República. Debaixo da sua bandeira, não vermelha mas branca, ele via a terra coberta de searas, todas as fomes satisfeitas, as nações cantando nos vales sob o olhar risonho de Deus. Sim, porque Alencar não queria uma República sem Deus! A Democracia e o Cristianismo, como um lírio que se abraça a uma espiga, completavam-se, estreitando os seios! A rocha do Gólgota tornava-se a tribuna da Convenção! E para tão doce ideal não se necessitavam cardeais, nem missais, nem novenas, nem igrejas. A República, feita só de pureza e de fé, reza nos campos; a lua cheia é hóstia; os rouxinóis entoam o *tantum ergo* nos ramos dos loureirais. E tudo prospera, tudo refulge, ao mundo do Conflito substitui-se o mundo do Amor...

À espada sucede o arado,
A Justiça ri da Morte,

A escolha está livre e forte,
E a Bastilha derrocada.
Rola a tiara no lodo,
Brota o lírio da Igualdade,
E uma nova Humanidade
Planta a cruz na barricada!

Uma rajada farta e franca de *bravos* fez oscilar as chamas do gás! Era a paixão meridional do verso, da sonoridade, do liberalismo romântico, da imagem que esfuzia no ar com um brilho crepitante de foguete, conquistando enfim tudo, pondo uma palpitação em cada peito, levando chefes de repartição a berrarem, estirados por cima das damas, no entusiasmo daquela república onde havia rouxinóis! E quando Alencar, alçando os braços ao teto, com modulações de *preghiera* na voz roufenha, chamou para a terra essa pomba da Democracia, que erguera o voo do Calvário, e vinha com largos sulcos de luz, foi um enternecimento banhando as almas, um fundo arrepio de êxtase. As senhoras amoleciam nas cadeiras, com a face meio voltada ao céu. No salão abrasado perpassavam frescuras de capela. As rimas fundiam-se num murmúrio de ladainha, como evoladas para uma Imagem que pregas de cetim cobrissem, estrelas de ouro corassem. E mal se sabia já se *Essa*, que se invocava e se esperava, era a deusa da Liberdade ou Nossa Senhora das Dores.

Alencar no entanto via-se descer, espalhando um perfume. Já *Ela* tocava com os pés divinos os vales humanos. Já do seu seio fecundo trasbordava a universal abundância. Tudo reflorescia, tudo rejuvenescia:

As rosas têm mais aroma!
Os frutos têm mais doçura!

Brilha a alma clara e pura,
Solta de sombras e véus...
Foge a dor espavorida,
Foi-se a fome, foi-se a guerra,
O homem canta na terra,
E Cristo sorri nos céus!...

Uma aclamação rompeu, imensa e rouca, abalando os muros cor de canário. Moços exaltados treparam às cadeiras, dois lenços flutuavam. E o poeta, trêmulo, exausto, rolou pela escada até aos braços que se lhe estendiam frementes. Ele sufocava, murmurava: "filhos! rapazes!..." Quando Ega correu do fundo, com Carlos, gritando "Foste extraordinário, Tomás!", as lágrimas saltaram dos olhos do Alencar, quebrado todo de emoção.

E ao longo da coxia a ovação continuou, feita de palmadinhas pelo ombro, de *shake hands* da gente séria, de "muitos parabéns a V. Exa.!" Pouco a pouco ele erguia a cabeça, num altivo sorriso que lhe mostrava os dentes maus, sentindo-se o poeta da Democracia, consagrado, ungido pelo triunfo, com a inesperada missão de libertar almas! D. Maria da Cunha puxou-lhe pela manga quando ele passou, para murmurar, encantada, que achara "lindíssimo, lindíssimo". E o poeta, estonteado, exclamou: "Maria, é necessário luz!" Teles da Gama veio bater-lhe nas costas, afirmando-lhe que "piara esplendidamente". E Alencar, inteiramente perdido, balbuciou: "*Sursum corda*, meu Teles, *sursum corda*!"

Ega, no entanto, através do tumulto, farejava buscando Carlos, que desaparecera depois dos abraços ao Alencar. Taveira assegurou-lhe que Carlos passara para o botequim. Depois, embaixo, um garoto jurou que o senhor D. Carlos tomara uma tipoia e ia já virando o Chiado...

Ega ficou à porta, hesitando se aturaria o resto do sarau. Nesse momento o Gouvarinho, trazendo a condessa pelo braço, descia rapidamente, com a face toda contrariada e sombria. O trintanário de Suas Excelências correu a chamar o *coupé*. E quando o Ega se acercou, sorrindo, para saber que impressão lhes deixara o grande triunfo democrático do Alencar, a profunda cólera do Gouvarinho escapou-se-lhe, mal contida, por entre os dentes cerrados:

— Versos admiráveis, mas indecentes!

O *coupé* avançou. Ele teve apenas tempo de rosnar ainda, surdamente, apertando a mão ao Ega:

— Numa festa de sociedade, sob a proteção da rainha, diante de um ministro da coroa, falar de barricadas, prometer mundos e fundos às classes proletárias... É perfeitamente indecente!

Já a condessa enfiara à portinhola, apanhando a larga cauda de seda. O ministro mergulhou também furiosamente na sombra do *coupé*. Junto às rodas passou choutando, numa pileca branca, o correio agaloado.

Ega ia subir. Mas o marquês apareceu, abafado num gabão de Aveiro, fugindo a um poeta de grandes bigodes que ficara em cima, a recitar quadrinhas miudinhas a uns olhinhos galantinhos; e o marquês detestava versos feitos a partes do corpo humano. Depois foi o Cruges que surgiu do botequim, abotoando o paletó. Então, perante essa debandada de todos os amigos, Ega decidiu abalar também, ir tomar o seu grogue ao Grêmio, com o maestro.

Meteram o marquês numa tipoia, e ele e Cruges desceram a Rua Nova da Trindade, no encanto estranho daquela noite de inverno, sem estrelas, mas tão macia, que nela parecia andar perdido um bafo de maio.

Passavam à porta do Hotel Aliança quando Ega sentiu alguém, que se apressava, chamar atrás: "Ó Senhor Ega! V. Exa. faz favor, Senhor Ega?..." Parou, reconheceu o chapéu recurvo, as barbas brancas do Senhor Guimarães.

— V. Exa. desculpe! — exclamou o demagogo, esbaforido. — Mas vi-o descer; queria-lhe dar duas palavras, e como me vou embora amanhã...

— Perfeitamente... Ó Cruges, vai andando, já te apanho!

O maestro estacionou à esquina do Chiado. O Senhor Guimarães pedia de novo desculpa. De resto eram duas curtas palavras...

— V. Exa., segundo me disseram, é o grande amigo do Senhor Carlos da Maia... São como irmãos...

— Sim, muito amigos...

A rua estava deserta, com alguns garotos apenas à porta alumiada da Trindade. Na noite escura, a alta fachada do Aliança lançava sobre eles uma sombra maior. Todavia o Senhor Guimarães baixou a voz cautelosa:

— Aqui está o que é... V. Exa. sabe, ou talvez não saiba, que eu fui em Paris intimo da mãe do Senhor Carlos da Maia... V. Exa. tem pressa, e não vem agora a propósito essa história. Basta dizer que aqui há anos ela entregou-me, para eu guardar, um cofre que, segundo dizia, continha papéis importantes... Depois, naturalmente, ambos tivemos muitas outras coisas em que pensar, os anos correram, ela morreu. Numa palavra, porque V. Exa. está com pressa: eu conservo ainda em meu poder esse depósito, e trouxe-o por acaso quando vim agora a Portugal, por negócios da herança de meu irmão... Ora hoje, justamente, ali no teatro, comecei a refletir que o melhor era entregá-lo à família...

O Cruges mexeu-se impaciente:

— Ainda te demoras?

— Um instante! — gritou Ega, já interessado por aqueles papéis e pelo cofre. — Vai andando.

Então o Senhor Guimarães, à pressa, resumiu o pedido. Como sabia a intimidade do Senhor João da Ega e de Carlos da Maia, lembrara-se de lhe entregar o cofrezinho, para que ele o restituísse à família...

— Perfeitamente! — acudiu Ega. — Eu estou mesmo em casa dos Maias, no Ramalhete.

— Ah, muito bem! Então V. Exa. manda um criado de confiança amanhã buscá-lo... Eu estou no Hotel de Paris, no Pelourinho. Ou melhor ainda: levo-lhe eu; não me dá incômodo nenhum, apesar de ser dia de partida...

— Não, não, eu mando um criado! — insistiu o Ega, estendendo a mão ao democrata.

Ele estreitou-lha com calor.

— Muito agradecido a V. Exa.! Eu junto-lhe então um bilhete e V. Exa. entrega-o da minha parte ao Carlos da Maia, ou à irmã.

Ega teve um movimento de espanto:

— À irmã!... A que irmã?

O Senhor Guimarães considerou Ega também com assombro. E abandonando-lhe lentamente a mão:

— A que irmã!? À irmã dele; à única que tem, à Maria!

Cruges, que batia as solas no lajedo, enfastiado, gritou da esquina:

— Bem, eu vou andando para o Grêmio.

— Até logo!

O Senhor Guimarães, no entanto, passava os dedos calçados de pelica preta pelos longos fios da barba, fitando o Ega, num esforço de penetração. E quando o

Ega lhe travou do braço, pedindo-lhe para conversarem um pouco até ao Loreto, o democrata deu os primeiros passos com uma lentidão desconfiada.

— Eu, parece-me — dizia o Ega sorrindo, mas nervoso — que nós estamos aqui a enrodilhar-nos num equívoco... Eu conheço o Maia desde pequeno, vivo até agora em casa dele, posso afiançar-lhe que não tem irmã nenhuma...

Então o Senhor Guimarães começou a rosnar umas desculpas embrulhadas, que mais enervavam, torturavam o Ega. O Senhor Guimarães imaginava que não era segredo, que todas essas coisas da irmã estavam esquecidas, desde que houvera reconciliação...

— Como vi, ainda não há muitos dias, o Senhor Carlos da Maia com a irmã e com V. Exa., na mesma carruagem, no cais do Sodré...

— O quê! Aquela senhora! A que ia na carruagem?

— Sim! — exclamou o Senhor Guimarães irritado, farto enfim dessa confusão em que se debatiam. — Aquela mesma; a Maria Eduarda Monforte, ou a Maria Eduarda Maia, como quiser, que eu conheci de pequena, com quem andei muitas vezes ao colo; que fugiu com o Mac-Gren; que esteve depois com a besta do Castro Gomes... Essa mesma!

Era ao meio do Loreto, sob o lampião de gás. E o Senhor Guimarães de repente estacou, vendo os olhos do Ega esgazearem-se de horror, uma terrível palidez cobrir-lhe a face.

— V. Exa. não sabia nada disto?

Ega respirou fortemente, arredando o chapéu da testa sem responder. Então o outro, embaçado, terminou por encolher os ombros. Bem, via que tinha feito uma tolice! A gente nunca se devia intrometer nos negócios alheios! Mas acabou-se! Imaginasse o Senhor Ega que aquilo fora um pesadelo, depois da versalhada do sarau! Pedia desculpa sinceramente e desejava ao Senhor João da Ega muitíssimo boas noites.

Ega, como a um clarão de relâmpago, entrevira toda a catástrofe: e agarrou avidamente o braço do Senhor Guimarães, num terror que ele abalasse, desaparecesse, levando para sempre o seu testemunho, esses papéis, o cofre da Monforte, e com eles a certeza, a certeza por que agora ansiava. E através do Loreto, vagamente, foi balbuciando, justificando a sua emoção, para tranquilizar o homem, poder lentamente arrancar-lhe as coisas que soubesse, as provas, a verdade inteira.

— O Senhor Guimarães compreende... Isto são coisas muito delicadas, que eu supunha absolutamente ignoradas de todos... De modo que fiquei embatucado, fiquei tonto quando o ouvi assim, de repente, falar delas com essa simplicidade... Porque enfim, aqui para nós, essa senhora não passa em Lisboa por irmã de Carlos.

O Senhor Guimarães atirou logo a mão num grande gesto. Ah, bem! Então era jogo com ele? Pois tinha feito o Senhor Ega perfeitamente... Com certeza eram coisas muito sérias, que necessitam toda sorte de véus... Ele compreendia, compreendia muito bem!... E realmente, dada a posição dos Maias em Lisboa, na sociedade, aquela senhora não era irmã que se apresentasse.

— Mas a culpa não a teve ela, meu caro senhor! Foi a mãe, foi aquela extraordinária mãe que o diabo lhe deu!...

Desciam o Chiado. Ega parou um momento, devorando o velho com olhos de febre:

— O Senhor Guimarães conheceu muito essa senhora, a Monforte?

Intimamente! Já a conhecera em Lisboa, mas de longe, como mulher de Pedro da Maia. Depois viera essa tragédia; ela fugira com o italiano. Ele abalara também para Paris nesse ano, com uma Clemence, uma costureira da Levaillant; e, umas coisas enfiando noutras, negócios e desgraças, por lá ficara para sempre! Enfim, não era a sua vida que lhe ia contar... Só mais tarde encontrara a Monforte, uma noite, no baile Laborde: e daí datavam as suas relações. A esse tempo já o italiano morrera num duelo, e o velho Monforte espichara da bexiga. Ela estava então com um rapaz chamado Trevernnes, numa casa bonita, no Parque Monceaux, em grande *chic*... Mulher extraordinária! E não se envergonhava de confessar que lhe devia obrigações! Quando essa rapariga, a Clemence, que era um encanto, adoecera do peito, a Monforte trazia-lhe flores, frutas, vinhos; fazia-lhe companhia, velava-a como um anjo... Porque lá isso, coração largo e generoso, até ali! Esta, a filha, a D. Maria, tinha então 7 ou 8 anos, linda como os amores... E houvera uma outra pequena do italiano, muito galantinha também. Oh, muito galantinha também! Mas morrera em Londres, essa... E com esta Maria andei muitas vezes ao colo, meu caro senhor... Não sei se ela ainda se lembra de uma boneca que eu lhe dei, que falava, dizia *Napoléon*... Era no belo tempo do Império; até as desavergonhadas das bonecas eram imperialistas! Depois, quando ela estava em Tours, no convento, fui lá duas vezes com a mãe. Já então os meus princípios me não permitiam entrar nesses covis religiosos; mas enfim, fui acompanhar a mãe... E quando ela fugiu com o irlandês, o Mac-Gren, foi comigo que a mãe veio ter, furiosa, a querer que eu chamasse o comissário de polícia, para se prender o irlandês. Por fim meteu-se num fiacre, foi para Fontainebleau; lá fez as pazes, viviam até juntos... Enfim, uma série de trapalhadas.

Um suspiro cansado escapou-se do peito do Ega, que arrastava os passos, sucumbido:

— E esta senhora, está claro, não sabia então de quem era filha. O Senhor Guimarães encolheu os ombros:

— Nem suspeitava que existissem Maias sobre a face da terra! A Monforte dissera-lhe sempre que o pai era um fidalgo austríaco, com quem ela casara na Madeira... Uma mixórdia, meu caro senhor, uma mixórdia!

— É horrível! — murmurou Ega.

Mas, dizia o Senhor Guimarães, que podia também fazer a Monforte? Que diabo, era duro confessar à filha: "Olha que eu fugi a teu pai, e ele por causa disso matou-se!" Não tanto pela questão de pudor; a rapariga devia perceber que a mãe tinha amantes; ela mesma, aos dezoito anos, coitadinha, já tinha um; mas por causa do tiro, do cadáver, do sangue...

— A mim mesmo! — exclamou o Senhor Guimarães, parando, alargando os braços na rua deserta. — A mim mesmo nunca ela falou do marido, nem de Lisboa, nem de Portugal. Lembra-me até uma ocasião, em casa da Clemence, que eu aludi a um cavalo alazão, um cavalo de Pedro da Maia, em que ela costumava montar. Animal soberbo! Mas nem mencionei o marido; falei só do cavalo. Pois senhores, bate com o leque em cima da mesa, grita como uma bicha: "*Dites donc, mon cher, vous m'embêtez avec ces histoires de l'autre monde!...*" Com efeito, bem o podia dizer, eram histórias do outro mundo! Para encurtar: estou convencido que, nos últimos tempos, ela mesma julgava que Pedro da Maia nunca existira. Uma insensata! Por fim até bebia... Mas acabou-se! Tinha grande coração, e portou-se muito bem com a Clemence. *Parce sepultis*!

— É horrível! — murmurou outra vez o Ega, tirando o chapéu, correndo a mão trêmula pela testa.

E agora o seu único desejo era a acumulação incessante de provas, de detalhes. Falou então desses papéis, desse cofre da Monforte. O Senhor Guimarães não sabia o que eles continham; e não se admiraria se fossem apenas contas de modista, ou pedaços do *Figaro*, em que se falava dela...

— É uma caixita pequena que a Monforte me deu, na véspera de partir para Londres com a filha. Era no tempo da guerra... Já a Maria vivia com o irlandês; tinha mesmo uma pequena, a Rosa. Depois veio a Comuna, todos aqueles desastres. Quando a Monforte voltou de Londres, eu estava em Marselha. Foi então que a pobre Maria se meteu com o Castro Gomes, creio que para não morrer de fome... Eu recolhi a Paris, mas não vi mais a Monforte, que já estava muito doente... À Maria, colada então a essa besta do Castro Gomes, um pedante, um rastaquera mesmo a calhar para a guilhotina, não tornei também a falar. Se a encontrava era um cumprimento de longe, como noutro dia, quando a vi na carruagem com V. Exa. e com o irmão... De sorte que fui ficando com os papéis. Nem a falar a verdade, com estas coisas todas de política, me lembrei mais deles. E agora aí estão, às ordens da família.

— Se isso não fosse incômodo para V. Exa. — acudiu Ega —, eu passava agora pelo seu hotel e levava-os logo comigo...

— Incômodo nenhum! Estamos em caminho; é negócio que fica feito!

Algum tempo seguiram calados. O sarau decerto acabara. Um bater de carruagens atroava as descidas no

Chiado. Junto deles passaram duas senhoras, com um rapaz que bracejava, falando alto do Alencar. O Senhor Guimarães tirara lentamente do bolso a charuteira; depois, parando, para raspar um fósforo:

— Então a D. Maria passa simplesmente por parenta?... E como soube ela? Como foi isso?

Ega, que caminhava com a cabeça caída, estremeceu como se acordasse. E começou a tartamudear uma história confusa, de que ele mesmo corava na sombra. Sim, Maria Eduarda passava por parenta. Fora o procurador que descobrira. Ela rompera com o Castro Gomes, com todo o passado. Os Maias davam-lhe uma mesada; e vivia nos Olivais, muito retirada, como filha de um Maia que morrera na Itália. Todos gostavam muito dela: Afonso da Maia tinha grande ternura pela pequena...

E de repente indignou-se com estas invenções, por onde arrastava já o nome do nobre velho, exclamou como se abafasse:

— Enfim, nem eu sei, um horror!

— Um drama! — resumiu gravemente o Senhor Guimarães.

E como estavam no Pelourinho, rogou ao Ega que esperasse um momento, enquanto ele corria acima buscar os papéis da Monforte.

Só, no largo, Ega ergueu as mãos ao céu, num desabafo mudo daquela angústia em que caminhava, como um sonâmbulo, desde o Loreto. E a sua única sensação, bem clara, era a indestrutível certeza da história do Guimarães, tão compacta, sem uma lacuna, sem uma falha por onde rachasse e se fizesse cair aos pedaços. O homem conhecera Maria Monforte, em Lisboa, ainda mulher de Pedro da Maia, brilhando no seu cavalo alazão; encontrara-a em Paris já fugida, depois da morte do primeiro amante, vivendo com outros; andara então ao colo com Maria Eduarda, a quem se davam bonecas... E desde então não deixara mais de ver Maria Eduarda, de a seguir; em Paris; no convento de Tours; em Fontainebleau com o irlandês; nos braços de Castro Gomes; numa tipoia de praça, enfim, com ele e com Carlos da Maia, havia dias, no Cais do Sodré! Tudo isto se encadeava, concordando com a história contada por Maria Eduarda. E de tudo ressaltava esta certeza monstruosa: Carlos amante da irmã!

Guimarães não descia. No segundo andar surgira uma luz viva, numa janela aberta. Ega recomeçou a passar lentamente pelo meio do largo. E agora, pouco a pouco, subia nele uma incredulidade, contra esta catástrofe de dramalhão. Era acaso verossímil que tal se passasse, com um amigo seu, numa rua de Lisboa, numa casa alugada à mãe Cruges?... Não podia ser! Esses horrores só se produziam na confusão social, no tumulto da meia-idade! Mas numa sociedade burguesa, bem policiada, bem escriturada, garantida por tantas leis, documentada por tantos papéis, com tanto registro de batismo, com tanta certidão de casamento, não podia ser! Não! Não estava no feitio da vida contemporânea que duas crianças, separadas por uma loucura da mãe, depois de dormirem um instante no mesmo berço, cresçam em terras distantes, se eduquem, descrevam as parábolas remotas dos seus destinos, para quê? Para virem tornar a dormir juntas no mesmo ponto, num leito de concubinagem! Não era possível. Tais coisas pertencem só aos livros, onde vêm, como invenções sutis da arte, para dar à alma humana um terror novo... Depois levantava os olhos para a janela alumiada, onde o Senhor Guimarães, decerto, rebuscava os papéis na mala.

Ali estava, porém, esse homem com a sua história, em que não havia uma discordância por onde ela pudesse ser abalada!... E pouco a pouco aquela luz viva, saída do alto, parecia ao Ega penetrar nessa intrincada desgraça, aclará-la toda, mostrar-lhe bem a lenta evolução. Sim, tudo isso era provável no fundo! Essa criança, filha de uma senhora que a levara consigo, cresce; é amante de um brasileiro; vem a Lisboa, habita Lisboa. Num bairro vizinho vive outro filho dessa mulher, por ela deixado, que cresceu, é um homem. Pela sua figura, o seu luxo, ele destaca nesta cidade provinciana e pelintra. Ela, por seu lado, loura, alta, esplêndida, vestida pela Laferrière, flor de uma civilização superior, faz relevo nesta multidão de mulheres miudinhas e morenas. Na pequenez da Baixa e do Aterro, onde todos se acotovelavam, os dois fatalmente se cruzam; e com o seu brilho pessoal, muito fatalmente se atraem! Há nada mais natural? Se ela fosse feia e trouxesse aos ombros uma confecção barata da loja da América; se ele fosse um mocinho encolhido de chapéu coco, nunca se notariam e seguiriam diversamente nos seus destinos diversos. Assim, o conhecerem-se era certo, o amarem-se era provável... E um dia o Senhor Guimarães passa, a verdade terrível estala!

A porta do hotel rangeu no escuro, o Senhor Guimarães adiantou-se, de boné de seda na cabeça, com o embrulho na mão.

— Não podia dar com a a chave da mala, desculpe V. Exa.. É sempre assim quando há pressa... E aqui temos o famoso cofre!

— Perfeitamente, perfeitamente...

Era uma caixa que parecia de charutos e que o democrata embrulhara num velho número do *Rappel.* Ega meteu-a no bolso largo do seu paletó e imediatamente, como se qualquer outra palavra entre eles fosse vã, estendeu a mão ao Senhor Guimarães. Mas o outro insistiu em o acompanhar até a esquina da Rua do Arsenal, apesar de estar de boné. A noite, para quem vinha de Paris, tinha uma doçura oriental, e ele, com os seus hábitos de jornalista, nunca se deitava senão tarde, às duas, três horas da madrugada... E então, caminhando devagar, com as mãos nos bolsos e o charuto entre os dentes, o Senhor Guimarães voltou à política e ao sarau. A poesia do Alencar (de que esperava muito por causa do título, *A Democracia*) saíra-lhe consideravelmente chocha.

— Muita flor, muita farófia, muita liberdade, mas não havia ali um ataque em forma; duas ou três boas estocadas nesta choldra da monarquia e da corte... Pois não é verdade?

— Sim, com efeito... — murmurou Ega, olhando ao longe, na esperança de uma tipoia.

— É como os jornais republicanos que por aí há... Tudo uma palhada, senhores, tudo uma balofice!... É o que eu lhes digo a eles: "Ó almas do diabo, atacai as questões sociais!"

Felizmente um trem avançava, rolando devagar, do lado do Terreiro do Paço. Ega, precipitadamente, deu um aperto de mão ao democrata, desejou-lhe uma "boa viagem", atirou ao cocheiro a adresse do Ramalhete. Mas o Senhor Guimarães ainda se apoderou da portinhola para aconselhar ao Ega que fosse a Paris. Agora, que tinham feito amizade, havia de o apresentar a toda aquela gente... E o Senhor Ega veria! Não era cá a grande pose portuguesa, destes imbecis, destes pelintras a darem-se ares, torcendo os bigodes. Lá, na primeira nação do mundo, tudo era alegria e fraternidade e espírito a rodos...

— E a minha *adresse*, na redação do *Rappel*! Bem conhecida no mundo! Quanto ao embrulhozinho, fico descansado...

— Pode V. Exa. ficar descansado!

— Criado de V. Exa... Os meus cumprimentos à senhora D. Maria!

Na carruagem, através do Aterro, a ansiosa interrogação do Ega a si mesmo foi "que hei de fazer?" Que faria, santo Deus, com aquele segredo terrível que possuía; de que só ele era senhor, agora que o Guimarães partia, desaparecia para sempre? E antevendo, com terror, todas as angústias em que essa revelação ia lançar o homem que mais estimava no mundo, a sua instintiva ideia foi guardar para sempre o segredo, deixá-lo morrer dentro em si. Não diria nada; o Guimarães sumia-se em Paris; e quem se amava continuava a amar-se!... Não criaria assim uma crise atroz na vida de Carlos, nem sofria ele, como companheiro, a sua parte dessas aflições. Que coisa mais impiedosa, de resto, que estragar a vida de duas inocentes e adoráveis criaturas, atirando-lhes à face uma prova de incesto!...

Mas, a esta ideia de *incesto*, todas as consequências desse silêncio lhe apareceram, como coisas vivas e pavorosas, flamejando no escuro, diante dos seus olhos. Poderia ele, tranquilamente, testemunhar a vida dos dois, desde que a sabia *incestuosa*? Ir à Rua de S. Francisco, sentar-se-lhes alegremente à mesa, entrever, através do reposteiro, a cama em que ambos dormiam, e saber que esta sordidez de pecado era obra do seu silêncio? Não podia ser... Mas teria também coragem de entrar, ao outro dia, no quarto de Carlos, e dizer-lhe em face "Olha que tu és amante de tua irmã"?

A carruagem parara no Ramalhete. Ega subiu, como costumava, pela escada particular de Carlos. Tudo estava apagado e mudo. Acendeu a sua palmatória; entreabriu o reposteiro dos aposentos de Carlos; deu alguns passos tímidos no tapete, que pareceram já soar tristemente. Um reflexo de espelho alvejou ao fundo, na sombra da alcova. E a luz caiu sobre o leito intacto, com a sua longa colcha lisa, entre os cortinados de seda. Então a ideia que Carlos estava aquela hora na Rua de S. Francisco, dormindo com uma mulher que era sua irmã, atravessou-o com uma cruel nitidez, numa imagem material, tão viva e real, que ele viu-os claramente, de braços enlaçados e em camisa... Toda a beleza de Maria, todo o requinte de Carlos desapareciam. Ficavam só dois animais, nascidos do mesmo ventre, juntando-se a um canto como cães, sob o impulso bruto do cio!

Correu para o seu quarto, fugindo àquela visão a que o escuro do corredor, mal dissipado pela luz trêmula, acentuava mais o relevo. Aferrolhou a porta; acendeu à pressa, sobre o toucador, uma depois da outra, com a mão agitada, as seis velas dos candelabros. E agora aparecia-lhe mais urgente, inevitável, a necessidade de contar tudo a Carlos. Mas ao mesmo tempo sentia em si, a cada instante, menos ânimo para chegar, encarar Carlos e destruir-lhe a felicidade e a vida com uma revelação de incesto. Não podia! Outro que lho dissesse! Ele lá estava depois para o consolar, tomar metade da sua dor, carinhoso e fiel. Mas o desgosto supremo da vida de Carlos não viria de palavras caídas da sua boca!... Outro que lho dissesse! Mas quem? Mil ideias passavam na sua pobre cabeça, incoerentes e tontas. Pedir a Maria que fugisse, desaparecesse... Escrever uma carta anônima a Carlos com a detalhada história do Guimarães... E esta confusão, esta ansiedade, ia-se resolvendo lentamente em ódio ao Senhor Guimarães. Para que falara aquele imbecil? Para que insistira em lhe confiar papéis alheios? Para que lho apresentara o Alencar? Ah, se não fosse a carta do Dâmaso... Tudo provinha do maldito Dâmaso!

Agitando-se pelo quarto, ainda de chapéu, os seus olhos caíram num sobrescrito pousado sobre a mesa de cabeceira. Reconheceu a letra do Vilaça. E nem a abriu... Uma ideia sulcara-o de repente. Contar tudo ao Vilaça!... Por que não? Era o procurador dos Maias. Nunca para ele houvera segredos naquela casa. E esta complicação singular, de uma senhora da família, considerada morta e que surge inesperadamente, a quem pertencia aclarar, se não ao fiel procurador, ao velho confidente, ao homem que, por herança e por destino, recebera sempre todos os segredos e partilhara todos os interesses domésticos?... E sem pensar, sem aprofundar mais, fixou-se logo nesta decisão salvadora, que ao menos o sossegava, lhe tirava já do coração um peso de ferro, sufocante e intolerável... Devia acordar cedo, procurar Vilaça em casa. Escreveu numa folha de papel "Acorda-me às sete". E desceu abaixo, ao longo corredor de pedra onde dormiam os criados, dependurou este recado na chave do quarto do escudeiro.

Quando subiu, mais calmo, abriu então a carta do Vilaça. Era uma curta linha, lembrando ao amigo Ega que a letrinha de duzentos mil-réis, no Banco Popular, se vencia daí a dois dias...

— Sebo, tudo se junta! — exclamou Ega furioso, atirando a carta amarrotada para o chão.

XVII

Pontual, às sete horas, o escudeiro acordou Ega. Ao rumor da porta, ele sentou-se na cama com um salto, e logo todos os negros cuidados da véspera, Carlos, a irmã, a felicidade daquela casa acabada para sempre se lhe ergueram na alma em sobressalto, como despertando também. A portada da varanda ficara aberta; um ar silencioso e lívido de madrugada clareava através do transparente de fazenda branca. Durante um momento Ega ficou olhando em redor, arrepiado; depois, sem coragem, remergulhou nos lençóis, gozando aquele bocado de calor e de conchego antes de ir afrontar fora as amarguras do dia.

E pouco a pouco, sob o tépido conchego dos cobertores em que se atabafara, começou a afigurar-se-lhe menos urgente, e menos útil, essa correria estremunhada à casa do Vilaça... De que servia procurar o Vilaça? Não se tratava ali de dinheiro, nem de demandas, nem de legalidade, de nada que reclamasse a experiência de um procurador. Era apenas introduzir um burguês mais num segredo, tão terrivelmente delicado, que ele mesmo se assustava de o saber. E acochado mais sob a roupa, apenas com o nariz ao frio, murmurava consigo: "É uma tolice ir ao Vilaça!". De resto, não poderia ele ajuntar em si bastante coragem, para contar tudo a Carlos, logo, nessa manhã, claramente, virilmente? Era pôr fim àquele caso tão pavoroso como lhe parecera na véspera, um irreparável desabamento de uma vida de homem?... Ao pé da quinta da mãe, em Celorico, no lugar de Vouzeias, houvera um sucesso parecido: dois irmãos que inocentemente iam casar. Tudo se aclarou ao reunirem-se os papéis para os banhos. Os noivos ficaram uns dias "embatucados", como dizia o Padre Serafim; mas por fim já riam, muito amigos, muito divertidos, quando se tratavam de "manos". O noivo, um rapagão bonito, contava depois "que ia havendo uma mixórdia na família". Aqui o engano seguira mais longe; as sensibilidades eram mais requintadas; mas os seus corações permaneciam livres de toda a culpa, inocentes absolutamente. Por que ficaria, pois, a existência de Carlos para sempre estragada? A inconsciência impedia-lhe o remorso; e passado o primeiro horror, de que lhe podia, na realidade, vir a definitiva dor? Somente do prazer ter findado. Era então como outro qualquer desgosto de amor. Bem menos atroz do que se Maria o tivesse traído com o Dâmaso.

De repente a porta abriu-se, Carlos apareceu exclamando:

— Então que madrugada foi esta? Disse-me agora lá embaixo o Batista... É aventura? Duelo?

Trazia o paletó todo abotoado, com a gola erguida, escondendo ainda a gravata branca da véspera; e, decerto, chegara da Rua de S. Francisco na tipoia que, havia instante, Ega sentira parar na calçada.

Ele sentara-se bruscamente na cama; e estendendo a mão para os cigarros, sobre a mesa ao lado, murmurou, bocejando, que na véspera combinara uma ida a Sintra com o Taveira... Por precaução mandara-se chamar... Mas não sabia, acordara cansado...

— Que tal está o dia?

Justamente Carlos fora correr o transparente da janela. Aí, na mesa de trabalho, colocada em plena luz, ficara a caixa da Monforte embrulhada no *Rappel*. E Ega pensou num relance: "Se ele repara, se pergunta, digo tudo!" O seu pobre coração pôs-se a bater ansiosamente, no terror daquela decisão. Mas o transparente um pouco perro subiu; uma faixa de sol banhou a mesa, e Carlos voltou sem reparar no cofre. Foi um imenso alívio para o Ega.

— Então, Sintra? — disse Carlos, sentando-se aos pés da cama. — Com efeito, não é má ideia... A Maria ainda ontem esteve também a falar de ir a Sintra... Espera! Podíamos fazer a patuscada juntos... Íamos no *break* a quatro!

E olhava já o relógio, calculando o tempo para atrelar, avisar Maria.

— O pior — acudiu o Ega atrapalhado, tomando de sobre a mesa o monóculo — é que o Taveira falou em irmos com umas raparigas...

Carlos encolheu os ombros com horror. Que sordidez, ir com mulheres para Sintra, de dia!... De noite, nas trevas, por bebedeira, vá... Mas à luz do Senhor! Talvez com a Lola Gorda, hein?...

Ega embrulhou-se numa complicada história, limpando o monóculo na ponta do lençol. Não eram espanholas... Pelo contrário, umas costureiras, raparigas sérias... Ele tinha um compromisso antigo de ir a Sintra com uma delas, filha de um Simões, um estofador que falira... Gente muito séria!...

Perante estes compromissos, tanta seriedade, Carlos desistiu logo da ideia de Sintra.

— Bem, acabou-se!... Vou então tomar banho e depois a negócios... E tu, se fores, traze-me umas queijadas para a Rosa, que ela gosta!...

Apenas Carlos saiu, Ega cruzou os braços desanimado, descoroçoado, sentindo bem que não teria coragem nunca de "dizer tudo". Que havia de fazer?... E de novo, insensivelmente, se refugiou na ideia de procurar o Vilaça, entregar-lhe o cofre da Monforte. Não havia homem mais honesto nem mais prático; e, pela mesma mediocridade do seu espírito burguês, quem melhor para encarar aquela catástrofe, sem paixão e sem nervos?... E esta "falta de nervos" do Vilaça fixou-o definitivamente.

Saltou então da cama, numa impaciência; repicou a campainha. E enquanto o criado não entrava, foi, com o *robe de chambre* aos ombros, examinar o cofre da Monforte. Parecia, com efeito, uma velha caixa de charutos, embrulhada num papel de dobras já sujas e gastas, com marcas de lacre onde se distinguia uma divisa que seria decerto a da Monforte: *Pro amore.* Na tampa tinha escrito, numa letra de mulher mal ensinada, *Monsieur Guimaran, à Paris.* Ao sentir os passos do criado, deitou-lhe por cima uma toalha, que pendia ao lado, numa cadeira. E daí a meia hora rolava pelo Aterro numa tipoia descoberta, mais animado, respirando largamente aquele belo ar da manhã, fino e fresco, que ele tão raras vezes gozava. Começou por uma contrariedade. Vilaça já saíra; e a criada não sabia bem se ele fora para o escritório, na Rua da Prata. O Senhor Vilaça ainda não viera...

— E a que horas virá?

O escrevente, um rapaz macilento que torcia, nervosamente, sobre o colete uma corrente de coral, balbuciou que o Senhor Vilaça não devia tardar, se não tivesse atravessado, no vapor das nove, para o Alfeite... Ega desceu, desesperado.

— Bem — gritou ao cocheiro —, vai ao Café Tavares...

No Tavares, ainda solitário àquela hora, um moço areava o sobrado. E enquanto esperava o almoço, Ega percorreu os jornais. Todos falavam do sarau, em linhas curtas, prometendo detalhes críticos, mais tarde, sobre esse brilhante torneio artístico. Só a *Gazeta Ilustrada* se alargava, com frases sérias, tratando o Rufino de "grandioso", o Cruges de "esperançoso"; no Alencar a *Gazeta* separava o filósofo do poeta: ao filósofo a *Gazeta* lembrava, com respeito, que nem todas as aspirações ideais da filosofia, belas como miragens de deserto, são realizáveis na prática social; mas ao poeta, ao criador de tão formosas imagens, de tão inspiradas estâncias, a *Gazeta* desafogadamente bradava "bravo! bravo!" Havia ainda outras abomináveis sandices. Depois seguia-se a lista das pessoas que a *Gazeta* se recordava de ter visto, entre as quais "destacava, com o seu monóculo, o fino perfil de João da Ega, sempre brilhante de verve". Ega sorriu, cofiando o bigode. Justamente o bife chegava, fumegante, chiando na frigideirinha de barro. Ega pousou a *Gazeta* ao lado, dizendo consigo: "Não é nada mal feito, este jornal!"

O bife era excelente; e depois de uma perdiz fria, de um pouco de doce de ananás, de um café forte, Ega sentiu adelgaçar-se, enfim, aquele negrume que desde a véspera lhe pesava na alma. No fim, pensava ele, acendendo o charuto e lançando os olhos ao relógio, naquele desastre, praticamente encarado, só havia para Carlos a perda de uma bela amante. E essa perda que, agora, o angustiava, não traria depois compensações? O futuro de Carlos até aí tinha uma sombra, aquela promessa de casamento que, irreparavelmente, o colava pela honra a uma mulher muito interessante, mas com um passado cheio de brasileiros e de irlandeses... A sua beleza poetizava tudo; mas quanto tempo mais duraria esse encanto, o seu brilho de deusa pisando a terra?... Não seria, por fim, aquela descoberta do Guimarães uma libertação providencial? Daí a anos Carlos estaria consolado, sereno como se nunca tivesse sofrido, e livre, e rico, com o largo mundo diante de si!

O relógio do café deu dez horas. "Bem, vamos a isto", pensou Ega.

De novo a tipoia bateu para a Rua da Prata. O Senhor Vilaça ainda não viera; o escrevente estava realmente pensando que o Senhor Vilaça fora ao Alfeite. E diante desta incerteza, de repente, Ega ficou de novo descoroçoado, sem coragem. Despediu a tipoia; com o embrulho do cofre na mão foi andando pela Rua do Ouro, depois até ao Rossio, parando distraidamente diante de um ourives, lendo aqui e além a capa de um livro na vitrina dos livreiros. Pouco a pouco o negrume da véspera, um momento adelgaçado, recaía-lhe na alma mais denso. Já não via as "libertações" nem as "compensações". Só sentia em torno de si, como flutuando no ar, aquele horror: Carlos a dormir com a irmã.

Voltou pela Rua da Prata, de novo subiu a suja escadaria de pedra; e logo no patamar, diante da porta de baeta verde, deu com o Vilaça que saía, atarefado, calçando as luvas.

— Homem, até que enfim!

— Ah, era o amigo que me tinha procurado?... Pois tenha paciência, que está o Visconde do Torral à minha espera...

Ega quase o empurrou. Qual visconde!... Tratava-se de uma coisa muito urgente, muito séria! Mas o outro não se arredava da porta, acabando de calçar a luva, com o mesmo ar vivo de negócio e de pressa.

— O amigo bem vê... Está o homem à espera! É um *rendez-vous* para as onze!

Ega, já furioso, agarrou-lhe a manga, murmurou-lhe junto à face, tragicamente, que se tratava de Carlos, de um caso de vida ou de morte! Então o Vilaça, num grande espanto, atravessou bruscamente o escritório, fez entrar Ega num cubículo ao lado, estreito como um corredor, com um canapé de palhinha, uma mesa onde os livros tinham pó e um armário ao fundo. Fechou a porta, atirou o chapéu para a nuca:

— Então que é?

Ega, com um gesto, indicou fora o escrevente que podia escutar. O procurador abriu a porta, gritou ao rapazola que voasse ao *Hotel Pelicano*, pedir ao senhor Visconde do Torral a fineza de esperar meia hora... Depois, fechada a porta no ferrolho, foi a mesma exclamação ansiosa:

— Então que é?

— É um horror, Vilaça, um grande horror... Nem eu sei por onde hei de começar.

Vilaça, já muito pálido, pousou lentamente o guarda-chuva sobre a mesa.

— É duelo?

— Não... É isto... Você sabia que o Carlos tinha relações com uma Senhora Mac-Gren, que veio o inverno passado a Portugal, ficou aí?...

Uma senhora brasileira, mulher de um brasileiro, que passara o verão nos Olivais?... Sim, Vilaça sabia. Falara até nisso com o Eusebiozinho.

— Ah, com o Eusébio?... Pois não é brasileira! É portuguesa, e é irmã dele!

Vilaça caiu para o canapé, batendo as mãos num assombro.

— Irmã do Eusébio!

— Qual do Eusébio, homem!... Irmã de Carlos!

Vilaça ficara mudo, sem compreender, com os olhos terrivelmente arregalados para o outro, que se movia pelo cubículo, repetindo: "irmã! irmã legítima!" Ega por fim sentou-se no canapé de palhinha; e baixo, muito baixo, apesar da solidão do escritório, contou o seu encontro com o Guimarães no sarau, e como a verdade terrível estalara casualmente, numa palavra, à esquina do Aliança... Mas quando falou dos papéis, entregues pela Monforte ao Guimarães, há tantos anos guardados, nunca reclamados, e que o democrata agora, tão de repente, tão urgentemente, queria restituir à família, Vilaça, até aí esmagado e como emparvecido, despertou, teve uma explosão:

— Aí há marosca! Tudo isso é para apanhar dinheiro!...

— Apanhar dinheiro? Quem?

— Quem!? — exclamou Vilaça de pé, arrebatadamente. — Essa senhora, esse Guimarães, essa tropa!... É que o amigo não percebe! Se aparecer uma irmã do Maia, legítima e autêntica, são quatrocentos contos e pico que cabem à irmã do Maia!...

Então os dois ficaram-se devorando com os olhos, na forte impressão daquela ideia inesperada que, a seu pesar, abalava o Ega. Mas como o procurador, trêmulo, voltava à grande soma de quatrocentos contos, lembrava a *Companhia do Olho Vivo*, Ega terminou por encolher os ombros.

— Isso não tem verossimilhança nenhuma! Ela é incapaz, absolutamente incapaz, de semelhante intriga. Além disso, se é uma questão de dinheiro, que necessidade tinha de se fazer passar como irmã, desde que Carlos lhe prometera casar com ela?

Casar com ela! Vilaça erguia as mãos; não queria acreditar. O quê! O Senhor Carlos da Maia dar a sua mão, o seu nome, a essa criatura amigada com um brasileiro!?... Santíssimo nome de Deus! E através do assombro recrescia-lhe a desconfiança; via aí um novo feito do Olho Vivo.

— Não, Senhor Vilaça, não senhor! — insistiu Ega, já impaciente. — Se a questão é de documentos e se ela os tinha, verdadeiros ou falsificados, apresentava-os logo, não ia primeiro dormir com o irmão!

Vilaça baixou lentamente os olhos para o sobrado. Um terror invadia-o diante daquela grande casa, que era o seu orgulho, partida em metade, empolgada por uma aventureira... Mas como o Ega, muito nervoso, lembrava que de resto a questão não era de documentos, nem de legalidade, nem de fortuna, o procurador teve outro grito, com a face de novo alumiada:

— Espere, homem, há outra coisa!... Talvez ela seja filha do italiano!

— E então?... Vem a dar na mesma.

— Alto lá! — berrou o procurador, batendo com o punho na mesa. — Não tem direito à legítima do pai, e não apanha um real desta casa!... Irra, aí é que está o ponto!

Ega teve um gesto desolado. Não, nem isso, desgraçadamente! Esta era a filha do Pedro da Maia. O Guimarães conhecia-a de a trazer ao colo, de lhe dar bonecas quando ela tinha sete anos, e quando apenas havia quatro ou cinco anos que o italiano estivera em Arroios, de cama, com uma chumbada... A filha desse morrera em Londres, pequenina.

Vilaça recaiu no canapé, sucumbido.

— Quatrocentos contos, que bolada!

Então Ega resumiu. Se não existia ainda uma certeza legal, havia já uma forte suspeita. E desde logo não se podia deixar o pobre Carlos, inocentemente, a chafurdar naquela sordidez. Era pois indispensável revelar tudo a Carlos, nessa noite...

— E você, Vilaça, é que tem de lho dizer.

Vilaça deu um salto, que fez bater o canapé contra a parede.

— Eu!?

— Você, que é o procurador da casa!

Que havia ali, senão uma questão de filiação, portanto de legítima? A quem pertenciam esses detalhes legais senão ao procurador?

Vilaça murmurou com todo o sangue na face:

— Homem, o amigo mete-me numa!...

Não. Ega metia-o apenas naquilo em que o Vilaça, como procurador, logicamente e profissionalmente devia estar.

O outro protestou, tão perturbado, que gaguejava! Que diabo! Não era esquivar-se aos seus deveres! Mas é que ele não sabia nada! Que podia dizer ao Senhor Carlos da Maia? "O amigo Ega veio-me contar isto, que lhe contou um tal Guimarães ontem à noite no Loreto..." Não tinha a dizer mais nada...

— Pois diga isso.

O outro encarou Ega com os olhos que chamejavam:

— Diga isso, diga isso... Que diabo, senhor, é necessário ter topete!

Deu um puxão desesperado ao colete, foi bufando até o fundo do cubículo, onde esbarrou com o armário. Voltou, tornou a encarar o Ega:

— Não se vai a um homem com uma coisa dessas sem provas... Onde estão as provas?...

— Ó Vilaça, desculpe, você está obtuso!... A que vim eu aqui senão trazer-lhe as provas, as que há, boas ou más, a história do Guimarães, essa caixa com os papéis da Monforte?...

Vilaça, que resmungava, foi examinar a caixa, virando-a nas mãos, decifrando o mote do sinete *Pro amore.*

— Então, abrimo-la?

Já Ega puxara uma cadeira para a mesa. Vilaça cortou o papel, gasto nos cantos, que envolvia o cofre. E apareceu efetivamente uma velha caixa de charutos, pregada com duas tachas, cheia de papéis, alguns em maços apertados por fitas, outros soltos dentro de sobrescritos abertos, que tinham o monograma da Monforte, sob uma coroa de marquês. Ega desembrulhou o primeiro maço. Eram cartas em alemão, que ele não percebia, datadas de Budapeste e de Carlsruhe.

— Bem, isto não nos diz nada... Adiante!

Outro embrulho, a que Vilaça cuidadosamente desapertou o nó cor-de-rosa, resguardava uma caixa oval, com a miniatura de um homem de bigodes e suíças ruivas, entalado na alta gola dourada de uma farda branca. Vilaça achou a pintura “linda”.

— Algum oficial austríaco — rosnou Ega. — Outro amante... *Ça marche.*

Iam tirando os papéis por ordem, com a ponta dos dedos, como tocando em relíquias. Um largo envelope atulhado de contas de modistas, algumas pagas, outras sem recibo, interessou profundamente o Vilaça, que percorria os itens, espantado dos preços, das infinitas invenções do luxo. Contas de seis mil francos! Um só vestido, dois mil francos!... Outro maço trouxe uma surpresa. Eram cartas de Maria Eduarda à mãe, escritas do convento, numa letra redonda e trabalhada como um desenho, com frasezinhas cheias de gravidade devota, ditadas decerto pelas boas Irmãs; e nestas composições, virtuosas e frias como temas, o sincero coração da rapariga só transparecia nalguma florzinha, agora seca, pregada no alto do papel com um alfinete.

— Isto põe-se de parte — murmurou Vilaça.

Então Ega, já impaciente, esvaziou toda a caixa sobre a mesa, alastrou os papéis. E entre cartas, outras contas, bilhetes de visita, um grande sobrescrito destacou com esta linha a tinta azul: "Pertence a minha filha Maria Eduarda". Foi Vilaça que lançou os olhos, rapidamente, à enorme folha de papel que ele continha, luxuosa e documental, com o monograma de ouro sob a coroa de marquês. Quando o passou em silêncio para a mão do Ega, parecia sufocado, com todo o sangue nas orelhas.

Ega leu-o alto, devagar. Dizia: "Como a Maria teve a pequena e anda muito fraca, e eu também me não sinto nada boa com umas pontadas, parece-me prudente, para o que possa vir a suceder, fazer aqui uma declaração que te pertence a ti, minha querida filha, e que só sabe o Padre Talloux (*M. l'abblé Talloux, coadjuteur à Saint-Roch*) porque lho disse há dois anos, quando tive a pneumonia. E é o seguinte: Declaro que minha filha Maria Eduarda, que costuma assinar Maria Calzaski, por supor ser esse o nome de seu pai, é portuguesa e filha de meu marido Pedro da Maia, de quem me separei voluntariamente, trazendo-a comigo para Viena, depois para Paris; e que, agora, vive em companhia de Patrick Mac-Gren, em Fontainebleau, com quem vai casar. E o pai de meu marido era meu sogro Afonso da Maia, viúvo, que vivia em Benfica e também em Santa Olávia, ao pé do Rio Douro. O que tudo se pode verificar em Lisboa, pois devem lá estar os papéis; e os meus erros, de que vejo agora as consequências, não devem impedir que tu, minha querida filha, tenhas a posição e fortuna que te pertencem. E por isso aqui declaro tudo isto que assino, no caso que o não possa fazer diante de um tabelião, o que tenciono logo que esteja melhor. E de tudo, se eu vier a morrer, o que Deus não permita, peço perdão a minha filha. E assino com o meu nome de casada: *Maria Monforte da Maia.*"

Ega ficou a olhar para o Vilaça. O procurador só pôde murmurar, com as mãos cruzadas sobre a mesa:

— Que bolada! Que bolada!

Então Ega ergueu-se. Bem! Agora tudo se simplificava. Havia unicamente a entregar aquele documento a Carlos, sem comentários. Mas o Vilaça coçava a cabeça, retomado por uma dúvida:

— Eu não sei se este papelinho faria fé em juízo...

— Qual fé, qual juízo! — exclamou Ega, violentamente. — É o bastante para que ele não torne a dormir com ela!...

Uma pancada tímida na porta do cubículo fê-lo estacar, inquieto. Desandou a chave. Era o escrevente, que segredou através da frincha:

— O Senhor Carlos da Maia ficou agora lá embaixo no caminho; quando eu entrei, perguntou pelo Senhor Vilaça.

Houve um pânico! Ega, atarantado, agarrara o chapéu do Vilaça. O procurador atirava às mãos ambas, para dentro de uma gaveta, os papéis da Monforte.

— É talvez melhor dizer que não está — lembrou o escrevente.

— Sim, que não está! — foi o grito abafado de ambos.

Ficaram à escuta, ainda pálidos. O *dog-cart* de Carlos rolou na calçada; os dois amigos respiraram. Mas agora Ega arrependia-se de não terem mandado subir Carlos, e ali mesmo, sem outras vacilações nem pieguices, corajosamente contarem-lhe tudo, diante daqueles papéis bem abertos. E estava saltado o barranco!

— Homem — dizia o Vilaça, passando o lenço pela testa —, as coisas querem-se devagar, com método. É necessário preparar-se a gente, respirar para dar bem o mergulho...

Em todo caso, concluiu o Ega, eram ociosas mais conversas. Os outros papéis da caixa perdiam o interesse, depois daquela confissão da Monforte.

Só restava que Vilaça aparecesse à noite no Ramalhete, às oito e meia, ou nove horas, antes de Carlos sair para a Rua de S. Francisco.

— Mas o amigo há de lá estar! — exclamou o procurador, já aterrado.

Ega prometeu. Vilaça teve um pequeno suspiro. Depois, no patamar, onde viera acompanhar o outro:

— Uma destas, uma destas!... E eu, ainda tão contente, a jantar no Ramalhete...

— E eu, com eles, na Rua de S. Francisco!...

— Enfim, até a noite!

— Até a noite.

Ega não se atreveu nesse dia a voltar ao Ramalhete, a jantar diante de Carlos, a ver-lhe a alegria e a paz, sentindo aquela negra desgraça que descia sobre ele, à maneira que a noite descia. Foi pedir as sopas ao marquês, que desde o sarau se conservava em casa, de garganta entrapada. Depois, às oito e meia, quando calculou que Vilaça devia estar já no Ramalhete, deixou o marquês, que se enfronhara com o capelão numa partida de damas.

Aquele lindo dia, toldado de tarde, findara numa chuvinha miúda que tranzia as ruas. Ega tomou uma tipoia. E parava no Ramalhete, já terrivelmente nervoso, quando avistou Vilaça no portal, de guarda-chuva sob o braço, arregaçando as calças para sair.

— Então? — gritou-lhe o Ega.

Vilaça abriu o guarda-chuva, para murmurar debaixo, mas em segredo:

— Não foi possível... Disse que tinha muita pressa, que não me podia ouvir.

Ega bateu o pé, desesperado:

— Oh, homem!

— Que quer o amigo? Havia de o agarrar à força? Ficou para amanhã... Tenho de cá estar amanhã às onze horas.

Ega galgou as escadas, rosnando entre dentes: "Irra! não saímos desta!" Foi até ao escritório de Afonso. Mas não entrou. Através de uma fenda larga do reposteiro meio franzido, um canto da sala aparecia, quente e cheio de conchego, no doce tom cor-de-rosa da luz caindo sobre os damascos: as cartas esperavam na mesa do *whist*, no sofá bordado a matiz, D. Diogo, murcho e mole, olhava o lume, cofiando os bigodes. E, travadas nalguma questão, a voz do Craft, que perpassou de cachimbo na mão, e a voz mais lenta de Afonso, tranquilo na sua poltrona, misturavam-se, abafadas pela do Sequeira, que berrava furiosamente: "Mas se amanhã houvesse uma bernarda, esse exército com que os senhores querem acabar, por ser uma escola de vadiagem, é que lhes havia de guardar as costas... É bom falar, ter muita filosofia! Mas quando elas chegam, se não há meia dúzia de baionetas prontas, então são as cólicas!..". Ega foi dali aos quartos de Carlos. As velas ardiam ainda nas serpentinas; um aroma errava, de água de Lubin e charuto; e o Batista disse-lhe que o senhor D. Carlos "saíra havia dez minutos". Fora para a Rua de S. Francisco! Ia lá dormir! Então enervado, com a longa e triste noite diante de si, Ega teve um apetite de se atordoar, dissipar numa excitação forte as ideias que o torturavam. Não despedira a tipoia; abalou para S. Carlos. E findou por ir cear ao Augusto, com o Taveira e duas raparigas, a

Paca e a Carmen Filósofa, prodigalizando o *champagne*. Às quatro da manhã estava bêbado, estatelado sobre o sofá gemendo sentimentalmente, só para si, as estrofes de Musset à Malibran... O Taveira e a Paca, juntinhos na mesma cadeira, ele com o seu ar terno de chulo, ela *muy caliente* também, debicavam copinhos de gelatina. E a Carmen Filósofa, empanturrada, desapertada, com o colete embrulhado já num *Diário de Notícias*, repicava a faca na borda do prato, cantarolando de olhos perdidos nos bicos de gás:

> Señor Alcalde mayor,
> No prenda usted los ladrones...

Acordou ao outro dia às nove horas, ao lado da Carmen Filósofa, num quarto de grandes janelas rasgadas, por onde entrava toda a melancolia da escura manhã de chuva. E, enquanto não vinha a tipoia fechada, que a servente correra a chamar, o pobre Ega enojado, vexado, com a língua pastosa, os pés nus sobre o tapete, reunindo o fato espalhado, tinha só uma ideia clara: fugir dali para um grande banho, bem perfumado e bem fresco, onde se purificasse de uma sensação viscosa de Carmen e de orgia que o arrepiava.

Esse banho lustral foi tomá-lo ao Hotel Bragança, para se encontrar com Carlos e com Vilaça às onze horas, já lavado e preparado. Mas precisou esperar pela roupa branca que o cocheiro, com um bilhete para o Batista, voara a buscar ao Ramalhete; depois almoçou; e já batera meio-dia quando se apeou à porta particular dos quartos de Carlos, com a roupa suja numa trouxa.

Justamente Batista atravessava o patamar, com camélias num açafate.

— O Vilaça já veio? — perguntou-lhe Ega baixo, andando em pontas de pés.

— O Senhor Vilaça já lá está dentro há bocado. V. Exa. recebeu a roupa branca? Eu também mandei um fato, porque nesses casos sempre dá mais frescura...

— Obrigado, Batista, obrigado!

E Ega pensava: "Bem, Carlos já sabe tudo; o barranco está passado!" Mas demorou-se ainda, tirando as luvas e o paletó com uma lentidão covarde. Por fim, sentindo bater alto o coração, puxou o reposteiro de veludo. Na antecâmara pesava um silêncio; a chuva grossa fustigava a porta envidraçada, por onde se viam as árvores do jardim esfumadas na névoa. Ega levantou o outro reposteiro, que tinha bordadas as armas dos Maias.

— Ah, és tu? — exclamou Carlos, erguendo-se da mesa de trabalho, com uns papéis na mão.

Parecia ter conservado um ânimo viril e firme; apenas os olhos lhe rebrilhavam, com um fulgor seco, ansiosos e mais largos na palidez que o cobria. Vilaça, sentando defronte, passava vagarosamente pela testa, num movimento cansado, o lenço de seda da Índia. Sobre a mesa alastravam-se os papéis da Monforte.

— Que diabo de embrulhada é esta, que me vem contar o Vilaça? — rompeu Carlos, cruzando os braços diante do Ega, numa voz que apenas de leve tremia.

Ega balbuciou:

— Eu não tive coragem de te dizer...

— Mas tenho eu para ouvir!... Que diabo te contou esse homem?

Vilaça ergueu-se imediatamente. Ergueu-se com a pressa de um galucho tímido, que é rendido num posto arriscado; pediu licença, se não precisavam dele, para voltar ao escritório. Os amigos decerto preferiam conversar mais livremente. De resto, ali ficavam os papéis da Senhora D. Maria Monforte. E se ele fosse necessário, um recado encontrava-o na Rua da Prata ou em casa...

— E V. Exa. compreende — acrescentou ele enrolando nas mãos o lenço de seda —, eu tomei a iniciativa de vir falar, por ser o meu dever, como amigo confidencial da casa... Foi essa também a opinião do nosso Ega...

— Perfeitamente, Vilaça, obrigado! — acudiu Carlos. — Se for necessário lá mando...

O procurador, com o lenço na mão, lançou em redor um olhar lento. Depois espreitou debaixo da mesa. Parecia muito surpreendido. E Carlos seguia com impaciência os passos tímidos que ele dava pelo quarto, procurando...

— Que é, homem?

— O meu chapéu. Imaginei que o tinha posto aqui. Naturalmente ficou lá fora... Bem, se for necessário alguma coisa...

Mal ele saiu, atirando ainda os olhos inquietos pelos cantos, Carlos fechou violentamente o reposteiro. E voltando para o Ega, caindo pesadamente numa cadeira:

— Dize lá!

Ega, sentado no sofá, começou por contar o encontro com o Senhor Guimarães, embaixo, no botequim da Trindade, depois de ter falado o Rufino. O homem queria explicações sobre a carta do Dâmaso, sobre a bebedeira hereditária... Tudo se aclarara, ficando daí entre eles um começo de familiaridade...

Mas o reposteiro mexeu de leve, e surdiu de novo a face do Vilaça:

— Peço desculpa, mas é o meu chapéu... Não o acho, havia de jurar que o deixei aqui...

Carlos conteve uma praga. Então Ega procurou também, por trás do sofá, no vão da janela. Carlos, desesperado, para findar, foi ver entre os cortinados da cama. E Vilaça, escarlate, aflito, esquadrinhava até a alcova do banho...

— Um sumiço assim! Enfim, talvez me esquecesse na antecâmara!... Vou ver outra vez... O que peço é desculpa.

Os dois ficaram sós. E Ega recomeçou, detalhando como Guimarães, duas ou três vezes nos intervalos, lhe viera falar de coisas indiferentes, do sarau, de política, do papá Hugo etc. Depois ele procurara Carlos para irem um bocado ao Grêmio. Terminara por sair com o Cruges. E passavam defronte do Aliança...

Novamente o reposteiro franziu, Batista pediu perdão a Suas Excelências:

— É o Senhor Vilaça que não acha o chapéu, diz que o deixou aqui...

Carlos ergueu-se furioso, agarrando a cadeira pelas costas, como para despedaçar o Batista.

— Vai para o diabo tu e o Senhor Vilaça!.... Que saia sem chapéu! Dá-lhe um chapéu meu! Irra!

Batista recuou, muito grave.

— Vá, acaba lá! — exclamou Carlos, recaindo no assento, mais pálido.

E Ega, miudamente, contou a sua longa, terrível conversa com o Guimarães, desde o momento em que o homem, por acaso, já ao despedir-se, já ao estender-lhe a mão, falara da "irmã do Maia". Depois entregara-lhe os papéis da Monforte à porta do Hotel de Paris, no Pelourinho...

— E aqui está, não sei mais nada. Imagina tu que noite eu passei! Mas não tive coragem de te dizer. Fui ao Vilaça... Fui ao Vilaça com a esperança sobretudo de ele saber algum fato, ter algum documento que atirasse por terra toda esta história do Guimarães... Não tinha nada, não sabia nada. Ficou tão aniquilado como eu!

No curto silêncio que caiu, um chuveiro mais largo alagando o arvoredo do jardim cantou nas vidraças. Carlos ergueu-se arrebatadamente, numa revolta de todo o ser:

— E tu acreditas que isso seja possível? Acreditas que suceda a um homem como eu, como tu, numa rua de Lisboa? Encontro uma mulher, olho para ela, conheço-a, durmo com ela e, entre todas as mulheres do mundo, essa justamente há de ser minha irmã! É impossível... Não há Guimarães, não há papéis, não há documentos que me convençam!

E como Ega permanecia mudo, a um canto do sofá, com os olhos no chão:

— Dize alguma coisa — gritou-lhe Carlos. — Duvida também, homem, duvida comigo!... É extraordinário! Todos vocês acreditam, como se isto fosse a coisa mais natural do mundo, e não houvesse por essa cidade fora senão irmãos a dormir juntos!

Ega murmurou:

— Já ia sucedendo um caso assim, lá ao pé da quinta, em Celorico...

E nesse momento, sem que um rumor os prevenisse, Afonso da Maia apareceu numa abertura do reposteiro, encostando à bengala, sorrindo todo com alguma ideia que decerto o divertia. Era ainda o chapéu do Vilaça.

— Que diabo fizeram vocês ao chapéu do Vilaça? O pobre homem andou por aí aflito... Teve de levar um chapéu meu. Caía-lhe pela cabeça abaixo, enchumaçaram-lho com lenços...

Mas subitamente reparou na face transtornada do neto. Reparou na atarantação do Ega, cujos olhos mal se fixavam, fugindo ansiosamente dele para Carlos. Todo o sorriso se lhe apagou; deu no quarto um passo lento:

— Que é isso, que têm vocês?... Há alguma coisa?

Então Carlos, no ardente egoísmo da sua paixão, sem pensar no abalo cruel que ia dar ao pobre velho, cheio só de esperança que ele, seu avô, testemunha do passado, soubesse algum fato, possuísse alguma certeza contrária a toda essa história do Guimarães, a todos esses papéis da Monforte, veio para ele, desabafou:

— Há uma coisa extraordinária, avô! O avô talvez saiba... O avô deve saber alguma coisa que nos tire desta aflição!... Aqui está, em duas palavras. Eu conheço aí uma senhora que chegou há tempos a Lisboa; mora na Rua de S. Francisco. Agora, de repente, descobre-se que é minha irmã legítima!... Passou aí um homem que a conhecia, que tinha uns papéis... Os papéis aí estão. São cartas, uma declaração de minha mãe... Enfim, uma trapalhada, um montão de provas. Que significa tudo isto? Essa minha irmã, a que foi levada em pequena, não morreu?... O avô deve saber!

Afonso da Maia, que um tremor tomara, agarrou-se um momento com força à bengala, caiu por fim pesadamente numa poltrona, junto do reposteiro. E ficou devorando o neto, o Ega, com um olhar esgazeado e mudo.

— Esse homem — exclamou Carlos — é um Guimarães, um tio do Dâmaso... Falou com o Ega, foi ao Ega que entregou os papéis... conta tu ao avô, Ega, conta tu do começo!

Ega, com um suspiro, resumiu a sua longa história. E findou por dizer que o importante, o decisivo ali era este homem, o Guimarães, que não tinha interesse em mentir e só por acaso, puramente por acaso, falara em tais coisas: conhecia essa senhora, desde pequenina, como filha de Pedro da Maia e de Maria Monforte. E nunca a perdera de vista. Vira-a crescer em Paris, andara com ela ao colo, dera-lhe bonecas. Visitara-a com a mãe no convento. Frequentara a casa que ela habitava em Fontainebleau, como casada...

— Enfim — interrompeu Carlos —, viu-a ainda há dias, numa carruagem, comigo e com o Ega... Que lhe parece, avô?

O velho murmurou, num grande esforço, como se as palavras saindo lhe rasgassem o coração:

— Essa senhora, está claro, não sabe nada...

Ega e Carlos, a um tempo, gritaram: "Não sabe nada!" Segundo afirmava o Guimarães, a mãe escondera-lhe sempre a verdade. Ela julgava-se filha de um austríaco. Assinava-se ao princípio Calzaski...

Carlos, que remexera sobre a mesa, adiantou-se com um papel na mão:

— Aqui tem o avô a declaração de minha mãe.

O velho levou muito tempo a procurar, a tirar a luneta dentre o colete, com os seus pobres dedos que tremiam; leu o papel devagar, empalidecendo mais a cada linha, respirando penosamente; ao findar deixou cair sobre os joelhos as mãos, que ainda agarravam o papel, ficou como esmagado e sem força. As palavras por fim vieram-lhe apagadas, morosas. Ele não sabia... O que a Monforte ali assegurava, ele não o podia destruir... Esta senhora da Rua de S. Francisco era talvez, na verdade, sua neta... Não sabia mais... E Carlos diante dele vergava os ombros, esmagado também sob a certeza da sua desgraça. O avô, testemunha do passado, nada sabia! Aquela declaração, toda a história do Guimarães aí permaneciam inteiras, irrefutáveis. Nada havia, nem memória de homem, nem documento escrito, que as pudesse abalar. Maria Eduarda era, pois, sua irmã!... E um defronte do outro, o velho e o neto pareciam dobrados por uma mesma dor, nascida da mesma ideia. Por fim Afonso ergueu-se, fortemente encostado à bengala, foi pousar sobre a mesa o papel da Monforte. Deu um olhar, sem lhes tocar, às cartas espalhadas em volta da caixa de charutos. Depois, lentamente, passando a mão pela testa:

— Nada mais sei... Sempre pensamos que essa criança tinha morrido... Fizeram-se todas as pesquisas... Ela mesma disse que lhe tinha morrido a filha, mostrou já não sei a quem um retrato...

— Era outra mais nova, a filha do italiano — disse o Ega. — O Guimarães falou-me nisso... Foi esta que viveu. Esta, que tinha já 7 ou 8 anos, quando havia apenas quatro ou cinco que esse sujeito italiano aparecera em Lisboa... Foi esta.

— Foi esta — murmurou o velho.

Teve um gesto vago de resignação, acrescentou, depois de respirar fortemente:

— Bem! Tudo isto tem de ser mais pensado... Parece-me bom tornar a chamar o Vilaça... Talvez seja necessário que ele vá a Paris... E antes de tudo precisamos sossegar... De resto não há aqui morte de homem... Não há aqui morte de homem!

A voz sumia-se-lhe, toda trêmula. Estendeu a mão a Carlos que lha beijou, sufocado; e o velho, puxando o neto para si, pousou-lhe os lábios na testa. Depois deu dois passos para a porta, tão lentos e incertos que Ega correu para ele:

— Tome V. Exa. o meu braço...

Afonso apoiou-se nele, pesadamente. Atravessaram a antecâmara silenciosa, onde a chuva contínua batia os vidros. Por detrás deles caiu o grande reposteiro, com as armas dos Maias. E então Afonso, de repente, soltando o braço do Ega, murmurou-lhe, junto à face, no desabafo de toda a sua dor:

— Eu sabia dessa mulher!... Vive na Rua de S. Francisco, passou todo o verão nos Olivais... É a amante dele!

Ega ainda balbuciou: "Não, não, Senhor Afonso da Maia!" Mas o velho pôs o dedo nos lábios, indicou Carlos dentro, que podia ouvir... E afastou-se, todo dobrado sobre a bengala, vencido enfim por aquele implacável destino que, depois de o ter ferido na idade da força com a desgraça do filho, o esmagava ao fim da velhice com a desgraça do neto.

Ega enervado, exausto, voltou para o quarto, onde Carlos recomeçara naquele agitado passeio que abalava o soalho, fazia tilintar finamente os frascos de cristal sobre o mármore da consola. Calado, junto da mesa, Ega ficou percorrendo outros papéis da Monforte; Carlos, um livrinho de marroquim com *adresses*, bilhetes de visita de membros do Jóquei-Clube e de senadores do império. Subitamente Carlos parou diante dele, apertando desesperadamente as mãos:

— Estarem duas criaturas em pleno céu, passar um *quidam*, um idiota, um Guimarães, dizer duas palavras, entregar uns papéis e quebrar para sempre duas existências!... Olha que isto é horrível, Ega!

Ega arriscou uma consolação banal:

— Era pior se ela morresse...

— Pior por quê? — exclamou Carlos. — Se ela morresse, ou eu, acabava o motivo desta paixão, restava a dor e a saudade; era outra coisa... Assim estamos vivos, mas mortos um para o outro, e viva a paixão que nos unia!... Pois tu imaginas que por me virem provar que ela é minha irmã, eu gosto menos dela do que gostava ontem, ou gosto de um modo diferente? Está claro que não! O meu amor não se vai de uma hora para outra acomodar a novas circunstâncias, e transformar-se em amizade... Nunca! Nem eu quero!

Era uma brutal revolta: o seu amor defendendo-se, não querendo morrer, só porque as revelações de um Guimarães e uma caixa de charutos, cheia de papéis velhos, o declaravam impossível, e lhe ordenavam que morresse!

Houve outro melancólico silêncio. Ega acendeu uma *cigarette*, foi-se enterrar ao canto do sofá. Uma fadiga ia-o vencendo, feita de toda aquela emoção, da noitada no Augusto, da estremunhada manhã na alcova da Carmen. Todo o quarto ia entristecendo, à luz mais triste na tarde de inverno que descia. Ega terminou por cerrar os olhos. Mas bem depressa o sacudiu outra exclamação de Carlos, que de novo, diante dele, apertava as mãos com desespero:

— E o pior ainda não é isto, Ega! O pior é que temos de lhe dizer tudo, de lhe contar tudo, a ela!...

Ega já pensara nisso... E era necessário que se lhe dissesse imediatamente, sem hesitações.

— Vou-lhe eu mesmo contar tudo — murmurou Carlos.

— Tu!?

— Pois quem, então? Querias que fosse o Vilaça?...

Ega franzia a testa:

— O que tu devias fazer era meter-te esta noite no comboio e partir para Santa Olávia. De lá contavas-lhe tudo. Estavas assim mais seguro.

Carlos atirou-se para uma poltrona, com um grande suspiro de fadiga:

— Sim, talvez, amanhã, no comboio da noite... Já pensei nisso, era o melhor... Agora o que estou é muito cansado!

— Também eu — disse o Ega espreguiçando-se. — E já não adiantamos nada, atolamo-nos mais na confusão. O melhor é serenar... Eu vou-me estirar um bocado na cama.

— Até logo!

Ega subiu ao quarto, deitou-se por cima da roupa; e no seu imenso cansaço, bem depressa adormeceu. Acordou tarde a um rumor da porta. Era Carlos que entrava, raspando um fósforo. Anoitecera; embaixo tocava a campainha para o jantar.

— De mais a mais esta maçada do jantar! — dizia Carlos, acendendo às velas no toucador. — Não termos um pretexto para irmos fora, a uma taverna, conversar em sossego! Ainda por cima convidei ontem o Steinbroken.

Depois voltando-se:

— Ó Ega, tu achas que o avô sabe tudo?

O outro saltara da cama, e diante do lavatório arregaçava as mangas:

— Eu te digo... Parece-me que teu avô desconfia... O caso fez-lhe a impressão de uma catástrofe... E, se não suspeitasse o que há, devia-lhe causar simplesmente a surpresa de quem descobre uma neta perdida.

Carlos teve um lento suspiro. Daí a um instante desciam para o jantar.

Embaixo encontraram, além de Steinbroken e de D. Diogo, o Craft, que viera "pedir as sopas". E em torno àquela mesa, sempre alegre, coberta de flores e de luzes, uma melancolia flutuava nessa tarde, através de uma conversa dormente sobre doenças, o Sequeira que tinha reumatismo, o pobre marquês que piorara.

De resto Afonso, no escritório, queixara-se de uma forte dor de cabeça, que justificava o seu ar consumido e pálido. Carlos, a quem Steinbroken achara "má cara", explicou também que passara uma noite abominável. Então Ega, para desanuviar o jantar, pediu ao amigo Steinbroken as suas impressões sobre o grande orador do sarau da Trindade, o Rufino. O diplomata hesitou. Surpreendera-o bastante saber que o Rufino era um político, um parlamentar... Aqueles gestos, o bocado da camisa a ver-se-lhe no estômago, a pera, a grenha, as botas não lhe pareciam realmente de um homem de Estado:

— *Mais cependant, cependant... Dans ce genre là, dans le genre sublime, dans le genre de Demosthènes, il m'a paru très fort... Oh, il m'a paru excessivement fort!*

— E você, Craft?

Craft, no sarau, só gostara do Alencar. Ega encolheu violentamente os ombros. Ora, histórias! Nada podia haver mais cômico que a democracia romântica do Alencar, aquela república meiga e loura, vestida de branco como Ofélia, orando no prado, sob o olhar de Deus... Mas Craft justamente achava tudo isso excelente por ser sincero. O que feria sempre, nas exibições da literatura portuguesa? A escandalosa falta de sinceridade. Ninguém, em verso ou prosa, parecia jamais acreditar naquilo que declamava com ardor, esmurrando o peito. E assim fora na véspera. Nem o Rufino parecia acreditar na influência da religião; nem o homem da barba bicuda, no heroísmo dos Castros e dos Albuquerques; nem mesmo o poeta dos olhinhos bonitos, na bonitice dos olhinhos... Tudo contrafeito e postiço! Com o Alencar, que diferença! Esse tinha uma fé real no que cantava, na fraternidade dos povos, no Cristo republicano, na democracia devota e coroada de estrelas...

— Já deve ser bem velho esse Alencar — observou D. Diogo, que rolava bolinhas de pão entre os longos dedos pálidos.

Carlos, ao lado, emergiu enfim do seu silêncio:

— O Alencar deve ter bons 50 anos.

Ega jurou pelo menos 60. Já em 1836 o Alencar publicava coisas delirantes, e chamava pela morte, no remorso de tantas virgens que seduzira...

— Há que anos, com efeito — murmurou lentamente Afonso —, eu ouvi falar desse homem!

D. Diogo, que levara os lábios ao copo, voltou-se para Carlos:

— O Alencar tem a idade que havia de ter teu pai... Eram íntimos, dessa roda *distinguée* de então. O Alencar ia muito a Arroios com o pobre D. João da Cunha, que Deus haja, e com os outros. Era tudo uma fina flor, e regulavam pela mesma idade... Já nada resta, já nada resta!

Carlos baixara os olhos; todos por acaso emudeceram; um ar de tristeza passou entre as flores e as luzes, como vinda do fundo desse passado, cheio de sepulturas e dores.

— E o pobre Cruges, coitado, que fiasco! — exclamou Ega, para sacudir aquela névoa.

Craft achava o fiasco justo. Para que fora ele dar Beethoven a uma gente educada pela chulice de Offenbach? Mas Ega não admitia esse desdém por Offenbach, uma das mais finas manifestações modernas do ceticismo e da ironia! Steinbroken acusou Offenbach de não saber contraponto. Durante um momento discutiu-se música. Ega acabou por sustentar que nada havia, em arte, tão belo como o fado. E apelou para Afonso, para o despertar.

— Pois não é verdade, Senhor Afonso da Maia? V. Exa. também é como eu, um dos fiéis ao fado, à nossa grande criação nacional.

— Sim, com efeito — murmurou o velho, levando a mão à testa, como a justificar o seu modo desinteressado e murcho. — Há muita poesia no fado...

Craft, porém, atacava o fado, as *malagueñas*, as *peterenas*, toda essa música meridional, que lhe parecia apenas um garganteado gemebundo, prolongado infinitamente, em "ais" de esterilidade e de preguiça. Ele, por exemplo, ouvira uma noite uma *malagueña*, uma dessas famosas *malagueñas*, cantada em perfeito estilo por uma senhora de Málaga. Era em Madri, em casa dos Villa-Rubia. A senhora põe-se ao piano, rosna uma coisa sobre *piedra* e *sepultura*, e rompe a gemer num gemido que não findava: "*Ã ã ã ã ã ãh...*" Pois senhores, ele aborrece-se, passa para outra sala, vê jogar todo um *robber* de *whist*, folheia um imenso álbum, discute a guerra carlista com o general Jovelhos, e quando volta, lá estava ainda a senhora, de cravos na trança e olhos no teto, a gemer o mesmo: "*Ã-ã-ã-ã-ã-ã-ãh...*"

Todos riram. Ega protestou com ímpeto, já excitado. O Craft era um seco inglês, educado sobre o chato seio da Economia Política, incapaz de compreender todo o mundo de poesia que podia conter um ai! Mas ele não falava das *malagueñas*. Não estava encarregado de defender a Espanha. Ela possuía, para convencer o Craft e outros britânicos, bastante pilhéria e bastante navalha... A questão era o fado!

— Onde é que você tem ouvido o fado? Aí pelas salas, ao piano... Com efeito, assim, concordo, é chocho. Mas ouça-o você por três ou quatro guitarristas, uma noite, no campo, com uma bela lua no céu... Como nos

Olivais este verão, quando o marquês lá levou o *Vira-vira*! Lembras-te, Carlos?...

E estacou, como entalado, no arrependimento daquela memória da Toca, que levianamente evocara. Carlos permanecera silencioso, com uma sombra na face. Craft ainda rosnou que, numa linda noite de luar, todos os sons no campo eram bonitos, mesmo o chiar dos sapos. E de novo uma estranha desanimação amoleceu a sala; os escudeiros serviam os doces.

Então, no silêncio, D. Diogo disse pensativamente, com a sua majestade de leão saudoso que relembra um grande passado:

— Uma música também muito *distinguée*, antigamente, eram os *sinos do mosteiro*. Parecia mesmo que se estavam ouvindo sinos... Já não há disso!

O jantar terminava friamente. Steinbroken voltara àquela falta da família real no sarau, que desde a véspera o inquietava. Ninguém ali se interessava pelo Paço. Depois, D. Diogo surdiu com uma velha e fastidiosa história sobre a infanta D. Isabel. Foi um alívio quando o escudeiro trouxe, em volta, a larga bacia de prata e o jarro de água perfumada.

Ao fim do café, servido no bilhar, Steinbroken e Craft começaram uma partida "às cinquenta" e a quinze tostões, para interessar. Afonso e D. Diogo tinham recolhido ao escritório. Ega enterrara-se no fundo de uma poltrona, com o *Figaro*. Mas bem depressa deixou escorregar a folha no tapete, cerrou os olhos. Então Carlos, que passeava pensativamente fumando, olhou um momento o Ega adormecido, e sumiu-se por trás do reposteiro.

Ia à Rua de S. Francisco.

Mas não se apressava, a pé pelo Aterro, abafado num paletó de peles, acabando o charuto. A noite clareara, com um crescente de lua entre farrapos de nuvens brancas, que fugiam sob um norte fino.

Fora nessa tarde, só no seu quarto, que Carlos decidira ir falar a Maria Eduarda por um motivo supremo de dignidade e de razão, que ele descobrira e que repetia a si mesmo, incessantemente, para se justificar. Nem ela nem ele eram duas crianças frouxas, necessitando que a crise, mais temerosa da sua vida, lhes fosse resolvida e arranjada pelo Ega ou pelo Vilaça; mas duas pessoas fortes, com o ânimo bastante resoluto e o juízo bastante seguro, para eles mesmos acharem o caminho da dignidade e da razão naquela catástrofe que lhes desmantelava a existência. Por isso ele, só ele, devia ir à Rua de S. Francisco.

Decerto era terrível tornar a vê-la naquela sala, quente ainda do seu amor, agora que a sabia sua irmã... Mas por que não? Havia acaso ali dois devotos, possuídos da preocupação do demônio, espavoridos pelo pecado em que se tinham atolado, ainda que inconscientemente, ansiosos por irem esconder, no fundo de mosteiros distantes, o horror carnal um do outro? Não! Necessitavam eles acaso pôr imediatamente, entre si, as compridas léguas que vão de Lisboa a Santa Olávia, com receio de cair na antiga fragilidade, se de novo os seus olhos se encontrassem, brilhando com a antiga chama? Não! Ambos tinham em si bastante força para enterrar o coração sob a razão, como sob uma fria e dura pedra, tão completamente, que não lhe sentissem mais nem a revolta nem o choro. E ele podia, desafogadamente, voltar àquela sala, toda quente ainda do seu amor...

De resto, que precisavam apelar para a razão, para a sua coragem de fortes?... Ele não iria revelar bruscamente *toda a* verdade a Maria Eduarda, dizer-lhe um "adeus!" patético, um adeus de teatro, afrontar uma crise de paixão e dor. Pelo contrário! Toda essa tarde, através do seu próprio tormento, procurara ansiosamente um meio de adoçar e guardar, àquela pobre criatura, o horror da revelação que lhe devia. E achara um por fim, bem complicado, bem covarde! Mas quê! Era o único, o único que, por uma preparação lenta, caridosa, lhe pouparia uma dor fulminante e brutal. E esse meio justamente só era praticável indo ele, com toda a frieza, com todo o ânimo, à Rua de S. Francisco.

Por isso ia, e ao longo do Aterro retardando os passos, resumia, retocava esse plano, ensaiando mesmo consigo, baixo, palavras que lhe diria. Entraria na sala, com um grande ar de pressa, e contava-lhe que um negócio de casa, uma complicação de feitores, o obrigava a partir para Santa Olávia daí a dias. E imediatamente saía, com o pretexto de correr à casa do procurador. Podia mesmo ajuntar "é um momento, não tardo, até já". Uma coisa o inquietava. Se ela lhe desse um beijo?... Decidia então enxergar a sua pressa, conservando o charuto na boca, sem mesmo pousar o chapéu... E saía. Não voltava. Pobre dela, coitada, que ia esperar até tarde, escutando cada rumor de carruagem na rua!... Na noite seguinte abalava para Santa Olávia com o Ega, deixando-lhe a ela uma carta a anunciar que, infelizmente, por causa de um telegrama, se vira forçado a partir nesse comboio. Podia mesmo ajuntar "volto daqui a dois ou três dias..." E aí estava longe dela para sempre. De Santa Olávia escrevia-lhe logo, de um modo incerto e confuso, falando de documentos de família, inesperadamente descobertos, provando entre eles um parentesco chegado. Tudo isto atrapalhado, curto, "à pressa". Por fim, noutra carta, deixava escapar *toda* a verdade, mandava-lhe a declaração da mãe e, mostrando a necessidade de uma separação, enquanto se não esclarecessem todas as dúvidas, pedia-lhe que partisse para Paris. Vilaça ficava encarregado da questão de dinheiro, entregando-lhe logo, para a viagem, trezentas ou quatrocentas libras... Ah, tudo isto era bem complicado, bem covarde! Mas só havia esse meio. E quem, senão ele, o podia tentar com caridade e com tato?

E, entre o tumulto destes pensamentos, de repente achou-se na Travessa da Parreirinha, defronte da casa de Maria. Na sala, através das cortinas, transparecia uma luz dormente. Todo o resto estava apagado, a janela do gabinete estreito onde ela se vestia, a varanda do quarto dela com os vasos de crisântemos.

E pouco a pouco, aquela fachada muda de onde apenas saía, a um canto, uma claridade lânguida de alcova adormecida, foi-o estranhamente penetrando de inquietação e desconfiança. Era um medo dessa penumbra mole que sentia lá dentro, toda cheia de calor e de perfume, em que havia jasmim. Não entrou; seguiu devagar pelo passeio fronteiro, pensando em certos detalhes da casa: o sofá largo e profundo com almofadas de seda, as rendas do toucador, o cortinado branco da cama dela... Depois parou diante da larga barra de claridade, que saía do portão do Grêmio; e foi para lá, maquinalmente, atraído pela simplicidade e segurança daquela entrada, lajeada de pedra, com grossos bicos de gás, sem penumbras e sem perfumes.

Na sala, embaixo, ficou percorrendo, sem os compreender, os telegramas soltos sobre a mesa. Um criado passou, ele pediu conhaque. Teles da Gama, que vinha de dentro assobiando, com as mãos nos bolsos do paletó, deteve-se um momento para lhe perguntar se ia na terça-feira aos Gouvarinhos.

— Talvez — murmurou Carlos.

— Então venha!... Eu ando a arrebanhar gente... São os anos do Charlie, de mais a mais. Cai lá o peso do mundo, e há ceia!

O criado entrou com a bandeja, e Carlos, de pé junto da mesa, remexendo o açúcar no copo, recordava, sem saber por que, aquela tarde em que a condessa, pondo-lhe uma rosa no casaco, lhe dera o primeiro beijo; revia o sofá onde ela caíra com um rumor de sedas amarrotadas... Como tudo isto era já vago e remoto! Apenas acabou o conhaque, saiu. Agora, caminhando rente das casas, não via aquela fachada, que o perturbava, com a sua claridade de alcova morrendo nos vidros. O portão ficara cerrado, o gás ardia no patamar. E subiu, sentindo mais, pela escada de pedra, as pancadas do coração que o pousar dos seus passos. Melanie, que veio abrir, disse-lhe que a senhora, um pouco cansada, se fora encostar sobre a roupa, e a sala, com efeito, parecia abandonada por essa noite, com as serpentinas apagadas, o bordado ocioso e enrolado no seu cesto, os livros num frio arranjo orlando a mesa, onde o candeeiro espalhava uma luz tênue, sob o *abat-jour* de renda amarela. Carlos tirava as luvas, lentamente, retomado de novo por uma inquietação ante aquele recolhimento adormecido. E de repente Rosa correu de dentro, rindo, pulando, com os cabelos soltos nos ombros, os braços abertos para ele. Carlos levantou-se ao ar, dizendo como costumava: "Lá vem a cabrita!...". Mas então, quando a tinha assim suspensa, batendo os pezinhos, atravessou-o a ideia de que aquela criança era sua sobrinha e tinha o seu nome!... Largou-a, quase a deixou cair, assombrado para ela, como se pela vez primeira visse essa facezinha ebúrnea e fina onde corria o seu sangue...

— Que estás tu a olhar para mim? — murmurou ela, recuando e sorrindo, com as mãozinhas cruzadas atrás das saias que tufavam.

Ele não sabia, parecia-lhe outra Rosa; e à sua perturbação misturava-se uma saudade pela antiga Rosa, a outra, a que era filha de Madame Mac-Gren, a quem ele contava histórias de Joana d'Arc, a quem balouçava na Toca sob as acácias em flor. Ela no entanto sorria mais, com um brilho nos dentinhos miúdos, uma ternura nos belos olhos azuis, vendo-o assim tão grave e tão mudo, pensando que ele ia brincar, fazer "voz de Carlos Magno". Tinha o mesmo sorriso da mãe, com a mesma covinha no queixo. Carlos viu nela, de repente, toda a graça de Maria, todo o encanto de Maria. E arrebatou-a de novo nos braços, tão violentamente, com beijos tão bruscos no cabelo e nas faces, que Rosa estrebuchou, assustada e com um grito. Soltou-a logo, num receio de não ter sido casto... Depois, muito sério:

— Onde está a mamã?

Rosa coçava o braço, com a testazinha franzida:

— Apre!... Magoaste-me.

Carlos passou-lhe pelos cabelos a mão que ainda tremia.

— Vá, não sejas piegas; a mamã não gosta. Onde está ela?

A pequena, aplacada, já contente, pulava em redor, agarrando nos pulsos de Carlos, para que ele saltasse também...

— A mamã foi deitar-se... Diz que está muito cansada, depois chama-me a mim preguiçosa... Vá, salta também. Não sejas mono!...

Nesse instante, do corredor, miss Sara chamou:

— Mademoiselle!...

Rosa pôs o dedinho na boca cheia de riso:

— Dize-lhe que não estou aqui! A ver... Para a fazer zangar!... Dize!

Miss Sara erguera o reposteiro; e descobriu-a logo escondida, sumida por trás de Carlos, na pontinha dos pés, fazendo-se pequenina. Teve um sorriso benévolo, murmurou *good night, sir.* Depois lembrou que eram quase nove e meia, mademoiselle tinha estado um pouco constipada e devia recolher-se. Então Carlos puxou brandamente pelo braço de Rosa, acariciou-a ainda para que ela obedecesse a *miss* Sara.

Mas Rosa sacudia-o, indignada daquela traição.

— Também nunca fazes nada!... Sensaborão! Pois olha, nem te digo adeus!

Atravessou a sala, amuada, esquivou-se com um repelão à governanta que sorria e lhe estendia a mão, e pelo corredor rompeu num choro despeitado e perro. *Miss* Sara, risonhamente, desculpou mademoiselle. Era a constipação que a tornava impertinente. Mas se fosse diante da mamã não fazia aquilo, não!

— *Good night, sir.*

— *Good night, miss Sara...*

Só, Carlos errou alguns momentos pela sala. Por fim ergueu o pedaço de tapeçaria que cerrava o estreito gabinete, onde Maria se vestia. Aí, na escuridão, um brilho pálido de espelho tremia, batido por um longo raio do candeeiro da rua. Muito de leve, empurrou a porta do quarto.

— Maria!... Estás a dormir?

Não havia luz; mas o mesmo candeeiro da rua, através do transparente erguido, tirava das trevas a brancura vaga do cortinado que envolvia o leito. E foi daí que ela murmurou, mal acordada:

— Entra! Vim-me deitar, estava muito cansada... Que horas são?

Carlos não se movera, ainda com a mão na porta:

— É tarde, e eu preciso sair já a procurar o Vilaça... Vinha dizer-te que tenho talvez de ir a Santa Olávia, além de amanhã, por dois ou três dias...

Um movimento, entre os cortinados, fez ranger o leito.

— Para Santa Olávia?... Ora essa, por quê? E assim de repente... Entra!... Vem cá!

Então Carlos deu um passo no tapete, sem rumor. Ainda sentia o ranger mole do leito. E já todo aquele aroma dela que tão bem conhecia, esparso na sombra tépida, o envolvia, lhe entrava na alma com uma sedução inesperada, de carícia nova, que o perturbava estranhamente. Mas ia balbuciando, insistindo na sua pressa de encontrar essa noite o Vilaça.

— É uma maçada, por causa de uns feitores, de umas éguas...

Tocou no leito; e sentou-se muito à beira, numa fadiga que de repente o enleara, lhe tirava a força para continuar essas invenções de éguas e de feitores, como se elas fossem montanhas de ferro a mover.

O grande e belo corpo de Maria, embrulhado num roupão branco de seda, movia-se, espreguiçava-se languidamente sobre o leito brando.

— Achei-me tão cansada, depois de jantar; veio-me uma preguiça... Mas então partires assim de repente!... Que seca! Dá cá a mão!

Ele tenteava, procurando na brancura da roupa; encontrou um joelho a que percebia a forma e o calor suave, através da seda leve; e ali esqueceu a mão, aberta e frouxa, como morta, num entorpecimento onde toda a vontade e toda a consciência se lhe fundiam, deixando-lhe apenas a sensação daquela pele quente e macia onde a sua palma pousava. Um suspiro, um pequenino suspiro de criança, fugiu dos lábios de Maria, morreu na sombra. Carlos sentiu a quentura de desejo que vinha dela, que o entontecia, terrível como o bafo ardente de um abismo, escancarado na terra a seus pés. Ainda balbuciou: "Não, não..." Mas ela estendeu os braços, envolveu-lhe o pescoço, puxando-o para si, num murmúrio que era como a continuação do suspiro, e em que o nome de "querido" sussurrava e tremia. Sem resistência, como um corpo morto que um sopro impele, ele caiu-lhe sobre o seio. Os seus lábios secos acharam-se colados, num beijo aberto que os umedecia. E de repente Carlos enlaçou-a furiosamente, esmagando-a e sugando-a, numa paixão e num desespero que fez tremer todo o leito.

A essa hora Ega acordava no bilhar, ainda estirado na poltrona onde o cansaço o prostrara. Bocejando, estremunhado, arrastou os passos até ao escritório de Afonso.

Aí ardia um lume alegre, a que o Reverendo Bonifácio se deixava torrar, enrolado sobre a pele de urso. Afonso fazia a partida de *whist* com Steinbroken e com o Vilaça; mas tão distraído, tão confuso, que já duas vezes D. Diogo, infeliz e irritado, rosnara que se a dor de cabeça assim o estonteava, melhor seria findarem! Quando Ega apareceu, o velho levantou os olhos inquietos:

— O Carlos? Saiu?

— Sim, creio que saiu com o Craft — disse o Ega. — Tinham falado em ir ver o marquês.

Vilaça, que baralhava com a sua lentidão meticulosa, deitou também para o Ega um olhar curioso e vivo. Mas já D. Diogo batia com os dedos no pano da mesa, resmungando: "Vamos lá, vamos lá... Não se ganha nada em saber dos outros!" Então Ega ficou ali um momento, com bocejos vagos, seguindo o cair lento das cartas. Por fim, mole e secado, decidiu ir ler para a cama; hesitou por diante das estantes; saiu com um velho número do *Panorama*. Ao outro dia, à hora do almoço, entrou no quarto de Carlos. E ficou pasmado quando o Batista — tristonho desde a véspera, farejando desgosto — lhe disse que Carlos fora para a Tapada muito cedo, a cavalo...

— Ora essa!... E não deixou ordens nenhumas; não falou em ir para Santa Olávia?...

Batista olhou Ega, espantado:

— Para Santa Olávia!... Não senhor, não falou em semelhante coisa. Mas deixou uma carta para V. Exa. ver. Creio que é do senhor marquês. E diz que lá aparecia depois, às seis. Acho que é jantar. Num bilhete de visita, o marquês, com efeito, lembrava que este dia era o seu "fausto natalício"; e esperava Carlos e o Ega às seis, para lhe ajudarem a comer a galinha de dieta.

— Bem, lá nos encontraremos — murmurou Ega, descendo para o jardim.

Aquilo parecia-lhe extraordinário! Carlos passeando a cavalo; Carlos jantando com o marquês, como se nada houvesse perturbado a sua vida fácil de rapaz feliz!... Estava agora certo de que ele, na véspera, fora à Rua de S. Francisco. Justos céus! Que se teria lá passado? Subiu, ouvindo a sineta do almoço. O escudeiro anunciou-lhe que o Senhor Afonso da Maia tomara uma chávena de chá no quarto e ainda estava recolhido. Todos sumidos! Pela primeira vez, no Ramalhete, Ega almoçou solitariamente na larga mesa, lendo a *Gazeta Ilustrada*.

De tarde, às seis, no quarto do marquês (que tinha o pescoço enrolado num boá de senhora, de pele de marta), encontrou Carlos, o Darque, o Craft, em torno de um rapaz gordo que tocava guitarra, enquanto, ao lado, o procurador do marquês, um belo homem de barba preta, se batia com o Teles numa partida de damas.

— Viste o avô? — perguntou Carlos, quando o Ega lhe estendeu a mão.

— Não, almocei só.

O jantar, daí a pouco, foi muito divertido, largamente regado com os soberbos vinhos da casa. E ninguém decerto bebeu mais; ninguém riu mais do que Carlos, ressurgido, quase de repente, de uma desanimação sombria a uma alegria nervosa, que incomodava o Ega, sentindo nela um timbre falso e como um som de cristal rachado. O próprio Ega, por fim, à sobremesa, se excitou consideravelmente com um esplêndido Porto de 1815. Depois houve um bacará em que Carlos, outra vez sombrio, deitando a cada instante os olhos ao relógio, teve uma sorte triunfante, uma "sorte de cabrão", como a classificou. Darque, indignado, ao trocar a sua última nota de vinte mil-réis. À meia-noite, porém, inexoravelmente, o procurador do marquês lembrou as ordens do médico, que marcara esse limite "ao natalício". Foi então um enfiar de paletós, em debandada, por entre os queixumes do Darque e do Craft, que saíam escorridos, sem sequer um troco para o americano. Fez-se-lhes uma subscrição de caridade, que eles recolheram nos chapéus, rosnando bênçãos aos benfeitores.

Na tipoia que os levava ao Ramalhete, Carlos e Ega permaneceram muito tempo em silêncio, cada um enterrado ao seu canto, fumando. Foi ao meio do Aterro que Ega pareceu despertar:

— E então por fim?... Sempre vais para Santa Olávia, ou que fazes?

Carlos mexeu-se no escuro da tipoia. Depois, lentamente, como cheio de cansaço:

— Talvez vá amanhã... Ainda não disse nada, ainda não fiz nada... Decidi dar-me quarenta e oito horas para acalmar, para refletir... Não se pode agora falar com este barulho das rodas.

De novo cada um recaiu na sua mudez, ao seu canto.

Em casa, subindo a escadinha forrada de veludo, Carlos declarou-se exausto e com uma intolerável dor de cabeça:

— Amanhã falamos, Ega... Boa noite, sim?

— Até amanhã.

Alta noite Ega acordou com uma grande sede. Saltara da cama, esvaziara a garrafa no toucador, quando julgou sentir por baixo, no quarto de Carlos, uma porta bater. Escutou. Depois, arrepiado, remergulhou nos lençóis. Mas despertara inteiramente, com uma ideia estranha, insensata, que o assaltara sem motivo, o agitava, lhe fazia palpitar o coração no grande silêncio da noite. Ouviu assim dar três horas. A porta de novo batera, depois uma janela; era decerto vento que se erguera. Não podia porém readormecer, às voltas, num terrível mal-estar, com aquela ideia cravada na imaginação que o torturava. Então, desesperado, pulou da cama, enfiou um paletó, e em pontas de chinelas, com a mão diante da luz, desceu surdamente ao quarto de Carlos. Na antessala parou, tremendo, com o ouvido contra o reposteiro, na esperança de perceber algum calmo rumor de respiração. O silêncio era pesado e pleno. Ousou entrar... A cama estava feita e vazia, Carlos saíra. Ele ficou a olhar estupidamente para aquela colcha lisa, com a dobra do lençol de renda cuidadosamente entreaberta pelo Batista. E agora não duvidava. Carlos fora findar a noite à Rua de S. Francisco!... Estava lá, dormia lá! E só uma ideia surgia através do seu horror: fugir, safar-se para Celorico, não ser testemunha daquela incomparável infâmia!...

E o dia seguinte, terça-feira, foi desolador para o pobre Ega. Vexado, num terror de encontrar Carlos ou Afonso, levantou-se cedo, esgueirou-se pelas escadas com cautelas de ladrão, foi almoçar ao Tavares. De tarde, na Rua do Ouro, viu passar Carlos, que levava no *break* o Cruges e o Taveira, arrebanhados certamente para ele se não encontrar só à mesa, com o avô. Ega jantou melancolicamente no Universal. Só entrou no Ramalhete às nove horas, vestir-se para *a soirée* da Gouvarinho, que pela manhã, no Loreto, parara a carruagem para lhe lembrar "que era a festa do Charlie". E foi já de paletó, de claque na mão, que apareceu enfim na salinha Luís XV onde Cruges tocava Chopin, e Carlos se instalara numa partida de besigue com o Craft. Vinha saber se os amigos queriam alguma coisa para os nobres condes de Gouvarinho...

— Diverte-te!

— Sê faiscante!

— Eu lá apareço para a ceia! — prometeu Taveira, estirado numa poltrona com o Figaro.

Eram duas horas da manhã quando Ega recolheu da *soirée*, onde por fim se divertia numa desesperada flertação com a Baronesa de Alvim, que à ceia, depois do champagne, vencida por tanta graça e tanta audácia, lhe tinha dado duas rosas. Diante do quarto de Carlos, acendendo a vela, Ega hesitou, mordido por uma curiosidade... Estaria lá? Mas teve vergonha daquela espionagem, e subiu, bem decidido, como na véspera, a fugir para Celorico. No seu quarto, diante do espelho, pôs cuidadosamente num copo as rosas da Alvim. E começava a despir-se, quando ouviu passos no negro corredor, passos muito lentos, muito pesados, que se adiantavam, findaram à sua porta em suspensão e silêncio. Assustado, gritou: "Quc é lá?" A porta rangeu. E apareceu Afonso da Maia, pálido, com um jaquetão sobre a camisa de dormir e um castiçal onde a vela ia morrendo. Não entrou. Numa voz enrouquecida, que tremia:

— O Carlos? Esteve lá?

Ega balbuciou, atarantado, em mangas de camisa. Não sabia... Estivera apenas um momento nos Gouvarinhos... Era provável que Carlos tivesse ido mais tarde com o Taveira, para a ceia.

O velho cerrara os olhos, como se desfalecesse, estendendo a mão para se apoiar. Ega correu para ele:

— Não se aflija, Senhor Afonso da Maia!

— Que queres então que faça? Onde está ele? Lá metido com essa mulher... Escusas de dizer, eu sei, mandei espreitar... Desci a isso, mas quis acabar esta angústia... E esteve lá ontem até de manhã; está lá a dormir neste instante... E foi para este horror que Deus me deixou viver até agora!

Teve um grande gesto de revolta e de dor. De novo os seus passos, mais pesados, mais lentos se sumiram no corredor.

Ega ficou junto da porta, um momento, estarrecido. Depois foi-se despindo devagar, decidido a dizer a Carlos, muito simplesmente, ao outro dia, antes de partir para Celorico, que a sua infâmia estava matando o avô, e o forçava a ele, seu melhor amigo, a fugir para a não testemunhar por mais tempo.

Mal acordou, puxou a mala para o meio do quarto, atirou para cima da cama, às braçadas, a roupa que ia emalar. E durante meia hora, em mangas de camisa, lidou nesta tarefa, misturando, aos seus pensamentos de cólera, lembranças da *soirée* da véspera, certos olhares da Alvim, certas esperanças que lhe tornavam saudosa a partida. Um alegre sol dourava a varanda. Terminou por abrir a vidraça, respirar, olhar o belo azul de inverno. Lisboa ganhava tanto com aquele tempo! E já Celorico, a quinta, o Padre Serafim lhe estendiam de longe a sua sombra na alma. Ao baixar os olhos viu o *dog-cart* de Carlos atrelado com a Tunante, que escarvava a calçada animada pelo ar vivo. Era Carlos, decerto, que ia sair cedo para não se encontrar com ele e com o avô!

Num receio de o não apanhar nesse dia, desceu correndo. Carlos aferrolhara-se na alcova de banho. Ega chamou, o outro não tugiu. Por fim Ega bateu, gritou através da porta, sem esconder a sua irritação:

— Tem a bondade de escutar!... Então partes para Santa Olávia, ou quê?

Depois de um instante, Carlos lançou de lá, entre um rumor de água que caía:

— Não sei... Talvez... Logo te digo...

O outro não se conteve mais:

— É que se não pode ficar assim eternamente... Recebi uma carta de minha mãe... E se não partes para Santa Olávia, eu vou para Celorico... É absurdo! Já estamos nisto há três dias!

E quase se arrependia já da sua violência, quando a voz de Carlos se arrastou de dentro, humilde e cansada, numa súplica:

— Por quem és, Ega! Tem um bocado de paciência comigo. Eu logo te digo...

Numa daquelas súbitas emoções de nervoso, que o sacudiam, os olhos do Ega umedeceram. Balbuciou logo:

— Bem, bem! Eu falei alto por ser através da porta... Não há pressa!

E fugiu para o quarto, cheio só de compaixão e ternura, com uma grossa lágrima nas pestanas. Sentia agora bem a tortura em que o pobre Carlos se debatera, sob o despotismo de uma paixão até aí legítima, e que numa hora amarga se tornava de repente monstruosa, sem nada perder do seu encanto e da sua intensidade... Humano e frágil, ele não pudera estacar naquele violento impulso de amor e de desejo, que o levava como num vendaval! Cedera, cedera, continuara a rolar àqueles braços, que inocentemente o continuavam a chamar. E aí andava agora, aterrado, escorraçado, fugindo ocultamente de casa, passando o dia longe dos seus, numa vadiagem trágica, como um excomungado que receia encontrar olhos puros onde sinta o horror do seu pecado... E ao lado, o pobre Afonso, sabendo tudo, morrendo daquela dor! Podia ele, hóspede querido dos tempos alegres, partir, agora que uma onda de desgraça quebrara sobre essa casa, onde o acolhiam afeições mais largas que na sua própria? Seria ignóbil! Tornou logo a desfazer a mala; e, furioso no seu egoísmo com todas aquelas amarguras que o abalavam, arranjava outra vez a roupa dentro da cômoda, com a mesma cólera com que a desmanchara, rosnando:

— Diabos levem as mulheres, e a vida, e tudo!...

Quando desceu já vestido, Carlos desaparecera! Mas Batista, tristonho, carrancudo, certo agora de que havia um grande desgosto, deteve-o para lhe murmurar:

— Tinha V. Exa. razão... Partimos amanhã para Santa Olávia e levamos roupa para muito tempo... Este inverno começa mal!

Nessa madrugada, às quatro horas, em plena escuridão, Carlos cerrara de manso o portão da Rua de S. Francisco. E, mais pungente, apoderava-se dele, na frialdade da rua, o medo que já o roçara, ao vestir-se na penumbra do quarto, ao lado de Maria adormecida, o medo de voltar ao Ramalhete! Era esse medo que já na véspera o trouxera todo o dia por fora no *dog-cart*, findando por jantar lugubremente com o Cruges, escondido num gabinete do Augusto. Era medo do avô, medo do Ega, medo do Vilaça; medo daquela sineta do jantar que os chamava, os juntava; medo do seu quarto, onde a cada momento qualquer deles podia erguer o reposteiro, entrar, cravar os olhos na sua alma e no seu segredo... Tinha agora a certeza "que eles sabiam tudo". E mesmo que nessa noite fugisse para Santa Olávia, pondo entre si e Maria uma separação tão alta como o muro de um claustro, nunca mais do espírito daqueles homens, que eram os seus amigos melhores, sairia a memória e a dor da infâmia em que ele se despenhara. A sua vida moral estava estragada... Então, para que partiria, abandonando a paixão, sem que por isso encontrasse a paz? Não seria mais lógico calcar desesperadamente todas as leis humanas e divinas, arrebatar para longe Maria na sua inocência, e para todo o sempre abismar-se nesse crime que se tornara a sua sombria partilha na terra?

Já assim pensara na véspera. Já assim pensara... Mas antevira então um outro horror, um supremo castigo, a esperá-lo na solidão onde se sepultasse. Já lhe percebera mesmo a aproximação; já noutra noite recebera dele um arrepio; já nessa noite, deitado junto de Maria, que adormecera cansada, o pressentira, apoderando-se dele, com um primeiro frio de agonia.

Era, surgindo do fundo do seu ser, ainda tênue mas já perceptível, uma saciedade, uma repugnância por ela, desde que sabia do seu sangue!... Uma repugnância material, carnal, à flor da pele, que passava como um arrepio. Fora primeiramente aquele aroma que a envolvia, flutuava entre os cortinados, lhe ficava a ele na pele e no fato, o excitava tanto outrora, o impacientava tanto agora, que, ainda na véspera, se encharcara em água-de--colônia, para o dissipar. Fora depois aquele corpo dela, adorado sempre como um mármore ideal, que de repente lhe aparecera como era na sua realidade; forte demais, musculoso, de grossos membros de amazona bárbara, com todas as belezas copiosas do animal de prazer. Nos seus cabelos de um lustre tão macio, sentia agora inesperadamente uma rudeza de juba. Os seus movimentos na cama, ainda nessa noite, o tinham assustado como se fossem os de uma fera, lenta e ciosa, que se estirava para o devorar... Quando os seus braços o enlaçavam, o esmagavam contra os seus rijos peitos túmidos de seiva, ainda decerto lhe punham nas veias uma chama que era toda bestial. Mas, apenas o último suspiro lhe morria nos lábios, aí começava insensivelmente a recuar para a borda do colchão, com um susto estranho; e imóvel, encolhido na roupa, perdido no fundo de uma infinita tristeza, esquecia-se pensando numa outra vida que podia ter, longe dali, numa casa simples, toda aberta ao sol, com sua mulher, legitimamente sua, flor de graça doméstica, pequenina, tímida, pudica, que não soltasse aqueles gritos lascivos e não usasse esse aroma tão quente! E desgraçadamente agora já não duvidava... Se partisse com ela, seria para bem cedo se debater no indizível horror de um nojo físico. E que lhe restaria então, morta a paixão que fora a desculpa do crime, ligado para sempre a uma mulher que o enojava, e que era... Só lhe restava matar-se! Mas, tendo por um só dia dormido com ela, na plena consciência da consanguinidade que os separava, poderia recomeçar a vida tranquilamente? Ainda que possuísse frieza e força para apagar dentro em si essa memória, ela não morreria no coração do avô e do seu amigo. Aquele ascoroso segredo ficaria entre eles, estragando, maculando tudo. A existência doravante só lhe oferecia intolerável amargor... Que fazer, santo Deus, que fazer! Ah, se alguém o pudesse aconselhar, o pudesse consolar! Quando chegou à porta de casa, o seu desejo único era atirar-se aos pés de um padre, aos pés de um santo, abrir-lhe as misérias do seu coração, implorar-lhe a doçura da sua misericórdia! Mas ai, onde havia um santo? Defronte do Ramalhete os candeeiros ainda ardiam. Abriu de leve a porta. Pé ante pé, subiu as escadas ensurdecidas pelo veludo cor de cereja. No patamar tateava, procurava a vela, quando, através do reposteiro entreaberto, avistou uma claridade que se movia no fundo do quarto. Nervoso, recuou, parou no recanto. O clarão chegava, crescendo; passos lentos, pesados, pisavam surdamente o tapete; a luz surgiu, e com ela o avô em mangas de camisa, lívido, mudo, grande, espectral. Carlos não se moveu, sufocado; e os dois olhos do velho, vermelhos, esgazeados, cheios de horror, caíram sobre ele, ficaram sobre ele, varando-o até as profundidades da alma, lendo lá o seu segredo. Depois, sem uma palavra, com a cabeça branca a tremer, Afonso atravessou o patamar, onde a luz sobre o veludo espalhava um tom de sangue; e os seus passos perderam-se no interior da casa, lentos, abafados, cada vez mais sumidos, como se fossem os derradeiros que devesse dar na vida! Carlos entrou no quarto às escuras, tropeçou num sofá. E ali se deixou cair, com a cabeça enterrada nos braços, sem pensar, sem sentir, vendo o velho lívido passar, repassar diante dele como um longo fantasma, com a luz avermelhada na mão. Pouco a pouco foi-o tomando um cansaço, uma inércia, uma infinita lassidão da vontade, onde um desejo apenas transparecia, se alongava: o desejo de interminavelmente repousar algures numa grande mudez e numa grande treva... Assim escorregou ao pensamento da morte. Ela seria a perfeita cura, o asilo seguro. Por que não iria ao seu encontro? Alguns grãos de láudano nessa noite e penetrava na absoluta paz...

Ficou muito tempo embebendo-se nesta ideia, que lhe dava alívio e consolo, como se, escorraçado por uma tormenta ruidosa, visse diante dos seus passos abrir-se uma porta, de onde saísse calor e silêncio. Um rumor, o chilrear de um pássaro na janela, fez-lhe sentir o sol e o dia. Ergueu-se, despiu-se muito devagar, numa imensa moleza. E mergulhou na cama, enterrou a cabeça no travesseiro para recair na doçura daquela inércia, que era um antegosto da morte, e não sentir mais nas horas que lhe restavam nenhuma luz, nenhuma coisa da terra.

O sol ia alto, um barulho passou, o Batista rompeu pelo quarto:

— Ó senhor D. Carlos, ó meu menino! O avô achou-se mal no jardim; não dá acordo!...

Carlos pulou do leito, enfiando um paletó que agarrara. Na antecâmara a governanta, debruçada no corrimão, gritava, aflita: "Adiante, homem de Deus, ao pé da padaria, o senhor Doutor Azevedo!" E um moço que corria, com que esbarrou no corredor, atirou, sem parar:

— Ao fundo, ao pé da cascata, senhor D. Carlos, na mesa de pedra!...

Afonso da Maia lá estava, nesse recanto do quintal, sob os ramos do cedro, sentado no banco de cortiça, tombado por sobre a tosca mesa, com a face caída entre os braços. O chapéu desabado rolara para o chão; nas costas, com a gola erguida, conservava o seu velho capote azul. Em volta, nas folhas das camélias, nas áleas areadas, refulgia, cor de ouro, o sol fino de inverno. Por entre as conchas da cascata, o fio de água punha o seu choro lento. Arrebatadamente, Carlos levantara-lhe a face, já rígida, cor de cera, com os olhos cerrados, e um fio de sangue aos cantos da longa barba de neve. Depois caiu de joelhos no chão úmido; sacudia-lhe as mãos murmurando: "Ó avô! Ó avô!" Correu ao tanque, borrifou-o de água;

— Chamem alguém! Chamem alguém!

Outra vez lhe palpava o coração... Mas estava morto. Estava morto, já frio, aquele corpo que, mais velho que o século, resistira tão formidavelmente, como um grande roble, aos anos e aos vendavais. Ali morrera, solitariamente; já o sol ia alto, naquela tosca mesa de pedra onde deixara pender a cabeça cansada.

Quando Carlos se ergueu, Ega aparecia, esguedelhado, embrulhado no *robe de chambre*. Carlos abraçou-se nele, tremendo todo, num choro despedaçado. Os criados em redor olhavam, aterrados. E a governanta, como tonta, entre as vias de roseiras, gemia com as mãos na cabeça: "Ai o meu rico senhor, ai o meu rico senhor!". Mas o porteiro, esbaforido, chegava com o médico, o Dr. Azevedo, que felizmente encontrara na rua. Era um rapaz, apenas saído da escola, magrinho e nervoso, com as pontas do bigode muito frisadas. Deu em redor, atarantadamente, um cumprimento aos criados, ao Ega e a Carlos, que procurava serenar com a face lavada de lágrimas. Depois, tendo descalçado a luva, estudou todo o corpo de Afonso com uma lentidão, uma minuciosidade que exagerava, à medida que sentia em volta, mais ansiosos e atentos nele, todos aqueles olhos umedecidos. Por fim, diante de Carlos, passando nervosamente os dedos no bigode, murmurou termos técnicos... De resto, diria, já o colega se teria compenetrado de que tudo infelizmente findara. Ele sentia das veras da alma o desgosto... Se para alguma coisa fosse necessário, com o máximo prazer...

— Muito agradecido a V. Exa. — balbuciou Carlos.

Ega, em chinelas, deu alguns passos com o senhor Doutor Azevedo, para lhe indicar a porta do jardim.

Carlos, no entanto, ficara defronte do velho sem chorar, perdido apenas no espanto daquele brusco fim! Imagens do avô, do avô vivo e forte, cachimbando ao canto do fogão, regando de manhã as roseiras, passavam-lhe na alma, em tropel, deixando-lha cada vez mais dorida e negra... E era então um desejo de findar também; encostar-se como ele àquela mesa de pedra, e sem outro esforço, nenhuma outra dor da vida, cair como ele na sempiterna paz. Uma réstia de sol, entre os ramos grossos do cedro, batia a face morta de Afonso. No silêncio os pássaros, um momento espantados, tinham recomeçado a chalrar. Ega veio a Carlos, tocou-lhe no braço:

— É necessário levá-lo para cima.

Carlos beijou a mão fria que pendia. E, devagar, com os beiços a tremer, levantou o avô pelos ombros carinhosamente. Batista correra a ajudar; Ega, embaraçado no seu largo roupão, segurava os pés do velho. Através do jardim, do terraço cheio de sol, do escritório onde a sua poltrona esperava diante do lume aceso, foram-no transportando num silêncio só quebrado pelos passos dos criados, que corriam a abrir as portas, acudiam quando Carlos, na sua perturbação, ou o Ega fraquejavam sob o peso do grande corpo. A governanta já estava no quarto de Afonso com uma colcha de seda para estender na singela cama de ferro, sem cortinado. E ali o depuseram, enfim, sobre as ramagens claras bordadas na seda azul. Ega acendera dois castiçais de prata; a governanta, de joelhos à beira do leito, esfiava o rosário; e M. Antoine, com o seu barrete branco de cozinheiro na mão, ficara à porta, junto de um cesto que trouxera, cheio de camélias e palmas de estufa. Carlos, no entanto, movendo-se pelo quarto, com longos soluços que o sacudiam, voltava a cada instante, numa derradeira e absurda esperança, palpar as mãos ou o coração do velho. Com o jaquetão de veludilho, os seus grossos sapatos brancos, Afonso parecia mais forte e maior, na sua rigidez, sobre o leito estreito; entre o cabelo de neve cortado à escovinha e a longa barba desleixada, a pele ganhara um tom de marfim velho, onde as rugas tomavam a dureza de entalhaduras a cinzel; as pálpebras engelhadas, de pestanas brancas, pousavam com a consolada serenidade de quem enfim descansa; e ao deitarem-no, uma das mãos ficara-lhe aberta e posta sobre o coração, na simples e natural atitude de quem tanto pelo coração vivera!

Carlos perdia-se nesta contemplação dolorosa. E o seu desespero era que o avô assim tivesse partido para sempre, sem que entre eles houvesse um adeus, uma doce palavra trocada. Nada! Apenas aquele olhar angustiado, quando passara com a vela acesa na mão. Já então ele ia andando para a morte. O avô sabia tudo; disso morrera! E esta certeza sem cessar lhe batia na alma, com uma longa pancada repetida e lúgubre. O avô sabia tudo; disso morrera!

Ega veio com um gesto indicar-lhe o estado em que estavam, ele de *robe de chambre*, Carlos com o paletó sobre a camisa de dormir:

— É necessário descer; é necessário vestir-nos.

Carlos balbuciou:

— Sim, vamo-nos vestir...

Mas não se arredava. Ega levou-o brandamente pelo braço. Ele caminhava como um sonâmbulo, passando o lenço devagar pela testa e pela barba. E de repente, no corredor, apertando desesperadamente as mãos, outra vez coberto de lágrimas, num agoniado desabafo de toda a sua culpa:

— Ega, meu querido Ega! O avô viu-me esta manhã quando entrei! E passou, não me disse nada... Sabia tudo, foi isso que o matou!...

Ega arrastou-o, consolou-o, repelindo tal ideia. Que tolice! O avô tinha quase oitenta anos, e uma doença de coração... Desde a volta de Santa Olávia, quantas vezes eles tinham falado nisso, aterrados! Era absurdo ir agora fazer-se mais desgraçado, com semelhante imaginação!

Carlos murmurou, devagar, como para si mesmo, com os olhos postos no chão:

— Não! É estranho, não me faço mais desgraçado! Aceito isto como um castigo... Quero que seja um castigo... E sinto-me só muito pequeno, muito humilde diante de quem assim me castiga. Esta manhã pensava em matar-me. E agora não! É o meu castigo viver, esmagado para sempre... O que custa é que ele não me tivesse dito adeus!

De novo as lágrimas lhe correram, mas lentas, mansamente, sem desespero. Ega levou-o para o quarto, como uma criança. E assim o deixou a um canto do sofá, com o lenço sobre a face, num choro contínuo e quieto, que lhe ia lavando, aliviando o coração, de todas as angústias confusas e sem nome, que nesses dias derradeiros o traziam sufocado.

Ao meio-dia, em cima, Ega acabava de vestir-se, quando Vilaça lhe rompeu pelo quarto de braços abertos.

— Então, como foi isto, como foi isto?

Batista mandara-o chamar pelo trintanário, mas o rapazola pouco lhe soubera contar. Agora embaixo o pobre Carlos abraçara-o, coitadinho, lavado em lágrimas, sem poder dizer nada, pedindo-lhe só para se entender em tudo com o Ega... E ali estava.

— Mas como foi, como foi, assim de repente?...

Ega contou, brevemente, como tinham encontrado Afonso de manhã no jardim, tombado para cima da mesa de pedra. Viera o Doutor Azevedo, mas tudo acabara!

Vilaça levou as mãos à cabeça:

— Uma coisa assim! Creia o amigo! Foi essa mulher, essa mulher que aí apareceu, que o matou! Nunca foi o mesmo depois daquele abalo! Não foi mais nada! Foi isso!

Ega murmurava, deitando maquinalmente água-de--colônia no lenço:

— Sim, talvez, esse abalo, e oitenta anos, e poucas cautelas, e uma doença de coração.

Falaram então do enterro, que devia ser simples como convinha àquele homem simples. Para depositar o corpo, enquanto não fosse trasladado para Santa Olávia, Ega lembrava-se do jazigo do marquês.

Vilaça coçava o queixo, hesitando:

— Eu também tenho um jazigo. Foi o próprio Senhor Afonso da Maia que o mandou erguer para meu pai, que Deus haja... Ora parece-me que por uns dias ficava lá perfeitamente. Assim não se pedia a ninguém, e eu tinha nisso muita hora...

Ega concordou. Depois fixaram outros detalhes de convite, ergueu-se com um grande suspiro:

— Bem, vou dar esses tristes passos! E cá apareço logo, que o quero ver pela última vez, quando o tiverem vestido. Quem me havia de dizer! Ainda anteontem a jogar com ele... Até lhe ganhei três mil-réis, coitadinho!

Uma onda de saudade sufocou-o, fugiu com o lenço nos olhos. Quando Ega desceu, Carlos, todo de luto, estava sentado à escrivaninha, diante de uma folha de papel. Imediatamente ergueu-se, arrojou a pena.

— Não posso!... Escreve-lhe tu aí, a ela, duas palavras.

Em silêncio, Ega tomou a pena, redigiu um bilhete muito curto. Dizia: "Minha senhora. O Senhor Afonso de Maia morreu esta madrugada, de repente, com uma apoplexia. V. Exa. compreende que, neste momento, Carlos nada mais pode do que pedir-me para eu transmitir a V. Exa. esta desgraçada notícia. Creia-me etc.". Não o leu a Carlos. E como Batista entrava nesse momento, todo de preto, com o almoço numa bandeja, Ega pediu-lhe para mandar o trintanário com aquele bilhete à Rua de S. Francisco. Batista segredou sobre o ombro do Ega:

— É bom não esquecer as fardas de luto para os criados...

— O Senhor Vilaça já sabe.

Tomaram chá à pressa, em cima do tabuleiro. Depois Ega escreveu bilhetes a D. Diogo e ao Sequeira, os mais velhos amigos de Afonso; e davam duas horas quando chegaram os homens com o caixão, para amortalhar o corpo. Mas Carlos não permitiu que mãos mercenárias tocassem no avô. Foi ele e o Ega, ajudados pelo Batista, que, corajosamente, recalcando a emoção sob o dever, o lavaram, o vestiram, o depuseram dentro do grande cofre de carvalho, forrado de cetim claro, onde Carlos colocou uma miniatura de sua avó Runa. À tarde, com o auxílio de Vilaça, que voltara "para dar o último olhar ao patrão", desceram-no ao escritório, que Ega não quisera alterar nem ornar, e que, com os damascos escarlates, as estantes lavradas, os lírios juncando a carteira de pau-preto, conservava a sua feição austera de paz estudiosa. Somente, para depor o caixão, tinham juntado duas largas mesas, recobertas por um pano de veludo negro que havia na casa, com as armas bordadas a ouro. Por cima, o Cristo de Rubens abria os braços sobre a vermelhidão do poente. Aos lados ardiam doze castiçais de prata. Largas palmas de estufa cruzavam-se à cabeceira do esquife, entre ramos de camélias. E Ega acendeu um pouco de incenso em dois perfumadores de bronze.

À noite, o primeiro dos velhos amigos a aparecer foi D. Diogo, solene, de casaca. Encostado ao Ega, aterrado diante do caixão, só pôde murmurar: "E tinha menos sete meses que eu!" O marquês veio já tarde, abafado em mantas, trazendo um grande cesto de flores. Craft e o Cruges nada sabiam; tinham-se encontrado na rampa de Santos; e receberam a primeira surpresa ao ver fechado o portão do Ramalhete. O último a chegar foi o Sequeira, que passara o dia na quinta, e se abraçou em Carlos, depois no Craft ao acaso, entontecido, com uma lágrima nos olhos injetados, balbuciando: "Foi-se o companheiro de muitos anos. Também não tardo!.." E a noite de vigília e pêsames começou, lenta e silenciosa. As doze chamas das velas ardiam, muito altas, numa solenidade funerária. Os amigos trocavam algum murmúrio abafado, com as cadeiras chegadas. Pouco a pouco o calor, o aroma do incenso, a exalação das flores forçaram o Batista a abrir uma das janelas do terraço. O céu estava cheio de estrelas. Um vento fino sussurrava nas ramagens do jardim.

Já tarde Sequeira, que não se movera de uma poltrona, com os braços cruzados, teve uma tontura. Ega levou-o à sala de jantar, a reconfortá-lo com um cálice de conhaque. Havia lá uma ceia fria, com vinhos e doces. E Craft veio também com o Taveira, que soubera a desgraça na redação da *Tarde*, e correra quase sem jantar. Tomando um pouco de Bordéus, um sanduíche, Sequeira reanimava-se, lembrava o passado, os tempos brilhantes, quando Afonso e ele eram novos. Mas emudeceu vendo aparecer Carlos, pálido e vagaroso como um sonâmbulo, que balbuciou: "Tomem alguma coisa, sim, tomem alguma coisa..."

Mexeu num prato, deu uma volta à mesa, saiu. Assim vagamente foi até a antecâmara, onde todos os candelabros ardiam. Uma figura esguia e negra surgiu da escada. Dois braços enlaçaram-no. Era o Alencar.

— Nunca vim cá nos dias felizes; aqui estou na hora triste!

E poeta seguiu pelo corredor, em pontas de pés, como pela nave de um templo.

Carlos, no entanto, deu ainda alguns passos pela antecâmara. Ao canto de um divã ficara um grande cesto com uma coroa de flores, sobre que pousava uma carta. Reconheceu a letra de Maria. Não lhe tocou, recolheu ao escritório. Alencar, diante do caixão, com a mão pousada no ombro do Ega, murmurava: "Foi-se uma alma de herói!"

As velas iam-se consumindo. Um cansaço pesava. Batista fez servir café no bilhar. E aí, apenas recebeu a sua chávena, Alencar, cercado do Cruges, do Taveira, do Vilaça, rompeu a falar também do passado, dos tempos brilhantes de Arroios, dos rapazes ardentes de então:

— Vejam vocês, filhos, se se encontra ainda uma gente como estes Maias, almas de leões, generosos, valentes!... Tudo parece ir morrendo neste desgraçado país!... Foi-se a faísca, foi-se a paixão... Afonso da Maia! Parece que o estou a ver, à janela do palácio em Benfica, com a sua grande gravata de cetim, aquela cara nobre de português doutrora... E lá vai! E o meu pobre Pedro também... Caramba, até se me faz a alma negra!

Os olhos enevoaram-se-lhe; deu um imenso sorvo ao conhaque. Ega, depois de beber um gole de café, voltara ao escritório, onde o cheiro de incenso espalhava uma melancolia de capela. D. Diogo, estirado no sofá, ressonava. Sequeira, defronte, dormitava também, descaído sobre os braços cruzados, com todo o sangue na face. Ega despertou-os de leve. Os dois velhos amigos, depois de um abraço a Carlos, partiram na mesma carruagem, com os charutos acesos. Os outros, pouco a pouco, iam também abraçar Carlos; enfiavam os paletós. O último a sair foi Alencar, que, no pátio, beijou o Ega, num impulso de emoção, lamentando ainda o passado, os companheiros desaparecidos.

— O que me vale agora são vocês, rapazes, a gente nova. Não me deitem à margem! Senão, caramba, quando quiser fazer uma visita, tenho de ir ao cemitério. Adeus, não apanhes frio!

O enterro foi ao outro dia, à uma hora. O Ega, o marquês, o Craft, o Sequeira levaram o caixão até à porta, seguidos pelo grupo de amigos, onde destacava o Conde de Gouvarinho, soleníssimo, de grã-cruz. O Conde de Steinbroken, com o seu secretário, trazia na mão uma coroa de violetas. Na calçada estreita os trens apertavam-se, numa longa fila que subia, se perdia pelas outras ruas, pelas travessas; em todas as janelas do bairro se apinhava gente; os polícias berravam com os cocheiros. Por fim o carro, muito simples, rodou, seguido por duas carruagens da casa, vazias, com as lanternas recobertas de longos véus de crepe que pendiam. Atrás, um a um, desfilaram os trens da Companhia com os convidados, que abotoavam os casacos, corriam os vidros contra a friagem do dia enevoado. O Darque e o Vargas iam no mesmo *coupé*. O correio do Gouvarinho passou choutando na sua pileca branca. E, sobre a rua deserta, cerrou-se finalmente, para um grande luto, o portão do Ramalhete.

Quando o Ega voltou do cemitério encontrou Carlos no quarto, rasgando papéis, enquanto o Batista, atarefado, de joelhos no tapete, fechava uma mala de couro. E como Ega, pálido e arrepiado de frio, esfregava as mãos, Carlos fechou a gaveta cheia de cartas, lembrou que fossem para o *fumoir* onde havia lume.

Apenas lá entraram, Carlos correu o reposteiro, olhou para o Ega:

— Tens dúvida em lhe ir falar, a ela?

— Não. Para quê?... Para lhe dizer o quê?

— Tudo.

Ega rolou uma poltrona para junto da chaminé, despertou as brasas. E Carlos, ao lado, prosseguiu devagar, olhando o lume.

— Além disso, desejo que ela parta, que parta já para Paris... Seria absurdo ficar em Lisboa... Enquanto se não liquidar o que lhe pertence, há de se lhe estabelecer uma mesada, uma larga mesada... Vilaça vem daqui a bocado para falar desses detalhes... Em todo caso, amanhã, para ela partir, levas-lhe quinhentas libras.

Ega murmurou:

— Talvez para essas questões de dinheiro fosse melhor ir lá o Vilaça...

— Não, pelo amor de Deus! Para que se há de fazer corar a pobre criatura diante do Vilaça?...

Houve um silêncio. Ambos olhavam a chama clara que bailava...

— Custa-te muito, não é verdade, meu pobre Ega?..

— Não... Começo a estar embotado. É fechar os olhos, tragar mais essa má hora, e depois descansar. Quando voltas tu de Santa Olávia?

Carlos não sabia. Contava que Ega, terminada essa missão à Rua de S. Francisco, fosse aborrecer-se uns dias com ele a Santa Olávia. Mais tarde era necessário trasladar para lá o corpo do avô...

— E passado isso, vou viajar... Vou à América, vou ao Japão, vou fazer esta coisa estúpida e sempre eficaz que se chama "distrair"...

Encolheu os ombros, foi devagar até a janela, onde morria palidamente um raio de sol na tarde que clareava. Depois, voltando para o Ega, que de novo remexia os carvões:

— Eu, está claro, não me atrevo a dizer-te que venhas, Ega... Desejava bem, mas não me atrevo!

Ega pousou devagar as tenazes, ergueu-se, abriu os braços para Carlos, comovido:

— Atreve, que diabo... Por que não?

— Então vem!

Carlos pusera nisto toda a sua alma. E ao abraçar o Ega, corriam-lhe na face duas grandes lágrimas.

Então Ega refletiu. Antes de ir a Santa Olávia, precisava fazer uma romagem à quinta de Celorico. O Oriente era caro. Urgia, pois, arrancar à mãe algumas letras de crédito... E como Carlos pretendia ter "bastante para o luxo de ambos", Ega atalhou muito sério:

— Não, não! Minha mãe também é rica. Uma viagem à América e ao Japão são formas de educação. E a mamã tem o dever de completar a minha educação. O que aceito, sim, é uma das tuas malas de couro...

Quando nessa noite, acompanhados pelo Vilaça, Carlos e Ega chegaram à estação de Santa Apolônia, o comboio ia partir. Carlos mal teve tempo de saltar para o seu compartimento reservado, enquanto Batista, abraçado às mantas de viagem, empurrado pelo guarda, se içava desesperadamente para outra carruagem, entre os protestos dos sujeitos que a atulhavam. O trem imediatamente rolou. Carlos debruçou-se à portinhola, gritando ao Ega: "Manda um telegrama amanhã a dizer o que houve!". Recolhendo ao Ramalhete com o Vilaça, que ia nessa noite coligir e selar os papéis de Afonso da Maia, Ega falou logo nas quinhentas libras que ele devia entregar na manhã seguinte a Maria Eduarda. Vilaça recebera, com efeito, essa ordem de Carlos. Mas francamente, entre amigos, não lhe parecia excessiva a soma, para uma jornada? Além disso Carlos falara em estabelecer a essa senhora uma mesada de quatro mil francos, cento e sessenta libras! Não achava também exagerado? Para uma mulher, uma simples mulher...

Ega lembrou que essa simples mulher tinha direito legal a muito mais...

— Sim, sim — resmungou o procurador. — Mas tudo isso de legalidade tem ainda de ser muito estudado. Não falemos nisso. Eu nem gosto de falar nisso!

Depois, como Ega aludia à fortuna que deixava Afonso da Maia, Vilaça deu detalhes. Era decerto uma das boas casas de Portugal. Só o que viera da herança de Sebastião da Maia representava bem quinze contos de renda. As propriedades do Alentejo, com os trabalhos que lá fizera o pai dele, Vilaça, tinham triplicado de valor. Santa Olávia era uma despesa. Mas as quintas ao pé de Lamego, um condado.

— Há muito dinheiro! — exclamou ele com satisfação, batendo no joelho de Ega. — E isto, amigo, digam lá o que disserem, sempre consola de tudo.

— Consola de muito, com efeito.

Ao entrar no Ramalhete, Ega sentia uma longa saudade, pensando no lar feliz e amável que ali houvera e que, para sempre, se apagara. Na antecâmara, os seus passos já lhe pareciam soar tristemente, como os que se dão numa casa abandonada. Ainda errava um vago cheiro de incenso e de fenol. No lustre do corredor havia uma luz só e dormente.

— Já anda aqui um ar de ruína, Vilaça.

— Ruinazinha bem confortável, todavia! — murmurou o procurador, dando um olhar às tapeçarias e aos divãs, e esfregando as mãos, arrepiado da friagem da noite.

Entraram no escritório de Afonso, onde durante um momento se ficaram aquecendo ao lume. O relógio Luís XV bateu finalmente as nove horas, depois a toada argentina do seu minuete vibrou um instante e morreu. Vilaça preparou-se para começar a sua tarefa. Ega declarou que ia para o quarto arranjar também a sua papelada, fazer a limpeza final de dois anos de mocidade. Subiu. E pousara apenas a luz sobre a cômoda, quando sentiu ao fundo, no silêncio do corredor, um gemido longo, desolado, de uma tristeza infinita. Um terror arrepiou-lhe os cabelos. Aquilo arrastava-se, gemia no escuro, para o lado dos aposentos de Afonso da Maia. Por fim, refletindo que toda a casa estava acordada, cheia de criados e de luzes, Ega ousou dar alguns passos no corredor, com o castiçal na mão trêmula. Era o gato! Era o Reverendo Bonifácio, que, diante do quarto de Afonso, arranhando a porta fechada, miava doloridamente. Ega escorraçou-o, furioso. O pobre Bonifácio fugiu, obeso e lento, com a cauda fofa a roçar no chão; mas voltou logo, e esgatanhando a porta, roçando-se pelas pernas do Ega, recomeçou a miar, num lamento agudo, saudoso como o de uma dor humana, chorando o dono perdido que o acariciava no colo e que não tornara a aparecer.

Ega correu ao escritório a pedir ao Vilaça que dormisse essa noite no Ramalhete. O procurador acedeu, impressionado com aquele horror do gato a chorar. Deixara o montão de papéis sobre a mesa; voltara a aquecer os pés ao lume dormente. E voltando-se para o Ega, que se sentara, ainda todo pálido, no sofá bordado a matiz, antigo lugar de D. Diogo, murmurou devagar, gravemente:

— Há três anos, quando o Senhor Afonso me encomendou aqui as primeiras obras, lembrei-lhe eu que, segundo uma antiga lenda, eram sempre fatais aos Maias as paredes do Ramalhete. O Senhor Afonso da Maia riu de agouros e lendas... Pois fatais foram!

No dia seguinte, levando os papéis da Monforte e o dinheiro em letras e libras que Vilaça lhe entregara à porta do Banco de Portugal, Ega, com o coração aos pulos, mas decidido a ser forte, a afrontar a crise serenamente, subiu ao primeiro andar da Rua de S. Francisco. O Domingos, de gravata preta, movendo-se em pontas de pés, abriu o reposteiro da sala. E Ega pousara apenas sobre o sofá a velha caixa de charutos da Monforte quando Maria Eduarda entrou, pálida, toda coberta de negro, estendendo-lhe as mãos ambas.

— Então Carlos?

Ega balbuciou:

— Como V. Exa. pode imaginar, num momento destes... Foi horrível assim de surpresa...

Uma lágrima tremeu nos olhos pisados de Maria. Ela não conhecia o Senhor Afonso da Maia, nem sequer o vira nunca. Mas sofria realmente por sentir bem o sofrimento de Carlos... O que aquele rapaz estremecia o avô!

— Foi de repente, não?

Ega retardou-se em longos detalhes. Agradeceu a coroa que ela mandara. Contou os gemidos, a aflição do pobre Bonifácio....

— E Carlos? — repetiu ela.

— Carlos foi para Santa Olávia, minha senhora.

Ela apertou as mãos, numa surpresa que a acabrunhava. Para Santa Olávia! E sem um bilhete, sem uma palavra?... Um terror empalidecia-a mais, diante daquela partida tão arrebatada, quase parecida com um abandono. Terminou por murmurar, com um ar de resignação e de confiança que não sentia:

— Sim, com efeito, neste momento não se pensa nos outros...

Duas lágrimas corriam-lhe devagar pela face. E diante desta dor, tão humilde e tão muda, Ega ficou desconcertado. Durante um instante, com os dedos trêmulos no bigode, viu Maria chorar em silêncio. Por fim ergueu-se, foi à janela, voltou, abriu os braços diante dela numa aflição:

— Não, não é isso, minha querida senhora! Há outra coisa; há ainda outra coisa! Têm sido para nós dias terríveis! Têm sido dias de angústia...

Outra coisa!?... Ela esperava, com os olhos largos sobre o Ega, a alma toda suspensa.

Ega respirou fortemente:

— V. Exa. lembra-se de um Guimarães, que vive em Paris, um tio do Dâmaso?

Maria, espantada, moveu lentamente a cabeça.

— Esse Guimarães era muito conhecido da mãe de V. Exa., não é verdade?

Ela teve o mesmo movimento breve e mudo. Mas o pobre Ega hesitava ainda, com a face arrepanhada e branca, num embaraço que o dilacerava:

— Eu falo em tudo isto, minha senhora, porque Carlos assim me pediu... Deus sabe o que me custa!... E é horrível; nem sei por onde hei de começar...

Ela juntou as mãos, numa súplica, numa angústia:

— Pelo amor de Deus!

E nesse instante, muito sossegadamente, Rosa erguia uma ponta do reposteiro, com Niniche ao lado e a sua boneca nos braços. A mãe teve um grito impaciente:

— Vai lá pra dentro! Deixa-me!

Assustada, a pequena não se moveu mais, com os lindos olhos de repente cheios de água. O reposteiro caiu; do fundo do corredor veio um grande choro magoado.

Então Ega teve só um desejo, o desesperado desejo de findar.

— V. Exa. conhece a letra de sua mãe, não é verdade?... Pois bem! Eu trago aqui uma declaração dela a seu respeito... Esse Guimarães é que tinha este documento, com outros papéis que ela lhe entregou em 71, nas vésperas da guerra... Ele conservou-os até agora, e queria restituir-lhos, mas não sabia onde V. Exa. vivia. Viu-a há dias numa carruagem, comigo e com o Carlos... Foi ao pé do Aterro; V. Exa. deve lembrar-se; defronte do alfaiate, quando vínhamos da Toca... Pois bem! O Guimarães veio imediatamente ao procurador dos Maias, deu-lhe esses papéis, para que os entregasse a V. Exa... E nas primeiras palavras que disse, imagine o assombro de todos, quando se entreviu que V. Exa. era parenta de Carlos, e parenta muito chegada.

Atabalhoara esta história, de pé, quase de um fôlego, com bruscos gestos de nervoso. Ela mal compreendia, lívida, num indefinido terror. Só pôde murmurar muito debilmente: "Mas..." E de novo emudeceu, assombrada, devorando os movimentos do Ega que, debruçado sobre o sofá, desembrulhava a tremer a caixa de charutos da Monforte. Por fim voltou para ela com um papel na mão, atropelando as palavras numa debandada:

— A mãe de V. Exa. nunca lho disse... Havia um motivo muito grave... Ela tinha fugido de Lisboa, fugido ao marido... Digo isto assim brutalmente, perdoe-me V. Exa., mas não é o momento de atenuar as coisas... Aqui está! V. Exa. conhece a letra de sua mãe. É dela esta letra, não é verdade?

— É! — exclamou Maria, indo arrebatar o papel.

— Perdão! — gritou Ega, retirando-lho violentamente. — Eu sou um estranho! E V. Exa. não se pode inteirar de tudo isto, enquanto eu não sair daqui.

Fora uma inspiração providencial, que o salvara de testemunhar o choque terrível, o horror das coisas que ela ia saber. E insistiu. Deixava-lhe ali todos os papéis que eram de sua mãe. Ela leria, quando ele saísse, compreenderia a realidade atroz... Depois, tirando do bolso os dois pesados rolos de libras, o sobrescrito que continha a letra sobre Paris, pôs tudo em cima da mesa, com a declaração da Monforte.

— Agora só mais duas palavras. Carlos pensa que o que V. Exa. deve fazer, já, é partir para Paris. V. Exa. tem direito, como sua filha há de ter, a uma parte da fortuna desta família dos Maias, que agora é a sua... Neste maço que lhe deixo está uma letra sobre Paris para as despesas imediatas... O procurador de Carlos tomou já um vagão-salão. Quando V. Exa. decidir partir, peço-lhe que mande um recado ao Ramalhete, para eu estar na *gare*... Creio que é tudo. E agora devo deixá-la...

Agarrara rapidamente o chapéu, veio tomar-lhe a mão inerte e fria:

— Tudo é uma fatalidade! V. Exa. é nova, ainda lhe resta muita coisa na vida, tem a sua filha a consolá-la de tudo... Nem lhe sei dizer mais nada!

Sufocado, beijou-lhe a mão que ela lhe abandonou, sem consciência e sem voz, de pé, direita no seu negro luto, com a lividez parada de um mármore. E fugiu.

— Ao telégrafo! — gritou embaixo, ao cocheiro.

Foi só na Rua do Ouro que começou a serenar, tirando o chapéu, respirando largamente. E ia então repetindo a si mesmo todas as consolações que se poderiam dar a Maria Eduarda: era nova e formosa; o seu pecado fora inconsciente; o tempo acalma toda a dor; e em breve, já resignada, encontrar-se-ia com uma família séria, uma larga fortuna, nessa amável Paris, onde uns lindos olhos, com algumas notas de mil francos, têm sempre um reinado seguro...

— É uma situação de viúva bonita e rica — terminou ele por dizer alto, no *coupé*. — Há pior na vida.

Ao sair do telégrafo despediu a tipoia. Por aquela luz consoladora do dia de inverno, recolheu a pé para o Ramalhete, a escrever a longa carta que prometera a Carlos. Vilaça já lá estava instalado, com um boné de veludilho na cabeça, emaçando ainda os papéis de Afonso, liquidando as contas dos criados. Jantaram tarde. E fumavam junto do lume, na sala Luís XV, quando o escudeiro veio dizer que uma senhora, embaixo, numa carruagem, procurava o Senhor Ega. Foi um terror. Imaginaram logo Maria, alguma resolução desesperada. Vilaça ainda teve a esperança de ela trazer alguma nova revelação, que tudo mudasse, salvasse da "bolada"... Ega desceu a tremer. Era Melanie numa tipoia de praça, abafada numa grande *ulster*, com uma carta de Madame. À luz da lanterna Ega abriu o envelope, que trazia apenas um cartão branco, com estas palavras a lápis: "Decidi partir amanhã para Paris". Ega recalcou a curiosidade de saber como estava a senhora. Galgou logo as escadas; e seguido de Vilaça, que ficara na antecâmara à espreita, correu ao escritório de Afonso, a escrever a Maria. Num papel tarjado de luto, dizia-lhe (além de detalhes sobre bagagens) que o vagão-salão estava tomado até Paris, e que ele teria a honra de a ver em Santa Apolônia. Depois, ao fazer o sobrescrito, ficou com a pena no ar, num embaraço. Devia pôr "Madame Mac-Gren" ou "D. Maria Eduarda da Maia"? Vilaça achava preferível o antigo nome, porque ela legalmente ainda não era Maia. Mas, dizia o Ega atrapalhado, também já não era Mac-Gren...

— Acabou-se! Vai sem nome. Imagina-se que foi esquecimento...

Levou assim a carta, dentro do sobrescrito em branco. Melanie guardou-o no regalo. E, debruçada à portinhola, entristecendo a voz desejou saber, da parte de Madame, onde estava enterrado o avô do senhor...

Ega ficou com o monóculo sobre ela, sem sentir bem se aquela curiosidade de Maria era indiscreta ou tocante. Por fim deu uma indicação. Era nos Prazeres, à direita, ao fundo, onde havia um anjo com uma tocha. O melhor seria perguntar ao guarda pelo jazigo dos senhores Vilaças.

— *Merci, monsieur, bien le bonsoir.*

— *Bonsoir, Melanie!*

No dia seguinte, na estação de Santa Apolônia, Ega, que viera cedo com o Vilaça, acabava de despachar a sua bagagem para o Douro, quando avistou Maria que entrava trazendo Rosa pela mão. Vinha toda envolta numa grande peliça escura, com um véu dobrado, espesso como uma máscara; e a mesma gaze de luto escondia o rostozinho da pequena, fazendo-lhe um laço sobre a touca. *Miss* Sara, numa *ulster* clara de quadrados, sobraçava um maço de livros. Atrás o Domingos, com os olhos muito vermelhos, segurava um rolo de mantas, ao lado de Melanie, carregada de preto, que levava Niniche ao colo. Ega correu para Maria Eduarda, conduziu-a pelo braço, em silêncio, ao vagão-salão que tinha todas as cortinas cerradas. Junto do estribo ela tirou devagar a luva. E, muda, estendeu-lhe a mão.

— Ainda nos vemos no Entroncamento — murmurou Ega. — Eu sigo também para o Norte.

Alguns sujeitos pararam, com curiosidade, ao ver sumir-se naquela carruagem de luxo, fechada, misteriosa, uma senhora que parecia tão bela, de ar triste, coberta de negro. E apenas Ega fechou a portinhola, o Neves, o da *Tarde* e do Tribunal de Contas, rompeu de entre um rancho, arrebatou-lhe o braço com sofreguidão.

— Quem é?

Ega arrastou-o pela plataforma, para lhe deixar cair no ouvido, já muito adiante, tragicamente:

— Cleópatra!

O político furioso ficou rosnando: "Que asno!..." Ega abalara. Junto do seu compartimento Vilaça esperava, ainda deslumbrado com aquela figura de Maria Eduarda, tão melancólica e nobre. Nunca a vira antes. E parecia-lhe uma rainha de romance.

— Acredite o amigo, fez-me impressão! Caramba, bela mulher! Dá-nos uma bolada, mas é uma soberba praça!

O comboio partiu. O Domingos ficava choramingando com um lenço de cores sobre a face. E o Neves, o conselheiro do Tribunal de Contas, ainda furioso, vendo o Ega à portinhola, atirou-lhe de lado, disfarçadamente, um gesto obsceno.

No Entroncamento, Ega veio bater nos vidros do salão, que se conservava fechado e mudo. Foi Maria que abriu. Rosa dormia. *Miss* Sara lia a um canto, com a cabeça numa almofada. E Niniche, assustada, ladrou.

— Quer tomar alguma coisa, minha senhora?

— Não, obrigada...

Ficaram calados, enquanto Ega, com o pé no estribo, tirava lentamente a charuteira. Na estação mal alumiada passavam saloios, devagar, abafados em mantas. Um guarda rolava uma carreta de fardos. Adiante a máquina resfolegava na sombra. E dois sujeitos rondavam em frente do salão, com olhares curiosos e já lânguidos para aquela magnífica mulher, tão grave e sombria, envolta na sua peliça negra.

— Vai para o Porto? — murmurou ela.

— Para Santa Olávia...

— Ah!

Então Ega balbuciou, com os beiços a tremer:

— Adeus!

Ela apertou-lhe a mão com muita força, em silêncio, sufocada.

Ega atravessou, devagar, por entre soldados de capote enrolado a tiracolo, que corriam a beber à cantina. À porta do bufete voltou-se ainda, ergueu o chapéu. Ela, de pé, moveu de leve o braço num lento adeus. E foi assim que ele, pela derradeira vez na vida, viu Maria Eduarda, grande, muda, toda negra na claridade, à portinhola daquele vagão que para sempre a levava.

XVIII

Semanas depois, nos primeiros dias de ano novo, a *Gazeta Ilustrada* trazia na sua coluna do *High-life* esta notícia: "O distinto e brilhante *sportman*, o Senhor Carlos da Maia, e o nosso amigo e colaborador João da Ega partiram ontem para Londres, de onde seguirão em breve para a América do Norte, devendo daí prolongar a sua interessante viagem até o Japão. Numerosos amigos foram a bordo do *Tamar* despedir-se dos simpáticos turistas. Vimos, entre outros, os senhores Ministro da Finlândia e seu secretário, o Marquês de Sousela, Conde de Gouvarinho, Visconde de Darque, Guilherme Craft, Teles da Gama, Cruges, Taveira, Vilaça, general Sequeira, o glorioso poeta Tomás de Alencar etc. etc. O nosso amigo e colaborador João da Ega fez-nos, no último *shake hands*, a promessa de nos mandar algumas cartas com as suas impressões do Japão, esse delicioso país de onde nos vêm o sol e a moda! É uma boa nova para todos os que prezam a observação e o espírito. *Au revoir*!"

Depois destas linhas afetuosas (em que o Alencar colaborara), as primeiras notícias dos "viajantes" vieram numa carta do Ega para o Vilaça, de Nova York. Era curta, toda de negócios. Mas ele ajuntava um pós-escrito com o título de *Informações gerais para os amigos*. Contava aí a medonha travessia desde Liverpool; a persistente tristeza de Carlos, e Nova York coberta de neve sob um sol rutilante. E acrescentava ainda: "Está se apossando de nós a embriaguez das viagens, decididos a trilhar este estreito até que 'cansem as nossas tristezas'. Planejamos ir a Pequim, passar a Grande Muralha, atravessar a Ásia Central, o oásis de Merv, Khiva, e penetrar na

Rússia; daí, pela Armênia e pela Síria, descer ao Egito a retemperar-nos no sagrado Nilo; subir depois a Atenas, lançar sobre a Acrópole uma saudação a Minerva; passar a Nápoles; dar um olhar à Argélia e a Marrocos; e cair enfim ao comprido em Santa Olávia lá para os meados de 79, a descansar os membros fatigados. Não escrevinho mais porque é tarde, e vamos à Ópera ver a Patti no *Barbeiro*. Larga distribuição de abraços a todos os amigos queridos".

Vilaça copiou este parágrafo, e trazia-o na carteira para mostrar aos fiéis amigos do Ramalhete. Todos aprovaram, com admiração, tão belas, aventurosas jornadas. Só Cruges, aterrado com aquela vastidão do Universo, murmurou tristemente: "Não voltam cá!"

Mas, passado ano e meio, num lindo dia de março, Ega reapareceu no Chiado. E foi uma sensação! Vinha esplêndido, mais forte, mais trigueiro, soberbo de verve, num alto apuro de *toilette*, cheio de histórias e de aventuras do Oriente, não tolerando nada em arte e poesia que não fosse do Japão ou da China, e anunciando um grande livro, o "seu livro", sob este título grave de crônica heroica: *Jornadas da Ásia*.

— E Carlos?...

— Magnífico! Instalado em Paris, num delicioso apartamento dos Campos Elísios, fazendo a vida larga de um príncipe artista da Renascença...

Ao Vilaça, porém, que sabia os segredos, Ega confessou que Carlos ficara ainda abalado. Vivia, ria, governava o seu fáeton no Bois, mas lá no fundo do seu coração permanecia, pesada e negra, a memória da "semana terrível".

— Todavia os anos vão passando, Vilaça — acrescentou ele. — E com os anos, a não ser a China, tudo na Terra passa...

E esse ano passou. Gente nasceu, gente morreu. Searas amadureceram, arvoredos murcharam. Outros anos passaram.

Nos fins de 1886, Carlos veio fazer o Natal perto de Sevilha, á casa de um amigo seu de Paris, o Marquês de Vila-Medina. E dessa propriedade dos Vila-Medina, chamada *La Soledad*, escreveu para Lisboa ao Ega anunciando que, depois de um exílio de quase dez anos, resolvera vir ao velho Portugal, ver as árvores de Santa Olávia e as maravilhas da Avenida. De resto tinha uma formidável nova, que assombraria o bom Ega; e se ele já ardia em curiosidade, que viesse ao seu encontro com o Vilaça, comer o porco a Santa Olávia.

— Vai casar! — pensou Ega.

Havia três anos (desde a sua última estada em Paris) que ele não via Carlos. Infelizmente não pôde correr a Santa Olávia, retido num quarto do Bragança com uma angina, desde uma ceia prodigiosamente divertida com que celebrara no Silva a noite de Reis. Vilaça, porém, levou a Carlos para Santa Olávia uma carta em que o Ega, contando a sua angina, lhe suplicava que se não retardasse com o porco nesses penhascos do Douro, e que voasse à grande capital a trazer a grande nova.

Com efeito, Carlos pouco se demorou em Resende. E numa luminosa e macia manhã de janeiro de 1887, os dois amigos, enfim juntos, almoçavam num salão do Hotel Bragança, com as duas janelas abertas para o rio.

Ega, já curado, radiante, numa excitação que não se calmava, alagando-se de café, entalava a cada instante o monóculo para admirar Carlos e sua "imutabilidade".

— Nem uma branca, nem uma ruga, nem uma sombra de fadiga!... Tudo isso é Paris, menino!... Lisboa arrasa. Olha para mim, olha para isto!

Com o dedo magro apontava os dois vincos fundos ao lado do nariz, na face chupada. E o que o aterrava sobretudo era a calva, uma calva que começara há dois anos, alastrara, já reluzia no alto.

— Olha este horror! A ciência para tudo acha um remédio, menos para a calva! Transformam-se as civilizações, a calva fica!... Já tem tons de bola de bilhar, não é verdade?... De que será?

— É a ociosidade — lembrou Carlos, rindo.

— A ociosidade!... E tu, então?

De resto, que podia ele fazer neste país?... Quando voltara de França, ultimamente, pensara em entrar na diplomacia. Para isso sempre tivera a blague; e agora que a mamã, coitada, lá estava no seu grande jazigo em Celorico, tinha a massa. Mas depois refletira. Por fim, em que consistia a diplomacia portuguesa? Numa outra forma da ociosidade, passada no estrangeiro, com o sentimento constante da própria insignificância. Antes o Chiado! E como Carlos lembrava a política, ocupação dos inúteis, Ega trovejou. A política! Isso tornara-se moralmente e fisicamente nojento, desde que o negócio atacara o constitucionalismo como uma filoxera! Os políticos hoje eram bonecos de engonços, que faziam gestos e tomavam atitudes, porque dois ou três financeiros por trás lhes puxavam pelos cordéis... Ainda assim podiam ser bonecos bem recortados, bem envernizados. Mas qual! Aí é que estava o horror. Não tinham feitio, não tinham maneiras, não se lavavam, não limpavam as unhas... Coisa extraordinária, que em país algum sucedia, nem na Romênia, nem na Bulgária! Os três ou quatro salões que em Lisboa recebem todo mundo, seja quem for, largamente, excluem a maioria dos políticos. E por quê? Porque as "senhoras têm nojo"!

— Olha o Gouvarinho! Vê lá se ele recebe às terças-feiras os seus correligionários...

Carlos, que sorria, encantado com aquela veia acerba do Ega, saltou na cadeira:

— É verdade, e a Gouvarinho, a nossa boa Gouvarinho?

Ega, passeando pela sala, deu as novas dos Gouvarinhos. A condessa herdara uns sessenta contos de uma tia excêntrica que vivia a Santa Isabel; tinha agora melhores carruagens, recebia sempre às terças-feiras. Mas sofria uma doença qualquer, grave, no fígado ou no pulmão. Ainda elegante todavia, muito séria, uma terrível flor de *pruderie*... Ele, o Gouvarinho, aí continuava, palrador, escrevinhador, politicote, empertigadote, já grisalho, duas vezes ministro, e coberto de grã-cruzes...

— Tu não os viste em Paris, ultimamente?

— Não. Quando soube fui-lhes deixar bilhetes, mas tinham partido na véspera para Vichy...

A porta abriu-se, um brado cavo ressoou:

— Até que enfim, meu rapaz!

— Oh, Alencar! — gritou Carlos, atirando o charuto.

E foi um infinito abraço, com palmadas arrebatadas pelos ombros e um beijo ruidoso, o beijo paternal do Alencar, que tremia, comovido. Ega arrastara uma cadeira, berrava pelo escudeiro:

— Que tomas tu, Tomás? Conhaque? Curaçao? Em todo caso café! Mais café! Muito forte, para o Senhor Alencar!

O poeta, no entanto, abismado na contemplação de Carlos, agarrara-o pelas mãos, com um sorriso largo, que lhe descobria os dentes mais estragados. Achava-o magnífico, varão soberbo, honra da raça... Ah, Paris, com o seu espírito, a sua vida ardente, conserva...

— E Lisboa arrasa! — acudiu Ega. — Já cá tive essa frase. Vá, abanca; aí tens o cafezinho e a bebida!

Mas Carlos agora também contemplava o Alencar. E parecia-lhe mais bonito, mais poético, com a sua grenha inspirada e toda branca, e aquelas rugas fundas na face morena, cavadas como sulcos de carros pela tumultuosa passagem das emoções...

— Estás típico, Alencar! Estás a preceito para a gravura e para a estátua!...

O poeta sorria, passando os dedos com complacência pelos longos bigodes românticos, que a idade embranquecera e o cigarro amarelara. Que diabo, algumas compensações havia de ter a velhice!... Em todo caso o estômago não era mau, e conservava-se, caramba, filhos, um bocado de coração.

— O que não impede, meu Carlos, que isto por cá esteja cada vez pior! Mas acabou-se... A gente queixa-se sempre do seu país; é hábito humano. Já Horácio se queixava. E vocês, inteligências superiores, sabeis bem, filhos, que no tempo de Augusto... Sem falar, é claro, na queda da república, naquele desabamento das velhas instituições... Enfim, deixemos lá os romanos! Que está ali naquela garrafa? Chablis... Não desgosto, no outono, com as ostras. Pois vá lá o Chablis. E à tua chegada, meu Carlos; e à tua, meu João; e que Deus vos dê as glórias que mereceis, meus rapazes!...

Bebeu. Rosnou: "bom Chablis, *bouquet* fino". E acabou por abancar, ruidosamente, sacudindo para trás a juba branca.

— Este Tomás! — exclamava Ega, pousando-lhe a mão no ombro com carinho. — Não há outro, é único! O bom Deus fê-lo num dia de grande verve, e depois quebrou a fôrma.

— Ora, histórias! — murmurava o poeta, radiante. Havia-os tão bons como ele. A humanidade viera toda do mesmo barro, como pretendia a *Bíblia*, ou do mesmo macaco, como afirmava o Darwin...

— Que, lá essas coisas de evolução, origem das espécies, desenvolvimento da célula, cá para mim... Está claro, o Darwin, o Lamarck, o Spencer, o Claude Bernard, o Littré, tudo isso é gente de primeira ordem. Mas acabou-se, irra! Há uns poucos de mil anos que o homem prova, sublimemente, que tem alma!

— Toma o cafezinho, Tomás — aconselhou o Ega, empurrando-lhe a chávena. — Toma o cafezinho!

— Obrigado!... E é verdade, João, lá dei a tua boneca à pequena. Começou logo a beijá-la, a embalá-la, com aquele profundo instinto de mãe, aquele *quid* divino... É uma sobrinhita minha, meu Carlos. Ficou sem mãe, coitadinha, lá a tenho, lá vou tratando de fazer dela uma mulher... Hás de vê-la. Quero que vocês lá vão jantar um dia, para vos dar umas perdizes à espanhola... Tu demoras-te, Carlos?

— Sim, uma ou duas semanas, para tomar um bom sorvo de ar da pátria.

— Tens razão, meu rapaz! — exclamou o poeta, puxando a garrafa do conhaque. — Isto ainda não é tão mau como se diz... Olha tu para isso, para esse céu, para esse rio, homem!

— Com efeito, é encantador!

Todos três, durante um momento, pasmaram para a incomparável beleza do rio, vasto, lustroso, sereno, tão azul como o céu esplendidamente coberto de sol.

— E versos? — exclamou de repente Carlos, voltando-se para o poeta. — Abandonaste a língua divina?

Alencar fez um gesto de desalento. Quem entendia já a língua divina? O novo Portugal só compreendia a língua da libra, da "massa". Agora, filho, tudo eram sindicatos!

— Mas ainda às vezes me passa uma coisa cá por dentro; o velho homem estremece... Tu não viste nos jornais?... Está claro, não lês cá esses trapos que por aí chamam gazetas... Pois veio aí uma coisita, dedicada aqui ao João. Ora, eu te digo se me lembrar...

Correu a mão aberta pela face escaveirada, lançou a estrofe num tom de lamento:

> Luz d'esperança, luz d'amor,
> Que vento vos desfolhou?
> Que a alma que vos seguia
> Nunca mais vos encontrou!

Carlos murmurou: "Lindo!". Ega murmurou: "Muito fino!" E o poeta, aquecendo, já comovido, esboçou um movimento de asa que foge:

> Minh'alma em tempos doutrora,
> Quando nascia o luar,
> Como um rouxinol que acorda
> Punha-se logo a cantar.
>
> Pensamentos eram flores,
> Que a aragem lenta de maio...

— O Senhor Cruges! — anunciou o criado, entreabrindo a porta.

Carlos ergueu os braços. E o maestro, todo abotoado num paletó claro, abandonou-se à efusão de Carlos, balbuciando:

— Eu só ontem é que soube. Queria-te ir esperar, mas não me acordaram...

— Então continua o mesmo desleixo? — exclamava Carlos, alegremente. — Nunca te acordam?

Cruges encolhia os ombros, muito vermelho, acanhado, depois daquela longa separação. E foi Carlos que o obrigou a sentar-se ao lado, enternecido com o seu velho maestro, sempre esguio, com o nariz mais agudo, a grenha caindo mais crespa sobre a gola do paletó.

— E deixa-me dar-te os parabéns! Lá soube pelos jornais o triunfo, a linda ópera-cômica, a *Flor de Sevilha*...

— *De Granada*! — acudiu o maestro. — Sim, uma coisita para aí, não desgostaram.

— Uma beleza! — gritou Alencar, enchendo outro copo de conhaque. — Uma música toda do sul, cheia de luz, cheirando a laranjeira... Mas já lhe tenho dito: "Deixa lá a opereta, rapaz; voa mais alto, faze uma grande sinfonia histórica!" Ainda há dias lhe dei uma ideia. A partida de D. Sebastião para a África. Cantos de marinheiros, atabales, o choro do povo, as ondas batendo... Sublime! Qual, põe-se-me lá com castanholas... Enfim, acabou-se; tem muito talento, e é como se fosse meu filho, porque me sujou muita calça!...

Mas o maestro, inquieto, passava os dedos pela grenha. Por fim confessou a Carlos que não se podia demorar, tinha um *rendez-vous*...

— De amor?

— Não... É o Barradas que me anda a tirar o retrato a óleo.

— Com a lira na mão?

— Não — respondeu o maestro, muito sério. — Com a batuta... E estou de casaca.

E desabotoou o paletó, mostrou-se em todo o seu esplendor, com dois corais no peitilho da camisa e a batuta de marfim metida na abertura do colete.

— Estás magnífico! — afirmou Carlos. — Então outra coisa, vem cá jantar logo. Alencar, tu também, hein? Quero ouvir esses belos versos com sossego... Às seis, em ponto, sem falhar. Tenho um jantarinho à portuguesa que encomendei de manhã, com cozido, arroz de forno, grão-de-bico etc., para matar saudades...

Alencar lançou um gesto imenso de desdém. Nunca o cozinheiro do Bragança, francelhote miserável, estaria à altura desses nobres petiscos do velho Portugal. Enfim, acabou-se. Seria pontual às seis, para uma grande saúde ao seu Carlos!

— Vocês vão sair, rapazes?

Carlos e Ega iam ao Ramalhete visitar o casarão.

O poeta declarou logo que isso era romagem sagrada. Então ele partia com o maestro. O seu caminho ficava também para o lado do Barradas... Moço de talento, esse Barradas!... Um pouco pardo de cor, tudo por acabar, esborratado, mas uma bela ponta de faísca.

— E teve uma tia, filhos, a Leonor Barradas! Que olhos, que corpo! E não era só o corpo! Era a alma, a poesia, o sacrifício!... Já não há disso, já lá vai tudo. Enfim, acabou-se; às seis!

— Às seis, em ponto, sem falhar!

Alencar e o maestro partiram, depois de se munirem de charutos. E daí a pouco Carlos e Ega seguiam também pela Rua do Tesouro Velho, de braço dado, muito lentamente.

Iam conversando de Paris, de rapazes e de mulheres que o Ega conhecera, havia quatro anos, quando lá passara um tão alegre inverno nos apartamentos de Carlos. E a surpresa do Ega, a cada nome evocado, era o curto brilho, o fim brusco de toda essa mocidade estouvada. A Lucy Gray, morta. A Conrad, morta... E a Maria Blond? Gorda, emburguesada, casada com um fabricante de velas de estearina. O polaco, o louro? Fugido, desaparecido. M. De Menant, esse D. Juan? Subprefeito no departamento do Doubs. E o rapaz que morava ao lado, o belga? Arruinado na Bolsa... E outros, ainda, mortos, sumidos, afundados no lodo de Paris!

— Pois tudo somado, menino — observou Ega —, esta nossa vidinha de Lisboa, simples, pacata, corredia, é infinitamente preferível.

Estavam no Loreto; e Carlos parara, olhando, reentrando na intimidade daquele velho coração da Capital. Nada mudara. A mesma sentinela sonolenta rondava em torno à estátua triste de Camões. Os mesmos reposteiros vermelhos, com brasões eclesiásticos, pendiam nas portas das duas igrejas. O *Hotel Alliance* conservava o mesmo ar mudo e deserto. Um lindo sol dourava o lajedo; batedores de chapéu à faia fustigavam as pilecas; três varinas, de canastra à cabeça, meneavam os quadris, fortes e ágeis na plena luz. A uma esquina, vadios em farrapos fumavam; e na esquina defronte, na Havanesa, fumavam também outros vadios, de sobrecasaca, politicando.

— Isto é horrível, quando se vem de fora! — exclamou Carlos. — Não é a cidade, é a gente. Uma gente feiíssima, encardida, molenga, reles, amarelada, acabrunhada!..

— Todavia Lisboa faz diferença — afirmou Ega, muito sério. — Oh, faz muita diferença! Há de ver a Avenida... Antes do Ramalhete vamos dar uma volta à Avenida.

Foram descendo o Chiado. Do outro lado, os toldos das lojas estendiam no chão uma sombra forte e dentada. E Carlos reconhecia, encostados às mesmas portas, sujeitos que lá deixara havia dez anos, já assim encostados, já assim melancólicos. Tinham rugas, tinham brancas. Mas lá estacionavam ainda, apagados e murchos, rente das mesmas ombreiras, com colarinho à moda. Depois, diante da Livraria Bertrand, Ega, rindo, tocou no braço de Carlos:

— Olha quem ali está, à porta do Baltresqui!

Era o Dâmaso. O Dâmaso, barrigudo, nédio, mais pesado, de flor ao peito, mamando um grande charuto, e pasmaceando, com o ar regaladamente embrutecido de um ruminante farto e feliz. Ao avistar também os seus dois velhos amigos que desciam, teve um movimento para se esquivar, refugiar-se na confeitaria. Mas, insensivelmente, irresistivelmente, achou-se em frente de Carlos, com a mão aberta e um sorriso na bochecha, que se lhe esbraseava.

— Olá, por cá!... Que grande surpresa!

Carlos abandonou-lhe dois dedos, sorrindo também, indiferente e esquecido.

— É verdade, Dâmaso... Como vai isso?

Por aqui, nesta sensaboria... E então com demora?

Umas semanas.

— Estás no Ramalhete?

— No Bragança. Mas não te incomodes, eu ando sempre por fora.

— Pois sim senhor!... Eu também estive em Paris, há três meses, no Continental...

— Ah!... Bem, estimei ver-te; até sempre!

— Adeus, rapazes. Tu estás bom, Carlos, estás com boa cara!

— É dos teus olhos, Dâmaso.

E nos olhos do Dâmaso, com efeito, parecia reviver a antiga admiração, arregalados, acompanhando Carlos, estudando-lhe por trás a sobrecasaca, o chapéu, o andar, como no tempo em que o Maia era para ele o tipo supremo do seu querido *chic*, "uma dessas coisas que só se veem lá fora..."

— Sabes que o nosso Dâmaso casou? — disse o Ega um pouco adiante, travando outra vez do braço de Carlos.

E foi um espanto para Carlos. O quê! O nosso Dâmaso!
Casado!?... Sim, casado com uma filha dos Condes de Águeda, uma gente arruinada, com um rancho de raparigas. Tinham-lhe impingido a mais nova. E o ótimo Dâmaso, verdadeira sorte grande para aquela distinta família, pagava agora os vestidos das mais velhas.

— É bonita?

— Sim, bonitinha... Faz aí a felicidade de um rapazote simpático, chamado Barroso.

— O que, o Dâmaso, coitado!...

— Sim, coitado, coitadinho, coitadíssimo... Mas como vês, imensamente ditoso; até tem engordado com a perfídia!

Carlos parara. Olhava, pasmado, para as varandas extraordinárias de um primeiro andar, recobertas, como em dia de procissão, de sanefas de pano vermelho onde se entrelaçavam monogramas. E ia indagar, quando, dentre um grupo que estacionava ao portal desse prédio festivo, um rapaz de ar estouvado, com a face imberbe cheia de espinhas carnais, atravessou rapidamente a rua para gritar ao Ega, sufocado de riso:

— Se você for depressa ainda a encontra aí abaixo! Corra!

— Quem?

— A Adosinda!... De vestido azul, com plumas brancas no chapéu... Vá depressa... O João Eliseu meteu-lhe a bengala entre as pernas, ia-a fazendo estatelar no chão, foi uma cena... Vá depressa, homem!

Com duas pernadas esguias o rapaz recolheu ao seu rancho, onde todos, já calados, com uma curiosidade de província, examinavam aquele homem de tão alta elegância que acompanhava o Ega, e que nenhum conhecia. E Ega, no entanto, explicava a Carlos as varandas e o grupo:

— São rapazes do *Turfe*. É um clube novo, o antigo Jóquei da Travessa da Palha. Faz-se lá uma batotinha barata; tudo gente muito simpática... E como vês estão sempre assim preparados, com sanefas e tudo, para se acaso passar por aí o Senhor dos Passos.

Depois, descendo para a Rua Nova do Almada, contou o caso da Adosinda. Fora no Silva, havia duas semanas; estando ele a cear com rapazes depois de S. Carlos, que lhes aparecera essa mulher inverossímil, vestida de vermelho, carregando insensatamente nos *erres*, metendo *erres* em todas as palavras, e perguntando pelo Senhor *Virrsconde*... Qual *Virrsconde?* Ela não sabia bem. *Erra um Virrsconde que encontrrárra no Crroliseu.* Senta-se; oferecem-lhe *champagne*, e D. Adosinda começa a revelar-se um ser prodigioso. Falavam de política, do ministério e do *déficit*. D. Adosinda declara logo que conhece muito bem o *déficit;* e que é um belo rapaz... O *déficit* belo rapaz — imensa gargalhada! D. Adosinda zanga-se, exclama que já fora com ele a Sintra; que é um perfeito cavalheiro, e empregado no Banco Inglês... O *déficit* empregado no Banco Inglês — gritos, uivos, urros! E não cessou esta gargalhada contínua, estrondosa, frenética, até às cinco da manhã em que D. Adosinda fora rifada e saíra ao Teles!... Noite soberba!

— Com efeito — disse Carlos, rindo — é uma orgia grandiosa; lembra Heliogábalo e o Conde D'Orsay...

Então Ega defendeu calorosamente a sua orgia. Onde havia melhor, na Europa, em qualquer civilização? Sempre queria ver que se passasse uma noite mais alegre em Paris, na desoladora banalidade do *Grand-Treize*, ou em Londres, naquela correta e maçuda sensaboria do *Bristol*! O que ainda tornava a vida tolerável era, de vez em quando, uma boa risada. Ora, na Europa o homem requintado já não ri: sorri regeladamente, lividamente. Só nós aqui, neste canto do mundo bárbaro, conservamos ainda esse dom supremo, essa coisa bendita e consoladora: a barrigada de riso!...

— Que diabo estás tu a olhar?

Era o consultório, o antigo consultório de Carlos, onde agora, pela tabuleta, parecia existir um pequeno *atelier* de modista. Então, bruscamente, os dois amigos recaíram nas recordações do passado. Que estúpidas horas Carlos ali arrastara, com *a Revista dos Dois Mundos*, na espera vã dos doentes, cheio ainda de fé nas alegrias do trabalho!... E a manhã em que o Ega lá aparecera com a sua esplêndida peliça, preparando-se para transformar, num só inverno, todo o velho e rotineiro Portugal!

— Em que tudo ficou!

— Em que tudo ficou! Mas rimos bastante! Lembras-te daquela noite em que o pobre marquês queria levar ao consultório a Paca, para utilizar enfim o divã, móvel de serralho?...

Carlos teve uma exclamação de saudade. Pobre marquês! Fora uma das suas fortes impressões, nesses últimos anos, aquela morte do marquês, sabida de repente ao almoço, numa banal notícia de jornal!... E através do Rossio, andando mais devagar, recordavam outros desaparecimentos; a D. Maria da Cunha, coitada, que acabara hidrópica; o D. Diogo, casado por fim com a cozinheira; o bom Sequeira, morto uma noite numa tipoia, ao sair dos cavalinhos...

— E outra coisa — perguntou Ega. — Tens visto o Craft em Londres?

— Tenho — disse Carlos. — Arranjou uma casa muita bonita ao pé de Richmond... Mas está muito avelhado, queixa-se muito do fígado. E, desgraçadamente, carrega demais nos álcoois. É uma pena!

Depois perguntou pelo Taveira. Esse lindo moço, contou-o Ega, tinha agora por cima mais dez anos de Secretaria e de Chiado. Mas sempre apurado, já um bocado grisalho, metido continuamente com alguma espanhola, dando bastante a lei em S. Carlos, e murmurando todas as tardes na Havanesa, com um ar doce e contente, "Isto é um país perdido"! Enfim, um bom tipozinho de lisboeta fino.

— E a besta do Steinbroken?

— Ministro em Atenas — exclamou Carlos —, entre as ruínas clássicas!

E esta ideia do Steinbroken, na velha Grécia, divertiu-os infinitamente. Ega imaginava já o bom Steinbroken, teso nos seus altos colarinhos, afirmando a respeito de Sócrates, com prudência: *"Oh! il est très fort, il est excessivement fort!"* Ou ainda, a propósito da batalha das Termópilas, rosnando, com medo de se comprometer: *"C'est très grave, c'est excessivement grave!"* Valia a pena ir à Grécia para ver!

Subitamente, Ega parou:

— Ora aí tens tu essa Avenida! Hein?... Já não é mau!

Num claro espaço rasgado, onde Carlos deixara o Passeio Público pacato e frondoso, um obelisco, com borrões de bronze no pedestal, erguia um traço cor de açúcar na vibração fina da luz de inverno; e os largos globos dos candeeiros que o cercavam, batidos do sol, brilhavam, transparentes e rutilantes, como grandes bolas de sabão suspensas no ar. Dos dois lados seguiam, em alturas desiguais, os pesados prédios, lisos e aprumados, repintados de fresco, com vasos nas cornijas onde negrejavam piteiras de zinco, e pátios de pedra, quadrilhados a branco e preto, onde guarda-portões chupavam o cigarro; e aqueles dois hirtos renques, de casas ajanotadas, lembravam a Carlos famílias que outrora se imobilizavam em filas, dos dois lados do Passeio, depois da missa "da uma", ouvindo a Banda, com casimiras e sedas, no catitismo domingueiro. Todo o lajeado reluzia como cal nova. Aqui e além um arbusto encolhia, na aragem, a sua folhagem pálida e rara. E ao fundo a colina verde, salpicada de árvores, os terrenos, de Vale de Pereiro, punham um brusco remate campestre àquele curto rompante de luxo barato, que partira para transformar a velha cidade, e estacara logo, com o fôlego curto, entre montões de cascalho.

Mas um ar lavado e largo circulava; o sol dourava a caliça; a divina serenidade do azul sem igual tudo cobria e adoçava. E os dois amigos sentaram-se num banco, junto de uma verdura que orlava a água de um tanque, esverdinhada e mole.

Pela sombra passeavam rapazes, aos pares, devagar, com flores na lapela, a calça apurada, luvas claras fortemente pespontadas de negro. Era toda uma geração nova e miúda que Carlos não conhecia. Por vezes Ega murmurava um "olá", acenava com a bengala. E eles iam, repassavam, com um arzinho tímido e contrafeito, como mal acostumados àquele vasto espaço, a tanta luz, ao seu próprio *chic*. Carlos pasmava. Que faziam ali, às horas de trabalho, aqueles moços tristes, de calça esguia? Não havia mulheres. Apenas num banco adiante uma criatura adoentada, de lenço e xale, tomava o sol; e duas matronas, com vidrilhos no mantelete, donas de casa de hóspedes, arejavam um cãozinho felpudo. O que atraía pois, ali, aquela mocidade pálida? E o que, sobretudo, o espantava eram as botas desses cavalheiros, botas despropositadamente compridas, rompendo para fora da calça colante, com pontas aguçadas e reviradas, como proas de barcos varinos...

— Isto é fantástico, Ega!

Ega esfregava as mãos. Sim, mas precioso! Porque essa simples forma de botas explicava todo o Portugal contemporâneo.

Via-se por ali como a coisa era. Tendo abandonado o seu feitio antigo, à D. João VI, que tão bem lhe ficava, este desgraçado Portugal decidira arranjar-se à moderna: mas sem originalidade, sem força, sem caráter para criar um feitio seu, um feitio próprio, manda vir modelos do estrangeiro: modelos de ideias de calças, de costumes, de leis, de arte, de cozinha... Somente, como lhe falta o sentimento da proporção, e ao mesmo tempo o domina a impaciência de parecer muito moderno e muito civilizado, exagera o modelo, deforma-o, estraga-o até à caricatura. O figurino da bota que veio de fora era levemente estreito na ponta; imediatamente o janota estica-o e aguça-o, até ao bico de alfinete. Por seu lado, o escritor lê uma página de Goncourt ou de Verlaine, em estilo precioso e cinzelado; imediatamente retorce, emaranha, desengonça a sua pobre frase, até descambar no delirante e no burlesco. Por sua vez, o legislador ouve dizer que lá fora se levanta o nível da instrução; imediatamente põe, no programa dos exames de primeiras letras, a metafísica, a astronomia, a filologia, a egiptologia, a cresmática, a crítica das religiões comparadas e outros infinitos terrores. E tudo por aí adiante assim, em todas as classes e profissões; desde o orador até ao fotógrafo; desde o jurisconsulto até o *sportman*... É o que sucede com os pretos já corrompidos de S. Tomé, que veem os europeus de lunetas e imaginam que nisso consiste ser civilizado e ser branco. Que fazem então? Na sua sofreguidão, de progresso e de brancura, acavalam no nariz três ou quatro lunetas, claras, defumadas, até de cor. E assim andam pela cidade, de tanga, de nariz no ar, aos tropeções, no desesperado e angustioso esforço de equilibrarem todos estes vidros, para serem imensamente civilizados e imensamente brancos...

Carlos ria:

— De modo que isto está cada vez pior...

— Medonho! É de um reles, de um postiço! Sobretudo postiço! Já não há nada genuíno neste miserável país; nem mesmo o pão que comemos!

Carlos, recostado no banco, apontou com a bengala, num gesto lento:

— Resta aquilo, que é genuíno...

E mostrava os altos da cidade, os velhos outeiros da Graça e da Penha, com o seu casario escorregando pelas encostas ressequidas e tisnadas do sol. No cimo assentavam pesadamente os conventos, as igrejas, as atarracadas vivendas eclesiásticas, lembrando o frade pingue e pachorrento, beatas de mantilha, tardes de procissão, irmandades de opa atulhando os adros, erva-doce juncando as ruas, tremoço e fava-rica apregoada às esquinas, e foguetes no ar em louvor de Jesus. Mais alto ainda, recortando no radiante azul a miséria da sua muralha, era o castelo, sórdido e tarimbeiro, de onde outrora, ao som do hino tocado em fagotes, descia a tropa de calça branca a fazer a "bernarda"! E abrigados por ele, no escuro bairro de S. Vicente e da Sé, os palacetes decrépitos, com vistas saudosas para a barra, enormes brasões nas paredes rachadas, onde entre a maledicência, a devoção e a bisca, arrasta os seus derradeiros dias, caquética e caturra, a velha Lisboa fidalga!

Ega olhou um momento, pensativo:

— Sim, com efeito, é talvez mais genuíno. Mas tão estúpido, tão sebento! Não sabe a gente para onde se há de voltar... E se nos voltamos para nós mesmos, ainda pior!

E de repente bateu no joelho de Carlos, com um brilho na face:

— Espera... Olha quem aí vem!

Era uma vitória, bem posta e correta, avançando com lentidão e estilo, ao trote estepado de duas éguas inglesas. Mas foi um desapontamento. Vinha lá somente um rapaz muito louro, de uma brancura de camélia, com uma penugem no beiço, languidamente recostado. Fez um aceno ao Ega, com um lindo sorriso de virgem. A vitória passou.

— Não conheces?

Carlos procurava, com uma recordação.

— O teu antigo doente! O Charlie!

O outro bateu as mãos. O Charlie! O seu Charlie! Como aquilo o fazia velho!... E era bonitinho!

— Sim, muito bonitinho. Tem aí uma amizade com um velho, anda sempre com um velho... Mas ele vinha decerto com a mãe; estou convencido que ela ficou por aí a passear a pé. Vamos nós ver?

Subiram ao comprido da Avenida, procurando. E quem avistaram logo foi o Eusebiozinho. Parecia mais fúnebre, mais tísico, dando o braço a uma senhora muito forte, muito corada, que estalava num vestido de seda cor de pinhão. Iam devagar, tomando o sol. E o Eusébio nem os viu, descaído e molengo, seguindo com as grossas lunetas pretas o marchar lento da sua sombra.

— Aquele avantesma é a mulher — contou Ega. — Depois de várias paixões em lupanares, o nosso Eusébio teve este namoro. O pai da criatura, que é dono de um prego, apanhou-o uma noite na escada com ela a surripiar-lhe uns prazeres... Foi o diabo; obrigaram-no a casar. E desapareceu; não o tornei a ver... Diz que a mulher o derreia à pancada.

— Deus a conserve!

— Amém!

E então Carlos, que recordava a coça no Eusébio, o caso da *Corneta*, quis saber do Palma Cavalão. Ainda desonrava o Universo com a sua presença, esse benemérito? Ainda o desonrava, disse o Ega. Somente deixara a literatura e tornara-se factótum do Carneiro, o que fora ministro; levava-lhe a espanhola ao teatro pelo braço; e era um bom empenho em política.

— Ainda há de ser deputado — acrescentou Ega. — E, da forma que as coisas vão, ainda há de ser ministro... E está-se fazendo tarde, Carlinhos. Vamos nós tomar esta tipoia e abalar para o Ramalhete?

Eram quatro horas; o sol curto de inverno tinha já um tom pálido.

Tomaram a tipoia. No Rossio, Alencar, que passava, os viu, parou, sacudiu ardentemente a mão no ar. E então Carlos exclamou, com uma surpresa que já o assaltara essa manhã no Bragança:

— Ouve cá, Ega! Tu agora pareces íntimo do Alencar! Que transformação foi essa?

Ega confessou que realmente agora apreciava imensamente o Alencar. Em primeiro lugar, no meio desta Lisboa toda postiça, Alencar permanecia o único português genuíno. Depois, através da contagiosa intrujice, conservava uma honestidade resistente. Além disso havia nele lealdade, bondade, generosidade. O seu comportamento com a sobrinhita era tocante. Tinha mais cortesia, melhores maneiras que os novos. Um bocado de piteirice não lhe ia mal ao seu feitio lírico. E por fim, no estado a que descambara a literatura, a versalhada do Alencar tomava relevo pela correção, pela simplicidade, por um resto de sincera emoção. Em resumo, um bardo infinitamente estimável.

— E aqui tens tu, Carlinhos, a que nós chegamos! Não há nada, com efeito, que caracterize melhor a pavorosa decadência de Portugal, nos últimos trinta anos, do que este simples fato: tão profundamente tem baixado o caráter e o talento, que de repente o nosso velho Tomás, o homem da *Flor de martírio*, o Alencar de Alenquer, aparece com as proporções de um gênio e de um justo!

Ainda falavam de Portugal e dos seus males, quando a tipoia parou. Com que comoção Carlos avistou a fachada severa do Ramalhete, as janelinhas abrigadas à beira do telhado, o grande ramo de girassóis fazendo painel no lugar do escudo de armas! Ao ruído da carruagem, Vilaça apareceu à porta, calçando luvas amarelas. Estava mais gordo o Vilaça, e tudo na sua pessoa, desde o chapéu novo até o castão de prata da bengala, revelava a sua importância como administrador, quase direto senhor durante o longo desterro de Carlos daquela vasta casa dos Maias. Apresentou logo o jardineiro, um velho, que ali vivia com a mulher e o filho, guardando o casarão deserto. Depois felicitou-se de ver enfim os dois amigos juntos. E ajuntou, batendo com carinho familiar no ombro de Carlos:

— Pois eu, depois de nos separarmos em Santa Apolônia, fui tomar um banho ao Central e não me deitei. Olhe que é uma grande comodidade, o tal *sleeping car*! Ah, lá isso, em progresso, o nosso Portugal já não está atrás de ninguém!... E V. Exa. agora precisa de mim?

— Não, obrigado, Vilaça. Vamos dar uma volta pelas salas... Vá jantar conosco. Às seis! Mas às seis em ponto, que há petiscos especiais.

E os dois amigos atravessaram o peristilo. Ainda lá se conservavam os bancos feudais de carvalho lavrado, solenes como coros de catedral. Em cima, porém, a antecâmara entristecia, toda despida, sem um móvel, sem um estofo, mostrando a cal lascada dos muros. Tapeçarias orientais que pendiam como numa tenda, pratos mouriscos de reflexos de cobre, a estátua da *Friorenta* rindo e arrepiando-se, na sua nudez de mármore, ao meter o pezinho na água, tudo ornava agora os aposentos de Carlos em Paris; e outros caixões apilhavam-se a um canto, prontos a embarcar, levando as melhores faianças da Toca. Depois, no amplo corredor, sem tapete, os seus passos soaram como num clausto abandonado. Nos quadros devotos, de um tom mais negro, destacava aqui e além, sob a luz escassa, um ombro descarnado de eremita, a mancha lívida de uma caveira. Uma friagem regelava. Ega levantara a gola do paletó.

No salão nobre os móveis de brocado, cor de musgo, estavam embrulhados em lençóis de algodão, como amortalhados, exalando um cheiro de múmia a terebintina e cânfora. E no chão, na tela de Constable, encostada à parede, a Condessa de Runa, erguendo o seu vestido escarlate de caçadora inglesa, parecia ir dar um passo, sair do caixilho dourado, para partir também, consumar a dispersão da sua raça...

— Vamos embora — exclamou Ega. — Isto está lúgubre!...

Mas Carlos, pálido e calado, abriu adiante a porta do bilhar. Aí, que era a maior sala do Ramalhete, tinham sido recentemente acumulados, na confusão das artes e dos séculos, como num armazém de *bric-à-brac*, todos os móveis ricos da Toca. Ao fundo, tapando o fogão, dominando tudo na sua majestade arquitetural, erguia-se o famoso armário do tempo da Liga Hanseática, com os seus Martes armados, as portas lavradas, os quatro evangelistas pregando aos cantos, envoltos nessas roupagens violentas que um vento de profecia parece agitar. E Carlos imediatamente descobriu um desastre na cornija, nos dois faunos que entre troféus agrícolas tocavam ao desafio. Um partira o seu pé de cabra, outro perdera a sua flauta bucólica.

— Que brutos! — exclamou ele furioso, ferido no seu amor da coisa de arte — Um móvel destes!...

Trepou a uma cadeira, para examinar os estragos. E Ega, no entanto, errava entre os outros móveis, cofres nupciais, contadores espanhóis, bufetes da Renascença italiana, recordando a alegre casa dos Olivais que tinham ornado, as belas noites de cavaco, os jantares, os foguetes atirados em honra de Leônidas... Como tudo passara! De repente deu com o pé numa caixa de chapéu sem tampa, atulhada de coisas velhas: um véu, luvas desirmanadas, uma meia de seda, fitas, flores artificiais. Eram objetos de Maria, achados nalgum canto da Toca, para ali atirados, no momento de se esvaziar a casa! E, coisa lamentável, entre estes restos dela, misturados como na promiscuidade de um lixo, aparecia uma chinela de veludo bordada a matiz, uma velha chinela de Afonso da Maia! Ega escondeu a caixa, rapidamente, debaixo de um pedaço solto da tapeçaria. Depois, como Carlos saltava da cadeira, sacudindo as mãos, ainda indignado, Ega apressou aquela peregrinação, que lhe estragava a alegria do dia.

— Vamos ao terraço! Dá-se um olhar ao jardim, e abalamos!

Mas deviam atravessar ainda a memória mais triste, o escritório de Afonso da Maia. A fechadura estava perra. No esforço de abrir, a mão de Carlos tremia. E Ega, comovido também, revia toda a sala, tal como outrora, com os seus candeeiros Carcel dando um tom cor-de-rosa, o lume crepitando, o Reverendo Bonifácio sobre a pele de urso, e Afonso na sua velha poltrona, de casaco de veludo, sacudindo a cinza do cachimbo contra a palma da mão. A porta cedeu; e toda a emoção de repente findou, na grotesca, absurda surpresa de romperem ambos a espirrar, desesperadamente, sufocados pelo cheiro acre de um pó vago que lhes picava os olhos, os estonteava. Fora o Vilaça, que, seguindo uma receita de almanaque, fizera espalhar às mancheias, sobre os móveis, sobre os lençóis que os resguardavam, camadas espessas de pimenta-branca! E estrangulados, sem ver, sob uma névoa de lágrimas, os dois continuavam, um defronte do outro, em espirros aflitivos que os desengonçavam.

Carlos, por fim, conseguiu abrir largamente as duas portadas de uma janela. No terraço morria um resto de sol. E, revivendo um pouco ao ar puro, ali ficaram de pé, calados, limpando os olhos, sacudidos ainda por um ou outro espirro retardado.

— Que infernal invenção! — exclamou Carlos, indignado.

Ega, ao fugir com o lenço na face, tropeçara, batera contra um sofá, coçava a canela:

— Estúpida coisa! E que bordoada que eu dei!...

Voltou a olhar para a sala, onde todos os móveis desapareciam sob os largos sudários brancos. E reconheceu que tropeçara na antiga almofada de veludo do velho Bonifácio. Pobre Bonifácio! Que fora feito dele?

Carlos, que se sentara no parapeito baixo do terraço, entre os vasos sem flor, contou o fim do Reverendo Bonifácio. Morrera em Santa Olávia, resignado, e tão obeso que se não movia. E o Vilaça, com um ideia poética, a única da sua vida de procurador, mandara-lhe fazer um mausoléu, uma simples pedra de mármore branco, sob uma roseira, debaixo das janelas do quarto do avô. Ega sentara-se também no parapeito; ambos se esqueceram num silêncio. Embaixo o jardim, bem arejado, limpo e frio na sua nudez de inverno, tinha a melancolia de um retiro esquecido, que já ninguém ama; uma ferrugem verde, de umidade, cobria os grossos membros da Vênus Citereia; o cipreste e o cedro envelheciam juntos, como dois amigos num ermo; e mais lento corria o prantozinho da cascata, esfiado saudosamente, gota a gota, na bacia de mármore. Depois, ao fundo, encaixilhada como uma tela marinha, nas cantarias dos dois altos prédios, a curta paisagem do Ramalhete, um pedaço de Tejo e monte, tomava naquele fim de tarde um tom mais pensativo e triste; na tira de rio um paquete fechado, preparado para a vaga, ia descendo, desaparecendo logo, como já devorado pelo mar incerto; no alto da colina o moinho parara, transido na larga friagem do ar; e nas janelas das casas, à beira da água, um raio de sol morria, lentamente sumido, esvaído na primeira cinza do crepúsculo, como um resto de esperança numa face que se anuvia.

Então, naquela mudez de soledade e de abandono, Ega, com os olhos para o longe, murmurou devagar:

— Mas tu desse casamento não tinhas a menor indicação, a menor suspeita?

— Nenhuma... Soube-o de repente pela carta dela em Sevilha.

E era esta a formidável nova anunciada por Carlos, a nova que ele logo contara de madrugada ao Ega, depois dos primeiros abraços, em Santa Apolônia. Maria Eduarda ia casar.

Assim o anunciara ela a Carlos numa carta muito simples, que ele recebera na quinta dos Vila-Medina. Ia casar. E não parecia ser uma resolução tomada arrebatadamente, sob um impulso do coração; mas antes um propósito lento, longamente amadurecido. Ela aludia nessa carta a ter "pensado muito, refletido muito..." De resto o noivo devia ir perto dos cinquenta anos. E Carlos, portanto, via ali a união de dois seres desiludidos da vida, maltratados por ela, cansados ou assustados do seu isolamento, que, sentindo um no outro qualidades sérias de coração e de espírito, punham em comum o seu resto de calor, de alegria e de coragem, para afrontar juntos a velhice...

— Que idade tem ela?

Carlos pensava que ela devia ter quarenta e um ou quarenta e dois anos. Ela dizia na carta "sou apenas mais nova que o meu noivo seis anos e três meses". Ele chamava-se M. de Trelain. E era evidentemente um homem de espírito largo, desembaraçado de prejuízos, de uma benevolência quase misericordiosa, porque quisera Maria, conhecendo bem os seus erros.

— Sabe tudo? — exclamou Ega, que saltara do parapeito.

— Tudo, não. Ela diz que M. de Trelain conhecia do seu passado "todos aqueles erros em que ela caíra inconscientemente". Isto dá a entender que não sabe tudo... Vamos andando, que se faz tarde, e quero ainda ver os meus quartos.

Desceram ao jardim. Um momento seguiram calados, pela álea onde cresciam outrora as roseiras de Afonso. Sob as duas olaias ainda existia o banco de cortiça; Maria sentara-se ali, na sua visita ao Ramalhete, a atar num ramo flores que ia levar como relíquia. Ao passar Ega cortou uma pequenina margarida, que ainda floria solitariamente.

— Ela continua a viver em Orléans, não é a verdade?

Sim, disse Carlos, vivia ao pé de Orléans, numa quinta que lá comprara, chamada *Les Rosières*. O noivo devia habitar, nos arredores, algum pequeno *château*. Ela chamava-lhe "vizinho". E era naturalmente um *gentilhomme campagnard*, de família séria, com fortuna...

— Ela só tem o que tu lhe dás, está claro.

— Creio que te mandei contar tudo isso — murmurou Carlos. — Enfim, ela recusou-se a receber parte alguma da sua herança... E o Vilaça arranjou as coisas por meio de uma doação que lhe fiz, correspondente a doze contos de réis de renda...

— É bonito. Ela falava de Rosa na carta?

— Sim, de passagem, que ia bem... Deve estar uma mulher.

— E bem linda!

Iam subindo a escadinha de ferro torneada, que levava do jardim aos quartos de Carlos. Com a mão na porta da vidraça, Ega parou ainda, numa derradeira curiosidade:

— E que efeito te fez isso?

Carlos acendia o charuto. Depois, atirando o fósforo por cima da varandinha de ferro, onde uma trepadeira se enlaçava:

— Um efeito de conclusão, de absoluto remate. É como se ela morresse, morrendo com ela todo o passado, e agora renascesse sob outra forma. Já não é Maria Eduarda. É Madame de Trelain, uma senhora francesa. Sob este nome, tudo o que houve fica sumido, enterrado a mil braças, findo para sempre, sem mesmo deixar memória... Foi o efeito que me fez.

— Tu nunca encontraste em Paris o Senhor Guimarães?

— Nunca. Naturalmente morreu.

Entraram no quarto. Vilaça, na suposição de Carlos vir para o Ramalhete, mandara-o preparar; e todo ele regelava com o mármore das cômodas espanejado e vazio, uma vela num castiçal solitário, a colcha de fustão vincada de dobras sobre o leito sem cortinados. Carlos pousou o chapéu e a bengala em cima de sua antiga mesa de trabalho. Depois, como dando um resumo:

— E aqui tens tu a vida, meu Ega! Neste quarto, durante noites, sofri a certeza de que tudo no mundo acabara para mim... Pensei em me matar. Pensei em ir para a Trapa. E tudo isto friamente, com uma conclusão lógica. Por fim dez anos passaram, e aqui estou outra vez...

Parou diante do alto espelho suspenso entre as duas colunas de carvalho lavrado; deu um jeito ao bigode, concluiu, sorrindo melancolicamente:

— E mais gordo!

Ega espalhava também pelo quarto um olhar pensativo:

— Lembras-te quando apareci aqui uma noite, numa agonia, vestido de Mefistófeles?

Então Carlos teve um grito. E a Raquel, é verdade! A Raquel? Que era feito da Raquel, esse lírio de Israel?

Ega encolheu os ombros:

— Para aí anda, estuporada...

Carlos murmurou "coitada!" E foi tudo o que disseram sobre a grande paixão romântica do Ega.

Carlos, no entanto, fora examinar, junto da janela, um quadro que pousava no chão, para ali esquecido e voltado para a parede. Era o retrato do pai, de Pedro da Maia, com as suas luvas de camurça na mão, os grandes olhos árabes na face triste e pálida que o tempo amarelara mais. Colocou-o em cima de uma cômoda. E atirando-lhe uma leve sacudidela com o lenço:

— Não há nada que me faça mais pena do que não ter um retrato do avô!... Em todo caso, este sempre o vou levar para Paris.

Então Ega perguntou, do fundo do sofá onde se enterrara, se, nesses últimos anos, ele não tivera a ideia, o vago desejo de voltar para Portugal...

Carlos considerou Ega com espanto. Para quê? Para arrastar os passos tristes desde o Grêmio até à Casa Havanesa? Não! Paris era o único lugar da terra congênere com o tipo definitivo em que ele se fixara: "o homem rico que vive bem". Passeio a cavalo no Bois; almoço no Bignon; uma volta pelo *boulevard*; uma hora no clube com os jornais; um bocado de florete na sala de armas; à noite a *Comédie Française* ou uma *soirée*; Trouville no verão, alguns tiros às lebres no inverno; e através do ano as mulheres, as corridas, certo interesse pela ciência, o *bric-à-brac* e uma pouca de blague. Nada mais inofensivo, mais nulo e mais agradável.

— E aqui tens tu uma existência de homem! Em dez anos não me tem sucedido nada, a não ser quando se me quebrou o fáeton na estrada de Saint-Cloud... Vim no *Figaro*.

Ega ergueu-se, atirou um gesto desolado:

— Falhamos a vida, menino!

— Creio que sim... Mas todo mundo mais ou menos a falha. Isto é, falha-se sempre na realidade aquela vida que se planeou com a imaginação. Diz-se: "vou ser assim, porque a beleza está em ser assim". E nunca se é assim; é-se invariavelmente "assado", como dizia o pobre marquês. Às vezes melhor, mas sempre diferente.

Ega concordou, com um suspiro mudo, começando a calçar as luvas.

O quarto escurecia no crepúsculo frio e melancólico de inverno. Carlos pôs também o chapéu; e desceram pelas escadas forradas de veludo cor de cereja, onde ainda pendia, com um ar baço de ferrugem, a panóplia de velhas armas. Depois, na rua, Carlos parou, deu um longo olhar ao sombrio casarão, que naquela primeira penumbra tomava um aspecto mais carregado de residência eclesiástica, com as suas paredes severas, a sua fila de janelinhas fechadas, as grades dos postigos térreos cheias de treva, mudo, para sempre desabitado, cobrindo-se já de tons de ruína.

Uma comoção passou-lhe na alma; murmurou, travando do braço do Ega:

— É curioso! Só vivi dois anos nesta casa, e é nela que me parece estar metida a minha vida inteira!

Ega não se admirava. Só ali, no Ramalhete, ele vivera realmente daquilo que dá sabor e relevo à vida: a paixão.

— Muitas outras coisas dão valor à vida... Isso é uma velha ideia de romântico, meu Ega!

— E que somos nós? — exclamou Ega. — Que temos nós sido desde o colégio, desde o exame de latim? Românticos: isto é, indivíduos inferiores que se governam na vida pelo sentimento e não pela razão...

Mas Carlos queria realmente saber se, no fundo, eram mais felizes esses que se dirigiam só pela razão, não se desviando nunca dela, torturando-se para se manter na sua linha inflexível, secos, hirtos, lógicos, sem emoção até ao fim...

— Creio que não — disse o Ega. — Por favor, à vista, são desconsoladores. E por dentro, para eles mesmos, são talvez desconsolados. O que prova que neste lindo mundo ou tem de ser insensato ou sensabor...

— Resumo: não vale a pena viver...

— Depende inteiramente do estômago! — atalhou Ega.

Riram ambos. Depois Carlos, outra vez sério, deu a sua teoria da vida, a teoria definitiva que ele deduzira da experiência e que, agora, o governava. Era o fatalismo muçulmano. Nada desejar e nada recear... Não se abandonar a uma esperança nem a um desapontamento. Tudo aceitar, o que vem e o que foge, com a tranquilidade com que se acolhem as naturais mudanças de dias agrestes e de dias suaves. E, nesta placidez, deixar esse pedaço de matéria organizada, que se chama o *Eu*, ir-se deteriorando e decompondo até reentrar e se perder no infinito Universo... Sobretudo não ter apetites. E, mais que tudo, não ter contrariedades.

Ega, em suma, concordava. Do que ele principalmente se convencera, nesses estreitos anos de vida, era da inutilidade de todo esforço. Não valia a pena dar um passo para alcançar coisa alguma da Terra, porque tudo se resolve, como já ensinara o sábio do *Eclesiastes*, em desilusão e poeira.

— Se me dissessem que ali embaixo estava uma fortuna como a dos Rothschilds ou a coroa imperial de Carlos V, à minha espera, para serem minhas se eu para lá corresse, eu não apressava o passo... Não! Não saía deste passinho lento, prudente, correto, seguro, que é o único que se deve ter na vida.

— Nem eu! — acudiu Carlos, com uma convicção decisiva.

E ambos retardaram o passo, descendo para a rampa de Santos, como se aquele fosse em verdade o caminho da vida, onde eles, certos de só encontrarem, ao fim, desilusão e poeira, não devessem jamais avançar senão com lentidão e desdém. Já avistavam o Aterro, a sua longa fila de luzes. De repente Carlos teve um largo gesto de contrariedade:

— Que ferro! E eu que vinha desde Paris com este apetite! Esqueci-me de mandar fazer hoje, para o jantar, um grande prato de paio com ervilhas.

E agora já era tarde, lembrou Ega. Então Carlos, até aí esquecido em memórias do passado e sínteses da existência, pareceu ter inesperadamente consciência da noite que caíra, dos candeeiros acesos. A um bico de gás tirou o relógio. Eram seis e um quarto!

— Oh, diabo!... E eu que disse ao Vilaça e aos rapazes para estarem no Bragança, pontualmente, às seis! Não aparecer por aí uma tipoia!...

— Espera! — exclamou Ega. — Lá vem um americano, ainda o apanhamos.

— Ainda o apanhamos!

Os dois amigos lançaram o passo, largamente. E Carlos, que arrojara o charuto, ia dizendo na aragem fina e fria que lhes cortava a face:

— Que raiva ter esquecido o paiozinho! Enfim, acabou-se. Ao menos assentamos a teoria definitiva da existência. Com efeito, não vale a pena fazer um esforço, correr com ânsia para coisa alguma...

Ega, ao lado, ajuntava, ofegante, atirando as pernas magras:

— Nem para o amor, nem para a glória, nem para o dinheiro, nem para o poder...

A lanterna vermelha do americano, ao longe, no escuro, parara. E foi em Carlos e em João da Ega uma esperança, outro esforço:

— Ainda o apanhamos!

— Ainda o apanhamos!

De novo a lanterna deslizou e fugiu. Então, para apanhar o americano, os dois amigos romperam a correr desesperadamente pela rampa de Santos e pelo Aterro, sob a primeira claridade do luar que subia.

Apêndice

Contextualização da obra

Realismo — Naturalismo

Cristina Garófalo Porini*

Na segunda metade do século XIX, a Europa é palco para grandes mudanças, uma vez que a burguesia se estabelece, exercendo o poder econômico e político. Se, por um lado, vive-se com as grandes inovações desencadeadas pela Revolução Industrial, por outro, as classes sociais menos abastadas sofrem com o novo contexto urbano. É nesse clima que na França surgem três estilos literários praticamente simultâneos: o Realismo (com a publicação de *Madame Bovary*, de Gustave Flaubert, no ano de 1857), o Naturalismo (a vertente científica, biológica do Realismo, com a publicação de *Thérèse Raquin*, de Émile Zola, em 1867) e o Parnasianismo (com a antologia *Parnasse contemporain*, em 1866). Em comum, as escolas são uma franca reação contra o ponto de vista extremamente subjetivo e a idealização do Romantismo, estilo literário anterior.

É importante notar, porém, conforme ressalta Antonio Candido em seu *Presença da literatura brasileira*, que a palavra *Realismo* pode gerar dúvidas. Por estar

---

* Graduada em Letras pela Universidade de São Paulo (USP) e em Relações Públicas pela Faculdade de Comunicação Social Cásper Líbero. É professora de Língua Portuguesa, Literatura e Redação no ensino médio e em cursos pré-vestibulares.

relacionado àquilo que existe, o real sempre se faz presente na literatura; a diferença é que cada escola literária se apropria dele de uma maneira particular. O autor romântico, por exemplo, o descreve de forma idealizada, de acordo com o seu ponto de vista; já o realista busca tratá-lo com objetividade, muito próximo de como ele é.

De qualquer maneira, o fato é que, a partir desse momento, a literatura passa a exercer seu papel social, expondo o problemático contexto político e econômico vivido na Europa. A preocupação do autor realista é voltar-se com objetividade àquilo que é real, descrevendo-o com defeitos e raras qualidades, sem a aura da subjetiva e inexistente perfeição. Uma grande diferença percebida pelo leitor do final do século XIX está relacionada ao herói: o romântico, sempre apresentado em sua perfeição moral, sucumbe; ele se torna problemático — e a literatura ganha com personagens abordadas de maneira mais profunda, muitas vezes analisadas psicologicamente.

Tal enfoque racional na arte decorre do próprio contexto histórico: o desenvolvimento científico é o responsável por tantas e tão profundas transformações. A literatura passa a ser influenciada pelas correntes cientificistas, de modo que muitos romances se transformam em verdadeiras teses sobre o comportamento humano. Os autores têm predileção por temas relacionados tanto à patologia clínica quanto à patologia social: escrevem sobre a falência de estruturas como a família e o casamento, criticam a Igreja, revelam as relações mantidas por interesse financeiro e/ou social, assim como o adultério, a tara, a loucura. Mencionam também relações homossexuais, consideradas, na época, um grande desvio de conduta. O leitor burguês entra em choque com as descrições muitas vezes detalhistas do próprio cotidiano alienado, feitas por um narrador irônico e inevitavelmente pessimista.

Durante a segunda metade do século XIX, nações imperialistas da Europa, como Reino Unido, França, Alemanha e Bélgica, entre outras, alcançaram sua fase de êxito industrial, possibilitado pelo controle que a burguesia exercia sobre as esferas política e econômica. Não era, porém, essa a situação que ocorria em Portugal, com regiões ainda mantendo estruturas próprias ao modo de produção feudal.

Os centros urbanos portugueses, como Lisboa e Coimbra, no entanto, estavam em comunicação estreita com Paris, promovendo a alegria dos muitos estudantes dessas cidades. Por intermédio dos trens diários, lá chegava toda sorte de informação — e foi dessa maneira que as novas teorias do pensamento alcançaram as terras lusitanas. Os jovens portugueses tomaram contato com a teoria positivista de Augusto Comte, buscando as leis científicas nas questões físicas, sociais e espirituais; conheceram o Evolucionismo de Charles Darwin, e a importância de fatores biológicos, como o instinto, para melhor adaptação à sociedade; leram sobre o Determinismo e a falta de livre-arbítrio proposta por Hippolyte Taine; sobre o Socialismo Utópico de Pierre-Joseph Proudhon, defendendo a organizações de núcleos de produtores em auxílio mútuo, assim como sobre o Socialismo Científico de Karl Marx e Friedrich Engels, propondo a luta de classes para o estabelecimento de uma sociedade igualitária. No campo da literatura, *Madame Bovary*, de Gustave Flaubert, foi a prova cabal de que o Romantismo fora superado — ao menos para os demais países europeus...

Essa imensa quantidade de novas teorias deixou os estudantes da Universidade de Coimbra bastante interessados, com fôlego para propagá-las pelo país. Encontraram, porém, a oposição nos setores mais conservados da sociedade portuguesa, assim como em seus tradicionais rivais, os estudantes da Universidade de Lisboa. Exatamente a partir da discussão entre esses grupos, o Realismo simbolicamente foi iniciado em Portugal, batizado como Questão Coimbrã ou Polêmica do *Bom senso e do bom Gosto*, em 1865.

A desavença parecia algo banal. Antônio Feliciano de Castilho, um dos fundadores do Romantismo em Portugal, era autoridade incontestável na Universidade de Lisboa; afirmava-se, inclusive, que uma obra literária só faria sucesso se passasse pelo crivo dele. Provavelmente por esse motivo, Tomás Ribeiro, poeta romântico, escolhera-o para redigir o prefácio de uma obra, *Dom Jaime ou a Dominação de Castela*, um poema em nove cantos, de forte teor nacionalista. Em tal prefácio, Castilho comparou o autor a Luís Vaz de Camões, afirmando que a obra ultrarromântica poderia ser equiparada a *Os Lusíadas*.

Os alunos de Coimbra, indignados, reagiram frente ao que consideraram desrespeito à obra máxima da literatura portuguesa. Em seguida, Antônio Feliciano de Castilho respondeu a eles: aproveitou o lançamento do *Poema da mocidade*, de Pinheiro Chagas, elogiou com veemência o teor ultrarromântico de tal obra, e dirigiu-se aos jovens coimbrões, afirmando que eles não tinham bom senso ou bom gosto em relação à arte. A resposta foi escrita e publicada por Antero de Quental, um de seus antigos alunos, em dois de novembro de 1865: no folheto *Bom Senso e Bom Gosto*, entre tantas ironias, Antero considerou seu antigo mestre como alguém fútil, afirmando que: "*V.Exa. precisa menos cinquenta anos de idade, ou então mais cinquenta de reflexão."*[1] e despediu-se afirmando que não era *"Nem admirador nem respeitador."*[2]

Castilho não respondeu ao seu ex-aluno; quem o fez foi Ramalho Ortigão e, depois de aproximadamente quarenta artigos — envolvendo diversas outras pessoas, dentre as quais inclusive Camilo Castelo Branco —, tal discussão foi considerada o início do Realismo-Naturalismo lusitano, apesar de a polêmica não se restringir ao campo artístico ou literário. A partir desse momento, as ideias que circulavam na França, na Alemanha e no Reino Unido, entre outros países, chegaram decisivamente a Portugal.

Em 1871, no entanto, o embate entre os conceitos considerados ultrapassados e as novas teorias do pensamento ainda persistiam entre os portugueses. Incentivados pelos acontecimentos franceses (fim do Segundo Império, com a queda de Napoleão III e da monarquia, e a consequente Comuna de Paris, primeiro governo operário da história), os intelectuais mais importantes daquele momento — futuramente chamados de Geração de 70, eram: Antero de Quental, Eça de Queirós, Guerra Junqueiro, Oliveira Martins, Teófilo Braga e Ramalho Ortigão — organizaram uma série de dez conferências a se realizar numa sala alugada do Cassino de Lisboa. A programação das "Conferências Democráticas do Cassino Lisboense" foi idealizada visando à alteração do contexto português nas áreas política, econômica

---

[1] QUENTAL, Antero de. *Bom senso e bom gosto.* Carta ao excelentíssimo senhor Antonio Feliciano de Castilho. http://www.gutenberg.org/dirs/3/0/0/7/30070/30070-h/30070-h.htm. Acessado em 09/03/2010.

[2] Idem.

e religiosa; dessa maneira, os participantes colocariam em discussão as mais diversas temáticas, desde causas da decadência da nação até os conceitos de República e de Socialismo.

Antes que o governo reprimisse os encontros, cinco das conferências previstas foram realizadas. A primeira e a segunda foram apresentadas por Antero de Quental, uma sobre os objetivos do projeto e a outra sobre as causas da decadência portuguesa (segundo o autor, a religião católica, a política absolutista dos monarcas e o colonialismo); a terceira defendia a literatura nacional, proferida por Augusto Soromenho; a quarta, de Eça de Queirós, pregava a missão social da literatura realista, como meio transformador da sociedade; a quinta, de Adolfo Coelho, propunha que o ensino fosse desvinculado da religião, promovendo o ensino voltado para as ciências humanas e naturais.

Estes portugueses que, em 1865, eram alunos enfrentando o catedrático Antônio Feliciano de Castilho e, em 1871, eram recém-formados enfrentando o governo, resolveram se reunir mais uma vez. Em 1888, formaram o grupo *Os Vencidos da Vida*, reconhecendo que, apesar do sucesso alcançado como homens das letras, não conseguiram fazer com que Portugal superasse o atraso tecnológico, se transformasse em uma república ou se adequasse ao socialismo.

Esse período compreendido entre 1851 e 1910 foi chamado, em solo lusitano, de Regeneração. Após um golpe de Estado dado pelos militares, estabeleceu-se uma Monarquia Constitucionalista que pretendia harmonizar interesses díspares, como os pequenos agricultores e a alta burguesia. De fato, o governo português promoveu uma série de progressos tecnológicos, com investimentos nas áreas de comunicação e transportes, por exemplo; porém, a falta de matéria-prima, de mão de obra e a dependência do capital estrangeiro, entre outros problemas, impediram aquilo que os jovens de Coimbra expressavam: a superação do atraso em que Portugal se encontrava.

O Realismo e o Naturalismo trazem fontes de influências relacionadas às teorias científicas e filosóficas que surgiram na segunda metade do século XIX. As que se fizeram presentes na literatura realista, entre outras áreas do conhecimento, foram:

Criticismo e *Anticlericalismo* — teorias de Joseph Ernest Renan, voltadas à análise crítica do papel de Jesus Cristo e da Igreja Católica, assim como a influência deles frente ao contexto social, político e econômico que os países enfrentam.

Determinismo — a teoria de Hippolyte Taine defende que o homem não tem livre-arbítrio; seu comportamento está, portanto, pré-determinado por três fatores: a raça (determinismo genético), o meio (determinismo mesológico) e o momento (determinismo histórico).

Evolucionismo — teoria de Charles Darwin; defende a seleção natural de todos os seres vivos. Para evoluir, a adaptação ao meio é indispensável: apenas os mais fortes, os que melhor se adaptam, sobrevivem.

Objetivismo — os autores têm compromisso em observar o que ocorre no cotidiano da sociedade para retratá-la com neutralidade, sendo um mero espectador. Porém, é importante lembrar que se trata de um trabalho artístico, de modo que a criação é alterada pela visão do escritor, sem que se perca o vínculo com o que é observado. Uma das técnicas mais empregadas para executar essa tarefa é o *Descritivismo*, ou seja, a descrição muitas vezes detalhista com a intenção de levar o leitor a visualizar o ambiente retratado.

Pessimismo — o pensamento de Arthur Schopenhauer prega que nada resta ao Homem além de sofrer até o fim de sua existência, uma vez que está sempre insatisfeito por guiar suas ações pelo desejo e pelo erro.

Positivismo — a teoria de Auguste Comte defende que só pode ser considerado verdadeiro aquilo que se comprova cientificamente por meio de experiências.

Socialismo Científico — teoria de Karl Marx e Friedrich Engels; afirma que a vida social é condicionada pelo modo de produção vigente, assim como defende que a luta de classes é responsável pela evolução da sociedade para que se alcancem a justiça e a igualdade.

Socialismo Utópico — teoria de Pierre-Joseph Proudhon; mostra-se contrária à luta de classes defendida pelo Socialismo Científico. Seu pensamento está relacionado à organização de pequenos aglomerados de produtores, vivendo à base do auxílio mútuo.

O Naturalismo, além de manter as influências relacionadas ao Realismo, ainda possui outras influências:

Coletividade — nestas obras, é nítida a opressão da sociedade em relação às camadas mais baixas, em concordância com o *Socialismo Científico.*

Experimentalismo — a teoria de Claude Bernard relaciona-se ao campo da Medicina: o que se afirma como verdade precisa ser comprovado por intermédio de exames laboratoriais. Os escritores naturalistas partem desse princípio e desenvolvem romances de tese: a narrativa deve, obrigatoriamente, comprovar a verdade de sua proposição por meio de exames minuciosos relacionados à sociedade, levando à tona toda problemática humana — tanto a patologia clínica (por meio de caricaturas, males como varíola, flatulências, dispepsias, tuberculose, entre tantos outros) quanto a patologia social (relações adúlteras ou com interesses financeiros, por exemplo).

Perspectiva biológica degradante — a animalização do Homem é uma consequência do *Evolucionismo*, muitas vezes exaltando o sensualismo repulsivo.

Sobre Eça de Queirós

José Maria Eça de Queirós nasceu em 25 de novembro de 1845, em Póvoa do Varzim, no distrito do Porto, Portugal. Seu pai, um carioca formado em Direito pela Universidade de Coimbra, registrou-o como filho de "mãe incógnita" (fato que comumente ocorria quando a mãe pertencia à classe social mais alta e não obtinha o consentimento familiar para o matrimônio); apenas quatro anos após o nascimento de Eça o casamento de seus pais ocorreu, cerca de uma semana depois da morte de sua avó. Por esse motivo, o autor viveu seus quatro primeiros anos sob os cuidados de uma ama; em seguida, foi enviado a um internato, de onde saiu aos dezesseis anos — quando se mudou para Coimbra, a fim de cursar Direito. Vale lembrar que nesse momento ele fez amizade com Antero de Quental, o estudante responsável pelo início da Questão Coimbrã — da qual Eça não participou ativamente.

Após se formar, Eça exerceu atividades ligadas ao Direito e ao Jornalismo em Lisboa. Nos primeiros anos de carreira, viajou para o Oriente, o que lhe possibilitou conhecer a Palestina e assistir à inauguração do Canal de Suez, no Egito — fonte para seu livro *A relíquia*. Ao retornar a Portugal, sua carreira política foi iniciada (momento em que *O crime do padre Amaro* foi escrito); logo se tornou cônsul em Cuba, Inglaterra e França. Eça lia e escrevia avidamente e, mesmo distante fisicamente, colaborava para a imprensa portuguesa, assim como redigia seus grandes romances, como *O primo Basílio, Os Maias* e *A ilustre casa de Ramires*.

Casou-se apenas aos quarenta anos, já falido financeiramente e com problemas de saúde relacionados à vida boêmia de que sempre desfrutou. Teve quatro filhos, e, bastante debilitado, ainda escreveu *A cidade e as serras*, obra cuja revisão pelo próprio autor não passou das primeiras 120 páginas. "O Senhor das Palavras", título do mais importante escritor de ficção portuguesa, faleceu aos cinquenta e quatro anos, em Paris, após trocar incessantemente de médicos e cidades europeias, à procura da cura para os diversos males que lhe afligiam.

A carreira literária de Eça de Queirós é costumeiramente dividida pelos críticos em três fases: a primeira ainda demonstra traços românticos, como o gosto pelo grotesco, porém já adianta o estilo direto de escrita do autor; a segunda é a propriamente realista-naturalista, procurando retratar Portugal a fim de fazer com que a literatura desempenhe sua função social; por fim, a terceira traz o autor mais ameno, nacionalista, pretendendo que a elite portuguesa assuma o controle a respeito das necessárias mudanças quanto à modernização do país.

Logo no início da carreira, porém, por ocasião das Conferências Democráticas do Cassino realizadas em Lisboa, no ano de 1871, o escritor afirmou: *"[...] O Romantismo era a apoteose do sentimento; o Realismo é a anatomia do caráter. É a crítica do homem. É a arte que nos pinta a nossos próprios olhos — para conhecermos, para que saibamos se somos verdadeiros ou falsos, para condenarmos o que houve de mau na sociedade.*"[3] Dessa maneira, Eça de Queirós defendeu a nova estética literária que já tomava conta da Europa: uma reação aos preceitos românticos, sobretudo à subjetividade e à idealização presentes em tais obras.

Apesar de o autor viver bastante tempo longe de Portugal, a postura crítica que sempre defendeu em relação à sociedade não perdeu a força; aliás, justamente esse afastamento físico permitiu que sua visão se tornasse mais objetiva e ácida. Por meio desse olhar, hoje é possível conhecer uma galeria de tipos portugueses do século XIX, em um retrato social panorâmico a respeito daquele momento. Para tanto, as descrições são inúmeras, muitas vezes detalhistas e mesmo impressionistas — o que pode incomodar aquele que espera um ritmo mais veloz da narrativa ou meramente objetivo; estes traços de subjetividade, em um período de obras marcadas pela objetividade, são um diferencial do autor. Eça trabalhava minuciosamente seu texto, permitindo ao leitor conhecer os costumes, as ruas e, inclusive, o sotaque dos lisboenses, leirienses, evorenses, coimbrões, portuenses, sintrenses...

Em uma carta para o amigo Teófilo Braga, em 1878, Eça declarou ter a ambição de mostrar os portugueses aos próprios portugueses — é a literatura de denúncia, com o firme propósito de alterar o comportamento da sociedade. Por essa razão, escreveu as obras que compuseram as "Cenas Portuguesas": *O crime do padre Amaro* (1876, reelaborado em 1880), *O primo Basílio* (1878) e *Os Maias* (1888) — este último de grandeza literária

---

[3] Trecho do discurso proferido durante a 4ª Conferência do Cassino, realizada em Lisboa, em 1871.

comparada a *Os Lusíadas*, curiosamente o mesmo motivo da discussão que desencadeou o movimento realista em Portugal. A recepção desses romances não poderia ser diferente: considerados escandalosos pela Igreja Católica, pelo governo e pelos próprios leitores de então, sofreram com a censura. Não se podia, na verdade, aguardar outra reação, quando se levavam a público a crítica ao celibato clerical, à vida provinciana, à vida da pequena burguesia e dos aristocratas portugueses, assim como às relações adúlteras e incestuosas.

Percebe-se que a obra de Eça de Queirós é composta por diversos romances de tese, mas é importante ressaltar que seu estilo o distanciou dos demais autores contemporâneos a ele. Devido à maestria do autor, a ironia com que expôs a sociedade faz com que, ainda hoje, os leitores riam ou se indignem em diversas passagens de seus livros. A linguagem empregada por ele, direta e bastante próxima ao que se encontrava nas ruas, faz com que a leitura ganhe ritmo, mesmo quando a narrativa parece não avançar muito.

Quanto às personagens, segundo observações feitas por Machado de Assis em críticas sobre as obras de Eça, nem sempre o autor optava por abordá-las de forma psicológica e densa. Com essa escolha, imaginava-se que as obras perderiam em qualidade, o que não ocorreu. Colocar em cena os variados tipos sociais caricaturais foi a estratégia empregada para que a sociedade portuguesa fosse representada como um todo, reforçando seus defeitos. Assim, é exercida a função social da literatura: a observação crítica das fúteis moças burguesas, dos dândis, dos beatos, dos padres, das vizinhas fofoqueiras, dos adúlteros...

Questionário*

Leia o seguinte excerto do capítulo 2 para as próximas três questões:

"Uma sombria tarde de Dezembro, de grande chuva, Afonso da Maia estava no seu escritório lendo, quando a porta se abriu violentamente, e, alçando os olhos do livro, viu Pedro diante de si. Vinha todo enlameado, desalinhado, e na sua face lívida, sob os cabelos revoltos, luzia um olhar de loucura. O velho ergueu-se aterrado. E Pedro sem uma palavra atirou-se aos braços do pai, rompeu a chorar perdidamente.

— Pedro! Que sucedeu, filho?

Maria morrera, talvez! Uma alegria cruel invadiu-o, à ideia do filho livre para sempre dos Monfortes, voltando-lhe, trazendo à sua solidão os dois netos, toda uma descendência para amar! E repetia, trêmulo também, desprendendo-o de si com grande amor:

— Sossega, filho, que foi?"

1. O que ocorreu para Pedro retornar ao Ramalhete? Qual é o fato imediatamente posterior a esta cena, envolvendo tal personagem?

2. Considerando as características de Pedro da Maia, quem era alvo de críticas pelo autor? Justifique sua resposta com elementos da narrativa.

---

* Professores podem obter o gabarito das questões desta seção, entrando em contato com o nosso departamento editorial.

3. Segundo a narrativa, qual instituição da sociedade pode ser considerada responsável pelo comportamento de Pedro? Justifique sua resposta com um episódio do enredo.

4. Qual relação pode-se estabelecer entre a educação recebida por Eusebiozinho e por Carlos da Maia?

5. De acordos com os preceitos cientificistas defendidos pelo Realismo-Naturalismo, qual seria o motivo de Carlos da Maia, apesar da educação recebida, haver mantido uma série de relacionamentos adúlteros e, por fim, uma relação incestuosa?

6. Qual é a importância de João Ega para o enredo?

7. Escolha uma passagem de *Os Maias*, demonstrando que há na constituição do enredo a preocupação em também ser um romance de costumes. Qual era a intenção do autor ao descrever o episódio escolhido.

8. Caracterize o Ramalhete e a Toca, relacionando-os desenvolver do enredo.

9. Ainda a respeito dos espaços retratados no romance, relacione o consultório de Carlos Eduardo à sua personalidade.

10. Caracterize o foco narrativo de *Os Maias*, relacionando-o ao Realismo.

Questões de vestibular

1. (Fuvest) O romance *O primo Basílio* invcstc contra a família burguesa. Desse modo, na classificação da obra e de seu autor, é apontado como pertencente à mesma fase literária de:

a) *A Ilustre casa de Ramires* e *Os Maias*.
b) *A Ilustre casa de Ramires* e *O crime do padre Amaro*.
c) *Os Maias* e *A correspondência de Fradique Mendes*.
d) *O crime do padre Amaro* e *A cidade e as serras*.
e) *O crime do padre Amaro* e *Os Maias*.

2. (Unicamp — adaptada)

O sal da língua

A nossa língua é feita por todos. Cada falante do português se apropria da língua e, no mesmo movimento, a transforma, para si e para todos. Mas não é por acaso que as variantes só conquistam legitimidade e lugar nos dicionários depois de se verem consagradas pelas obras literárias. É que, por muito que desagradem aos populistas da linguagem, as variantes impostas pelo uso popular sempre foram aceitas pela norma só depois de ratificadas (contra toda a resistência dos puristas) pelas "elites" cultas. Guimarães Rosa, por exemplo, não nos traz, por si só, a fala dos sertões, porque produz obras de arte literárias. Mas, em retorno, as suas obras contribuem para a legitimação, complexa e contraditória, daquela fala no âmbito da elaboração da respectiva norma.

A importância disto a que chamamos Literatura e Poesia para a vida da Língua tem vindo a ser posta em causa por um tecnicismo pragmático e nivelador. Não admira que num recente concurso público um candidato não tenha sido capaz de reconhecer a ironia num texto de Eça de Queirós. Ora, um sistema de ensino que não dê realce à dimensão literária da língua cria cidadãos mais facilmente manipuláveis por quaisquer discursos de dominação. [...]

Não podemos desprender, com gesto altaneiro, a língua da literatura. É na expressão literária que se vive a complexidade da língua nos próprios limites do pensamento. Sem essa complexidade, sem esse jogo e essa ambiguidade, todos nós ficaremos empobrecidos, porque diminuídos na nossa liberdade de inventar possíveis.

(Adaptado de Eugênio de Andrade. *Jornal de Letras, Artes e Ideias* — Instituto Camões, n. 88, julho de 2005, suplemento n. 907, Ano XXV.)

"Não admira que num recente concurso público um candidato não tenha sido capaz de reconhecer a ironia num texto de Eça de Queirós." — Nesse trecho, o autor do texto menciona um dos autores mais consagrados da literatura portuguesa. Acerca de autores dessa literatura, analise as afirmações a seguir.

1) Eça de Queirós inicia sua fase realista-naturalista com *O crime do Padre Amaro*. Essa é sua "fase radical", quando ele ataca a hipocrisia e o provincianismo da sociedade portuguesa.

2) Outras obras de Eça de Queirós são *Os Maias* e *A cidade e as serras*, nas quais podemos ver seu estilo

elegante, moderno e vigoroso, permeado de um humor sofisticado, que dá vida à narrativa.

3) Fernando Pessoa é um poeta modernista. Em sua poesia, expressa a ânsia do infinito, do absoluto, cortada pela pequenez do cotidiano. Apresenta, além da vertente lírica, uma vertente nacionalista, representada pela obra *Mensagem*.

4) José Saramago, romancista contemporâneo e ganhador do único prêmio Nobel para a literatura em Língua Portuguesa, tem um estilo original, no qual subverte a pontuação, os usos dos termos e a sintaxe. Escreveu, entre outros, *O ano da morte de Ricardo Reis* e *Ensaio sobre a cegueira*.

Estão corretas:

a) 3 e 4 apenas
b) 2 e 4 apenas
c) 1, 3 e 4 apenas
d) 1 e 2 apenas
e) 1, 2, 3 e 4

(Unifesp — adaptada) Textos para as questões 3, 4, 5 e 6.

“Estão em cena os personagens *Todo o Mundo* (um rico mercador) e *Ninguém* (um homem vestido como pobre). Além deles, participam da cena dois diabos, *Berzebu* e *Dinato*, que escutam os diálogos dos primeiros, comentando-os, e anotando-os.

Ninguém para *Todo o Mundo:* E agora que buscas lá?

Todo o Mundo: Busco honra muito grande.

Ninguém: E eu virtude, que Deus mande que tope co ela já.

Berzebu para *Dinato:* Outra adição nos acude:
Escreve aí, a fundo,
que busca honra *Todo o Mundo*,
e *Ninguém* busca virtude.

Ninguém para *Todo o Mundo:* Buscas outro
mor bem
qu' esse?

Todo o Mundo: Busco mais quem me louvasse
tudo quanto eu fizesse.

Ninguém: E eu quem me repreendesse em
cada cousa que errasse.

Berzebu para *Dinato:* Escreve mais.

Dinato: Que tens sabido?

Berzebu: Que quer em extremo grado
Todo o Mundo ser louvado,
e *Ninguém* ser repreendido.

Ninguém para *Todo o Mundo:* Buscas mais,
amigo meu?

Todo o Mundo: Busco a vida e quem ma dê.

Ninguém: A vida não sci que é,
a morte conheço eu.

Berzebu para *Dinato:* Escreve lá outra sortc.

Dinato: Que sorte?

Berzebu: Muito garrida:
Todo o Mundo busca a vida,
e *Ninguém* conhece a morte.
(...)"

(*O auto da Lusitânia*, Gil Vicente)

"[...]
— E que somos nós? — exclamou Ega. — Que temos nós sido desde o colégio, desde o exame de latim? Românticos: isto é, indivíduos inferiores que se governam na vida pelo sentimento, e não pela razão...

Mas Carlos queria realmente saber se, no fundo, eram mais felizes esses que se dirigiam só pela razão, não se desviando nunca dela, torturando-se para se manter na sua linha inflexível, secos, hirtos, lógicos, sem emoção até o fim...

— Creio que não — disse o Ega. — Por fora, à vista, são desconsoladores. E por dentro, para eles mesmos, são talvez desconsolados. O que prova que neste lindo mundo ou tem de se ser insensato ou sem sabor...

— Resumo: não vale a pena viver...

— Depende inteiramente do estômago! — atalhou Ega.

Riram ambos. Depois Carlos, outra vez sério, deu a sua teoria da vida, a teoria definitiva que ele deduzira da experiência e que agora o governava. Era o fatalismo muçulmano. Nada desejar e nada recear... Não se abandonar a uma esperança — nem a um desapontamento. Tudo aceitar, o que vem e o que foge, com a tranquilidade com que se acolhem as naturais mudanças de dias agrestes e de dias suaves. E, nesta placidez, deixar esse pedaço de matéria organizada que se chama o Eu ir-se deteriorando e decompondo até reentrar e se perder no infinito Universo... Sobretudo não ter apetites. E, mais que tudo, não ter contrariedades. Ega, em suma, concordava. Do que ele principalmente se convencera, nesses estreitos anos de vida, era da inutilidade de todo o esforço. Não valia a pena dar um passo para alcançar coisa alguma na Terra — porque tudo se resolve, como já ensinara o sábio do *Eclesiastes*, em desilusão e poeira. (...)"

(*Os Maias*, Eça de Queirós)

"À dolorosa luz das grandes lâmpadas elétricas da fábrica
Tenho febre e escrevo.
Escrevo rangendo os dentes, fera para a beleza disto,
Para a beleza disto totalmente desconhecida dos antigos.
Ó rodas, ó engrenagens, r-r-r-r-r-r eterno!
Forte espasmo retido dos maquinismos em fúria!
Em fúria fora e dentro de mim,
Por todos os meus nervos dissecados fora,
Por todas as papilas fora de tudo com que eu sinto!
Tenho os lábios secos, ó grandes ruídos modernos,
De vos ouvir demasiadamente de perto,
E arde-me a cabeça de vos querer cantar com um excesso

De expressão de todas as minhas sensações,
Com um excesso contemporâneo de vós, ó máquinas!
Em febre e olhando os motores como a uma Natureza tropical —
Grandes trópicos humanos de ferro e fogo e força —
Canto, e canto o presente, e também o passado e o futuro,
Porque o presente é todo o passado e todo o futuro
E há Platão e Virgílio dentro das máquinas e das luzes elétricas
Só porque houve outrora e foram humanos Virgílio e Platão,
E pedaços do Alexandre Magno do século talvez cinquenta,
Átomos que hão de ir ter febre para o cérebro do Ésquilo do século cem,
Andam por estas correias de transmissão e por estes êmbolos e por estes volantes,
Rugindo, rangendo, ciciando, estrugindo, ferreando,
Fazendo-me um excesso de carícias ao corpo numa só carícia à alma.
[...]"

(*Ode Triunfal*, Álvaro de Campos)

3. (Unifesp) Os textos apresentados, pertencentes a períodos diferentes da história social e literária portuguesa, têm, em comum, o enfoque das relações do ser humano diante da realidade. Respectivamente, representam:

a) visão satírica da existência e do comportamento humano; visão desencantada e pessimista do indivíduo na sociedade; visão perplexa, eufórica, ao mesmo tempo agônica, do indivíduo diante dos tempos modernos.

b) visão eufórica do comportamento humano; visão derrotista do passado; visão agônica do futuro, pelo poeta.

c) visão complacente do diabo, sobre a sociedade portuguesa; visão derrotista do passado; visão alegórica da inutilidade do poeta diante das conquistas tecnológicas.

d) visão sarcástica que os homens fazem de si, na época do trovadorismo português; visão fantasiosa da existência; visão perplexa, mas eufórica, do poeta diante da eletricidade e das máquinas.

e) visão positiva da existência e do relacionamento humano; visão objetiva da sociedade romântica; visão hesitante do mundo moderno.

4. (Unifesp) Eça de Queirós fez parte da chamada *geração de 1870*, que lutou ferrenhamente contra a ordem social lisboeta, passional e romântica, liderada, politicamente, pela monarquia, pela burguesia e pelo clero. Além dele, foram figuras importantes dessa geração

a) Camilo Castelo Branco, Antônio Feliciano de Castilho e Oliveira Martins.

b) Antero de Quental, Oliveira Martins e Teófilo Braga.

c) Júlio Dinis, Alexandre Herculano e Antero de Quental.

d) Antônio Feliciano de Castilho, Camilo Castelo Branco e Teófilo Braga.

e) Alexandre Herculano, Oliveira Martins e Júlio Dinis.

5. (Unifesp) Nos fragmentos de *Os Maias* e "Ode triunfal", existem palavras que recebem acento gráfico, de acordo com suas regras específicas. Indique a alternativa em que todas as palavras são acentuadas graficamente, segundo a mesma regra.

a) estômago, colégio, fábrica, lâmpada, inflexível.
b) Virgílio, fúria, carícias, matéria, colégio.
c) trópicos, lábios, fúria, máquinas, elétricas.
d) sério, cérebro, Virgílio, sábio, lógico.
e) Ésquilo, carícia, Virgílio, átomos, êmbolo.

6. (Unifesp) Os fragmentos das obras *Auto da lusitânia*, *Os Maias* e "Ode triunfal" realizam-se, no plano formal, como textos dramático, narrativo e de poesia lírica. Além de outras características, privilegiam, respectivamente:

a) a pessoa ou coisa de que se fala (3ª pessoa gramatical); a pessoa com quem se fala (2ª pessoa gramatical); a pessoa que fala (1ª pessoa gramatical).
b) a pessoa que fala (1ª pessoa gramatical); a pessoa com quem se fala (2ª pessoa gramatical); a pessoa ou coisa de que se fala (3ª pessoa gramatical).
c) a pessoa com quem se fala (2ª pessoa gramatical); a pessoa ou coisa de que se fala (3ª pessoa gramatical); a pessoa que fala (1ª pessoa gramatical).
d) a pessoa com quem se fala (2ª pessoa gramatical); a pessoa que fala (1ª pessoa gramatical); a pessoa ou coisa de que se fala (3ª pessoa gramatical).
e) a pessoa ou coisa de que se fala (3ª pessoa gramatical); a pessoa com quem se fala (2ª pessoa gramatical); a pessoa que fala (1ª pessoa gramatical).

Gabarito

1. e
2. e
3. a
4. b
5. b
6. c

DIREÇÃO
Martin Claret

PRODUÇÃO EDITORIAL
Carolina Marani Lima
Mayara Zucheli

DIREÇÃO DE ARTE E CAPA
José Duarte T. de Castro

DIAGRAMAÇÃO
Giovana Quadrotti

REVISÃO
Pedro Baraldi / Waldir Moares

IMPRESSÃO E ACABAMENTO
Bartira Gráfica

Dados Internacionais de Catalogação na Publicação (CIP)
(Câmara Brasileira do Livro, SP, Brasil)

Queirós, Eça de, 1845-1900.
Os Maias / Eça de Queirós. — São Paulo: Martin Claret, 2024.

I. Ficção portuguesa I. Título

ISBN 978-65-5910-277-8

23-187367 CDD-869.3

Índices para catálogo sistemático:

1. Ficção: Literatura portuguesa 869.3
Cibele Maria Dias – Bibliotecária – CRB-8/9427

EDITORA MARTIN CLARET LTDA.
Rua Alegrete, 62 – Bairro Sumaré – CEP: 01254-010 – São Paulo, SP
Tel.: (11) 3672-8144 – www.martinclaret.com.br
Impresso – 2025